DROEMER

Über den Autor:
Thorsten Kirves, 1963 geboren, ist Filmemacher. Seine Leidenschaft für Cop- und Gangster-Storys und düstere Thriller lebte er in eigenen Kurzfilmen aus, die auf Festivals und im Fernsehen liefen und mit Preisen ausgezeichnet wurden. Für die Universal Studios inszenierte er in einer internationalen Co-Produktion zwei Filme für die Thriller-Reihe *Urban Myth Chillers*. Er lebt mit seiner Familie in Hamburg. Dies ist sein erster Kriminalroman.

Thorsten Kirves

DER AUSSTEIGER

Kriminalroman

DROEMER

Besuchen Sie uns im Internet:
www.droemer.de

FSC
www.fsc.org
MIX
Papier aus verantwortungsvollen Quellen
FSC® C014496

Originalausgabe September 2019
Droemer Taschenbuch

Dieses Werk wurde vermittelt durch die Literarische Agentur Michael Gaeb

Ein Imprint der Verlagsgruppe Droemer Knaur GmbH & Co. KG, München

Redaktion: Dr. Kirsten Reimers
Covergestaltung: ZERO Werbeagentur, München
Coverabbildung: © Getty Images / Sandra Starke / EyeEm
Satz: Adobe InDesign im Verlag
Druck und Bindung: GGP Media GmbH, Pößneck
Printed in Germany
ISBN 978-3-426-30688-8

2 4 5 3

Für Kristine und Theo

»Ich krieg auf die Schnauze, muss einstecken, einstecken und einstecken und geduldig auf meine Chance warten, wie da draußen in dem großen Durcheinander.«

Unbekannter Boxer

1
Sonntagabend

Der Vollmond tauchte das Zimmer in fahles blaues Licht. Lars Lutteroth lag im Bett neben seiner schlafenden Frau und betrachtete ihr Gesicht. Ruhig und entspannt atmete sie durch den leicht geöffneten Mund. Jeder Zug um die weichen, vollen Lippen herum war ihm vertraut, jede der wenigen feinen Falten hatte er entstehen sehen, ohne es wahrzunehmen. Sarah war intelligent und selbstbewusst. Ein angenehmer Mensch. Ohne Launen, immer verständnisvoll. Das Leben mit ihr war leicht. Offenbar passten sie gut zueinander. Und sie liebte ihn, jedenfalls schien es ihm so. Sie war eine gute Mutter, und sie passte perfekt in seine Familie, sein Vater hatte sie geradezu verehrt, sein Vater, der Patriarch. Warum hatte es immer so wichtig geschienen, ihm alles recht zu machen? Warum hatte er diese Macht gehabt über alle Menschen in seiner Umgebung?

Die Gedanken ließen Lars Lutteroth keine Ruhe finden. Leise erhob er sich und schlich aus dem Schlafzimmer. Vorbei an den Zimmern der Töchter, die Treppe hinunter in den großen Wohnraum mit der offenen Küche. Er schenkte sich einen Single Malt ein und stellte sich vor das große Schwarz-Weiß-Foto seines Vaters mit seiner Mutter, das in einem schlichten Holzrahmen unter Glas an der Wand hing. Ein schwarzes Samtband war über die untere rechte Ecke gespannt. Er fand den Trauerflor unnötig, aber Sarah hatte darauf bestanden.

Lars Lutteroth betrachtete den alten Mann, der weise und staatsmännisch wirkte. Das hatte sein Vater draufgehabt: in Sekundenschnelle eine beeindruckende Pose einzunehmen, wenn ein Fotograf auf den Auslöser drückte. Seine Mutter stand etwas versetzt hinter ihm und lächelte sanft. Die kluge Schwedin, die ihre Ziele auf die leise Art erreichte. Lars Lutteroth hob sein Glas und prostete ihnen zu. Dann setzte er sich in das Mondlicht, das durch die breite Fensterfront fiel. Er trank einen Schluck von der bernsteinfarbenen Flüssigkeit. Der milde Geschmack des Whiskys breitete sich in seinem Mund aus. Er lehnte sich zurück, zufrieden. Er fühlte sich wohl in dem Bewusstsein, dass er dies alles sehr bald hinter sich lassen würde.

Auf einmal entdeckte er vor sich ein Paar Augen, das ihn aus der Dunkelheit heraus anfunkelte. Ein Rehkitz stand im Garten vor der Terrasse und sah durch die Fensterscheibe hinein, ein Rehkitz in der Stadt. Es musste sich aus dem nahen Naturschutzgebiet im Alstertal verirrt haben. Das scheue wilde Tier würde jeden Augenblick weglaufen. Fasziniert starrte er es an. Regungslos stand das anmutige Wesen vor ihm. Ein Moment von mystischer Kraft. Ihm erschien diese Begegnung wie ein Zeichen. Tatendrang und Aufbruchsstimmung erfüllten ihn. Er wollte nicht mehr warten.

Ein satter Knall. Ein harter Schlag. Ein gutes Gefühl. Die Linke, die Rechte. Die Linke, die Rechte. Immer schneller trommelten seine Fäuste in den Boxhandschuhen gegen das Kunstleder des ächzenden Sandsacks. Die Hände schmerzten, der Puls war hoch, der Schweiß rann seinen Körper herunter. Er war ganz Rhythmus und Kraft.

»Ey, Kommissar, machst du Sparring mit mir?«

Die Worte drangen kaum zu ihm durch.

»Ey, Kommissar!«

Er hielt kurz inne, setzte noch zwei harte Schläge, dann drehte er sich um. Vor ihm stand ein junger Mann, schlank, aber muskulös.

»Mein Partner ist nicht gekommen. Machst du Sparring mit mir?«

Er brauchte einen Moment, bis er zu Atem kam. Er sah dem Typen in die dunklen Augen.

»Tom. Ich heiße Tom, nicht Kommissar.«

Der Typ nickte ein paarmal und breitete entschuldigend die Arme aus.

»Okay, Mann. Tom. Alles klar!«

Kriminaloberkommissar Tom Simon neigte seinen Kopf in beide Richtungen, um im Nacken nicht steif zu werden, dabei musterte er den jungen Burschen.

»Wer bist du?«

»Chris.«

»Was ist dein Beruf, Chris? Wenn du überhaupt schon arbeitest?«

»Schrauber, ich bin Schrauber.«

Tom deutete einen Schlag gegen die Brust von Chris an.

»Ey, Schrauber, machst du Sparring mit mir? Ey, Schrauber!«

Chris lachte unsicher.

»Mann, ich wusste ja nicht, wie du heißt. Ich habe nur gehört, dass dich einige hier den Kommissar nennen.«

»Jetzt weißt du es.«

»Okay, Tom! Und – steigst du in den Ring mit mir?«

Tom zögerte und ließ seinen Blick durch das Dock One schweifen. Für die späte Stunde herrschte erstaunlich viel Betrieb. Das Dock One war einer der wenigen Boxclubs, in dem man jederzeit trainieren konnte. Jimmy, der Besitzer, Trainer und die Seele des kleinen Clubs am Hafen, war immer da und schloss nie vor Mitternacht. Tom überlegte. Sparring war eine Sache des Vertrauens. Er kannte den Jungen nicht, wusste nicht, ob er sich darauf verlassen konnte, dass dieser die Gesetze des Sparrings respektieren würde. Chris war gut zwanzig Jahre jünger als er und ziemlich austrainiert. Tom verstand selbst nicht, welcher Teufel ihn ritt, als er nickte.

Sie schlug die Augen auf und suchte in der Dunkelheit den kleinen Wecker auf ihrem Nachttisch. Die leuchtenden Zeiger standen auf kurz vor halb zwölf. Sie schloss die Augen sofort wieder, um schnell zurückzufinden in den Schlaf, ohne den sie am nächsten Morgen kaum zu gebrauchen sein würde. Doch sie spürte, dass etwas anders war. Sie öffnete die Augen und drehte sich zur Seite. Neben ihr war das Bett leer. Im blassen Mondlicht konnte sie erkennen, dass die Decke aufgeschlagen war. Sie holte die kleinen Stöpsel aus ihren Ohren, lauschte in die Nacht und wartete, ob sie ihren Mann irgendwo im Haus hörte. Doch alles blieb still. Sarah Lutteroth knipste die Nachttischlampe an, legte die Stöpsel neben den Wecker und stand auf. Leise ging sie an den Zimmern der Töchter vorbei, öffnete die Tür zum Arbeitszimmer ihres Mannes. Er war nicht da. Sie ging die Treppe hinunter.

»Lars?«, fragte sie unsicher in die Dunkelheit, in der sie die vertraute Umgebung nur schemenhaft erkennen konnte. Stille. Eine Angst beschlich sie, die sie so nicht kannte. Sie spürte, wie ihr Herz schneller schlug.

»Lars?« Keine Antwort.

Auf dem langen Holztisch vor der Fensterfront stand ein leeres Whiskyglas. Sie war sicher, dass ihr Mann am Abend keinen Whisky getrunken hatte. Sie blickte in den Garten und bemerkte, dass der Mond seine perfekte Rundung erreicht hatte. Vollmond. Ihr wurde unheimlich zumute. Vorbei an der offenen Küchenzeile ging sie in den Flur, sah kurz in die Toilette und öffnete die Tür zum Gästezimmer. Keine Spur von ihrem Mann. Hatte er das Haus verlassen, um diese Uhrzeit? Sie schaute auf das kleine Regal neben der Tür, wo sie ihre Schlüssel abzulegen pflegten, und stellte fest, dass sein Schlüsselbund fehlte. Irritiert ging Sarah Lutteroth zur Kellertreppe, schaltete das Licht an und stieg die Stufen hinab. Sie mochte diesen Ort nicht mit seiner niedrigen Decke und den kahlen Wänden. Hier fühlte sie sich unwohl und hielt sich immer so kurz wie möglich auf. Sie fröstelte, obwohl es immer noch fast so warm war wie am Tag. Sie legte ihre Hand auf den Griff der Tür zur Garage und spürte, dass sie zitterte. Als sie die Tür öffnete, ließ der Bewegungsmelder die LED-Röhren aufflackern, die den Raum in kaltes, grelles Licht tauchten. Der Audi ihres Mannes war weg.

Schmatzend und glucksend schlug das schwarze Elbwasser gegen die Kaimauer. Tom setzte sich auf einen Poller und presste die kalte Bierflasche gegen die Stirn. Sein Schädel brummte noch ein wenig, und er spürte jeden Treffer, den Chris auf seinem Körper hatte platzieren können. Aber das war okay, er war bereit gewesen für den Schmerz. Tom ließ das kühle Bier seine Kehle hinunterlaufen, starrte auf die unzähligen Lichter des Hafens und lauschte den metallischen Klängen; Container wurden verladen, Schiffskörper instand gesetzt, der Hafen war immer in Bewegung. Tom fühlte sich wohl, genoss die körperliche Erschöpfung. Die laue Mainacht roch schon nach Sommer. Es war zu warm für diese Jahreszeit. Viel zu warm.

Hinter sich hörte er Schritte, die sich näherten. Kurz spürte er den Drang, sich umzudrehen, aber der Klang der Schritte war ihm vertraut. Lässig, leicht schlurfend, in aller Ruhe. Tom brauchte den Kopf nicht zu wenden.

»Du hast dich gut gehalten«, sagte Jimmy und setzte sich mit einer Flasche Bier auf den Poller neben ihm. Er stellte seine Tasche zu seinen Füßen, holte eine Schachtel Zigaretten heraus und zündete sich eine an.

»Erstaunlich gut«, fügte er hinzu.

»Für mein Alter?«

»Dafür, dass du lange nicht trainiert hast.«

»Du rauchst wieder?«, fragte Tom.

Jimmy sog das Nikotin tief ein. »Ging nicht anders«, murmelte er mehr zu sich als zu Tom, »Chris ist ein guter Kämpfer. Er wird bald seinen ersten Kampf fürs Dock One machen«, wechselte er das Thema.

»Er hat eine gute Technik und ist verdammt schnell. Er hat sich ganz schön zurückgehalten«, sagte Tom.

»Aber nicht nur wegen dir. Ich hab ihm das gesagt, weil er manchmal zu schnell wird. Er verliert dann den Überblick und läuft in Fallen. Du hast ihn auch in einige gelockt.«

Tom schüttelte den Kopf. »Ich hab nur versucht, mich nicht zu blamieren.«

In ihren Trainingsanzügen saßen sie da, blickten auf das schwarze Wasser, auf dessen Wellen die Lichtreflexionen tanzten.

»Warum ging es nicht anders?«, fragte Tom.

Jimmy blies den Rauch in das Licht, das vom Hafen herüberschien.

»Patty ist wieder in der Klinik.«

Ein schwarzer Containerriese schob sich langsam durch den Fluss. Dunkel und mächtig.

»Scheiße!«, sagte Tom.

Jimmy nickte und trank einen kräftigen Schluck.

»Im Januar fing es wieder an. Erst sah es noch so aus, als wenn sie es mit neuen Medikamenten schaffen könnte. Aber dann wurde es immer schlimmer, und die ganze Scheiße ging wieder von vorne los.«

Tom brauchte einen Moment, um die Nachricht zu verdauen. Fast ein halbes Jahr hatte Jimmys Frau in der Psychiatrie verbracht. Manisch depressiv. Jimmy hatte damals allein dagestanden mit Ben, ihrem vierzehnjährigen Sohn. Tom erinnerte sich genau an den verschlossenen Jungen, der in dieser Zeit oft bei Jimmy im Dock One hatte abhängen müssen. Ben hatte sich nicht die Bohne für den Sport seines Vaters interessiert und diese Stunden komplett mit Spielen auf dem Tablet verbracht, das Jimmy ihm damals geschenkt hatte. Ein, zwei Mal hatte Tom versucht, mit ihm ins Gespräch zu kommen, war aber kläglich gescheitert. Schließlich hatte Patty sich erholt, und als sie wieder zu Hause gewesen war, schien alles gut gelaufen zu sein.

»Und Ben?«, fragte Tom.

Ein schrilles Gekreische ertönte über ihnen. Mehrere Möwen stritten sich um eine rote Plastikpackung. Jimmy ließ sich Zeit mit der Antwort.

»Der Junge lebt sein eigenes Leben.«

»Das tun wir alle.«

Jimmy nickte. Die größte Möwe trug den Sieg und die Packung davon. Die anderen folgten ihr, wohl in der Hoffnung, sie könnte ihre Beute in einem unaufmerksamen Moment wieder verlieren.

Jimmy sah Tom an. »Er gibt mir die Schuld an Pattys Zustand.«

Tom wusste nicht, was er sagen sollte. Er wusste, wie sehr Jimmy an seinem Sohn hing.

»Er spricht es nicht aus, aber er denkt es. Er redet nur das Nötigste mit mir. Weicht mir aus. Ist kaum zu Hause und hängt mit seinen Gamer-Freunden ab. Glaube ich jedenfalls.«

»Und warum denkt er, dass du schuld an Pattys Depressionen bist?«

»Weil ich zu viel Zeit im Club verbracht habe.«

»Aber hattest du das nicht geändert? Du wolltest doch …«

»Und weil Patty und ich uns in letzter Zeit oft gestritten haben«, machte es Jimmy kurz.

»Okay«, sagte Tom. Er spürte, wie schwer es Jimmy gefallen war, diesen Satz auszusprechen.

»Ich weiß es ja auch nicht. Ben erzählt mir nichts. Die Zeiten, in denen er mit mir Fifa gespielt und gequatscht hat, sind lange vorbei. Jetzt ist er komplett verschlossen.«

»Und was ist mit der Schule?«

»Das ist das einzig Gute. Er hat irgendwie seinen Ehrgeiz entdeckt. Wenn er doch mal zu Hause ist, hängt er über den Büchern oder am Computer und lernt.« Jimmy zuckte ratlos mit den Schultern. »Ich weiß nicht, was er mal machen will. Vielleicht will er seinem Vater zeigen, dass er mehr draufhat, als nur einen blöden Boxclub zu führen.«

»Na und? So ist das doch immer. Als ich so alt war, wollte ich auch unbedingt dem Mief unseres Eisenwarenladens entkommen. Und heute habe ich großen Respekt vor dem, was meine Eltern da aufgebaut haben. Mann, wie habe ich es gehasst, nach der Schule im Laden stehen zu müssen. Um mein Taschengeld aufzubessern. Acht Schrauben hier, ein paar Überwurfmuttern da. Werkzeug, Öl, Küchenscheiß und ständig dieses kalte Neonlicht. Und der Geruch. Wenn ich heute bei meinen Eltern bin, dann rieche ich immer den Laden an ihren Klamotten. Aber wie gesagt: heute habe ich Respekt.«

Jimmy nickte, trank den letzten Schluck aus seiner Flasche und stellte sie auf den Boden. »Für die Flaschensammler.« Er stand auf, dann sah er Tom an. »Schön, dass du mal wieder da warst. Du solltest öfter kommen. Etwas eingerostet bist du schon.«

Tom erhob sich ebenfalls. Schweigend standen die beiden Männer sich gegenüber. Erst jetzt fielen Tom die tiefen Falten auf, die sich in Jimmys Gesicht gegraben hatten. Er hatte das Bedürfnis, ihn zu umarmen. Er machte einen Schritt auf ihn zu, legte eine Hand auf seine Schulter und zog den Mann zu sich heran. Jimmy erwiderte die Umarmung, und Tom spürte die Kraft in dessen muskulösen Boxerarmen. Dann löste sich Jimmy von ihm und nahm seine Tasche.

»Mach's gut, Tom!«

»Du auch, Jimmy!« Tom sah ihm hinterher. »Sie schafft das. Ihr schafft das!«

Jimmy hob seinen rechten Arm, als Zeichen, dass er verstanden hatte. Tom musste an den jungen, durchtrainierten Kerl denken, der Jimmy bei ihrer ersten Begegnung gewesen war. Tom war damals ein zwölfjähriger Junge gewesen. Sein Vater hatte ihn mit seinem Bruder Marco ins Dock One gebracht. Jimmy sollte ihnen das Boxen beibringen und ihre Reflexe trainieren, die für ihr Alter viel zu langsam waren. Tom war mächtig beeindruckt gewesen von Jimmys Erscheinung. Bevor Jimmy irgendetwas zu ihm gesagt hatte, hatte er aus dem Nichts einen Schlag angedeutet, und Tom war erschrocken zurückgewichen und hingefallen.

»Du musst an deiner Deckung arbeiten!«, hatte Jimmy gemeint und gelacht. Dann hatte er ihm die Hand gereicht. Tom war nicht sicher gewesen, ob er diesen Typen würde mögen können. Doch dieser Typ sollte wie ein zweiter Vater für ihn werden.

Er trank die letzten Schlucke von seinem Bier und stellte die leere Flasche neben Jimmys. Der Vollmond leuchtete orange am Himmel. Er wirkte groß und mächtig. Tom hängte sich seine Sporttasche über die Schulter und machte sich auf den Weg zu seinem Wagen, den er ein Stück entfernt vom Dock One geparkt hatte. Früher hatte er seinen Wagen einfach auf den großen, mit

Graffitis übersäten Platz gegenüber vom Club abgestellt, aber diesen Platz gab es schon lange nicht mehr. Stattdessen ragte hier heute eines der vielen luxuriösen Bürogebäude in den Himmel und raubte dem Dock One die schöne Aussicht. Die moderne Zeit hatte sich breitgemacht und nutzte den Hafen nur noch als Kulisse für ihre eitle Selbstinszenierung.

Vor der gläsernen Fassade einer Vermögensberatung steckte er den Schlüssel ins Türschloss seines roten Mercedes, einem 123er Coupé aus den Achtzigerjahren. Gefühlvoll rüttelte er, bevor es »Klick« machte und er die Tür öffnen konnte. Seit Monaten schob er den Werkstattbesuch hinaus und ahnte, dass das Rütteln eines Tages nicht mehr reichen und er wie ein Trottel vor seinem verschlossenen Wagen stehen würde, denn das Schloss der Beifahrertür verweigerte seinen Dienst schon seit Längerem. Er ließ sich auf das braune Polster sinken und spürte das ganze Gewicht seines müden Körpers.

Während er losfuhr, schloss er sein Handy an die Anlage an und wählte den Soundtrack für die Fahrt nach Hause. *Flotus* von Lambchop. Der Motor schnurrte dazu fett und schwer. Tom kurbelte das Fenster herunter und genoss den warmen Fahrtwind. Entspannt glitt er über den Asphalt dahin. Um diese Zeit war die Große Elbstraße wie ausgestorben. Früher hatten hier die Prostituierten auf Kunden gewartet. Der Autostrich hatte zum Hafen gehört wie die unzähligen Kneipen, die noch richtige Kneipen gewesen waren.

Auf einmal tauchte in einiger Entfernung etwas vor ihm auf. Mitten auf der Straße bewegte sich etwas Schemenhaftes merkwürdig hin und her. Als Tom näher kam, erkannte er einen nackten Mann mit Vollbart, der auf ihn zutaumelte. Weit und breit war sonst niemand zu sehen. Tom fuhr langsamer. Der Mann rief etwas in die Nacht, wirkte verwirrt, womöglich war er betrunken. Tom schätzte ihn auf Mitte dreißig. Seine Arme waren tätowiert, seine Unterschenkel ebenfalls.

Tom stellte die Musik aus, hielt an und stieg aus. Wieder rief der Nackte etwas, sein schlanker Körper und die kurzen schwarzen Haare glänzten nass im Licht der Straßenbeleuchtung. In der Hand hielt er einen kleinen, roten Gegenstand. Tom konnte nicht erkennen, was es war. Der Mann schien ihn bemerkt zu haben und hielt inne.

»Brauchen Sie Hilfe?«, fragte Tom mit ruhiger Stimme.

Zwei aufgerissene Augen starrten ihn an.

»Brauchen Sie Hilfe?«, wiederholte er.

In einigen Wohnungen ging Licht an, und Menschen erschienen an den Fenstern.

»Ich bin Polizist. Ich kann Ihnen helfen.«

Langsam ging Tom näher an den Mann heran. Da erst nahm er den starken Benzingeruch wahr. Der Mann hatte sich mit Benzin übergossen. Und der Gegenstand in seiner Hand war ein Feuerzeug. Adrenalin schoss durch Toms Körper. Von einem Moment auf den anderen war er hellwach und konzentriert. Er überlegte, welche Möglichkeiten er hatte. Er war vielleicht noch acht Schritte entfernt. Zu weit, um sich auf den Mann stürzen und ihm das Feuerzeug aus der Hand schlagen zu können.

»Ich kann Ihnen helfen«, wiederholte Tom und streckte ihm den Arm entgegen, während er sich vorsichtig weiter näherte.

Der Mann lachte. Es klang bemüht, künstlich und irre. Noch sechs Schritte. Der Mann öffnete seine Faust, und Tom erkannte das rote Einwegfeuerzeug.

Tom schüttelte den Kopf. »Tu das nicht!« Er wagte noch einen weiteren Schritt. Der Mann hob die Hand mit dem Feuerzeug.

Alle möglichen Überlegungen stellte sie an, während sie mit dem Telefon vor der Fensterfront auf und ab wanderte. Sie landete aber immer wieder bei der naheliegenden: Sie fragte sich, seit wie vielen Nächten ihr Mann schon heimlich verschwand, um sie zu betrügen. Der Verdacht bewirkte eine Art milden Schock, der ihr langsam in die Glieder kroch. Doch zugleich stellte sie fest, dass ihr die Vorstellung weniger ausmachte, als sie erwartet hätte. Sie wunderte sich vielmehr über den Leichtsinn ihres Mannes. Er hatte doch damit rechnen müssen, dass sie aufwachen und seine

Abwesenheit bemerken würde, auch wenn sie einen festen Schlaf hatte.

Ein solch dreistes Vorgehen passte eigentlich nicht zu Lars. Vielleicht war doch alles ganz anders. Im Menü des Telefons wählte sie seine Nummer aus. Würde sie gleich seine Stimme hören, würde er eine harmlose Begründung für seinen nächtlichen Ausflug liefern? Würde sie ihm glauben? Auf einmal merkte sie, dass es ihr eigentlich gleichgültig war. Ganz und gar. Sie wollte es gar nicht wissen. Sie beschloss, Lars nicht zur Rede zu stellen. Wenn er zurückkehrte, sollte er sie schlafend vorfinden.

Sie legte das Telefon zurück auf den Tisch, öffnete die Terrassentür und trat hinaus ins Freie. Die Luft auf ihrer Haut fühlte sich warm und weich an. Es roch nach Gras und der frischen Erde, die sie am Nachmittag umgegraben hatte. Ihr helles Nachthemd schimmerte im Mondschein. Sie war nicht müde und spürte eine unbestimmte Lust. Auf irgendetwas. Sie ging wieder hinein. Aus dem kleinen Weinregal auf der Anrichte zog sie eine Flasche Rotwein. Einen feinen Chianti Classico. Lars' Lieblingswein. Als sie ihn entkorkte, musste sie lächeln. Wenn Lars wüsste. Sie schenkte sich ein Glas ein und schwenkte den rubinroten Wein langsam hin und her, damit er atmen konnte. Dann trank sie einen Schluck und genoss den vollen Geschmack. Mit dem Glas ging sie zur Hi-Fi-Anlage und stöberte in den CDs. Sie entschied sich für Leonard Cohen und legte sein letztes Album in den Player. Die Nachricht, dass der kanadische Liedermacher kurz nach Erscheinen der Platte mit zweiundachtzig Jahren verstorben war, hatte sie damals traurig gemacht. Cohens tiefe, raue Stimme, seine Sätze über Abschied, Tod und Liebe schwebten durch den Raum. Gedankenverloren wiegte sie sich zur Musik und spürte immer noch dieses unbestimmte Verlangen. Sie beschloss, aus dieser Nacht eine besondere werden zu lassen.

In der Küchenzeile zog sie eine der großen Schubladen heraus. In dem Raum dahinter ertastete sie die vertraute Streichholzschachtel und holte sie hervor. Sie schob sie auf, nahm sich eine der kleinen Tabletten, legte die Schachtel zurück ins Versteck und schob die Schublade wieder zu. Sie betrachtete die kleine Pille in ihrer Handfläche und freute sich auf den sanften Rausch, der sie umarmen, wärmen und glücklich machen würde. Sie legte die Pille auf ihre Zunge und spülte sie mit einem Schluck Chianti hinunter. Dann setzte sie sich im Wohnzimmer auf den Boden, zog die Beine unter ihrem Nachthemd eng an sich heran und legte den Kopf auf ihre Knie. »I wish there was a treaty between your love and mine«, sang Cohen.

Tom starrte auf den Daumen am Zündrad des Feuerzeugs. Dieser Idiot macht es wirklich, dachte er. Keine Zeit mehr für Psychologie. Er stürzte los. Ein Schritt. Alles oder nichts. Der Mann riss die Augen auf und stieß einen entsetzlichen, animalischen Schrei aus. Noch ein Schritt. Der Daumen drehte das Zündrad. Eine kleine Flamme stand flackernd in der Luft. Noch ein Schritt. Der Schrei des Mannes hielt an, hallte zwischen den Beton- und Glasfassaden der Büros und Geschäfte. Tom machte einen Sprung, mit gestreckten Armen flog er wie ein Torwart auf den Mann zu und sah dabei dessen Hand mit dem Feuerzeug, sah wie in Zeitlupe, dass sie sich zum nackten Körper bewegte. Tom erreichte sie, riss sie weg. Das Feuerzeug fiel zu Boden. Tom und der Mann stürzten zusammen auf den Asphalt. Hart schlugen sie auf. Das Feuerzeug war ein paar Meter weiter gelandet. Wütend stieß der Mann Tom von sich, er schrie, trat um sich und schlug wie wild auf ihn ein. Tom bekam Schläge ins Gesicht, auf die Brust, Tritte in den Bauch und den Unterleib.

»Hey, hey, hey! Halt! Aufhören!«, rief er und versuchte vergeblich, den Mann irgendwie zu packen. Doch der Verrückte schlug und trat weiter, Tom wusste keinen Ausweg und verpasste ihm eine rechte Gerade gegen den Kiefer. Der Mann sackte zurück. Schlaff blieb er liegen und atmete erschöpft ein und aus.

»Was soll das? Was soll dieser ganze beschissene Auftritt?«, schrie Tom, warf sich auf den Mann und packte ihn. Er drehte ihn auf den Bauch, setzte sich auf ihn, zog einen Arm auf den Rücken und hielt ihn dort fest. Dabei entdeckte er Einstichstellen in der Armbeuge. Der Mann spritzte Heroin. Wahrscheinlich war er auf einem Trip. Einem Höllentrip.

»Lass mich los!«, nuschelte er.

Sein Körper spannte und bog sich unter Tom.

»Lass mich los!«

Doch Tom behielt den Mann fest im Griff. Aus seiner Hosentasche holte er sein Handy und forderte einen Streifenwagen an. Der Mann erschlaffte vollends, er schien aufgegeben zu haben. Alles stank nach Benzin, Tom spürte Schmerzen an beiden Rippenbögen. Unter ihm lachte der Typ leise. Oder weinte er?

Der vertraute Geruch der Wohnung wirkte beruhigend. Tom schloss die Tür hinter sich und warf den Schlüssel auf den üblichen Platz, die Aluminiumkiste neben der Tür mit dem Durcheinander aus Werkzeugen, Schrauben, Stiften, einem Schirm, Ladekabeln und anderen Dingen, die sich dort angesammelt hatten. Ohne das Licht anzuschalten, ließ er die Sporttasche auf den Boden fallen, ging in die Küche und setzte sich an den Tisch. Er blickte auf den Teller vor sich und sah verschwommen in der Dunkelheit die Reisklumpen und Gemüsestreifen. Die Reste seines Essens vom Asia-Imbiss.

Er fühlte sich erschöpft, und sein Körper schmerzte. Der Junge im Dock One und dieser Wahnsinnige hatten ihm einige saftige Prellungen beschert. Tom blickte in den Hof. In einer Wohnung im Haus gegenüber brannte noch Licht, und er konnte erkennen, wie ein junger Mann vor einem Bildschirm saß. Eine Frau erschien neben ihm. Lange blonde Haare fielen über ihre Schultern. Sie zeigte auf den Bildschirm und fing an zu lachen. Der junge Mann lachte ebenfalls. Sie lachten miteinander und hörten nicht mehr auf, die Frau krümmte und schüttelte sich, der Mann warf den Kopf in den Nacken und fiel fast vom Stuhl. Tom musste schmunzeln. Er überlegte, ob er noch ein Bier trinken sollte, doch als er die Hand schon am Kühlschrank hatte, entschied er sich dagegen. Er verließ die Küche und ging ins Wohnzimmer, zwei Räume, die durch eine Schiebetür miteinander verbunden waren. Der schwache Schein der Straßenbeleuchtung warf ein schummriges Licht auf die Möbel. Für einen Moment wusste Tom nicht, wohin mit sich. Er hatte wieder das Bild des nackten Mannes vor Augen, der auf der Straße auf ihn zugewankt war. Wäre er wenige Minuten vorher dort entlanggefahren, hätte er ihn vielleicht nicht gesehen. Er hätte morgen erfahren, dass sich ein Junkie dort selbst in Brand gesetzt hätte. Schicksal. Eine Sekunde – oder weniger – hatte gefehlt, und der Durchgeknallte hätte sich angezündet. Tom wäre vielleicht schon auf ihn zugesprungen und in den Flammen gelandet, hätte ebenfalls Verbrennungen erlitten. Schicksal. Sie beide hatten enormes Glück gehabt. Jetzt lag der Mann auf der geschlossenen Station der Psychiatrie. Tom beschloss, sich in ein paar Tagen nach seinem Zustand zu erkundigen.

Er schlüpfte aus seinen Sneakers, ging durch die Schiebetür in den anderen Raum und legte sich auf seinen Futon. Bei jeder größeren Bewegung schmerzten seine Rippen. Er starrte an die Decke. Patty war auch wieder in der Psychiatrie. Der Gedanke machte ihn traurig. Tom erinnerte sich gut an die Zeit, als die drei eine glückliche Familie gewesen waren.

Die Scheinwerfer der vorbeifahrenden Autos warfen die Schatten der Fensterkreuze und der Äste des Baums auf die Zimmerdecke und ließen sie über den weißen, vielfach übermalten Stuck wandern. Vorsichtig drehte sich Tom auf die Seite und streckte den Arm nach der Kinderlampe auf dem Boden neben sich aus. Sogleich durchfuhr ihn wieder der Schmerz im Brustkorb. Er biss die Zähne zusammen, knipste die Lampe an. Bunt leuchteten ein Zebra und ein Elefant vor einem nachtblauen Himmel mit funkelnden Sternen. Tom starrte auf das friedliche Bild, bis es sich nach einer Weile langsam in Bewegung setzte. Das Zebra und der Elefant zogen weiter, es folgten ein Affe und ein Tiger. Die Lampe drehte sich, und die bunten Lichtreflexionen schwebten durchs Zimmer. Über Möbel, Wände und die Decke. Wie in jeder Nacht seiner Kindheit, als sein Zwillingsbruder und er in ihren Betten gelegen hatten und das sich langsam bewegende, bunte Licht der kleinen Lampe sie sanft in den Schlaf gewiegt hatte.

2
Montag

Tom war zu spät, als er das kleine Büro betrat, das er sich mit seiner Partnerin Mira Holbing teilte. Zum ersten Mal seit Jahren hatte er verschlafen. Er war selbst überrascht und betrachtete es als Zeichen einer zunehmenden Entspannung. Vielleicht hatte er seine Schlafprobleme endlich überwunden.

Tom hatte sich heute Morgen sogar die Zeit genommen, ein paar Dehnübungen zu machen gegen den Muskelkater und die Schmerzen an den geprellten Rippen. Das Frühstück hatte dann aber auf der Fahrt ins Präsidium stattfinden müssen. Zwei Schokoladencroissants, ein Milchkaffee, dazu ein paar Songs von Arcade Fire und das Sonnenlicht, das durch eine dünne, aufbrechende Wolkendecke in seinen Wagen schien. Tom hatte sich so wohlgefühlt wie schon lange nicht mehr.

»Guten Morgen, Mira!«

Mira sah von ihrem Schreibtisch auf. Seit zwei Jahren waren sie ein Team und verstanden sich fast blind. Eigentlich hieß sie Mandira, das hatte sie Tom einmal bei einem Feierabendwein erklärt. Mandira bedeutete im Indischen Melodie. Ihre Mutter kam aus Indien. Tom fand, der Name passte sehr gut zu ihrer sanften und selbstbewussten Art. Aber sie nannte sich lieber Mira, weil das einfacher klang und sie den Leuten nicht ständig ihren Namen buchstabieren musste.

»Bonjour, Monsieur!«, erwiderte sie und sah ihn auffällig neugierig an, als würde sie etwas von ihm erwarten.

»Und, wie war das Wochenende?«, fragte er und setzte sich an seinen Schreibtisch, der ihrem gegenüberstand. Ihr Blick ruhte immer noch eigenartig auf ihm. Hatte er etwas vergessen?

»Zufriedenstellend. Eine Drei plus, würde ich sagen. Samstag hatte ich die Jungs von meinem Bruder im Schlepptau. Das war schön, aber auch ziemlich anstrengend. Die drei sind echt wild. Hallihallo im Showgeschäft! Planten un Blomen, Comicladen, Kino, Eis und Burger, das ganze Programm. Und dann wollten sie auch noch unbedingt bei Tante Mira übernachten. Da haben wir 'ne Campingwiese aus dem Wohnzimmer gemacht. Als ich sie am Sonntag wieder los war, habe ich erst mal Ruhe gebraucht. Ich hab die Vorhänge zugezogen, draußen draußen sein lassen und die Stille genossen. Leider habe ich dann noch Kopfschmerzen bekommen. Also, über 'ne Drei plus kam mein Wochenende nicht hinaus.«

Tom fand die Luft im Raum stickig und überlegte, ob er das Fenster öffnen sollte. Aber er ahnte, dass Mira gleich wieder protestieren würde. So gut er sich mit ihr auch verstand, ihr starkes Bedürfnis nach Stille, ihre Empfindlichkeit gegenüber Lautstärke konnte manchmal anstrengend sein.

»Und deins?«, fragte sie.

Wieder fiel Tom ihr merkwürdiger Blick auf.

»Eine Zwei minus. Aber mein Samstag war auch besser als der Sonntag. Ich war auf dem Flohmarkt, Freunde hatten einen Stand, und ich habe bei ihnen abgehangen. Dann hab ich mir die neue Iggy-Pop-Scheibe gekauft. Hab mich treiben lassen, Kaffee getrunken, mit hübschen Frauen geflirtet.« Tom hielt die stickige Luft nicht mehr aus. Während er erzählte, ging er zum Fenster und öffnete es. »Am Sonntag hatte ich den ganzen Tag so eine starke Unruhe in mir und wusste nichts mit mir anzufangen.«

»Können wir das Fenster zulassen?«, fragte Mira wie erwartet.

»Stört dich die schlechte Luft gar nicht?«, erwiderte er.

»Welche schlechte Luft? Den Lärm von der Baustelle finde ich viel schlimmer.«

Tom horchte einen Moment. »Welche Baustelle?«

»Wie bitte? Die ist doch wohl kaum zu überhören.«

Er konzentrierte sich noch mehr und nahm schließlich leise, weit entfernt, Gehämmer und Baumaschinengeräusche wahr.

»Das ist am anderen Ende der Stadt. Das ist kaum zu hören.«
Mira sah Tom gereizt an. »Nur weil du fast taub bist.«
»Mira, du bist Polizistin in einer Großstadt.«
»Ach wirklich? Kann ich das nicht auch bei geschlossenem Fenster sein?« Sauer wandte sie sich wieder ihrem Schreibtisch zu.
Tom schloss das Fenster.
»Danke!«
Er setzte sich wieder.
»Superbulle!«, fügte Mira hinzu.
»Was soll das denn jetzt?«
Mira hielt eine Zeitung hoch. Die großen schwarzen Buchstaben der Schlagzeile sprangen Tom an.
»Kommissar rettet Selbstmörder!«
Natürlich war der Vorfall ein gefundenes Fressen für die Medien der Stadt.
»Du hast es noch nicht gesehen?«
Mira warf ihm die Zeitung hinüber. Jetzt verstand Tom, warum sie ihn so merkwürdig angesehen hatte. Er betrachtete das Foto unter der Schlagzeile. Es zeigte, wie er vor dem nackten Mann stand, der sein brennendes Feuerzeug hochhielt.
»Das war sehr mutig. Respekt, Monsieur! Du bist mein Bulle des Monats!«
Tom starrte auf das Bild. Es war von einem erhöhten Standpunkt aus aufgenommen worden, Tom war schräg von hinten zu sehen.
Scheiße, dachte er. »Das Foto sieht aus wie …«
»Richtig, du bist der neue Star im Netz.«
»Nein!«
»Doch!«
Mira aktivierte ihren Internetbrowser und rief YouTube auf. Dort fand sich der Clip. »Kommissar rettet Mann vor Selbstverbrennung« stand darunter. 27.673 Aufrufe.
»Scheiße!«, sagte Tom.
Jemand hatte offenbar aus einem Fenster heraus gefilmt, wie

er vor dem Junkie gestanden und auf ihn eingeredet hatte. Mira klickte auf das Bild, und das Video begann. Tom sah die Aktion, wie er sie erlebt hatte. Aber durch die Kamera wirkte alles schneller und weniger spektakulär. Der furchtbare Schrei, Toms gewagter Sprung und die heftige Rangelei am Boden. Tom zuckte zusammen, als er sah, mit welcher Wucht er den Mann niedergeschlagen hatte. Es war ihm unangenehm zu hören, wie er ihn anschließend angeschrien hatte. Die Worte waren auf die Entfernung leise, aber deutlich zu verstehen. »Was soll das? Was soll dieser ganze beschissene Auftritt?«

»Das war ein schöner Hechtsprung. Aber die Landung ist noch verbesserungswürdig, wenn du mich fragst«, sagte Mira grinsend.

Der Clip endete, als Tom auf dem Rücken des Mannes saß und in sein Handy sprach.

»Hat der Typ eigentlich irgendwas gesagt?«, wollte sie wissen.

»Nichts.«

»Du weißt gar nichts von ihm?«

Tom schüttelte den Kopf.

»Nur, dass er ein Junkie ist und wohl auf einem Trip war.«

»Du hast ihm ganz schön eine verpasst.«

Er erinnerte sich an die Wut, mit der er zugeschlagen hatte. Auf dem Video wirkte dieser Schlag unverhältnismäßig. Er sah zum Fenster hinaus. »Ich hätte souveräner sein müssen.«

»Ey, du hast den Typen gerettet und dein eigenes Leben dafür riskiert. Und man kann genau sehen, wie er auf dich einschlägt.«

Tom schüttelte den Kopf.

»Das war eine Stresssituation«, sagte Mira.

»Da ist ja unser Held!« Der Bass von Hauptkommissar Hendrik Felsen dröhnte durch den Raum. Es folgte der mächtige Körper dazu.

Felsen leitete die Mordbereitschaft zwei, welche aus ihm, Tom und Mira und den Kollegen Balbeck und Taller bestand. Er blieb in der Mitte des Büros stehen; er schien den Raum mit seiner Präsenz ganz auszufüllen. Mit seinen kurzen blonden Haaren, den etwas glasigen blauen Augen und der wortkargen Art entsprach er dem Bild des typischen Hamburgers. Mit dem kleinen Schönheitsfehler, dass er aus dem Rheinland kam.

»Ist alles okay mit dir?«, fragte er Tom.

»Mir geht's gut. Ich habe nur ein paar Prellungen.«

»Das meine ich nicht. Ich meine sonst. Überhaupt.«

Tom sah seinen Chef verwundert an. Der sah ihm tief in die Augen.

»Du gehst am späten Sonntagabend boxen.«

»Na und?«

»Na ja, für den armen Verrückten war das immerhin ein Glück«, sagte Felsen. »Hier sind alle mächtig stolz auf dich.«

Tom wusste nicht, was er sagen sollte, und nickte nur.

»Es ist schön, dass es mal wieder gute Schlagzeilen gibt. Melanie hat mich natürlich gleich angerufen. Sie hätte gerne, dass du dich für ein paar Interviews zur Verfügung stellst.«

Daran hatte Tom noch gar nicht gedacht. Natürlich war die Geschichte ein gefundenes Fressen für ihre Presseabteilung, und die Kollegin Melanie Torres war stets besonders ehrgeizig, wenn es darum ging, die Hamburger Polizei in einem guten Licht erscheinen zu lassen. Tom verzog den Mund. Der Gedanke, sich den Medien präsentieren zu müssen, schmeckte ihm gar nicht.

»Ich kann mir vorstellen, was du jetzt denkst. Aber wir müssen auch ab und zu an unsere Außenwirkung denken.«

Tom ahnte, dass er aus der Nummer nicht mehr herauskommen würde.

»Außerdem ist es eine Möglichkeit für dich, deine brutale rechte Gerade nachträglich ein wenig zu entschärfen«, fügte Felsen mit einem eindringlichen Blick hinzu.

Tom rang sich zu einem Nicken durch. »Ich werde Melanie anrufen«, sagte er.

»Aber warte noch damit!«, sagte Felsen.

Tom spürte, dass seinen Chef noch etwas anderes beschäftigte. Auch Mira sah Felsen gespannt an.

»Brenner will dich sprechen.«

Die unscharfe Spiegelung auf dem glatten Metall vor ihm hatte etwas Düsteres. Das kalte Neonlicht, das senkrecht von der Decke fiel, machte aus Toms Augen zwei schwarze Löcher. Ein sanftes Rucken, und sein Gesicht teilte sich. Die linke Hälfte der Fahrstuhltür fuhr zur Seite, und mit ihr verschwand eine Hälfte seines Ebenbilds. Die andere blieb, denn der rechte Teil der Fahrstuhltür klemmte. Unmerklich zuckte das schwere Metall auf der Stelle. Irritiert starrte Tom auf seine verbliebene Gesichtshälfte. Dann trat er hinaus in den dunklen Flur der fünften Etage. Er hoffte, niemandem zu begegnen. Er war nicht in der Stimmung für Schultergeklopfe. Die anstrengende Mischung aus Angst, Hoffnung und Neugier, die er immer vor einem Gespräch mit Brenner empfand, hatte ihn im Griff.

Zielstrebig lenkte er seine Schritte durch den Korridor, der das kreisförmige Zentrum des Gebäudes bildete, von dem alle zehn Flügel sternförmig abgingen. Die Türen der meisten Büros waren geschlossen, und es war merkwürdig still. In einer Kaffeeküche wartete ein frisch gefüllter Kaffeebecher dampfend auf seinen Besitzer. Schnell ging Tom weiter.

Vor der Tür zum Besprechungsraum drei blieb er stehen. Er atmete durch, drückte das kalte Metall der Klinke herunter und ging hinein. Außer ihm war noch niemand in dem länglichen Raum. Die Luft roch abgestanden. Die Klimaanlage funktionierte nicht. Er ging um den langen Tisch mit den vielen Stühlen herum und öffnete ein Fenster. Die Sonne schien ihm ins Gesicht, und vom Stadtpark wehte eine frische Brise herüber. Er blinzelte in das warme Licht. Fröhliche, aufgeregte Kinderstimmen hallten zu ihm herüber wie aus weiter Ferne. Sie erinnerten ihn an eine andere Zeit. In der stand Tom als Zwölfjähriger auf dem Schulhof inmitten spielender Kinder und fixierte den Ball, der gerade auf ihn zuflog. Die Flugbahn konnte er genau abschätzen, und er wusste, was jetzt zu tun war. Er hob seine Hände. Das runde Geschoss kam rasant näher und näher. Gleich würde er zupacken und es fangen. Doch da klatschte der Ball ihm schon ins Gesicht. Alle Kinder um ihn herum lachten. Der

Schmerz brannte auf seiner Haut, in der Nase und in seinem Herzen. Die anderen liefen um ihn herum und machten sich über ihn lustig. Marco kam angerannt, stellte sich schützend vor ihn und schrie: »Hört auf zu lachen oder es gibt was auf die Fresse! Ihr seid Schisser, blöde Schisser! Kommt doch her, wenn ihr euch traut!«

Das Lachen wurde etwas weniger, dafür ernteten die beiden jetzt höhnische Sprüche, und die ersten Jungs kamen auf sie zu. Marco ballte die Fäuste und hob sie. Tom tat es ihm gleich. Dann spürte er ein kräftiges Schubsen am Rücken und fiel unter johlendem Gelächter vornüber. Marco drehte sich um. Im selben Moment stürzten sich zwei Jungen auf ihn und warfen ihn ebenfalls zu Boden. Für die schnellen Schläge, die folgten, waren Marcos und Toms Reaktionen zu langsam. Aber Marco schlug tapfer um sich, um seinen Zwillingsbruder zu beschützen.

Als sie nach der demütigenden Prügelei hinter der Turnhalle zusammensaßen, sagte Tom, dass sie sicher schneller werden würden, wenn sie jetzt Boxen lernten. Marco nickte und versicherte, dass sie immer zusammenhalten werden, egal, was komme. Gemeinsam könnten sie alles schaffen.

Die Tür ging auf und riss Tom aus seiner Erinnerung. Einen Augenblick hielt er noch den Blick auf die Baumkronen des Stadtparks gerichtet, nahm sich ein paar Sekunden Zeit, um sich zu sammeln. Dann drehte er sich zu dem Mann um, der auf ihn zukam und ihm die Hand reichte.

»Guten Morgen, Tom!«

»Guten Morgen!«

Karsten Brenner sah ihn aus klaren, grauen Augen an. Freundlich, konzentriert. »Bitte, nimm Platz!«, sagte er.

Tom setzte sich an den Tisch. Brenner blieb stehen. Die Sonne warf seinen hageren Schatten auf die weiße Wand. Toms Anspannung wuchs. Sein Magen zog sich zusammen.

»Ich habe von letzter Nacht gehört. Gratuliere, das hast du großartig gemacht.«

Tom nickte und hoffte, dass Brenner schnell zur Sache käme.

Brenner schien zu überlegen, ob er noch etwas dazu sagen sollte. Sekunden verstrichen. Quälend langsam. Tom wurde unruhig.

Brenner ließ sich Zeit und studierte Tom genau. »Wir haben Hinweise, dass dein Bruder sich seit einiger Zeit in Europa aufhält. Vielleicht sogar in Deutschland.«

Erleichtert atmete Tom auf. Brenner war nicht gekommen, um ihm Marcos Tod mitzuteilen. Und auch nicht seine Verhaftung. Brenner ließ seinen Satz wirken. Sein Blick ruhte auf Tom.

Die Vorstellung, dass Marco sich vielleicht in der Nähe befand, versetzte Tom in freudige Erregung. Er versuchte, sich nichts anmerken zu lassen. Jetzt war klar, warum Brenner ihn sprechen wollte. Die Kollegen von der Zielfahndung vermuteten, dass Marco bald versuchen würde, Kontakt zu Tom aufzunehmen. Schließlich war es wissenschaftlich erwiesen, dass eineiige Zwillinge eine Trennung nur schwer verkrafteten. Tom konnte das nur bestätigen. Sein Bruder fehlte ihm wie ein Teil seiner selbst. Sechs Jahre war es her, dass Marco abgetaucht war, dass Tom ihn zum letzten Mal gesehen, mit ihm gesprochen und ihn umarmt hatte. Seitdem lebte er mit dieser entsetzlichen Leere in sich, die nichts und niemand füllen konnte. Und mit seinen Fragen, auf die er keine Antworten fand.

»Du hast aber nichts von ihm gehört?«

Tom schüttelte den Kopf.

»Ich glaube, dass du uns nie etwas verschwiegen hast, und ich habe großen Respekt vor deiner Situation.«

Der hagere Schatten wanderte über die Wand, als Brenner den langen Tisch entlangging. Seine Schritte auf dem Linoleum hallten durch den Raum.

»Aber jetzt beginnt sie vielleicht erst wirklich …«, Brenner blieb stehen und schien nach dem passenden Wort zu suchen, »anspruchsvoll zu werden.«

Brenners Schatten glitt von der Wand, als er sich auf dem Stuhl am Kopf des Tisches niederließ. Die Sonne schien ihm ins Gesicht.

»Du bist ein guter Polizist. Felsen sagt, du hast Ideale.«

Brenner sah Tom direkt in die Augen. »Ich will dir nur sagen: Wir werden da sein, wenn sich uns eine Chance bietet. Und ich hoffe, dass du dann nichts tun musst. Wir werden unsere Arbeit machen, das ist alles.« Brenner beugte sich vor. »Und ich erwarte nur, dass du dich immer als einer von uns verhalten wirst. Ein Kollege. Ein Polizist.«

Tom brachte es nicht fertig, etwas zu erwidern, nicht einmal ein Nicken. Aber er hielt dem Blick Brenners stand. Es gab keinen Grund, es nicht zu tun.

3

Ein hässliches Funktionsgebäude reihte sich ans andere. Breite Straßen ohne Menschen auf den Fußwegen durchzogen das Industriegebiet im Stadtteil Stellingen. Wer hier zu tun hatte, saß wie Tom und Mira im Auto oder befand sich auf einem der Firmengelände. Schweigend lenkte Mira den Dienstwagen durch die triste Gegend. Tom starrte aus dem Fenster. Der Gedanke, dass Marco in der Nähe war, ließ ihn nicht mehr los. Er hatte immer damit gerechnet, dass sein Bruder eines Tages in Hamburg auftauchen und Kontakt zu ihm aufnehmen würde. Er war sich sicher, dass er Marco fehlte so wie Marco ihm. Nun war es vielleicht wirklich so weit. In ihm entfaltete sich die Hoffnung auf dieses lang ersehnte Wiedersehen. Er konnte nichts dagegen tun. Das Gefühl wurde mit jedem Moment größer, es ließ kaum mehr Raum für Vernunft.

Tom schätzte es, dass Mira ihm keine Fragen stellte. Sie konnte sich offenbar vorstellen, wie er sich nach den Gesprächen mit Brenner fühlte. Im Wagen wurde es dunkel, eine breite Autobahnbrücke schob sich über sie. Als sie wieder ins Helle kamen, bog Mira ab und lenkte den Wagen auf einen riesigen Parkplatz, der versteckt hinter einer Baumreihe lag. Sie fuhren vorbei an dem weiträumig gespannten rot-weißen Absperrband und einem Kollegen in Uniform. Mira parkte neben den Polizeifahrzeugen im Schatten der einzigen Bäume und stellte den Motor ab. Eine kurze Weile betrachteten sie das Treiben vor sich.

In der Mitte des abgesperrten Areals stand ein silbergrauer Audi, um den herum die Kollegen der Spurensicherung in den weißen Overalls ihrer Arbeit nachgingen. Dazwischen der mächtige Körper ihres Chefs, ebenfalls in einem Schutzanzug. Sie hatten einen neuen Fall.

Bis auf die rostige Ruine eines alten VW Golf am Rande des weitläufigen Geländes war der Audi das einzige Auto auf diesem Platz. An der hinteren Seite des abgesperrten Areals stand eine Gruppe Schaulustiger. Es schienen Geflüchtete zu sein, sie verfolgten jeden Handgriff der Kapuzenmännchen neugierig. Weit hinter ihnen am Ende des Platzes ragte eine Container- und Zeltstadt empor. Das Erstaufnahmelager Schnackenburgallee. Neben dem Wagen konnte Tom den Körper der Leiche erkennen, deren Identität die Kollegen schon festgestellt hatten.

»Unternehmensberater«, sagte Tom mehr zu sich selbst.

»Und Politikberater«, fügte Mira hinzu.

Tom nickte gedankenverloren. »Wie war sein Name?«

»Lars Lutteroth. Hast du vorhin überhaupt zugehört?«, fragte sie.

»Sechsundfünfzig Jahre, verheiratet, drei Töchter«, antwortete er.

»Zwei«, korrigierte Mira.

»Hat eine eigene Agentur zusammen mit einem Partner«, fügte Tom hinzu.

»Geht doch«, meinte Mira. »Dann mal ran an den Speck!«

»Und das aus dem Mund einer Vegetarierin«, sagte Tom und stieg aus.

Aus dem Kofferraum holte er zwei kleine Päckchen hervor und drückte Mira eines davon in die Hand. Sie rissen sie auf und entfalteten weiße Schutzanzüge. Schweigend schlüpften sie in die papierdünnen Overalls. Felsen kam zu ihnen.

»Und? Alles okay?«, wandte er sich an Tom.

»Ja.«

Angeblich informierte Brenner Felsen nie über den Inhalt ihrer Gespräche. Felsen sah Tom prüfend an. Tom erwiderte seinen Blick. Fest und gelassen.

»Gut«, sagte Felsen. »Hast du dich bei Melanie gemeldet?«

Tom schüttelte den Kopf.

»Vergiss es bitte nicht. So, dann spielt jetzt hier die Musik«, sagte der Koloss und führte Tom und Mira zu der Leiche. Lutteroth trug eine Jeans, ein braunes Langarmshirt und eine dünne, dunkelblaue, sportliche Jacke. Der Körper lag auf der Seite, die rechte Gesichtshälfte in den sandigen Boden gedrückt. Die Augen geöffnet.

»Astreiner Schädelbruch. Von hinten ausgeführt«, sagte Felsen.

Tom beugte sich hinunter und sah sich das blasse, bläuliche Gesicht genau an. Die grünbraunen Augen waren gerötet und geschwollen von starken Einblutungen. Aus Ohr und Nase waren Blutrinnsale gelaufen und getrocknet. Die schwarzen Haare am Hinterkopf waren blutverklebt. Tom beugte sich noch weiter runter und drehte sich so, dass er das Gesicht so vor sich sehen konnte, als würde Lutteroth aufrecht vor ihm stehen. Die Nase war ein wenig schief, um den leicht geöffneten Mund gruben sich zwei tiefe Falten in die unrasierte Haut. Eine Fliege landete auf der Wange und krabbelte über die Bartstoppeln. Tom verjagte das Insekt vorsichtig mit seiner Hand.

»Und das könnte die Tatwaffe sein.«

Es war Selbachs Stimme. Der Spurensicherer trat zu ihnen und hielt Mira eine transparente Plastiktüte hin, in der sich eine fünfzig Zentimeter lange runde Aluminiumstange befand. Olaf Thaden, der Rechtsmediziner, kam dazu und deutete auf eine Stelle mit kaum sichtbaren Flecken. »Ich vermute, das ist Blut.«

Tom hörte den Kollegen zu, aber sein Blick verlor sich in Lutteroths Gesichtszügen, die sich in seiner Wahrnehmung zu verändern begannen. Der Mund formte sich zu einem Lächeln, die Wangen schoben sich hoch, und die Augen entspannten sich. Das Gesicht wirkte auf einmal jung. Fast kindlich und etwas naiv. Tom stellte sich Leichen oft noch lebend vor. Er lenkte diese Vorstellungen nicht, vielmehr schienen sie zu ihm zu kommen. Manchmal lächelten die Gesichter, wie Lutteroth, oder sie waren verschlossen, ängstlich, ungeduldig, erstaunt. Tom bildete sich nicht ein, dass diese Art von Intuition etwas zu bedeuten hätte, aber es war sein Weg, sich dem Opfer zu nähern. Eine Art Kontaktaufnahme.

»Die Stange lag hier neben der Leiche.« Selbach zeigte auf eine markierte Stelle im Sand. »Leider ohne Fingerabdrücke. Seine Brieftasche lag daneben. Ohne Geld, aber mit seinen Karten und Papieren. Und im Auto wurde der Bordcomputer herausgebrochen. Ziemlich dilettantisch. Ein Profi war das nicht.«

»Am rechten Ringfinger gibt es den Abdruck eines Rings und am linken Handgelenk den einer Armbanduhr. Beides fehlt«, ergänzte Thaden und wischte sich Schweißperlen von der Stirn. Es war kurz vor Mittag, die Sonne hatte fast ihren höchsten Stand erreicht und verbreitete an diesem schattenlosen Ort eine sommerliche Wärme, die sich in den Schutzanzügen zu Hitze steigerte.

»Todeszeitpunkt?«, fragte Felsen.

»Gestern Nacht zwischen dreiundzwanzig und ein Uhr«, antwortete Thaden. Er sah Tom an. »Tolle Nummer, das gestern.«

Selbach nickte anerkennend. »Ja, wirklich, Tom.«

»Danke, danke«, erwiderte Tom kurz. »Haben wir Fußspuren?«, fragte er schnell, um weiteren Bemerkungen zu entgehen.

Selbach machte ein skeptisches Gesicht. »Der Boden ist zu trocken, aber es gibt einige schwache Abdrücke, und der Sand unter seinen Schuhsohlen ist von hier. Es könnte der Tatort sein.«

Mira sprach aus, was alle dachten. »Was hatte der Herr Berater an diesem Ort verloren? In einer Sonntagnacht?!«

»Der Parkplatz gehört zum Stadion«, erklärte Selbach. »Das liegt da drüben. Kann man von hier nicht sehen.«

»War am Sonntag ein Spiel?«, wollte Mira wissen.

»Nein«, sagte Felsen.

»Die Zufahrten haben alle Schranken, die geschlossen sind.

Nur diese hier ist ohne Schranken«, sagte Tom und ließ sein Blick über den Platz schweifen.

»Sieht aus wie eine provisorische Zufahrt für Baufahrzeuge«, sagte Selbach.

»Vielleicht war er hier verabredet«, vermutete Mira.

»Habt ihr im Auto was gefunden?«, wandte sich Felsen an Selbach.

Der Spurensicherer schüttelte den Kopf. »Nichts Besonderes, außer einem leeren Whisky-Flachmann.«

»Mal sehen, ob wir den Inhalt in seinem Magen finden werden«, sagte Thaden.

»Wo sind die Männer, die die Leiche entdeckt haben?«, wollte Tom wissen.

»In der Unterkunft. Es sind Syrer. Balbeck und Taller befragen sie gerade mit einem Dolmetscher«, erklärte Felsen.

Tom nickte. Die Maschinerie lief. Viel Vorsprung hatte der Täter nicht.

Thaden kniete sich hinter die Leiche und drehte den steifen Körper behutsam auf den Rücken.

»Was ist in der Tasche?«, fragte Mira.

Eine Jackentasche war leicht ausgebeult. Thaden griff hinein und holte ein Spielzeugauto hervor. Ein Batmobil, der schwarze Flitzer des berühmten Comichelden.

»Der Mann hat wohl Kinder«, sagte Thaden.

»Zwei Mädchen. Die sind aber fast erwachsen«, antwortete Mira.

Thaden betrachtete das Auto von allen Seiten. »Corgi Toys. Wenn mich nicht alles täuscht, ist das ein Original aus den Siebzigern. Ich hatte auch so eines als Kind. Leider hab ich es auf dem Flohmarkt verscherbelt. Damals hatte ich noch nicht daran gedacht, dass ich mal selbst Vater sein und es meinen Kindern vererben könnte.« Er steckte den Wagen in eine durchsichtige Plastiktüte und reichte sie Selbach. In den anderen Taschen fand Thaden nichts außer einem Schlüsselbund in einem Lederetui.

»Kein Handy. Entweder hatte er es nicht dabei oder es wurde

entwendet wie Uhr, Ring, Geld und der Bordcomputer«, bemerkte Selbach.

»Raubmord?«, fragte Tom nachdenklich. »Und da hinten ein Flüchtlingslager«, ergänzte er, und seine Miene verfinsterte sich. Die Vorstellung, die verunsicherten Menschen mit ihren Ermittlungen behelligen und sie verdächtigen und damit allen Vorurteilen entsprechen zu müssen, behagte ihm ganz und gar nicht.

»Wäre leider möglich«, sagte Felsen. »Wir können das nicht ausschließen, nur aufgrund falsch verstandener Mitmenschlichkeit.«

Unwillig nickte Tom und sah zu den Containern am Ende des Platzes. »Aber dann hätte der Täter es direkt vor seiner Haustür getan«, sagte er skeptisch.

»Die Container sind ziemlich weit entfernt, und es war dunkel. Zwei Lampen für den ganzen Platz. Den Bereich hier erreichen die kaum«, bemerkte Felsen trocken. »Und der Container mit dem Sicherheitspersonal befindet sich um die Ecke, die haben keine Sicht auf diesen Teil des Platzes«, fügte er hinzu.

Selbach deutete auf die dichte Baumreihe zu ihrer Rechten. »Hinter den Bäumen liegt übrigens ein Kleingartenverein.«

»Die müssen alle befragt werden«, sagte Mira. »Wir brauchen Unterstützung.«

»Ist schon angefordert«, erwiderte Felsen.

In dem Moment fuhr ein weißes VW Beetle Cabriolet auf den Parkplatz. Den roten Pagenkopf hinter dem Steuer kannte Tom, aber die Erinnerungen, die er mit ihm verband, waren keine guten.

»Die Agersen«, sagte Felsen verwundert und warf Tom einen vielsagenden Blick zu. Der zuckte nur mit den Schultern. »Ist es okay, wenn ihr zu Frau Lutteroth fahrt?«, fragte ihr Chef.

Tom und Mira nickten. Tom zeigte zum Flüchtlingslager. »Von der Containerreihe dort könnte jemand möglicherweise etwas beobachtet haben.«

Selbach blickte skeptisch drein.

»Man weiß nie«, erwiderte Felsen. »Wir müssen herausfinden, ob diese Lampen letzte Nacht angeschaltet waren.«

Staatsanwältin Franziska Agersen stieg aus ihrem Käfer. Die Mittvierzigerin, eine elegante, stilvolle Erscheinung, trug einen hellen Trenchcoat über einem dunkelblauen Kleid.

»Fahrt los!«, wandte sich Felsen an Tom und Mira. »Und fahrt anschließend zu Lutteroths Agentur!« Er ging hinüber zu Franziska Agersen.

»Im Mantel bei dem Wetter«, sagte Mira leise.

Während die Staatsanwältin den Ausführungen von Felsen zuhörte, sah sie immer wieder zu Tom herüber. Als sich ihre Blicke trafen, lächelte sie dezent.

»Lächelt die dich an?«

Tom ignorierte Miras Frage und richtete seinen Blick auf die Gruppe Schaulustiger. »Keiner hindert die Kids daran, die Leiche anzustarren«, sagte er.

»Oh, in ihrer Heimat haben die sicher schon viel Schlimmeres gesehen als eine Leiche mit Schädelfraktur«, erwiderte seine Partnerin.

Zwei Männer gingen zu der Gruppe der Schaulustigen, holten einen Jungen in einem Barcelona-Trikot heraus und redeten mit ihm. Der jüngere der beiden Männer griff den Jungen am Arm und zerrte ihn mit sich. Der Junge protestierte. Der alte Mann redete energisch auf ihn ein, woraufhin der Junge sich fügte und sich den beiden anschloss. Tom sah ihnen nach, wie sie zum Lager gingen.

4

Der mit grauem Schiefer gepflasterte Weg führte durch ein buntes Durcheinander von Frühlingsblumen zu der modernen weißen Stadtvilla. Sarah Lutteroth stand in der geöffneten Tür und erwartete Tom und Mira. Nervös verlagerte sie ihr Körpergewicht von einem Fuß auf den anderen. Sie trug ein hellblaues Sommerkleid mit weißen Streifen. Eine hübsche Frau mit schulterlangen, dunklen Haaren.

»Was kann ich für Sie tun?« Ihre Stimme klang hell und freundlich, konnte jedoch die Verunsicherung nicht verbergen.

Tom und Mira zeigten ihre Dienstausweise. »Frau Lutteroth?«, fragte Tom.

Sie nickte.

»Es geht um Ihren Mann«, erklärte Tom.

»Können wir hineingehen?«, fragte Mira.

»Ja, bitte«, antwortete sie.

Sarah Lutteroth schloss die Tür hinter ihnen und führte sie in das große, helle Wohnzimmer. Eine geschmackvolle Mischung aus klassischen wie modernen Designermöbeln und übervollen Bücherregalen, die Kunstwerke an den Wänden sorgten für eine lebendige, angenehme Atmosphäre. Auf dem langen Holztisch am Fenster lagen Geschenke und einige Rollen Geschenkpapier. Offenbar stand ein Geburtstag bevor. Tom versuchte, sich an Lars Lutteroths Geburtsdatum zu erinnern, aber dann erblickte er eine große Sechzehn aus goldenem Papier, die ausgeschnitten auf dem Parkettboden lag. Die Vorbereitungen galten einer der beiden Töchter.

Sarah Lutteroth bot Tom und Mira an, auf dem Sofa Platz zu nehmen, und zog sich selbst einen Stuhl heran. Wahrscheinlich fühlte sie sich zu angespannt, um sich in einen der bequemen Sessel zu setzen. Eine breite, bodentiefe Glasfront bot einen freien Blick auf die Terrasse und den an den Rändern üppig bepflanzten Garten mit einem Volleyballnetz auf der Rasenfläche. Tom atmete einmal tief durch und übernahm die Initiative.

»Frau Lutteroth, wir müssen Ihnen« – weiter kam er nicht.

»Nein!«, stieß Sarah Lutteroth entsetzt hervor.

Tom sah ihr fest in die angstgeweiteten Augen.

»Nein!«, wiederholte sie leise.

»Ihr Mann … wurde heute Morgen tot aufgefunden.«

Sie starrte ihn an. Tom und Mira warteten einen Moment, aber sie wussten, dass sie nun für Bewegung sorgen mussten. Reden, weitermachen, das war jetzt das Einzige, was dieser Frau helfen konnte.

»Es tut uns sehr leid«, sagte Mira. »Es ist leider kein Irrtum möglich. Ihr Mann hatte seine Papiere bei sich, und das Passfoto ist eindeutig.«

Sämtliches Leben schien aus Sarah Lutteroth gewichen. Blass, mit glasigen Augen saß sie vor ihnen, rührte sich nicht.

»Sind Sie gerade allein?«, wollte Tom wissen.

Keine Antwort.

»Frau Lutteroth, sind Sie allein zu Hause?«, wiederholte er.

Wie aus weiter Ferne sah sie ihn an und nickte. Mira stand auf und ging an die offene Küchenzeile. Sie nahm ein Glas vom Regal, füllte es mit Wasser aus der Leitung und brachte es der Frau.

»Sollen wir jemanden benachrichtigen, der zu Ihnen kommen kann? Der sie unterstützen kann?«

Sarah Lutteroth ignorierte das Wasser. »Nein.«

»Wir können einen Arzt rufen oder einen Psychologen«, bot Tom an.

Die Frau schüttelte den Kopf.

»Sie haben zwei Töchter«, sagte er.

Sie nickte mechanisch.

»Die sind in der Schule?«

Ein weiteres Nicken. Sarah Lutteroth rang um Fassung. »Was ist passiert?«, fragte sie und sah Tom an.

»Ihr Mann wurde heute Morgen auf einem Parkplatz in der Nähe des Volksparkstadions neben seinem Wagen gefunden«, antwortete er. Etwas leiser fügte er hinzu: »Er wurde erschlagen.«

»Erschlagen?«, wiederholte sie ungläubig. Tom nickte.

»Jemand hat ihm von hinten mit einer Stange oder etwas Ähnlichem auf den Kopf geschlagen«, konkretisierte Mira. »Wahrscheinlich war er sofort tot. Er wurde beraubt. Aber das muss nicht bedeuten, dass es ein Raubmord war. Wir fragen uns, was er dort gemacht haben könnte. In einer Sonntagnacht.«

Das Telefon läutete. Sarah Lutteroth sah hinaus in den Garten und ignorierte den Anrufer. Tom und Mira warteten, bis das Klingeln aufhörte.

»Wann haben Sie Ihren Mann das letzte Mal gesehen?«, fragte Tom.

Sarah Lutteroth reagierte nicht. Abwesend blickte sie hinaus in den Garten. Tom stellte sich vor, wie die Familie dort miteinander Volleyball spielte. Ausgelassen und glücklich. Sie drehte sich zu ihm und sah ihn einen Moment an. Auf einmal brach sie in Tränen aus, wurde von Weinkrämpfen geschüttelt, und es schien, als könne sie sich nicht mehr beruhigen. Als Tom und Mira gerade einen Krisenpsychologen anfordern wollten, schien sie sich zu fangen. Mühsam riss sie sich zusammen. Es dauerte eine Weile, dann sprach sie leise.

»Als wir ins Bett gegangen sind, habe ich Lars das letzte Mal gesehen.« Sie machte eine Pause. »Das letzte Mal«, wiederholte sie das Unbegreifliche.

»Wann war das?«, wollte Mira wissen.

»Das muss so gegen halb elf gewesen sein.«

»Ist Ihnen gestern irgendetwas an Ihrem Mann aufgefallen? Oder in der letzten Zeit? War er vielleicht anders als sonst?«, fragte Mira.

Sarah Lutteroth schüttelte den Kopf. »Nein.«

»Hatte er am Abend telefoniert?«, fragte Tom.

»Ich glaube nicht. Ich kann mich jedenfalls nicht daran erinnern.«

»Wir haben bei ihm kein Handy gefunden. Kann es sein, dass sein Handy hier ist?«

»Ich weiß nicht.«

Tom zückte sein Handy. »Können Sie mir seine Nummer sagen?«

Sarah Lutteroth nannte mechanisch die Ziffernfolge, und Tom tippte sie in sein Handy. Sie warteten, aber kein Klingelton ertönte. Tom stand auf.

»Darf ich durchs Haus gehen und nachsehen?«

Sarah Lutteroth nickte.

»Hatte Ihr Mann ein Arbeitszimmer?«, fragte er.

»Oben«, antwortete sie leise.

Tom warf Mira einen Blick zu. Sie nickte kurz und wandte sich wieder an Sarah Lutteroth. »Wir hoffen, Hinweise zu finden, die uns weiterhelfen können«, erklärte sie, während Tom in den Flur ging.

Lars Lutteroths Mailbox meldete sich. Tom legte auf und drückte auf Wahlwiederholung. Er sah sich um, öffnete die Türen zu einem Abstellraum, einem Gästezimmer und dem Keller. Kein Klingelton war zu hören. Dann stieg er die Treppe hoch und öffnete die Türen zu den Kinderzimmern, dem Schlafzimmer und dem Badezimmer. Stille. Tom betrat das Arbeitszimmer. Die Sonne schien herein, es war sehr warm, die beiden Fenster über Eck waren geschlossen. Wieder meldete sich Lutteroths Mailbox. Tom steckte sein Handy ein.

Er öffnete ein Fenster, mit der frischen Luft drang lebhaftes Vogelgezwitscher ins Zimmer. Er zog seine Jacke aus und legte sie über die Lehne des Schreibtischstuhls. Sein Blick wanderte vom Schreibtisch, auf dem verschiedene Unterlagen und ein zugeklapptes Laptop lagen, über Regale mit Fachbüchern und Ordnern zu Bilderrahmen mit Fotografien an der Wand. Ein großes Schwarz-Weiß-Foto zeigte Lutteroth im Gespräch mit Helmut Schmidt und Olaf Scholz. Die anderen waren alle Familienfotos. Er sah sie sich näher an. Ein Hochzeitsfoto vor einer Kirche, die beiden Töchter als Babys, als kleine Mädchen beim Spielen mit ihrem Vater im Garten, die Familie am Meer, Lars Lutteroth mit seiner Frau und offensichtlich seinen Eltern. Er sah seinem Vater ähnlich. Auf einem anderen Bild wurde es besonders deutlich: Lars Lutteroth saß an einem Schreibtisch, der Vater stand hinter ihm. Die rechte Hand ruhte stolz auf der Schulter des Sohnes, am Revers des Jacketts des Vaters erkannte Tom einen kleinen CDU-Anstecker. Die Buchstaben in den Deutschlandfarben. Der Vater kam Tom bekannt vor, aber er konnte nicht sagen, woher.

Auf dem Boden in einer Ecke entdeckte Tom eine Mini-Modelleisenbahnanlage. Er betrachtete die kleine Welt auf dem künstlichen Grün. Zwischen Bahnhöfen, Straßen und Dörfern fiel ihm eine Baumschule auf. Fein säuberlich standen viele Bäume unterschiedlicher Größe in Reihen nebeneinander. Speziell, dachte Tom. Vor dem Bauernhof daneben stand ein Paar mit einem kleinen Jungen. Die »Heile-Welt«-Fantasie des Politikberaters rührte Tom, obwohl ihm die Faszination erwachsener Männer für Modelleisenbahnen fremd war.

Aus dem Regal zog Tom die Ordner mit Bank- und Steuerunterlagen und legte sie auf den Schreibtisch. Er setzte sich und klappte den Laptop auf. Das Gerät war im Ruhezustand, aber kennwortgeschützt. Er klappte es wieder zu. Darum würden sich die IT-Kollegen kümmern, falls Sarah Lutteroth das Kennwort nicht kannte. Er blätterte durch die Unterlagen, die danebenlagen. Rechnungen, aktuelle Kontoauszüge, Quittungen, ein Designermöbel-Katalog.

In der einzigen Schublade befanden sich Stifte, ein Locher, ein unbenutztes Notizheft, Visitenkarten, eine Packung Zigarillos und ein Fahrtenmesser in seiner Scheide. Tom zog das Messer an seinem Holzgriff heraus. Die zwanzig Zentimeter lange Klinge war blank, spitz und sehr scharf. Er schob es wieder zurück in die Lederhülle und legte es zu dem Laptop.

Tom bückte sich, zog den hölzernen Papierkorb zu sich heran und sah sich dessen Inhalt an. Benutzte Taschentücher, ein altes Pflaster, beschriebene Papierfetzen, eine leere Zigarilloschachtel, eine verbrauchte Tintenpatrone, zwei eingerissene Eintrittskarten für das Museum für Kunst und Gewerbe. Die Eintrittskarten galten für die Ausstellung »Get involved – Street photography today« und trugen das Datum von Montag und Mittwoch letzter Woche um elf Uhr dreiundzwanzig und vierzehn Uhr fünf.

Tom sammelte die Papierfetzen und setzte sie zusammen. Sie ergaben eine handschriftliche Liste.

Brief an Jakob
Heister treffen
Asienfonds verkaufen
Geduld!

Er fotografierte das Puzzle mit seinem Handy und legte die Papierfetzen vorsichtig in einen kleinen Asservatenbeutel und diesen mit den Eintrittskarten zu dem Laptop und den Unterlagen.

Als Tom in das Wohnzimmer zurückkehrte, saß Sarah Lutteroth an dem langen Tisch und verpackte ein Geschenk für ihre Tochter. Tränen rannen ihr die Wangen herunter. Der Frau brach das Leben unter den Füßen weg, aber sie klammerte sich an ein Stück Alltag. Mira stand an der Fensterfront und sah in den Garten.

Erst jetzt fiel Tom das große Schwarz-Weiß-Foto auf, das im Glasrahmen an der Wand neben dem Tisch hing. Es zeigte Lutteroths Vater mit dessen Frau. Ein Trauerflor überspannte eine Ecke des Rahmens.

Mira drehte sich zu Sarah Lutteroth. »Und Sie haben nicht gemerkt, dass Ihr Mann wieder aufgestanden ist?«

Sarah Lutteroth zog die Schleife fest und wischte eine Träne von dem Geschenk. »Ich hatte meine Stöpsel in den Ohren. Mein Mann schnarcht.«

»Er war also schon eingeschlafen?«, fragte Mira.

»Das weiß ich nicht. Ich habe die Ohrstöpsel prophylaktisch benutzt. Lars hat noch gelesen. Das heißt, nein, gestern hat er nicht gelesen. Eigentlich liest er immer noch vorm Einschlafen.«

Wieder schien sie mit der Erkenntnis zu ringen, dass immer nun vorbei war.

»Haben Sie sich heute Morgen nicht gewundert, dass Ihr Mann nicht da war?«, fragte Mira.

»Ich dachte, er hätte einen frühen Termin und vergessen, es mir zu sagen.«

Tom trat zu den beiden. »Kein Handy!«, sagte er. »Frau Lutteroth, falls Sie es irgendwo finden, informieren Sie uns doch bitte sofort.«

Sarah Lutteroth nickte.

»Kennen Sie das Passwort für den Laptop Ihres Mannes?«, fragte Tom.

»Nein«, antwortete Sarah Lutteroth.

»Ging Ihr Mann zur Jagd?«, fragte Tom.

»Nein, wie kommen Sie darauf?«

»In seinem Schreibtisch liegt ein großes Fahrtenmesser.«

»Ja?«, fragte Sarah Lutteroth etwas verwundert. »Das kenne ich nicht. Ich bin auch nicht so oft in seinem Zimmer.«

Tom nickte.

»Im Papierkorb habe ich einen zerrissenen Zettel gefunden, auf dem Ihr Mann ein paar Dinge notiert hatte, die er sich offenbar vorgenommen hatte. Oben steht ›Brief an Jakob‹.«

»Jakob ist sein bester Freund. Er lebt in Freiburg. Die beiden haben sich noch richtige Briefe geschickt. Ich meine, handschriftliche.«

Tom nickte. »Dann steht da: ›Heister treffen‹.«

Sarah Lutteroth überlegte. »Der Name sagt mir nichts.«

»›Asienfonds verkaufen‹.«

Sarah Lutteroth stutzte. »Wir haben einen Teil unseres Vermögens in Fonds angelegt. Warum er vorhatte, den Asienfonds zu verkaufen, weiß ich nicht. Er hat nicht darüber mit mir gesprochen.«

»Als Letztes hat er notiert: ›Geduld!‹«

»Geduld«, wiederholte sie nachdenklich. »Lars empfand sich selbst oft als zu ungeduldig. In den letzten Jahren war das aber besser geworden. Ich weiß nicht, wie er das in diesem Fall gemeint haben könnte.«

»Hat Ihr Mann die Briefe von diesem Jakob aufbewahrt?«, wollte Tom wissen.

»Ich glaube schon«, antwortete sie abwesend.

»Frau Lutteroth, soll ich Ihnen einen Kaffee machen?«, fragte Mira.

Sarah Lutteroth sah sie an, als wunderte sie sich über die Normalität dieses Angebotes.

»Das wäre vielleicht ganz gut«, kam es unsicher über ihre Lippen.

Mira ging in die Küche und beschäftigte sich mit der Kaffeemaschine.

Tom ließ seinen Blick wieder durch den Raum wandern.

»Ich sehe bei Ihnen viele Kunstbände und Bilder. Interessierte sich Ihr Mann besonders für Kunst?«, fragte er.

Sarah Lutteroth nickte. »Wir beide.«

»Wussten Sie, dass Ihr Mann in der letzten Woche Montagvormittag und Mittwochnachmittag in einer Fotografie-Ausstellung im Museum für Kunst und Gewerbe war?«

»Nein.«

»In seinem Papierkorb habe ich die beiden Eintrittskarten gefunden«, erklärte er.

Sarah Lutteroth reagierte irritiert. »Warum hat er mir davon nichts erzählt?« Sie sah zum Fenster hinaus. Aus der Küchenzeile kamen Brodel- und Zischgeräusche, und der Geruch des frisch gebrühten Kaffees breitete sich aus.

»Das sind jetzt viele Fragen, Frau Lutteroth, und das ist alles sehr schmerzhaft und sehr verwirrend. Wir verstehen das nur zu gut.«

Mira kam mit dem Kaffee und stellte ihn vor Sarah Lutteroth auf den Tisch.

»Aber je früher wir mit unseren Ermittlungen starten, desto besser sind die Chancen, den oder die Täter zu finden.«

Sarah Lutteroth hielt die Tasse in beiden Händen, als wollte sie sich an ihr wärmen. »Am Wochenende wollte er nach Florenz. Mit den Mädchen. Sie sind noch nie dort gewesen. Lars hatte sich sehr darauf gefreut. Er war als junger Mann oft in Florenz, war ganz vernarrt in die Stadt und die Toskana. Er wollte den beiden da alles so gerne zeigen. Aber irgendwie hatten wir das nie hingekriegt. Und jetzt war es endlich so weit. Er wollte allein mit ihnen reisen. Es bedeutete ihm so viel. Gerade weil sein Verhältnis zu Sofie in letzter Zeit sehr schwierig war.«

»Warum?«, fragte Mira.

»Sie ist fast achtzehn, und Lars kam nicht so gut damit klar, dass sie jetzt ihren eigenen Weg geht«, erklärte Sarah Lutteroth. Sie trank von ihrem Kaffee, dann sah sie Tom an. »Was wollen Sie noch wissen?«

Tom holte den durchsichtigen Asservatenbeutel mit dem Batmobil hervor und zeigte ihn Sarah Lutteroth. »Kennen Sie dieses Spielzeugauto?«

Sie betrachtete den schwarzen Wagen. »Nein.«

»Das haben wir in der Jackentasche Ihres Mannes gefunden.«

Verwundert blickte sie Tom und Mira an. »Das ist ein Spielzeugauto.«

»Könnte das vielleicht einer Ihrer Töchter gehören?«

»Nein«, widersprach sie entschieden. »Die haben nie mit Autos gespielt.« Sarah Lutteroth starrte auf das Batmobil. »Warum war er denn an diesem merkwürdigen Ort? Mitten in der Nacht?«

»Das versuchen wir herauszufinden«, sagte Tom.

»Hatte Ihr Mann auf irgendeine Art Kontakt zu Flüchtlingen?«, wollte Mira wissen.

»Nein. Wieso?«

»Auf einem Teil des Parkplatzes befindet sich ein Erstaufnahmelager für Flüchtlinge.«

Sarah Lutteroth sah die beiden verwundert an.

»Hatte Ihr Mann vielleicht Probleme?«, fragte Mira.

»Sie meinen finanzielle?«, fragte Sarah Lutteroth.

»Ja, oder andere«, erläuterte Mira.

»Nein.«

»Hatte er mit jemandem Streit? Privat oder im Beruf. Gab es Feinde?«

Sarah Lutteroth ließ sich Zeit mit der Antwort, dann sprach sie ganz ruhig. »Lars«, sie hielt kurz inne, »war ein ruhiger, ausgeglichener und vernünftiger Mensch. Kein Draufgänger. Er ließ sich nie auf irgendetwas Unseriöses ein. Lars war beliebt bei allen, die mit ihm zu tun hatten.«

»Gibt es noch Verwandte Ihres Mannes?«, schlug Tom eine neue Richtung ein.

Sarah Lutteroth blickte ihn an. »Meine Schwiegereltern sind vor Kurzem bei einem Autounfall ums Leben gekommen.«

Tom deutete zu dem Foto. Sarah Lutteroth nickte.

»Henning Lutteroth«, ergänzte sie.

Jetzt fiel Tom ein, woher er das Gesicht kannte.

»Der Politiker?«

Sie nickte.

Tom erinnerte sich an die Meldungen in den Zeitungen. »Ein Lkw war frontal in den Wagen des Ehepaars gefahren.«

»Es war furchtbar«, erwiderte Sarah Lutteroth.

Sie sah die Kommissare irritiert an, anscheinend spürte sie die traurige Absurdität ihrer Bemerkung angesichts des frischen Verlustes ihres Mannes. Die Haustür wurde aufgeschlossen. Das Geräusch platzte in die bedrückende Stille. Leichte, beschwingte Schritte waren zu hören. Eine Mädchenstimme rief: »Haben wir Besuch? Da steht ein Wagen in der Einfahrt.«

»Lars hat noch einen Bruder«, sagte Sarah Lutteroth, »aber mit dem hat er über achtunddreißig Jahre nicht gesprochen.«

5

Mira steuerte ihren Wagen durch den dichten Innenstadtverkehr. Nur langsam kamen sie ihrem Ziel näher, den Alsterarkaden Nummer siebenundzwanzig. Hier residierte die Consulting-Firma Lutteroth & Bentner.

Es schien, als hätte der Sommer schon Einzug gehalten, die Hitze staute sich in den Häuserschluchten und stand in den Straßen des Geschäftsviertels. Männer in Anzügen und Frauen in Business-Kleidung eilten zwischen schlendernden Leuten mit schicken Einkaufstüten und eisschleckenden Touristen ihren Terminen entgegen. Die meisten Männer trugen die Jacken über die Schultern gehängt, die Ärmel ihrer Hemden hatten sie hochgekrempelt. Einige waren miteinander in ein Gespräch vertieft, andere redeten in die Freisprechanlage ihres Handys.

Tom fiel auf, dass seine Partnerin blass war und sich ein angespannter Zug um ihre Augen gebildet hatte.

»Ist alles okay mit dir?«

Mira lächelte etwas gequält. »Ich habe Kopfschmerzen.«

»Oh Mist!«

Mira nickte.

»Hast du was dabei?«

»Nein. Aber es geht schon.«

»Der Tag wird lang.«

»Ich weiß, aber …«

»Dahinten ist eine Apotheke, hol dir Tabletten!«

»Du hast recht.« Mira hielt in zweiter Reihe. »Und wollen wir vielleicht noch schnell einen Kaffee trinken und ein Sandwich essen, bevor wir uns in die Welt des Kapitalismus begeben?«, fragte sie und schaltete den Warnblinker ein. Wütendes Hupen ertönte von zwei Wagen hinter ihnen.

»Auch eine gute Idee«, stimmte Tom zu.

Der schmale Raum bestand nur aus einem langen Tresen, an dem sich viele Geschäftsleute drängten. Es roch nach gutem Kaffee. Tom wartete geduldig, bis er seine Bestellung loswerden konnte. Er betrachtete die Menschen um sich herum. Gut gelaunte Männer und Frauen, elegant gekleidet, mit teuren Uhren und exklusivem Schmuck. Was er vor sich sah, wirkte wie ein Werbefoto in einem Hochglanzmagazin. Der dezente Bar-Jazz aus der Anlage passte perfekt dazu. Hier wurde kurz Pause gemacht von Gewinnmaximierung und Erfolgsdruck, das süße Leben genossen und sich selbst gefeiert. Lars Lutteroth war einer von ihnen gewesen. Tom stellte sich Lutteroth zwischen diesen Menschen vor. Wie er sich angeregt mit ihnen unterhielt. Er sah wieder das kindliche, freundliche Lächeln.

Der Mann hinterm Tresen stellte zwei Teller mit Sandwiches, einen Cappuccino und einen schwarzen Kaffee, dazu etwas Wasser auf ein Tablett und schob es Tom zu. Der zahlte und biss hungrig in sein Salamisandwich. Was hatte es mit dem Batmobil auf sich? Gehörte es Lutteroth? Hatte er vergessen, dass es noch in seiner Jackentasche steckte? Dafür war es aber eigentlich zu groß. Er hätte es sicherlich gespürt und herausgenommen, bevor er das Haus verlassen hätte. Oder hatte er es bewusst mitgenommen? Aber was hatte er damit vor?

Mira erkämpfte sich einen Platz neben ihm am Tresen. Sie drückte zwei Pillen aus der Packung und spülte sie mit ein paar Schlucken Wasser aus dem Glas herunter, das zu ihrem Cappuccino gereicht worden war.

»Hast du Melanie schon angerufen?«, fragte sie.

Tom schob Mira ihr Mozzarellasandwich rüber.

»Du weißt genau, was ich von solchen Sachen halte.«

»Dabei würdest du so eine gute Figur machen: Der gut aussehende, charmante Kommissar, der sein Leben riskiert hat, um einem verzweifelten Junkie das Leben zu retten.«

Tom schüttelte den Kopf. »Schlimm genug, dass irgendein Idiot das gefilmt hat.«

Mira schenkte ihm ein liebevolles Lächeln. »Schade!«, sagte sie ironisch und löffelte ein wenig Milchschaum von ihrem Cappuccino. »Was ist mit dem Bruder, von dem Lutteroths Frau gesprochen hat? Sollen wir später noch zu ihm fahren?«, kam sie zurück zum Fall.

Tom überlegte. »Nicht mehr heute. Die haben sich fast vierzig Jahre nicht gesprochen, da kommt es jetzt auf einen Tag auch nicht mehr an.«

Mira biss in ihr Sandwich. »Oh, das ist gut. Das ist richtig gut.«

»Das sollte es auch sein. Für sieben Euro.«

Mira hörte auf zu kauen und sah Tom erstaunt an. Sie verkniff sich aber einen Kommentar und nickte nur andächtig.

»Bist mein Gast«, sagte Tom.

»Oh danke. Das ist lieb von dir, Monsieur.« Mira kaute weiter und schien nachzudenken. »Sofie war erstaunlich gefasst, als sie von dem Tod ihres Vaters erfuhr«, bemerkte sie mit vollem Mund.

Tom nickte und erinnerte sich an den Moment, als das Mädchen erst ihre Mutter ungläubig angestarrt hatte und dann ihn. »Was?«, hatte sie nur gefragt. Als ihre Mutter in Tränen ausgebrochen war und er bestätigend genickt hatte, war sie zum Fenster gegangen und hatte eine Weile hinausgesehen. Anschließend hatte sie sich eine Cola aus dem Kühlschrank geholt, sich mit der kleinen Flasche an den Tisch gesetzt und das Geschenk mit der Schleife betrachtet. »Hatte er einen Unfall? Wie ist er gestorben?«, wollte sie wissen. Sarah Lutteroth hatte sich neben ihre Tochter gesetzt. »Er ist erschlagen worden.« Es war ihr schwer gefallen, das auszusprechen. »Jemand hat ihn getötet. Gestern Nacht.« Und dann war sie wieder in Tränen ausgebrochen. Sofie aber war eigenartig ungerührt geblieben, sie hatte fast zynisch geklungen. »Gestern Nacht? Aber wo war er denn? Er war doch mit dir zusammen ins Bett gegangen.« Sarah Lutteroth hatte ihre Tochter irritiert angesehen. Sofie hatte ihren Kopf auf die Schulter ihrer Mutter gelegt und nur noch leise gesagt: »Jetzt ist Papa also tot.«

»Ganz schön abgeklärt, die Kleine. Selbst wenn sie kein gutes Verhältnis zu ihrem Vater hatte. Findest du nicht?«, fragte Mira.

»Verdrängung. Typisch für Kinder«, sagte Tom.

»Sie ist siebzehn, fast achtzehn«, wandte Mira ein.

»Wahrscheinlich manchmal ein besonders schwieriges Alter«, erwiderte er.

Mira trank nachdenklich von ihrem Cappuccino.

Zwei große Weltkarten hingen nebeneinander an der weißen Wand des angenehm klimatisierten Besprechungszimmers der Agentur Lutteroth & Bentner. Eine klassische und eine naiv gemalte, auf der alles in bunten Farben mit einigen simplen, ländertypischen Illustrationen dargestellt war. Als hätte sie ein Kind gemalt. Tom betrachtete sie und spürte ein Unbehagen. Der Gedanke, dass der unschuldige Blick eines Kindes auf die Welt die Atmosphäre bereichern sollte, in der berechnende Strategen an der rücksichtslosen Durchsetzung wirtschaftlicher Interessen arbeiteten. Er wendete sich ab.

Mira stand vor der breiten Fensterfront, die einen schönen Blick auf das Alsterfleet und die Adolphsbrücke bot. Wenn man die alte Brücke überquerte, gelangte man zur Börse, in der auch die Handelskammer ansässig war. Dahinter lag gleich das Rathaus. Eine hervorragende Lage für eine Consulting-Agentur. In unmittelbarer Nähe von Wirtschaft und Politik. Gerade vor Kurzem hatte Tom in der Zeitung gelesen, dass der direkte Zugang von der Handelskammer in das Rathaus, die sogenannte Seufzerbrücke, mal wieder umstritten war. Diese überdachte Brücke gab es schon lange, sie war gebaut worden, um die Kommunikation zwischen dem Handel und dem Senat zu erleichtern. Heute befand sich sogar ein Tisch mit Stühlen in dem Durchgang. Ein Treffpunkt im Niemandsland, an dem schnell und diskret Möglichkeiten ausgelotet und Abmachungen getroffen werden konnten. Eine Abgeordnete der Bürgerschaft forderte, ihn endlich zu schließen, um Politik und Wirtschaft deutlicher zu trennen und den Lobbyisten eine Grenze zu setzen. Als wenn das etwas ändern würde, dachte Tom.

Mira begann, vor der Fensterfront auf und ab zu wandern. Ungewöhnlich lange warteten sie nun schon auf Lutteroths Partner. Gerade als Tom beschloss nachzufragen, betrat Hauke Bentner den Raum.

»Entschuldigen Sie bitte, dass ich Sie habe warten lassen, aber meine Geschäftspartner waren kurz vor dem Aufbruch, und ein paar wichtige Fragen mussten noch geklärt werden. Nun bin ich aber gespannt, was die Kripo von mir will.«

Bentner wirkte charmant und lässig; ein Mann Mitte vierzig in einem modischen Anzug mit schmal geschnittenem Jackett. Glatze, blaue Augen, frisch rasiert und leicht gebräunt. Mit einem warmen, einnehmenden Lächeln.

Sie setzten sich an den runden Holztisch, in dessen Mitte einige Gegenstände aus unterschiedlichen Kulturen das internationale Flair der beiden Weltkarten ergänzten; eine afrikanische Holzschale, eine kleine Vase mit chinesischen Schriftzeichen, eine bunte, indische Figur eines Menschen mit vier Armen und einem Elefantenkopf, eine Origamifigur und ein bemaltes Porzellanei, von dem Tom vermutete, dass es aus Russland stammte.

»Herr Bentner, Sie und Lars Lutteroth sind Partner, gehört Ihnen die Agentur zu gleichen Teilen?«, begann Mira.

»Das nenne ich einen direkten Einstieg!«, sagte Bentner und lächelte verunsichert. »Nein«, antwortete er geradeheraus. »Die Agentur gehört zu hundert Prozent Herrn Lutteroth.«

»Warum nennen Sie sich dann Lutteroth & Bentner?«, hakte sie nach.

Bentner zuckte mit den Achseln. »Wir sind Partner. Das ist ja nicht ausschließlich eine Frage der finanziellen Beteiligung«, erklärte er souverän.

»Wie lange sind Sie beide denn schon Partner?«, fragte Tom.

»Das sind jetzt fast sechzehn Jahre. Aber wollen Sie mir nicht erklären, warum das die Kripo überhaupt interessiert?«

»Sind Sie Freunde?«, wollte Mira wissen.

»Ja, das würde ich sagen. Sicher nicht die engsten, aber wir stehen uns schon nah.« Irritiert sah er von Mira zu Tom. »Mein Gott, es ist etwas passiert. Ist etwas mit Lars?«

Tom beobachtete, ob Bentners Ausdruck etwas Unnatürliches, Gespieltes haben könnte, aber seine Aufregung wirkte echt.

»Lars Lutteroth ist tot«, sagte Mira.

»Was?«, fragte Bentner ungläubig.

»Seine Leiche wurde heute Morgen gefunden«, erklärte sie. »Er wurde erschlagen«, fügte sie hinzu.

»Erschlagen?«, fragte Bentner fassungslos. »Also umgebracht?«

»So ist es«, antwortete Mira.

Bentner starrte sie entsetzt an. Eine Weile dauerte dieser Zustand an, dann erhob er sich und ging kopfschüttelnd zur Fensterfront. »Erschlagen«, murmelte er vor sich hin.

»Er wurde heute Morgen auf einem Parkplatz am Volksparkstadion gefunden. Er lag neben seinem Wagen«, erklärte Tom.

Bentner drehte sich wieder zu ihnen. »Was hatte er dort denn zu suchen?«

»Das müssen wir noch herausfinden«, sagte Tom.

Bentner blickte die Kommissare immer noch ungläubig an, als wollte er sich versichern, dass dies gerade wirklich passiert. Er wirkte geschockt. Und doch hatte Tom den Eindruck, dass noch etwas anderes in ihm vorging.

»Hatte Lars Lutteroth auf irgendeine Weise Kontakt zu Flüchtlingen?«, fragte Mira.

»Flüchtlinge?«

»Hinter dem Parkplatz befindet sich ein Erstaufnahmelager«, erklärte Mira.

Bentner schüttelte den Kopf. »Ich weiß von keinen Kontakten zu Flüchtlingen.«

Lutteroths Partner blickte unruhig im Raum umher.

»Kennen Sie dieses Spielzeugauto?« Tom erhob sich und zeigte ihm den Plastikbeutel mit dem Batmobil.

»Ein Batmobil.« Bentner betrachtete den schwarzen Wagen. »Nein, das kenne ich nicht. Hat das was damit zu tun?«

»Wir fanden es in seiner Jackentasche«, erklärte Tom.

»Vielleicht gehört es einer seiner Töchter.«

»Sarah Lutteroth meint, nein«, erwiderte Tom.

Bentner zuckte mit den Schultern.

»In seinem Arbeitszimmer zu Hause haben wir einen Zettel gefunden, auf dem hatte er notiert: ›Jakob schreiben, Heister treffen, Asienfonds verkaufen, Geduld!‹ Wissen Sie, wer Heister ist?«

Der Politikberater schien nachzudenken. »Ich kenne nur einen Heister: Konstantin Heister. Ehemaliger Abgeordneter. Saß im Gesundheitsministerium. Er ist heute ebenfalls Berater und hat ein Büro in Berlin.«

»Haben Sie eine Idee, warum Lutteroth ihn treffen wollte?«

»Nein, tut mir leid. Vielleicht wollte er sich einen Rat oder eine Info holen. Wenn er überhaupt diesen Heister gemeint hat.«

»Hat Lutteroth mal davon gesprochen, dass er seinen Asienfonds verkaufen wollte? Brauchte er Geld?«, wollte Tom wissen.

»Dazu kann ich nichts sagen. Lars hat nie über sein Privatvermögen gesprochen. Und ob er Geld brauchte, weiß ich auch nicht. Es würde mich aber überraschen.«

»Hatte Lutteroth vielleicht etwas Besonderes vor? Ein Projekt? Hatte er etwas geplant?«

»Nicht, dass ich wüsste.«

»Frau Lutteroth wird jetzt die Firma erben«, sagte Mira.

»Das wird wohl so sein«, erwiderte Bentner knapp.

Wahrscheinlich war es genau das, was Bentner in den letzten Minuten durch den Kopf gegangen war, vermutete Tom. Dass die Zukunft der Agentur und somit seine persönliche auf einmal in den Sternen stand.

Bentner setzte sich wieder an den Tisch, nahm das Porzellanei und bewegte es nachdenklich zwischen seinen Fingern. »Ich hatte leider nie die Mittel, um vollwertiger Teilhaber zu werden. Mein Kapital war immer nur ich selbst.«

Tom und Mira warteten, ob Bentner noch mehr Persönliches äußern würde, aber er schwieg. Tom nickte und setzte sich ebenfalls an den Tisch. »Was für ein Mensch war Lars Lutteroth?«, fragte er.

Bentner legte das Ei zurück. »Lars war ein angenehmer Mensch. Ruhig, klug und verständnisvoll. Eher analytisch. Ich bin mehr der Bauchmensch. Wir haben uns ganz gut ergänzt. Lars war beliebt. Alle haben ihm vertraut.« Bentner deutete in Richtung der anderen Räume. »Hier wäre jeder für ihn durchs Feuer gegangen.« Laut schlug er mit der Hand auf seine Stuhllehne, schüttelte den Kopf. »Er liebte seine Familie, die war ihm immer heilig. Er stand mit beiden Beinen fest auf dem Boden. Ich habe ihn immer etwas darum beneidet.«

»Hatte Lars Lutteroth Feinde? Enttäuschte Geschäftspartner vielleicht?«, fragte Mira.

Bentner sah die Kommissare verwundert an.

»Vielleicht von früher?«

Bentner schüttelte den Kopf.

»Wusste er etwas, das er nicht hätte wissen dürfen?«, fragte Mira.

»Lassen Sie sich Zeit, überlegen Sie in Ruhe«, riet Tom. »Vielleicht lagen Ihnen solche Gedanken bis heute fern, aber nun ist alles anders.«

»Wirtschaftskonzerne, Politiker, Machtinteressen. Da kann

man doch schnell zwischen den Stühlen landen. Und dort kann es sicher auch mal gefährlich werden«, sagte Mira.

Bentner schüttelte den Kopf. »Ich habe so etwas noch nie erlebt und auch noch nie von Kollegen etwas in der Art gehört. Solche Dinge findet man doch nur in mittelmäßigen Fernsehkrimis«, sagte er.

»Genau solche Sätze hört man dort aber auch. Und meistens von denen, die etwas zu verbergen haben«, erwiderte Tom.

Erstaunt sah Bentner ihn an. »Ja, aber das hier ist die stinknormale Realität.«

»Stinknormal?«, fragte Tom.

Bentner schwieg.

»Wir brauchen von Ihnen eine Aufstellung Ihrer Kunden und von den Projekten, an denen Sie aktuell arbeiten und früher gearbeitet haben«, schaltete sich Mira ein.

»Und wir müssen Ihre Mitarbeiter befragen«, fügte Tom hinzu.

»Natürlich. Kommen Sie am besten heute nach …«

»Jetzt, Herr Bentner«, unterbrach ihn Tom. »Wir werden sie jetzt befragen.«

»Außerdem müssen wir von Ihnen wissen, wo Sie gestern Abend zwischen zweiundzwanzig und null Uhr waren«, fragte Mira.

Bentner nickte. »Ja, sicher doch«, antwortete er mit einem zynischen Unterton.

»Und?«, hakte Mira nach.

Bentner sah sie mit festem Blick an. »Ich war zu Hause. Und ich habe niemanden, der das bezeugen kann. Ich lebe allein.«

Mira nickte.

»Es hat Sie niemand gesehen? Kein Nachbar, kein Angestellter eines Bring-Services?«, hakte Tom nach.

»Nein, niemand.«

Mira hielt die kleine indische Figur mit dem Elefantenkopf hoch und betrachtete sie. »Das ist Ganesha. Er ist einer der beliebtesten Götter Indiens. Kennen Sie seine Bedeutung?«

Bentner schüttelte den Kopf.

»Er ist ein Überwinder von Hindernissen«, erklärte Mira und betrachtete die bunte Figur in ihrer Hand. »Sein Elefantenkopf steht für Intelligenz, denn mit seinem Rüssel kann er sowohl einen Baum ausreißen als auch einen Grashalm ganz vorsichtig aufheben. Er kann genau unterscheiden.«

Bentner sah sie fragend an, als würde er auf etwas warten.

»Ich dachte, es ist vielleicht ganz schön, wenn man ein bisschen was weiß über seine Multikulti-Tischdeko«, erwiderte Mira.

Tom konnte sich ein kleines Lächeln nicht verkneifen.

6

Sonnenstrahlen fielen auf die schwarzen Holzplatten und die geschwungenen Chromrohre des Bauhaus-Schreibtisches. Ein eleganter, kleiner Flachbildschirm stand an der Seite. Außer der schmalen Computertastatur befanden sich noch eine Schreibmappe aus schwarzem Leder, ein edler Stift, ein Telefon und ein in Glas gegossener Skorpion als Briefbeschwerer auf der Tischfläche. Aufgeräumt und puristisch, dachte Tom. Er saß an Lutteroths Schreibtisch auf einem Holzstuhl mit grünem Polster, der eigentlich nicht zu dem Stil des Tisches passte. In der Zimmerecke vor dem Fenster standen zwei schlanke Filzsessel in Orange und Schwarz, dazu ein weißer Kunststoffsessel mit gelbem Polster um einen Holzquader herum. An der weißen Wand gegenüber beherbergte ein schmales antikes Holzregal jede Menge Bücher. Wie zu Hause hatte Lutteroth auch hier unterschiedliche Stile kombiniert. Von hier hatte man den gleichen schönen Blick auf das Alsterfleet und die Adolphsbrücke wie in dem Besprechungsraum, in dem sie mit Bentner geredet hatten und Mira gerade die Mitarbeiter einzeln befragte.

Tom genoss die Ruhe und lehnte sich zurück. Sogleich spürte er den Schmerz in seinen Rippen und holte einmal vorsichtig tief Luft. Er betrachtete die drei Bilder an der Wand gegenüber. Ein abstraktes Ölgemälde ohne Formen, auf dem sich verschiedene Farbschichten überlagerten. Ein expressionistisches Aquarell, das einen Bauernhof zwischen Feldern zeigte, und eine Lithografie von Max Beckmann, die eine Kneipenszene darstellte. Tom erkannte den düsteren Stil mit den ausdrucksstarken Zügen der Gesichter, die etwas Maskenhaftes hatten.

Seine Gedanken trugen ihn in seine Schulzeit zu Anette, mit der er im Kunstunterricht gemeinsam ein Referat über Max Beckmann gehalten hatte. Sechzehn Jahre alt waren sie gewesen. Mit ihren langen blonden Haaren, hellgrünen Augen, die einen so eindringlich ansehen konnten, war Anette eine der Schulschönheiten gewesen und eine Nummer zu groß für den schüchternen Tom. Trotzdem war das lebensfrohe Mädchen der Grund dafür gewesen, dass er den Kunstkurs überhaupt belegt hatte. Überglücklich war er gewesen, als ihr Lehrer sie beide für das Beckmann-Referat ausgewählt hatte. Wochenlang hatten Anette und er sich bei ihren oder seinen Eltern getroffen, und Tom hatte es genossen, sie in diesen Stunden ganz für sich zu haben. Anette war begeistert von Beckmanns Bildern gewesen. Ihre Leidenschaft hatte ihn beeindruckt und mitgerissen. Zwischen ihren über den Boden verteilten Büchern und Drucken hatten sie gesessen und waren nicht müde geworden, die Bilder zu interpretieren. Am letzten Nachmittag vor ihrer Präsentation hatte ihn Anette oft angesehen und immer wieder Gelegenheiten genutzt, um ihn dezent zu berühren. Und dann war es schließlich passiert. Nie würde er den Moment vergessen, als sie ihm auf einmal lange in die Augen gesehen und ihn zart geküsst hatte. Er erinnerte sich noch genau, wie ihre Lippen sich auf seinen angefühlt hatten. Es war sein erster Kuss gewesen. Eine Weile waren sie miteinander gegangen, wie man das damals genannt hatte. Aber schon bald war Tom unsicher geworden, ob sie nicht eigentlich mehr an Marco interessiert gewesen war, dem er zum Verwechseln ähnlich gesehen hatte, der aber selbstbewusster, frecher und lässiger gewesen war als er und auf den die Mädchen geradezu geflogen waren. Immer häufiger hatte Anette dafür gesorgt, dass sie etwas zu dritt unternahmen, und immer häufiger hatte sie mit Marco in dessen Zimmer abgehangen. Tom war wütend auf Marco gewesen, aber zu stolz, es ihm zu zeigen. Außerdem war er überzeugt gewesen, dass man Gefühle nicht beeinflussen konnte. Eines Tages, nachdem Anette ihnen beiden beim Boxtraining zugeschaut hatte, hatten sie und Marco ihm gestanden, dass sie sich ineinander verliebt hatten und nun zusammen waren. Tom hatte versucht, sich seinen Schmerz nicht anmerken zu lassen. Sie waren sogar noch zu dritt auf ihren Fahrrädern nach Hause gefahren, obwohl er nur hatte schreien und heulen wollen. Lange hatte es gedauert, bis Tom seinem Bruder hatte verzeihen können. Marco und Anette waren das Traumpaar der Schule geworden. Bis sich irgendwann auch ihre Wege getrennt hatten. Nach der Schule war Anette nach London gegangen und hatte Kunst am renommierten Saint Martins College of Art studiert. Und dann, als sie nach Hamburg zurückgekehrt war, hatten sie sich wiedergesehen. Zu dritt hatten sie viel unternommen und sich gut verstanden, ohne Eifersüchteleien. Sie hatten ihre Gedanken, Träume und Sorgen miteinander teilen können und sich gemeinsam ins Leben gestürzt.

Tom fragte sich, wie lange es her war, dass er Anette besucht hatte in ihrem kleinen Haus in der Nähe der Schlei. »Ich arbeite inmitten der Natur. Auch wenn ich gar keine Landschaften male.« So schilderte sie ihren Lieblingsort, den sie von ihren Großeltern geerbt hatte. Von ihrem Atelier aus, das sie sich unter dem Dach eingerichtet hatte, sah man nichts als Felder. Wie es ihr wohl ging? Ob sie immer noch allein lebte? Er hatte es nicht zu ihrer letzten Ausstellung in Berlin geschafft. In seiner Küche lag irgendwo noch die Einladung mit dem Foto einer Holzskulptur, die wie ein Affe aussah, aber wohl keiner war. Das war jetzt bestimmt schon ein Jahr her. Natürlich war es ein Fall gewesen, der ihn damals abgehalten hatte. Er hatte sich nicht einmal bei ihr gemeldet, um sich zu entschuldigen und zu erfahren, wie es gelaufen war. Bis heute nicht. Er ärgerte sich über sich selbst und beschloss, sie am Abend anzurufen.

Tom riss sich zusammen und konzentrierte sich wieder auf seine Arbeit. Er nahm Lutteroths Telefon und rief im Menü die Anrufliste von letztem Freitag auf. Lutteroth hatte mit einigen Hamburger Nummern telefoniert und mit einer Berliner. Tom notierte sie sich. Er öffnete den Browser auf seinem Handy und gab die Stichworte »Konstantin Heister Berlin« in das Suchprogramm ein. Unter den ersten Ergebnissen war eine etwas simpel gestaltete Homepage des Ex-Politikers, der nun seine Dienste als Politikberater anbot. Tom verglich die Telefonnummer auf der Homepage mit der in Lutteroths Anrufliste. Sie stimmten überein.

Tom betrachtete die Schubladen. Er nahm Lutteroths Schlüsselbund und steckte den kleinen Schlüssel in das Schloss am Schreibtisch. Er passte. In der obersten Schublade lagen Stifte und das übliche Schreibzubehör. Außerdem einige USB-Sticks. Er legte sie auf die Tischplatte, die Sticks waren mit Nummern von eins bis zwölf beschriftet, doch Nummer elf fehlte. Er überlegte, ob er in Lutteroths Arbeitszimmer in seinem Haus etwas übersehen haben könnte.

In den anderen Schubladen fand er den Prospekt eines Mercedes-Geländewagens, außerdem verschiedene Unterlagen; er blätterte oberflächlich in ihnen herum, er überflog den Geschäftsbericht eines Windenergie-Unternehmens, fand das Protokoll einer Aufsichtsratssitzung des Pharmaunternehmens Orak, ein Gutachten über ein Medikament, eine Studie über die medizinische Wirkung einer Hautcreme des Kosmetikkonzerns Bernstein und den Geschäftsbericht der Medipark-Kliniken zusammen mit einem Bedarfsgutachten der Stadt Schwerin. Er legte alles zu den Sticks und kabelte den Computer ab. Ein Berg von Fleißarbeit lag vor ihnen. Noch suchten sie die Nadel im Heuhaufen.

Tom wanderte durch die hellen Räume der Agentur. Durch die gläsernen Türen, die alle Büros, bis auf die von Bentner und Lutteroth, hatten, konnte er den Leuten ansehen, dass eine große Betroffenheit herrschte. In einem Büro saßen zwei Frauen zusammen und starrten mit geröteten, glasigen Augen vor sich hin. In einem anderen Zimmer mit einem großen Tisch, vielen Bildschirmen und Stapeln von Zeitungen und Zeitschriften standen drei Männer zusammen und redeten aufgeregt miteinander, ein Typ im grauen Hoodie, dessen lange Haare zu einem Knoten hochgebunden waren, und zwei Männer in den üblichen Business-Hemden mit hochgekrempelten Ärmeln. Als sie Tom erblickten, musterten sie ihn. Der Typ mit dem Männerdutt sagte etwas zu den anderen, woraufhin die beiden ihm anscheinend zustimmten, sie nickten und blickten noch einmal aufmerksam zu Tom. Junge Medienprofis, dachte er, die wissen vielleicht Bescheid und haben ihn erkannt, aber vielleicht irrte Tom sich auch und fing an, sich verfolgt zu fühlen; zum wiederholten Male verfluchte er den Menschen, der seine Rettungstat gefilmt und ins Netz gestellt hatte.

Tom fragte sich, ob einige der Mitarbeiter schon Angst um ihre Zukunft hatten. Vielleicht wussten sie, dass Bentner den Laden nicht alleine weiterführen konnte. Tom stellte sich vor, wie die Kollegen nun in kürzester Zeit zu Konkurrenten werden würden, um Stellen in anderen Consulting-Unternehmen. Das Wettrennen begann sicher spätestens, wenn sie heute die Beratungsfirma verließen. Oder hatte es längst begonnen, fragte sich Tom, als er eine Frau erblickte, die in ihrem Büro geschäftig hin und her ging und mit dem Handy telefonierte.

In diesem Moment ging die Tür von Bentners Büro auf, ein junger Mann kam heraus. Hinter ihm konnte Tom Bentner erkennen, der an seinem Schreibtisch lehnte und nachdenklich wirkte. Der unscheinbare Mann in Jeans und kariertem Hemd schloss die Tür hinter sich, ging zügig an Tom vorbei und verließ die Agentur. Tom hatte den Eindruck, als wäre er seinem Blick ausgewichen.

Kurzerhand fragte Tom die Dame am Empfang nach dem jungen Mann. Sie erklärte, dass sie ihn heute zum ersten Mal gesehen hätte, er Felix Sänger hieße und einen Termin bei Herrn Bentner gehabt hätte, aber nur sehr kurz geblieben sei. Tom notierte sich den Namen und machte sich auf den Weg zu Mira, um sie bei ihren Befragungen zu unterstützen.

»Ich war gerade bei Ihrer Kollegin und habe ihre Fragen beantwortet«, sprach ihn eine Frau an. »Aber jetzt ist mir noch etwas Wichtiges eingefallen.«

»Und Ihr Name ist?«

»Bettina Tersen.«

»Ich bin Tom Simon. Dann erzählen Sie bitte, Frau Tersen!«

Die Frau wirkte aufgeregt und sah ihn mit einem intensiven Blick an.

»Das ist verrückt, dass mir das eben nicht eingefallen ist. Vor ein paar Wochen habe ich gesehen, wie Herr Lutteroth mit einem Mann im Hinterhof stand. Der Mann hat auf ihn eingeredet. Er wirkte sehr aufgeregt. Herr Lutteroth hat versucht, ihn zu beruhigen, aber das war wohl gar nicht so einfach gewesen.«

»Von wo haben Sie das beobachtet?«

»Von meinem Büro aus. Mein Fenster geht zum Hof.«

»Kannten Sie den Mann?«

»Nein.«

»Können Sie ihn beschreiben?«

Bettina Tersen überlegte.

»Ich habe ihn nur von der Seite gesehen. Er war etwas größer als Herr Lutteroth. Einen halben Kopf vielleicht. Mit schütterem Haar. Dunkelblond.«

»Wie alt?«

»Ich würde sagen, um die vierzig. Anfang vierzig.«

»Können Sie sich an seine Kleidung erinnern?«

»Ich glaube, er trug Jeans. Und eine Jacke. Eine sportliche Jacke. Blau war die. Mittelblau.«

Während Tom sich Notizen machte, nahm er aus dem Augenwinkel wahr, wie Bentner aus seinem Büro kam und zum Empfang ging.

»Konnten Sie etwas von dem Gespräch hören?«, wandte er sich wieder an Bettina Tersen.

»Nein. Herr Lutteroth hatte es dann doch geschafft, den Typen zu beruhigen. Und ist zusammen mit ihm in der Einfahrt verschwunden.«

Tom beobachtete, wie Bentner mit der Frau vom Empfang sprach und die Agentur verließ.

»Ist Herr Lutteroth danach zurück in die Firma gekommen?«, fragte Tom weiter.

»Ich weiß es nicht. Ich habe ihn erst später wieder gesehen.«

»Können Sie noch genauer erinnern, an welchem Tag das war?«

Bettina Tersen überlegte. »Das war ziemlich genau vor drei Wochen. Wir hatten an dem Tag eine große Präsentation bei Orak, unserem wichtigsten Kunden. Das war der vierundzwanzigste April, irgendwann zwischen zehn und elf Uhr.«

Tom notierte schnell die Daten, ihn beschäftigte, dass Bentner so kurz nach dem jungen Mann gegangen war. »Gut, dass Sie sich daran erinnert haben, Frau Tersen.« Tom machte sich eilig auf den Weg zum Empfang. »Falls Ihnen noch etwas einfallen sollte, sagen Sie uns bitte Bescheid! Jede Kleinigkeit könnte wichtig sein.«

Leicht irritiert sah sie ihm nach. Vor dem Tresen blieb Tom stehen.

»Wo ist Herr Bentner hingegangen?«

Die Frage schien die Frau vom Empfang zu überraschen, sie sah ihn erstaunt an. »Herr Bentner ist nur mal kurz an die frische Luft. Er ist gleich zurück, hat er gesagt.«

Tom nickte.

»Ich gehe auch mal kurz raus. Etwas besorgen, falls meine Kollegin fragen sollte«, sagte er und ging zur Tür hinaus.

Im rasanten Laufschritt eilte er die Treppe hinunter und ignorierte den Schmerz im Rippenbogen. Auf der Straße sah er sich um, konnte aber weder Bentner noch Felix Sänger entdecken. Er überlegte, in welche Richtung Bentner gegangen sein könnte, und entschied sich für die Seite, die mehr Geschäfte, Cafés und Passanten zu bieten hatte. Während er durch die Straße eilte und die Umgebung nach Bentner und Sänger absuchte, spürte er die späte Nachmittagssonne angenehm mild auf seinem Gesicht und genoss es, in den Großstadttrubel einzutauchen und für einen Moment der bedrückenden Atmosphäre der Consulting-Firma entkommen zu können. Die Tische vor den Cafés waren alle besetzt, die Menschen saßen und standen zusammen bei einem Feierabendgetränk.

Ein Mann auf einem Motorroller fuhr vor Tom über die kleine Kreuzung und verschwand in der Seitenstraße, irgendetwas an ihm, seine Jeans, sein Hemd, erinnerte Tom an Felix Sänger. Konnte er es gewesen sein? Tom blieb unschlüssig stehen und überlegte, ob er nicht besser doch in die Agentur zurückkehren sollte, da entdeckte er auf einmal Bentner hinter der Scheibe eines Cafés. Allein lehnte er an einem Stehtisch und sah zum Fenster hinaus, ein leeres Glas vor sich. Ein Kellner erschien und tauschte das leere gegen ein volles Cognacglas. Bentner nahm es kaum zur Kenntnis, schien in Gedanken versunken. Mechanisch nahm er das neue Glas und trank einige Schlucke, dann griff er zu seinem Handy, das vor ihm auf dem Tisch lag, und sprach mit jemandem. Offenbar war er angerufen worden. Tom beobachtete ihn, versuchte zu erkennen, ob er aufgewühlt oder besorgt wirkte. Doch Bentners Mimik verriet nichts.

7

Die Abendsonne versank hinter der Stadt, das Präsidium lag im Schatten. Mira hielt ihren Dienstausweis gegen den Scanner, die Schranke öffnete sich, und sie fuhren in die Tiefgarage. Tom und Mira trugen die Kästen mit den sichergestellten Computern und Unterlagen zum Fahrstuhl.

Im Flur des zweiten Stocks war es still. Auf einer Bank saß eine Frau mit einem kleinen Jungen und wartete. Der Junge hatte seinen Kopf an die Schulter der Frau gelehnt und hielt ein Stofftier im Arm. Er sah Tom mit seinen dunklen Augen neugierig an, als dieser mit Mira an ihm vorbeiging. Tom musste an den Jungen denken, der bei den Schaulustigen auf dem Parkplatz gestanden hatte und von den zwei strengen Männern so schnell weggeholt worden war.

Tom und Mira gingen in ihr Büro und stellten die Kästen auf ihre Schreibtische. Die Verbindungstür zu Balbecks und Tallers Büro stand offen, aber die beiden waren nicht da.

»Ich hol mir einen Kaffee. Willst du auch einen?«, fragte Mira.

»Danke, nein.« Tom holte alle Unterlagen aus den Kästen und breitete sie auf seinem Tisch aus. Die USB-Sticks aus Lutteroths Schublade, der Stick, auf dem Bentner und die Frau vom Empfang alle Auftraggeber und Projekte ihrer Agentur zusammengetragen hatten, der Ordner mit den Auszügen des Privatkontos, ein Stick mit den Daten des Online-Bankings und der Buchhaltung der Beratungsfirma sowie Lutteroths private Unterlagen aus seinem Arbeitszimmer zu Hause. Lutteroths Firmencomputer und seinen Laptop ließ Tom in dem Kasten. Das alles zusammen war ihr Heuhaufen. Den Abend würden sie damit verbringen, sich in ihn hineinzuwühlen und nach der Nadel zu suchen.

Tom setzte sich und lehnte sich einen Moment entspannt zurück. Er musste daran denken, dass Marco vielleicht auf dem Weg zu ihm war. Er sah zum Foto von seinem Bruder und ihm, das an der Wand neben seinem Schreibtisch hing. Zwei junge Boxer, ihre Oberkörper glänzten schweißbedeckt, und sie lächelten stolz. Jimmy stand im Trainingsanzug hinter ihnen, hatte seine Arme über ihre Schultern gelegt und blickte gut gelaunt in die Kamera. Damals war Toms Welt in Ordnung gewesen. Das Leben hatte Spaß gebracht, alles war ihm leicht erschienen. Er war gerade dabei gewesen, sein großes Ziel zu erreichen: die Mordkommission. Marco hatte sich immer lustig gemacht über seinen Bruder, den Bullen. Dieses Foto war das erste, das er aufgehängt hatte, als er vor neun Jahren mit Balbeck dieses Büro bezogen hatte. Es war der einzige private Gegenstand an seinem Arbeitsplatz geblieben. Drei Jahre später, als sich sein Leben von einem Tag auf den anderen verändert hatte, hatte er ein weiteres Foto danebengehängt. Es war schmerzhaft gewesen, aber er wollte es genau so vor Augen haben: das grobkörnige Interpol-Fahndungsfoto von Marco.

»Charges: killing of a police officer, drugdealing« stand darunter.

Jedes Mal, wenn er das Bild betrachtete, kam es Tom vor, als sähe er sich selbst.

Der Raum der IT-Forensik schien wie ausgestorben. Ruhe, keiner der Kollegen war zu sehen, auch nicht im hinteren Raum. Tom stellte den transparenten Plastikkasten mit Lutteroths Rechnern auf den Tisch, der übersät war mit Kabeln, feinmechanischen Werkzeugen und Computerkram.

»Hallo? Jemand zu Hause?«, rief er.

Das Geräusch eines Elektromotors ertönte im hinteren Raum und näherte sich. Christoph kam in seinem Rollstuhl um die Ecke gebogen.

»Oh, der prügelnde Lebensretter!« Er fuhr zu Tom heran und grinste.

Christoph war der Crack ihrer IT-Truppe. Er war sich dessen auch bewusst und pflegte seine kleine Star-Aura durch eine nicht geringe Anzahl von Eigenarten. Zu diesen zählte sein penetranter Humor.

»Du weißt, dass du der Einzige bist, der solche Witze machen darf«, erwiderte Tom.

»Hey, das ist Diskriminierung. Da muss ich mal mit dem Betriebsrat reden.«

»Kannst du vorher noch in diese Computer steigen und mir sagen, wer ihren Besitzer erschlagen hat?«

»Klar. Ich hab aber auch ’ne Glaskugel da, in die ich schauen könnte. Das geht schneller.«

Tom nickte. Christoph grinste. Beiläufig nahm Tom sich den Schokoriegel, der am Rand des Tisches zwischen einigen Kabeln lag.

»Hey, das ist mein letzter«, protestierte Christoph.

Tom riss die Verpackung auf, schob die Schokolade heraus und biss hinein.

»Krass! Du machst das gerade wirklich«, sagte Christoph irritiert.

Tom kaute in aller Ruhe. »Wir haben noch nichts. Wir stochern im Dunkeln«, redete er mit vollem Mund. »Das Opfer ist Lars Lutteroth, ein erfolgreicher Unternehmens- und Politikberater.«

Tom biss ein weiteres Stück ab, Christoph starrte ihn ungläubig an.

»Okay, dann setz ich mich doch gleich mal ran«, sagte Christoph knapp und kühl. »Feierabend ist eh nur was für glückliche Menschen.«

Tom musste schmunzeln. Er legte den angebissenen Schokoriegel zurück auf den Tisch. Christoph starrte auf den kläglichen Rest seines süßen Snacks.

»Bist du alleine?«, fragte Tom.

Ohne den Blick von seinem Schokoriegel zu nehmen, antwortete Christoph. »Ja, fast. Blum ist bei einer Fortbildung, Otto schickt einen gelben Zettel nach dem anderen, und Bella und Nadja, die treiben's unterm Tisch.«

Das Geräusch eines dumpfen Stoßes war aus dem hinteren Raum zu vernehmen und eine fluchende Frauenstimme. »Au, Scheiße!« Es war Nadjas Stimme. Christoph grinste. Das berühmte Intro von *Peter Gunn*, der alten Krimiserie, ertönte. Tom fischte sein Handy aus der Jackentasche. Miras Name leuchtete auf dem Display.

»Wir sind alle schon im Dreier. Kommst du?«, fragte seine Partnerin.

»Bin gleich da«, antwortete Tom.

»Na dann!«, sagte Christoph, nahm mit spitzen Fingern den klebrigen Rest seines Schokoriegels und ließ ihn demonstrativ in den kleinen Mülleimer neben dem Tisch fallen.

Der Tag endete, wie er begonnen hatte, dachte Tom, als er die Tür zum Besprechungsraum drei öffnete. In den nachtschwarzen Fenstern spiegelte sich die Runde seiner Kollegen, die sich im fahlen Neonlicht um den langen Tisch versammelt hatten. Balbeck, Taller und Agersen auf der einen Seite, Selbach und Mira auf der anderen und am Kopfende Felsen. Auf dem Tisch lagen Fotos vom Fundort, Google-Maps-Ausdrucke von der Umgebung und Fotos von der Leiche und von Asservaten wie dem Batmobil und der möglichen Tatwaffe.

Die Klimaanlage funktionierte immer noch nicht. Ein offenes Fenster sorgte für frische Luft. Tom nickte in die Runde, als er den Raum betrat, und setzte sich neben Mira. Agersen saß in ihrem Trenchcoat da, obwohl es noch immer warm war. Er wusste nicht, was er davon halten sollte, dass ausgerechnet sie ihre Staatsanwältin war. Mit ihr gearbeitet hatte er noch nicht. Es hieß, dass sie ruhig, umsichtig und mutig sei, sehr von sich überzeugt und manchmal verbissen. Tom hatte sie bisher von der letzten Seite kennengelernt.

»So, dann sind wir komplett«, sagte Felsen. »Die Kollegen Doris und Emre von der Mordbereitschaft vier unterstützen uns. Sie sind aber noch in der Kleingartenkolonie neben unserem Fundort und befragen die Laubenbesitzer.«

»Saubere Gerade!«, bemerkte Balbeck und sah zu Tom.

»Ich bin nicht stolz drauf«, erwiderte er.

»Das solltest du aber, Tom! Ohne dich wäre dieser Mann jetzt tot. Und dass du ihn ruhig gestellt hast, damit hast du nicht nur dich geschützt, sondern vor allem ihn. Vor sich selbst«, sagte Franziska Agersen. Aus ihrem blassen Gesicht blickten zwei wache blaue Augen Tom an. Sie wollte ihm wohl ein freundliches Signal senden, vermutete er. Offenbar wollte sie zeigen, dass sie sehr genau zwischen den Situationen von damals und heute trennen konnte.

Alle nickten zustimmend. Balbeck konnte sich dabei ein leichtes Grinsen nicht verkneifen. Von seinen Teamkollegen kannte Tom Peter Balbeck am längsten. Er war sein erster Partner gewesen, als Tom zur Mordkommission gekommen war. Balbeck war ein wortkarger Zyniker und ein brillanter Ermittler. Neben Felsen der Älteste und Erfahrenste in ihrem Team. Alle wussten, dass er sich eigentlich schon lange als Leiter einer Mordbereitschaft sah. Tom fand, er hatte eigentlich auch die Qualifikationen dafür, nur stand er sich mit seiner bärbeißigen Art manchmal selbst im Weg. Menschliche Führungsqualitäten traute man ihm offenbar nicht zu.

»Wir sind uns alle einig, Tom, das hast du großartig gemacht. Aber jetzt lasst uns anfangen!«, sagte Felsen und wandte sich an Balbeck. »Peter, was habt ihr?«

Balbeck lehnte sich zurück und fuhr sich mit der Hand über seinen kahlen Schädel, der nur noch an den Seiten von kurz rasierten schwarzen Haaren bedeckt war.

»Olli und ich haben fast den ganzen Tag in dem Lager verbracht. Wir haben versucht, mit mittelmäßigen Dolmetschern die Flüchtlinge zu befragen.«

Tom spürte, dass Franziska Agersens Blick noch auf ihm ruhte. Doch als er zu ihr sah, widmete sie ihre Aufmerksamkeit dem berichtenden Kollegen.

»Alle waren total verunsichert. Kaum einer wollte etwas sagen«, fuhr Balbeck fort.

Taller nickte bestätigend neben seinem Partner. »Wenn sie etwas wissen, sagen sie es uns jedenfalls nicht«, fügte er hinzu. Oliver Tallers grüne Augen stachen zwischen seinen zerzausten roten Haaren und dem wilden Vollbart hervor. Er wirkte erschöpft und frustriert.

»Von den Security-Typen haben wir eine Liste der Personen, die am Abend das Lager verlassen hatten«, sagte Balbeck. »Alle bis auf drei Männer waren vor dreiundzwanzig Uhr zurück. Niemandem ist etwas aufgefallen. Keiner hat den Audi von Lutteroth gesehen. Ein Syrer kam um dreiundzwanzig Uhr vierzig. Er war bei einem Bekannten in Billstedt. Wir haben das überprüft, und der bestätigt das. Zwei Kameruner kamen zusammen um null Uhr sechzehn. Beide sagen, sie waren auf St. Pauli. Keiner von den dreien hat den Audi gesehen oder etwas Ungewöhnliches bemerkt.«

Balbeck beugte sich vor. »Wir könnten das Lager durchsuchen. Würde mich nicht wundern, wenn wir etwas finden würden, aber das kriegen wir natürlich nie durch«, sagte er mit einem Seitenblick auf Franziska Agersen, die darauf nicht reagierte.

Tom ergriff das Wort. »Ich glaube nicht, dass ein Flüchtling direkt vor seiner Unterkunft jemanden erschlagen würde.«

Felsens Handy klingelte. Er sah auf sein Display. »Das ist Thaden, das passt ja gut.« Er legte sein Handy in die Mitte des Tisches. »Hallo Olaf! Wir sitzen gerade alle zusammen. Ich habe dich laut gestellt. Dann leg mal los!«

»Also, das Interessanteste gleich zuerst: Die Schädeldecke wurde im Bereich des linken Scheitelbeins zweimal gebrochen. Dabei weist das erste Bruchsystem ein spezifisches Muster auf. Vier spitze Abdrücke. Die kann unmöglich die Aluminiumstange, die neben der Leiche lag, hinterlassen haben. Das zweite Bruchsystem, direkt daneben, weist ein unspezifisches Muster auf. Das passt zu der Aluminiumstange. Die Blutspuren auf der Stange stammen auch von dem Toten. Aber hier gibt es keine Hautunterblutung! Das heißt, dieser Schlag wurde dem Opfer post mortem beigebracht. Die Todesursache war der erste Schlag. Es gibt keine weiteren äußeren oder inneren Verletzungen. Todeszeitpunkt: zwischen dreiundzwanzig Uhr dreißig und null Uhr.« Thaden machte eine kurze Pause, schien Luft zu holen, dann fuhr er fort. »Also entweder war sich der Täter nicht sicher, ob sein Opfer wirklich tot war und hat ihm ein paar Minuten später noch einen weiteren Schlag versetzt, oder der zweite Schlag sollte vortäuschen, dass das Opfer durch ihn zu Tode gekommen ist. Das zweite Bruchsystem trifft auch auf das erste, sodass die Vermutung naheliegt, dass der erste Bruch durch den zweiten unkenntlich gemacht werden sollte, quasi in ihm verschwinden sollte.«

Tom nickte. »Das war kein Raubmord.«

Felsen bremste ihn mit einer Armbewegung.

Tom beugte sich zum Telefon. »Was ist mit dem Whisky aus dem Flachmann?«, fragte er.

»Ach ja, den haben wir in seinem Mageninhalt gefunden. Und das war's auch schon. Mehr habe ich noch nicht zu bieten. Ich würde mich jetzt gern verabschieden. Meine Frau wartet im Restaurant auf mich. Sie möchte wenigstens noch ein paar Minuten ihres Geburtstages mit mir verbringen.«

»Natürlich, Olaf, hau ab!«, sagte Felsen

»Italiener oder Italiener?«, fragte Taller.

»Sehr witzig!«, antwortet Thaden. »Inder!«, schob er schnell hinterher, und es war, als könne man sein Grinsen hören.

»Schon klar!«, erwiderte Mira. Jeder von ihnen wusste, dass Thaden die indische Küche mied wie der Teufel das Weihwasser.

»Dann macht's gut, Leute!«, sagte Thaden und legte auf.

»Unser Fundort ist nicht der Tatort«, sagte Tom.

Alle Blicke richteten sich auf Selbach. Der wiegte skeptisch seinen Kopf. »Schwer zu sagen. Es gibt zwar einige Fußspuren, die von Lutteroths Sohlen stammen. Aber sie sind nur sehr oberflächlich«, erklärte der Spurensicherer.

»Also hätte jemand sie auch mit Lutteroths Schuhen machen können? Er hätte sie ihm ausziehen und sie mit seinen Händen ein paarmal auf den Boden drücken können?«, fragte Mira.

»Ja, so könnte es gewesen sein. Aber der Boden war hart und trocken, es können auch seine echten Sohlenabdrücke sein. Lutteroth wog siebzig Kilo, das ist nicht besonders schwer. Ausschließen, dass Lutteroth dort erschlagen wurde, können wir jedenfalls nicht.«

Selbach lehnte sich zurück, ohne den Blick von seinen Kollegen zu nehmen.

»Auf der Aluminiumstange konnten wir keine Fingerabdrücke finden. Die Abdrücke am Fahrzeug und im Wageninneren sind von Lutteroth, seiner Frau und den Töchtern. Wir haben aber auch Abdrücke von zwei weiteren Personen sichern können. Am Lenkrad und am Handschuhfach. Morgen machen wir einen Abgleich mit den Mitarbeitern der Agentur. Einige Faserspuren konnten wir auch sichern. Die Analyse läuft.«

Einen Moment herrschte nachdenkliches Schweigen.

»Lutteroth steigt nachts aus seinem Bett. Weckt seine Frau nicht. Fährt mit seinem Wagen los«, sagte Balbeck. »Er ist verabredet.«

»Unterwegs holt er sich einen Whisky-Flachmann«, fügte Tom hinzu. »Vielleicht, weil er sich beruhigen muss. Er ist aufgeregt, unsicher. Womöglich hat er sogar Angst. Eine Mitarbeiterin hat vor drei Wochen beobachtet, dass ein unbekannter Mann im Hof des Gebäudes auf Lutteroth eingeredet hatte. Ziemlich aufgebracht. Lutteroth hatte ihn nur mühsam beruhigen können, dann haben sie zusammen den Hof verlassen.«

»Habt ihr eine Beschreibung?«, wollte Felsen wissen.

»Leider hatte sie ihn nur von der Seite gesehen. Und von den anderen Kollegen hatte keiner diesen Vorfall mitbekommen.« Tom sah in sein kleines Notizbuch. »Dunkelblondes, schütteres Haar. Einen halben Kopf größer als Lutteroth. Jeans, sportliche, mittelblaue Jacke.«

»Was ist denn mit seinem Partner, diesem Bentner?«, fragte Felsen.

»Schwer einzuschätzen. Er war geschockt, das wirkte ehrlich«, antwortete Tom.

»Aber die Firma ist interessant. Die betreiben Lobbyarbeit. Da geht es sicher auch mal schmutzig zu«, sagte Mira.

Franziska Agersen beugte sich vor. Miras Bemerkung schien ihr Interesse geweckt zu haben.

»Was ist mit den Computern?«, wollte Felsen wissen.

»Sind in der IT. Christoph ist dran«, erklärte Tom.

»Gut«, sagte Felsen. »Vielleicht hatte Lutteroth ja Ärger am Hals. Vielleicht wurde er bedroht. Vielleicht war er mit jemandem verabredet. Vielleicht gibt es aber doch eine Verbindung zum Flüchtlingslager.«

»Lars Lutteroth war ein bedeutender Mann in Hamburg«, sagte Franziska Agersen und lehnte sich zurück. Nach einer kleinen Pause, die ihr besonders viel Aufmerksamkeit verschaffte, sprach sie mit leiser Stimme weiter. »Mit besten Beziehungen zu Politik und Wirtschaft. Und er hatte einen mächtigen Vater.« Sie blickte in die Runde. »Das ist vermintes Gelände.« Dann sah sie Mira an. »Voreilige Schritte können dort tödlich sein.« Sie erhob sich, nahm ihre Tasche und hängte sie sich über die Schulter. Offenbar hatte sie genug gehört und alles mitgeteilt, was ihr wichtig war. Hinter Felsen vorbei ging sie zur Tür. Dort drehte sie sich noch einmal um. »Ach ja, das Flüchtlingslager ist natürlich nicht weniger brisant. Bloß keine voreiligen Verdächtigungen! Unser Fall erfordert ein besonders sensibles Vorgehen.«

»Das haben wir verstanden«, antwortete Felsen, und die anderen nickten zustimmend.

»Viel Erfolg!«, wünschte sie und ging.

»Mira, Tom und ich checken alle Daten und durchleuchten die Agentur«, sagte Felsen. Er wandte sich an Balbeck und Taller. »Und ihr fahrt morgen früh wieder zum Lager. Versucht noch mal, in Ruhe mit den Menschen zu reden. Verbringt Zeit dort! Seht und hört euch um!«

Taller und Balbeck nickten, mäßig begeistert.

»Ein Junge ist mir aufgefallen«, erzählte Tom. »Er stand bei den Schaulustigen und wurde von einem alten und einem jungen Mann angeherrscht und weggeholt. Hat vielleicht nichts zu bedeuten, aber die Männer wirkten ziemlich angespannt auf mich.«

»Aha, ein Junge«, wiederholte Taller ironisch.

»Er war vielleicht acht oder neun Jahre alt. Schwarze, lockige Haare. Er trug ein Barcelona-Trikot«, ergänzte Tom seine Bemerkung.

»Welche Nummer?«, fragte Taller.

»Komiker!«, antwortete Tom.

»Dann ist da noch der Bruder von Lutteroth«, sagte Mira. »Mats Lutteroth. Er war das schwarze Schaf der Familie, linksradikal, Hausbesetzer. Die Familie hatte mit ihm gebrochen. Lars Lutteroth und er haben sich angeblich über achtunddreißig Jahre nicht gesprochen. Er betreibt einen Biohof im Spadenland. Wir wollen morgen zu ihm fahren.«

Es klopfte.

»Gut, macht das gleich als Erstes!«, sagte Felsen und wandte sich zur Tür. »Bitte!«

Melanie Torres kam herein. Die junge Kollegin aus der Presseabteilung stellte sich vor die Truppe und blickte herausfordernd in die Runde. In ihrer schwarzen Jeans und dem taillierten weißen Shirt wirkte sie dynamisch und selbstbewusst, die hochgebundenen blonden Haare verliehen ihr zugleich einen Hauch von Strenge.

»Hallo Melanie!«, begrüßte Felsen sie.

»Hallo Hendrik!«, sagte sie freundlich, aber mit einem scharfen Unterton.

Tom sah schuldbewusst zu ihr. »Scheiße! Ich hab dich ganz vergessen.«

Melanie warf ihm einen bösen Blick zu. »Ich weiß, ihr habt einen neuen Fall. Und natürlich geht der vor. Aber ich habe keine Lust, wie Luft behandelt zu werden. Ein Anruf, ein einziger blöder Anruf! Das wäre schon was. Kommunikation hilft immer.« Keiner rührte sich. Melanie blickte Tom streng an. »Hamburg 1, der NDR, das *Abendblatt* und die *Mopo*. Morgen um neun Uhr? Eine halbe Stunde, dann bist du da durch.« Sie sah kurz zu Felsen, dann wieder zu Tom. »Ist der Termin okay?«

Tom nickte. Felsen ebenfalls.

»Gut, dann bis morgen!« Melanie Torres ging zur Tür und drehte sich noch einmal um. »Und lass dir eine gute Erklärung für deinen Faustschlag einfallen! Wir sind doch die Guten.«

Tom verspürte nicht die geringste Lust, auf die Bemerkung einzugehen. Stattdessen zog er das Foto von dem Batmobil zu sich heran, hielt es hoch und zeigte es in die Runde.

»Warum hatte Lutteroth dieses Spielzeugauto bei sich?«

8

Der Filofax war sauber und akribisch geführt. Lutteroth hatte seine Termine offenbar immer eingetragen. Tom studierte Seite um Seite alle Einträge. Manchmal hatte Lutteroth eine Bemerkung dazu notiert. »schwierig«, »angenehm«, »ehrlich« oder »kompetent« hatte er hinter einzelnen Namen notiert. Doch für zwei Termine am Montag und Mittwoch vergangener Woche hatte er nur ein Kürzel eingetragen: »11.15 Uhr M« und »14.00 Uhr M«.

Die Daten erinnerten Tom an etwas. Er trank von seinem kalt gewordenen Kaffee und dachte nach. Felsen saß ihm gegenüber an dem kleinen runden Tisch und hatte seine Nase in den Ordner mit den privaten Kontoauszügen Lutteroths gesteckt. Mira saß vor ihrem Bildschirm und beschäftigte sich mit den Kontobewegungen der Consulting-Firma. Balbeck und Taller hatte Felsen schon in den wohlverdienten Feierabend entlassen. Es war zwanzig nach elf und still im Haus. Durch die offene Tür zum Flur waren nur noch ab und zu ein paar verlorene Schritte zu hören.

Er kramte in den Windungen seines Hirns. Was verband er mit den beiden Einträgen? Er bemerkte, dass Mira ihre Brille trug, die sie immer aufsetzte, wenn ihre Augen müde wurden. Seine Partnerin holte aus einer Schublade ihres Schreibtisches die Packung mit den Schmerztabletten hervor, steckte sich zwei in den Mund und spülte sie mit einem Rest ihres Kaffees herunter. Tom massierte seinen steif gewordenen Nacken und bewegte seinen Kopf langsam hin und her. Er hob die Arme, reckte sich und bereute es umgehend, denn seine geprellten Rippen verziehen diese Bewegung nicht. Auf einmal erinnerte er sich: Die Eintrittskarten für das Museum für Kunst und Gewerbe aus Lutteroths Papierkorb. Er schnappte sich den transparenten Asservatenbeutel und sah auf die Ausstellungsdaten der Tickets. Sie stimmten mit den Eintragungen im Filofax überein.

»Das ist interessant«, sagte er. »Lutteroth hatte die Fotografie-

Ausstellung beide Male mit einer Person besucht, die er in seinem Filofax mit M bezeichnet. Bei allen anderen Terminen aber hatte er die vollen Namen eingetragen.«

Felsen sah Tom an. »M«, sagte er nachdenklich. »Könnte auch für Museum stehen.«

»Ja, aber hätte er dann nicht MKG geschrieben? Das ist das offizielle Kürzel vom Museum für Kunst und Gewerbe. Oder den Namen der Ausstellung?«, erwiderte Tom.

»Warum ist er überhaupt zweimal so kurz hintereinander in dieser Ausstellung gewesen?«, fragte Mira. »In der Woche, mitten am Tag. Vielleicht diente sie nur als Treffpunkt.«

Felsen zuckte mit den Achseln. »Die haben ja eine Videoüberwachung. Vielleicht können wir feststellen, ob er sich mit jemandem getroffen hat«, schlug er vor. »Ich klär das morgen.«

Tom schlug im Adressregister des Filofax' die Seiten für M auf und las die Namen.

Marten, Gerd
Melchor, Babette
Mollner, Sören
Meister, Christian
Missering, Roelof
Marthe
Mosbach, Georg
Meier, Lisa

»Acht Namen hatte Lutteroth unter M eingetragen. Vielleicht ist einer von ihnen mit Lutteroth in der Ausstellung gewesen.«

»Wir werden sie gleich morgen befragen«, sagte Felsen.

Während Mira und Felsen sich wieder ihrer Arbeit widmeten, fiel Toms Blick durch die offene Verbindungstür auf Balbecks Schreibtisch, auf dem eine der vielen Zigarettenschachteln seines Kollegen lag. Sechzehn Monate war es her, dass Tom sich das Rauchen abgewöhnt hatte, und es war ihm überraschend leicht gefallen. »Du bist ein willensstarker Mensch«, hatte Mira gesagt.

Er war sich da nicht so sicher wie seine Partnerin. Die Packung war angebrochen. Tom erhob sich und schlenderte scheinbar absichtslos in das Büro seiner Kollegen.

Die Flure und Zimmer schienen ihr wie ein beengtes Labyrinth, das sie durchwandern musste. Unaufhörlich, weil sie nicht anders konnte. Jede Ecke, jedes Detail war ihr vertraut, jeden Weg war sie unendlich viele Male gegangen, heute und in all den Jahren, die sie hier verbracht hatte. Sarah Lutteroth ging durch das weitläufige Wohnzimmer, entlang der großen Fensterfront, hinter der der Garten in der schwarzen Nacht versank und in der sich ihr Körper flüchtig spiegelte. Alle Lampen hatte sie angeschaltet, aber nichts half gegen die innere Dunkelheit.

Langsam schritt sie durch die Küchenzeile in den runden Flur, den sich Lars vom Architekten so gewünscht hatte, vorbei an den bunten Bildern, die ihre Töchter als kleine Kinder gemalt hatten, und dem Blumenstrauß, den sie jede Woche frisch in die Bodenvase aus den sechziger Jahren stellte. Vorbei an dem kleinen Raum, in dem sich ihre Garderobe befand mit Lars' Jacken, seinen Mänteln, Schuhen und Tennisschlägern. Vorbei an der Tür des Gästezimmers. Vorbei an der Treppe aus Eichenholz, wieder zurück in den Wohnraum, vorbei an den Werken von Malern und Fotografen, den Regalen voller Bücher und kleinen Gegenständen ihres Lebens, die sie über die Jahre gesammelt hatten, die Teil ihrer Geschichte geworden und mit Erinnerungen verbunden waren. Endlos zog sie ihre Kreise, ließ ihre Finger über manche Dinge gleiten und fühlte nichts. Hinsetzen konnte sie sich nur für wenige Minuten, dann trieb die Rastlosigkeit sie wieder hoch. Seit die Polizei ihr die Nachricht von Lars' Tod überbracht hatte, hatte sie die unteren Räume nicht verlassen. Sie wusste nicht, wohin mit sich, und gab sich ihrer Erstarrung hin.

Ein mulmiges Gefühl befiel sie. Warum hatte sie den Kommissaren verschwiegen, dass sie Lars Abwesenheit sehr wohl bemerkt hatte? Zu lügen war nicht ihre Art. Aber wie hätte sie erklären sollen, warum sie nicht versucht hatte, ihren Mann auf dem Handy zu erreichen? Das war kein natürliches Verhalten gewesen. Ein anderer Gedanke kam ihr in den Sinn. Vielleicht hätte ihr Anruf sogar etwas verändert. Vielleicht hätten sich die Koordinaten, die zu seinem Tod geführt hatten, verschoben, und Lars wäre noch am Leben. Ihr wurde übel. Wie hätte sie ihre Passivität ihren Töchtern erklären sollen? Sie hatte mit Lena zusammen geweint, hatte in die traurigen grünbraunen Augen ihrer jüngeren Tochter gesehen, über ihr schwarzes Haar gestrichen, ihr zartes Gesicht mit dem vom Leid verzerrten Mund in ihren Händen gehalten, und es hatte ihr das Herz gebrochen. Sofie hingegen schien zu keiner Trauer fähig. Aber wer wusste schon, was in dem verschlossen Mädchen wirklich vorging. Schweigend hatten sie zu dritt auf dem Sofa gesessen, bis Sofie es nicht mehr ausgehalten hatte und zu Aman gefahren war. Seit einem halben Jahr war sie mit dem Sohn eines ägyptischen Restaurantbesitzers befreundet.

Es war spät, wie spät, wusste Sarah Lutteroth nicht. Den alten französischen Wecker im Regal, den sie mit Lars auf einem Flohmarkt in Paris erworben hatte, hatte sie umgedreht. Sie wollte nicht sehen, wie die Stunden verstrichen. Sie wollte gar nichts mehr. Sie hatte nichts gegessen, und wenn Sofie sie nicht gezwungen hätte, hätte sie nicht einmal etwas getrunken. Sie wollte nicht, dass es Zeit wurde, schlafen zu gehen, wollte sich nicht in das leere Bett legen müssen, zu dem Kissen, dass nach ihrem Mann roch, auf dem noch sein Kopfabdruck zu sehen war.

Wann hatten sie das letzte Mal miteinander geschlafen? Sie konnte sich nicht daran erinnern. Tränen schossen ihr in die Augen. Wie konnte das sein, dass sie es nicht mehr wusste? Das Telefon klingelte, und sie erschrak. Zitternd stand sie da. Das Geräusch erinnerte sie daran, dass es außerhalb ihres Labyrinths ein Leben gab, an dem sie bis vor einigen Stunden noch teilgenommen hatte. Sie sah auf das Display. »Unbekannt« leuchtete dort in blauen Lettern. Sie zögerte ranzugehen, sie wusste nicht, ob sie mit irgendjemandem sprechen wollte. Bewegungslos starrte sie das elegante orangefarbene Gerät an. Ein absurder Gedanke kam ihr. Es könnte Lars sein, alles war nur ein furchtbarer Irrtum. Lena kam die Treppe herunter. An der Ecke blieb sie stehen.

»Soll ich rangehen?«, fragte sie.

Langsam, wie in Zeitlupe bewegte Sarah Lutteroth ihre Hand zum Apparat, nahm ihn hoch und drückte auf die Taste mit dem grünen Hörersymbol.

»Hallo!«, kam es zaghaft über ihre Lippen. Keine Antwort. Sie wartete, fragte dann wieder, »Hallo?« Am anderen Ende blieb Stille. Nur das leise Grundrauschen verriet ihr, dass es eine Verbindung gab. Irritiert wiederholte sie ihr dünnes Hallo. War das ein Atmen, das sie hörte? Dann kam ein trockenes »Klick«, und die Verbindung brach ab. Sie stand da mit dem Telefon in der Hand und sah ihre Tochter an.

»Aufgelegt«, sagte sie unsicher. Sie spürte eine ähnliche Angst wie gestern Nacht, als sie das Haus nach Lars abgesucht hatte.

»Da hat sich jemand verwählt, Mama.«

Sarah Lutteroth nickte. »Sicher«, sagte sie ohne Überzeugung. Sie musste an den Mann denken, der vor einiger Zeit auf dem Fußweg gegenüber gestanden und ihr Haus beobachtet hatte.

Tom starrte die Zigarettenschachtel an. Oder war es umgekehrt? Er saß auf Balbecks Stuhl, griff sich die Schachtel und lehnte sich zurück. Langsam bewegte er das Päckchen zwischen seinen Fingern hin und her. Der würzige Geruch des Tabaks stieg ihm verführerisch in die Nase. Er überlegte, ob er sich noch einen Kaffee holen sollte. Und dazu könnte er doch … Aber dann beschloss er, sich nicht gehen zu lassen, nahm die Füße vom Tisch, legte Balbecks Zigaretten zurück an ihren Platz und erhob sich. Nebenan waren Mira und Felsen immer noch in ihre Arbeit vertieft. Tom lehnte sich an den Türrahmen und sah zu Mira, deren Erschöpfung unverkennbar war.

»Was macht der Kopf?«, fragte er.

»Geht so.«

Das bedeutete nichts Gutes, denn Mira war hart im Nehmen. Felsen fischte eine Zigarette aus einer verknitterten Packung, ging zum Fenster und öffnete es. Er zündete sich die Zigarette an, nahm einen Zug und blies den Rauch in die Nacht. Tom beneidete ihn.

»Was für ein schöner Abend. Eigentlich sollte ich jetzt mit Laura und ihrer Schwester auf der Terrasse sitzen und mir die neuesten Geschichten aus ihrer Versicherung anhören. Da passieren immer die dollsten Sachen. Ich hätte ein kühles Bier in der Hand und die andere im Fell von Charly.«

»Ach, hast du jetzt endlich einen Hund? Hat Laura sich breitschlagen lassen?«, fragte Tom.

Felsen zog an seiner Zigarette. »Oh, wie man es nimmt.«

»Was heißt das?«

Felsen blies den Rauch zum Fenster hinaus und schmunzelte. »Charly ist ein feiner Kerl und ein ganz schöner Brocken.«

»Ein Bernhardiner? Du wolltest doch einen Bernhardiner?«

Felsen zögerte kurz. »Ja, ein Bernhardiner. Mit großen treuen Augen.« Sein Handy klingelte. »Hallo Doris, wie sieht es aus?« Felsen hörte der Kollegin der Mordbereitschaft vier zu und genoss seine Zigarette. »Wie alt?«, fragte er.

Tom wurde neugierig. Mira ebenfalls.

»Okay. Dann ruf noch mal an, falls ihr ihn erreicht oder die Spusi was Interessantes findet. Nein, das braucht ihr nicht. Es reicht, wenn wir morgen früh sprechen. Danke, Doris!« Felsen steckte sein Handy weg. »Keiner der Laubenbesitzer, die sie befragen konnten, hat etwas von den Vorgängen auf dem Parkplatz bemerkt. Aber Doris und Emre haben festgestellt, dass in einer Hütte der Siedlung eingebrochen wurde, und auf dem Tisch haben sie Spuren von Kokain gefunden. Die Besitzer der Hütte sind schon länger im Urlaub. Der Sohn ist wohl ab und zu da gewesen. Auch an diesem Sonntagnachmittag. Das haben die Nachbarn berichtet. Er ist zweiundzwanzig und studiert Jura. Doris und Emre haben ihn noch nicht erreicht. Die Spurensicherung ist auf dem Weg.«

»Wie heißt der Junge?«, wollte Tom wissen.

»Ben. Und die Familie Loritz. Kein M.«

9

Die Tiefgarage unter dem Präsidium war kühl wie immer. Die Wärme dieser Tage schien hier nicht hineinzugelangen. Gedankenversunken gingen Felsen und Tom nebeneinanderher. Vor seinem Dienstwagen, einem VW Passat, blieb Felsen stehen. Tom spürte, dass sein Chef ihm noch etwas sagen wollte.

»Ich bin stolz auf dich«, sagte Felsen. Dieser Satz überraschte Tom. »Das muss ich dir mal sagen«, fuhr er fort. »Wie du mit deiner Situation umgehst, davor habe ich großen Respekt. Ich kann nur ahnen, was dich das für Kraft kostet. All die Jahre.« Felsen schien nach den passenden Worten zu suchen. Persönliche Themen waren nicht sein Fall. »Ich will dir nur sagen, dass ich dich für einen verdammt guten Ermittler halte. Und für einen verdammt guten Typen.« Er sah Tom an. »Aber auch für den verdammt größten Dickschädel hier im Laden. Neben mir. Wenn jetzt tatsächlich dein Bruder versuchen sollte, Kontakt zu dir aufzunehmen, dann mach bitte keinen Scheiß, Tom! Pass auf dich auf! Dein Bruder hat rücksichtslos sein Ding durchgezogen, ich denke, du bist ihm gegenüber zu nichts verpflichtet.«

Stille. Brenner hatte Felsen also informiert. Tom wusste nichts zu erwidern.

»Natürlich sagt sich das sehr leicht für einen Außenstehenden, das ist mir auch klar«, sagte Felsen und zögerte. Dann legte er seine Hand auf Toms Schulter. »Du kannst dich immer auf mich verlassen, Tom. Du kannst immer mit mir reden. Und nicht nur als Chef oder Kollege, klar?«

Tom nickte. So emotional hatte er den Koloss noch nie erlebt.

»Danke, Hendrik«, sagte er.

Felsen nahm seine Hand von Tom, ging um den Wagen herum und öffnete die Fahrertür. »Lass Melanie morgen nicht im Stich!«

Es war bereits die dritte erfolglose Runde auf der Suche nach einem Parkplatz, Tom beschloss, sein Glück nun in den schmalen Wohnstraßen des angrenzenden Blocks zu versuchen. Auf seinem Lieblingssender sprach der Betreiber des Mojo-Clubs über seine Booking-Philosophie. Tom bekam Lust, mal wieder auf ein Konzert in dem kleinen, angesagten Club zu gehen. Am Anfang der Fettstraße, gleich neben dem Café Belinda, fand er endlich eine Parklücke, in die er sein rotes Schiff gerade eben hineinmanövrieren konnte.

Vor dem Belinda saßen erstaunlich viele Leute für einen Montag. Alle wollten die Sommernacht im Mai genießen. Kurz überlegte er, ob er noch schnell einen Feierabenddrink nehmen sollte, entschied sich aber, vernünftig zu bleiben und schlafen zu gehen. Die nächsten Tage würden anstrengend werden. Tom lenkte seine Schritte Richtung Heimat und dachte darüber nach, was er morgen den Journalisten erzählen sollte. Die Vorstellung, den Fernseh- und Radioreportern Interviews zu geben, machte ihm nichts aus. Schwieriger empfand er die Gespräche mit den schreibenden Journalisten, oft genug verdrehten sie einem die Worte im Munde. Dann konnte die Pressestelle hinterher dementieren, so viel sie wollte, etwas von der falschen Darstellung blieb immer hängen.

Tom schloss die Tür seiner Wohnung auf, knipste das Licht im Flur an und warf den Schlüssel in das Durcheinander auf der Alukiste. Er hängte seine Jacke an den hölzernen Garderobenständer, an dem ein kleines Messingschild mit dem Schriftzug U. S. Army davon zeugte, dass dieser aus den Beständen eines alten amerikanischen Stützpunktes stammte. Er nahm das Schulterholster mit seiner Walther ab und legte es in die übliche Schublade des Metallschranks daneben.

Er ging in die Küche, nahm sich eine angebrochene Tafel Zartbitterschokolade vom Regal, schenkte sich ein Glas Wasser ein und setzte sich an den Tisch. Er brach einen Riegel von der Tafel, biss ein Stück ab und sah in den Hof. Alle Fenster waren dunkel.

Ich erwarte nur, dass du dich immer als einer von uns verhalten wirst. Ein Kollege. Ein Polizist. Mit Idealen. Er hörte wieder Brenners Worte. Ja, er war das alles und hatte auch nicht vor, daran etwas zu ändern. Aber was bedeutete das für den Fall, dass sein Bruder plötzlich vor ihm stünde? Wie sah Marco wohl heute aus? Tom hatte sich diese Frage schon so oft gestellt. Von Brenner wusste er, dass sein Bruder sein Äußeres mehrfach verändert und verschiedene Identitäten angenommen hatte, bis es ihm gelungen war, seine Spur gänzlich zu verwischen. Die Zielfahnder vermuteten ihn in Venezuela oder Kolumbien. Im Verborgenen woben sie ihr Netz und warteten geduldig wie eine Spinne. Nun war Marco offenbar irgendwo aufgetaucht und sichtbar geworden.

Tom biss in den Riegel, lehnte sich zurück und legte die Füße auf den Tisch. Er spürte seine Erschöpfung und die Prellung an den Rippen. Die Zeiger der alten Küchenuhr, die über der Tür hing, standen auf ein Uhr fünfundzwanzig. Sechs Stunden Schlaf blieben ihm immerhin.

Die bunten Tiere zogen langsam ihre Kreise um das Licht. Die farbigen Lichtreflexe schwebten durch den dunklen Raum. Tom lag auf der Seite unter der dünnen Bettdecke und starrte auf den Elefanten, die Palme und die anderen Tiere unter dem blauen Sternenhimmel. Er musste an die zerstrittenen Lutteroth-Brüder denken. Wie war es möglich, dass die Brüder weit mehr als dreißig Jahre lang nicht miteinander gesprochen hatten? Wie konnten Brüder sich so verhalten? Nur weil sie unterschiedlich gewesen waren und politisch auf entgegengesetzten Seiten gestanden hatten? Lars der konservative, erfolgreiche Berater, Vorzeigesohn des einflussreichen CDU-Politikers, und dann Mats, der Rebell, der angeblich missratene Sohn, der keine Rücksicht auf seine Familie genommen hatte. Irgendwann hätte man sich doch verzeihen können, irgendwann hätte sich doch die Bruderliebe durchsetzen müssen.

Freiwillig keinen Kontakt mehr zu seinem Bruder zu haben,

war für Tom undenkbar. Was auch immer Marco getan haben mochte, die Vorstellung, ihn vielleicht nie mehr wieder zu sehen, nie mehr mit ihm reden zu können, fand er unerträglich. Die Angst, dass ein Killer der Drogenmafia Marco ein Loch in der Stirn verpassen oder er bei einem Schusswechsel mit südamerikanischen Cops draufgehen könnte, hatte Tom in den ersten Jahren keinen Tag losgelassen. Mittlerweile hatte er sich an den Zustand gewöhnt und sich mit ihm arrangiert. Genau wie mit der Sehnsucht nach seinem Bruder, die er irgendwo tief in sich verschlossen hielt. Seit heute Morgen drängte sie wieder heraus. Mit aller Macht.

Tom versuchte, an etwas anderes zu denken. Er ahnte, was für eine Nacht auf ihn zukäme, würde ihm das nicht gelingen. Er dachte an das Sparring mit Chris, dem er sich zunächst nicht gewachsen gefühlt hatte. Er erinnerte sich, wie er von Runde zu Runde sicherer geworden war. Wie er ganz ruhig geblieben war, einige schwere Treffer weggesteckt und langsam begonnen hatte, die Schläge vorherzusehen. Er erinnerte sich an Jimmys respektvolle und aufmunternde Blicke und daran, wie er einen Treffer nach dem anderen platziert hatte. Er war besser gewesen, als er gedacht hatte. Tom fragte sich, wann er es wieder ins Dock One schaffen würde. In den nächsten Tagen würde er sicher keine Zeit finden. Das Training tat ihm gut, es entspannte ihn, und er konnte aufgestaute Energie herauslassen. Trotzdem hatte er dem Junkie eine viel zu kräftige rechte Gerade verpasst. Was war da aus ihm herausgebrochen? Wut? Woher war diese Wut gekommen?

Er legte sich auf den Rücken und konzentrierte sich darauf, ruhig und tief in den Bauch zu atmen. Wie bei der Meditation, die ihm Mira einmal gezeigt hatte. Er musste endlich abschalten, an nichts mehr denken. In den Bauch atmen. Tief hinein. Entspannen. Nichts denken. Doch es glückte nicht; der Gedanke an ein mögliches Wiedersehen mit Marco war zu mächtig. Wäre Marco noch sein über alles geliebter Bruder? Oder stünde ein Marco vor ihm, der ihm fremd geworden war, der ihm nicht mehr vertraute und dem er nicht mehr vertrauen konnte? Sein Magen zog sich zusammen. Nichts denken. Nur atmen. Nichts denken.

Die kühle Luft, die ihm aus dem Inneren des Kühlschranks entgegenkam, fühlte sich gut an. Tom griff sich eine Flasche Bier. Er öffnete sie und trank einige Schlucke. Wenn er eines in den letzten Jahren gelernt hatte, dann, dass man Schlaf nicht erzwingen konnte. Seit Marco von einem Tag auf den anderen spurlos verschwunden war, litt Tom unter Schlaflosigkeit. Viele Mittel hatte er ausprobiert, nichts hatte wirklich geholfen. Sein Körper hatte sich darauf einstellen müssen, mit wenig Schlaf auszukommen. Erst in letzter Zeit hatte es sich gebessert. Tom führte es darauf zurück, dass er schließlich gelernt hatte, seine Situation zu akzeptieren, und endlich bereit war, mit den unbeantworteten Fragen zu leben. Aber nun geriet alles wieder aus dem Gleichgewicht.

Tom ging nach vorn ins Wohnzimmer und sah aus dem Fenster. Während er sein Bier trank, beobachtete er die geparkten Autos in der Straße und die Fenster der Wohnungen gegenüber. *Wir werden da sein, wenn sich uns eine Chance bietet*, hatte Brenner gesagt. Ob Tom wieder observiert wurde? Wie damals in den ersten Monaten nach Marcos Flucht? Franziska Agersen hatte ihm nicht vertraut. Der Mord an dem verdeckten Ermittler war ihr Fall gewesen. Der Ermittler hatte es geschafft, sich in den Drogenring einzuschleusen. Doch als er sich in die Nähe der beiden Hamburger Bosse vorgearbeitet hatte, musste er aufgeflogen sein. Seine Kollegen hatten ihn mit durchgeschnittener Kehle in seinem Wagen gefunden, und die Bosse waren abgetaucht. Einer der beiden Bosse war Marco gewesen. Das hatte der Ermittler bereits herausgefunden. Agersen, die ehrgeizige Staatsanwältin, hatte Tom nicht geglaubt, dass er nichts von den Machenschaften seines Bruders gewusst hatte. Auch wenn seine Kollegen ihm nichts hatten nachweisen können, war das Misstrauen bei einigen geblieben; das meinte Tom manchmal zu spüren, auch wenn Felsen es als Unsinn abtat.

Tom fragte sich, ob die Jalousien in den Fenstern der Wohnung direkt gegenüber schon immer dort gehangen hatten. Ansonsten konnte er nichts Verdächtiges feststellen. Natürlich hatte das nichts zu sagen, denn schließlich verstanden die Kollegen ihr Handwerk.

Er wandte sich vom Fenster ab, sein Blick fiel auf den braunen Flokati vor dem schwarzem Ledersofa, auf die Stelle mit dem kleinen Brandfleck. Dort hatte Marco gesessen, als sie das letzte Mal zusammen gewesen waren. Sechs Jahre war das her, eine kleine Ewigkeit. Doch es kam ihm vor, als wäre es gestern gewesen. Tom hatte das Bild genau vor Augen. Marco saß vor ihm auf dem Teppich ans Sofa gelehnt, mit Zigarette und Wodka. Sie spielten Poker und waren beide schon ziemlich angetrunken. Marco deckte lachend seine Karten auf und sagte: »Schon wieder, du hast schon wieder gewonnen!« Er trank, schüttelte den Kopf und musste immer stärker lachen. »Das kann doch nicht sein, verdammte Scheiße! Bruder, warum gewinnst immer du? Das war früher schon so.« Seine Zigarette fiel ihm aus der Hand auf den Teppich. »Scheiße!«, sagte er, aber es schien, als würde er nicht den Brandfleck meinen, der entstand. »Warum ist das immer so?« Er sah Tom an, und sein Blick hatte etwas berührend Kindliches. Auch Traurigkeit hatte darin gelegen. Am nächsten Morgen war Marco verschwunden.

Tom ging zu der alten Wurlitzer in der Ecke des Zimmers und schaltete sie an, grün leuchtete der magische Raum hinter dem Glas der Jukebox, in dem die Singles auf einem ringförmigen Ständer um den senkrecht stehenden Plattenteller herum auf ihren Einsatz warteten. Er ließ seinen Blick über die Tasten mit den Titeln wandern und wurde bald fündig. Er drücke M17 und schaute zu, wie der Ständer mit den schwarzen Scheiben sich drehte, bis eine hochgefahren, auf den Plattenteller geschoben wurde und der Tonarm aufsetzte. Während die ersten Akkorde von »Across 110th street« erklangen, schlenderte Tom durch den Raum. »I was the first brother of five, doing what I had to do to survive«, sang Bobby Womack. Anette fiel ihm ein, die diese

Musikbox liebte. Jetzt hatte er wieder vergessen, sich bei ihr zu melden. Plötzlich beschlich ihn eine Ahnung. Marco war vielleicht wirklich schon ganz nah. Und zwar bei Anette. Auf dem Land war es nicht so riskant für ihn wie in Hamburg.

»Noch wach?«, tippte Tom in sein Handy und schickte die Nachricht ab. Es war zwei Uhr vierundvierzig, aber Anette war ein Nachtmensch. Unruhig wanderte er durchs Zimmer und blickte auf sein Handy. Keine Antwort von ihr. Tom konnte sich nicht gegen seine Ungeduld wehren, er spürte, wie sein Puls schneller ging. Auch wenn er sich hundert Mal sagte, dass das alles reine Spekulation war und es noch nicht mal sicher war, dass sich sein Bruder überhaupt in Deutschland aufhielt, sein Bauch ließ sich nicht überzeugen. Er leerte den Rest seines Bieres in einem Zug und nahm sich gleich ein neues. An der Wurlitzer wählte er »Walk On By« von Isaac Hayes und lauschte dem Soul von Black Moses.

Fünf Minuten nach drei. Keine Antwort von Anette. Toms Unruhe wurde immer größer. Wie ein Tiger in seinem Käfig streifte er durch die Wohnung. Schließlich hielt er es nicht mehr aus, es trieb ihn hinaus in die Nacht. Wie schon in unzähligen schlaflosen Nächten zuvor. Es war stets die Flucht nach vorn gewesen, und irgendwann hatte er sogar Gefallen an seinen einsamen Wanderungen durch die nächtlichen Straßen gefunden. Er mochte die Ruhe, genoss es, sich zwischen den Zeiten und den Welten zu befinden, den Aliens der Nacht zu begegnen und dabei den eigenen Gedanken nachzuhängen. Bei Wind und Wetter, im Sommer wie im Winter ließ er sich treiben bis zum frühen Morgen. Manchmal gelang es ihm, noch ein oder zwei Stunden zu ruhen, bevor er nach einer ausgiebigen Dusche zum Dienst fuhr. Er wunderte sich selber, wie sein Körper damit klarkam.

Als er vor seinem Haus auf der Straße stand, überlegte er, in welche Richtung er seine Schritte lenken sollte. Es zog ihn ins Karoviertel auf einen Drink in einer der kleinen Bars. Bevor er losging, ließ er seinen Blick in Ruhe über die geparkten Wagen schweifen, konnte aber nichts Verdächtiges erkennen.

Während er durch die stillen Straßen schlenderte, musste er an Sarah Lutteroth denken, wie sie zitternd auf dem Stuhl vor ihnen gesessen hatte und ihre Hände in den Stoff des Kleides und die Oberschenkel darunter gekrallt hatte. Doch sie hatte Haltung bewahrt, war nicht vor ihnen zusammengebrochen. Hinter ihrer fragilen Erscheinung ließ sich eine ausgeprägte Zähigkeit erahnen. Tom fragte sich, ob sie vielleicht ebenfalls schlaflos in ihrem großen Haus saß. Möglicherweise mit ihren Töchtern zusammen. Immerhin waren sie schon alt genug, sie konnten miteinander reden und sich gegenseitig Halt geben.

Die kleine Bar war in schummriges, rotes Licht getaucht. Es lief ein entspannter Mix aus Electro und Rock. Am Tresen hingen zwei junge Männer rum, und an einem hinteren Tisch knutschte ein Paar. Der DJ stand vor seinen Plattenspielern, die er auf einem Teil des Tresens aufgebaut hatte, und unterhielt sich mit der Barkeeperin. Tom fühlte sich gleich wohl, ging zum Tresen und bestellte ein Bier. Die junge Frau öffnete ihm eine Flasche, und der DJ nickte ihm kurz zu. Sie kannten sich aus dem Plattenladen, in dem Tom seine Musik kaufte. Der Typ stand dort ab und zu hinterm Tresen. Er war schon älter, Tom schätzte ihn auf Anfang sechzig, schlank, mit feinen Gesichtszügen, weißgrauen Haaren, einer kleinen Nickelbrille und einem Vollbart. Für Tom war er ein cooler Hund, einer, der immer schon hip gewesen war, ohne sich dessen bewusst zu sein, geschweige denn es zur Schau zu tragen. Der sein Leben lang einfach nur das gemacht hatte, was er wollte, was sicher immer mit Musik zu tun gehabt hatte.

Tom öffnete den Reißverschluss seiner Jacke und setzte sich an einen der kleinen, runden Tische am Ende des Raumes. Zwei Tische weiter hatte sich eine Frau mit ihrem kleinen Hund in der Fensternische eingerichtet. In einem fliederfarbenen Kleid saß sie an die Wand gelehnt, die kräftigen Beine auf der gepolsterten Fensterbank ausgestreckt, mit einem Glas Sekt in der Hand, und sah zum Fenster hinaus auf den kleinen Platz, auf dem ein paar Menschen zwischen bunt bemalten Pflanzkisten eines Anwohner-Gartenprojekts um flackernde Windlichter herumsaßen.

Die Frau bemerkte Tom nicht, aber der Hund starrte ihn an. Er lag ebenfalls auf der Bank, zu ihren Füßen, die in grauen Chucks steckten. Ein drahtiger Mischling mit braunem und weißem struppigem Fell. Irgendwas mit Terrier. Tom zwinkerte ihm zu, der Hund rührte sich nicht. Sein Frauchen leerte ihr Glas und wandte sich Tom zu. Unter ihren kinnlangen, dunkelblonden Haaren sahen ihn kurz zwei mandelförmige Augen an. Dann richtete sie ihren Blick wieder zum Fenster hinaus.

Der DJ hatte Iggy Pop dazu gebracht, einen französischen Chanson zu singen. Tom meinte, das Lied zu kennen, kam aber nicht auf den Titel.

Warum starrte der Köter ihn so an? Auf einmal hüpfte er von der Bank herunter und kam auf Tom zugetippelt. Sein Frauchen schien es nicht zu bemerken oder bemerken zu wollen. Er legte sich vor Tom auf den Boden und behielt ihn im Blick. Ein Mann kam herein, ging zum Tresen und fragte die Barkeeperin, ob er die Toilette benutzen dürfte. Sie nickte, und der Mann verschwand in dem schmalen Gang neben dem Tresen. Dem Chanson folgte wieder eine Electronummer, diesmal mit Jazzelementen.

Tom hatte wieder das Bild des toten Lars Lutteroth vor Augen, aber so, wie es ihm in seiner Vorstellung erschienen war. Mit diesem kindlich naiven Lächeln, das ihn wesentlich jünger wirken ließ. Der Mann hatte schon im Bett gelegen, neben seiner Frau, bevor er wieder aufgestanden war. Hatte er nur darauf gewartet, dass sie fest schlief, um sich dann aus dem Haus zu schleichen? War er weggefahren, um jemanden zu treffen? Warum hatte er das Batmobil dabei? Ob es Lutteroths eigenes war, aus seiner Kindheit? Die Kratzer und Abnutzungsspuren auf dem Metall sprachen dafür. Und es passte ein wenig zu der Modelleisenbahn in seinem Arbeitszimmer. Hatte er es jemandem schenken wollen?

Tom trank von seinem Bier und beschloss, kein weiteres zu bestellen, um morgen, wenn er schon keinen Schlaf bekommen würde, wenigstens einen klaren Kopf zu haben. Er holte sein Handy hervor und sah nach, ob Anette endlich geantwortet hatte, aber das hatte sie nicht. Immer noch starrte ihn der Hund an.

Der Mann kehrte von der Toilette zurück und ging zum Tresen, dabei ließ er seinen Blick durch den Raum schweifen. Er bestellte ein Bier, setzte sich damit an den Tisch neben dem Eingang und beschäftigte sich mit seinem Handy. Tom beobachtete ihn und fand, dass er nicht recht hierher passte. Wahrscheinlich wurde er doch wieder observiert, ging es ihm durch den Kopf. Es kam ihm absurd vor. Und gleichzeitig sehr real. Sein Blick auf die Menschen in seiner Umgebung würde von nun an ein anderer sein, er würde sich wieder verfolgt fühlen, misstrauisch jeden beäugen.

Etwas stupste gegen Toms Schienbein. Der Terrier sah ihn schwanzwedelnd an. Tom beugte sich zu ihm und hielt ihm seine Hand hin. Der kleine Kerl schnupperte an seinen Fingern. Tom streichelte seinen Nacken. Der Terrier stellte sich auf seine Hinterläufe, lehnte sich mit seinen Vorderpfoten an Toms Bein und reckte sich ihm neugierig entgegen.

»Hey, kleiner Freund!«, sagte Tom leise und streichelte das struppige Fell. Der kleine Hund wedelte wie wild mit seinem Schwänzchen.

»Buddy«, sagte die Frau in der Fensternische zu Tom gewandt. »Er heißt Buddy. Und eigentlich mag er keine Fremden.«

»Oh«, meinte Tom. »Dann ist das ja eine Ehre für mich.«

Die Frau nickte. Tom kraulte ihn hinter den Ohren. Buddy legte sich auf die Seite und schmiegte sich an Toms Fuß.

»Das ist echt ungewöhnlich«, sagte sein Frauchen jetzt ein wenig erstaunt.

Tom zuckte mit den Schultern. »Vielleicht spürt er, dass ich Hunde mag.«

»Aber du hast keinen?«

»Nein.«

Die Frau erhob sich und ging mit ihrem leeren Glas zum Tresen. Tom und auch Buddy verfolgten sie mit ihren Blicken. Das Kleid stand ihr gut, ihr Gang hatte etwas Leichtes, Federndes. Sie ließ sich einen neuen Sekt einschenken und bestellte eine Flasche Bier dazu. Mit beidem kam sie zu Tom und hielt ihm das Bier hin.

»Ich bin Marie.«

»Tom.«

Er nahm die Flasche und prostete ihr zu. Sie erwiderte die Geste, und beide tranken. Marie setzte sich auf den Stuhl neben ihn und sah ihn mit ihren grünblauen Augen unverwandt an. Sie lächelte nicht, aber es lag etwas Warmherziges in ihrem Blick. Tom überlegte, was er mit dieser Situation anfangen sollte. Eigentlich wollte er alleine sein, durch die Nacht ziehen und seinen Gedanken nachhängen. Er war ganz und gar nicht in der Stimmung für Gespräche, geschweige denn für eine neue Bekanntschaft.

»Buddy ist ein Dickkopf. Mit einem unfehlbaren Instinkt«, sagte sie. »Auf den musste er sich auch schon oft verlassen können.«

Tom nickte und bemerkte ein leichtes, nervöses Zucken an ihrem linken Auge. Sie beugte sich zu ihrem Hund und streichelte ihn. »Er hat es manchmal nicht gerade leicht. Ich glaube, Buddy hat mehrere Leben.«

Wieder zuckte ihr Auge. Sie lachte trocken.

»Und ich auch«, fügte sie hinzu. Es klang fast wie eine Warnung.

10

Leichter Cannabisgeruch lag in der Luft. Er mischte sich mit dem Knoblauchduft, der aus den Küchenfenstern eines italienischen Restaurants stieg, und dem Müllgestank, der von einigen halb offenen Containern herüberwehte. Es war immer noch sommerlich warm. Gut gelaunte junge Gesichter glitten durch die Nacht. Laut diskutierend, lachend und trinkend. Die Hände in den Hosentaschen vergraben, schlenderte Tom neben Marie die Straße entlang. Buddy marschierte ohne Leine vor ihnen her und untersuchte neugierig die Kantsteine und Häuserecken mit seiner kleinen schwarzen Schnauze. Tom sah sich um, ob ihnen jemand folgte, aber er hatte nicht den Eindruck.

»Ich werde nichts von mir erzählen«, sagte Marie auf einmal. »Und ich will auch nichts von dir wissen. Nichts von dem üblichen Kram. Okay?«

»Okay«, stimmte Tom zu. Ihre unverbindliche Art kam ihm entgegen.

»Du bist Tom, der Hundeflüsterer. Und ich bin Marie, die heute Nacht nicht schlafen will. Das genügt.«

Tom nickte. Eine Katze kreuzte ihren Weg und huschte schnell zwischen den parkenden Autos hindurch. Buddy hielt kurz inne und nahm sofort die Verfolgung auf. Die energischen Rufe seines Frauchens ignorierend flitzte er auf die Straße. Ein Motorradfahrer konnte gerade noch ausweichen. Marie schlug die Hände vor das Gesicht. Auf der anderen Straßenseite verschwanden Jäger und Gejagte in einem Hinterhof.

»Mistköter!«, schimpfte Marie und lief ihrem Hund hinterher. Tom folgte ihr. Im Hof war es dunkel und unübersichtlich. Marie stand vor einem Bauwagen, der offensichtlich bewohnt war, und suchte das Tier. Leise rief sie seinen Namen und pfiff einige Male, aber Buddy zeigte sich nicht. Einige Fenster standen offen, in zwei Wohnungen flackerte blaues Fernsehlicht, aus einer Wohnung war der Streit eines Paares zu hören. Marie lief hin und her und versuchte herauszufinden, wohin Buddys Verfolgungsjagd wohl geführt haben könnte. Tom blieb an ihrer Seite und suchte nach möglichen Schlupflöchern in den Zäunen und Mauern.

»Dieser Scheißjagdinstinkt!«, fluchte Marie vor sich hin.

Da hörten sie ein Kläffen und gleich darauf ein Fauchen.

»Das kam von da hinten«, sagte Tom und zeigte auf einen wild zugewachsenen Garten, der in absoluter Dunkelheit hinter einem alten, gusseisernen Zaun lag.

»Buddy!«, rief Marie. Buddy kläffte erneut. Sie streifte ihre kleine Tasche ab und legte sie auf den Boden. Dann zog sie ihr Kleid ein wenig hoch, kletterte ein Stück auf den Zaun und suchte mit ihrem Fuß Halt zwischen den rostigen Spitzen zweier Streben. »Hilf mir!«, forderte sie Tom auf.

»Sei bloß vorsichtig. Diese Spitzen haben ganz schön scharfe Kanten.«

Tom hielt ihr seine Hand hin, um sie zu stützen. Marie ergriff sie und schwang sich hoch auf den Zaun. Tom fasste mit der anderen Hand ihre Hüfte, um ihr zusätzlichen Halt zu geben. Seine geprellten Rippen meldeten sich, und er musste die Zähne zusammenbeißen. Als sie oben war, griff sie nach seiner Schulter, um sich dort festzuhalten. Plötzlich rutschte ihre Hand ab. Dabei wischte sie über seine Jacke, und Tom spürte, wie sie sein Schulterholster mit der Pistole streifte, bevor er sie gerade rechtzeitig abfangen und verhindern konnte, dass sie auf die Spitzen stürzte. Für einen Moment schien Marie irritiert, aber dann sprang sie schon zwischen die Büsche, und er kletterte hinterher. Hatte sie erkannt, dass er eine Pistole trug? Nachdem Tom ebenfalls auf dem erdigen Boden gelandet war, zückte er sein Handy und schaltete die kleine Lampe an. Er leuchtete über die Büsche. Marie kämpfte sich durch das Dickicht.

»Buddy, mein kleiner Buddy?«

Ein leises Fiepen und Jaulen ertönte. Es war noch ein Stück entfernt.

Hinter einem Gebüsch in einer Ecke lag ein Bretterhaufen. Tom leuchtete darüber, und hinter den Brettern traf der Lichtstrahl auf den kleinen Hundekörper, der zwischen zwei Gitterstäben des Zauns feststeckte.

»Oh, da bist du ja!«, sagte Marie erleichtert.

Buddy kläffte wütend und versuchte, sich mit aller Kraft aus seiner misslichen Lage zu befreien, aber sein kleiner, kräftiger Körper kam nicht von der Stelle.

»Mann, Mann, Mann, wie hast du das bloß wieder geschafft?«

Sie beugte sich zu ihm hinunter und versuchte, seinen Körper zwischen den Streben herauszuziehen. Buddy jaulte auf vor Schmerz, aber sein Körper bewegte sich kein Stück. Die Gitterstäbe hatten sich mit ihren scharfen Kanten in das Fell gedrückt und schnitten ihm ins Fleisch. Mit einem eisernen Willen musste sich Buddy zwischen die Stäbe gequetscht haben, um seiner Beute folgen zu können.

»Scheiße! Was machen wir denn jetzt?«, fragte Marie ratlos.

Tom beugte sich hinunter und umfasste beide Gitterstäbe. Marie streichelte Buddy und redete beruhigend auf ihn ein, während Tom versuchte, die Stäbe auseinanderzudrücken. Die waren jedoch zu massiv, und Tom gab auf. Buddy fiepte leise vor sich hin.

»Wir müssen die Feuerwehr holen. Ruf die Feuerwehr an! Die flexen den Zaun durch«, sagte Marie.

»Ja«, sagte Tom, aber rührte sich nicht. Er überlegte, ob ihm nicht noch etwas einfiel. Marie wurde unruhig.

»Was ist? Was denkst du?«

Ein Wagenheber fiel Tom ein. Wenn sie einen hätten, könnten sie ihn zwischen die Stäbe halten und sie auseinanderdrücken. Sie könnten ein Taxi bestellen, das einen Wagenheber mitbringen soll. Aber das könnte dauern. Buddy fiepte vor sich hin, und es klang immer jämmerlicher.

»Hallo, Mister Hundeflüsterer! Ruf bitte die Scheißfeuerwehr! Mein Handy ist in meiner Tasche, und die liegt hinter dem Zaun.«

Tom starrte auf den eingeklemmten Hundekörper.

Marie sprang auf. »Hey, was ist mit dir? Buddy muss da raus!«, rief sie jetzt wütend und stieß Tom gegen die Brust, dass er kurz das Gleichgewicht verlor.

»Ich hab's!« Tom packte Marie mit beiden Armen. »Gib mir drei Minuten! Die Feuerwehr braucht länger. Die beeilen sich nicht großartig für einen kleinen Hund, der im Zaun klemmt. Und es würde dich auch 'ne schöne Kleinigkeit kosten.«

Marie sah ihn zweifelnd an.

»Vertrau mir! Ich bin gleich wieder da«, sagte er und lief los.

Drei saftige Dönerspieße drehten sich langsam neben dem Backofen mit den Grillhähnchen. In der Fritteuse blubberte das Fett über den Pommes frites. Ein appetitanregender Imbissduft lag in der Luft. Aus kleinen Lautsprecherboxen kam deutscher Hip-Hop. Die Hungrigen der Nacht warteten auf ihre glücklich machende Dosis Kalorien. Der Mann, der hinter dem gläsernen Tresen wirbelte, hatte einen leichten Schweißfilm auf der Stirn, wirkte aber entspannt. Drei angetrunkene junge Männer standen vor ihm am Tresen und konnten sich nicht zwischen Hähnchen und Currywurst entscheiden. Tom drängte sich neben sie.

»Hey, bitte, ich brauche ganz schnell eine Flasche Speiseöl!«, sagte er zu dem Wirt. Die jungen Männer starrten ihn verärgert an.

»Ey, was bist du denn für einer? Hast du keine Manieren?«, lallte einer der drei. Er rückte Tom auf die Pelle, sofort schlug ihm eine kräftige Alkoholfahne entgegen.

»Tut mir leid, Jungs!«, sagte Tom und hob beschwichtigend seine Hände. »Das ist ein Notfall!« Er wandte sich wieder an den Wirt. »Ich brauche eine Flasche Öl. Ich kaufe sie dir ab!«

Der Wirt starrte ihn ungläubig an. »Ich verkaufe hier kein Öl. Da habe ich gar keinen Preis für.«

Tom zog ein paar Scheine aus seiner Hosentasche und legte dem Wirt einen Zwanziger auf den Tresen.

»Das dürfte reichen, oder?«

»Das ist doch der Bulle von YouTube. Der dem Typ, der sich anzünden wollte, eins auf die Fresse gegeben hat«, rief plötzlich ein anderer der Kumpels.

Scheiße, dachte Tom, das kann ich jetzt gar nicht gebrauchen.

»Stimmt«, sagte der Typ mit der Alkoholfahne. »Krass!«

Er starrte Tom neugierig an. »Geile Aktion, Mann. Aber warum hast du dem armen Schwein so auf die Fresse gehauen?«, fragte er.

Tom ignorierte die Frage und wandte sich wieder an den Wirt.

»Was ist jetzt?!«

»Was für'n Kommissar bist du denn? Mordkommission?«, fragte der Typ im grauen T-Shirt.

Der dritte der Freunde, ein etwas untersetzter Typ im weißen Hemd mit einer fetten Rolex am Handgelenk, schob sich vor den Tresen. »'ne Currywurst. Ich nehm 'ne Currywurst«, sagte er mit schwerer Zunge zu dem Wirt.

»Okay, okay!« Aus einem Schrank holte der Wirt eine Plastikflasche hervor und stellte sie Tom hin.

»Hier, Mann!«

Tom griff sich die Flasche und wollte schon zur Tür eilen.

»Halt!«, rief der Wirt energisch. Er nahm sich den Schein, holte einen Zehner und einen Fünfer aus der Kasse und hielt sie Tom hin. »Ich bin kein Wucherer«, sagte er. Tom nahm die Scheine.

»Danke!«

Tom wandte sich an die drei jungen Männer.

»Müsst ihr nicht bald ins Bett? Morgen ist doch sicher Schule!«

Bevor sie etwas erwidern konnten, war er schon draußen.

Buddy zitterte, als Tom die Plastikflasche über seinen Rücken hielt.

»Kleiner Buddy, bleib ganz ruhig! Gleich haben wir dich befreit«, flüsterte Marie und streichelte ihren verängstigten Gefährten.

Tom ließ das Öl an den Seiten von Buddys Brustkorb herunterlaufen. Marie massierte es vorsichtig in die wund gescheuerten Stellen. Buddy zuckte und fiepte zunächst, aber dann wurde er ganz ruhig, als hätte er verstanden, dass ihm nun geholfen würde.

Großzügig verteilte Tom das Öl noch um die Stellen herum.

»So, ich glaube, jetzt könnte es klappen«, sagte er.

Vorsichtig packte Marie Buddys drahtigen Körper, der sich

sogleich verkrampfte, und versuchte, ihn etwas hin- und herzubewegen. Buddy jaulte auf.

»Ich glaube, es muss schnell gehen. Mit einem Ruck«, sagte Tom.

Marie nickte skeptisch.

»Ich ziehe, du schiebst, okay?«, schlug Tom vor.

»Gut«, willigte Marie ein.

Tom beugte sich hinunter, legte die Flasche beiseite und umfasste Buddys Bauch. Marie steckte ihren Arm durch den Zaun und legte ihre Hand auf Buddys Brust.

»Auf drei«, sagte er.

»Eins«, begann Tom zu zählen. »Zwei. Drei!«

Mit einem kräftigen Ruck zogen und schoben sie Buddy aus der Klemme. Er jaulte auf und bellte, froh und wütend zugleich. Wie wild kläffend sprang er hin und her, schüttelte seinen nassen Körper, schlug kurze Haken, setzte sich und begann, seine wunden Stellen zu lecken.

»Jede Nacht eine gute Tat«, sagte Tom mehr zu sich als zu Marie.

»Was?«, fragte sie.

»Ach nichts.«

Aus einem Fenster ertönte eine wütende Frauenstimme, »Haut endlich mit eurer Scheißtöle ab! Die Leute hier wollen schlafen.«

Mit einem schmatzenden Geräusch schoss die Mayonnaise aus der Plastikflasche und landete auf den knusprigen, goldgelben Stäbchen. Tom lief das Wasser im Mund zusammen. Seit ihm der Imbissduft in die Nase gestiegen war, hatte er Lust auf Pommes. Er stellte die große Plastikflasche zurück auf den Tresen und ging mit seiner Pappschale zu Marie, die mit ihrem Piccolo und seinem Bier an einem Stehtisch wartete. Buddy lag fast auf ihren Füßen. Noch völlig verunsichert, wich er keinen Zentimeter von ihrer Seite. Mittlerweile hatte sich der Imbiss geleert. Nur ein schlaksiger Afrikaner mit Deutschlandpudelmütze trank ein Bier und wippte zum Hip-Hop made in Germany.

Tom stellte die Schale in die Mitte des Tisches. »Bitte, nimm dir!«

»Danke.«

Der Wirt kam mit einer Schale Wasser und einem Handtuch hinter dem Tresen hervor.

»So, hier habe ich abgekochtes Wasser«, sagte er freundlich.

Er beugte sich zu Buddy herunter.

»Hey, kleiner Hund, mein Sonnenblumenöl hat dich gerettet«, sagte er. Buddy sah ihn unsicher an, wich zurück und knurrte.

»Oh, okay, okay!« Der Wirt richtete sich wieder auf. Marie schnappte sich zwei Fritten. Eine für sich, die andere legte sie Buddy vor die Pfoten. Er schob sie mit seiner Schnauze hin und her, bis sie etwas abgekühlt war, dann verputzte er sie gierig.

»Das war schon verrückt«, sagte der Wirt und schüttelte den Kopf. »Ich hab mich die ganze Zeit gefragt, was will dieser Mann bloß mit dem Öl?«

Marie kniete sich mit der Schale Wasser und dem Tuch vor Buddy auf den Boden und begann vorsichtig, seine wunden Stellen zu säubern. Buddy hielt tapfer still. Der Wirt räumte herum und machte seinen Arbeitsplatz sauber. Marie stellte sich wieder zu Tom und schenkte den restlichen Sekt aus der kleinen Flasche in ihr Glas.

»Ich hab mich noch gar nicht bedankt bei dir. Das hast du toll gemacht. Tut mir leid, dass ich so ungehalten war.«

»Alles gut«, erwiderte Tom und schob sich eine besonders lange Fritte in den Mund.

»Du bist mein Held. Heute Nacht.« Marie hob ihr Glas, Tom seine Flasche Bier. Sie prosteten sich zu und tranken. Dann sah sie ihn einen Moment lang ernst und eindringlich an. Sie wirkte, als versuchte sie, ihn einzuschätzen. Er dachte wieder daran, dass sie vielleicht seine Pistole bemerkt hatte, als er ihr über den Zaun geholfen hatte. Maries Auge zuckte. Aber nur ein wenig. Er fragte sich, ob es immer zuckte oder ob sie sich in einer Phase befand, in der sie etwas angespannt war; vielleicht hatte sie deshalb darauf bestanden, nicht über Persönliches zu reden. Marie gefiel ihm, obwohl sie eigentlich nicht sein Typ war. Alles an ihr war ihm eine Spur zu groß und zu kräftig.

Der Afrikaner stellte seine leere Bierflasche auf den Tresen und ging zur Tür. »Auf Wiedersehen, liebe Leute!«, sagte er fröhlich mit einer übertriebenen Betonung. Dann grinste er amüsiert, öffnete die Tür und entschwebte mit lässigen, großen Schritten. In der Ferne ertönte eine Polizeisirene und erinnerte Tom daran, dass ein anstrengender Tag vor ihm lag. Er sah dem gut gelaunten Mann nach, beobachtete durch das große Fenster, wie er sich vor zwei jungen Frauen verbeugte, die untergehakt durch die Straße schlenderten, und dann einem Flaschensammler auf die Schulter klopfte, der sein Glück an einem überfüllten Mülleimer versuchte. Auf dem Spielplatz dahinter saß ein Mann allein auf einer Bank. Es schien, als schaute er in Toms Richtung. Oder schlief er? Oder tat er so, als schliefe er?

»Kann ich heute Nacht bei dir bleiben?«, fragte Marie und sah ihn an. Verblüfft wusste Tom nicht, was er sagen sollte.

»Keine Angst, eine Beziehung ist das Letzte, was ich gerade gebrauchen kann«, fügte sie schnell hinzu.

Als Tom die Haustür aufschloss, wurde ihm auf einmal klar, dass er gerade dabei war, etwas zu tun, das ihm eigentlich zutiefst widerstrebte. Er konnte sich kaum daran erinnern, wann er das letzte Mal eine Frau in die Wohnung gelassen hatte, abgesehen von Mira, seiner Mutter und Anette. Er schob die große, schwere Tür auf und bat Marie und Buddy ins Treppenhaus. Buddy flitzte neugierig vorweg und wartete schwanzwedelnd an der Treppe, die sich um den vergitterten Fahrstuhlschacht nach oben wand.

»Ein schöner, alter Fahrstuhl«, bemerkte Marie und betrachtete die braune Holzkabine mit den verzierten Fenstern an jeder Seite.

»Ja, aber etwas klein und leider mal wieder außer Gefecht«, antwortete Tom.

»Und du wohnst natürlich ganz oben.«

»Dritter Stock«, sagte Tom und spürte, wie der Widerstand in ihm immer stärker wurde. Warum hatte er sich bloß darauf eingelassen? Drei Stockwerke blieben ihm, Marie zu erklären, dass er es sich anders überlegt hatte. Und wie ein Idiot dazustehen.

11
Dienstag

Sarah Lutteroth erwachte. Das Telefon läutete. Sie blieb liegen, rührte sich nicht. Sie fühlte sich erschöpft, und ihr war ein wenig übel. Das Telefon läutete wieder. Sollte sie rangehen? Es konnte die Polizei sein. Aber sie fühlte sich nicht in der Lage zu reden oder zu denken. Sie wollte lieber wieder in den Schlaf zurücksinken. Es läutete noch einmal, brach dann jedoch abrupt ab. Aus dem Flur oder einem der oberen Zimmer hörte sie Lenas Stimme, konnte aber nicht verstehen, was ihre Tochter sagte. Sie drehte sich zur Seite und sah in den Garten, der im frühen Sonnenlicht sommerlich erstrahlte. Ihr kam das Bild unwirklich vor. Ein Hund, dachte sie und wunderte sich über ihren Gedanken. Absurd, wie konnte sie nur so schnell an das Leben ohne Lars denken? Sie war sich sicher gewesen, dass er zu einer Geliebten gefahren war, und hatte ihm damit unrecht getan. Sie schämte sich für ihre schlechten Gedanken. Wenn er doch nur noch am Leben wäre, sie würde mit ihm reden. Über alles, den Zustand ihrer Ehe. Sie würde ihm sagen, wie glücklich sie mit ihm sei, wie sehr sie ihn liebte. Eine leise Verzweiflung regte sich in ihr. Warum nur hatten sie es versäumt, über sich zu reden? Und warum hatte Lars sich heimlich so spät noch davongestohlen? Was hatte er bloß auf diesem Parkplatz vor dem Flüchtlingslager gewollt? Die Schritte ihrer Tochter näherten sich.

»Mama?«

Sarah Lutteroth richtete sich langsam auf dem Wohnzimmersofa auf.

»Hast du hier geschlafen?«

»Ja, meine Süße!«

»Herr Bentner hat angerufen. Ich habe gesagt, dass du noch nicht wach bis. Er versucht es später wieder.«

Das Intro von *Peter Gunn* erklang. Der Klingelton seines Handys kam von weit her. Tom lag auf dem Bauch, den Kopf zur Seite gedreht, und spürte, dass sein Nacken steif geworden war. Er schlug die Augen auf und blickte in die Fransen des braunen Flokatis. Er versuchte, seinen Kopf zu drehen, schaffte es aber kaum. Unter seiner Schädeldecke meldete sich ein leichter Schmerz. Der Klingelton schallte weiter durch die Wohnung. Schwerfällig mühte er sich hoch. Er brauchte einen Moment, um sich zu sortieren. Das Handy musste irgendwo im Flur liegen. Auf seiner Alukiste fand er es. Miras Name leuchtete auf dem Display.

»Ja«, meldete er sich und spürte sogleich, dass es nicht bei einem leichten Kopfschmerz bleiben würde.

»Bonjour, Monsieur! Wo steckst du?«

»Wieso? Wie spät ist es denn?«

»Oh, das klingt nicht gut.«

»Scheiße, die Interviews!«

»Genau, mein Lieber. Hier wartet die halbe Hamburger Medienlandschaft auf den Heldenbullen, und Melanie erinnert an einen Dampfkochtopf kurz vor der Explosion.«

Tom überlegte, ob er etwas machen konnte, um die Situation halbwegs zu retten. In zwanzig Minuten hätte er dort sein können. Vielleicht in fünfzehn, ohne Duschen und Zähneputzen.

»Oh, das Team vom NDR fährt gerade vom Hof«, flötete Mira betont unschuldig.

»Okay, okay«, sagte Tom und entschied sich trotzig für die Flucht nach vorn. »Scheiß drauf, ich bin in dreißig Minuten bei dir, und dann fahren wir zu Lutteroths Bruder. Das ist wichtig. Melanie rufe ich an.«

»Na dann, viel Glück! Bis gleich!«

Tom ging zurück ins Wohnzimmer. Auf dem Boden neben

dem Sofa standen drei leere Bierflaschen. Die hatte er allein getrunken. Aus Frust, wegen seiner Unfähigkeit, über seinen Schatten zu springen. Er hatte den ungläubigen Blick noch genau vor Augen, mit dem Marie ihn angesehen hatte, als sie vor seiner Wohnungstür standen und er ihr auf einmal erklärt hatte, dass sie doch nicht mit hineinkommen könne. Bei dem Gedanken an diesen Moment wollte er gleich wieder im Boden versinken vor Scham.

»Ich bin müder, als ich dachte«, hatte er zu ihr gesagt. »Und in zwei Stunden beginnt ein anstrengender Tag für mich. Ich weiß, das klingt jetzt total bescheuert, aber …« So hatte er sich gewunden.

»Das stimmt, es klingt total bescheuert«, hatte sie trocken entgegnet und verständnislos gefragt: »Das fällt dir erst jetzt hier vor deiner Tür ein?«

Tom hatte mit den Achseln gezuckt und war sich vorgekommen wie ein Idiot. Unreif und verschroben. Jedenfalls war er sicher gewesen, dass sie genau das von ihm gedacht hatte. Buddy war unruhig zwischen ihren Beinen hin und her gelaufen. Er hatte nicht verstanden, warum es nicht weitergegangen war. Marie hatte erst zur Tür und dann wieder zu ihm gesehen. Tom hatte den Eindruck gehabt, dass sie ihm nicht geglaubt und versucht hatte, sich den eigentlichen Grund vorzustellen. Ihr Auge hatte gezuckt. Nun wieder etwas stärker. Sie hatte gelächelt, aber es hatte etwas ironisch gewirkt.

»Na gut, dann gehen wir mal. Komm, Buddy!«

Marie hatte Buddy hochgehoben und den kleinen Kerl auf ihrem Arm gehalten. Sie hatte gezögert, auf irgendeine Reaktion von Tom gewartet.

Er hatte überlegt, ob er sie nach ihrer Telefonnummer fragen sollte. Doch er hatte befürchtet, sich nur einen Spruch zu fangen. Außerdem hatte er sich auch gar nicht so tief einlassen wollen.

»Es war eine schöne Nacht, Hundeflüsterer. Dann mach's mal gut!«

»Du auch, Marie!«

Marie war die Treppe hinuntergegangen, ohne zurückzuschauen.

Tom ließ drei Aspirin in das Wasserglas plumpsen. Sprudelnd begannen sie, sich aufzulösen. Dann stellte er sich unter die Dusche. Drei Minuten heiß, den Strahl auf seine Stirn gerichtet. Dann eine Minute kalt. Eiskalt. Abtrocknen, Turbo-Zähneputzen, in die Jeans springen, ein frisches Hemd überwerfen und in die Sneakers steigen. Aspirinwasser runterstürzen, Schulterholster mit Pistole anlegen, Jacke drüber und los.

Als er vor die Tür trat, blendete ihn die helle Morgensonne, und hinter seiner Stirn hämmerte der Schmerz. Er blinzelte, suchte in den Jackentaschen nach seiner Sonnenbrille, fand sie aber nicht.

Ein extra starker Kaffee von Toni aus der Backstube, sein Lieblingssender und der Fahrtwind durch das heruntergekurbelte Fenster halfen ihm, sich in den Tag zu tasten. Die Aspirin begannen zu wirken, und Tom brauchte etwas Leben in der Bude. Er stellte die Musik lauter, nahm seine rechte Hand vom Steuer und schlug ein paar kurze Haken in die Luft. Dann wechselte er die Hände und tat das Gleiche mit der Linken. Den Schmerz an den Rippen ignorierte er. Immer häufiger und schneller boxte er vor sich hin. An einer roten Ampel hielten zwei Frauen neben ihm und amüsierten sich über sein wildes Schattenboxen.

»Los, Rocky, los!«, rief die Beifahrerin durch ihr offenes Fenster.

Tom reckte beide Arme in die Höhe, wie Stallone in der berühmten Szene auf den Stufen vor dem Museum mit dem Blick über Philadelphia.

Vierzehn Minuten später betrat er das Büro.

»Oha, siehst du fertig aus!«

Keine besonders schöne Begrüßung, aber was konnte Tom heute morgen schon erwarten?

Mira sah ihn mitleidig an. »Soll ich dir einen Kaffee holen?«

»Der Eindruck täuscht. Mir geht's gut.«

Mira saß vor ihrem Bildschirm und war mit den Kontodaten von Lutteroth & Bentner beschäftigt. Im Gegensatz zu Tom wirkte sie frisch und erholt. Tom fand es wieder stickig im Zimmer.

»Hier bekommt man keine Luft«, sagte er, öffnete entschlossen das Fenster und setzte sich an seinen Schreibtisch. Er wartete auf die übliche Reaktion seiner geräuschempfindlichen Partnerin, aber Mira schwieg.

»Was macht denn dein Kopf?«, fragte er.

»Ich habe gestern noch meditiert, gut geschlafen und nun keine Kopfschmerzen mehr.«

»Mit Kopfschmerzen kannst du meditieren?«

»Ich habe vorher noch 'ne Runde Tabletten genommen.«

»Dann hast du dir gestern aber ordentlich was reingepfiffen.«

»Was soll's? Ich hab den Tag überstanden, und jetzt geht's mir wieder gut.«

»Schön. Wollen wir gleich los?«

»Erst mal haben wir noch 'ne Besprechung mit Hendrik, Doris und Emre.«

»Okay. Balbeck und Taller sind schon in dem Erstaufnahmelager?«

»Oui!«

Tom überlegte, ob er sich nicht doch einen Kaffee holen sollte, sein Kopf fühlte sich noch ziemlich schwer an. Ein weitere Dosis Koffein könnte ihm guttun. Doch er entschied sich dagegen, das Risiko, Melanie zu begegnen, war ihm zu groß. Er war noch nicht in Form für ein Gespräch mit einem Dampfkochtopf kurz vor der Explosion. Er griff zu der halb vollen Wasserflasche auf seinem Tisch und leerte sie in einem Zug. Sein Blick fiel auf das Fahndungsfoto von Marco. Für ein paar Stunden hatte er glatt vergessen, dass sein Bruder vielleicht bald vor seiner Tür stand. Anette hatte immer noch nicht geantwortet. Vielleicht wich sie ihm aus, vielleicht lag er mit seiner Vermutung genau richtig, und Marco war bei ihr.

»Bist du aus gewesen?«, fragte Mira, ohne sich von den Daten auf ihrem Monitor abzuwenden.

»Konnte nicht schlafen.«

»Ich dachte, das war besser geworden.«

»War's auch.«

Mira schob ihren Kopf hinter dem Monitor hervor und sah ihn an.

»Brenner?«

Tom zögerte einen Moment. »Marco ist in Europa. Vielleicht auf dem Weg nach Hamburg.« Vielleicht schon näher, als alle vermuten, dachte er.

»Scheiße!«, entfuhr es Mira.

Eine Weile herrschte Schweigen. Durch das offene Fenster drang leise der weit entfernte Baustellenlärm.

»Er wird dich in Schwierigkeiten bringen, Tom.«

Tom schwieg. Was sollte er darauf auch erwidern. Es klopfte, und Doris' blonder kurzer Haarschopf erschien in der Tür. »Moin!«

»Moin!«, entgegnete Mira. Tom hob nur kurz den Arm zur Begrüßung. Doris kam herein, gefolgt von Emre, der ebenfalls ein trockenes Moin in die Runde warf und den aufdringlichen Duft seines Sportler-Duschgels dazu. Tom rückte näher ans offene Fenster. Die Kollegen setzten sich auf die Stühle an den kleinen, runden Tisch.

»Hendrik kommt auch gleich«, sagte Doris, dann wandte sie sich an Tom. »Du kannst es wahrscheinlich nicht mehr hören, aber ich muss es auch noch einmal loswerden: Das war echt 'ne beeindruckende Tat, Tom. Hut ab! Das war ja so verdammt knapp. Der Typ hätte sich um ein Haar in Brand gesetzt. Dann wärst du mitten in einen Feuerball gesprungen.«

»Danke, danke! Ihr hättet es genauso gemacht.«

Emre grinst. »Nicht ganz, hinterher wäre ich etwas netter zu ihm gewesen.«

Tom nickte. »Ich weiß auch nicht, welcher Teufel mich da geritten hat.«

»Können wir vielleicht mal von was anderem reden?« Das war Felsens Bass. Der Koloss schob seinen schweren Körper leichtfüßig und voller Tatendrang in ihr Büro. »Zum Beispiel davon, was ihr gestern Nacht noch herausgefunden habt. Guten Morgen!«

Die Runde grüßte zurück, und Doris begann sogleich mit ihrem Bericht.

»Also der oder die Diebe sind in der Sonntagnacht in die Laube der Familie Loritz und in eine Nachbarlaube eingestiegen. In der anderen Laube haben sie nur den Schuppen aufgebrochen und hochwertiges, meist elektrisches Werkzeug und Gartengeräte mitgehen lassen. Bei Loritz haben sie dann aber nicht nur den Schuppen aufgebrochen, sondern in der Hütte noch ein Fenster eingeschlagen, und sind dort ebenfalls eingestiegen. Was sie dort entwendet haben, wissen wir noch nicht. Diesen Ben Loritz haben wir noch nicht erreicht. Die Spusi hat an den Schlössern, den Türen und der Scheibe keine Fingerabdrücke und keine genetischen Spuren gefunden. Auf dem Tisch befanden sich Kokainreste. Wahrscheinlich haben dort zwei Lines gelegen. Wir haben die Hütte auf den Kopf gestellt, aber keine weiteren Drogen gefunden. In seiner Wohnung war er nicht. Wir haben auf seine Mailbox gesprochen, aber er hat sich noch nicht gemeldet.«

»Thaden hatte nichts von Drogenrückständen in Lutteroths Körper gesagt«, bemerkte Mira.

»Bis jetzt noch nicht«, erwiderte Felsen, während er eine Zigarette aus seiner zerknitterten Packung fummelte.

Das Surren eines Elektromotors auf dem Flur war zu vernehmen. Es näherte sich ihrem Büro.

»Aha, seine Majestät Christoph der Erste«, sagte Mira leise.

Kurz darauf bog Christoph in seinem Rollstuhl schwungvoll um die Ecke und fuhr mitten ins Büro. Auf dem Schoß hatte er zwei Festplatten.

»Guten Morgen, geschätzte Kollegen«, sagte Christoph und grinste gut gelaunt in die Runde. Alle sahen ihn gespannt an.

»Es hat etwas gedauert, weil der gute Mann unterschiedliche Passwörter verwendet hat«, erklärte ihr IT-Crack. »Und eine Datei ist auf beiden Computern extra passwortgeschützt. Daran arbeitet das Programm noch.«

Mira nahm Christoph die Platten ab und stellte sie auf ihren Schreibtisch.

»Hast du irgendwas Ungewöhnliches entdeckt?«, fragte Felsen, stellte sich ans offene Fenster und zündete sich die Zigarette an.

Doch Christoph wandte sich erst an Tom, als hätte er Felsen nicht gehört. »Ich hab noch mal über die Sache mit dem Schokoriegel nachgedacht und finde, dass du ihn mir ersetzen solltest.«

Tom stutzte, er konnte nicht einschätzen, ob Christoph es ernst meinte oder einen Scherz machte. Doch Christoph verzog keine Miene.

»Wenn du meinst«, antwortete Tom.

Christoph schwieg, er schien darauf zu warten, dass Tom noch etwas sagte. Felsen blickte ungeduldig von einem zum anderen.

»Könntet ihr das vielleicht später klären, ich hätte gerne eine Antwort auf meine Frage.«

Christoph warf Tom noch einen kurzen, bösen Blick zu, dann wandte er sich an Felsen. »Auf dem Agentur-Computer wurde eine Datei gelöscht. Und zwar gründlich. Sie wurde mehrmals überschrieben. Keine Chance, sie zu rekonstruieren.«

»Konntest du feststellen, wann?«, fragte Felsen.

»Sonntag.« Er holte einen kleinen Zettel aus der Tasche seines Hoodies und blickte darauf. »Um fünfzehn Uhr siebenunddreißig.« Dann reichte er Felsen den Zettel.

»Laut Sarah Lutteroth war ihr Mann den ganzen Sonntag zu Hause«, sagte Tom. »Er kann die Datei also nicht selbst gelöscht haben.«

12

Unzählige feine Falten durchzogen die sonnengegerbte Haut. Die graublauen, leicht glasigen Augen blickten wachsam aus ihren tief liegenden Höhlen. Ein kleiner, silberner Ohrring glänzte matt am linken Ohr von Mats Lutteroth. Tom betrachtete den Mann mit der gleichen Ruhe, mit der dieser sich seine Zigarette drehte. Routiniert rollten die kräftigen Finger den Tabak im dünnen Zigarettenpapier. Unter den Nägeln klebte dunkle Erde.

»Ich möchte nicht respektlos erscheinen, aber ich habe den Eindruck, dass der Tod Ihres Bruders Ihnen nicht viel ausmacht«, sagte Mira und rückte auf der Bank ein Stück zur Seite in den Schatten, den die grünen Blätter der prächtigen Buche spendeten. Tom und sie saßen an einem langen Eichentisch Mats Lutteroth gegenüber. Dieser Platz bildete das Zentrum des Hofes. Zwei Wohnhäuser an den Seiten säumten das alte Hauptgebäude. Dahinter befanden sich eine Scheune, mehrere Gewächshäuser und Gemüsebeete, die sich in die Tiefe des großen Grundstücks zogen.

Mats Lutteroth sah Mira an, schwieg aber. Gemächlich befeuchtete er mit der Zungenspitze den Klebestreifen des Zigarettenpapiers und vollendete sein Werk. »Sie erwarten nicht ernsthaft, dass ich Ihnen erkläre, wie ich mich jetzt fühle und warum, oder?«, fragte der Mann und sah von Mira zu Tom. »Ist es nicht ein längst überkommenes Klischee, dass man über den Tod eines Verwandten erschüttert und traurig sein muss?«, sprach er weiter.

»Wir denken nicht in Klischees, aber wir haben auch keine Angst vor ihnen«, erwiderte Tom.

Lutteroth zündete sich seine Zigarette an, spuckte einen Tabakkrümel auf den Boden und nahm einen tiefen Zug. Er blies den Rauch zur Seite und sah ihm hinterher.

»Ich habe meinen Bruder Jahre nicht gesehen. Ich weiß von ihm nichts. Gar nichts. Eigentlich war er für mich schon lange tot.«

Er sah die beiden Ermittler mit festem Blick an.

»Warum ist es so weit gekommen?«, wollte Tom wissen.

Lutteroth zuckte mit den Achseln, nahm einen weiteren Zug von der Zigarette. »Wissen Sie, wer unser Vater war?«

Tom nickte.

»Henning Lutteroth, der CDU-Politiker«, sagte Lutteroth und sah Tom mit einem intensiven Blick an, der wohl ausdrücken sollte, dass damit alles gesagt war. »Ich habe ihn verachtet, schon als Jugendlicher. Mit vierzehn bin ich das erste Mal abgehauen. Bei meiner reaktionären Spießerfamilie hab ich's nicht mehr ausgehalten. Mit sechzehn bin ich dann ausgezogen und hab mein eigenes Leben begonnen. Ich wollte frei sein und nichts mit dem kapitalistischen Unterdrückersystem zu tun haben. Ich war links, wollte was verändern. War in der Hafenstraße dabei. Hab alles, für das mein Vater stand, bekämpft. Lars war anders. Er war auf seines Vaters Seite. Mein kleiner Bruder hat mich nie verstanden. Ich war das schwarze Schaf der Familie. Alle haben sich für mich geschämt.« Lutteroth nahm einen weiteren tiefen Zug. »Lars wurde wie sein Vater. Hat Karriere gemacht. Berater. Lobbyist. Sorgt dafür, dass die Drecksunternehmen kriegen, was sie wollen. Nein, nein, wir hatten uns nichts mehr zu sagen. So war das. Ganz einfach.«

Mats Lutteroth sah sie trotzig an.

»Auf einer Wahlkampfveranstaltung haben Sie Ihre Eltern mit Eiern beworfen«, sagte Mira.

Mats Lutteroth wirkte einen Moment irritiert. »Hab ich das? Sie sind ja gut informiert.«

»Sie erinnern sich nicht?«, hakte Tom nach.

»Ich weiß nicht, das ist so lange her.«

»Aber das soll zum endgültigen Bruch geführt haben. Auch mit Ihrem Bruder. So hat er es jedenfalls seiner Frau erzählt. Das vergisst man doch nicht.«

»Kann sein. Da war so vieles. Und wie gesagt: Es ist lange her.«

»Als Ihre Eltern ums Leben kamen, hatte Ihr Bruder Ihnen geschrieben, aber Sie wollten nicht zur Bestattung kommen, und

Ihr Erbe haben Sie ausgeschlagen. Sie wollten Ihren Bruder nicht einmal treffen.«

»Das ist richtig.«

Tom und Mira warteten, aber Lutteroth sagte nichts weiter und sah sie nur mit festem Blick an.

»Nach all den Jahren immer noch unversöhnlich«, sagte Tom. Für ihn war eine solche Haltung nur schwer nachvollziehbar.

Lutteroth schwieg und rauchte.

»Sie haben Ihren Bruder also nie mehr gesehen, nie mehr gesprochen?«, fragte Tom.

»Das sagte ich bereits.«

»Herr Lutteroth, wir müssen Sie das fragen: Wo waren Sie vorgestern Nacht?«, schaltete sich Mira ein.

Mats Lutteroth sah sie verständnislos an. »Ich habe mit meinem Bruder fast vierzig Jahre nichts zu schaffen gehabt, warum sollte ich ihn auf einmal umbringen? Ich habe ihn nicht gehasst. Ich habe ihm nie etwas Schlechtes gewünscht.«

»Das mag sein, trotzdem brauchen wir eine Antwort von Ihnen.«

»Ich war hier, und einige aus unserer Gemeinschaft können das bestimmt bezeugen. Merit und Ole waren bei mir. Wir haben eine Flasche Wein zusammen getrunken.«

»Wie viele Mitglieder hat Ihre Gemeinschaft?«, fragte Mira.

»Zehn.«

Tom hielt Lutteroth die Tüte mit dem Batmobil hin. »Kennen Sie das?«

Lutteroth betrachtete das schwarze Spielzeugauto und schüttelte den Kopf. »Sollte ich?«

»Kennen Sie es oder nicht?«, wiederholte Tom seine Frage.

»Nein!«

»Wir haben es in der Jackentasche Ihres Bruders gefunden.«

»Warum hatte er ein Spielzeugauto bei sich?«, fragte Lutteroth.

»Das ist eine gute Frage«, erwiderte Tom.

Der drahtige Körper Lutteroths bewegte sich forsch auf dem schmalen Weg durch die Beete. Mira und Tom folgten ihm. Tom wischte sich den Schweiß von der Stirn. Er hätte gern seine Jacke ausgezogen, aber er trug das Schulterholster mit seiner Pistole und wollte sich hier nicht als martialischer Bulle zeigen.

»Wir arbeiten und leben zusammen. Entscheidungen werden gemeinsam getroffen und die Erträge solidarisch geteilt. Alle können sich selbst versorgen, und mit dem Gemüseverkauf verdienen wir genug für unser Leben. Wir sparen sogar eine kleine Betriebsrente an«, schilderte Lutteroth. »Unsere Philosophie ist es, im Einklang mit der Natur zu leben und uns nicht auf Kosten anderer zu bereichern.« Er drehte sich um und sah die beiden Kommissare an. »Der Spadenhof ist ein Rückzugsort vor dem kapitalistischen Wahnsinn.«

Tom konnte nicht umhin, beeindruckt zu sein. Dieser Mann schien sein Ziel erreicht zu haben: wirklich unabhängig zu sein.

Als hätte er Toms Gedanken erraten, fügte er hinzu: »Mein Leben war immer eine Art Gegenentwurf zu dem meines Bruders.«

Auf einmal hatte Tom wieder Lars Lutteroth vor Augen. Im Anzug stand er hier neben seinem Bruder. Anmutig und freundlich, aber fremd. Tom bekam die beiden Brüder nicht zusammen. Es war, als stießen sie einander ab. Das Bild funktionierte nicht.

»Ist was?«, fragte Lutteroth Tom.

»Nein, ich musste nur gerade an etwas denken.«

Lutteroth nickte, und seine Gesichtszüge verloren ein wenig von ihrer Härte. »Musste er leiden?«

»Das können wir nicht sagen. Die rechtsmedizinische Untersuchung ist noch nicht abgeschlossen«, wich Mira aus.

»Erschlagen«, nuschelte Lutteroth ungläubig vor sich hin. Es schien, als ob die Tragweite des Vorfalls ihn schließlich doch erreicht hätte. Dann ging er weiter.

»Dieses Jahr ist alles früher dran. Wir spüren die Klimaerwärmung schon seit ein paar Jahren. Da können die Politiker so viel relativieren, wie sie wollen«, erzählte Lutteroth.

Die Gemüsebeete lagen verlassen da. Vereinzelt herumliegende Gärtnerwerkzeuge verrieten, dass hier vor Kurzem noch gearbeitet wurde. Einige Scheiben der Gewächshäuser reflektierten gleißend hell die Strahlen der Mittagssonne, die vom wolkenlosen Himmel brannte.

»Sie machen alle gerade Mittagspause.«

»Wo machen Sie die denn?«, fragte Mira.

»Die sitzen jetzt sicher alle bei Rita und David in der Küche. Sonst essen wir meistens an dem Tisch im Hof, wo wir eben gesessen haben. Aber heute ist es fast zu heiß dafür. Sollen wir zu ihnen gehen? Wollen Sie mein Alibi gleich überprüfen?«

Tom zögerte.

»Warum nicht? Lassen Sie uns doch kurz Hallo sagen«, schlug Mira dagegen entschlossen vor.

Peter Gunn ertönte aus Toms Jackentasche, und er holte sein Handy hervor. Die Nummer auf dem Display sagte ihm nichts.

»Ja?«, meldete er sich.

»Hier ist Sarah Lutteroth«, antwortete leise eine brüchige Stimme.

»Einen Moment bitte!«, sagte er überrascht und entfernte sich einige Schritte, um in Ruhe reden zu können.

»Frau Lutteroth!«, sagte er.

»Ich rufe an, weil mir etwas eingefallen ist.«

»Bitte erzählen Sie!«

»Vor ungefähr zwei Wochen stand ein Mann gegenüber auf der anderen Straßenseite und hat unser Haus beobachtet. Es war Abend, und Lars war schon zu Hause. Der Mann stand bestimmt eine halbe Stunde dort. Ich fand das unheimlich. Ich wollte die Polizei rufen, aber Lars wollte das nicht. Er meinte, wir würden uns lächerlich machen. Dabei wirkte er selbst nervös. Er hat immer wieder hinausgesehen, ob der Kerl noch da war. Irgendwann war der dann aber verschwunden.«

»Das ist sehr interessant, Frau Lutteroth. Ist dieser Mann noch mal aufgetaucht?«

»Nein.«

»Können Sie ihn beschreiben?«

»Er sah ganz normal aus. Mittelgroß. Er trug eine blaue, sportliche Jacke. Und Jeans, glaube ich, aber da bin ich mir nicht sicher. Blonde Haare. Dunkelblond.«

»Wie alt schätzen Sie ihn?«

»Schwer zu sagen. Ende dreißig, Anfang vierzig.«

»Würden Sie ihn wiedererkennen?«

»Vielleicht.«

Tom fiel auf, wie unaufgeregt und präzise die Frau berichtete.

»Falls dieser Mann wieder auftauchen sollte, rufen Sie mich bitte sofort an! Oder meine Kollegin!«

»Gut«, erwiderte Sarah Lutteroth.

»War außerdem etwas?«

Schweigen.

»Sie können mir alles sagen, Frau Lutteroth. Auch die banalsten Kleinigkeiten können wichtig sein.«

»Gestern Abend hat jemand angerufen. Aber niemand hat sich gemeldet. Ich habe Atmen gehört. Es war ganz leise, aber ich habe es gehört. Dann wurde aufgelegt.«

»Hat Ihr Telefon die Nummer gespeichert?«

»Es war eine unterdrückte Nummer.«

»Okay. Sagen Sie mir die Uhrzeit. Wir finden heraus, von welchem Teilnehmer Sie angerufen worden sind.«

»Einen Moment, ich gehe ins Menü.«

Während Tom wartete, holte er sein kleines Notizbuch aus der Jackentasche.

»Das war um zweiundzwanzig Uhr achtzehn.«

Er notierte die Uhrzeit. »War das der einzige Anruf dieser Art?«

»Ja, wahrscheinlich sehe ich schon Gespenster.« Sie lachte traurig.

»Vielleicht auch nicht. Es ist gut, dass Sie mich informiert haben. Frau Lutteroth, Sie hatten uns gesagt, dass Ihr Mann am Sonntag den ganzen Tag zu Hause war, habe ich das richtig in Erinnerung?«

»Ja, das stimmt. Warum?«

»Weil am Sonntagnachmittag auf seinem Computer in der Agentur eine Datei gelöscht worden ist.«

Einen Moment schwieg Sarah Lutteroth.

»Das ist merkwürdig. Er kann das ja nicht getan haben.«

»Vielen Dank, Frau Lutteroth. Ich melde mich später noch bei Ihnen.«

Tom spürte den Impuls, sich nach ihrem Befinden zu erkundigen, hielt sich aber zurück.

Im Treppenhaus war es angenehm kühl. Tom und Mira stiegen die schmale Treppe hinter Mats Lutteroth hoch. Der Duft von frischem Essen und der Klang munterer Gespräche drangen durch die offen stehende Wohnungstür. In Tom regte sich ein Hungergefühl. Als sie die geräumige Küche betraten, blickte die Runde, die um den ovalen Tisch vor Tellern mit Reis und Gemüse versammelt war, neugierig auf. Zwei Stühle waren noch frei und die Teller davor leer. Mats Lutteroth stellte die beiden Kommissare der Runde vor. Als Lutteroth ansetzte zu erklären, was die beiden Polizisten wollten, unterbrach Mira ihn.

»Wir wollen Sie nicht lange stören, wir haben nur eine Frage. Hat jemand von Ihnen den Sonntagabend mit Herrn Lutteroth zusammen verbracht?«

Tom sah in die Gesichter der Hofmitglieder. Einige wirkten überrascht und andere irritiert. Ein Mann in Lutteroths Alter mit einem hängenden Augenlid sah Tom unverwandt an. Als Einziger hatte er ein Stück Fleisch auf seinem Teller. Ein junger Mann mit Downsyndrom lächelte freundlich. Eine Frau am Kopf des Tisches meldete sich zu Wort.

»Ole und ich haben vorgestern Abend mit Mats zusammengesessen.«

Der Mann neben ihr nickte.

»Ja, wir haben 'ne Flasche Wein zusammen geleert«, fügte er hinzu.

»Können Sie sich erinnern, von wann bis wann das war?«, wollte Mira wissen.

»Es ist ganz schön spät geworden«, überlegte er. »Ich bin so kurz nach Mitternacht gegangen. Ich war müde.«

»Als ich gegangen bin, war es vielleicht eine halbe Stunde später«, ergänzte die Frau.

»Und wann haben Sie sich getroffen?«

»Das war wohl so gegen zehn«, antwortete sie, und der Mann bestätigte das mit einem Nicken.

»Gut, jetzt brauche ich noch Ihre Namen, bitte.« Mira zückte ein kleines Notizbuch und einen Stift.

»Merit Bach. Und das ist mein Mann Ole.«

Mira notierte die Namen.

»Danke sehr, das war's schon. Dann noch weiter guten Appetit!«

Mira wandte sich zu Tom. Er nickte, und sie gingen hinaus.

»Bis gleich!«, warf Lutteroth in die Runde und folgte ihnen.

»Hey!«, rief ihnen eine raue Stimme hinterher.

Tom und Mira drehten sich um.

»Ja?«, fragte Mira und ging mit Tom wieder zurück. Lutteroth wartete im Treppenhaus.

»Wollen Sie uns nicht verraten, worum es geht?«

Die Stimme gehörte dem Mann mit dem hängenden Augenlid. Das Auge darunter wirkte starr, sein Blick seltsam intensiv. Auf einmal wurde Tom klar, dass es ein Glasauge war.

»Der Bruder von Herrn Lutteroth wurde gestern morgen tot aufgefunden, und wir ermitteln in dem Fall«, erklärte Mira.

Tom sah in die Gesichter der Hofgemeinschaft. Sie wirkten irritiert und eingeschüchtert. Der Mann mit dem Glasauge lehnte sich zurück.

»Fall? Sind Sie von der Mordkommission?«

»Warum glauben Sie, dass er ermordet wurde?«, fragte Tom.

»Das hört sich so an. Ist Mats verdächtig?«

»Unsere Fragen sind reine Routine. Einen schönen Tag noch!« Mira wollte schnell hinaus, um sich weitere neugierige Fragen zu ersparen.

»Es stimmt, das Mats zu Hause war«, sprach der Mann mit

dem Glasauge weiter. »Ich wohne über ihm und habe gehört, wie die drei sich unten einen schönen Abend gemacht haben. Und nachdem Ole gegangen war, haben Mats und Merit noch 'ne Nummer geschoben. Merit stöhnt immer so laut.«

Alle in der Runde sahen ihn entsetzt an. Auch Merit und Ole. Nur der Mann mit dem Downsyndrom lachte laut und wiederholte: »Nummer geschoben.«

Tom sah gespannt zu Ole und Merit, die völlig verunsichert versuchten, sich die Demütigung nicht anmerken zu lassen. Der Mann mit dem Glasauge sah die Kommissare mit festem Blick an. »Ich heiße Jürgen Hachel. Für Ihr Notizbuch.«

Das monotone Grün des Deiches flog an Miras Fenster vorüber und verbarg den Blick auf die Elbe. An Toms offenem Fenster zogen die Höfe und Gärtnereien des Spadenlandes vorbei.

»Vielleicht ist Lutteroth ja so eine Art Guru und darf mit allen Frauen der Gemeinschaft schlafen.«

Tom nahm Miras Bemerkung kaum wahr, ihn beschäftigte, ob es Marco und ihm eines Tages ähnlich ergehen könnte wie den Lutteroth-Brüdern. Hatte sich nicht schon ein kaum zu überbrückender Graben zwischen ihnen gebildet? Was wusste er schon von Marco? Neun Briefe hatte er von Marco erhalten. In sechs Jahren. Den letzten vor zehn Monaten. Von allen möglichen Orten des Planeten abgeschickt, natürlich von Strohmännern und ohne Absender. Marco schrieb von seinen Gedanken und Gefühlen, aber nie etwas Konkretes über sein Leben, damit keine Rückschlüsse gezogen werden konnten auf seinen Aufenthaltsort. Von ihm wusste Marco nichts, denn er konnte ihm ja nie antworten. Tom konnte seinem Bruder nichts von sich mitteilen. Keine Gedanken, keine Gefühle. In den ersten Jahren hatte Tom diesen Zustand kaum aushalten können. Erreichte ihn ein Brief von Marco, fühlte er sich ohnmächtig, wie von unsichtbaren Wänden eingeschlossen. Mühsam hatte er schließlich gelernt, diesen Zustand zu akzeptieren. Nach dem Gespräch mit Lutteroth spürte er ein merkwürdiges Gefühl von Resignation. Zum ersten Mal während all der Jahre. Ausgerechnet jetzt, wo Marco möglicherweise auf dem Weg zu ihm war. Oder gerade deshalb? Auf einmal sah er glasklar die Möglichkeit vor sich, dass Marco und er sich fremd geworden sein und einander misstrauen könnten.

Miras scharfes Bremsen holte ihn aus seinen düsteren Gedanken. Ein Schaf trottete in aller Ruhe über die Straße und würdigte sie keines Blickes.

»Die Beschreibungen von Sarah Lutteroth und der Tersen klingen sehr ähnlich. Wir sollten einen unserer Zeichner holen und mit in Lutteroths Firma nehmen. Und anschließend fahren wir dann noch zu Sarah Lutteroth«, schlug Mira vor.

»Ja, lass uns das machen.«

Toms Handy vibrierte. Eine SMS hatte ihn erreicht. Von Anette.

Schön, dass du dich gemeldet hast. Muss unbedingt mit dir sprechen. Wann? Gruß und Kuss!

13

Unruhig wanderte Hauke Bentner vor der kleinen Sitzgruppe auf und ab. An der holzgetäfelten Wand hing eine große Farbfotografie des Schauspielers Ryan Gosling, der in einer nachtblauen, leeren Straßenschlucht mit coolem Gesichtsausdruck vor dem Heck seines Straßenkreuzers stand. Tom kannte die Szene, sie stammte aus dem Film *Drive*.

»Und Frau Lutteroth ist sich ganz sicher?«, fragte Bentner.

»Wir haben sie gerade noch mal gefragt. Ihr Mann war den ganzen Sonntag zu Hause«, antwortete Tom, der mit Mira neben dem weißen Designerschreibtisch stand. Bentner schüttelte verstört den Kopf.

»Das ist beunruhigend, äußerst beunruhigend. Der Computer ist gehackt worden.«

»Unsere IT-Spezialisten haben keinen Trojaner gefunden. Aber klar: ein Profi löscht den Trojaner wieder, wenn er seine

Aktion beendet hat. Es kann so gewesen sein. Es kann aber auch hier vor Ort geschehen sein«, merkte Mira an.

»Nein. Unmöglich!«

»Warum?«

Tom ließ Bentner keinen Moment aus den Augen. Er versuchte zu erkennen, ob Bentner ihnen etwas vormachte.

»Keiner kennt Lars' Passwort.«

»Ach, mit dem richtigen Programm, Geduld und etwas Glück«, bemerkte Mira.

»Glauben Sie, das könnte mit seinem Tod zusammenhängen?«, fragte Bentner.

»Wir glauben noch gar nichts. Wir sammeln erst mal Fakten.«

»Können Ihre Leute die Datei nicht rekonstruieren? Das könnte doch sehr aufschlussreich sein.«

»Möglich, sie arbeiten daran«, log Tom, um zu sehen, ob diese Information Bentner verunsicherte. Bentner trat zum Fenster und blickte hinaus in den Innenhof. Tom folgte ihm und stellte sich daneben, um genau beobachten zu können, was sich in seinem Gesicht abspielte.

»Und Sie haben keine Idee, was der Inhalt dieser Datei gewesen sein könnte?«, fragte Tom.

»Ich habe nicht die leiseste Ahnung.«

»Irgendjemand hatte ein Interesse daran, dass diese Datei verschwindet.«

Bentner starrte ihn an.

»Und Lars gleich mit? Wollen Sie das sagen?«

»Was wäre denn gewesen, wenn Lars Lutteroth festgestellt hätte, dass jemand diese Datei gelöscht hat?«

Bentner schwieg.

»Sicher hätte er eine Vermutung gehabt, wer einen Grund dafür gehabt hätte. Oder?«, hakte Tom nach.

»Vielleicht. Auf jeden Fall wäre er sich sicher gewesen, dass es niemand aus der Agentur gewesen war.«

»Wer hat alles einen Schlüssel für Ihre Firma?«, schaltete Mira sich ein.

»Lars, ich, Luna, und dann gibt es noch einen zur freien Verfügung. Das heißt, jeder kann sich den nehmen, wenn er am Wochenende oder nachts mal arbeiten muss. Er muss sich dann in ein Buch eintragen.«

»Luna ist die junge Frau am Empfang?«

»Genau. Bei ihr liegt auch das Buch.«

»Dann gehe ich mal zu ihr und werfe einen Blick in das Buch«, sagte Mira und verließ den Raum.

Bentner stellte sich hinter seinen aufgeräumten Schreibtisch, setzte sich aber nicht. Nachdenklich starrte er vor sich hin. Er wirkte nicht mehr so ausgeglichen und souverän wie gestern.

»Wir machen Lobbyarbeit. Ja! Und alle Welt hält das für verwerflich. Wir helfen der Industrie, ihre Pläne durchzukriegen. Sicher ist das moralisch manchmal fragwürdig. Aber es werden keine Gesetze gebrochen. Es herrschen keine Mafiamethoden!« Er sah Tom vorwurfsvoll an. »Heute Morgen wurden unsere Fingerabdrücke genommen. Unsere Mitarbeiter haben sich nicht gerade wohlgefühlt dabei.«

»Das ist auch nicht nötig«, antwortete Tom trocken.

Bentner lächelte zynisch.

»Herr Bentner, waren Sie am Sonntag im Büro?«

Bentner warf ihm einen bitteren Blick zu. »Nein.«

»Gibt es jemanden, der das bezeugen kann?«

»Nein.«

Die schwarzen Locken fielen in weichen Wellen auf den zierlichen Rücken des Mädchens. In Jeans und einem weißen Langarmhemd saß Lena Lutteroth auf dem Rasen vor einem blühenden Strauch. Die Beine hatte sie zu sich herangezogen und den Kopf auf ihre Knie gelegt.

»Den Magnolienstrauch hat sie im Frühjahr zusammen mit ihrem Vater gepflanzt.« Sarah Lutteroths Gesicht war blass mit dunklen Schatten unter den Augen. Tom und Mira standen neben ihr vor dem großen Fenster zum Garten. »Heute ist ihr Geburtstag. Jetzt ist sie schon sechzehn.«

Tom erinnerte sich an das Geschenkpapier und die große ausgeschnittene Sechzehn, die gestern auf dem Tisch gelegen hatte.

»›Du brauchst dir keine Sorgen zu machen, Mama. Ich fühle mich noch gar nicht so erwachsen.‹ Das hatte sie am Sonntag noch zu mir gesagt. Sie weiß, wie schwer es mir fällt, meine Babys loszulassen. Aber nun muss sie schneller erwachsen werden, als wir alle gedacht hätten.«

Mira drehte sich zu ihr. »Frau Lutteroth, wir würden jetzt gern zu Lena gehen, und Sie erstellen bitte mit unserem Kollegen das Bild von dem Mann, der Ihr Haus beobachtet hat«, sagte sie.

Tom nickte seinem Kollegen Florian zu, der schon an dem langen Tisch saß, sein Laptop und das große Grafik-Mousepad vorbereitet hatte. Florian erhob sich und kam zu ihnen.

»Frau Lutteroth, was halten Sie davon, einen Kaffee zu machen, mit dem wir uns dann in Ruhe an meine Kiste setzen und ein bisschen herumprobieren?«

Etwas abwesend sah sie Florian an, der freundlich lächelte über seinem blonden Vollbart. Dann ging sie langsam hinüber zur Küchenzeile. »Wie trinken Sie denn Ihren Kaffee?«, fragte sie höflich, leise, dabei griff sie nach einer Flasche Rotwein und schenkte sich ein Glas ein.

Der Rasen unter seinen Schuhen fühlte sich so weich wie ein Teppich an, als Tom neben Mira durch den Garten zu Lena Lutteroth ging. Seit zwei Wochen hatte es nicht mehr geregnet, die werden hier eine ganze Menge Wasser verbraucht haben für ihren Rasen, dachte Tom und wunderte sich über seinen Gedanken. Wahrscheinlich lag es daran, dass er vor Kurzem eine Doku über die weltweit knappen Süßwasserressourcen gesehen hatte.

»Hallo Lena, ich bin Mira Holbing, und das ist mein Kollege Tom Simon. Wir sind von der Polizei und untersuchen den Mord an deinem Vater. Wir würden dir gerne einige Fragen stellen. Ist das okay?«

Lena sah die beiden Kommissare wie aus weiter Ferne an.

»Ja«, entgegnete sie leise.

Mira und Tom setzten sich. Die rosa Blüten des Magnolienstrauches verströmten einen betörenden Duft, der sich mit dem frischen Geruch des Rasens mischte. Vogelgezwitscher kam von allen Seiten, ein leichter Wind verschaffte angenehme Abkühlung.

»Lena, es tut uns sehr leid, dass du deinen Vater verloren hast«, sagte Mira.

Lena sah Mira eine Weile schweigend an, dann richtete sie den Blick wieder auf den Strauch. Als Mira gerade ansetzen wollte, eine Frage zu stellen, sagte sie leise. »Ich habe gehört, wie er losgefahren ist.«

Mira und Tom sahen Lena überrascht an.

»Aha, wo warst du, als du das gehört hast?«, wollte Mira wissen.

»Ich war im Bett und hatte noch gelesen. Ich habe gehört, wie mein Vater die Treppe hinuntergegangen ist. Aber nicht wieder hochgekommen ist. Irgendwann habe ich gehört, dass er im Keller herumgekramt hat. Kurz darauf ist er dann losgefahren.«

»Hast du dich gewundert?«

»Ja. Er war ja schon ins Bett gegangen. Aber ich habe gedacht, dass er vielleicht noch einen Freund treffen wollte. Der vielleicht seine Hilfe brauchte.«

»Dachtest du da an jemanden Bestimmten?«

Lena schüttelte den Kopf.

»Hast du eine Idee, was dein Vater im Keller gemacht haben könnte?«, fragte Tom.

»Nein, ich habe es auch nur leise gehört. Vielleicht hat er was gesucht.«

»Was könnte er denn gesucht haben?«

Lena zuckte mit den Schultern.

»Hast du das deiner Mutter erzählt?«, fragte Mira.

»Ja, wieso?«

»Sie hat uns davon nichts erzählt. Sie wird es vergessen haben oder fand es nicht wichtig. Das ist in ihrer Situation auch verständlich. Kannst du denn sagen, wann dein Vater losgefahren ist?«

»Nein, ich habe nicht auf die Uhr gesehen.«

»Ist dir vielleicht in den Tagen davor irgendetwas aufgefallen? War dein Vater anders als sonst? Hat er etwas Ungewöhnliches gemacht? Hatte er Besuch? Hat er sich am Telefon gestritten?«, fragte Tom.

Das Mädchen überlegte. »Nein. Papa war wie immer.«

»Am Sonntag war er den ganzen Tag zu Hause, warst du auch da? Habt ihr was zusammen gemacht?«

»Wir haben spät gefrühstückt, weil Papa vorher Joggen war. Nach dem Frühstück bin ich in den Tennisclub gefahren. Wir hatten Clubturnier. Ich war den ganzen Tag dort.«

»Und am Abend? Habt ihr zusammen gegessen?«

»Ja. Sofie war aber nicht da. Ich glaub, die war im Kino mit Freunden.« Lena stutzte. »Ach, nein, ich war ja gar nicht die ganze Zeit im Club. Zwischendurch bin ich einmal kurz nach Hause gefahren, um ein Buch zu holen für eine Freundin. Da hatte Papa gerade Besuch.«

Mira und Tom sahen Lena gespannt an.

»Was für Besuch?«, fragte Mira.

»Ein Mann saß mit ihm auf der Terrasse. Ich kannte den nicht. Aber ich habe ihn auch nur von Weitem gesehen. Ich hab nur schnell das Buch geholt und bin gleich wieder zurück in den Club.«

»Kannst du den Mann beschreiben?«

»Ich habe ihn nur von hinten gesehen. Er hatte eine Glatze. Mehr habe ich nicht gesehen.«

»Kennst du Hauke Bentner, den Partner deines Vaters?«

»Ja, aber der war das nicht.«

»Bist du sicher?«

Lena nickte.

»War der Mann eher groß oder klein?«

»Normal groß, würde ich sagen.«

»Was hatte er an?«

»Ein T-Shirt. Quatsch, ein Langarm. Schwarz.«

»Und haben dein Vater und der Mann sich freundlich und

entspannt unterhalten, oder wirkte das Gespräch ernst und angespannt? Haben sie sich vielleicht sogar gestritten?«

»Das weiß ich nicht, das habe ich nicht mitgekriegt.«

»Komisch, das hat uns deine Mutter auch nicht erzählt.«

»Wahrscheinlich hat sie das gar nicht gewusst, sie war ja nicht da.«

»So? Wo war sie denn?«

»Das weiß ich nicht, aber als ich mein Fahrrad abgestellt hatte, stand ihr Auto nicht im Carport.«

Als Tom hinter Lena die Stufen zum Keller hinunterstieg, spürte er die Müdigkeit in seinen Gliedern. Er würde bald einen kräftigen Kaffee brauchen. Lena öffnete die Tür zu dem ersten Raum, in dem die Fahrräder der Familie standen sowie verschiedene Garten- und Sportgeräte.

»Ich glaube nicht, dass Papa hier etwas gesucht hat.« Lena ging zum Raum nebenan und öffnete die Tür. Sie knipste das Licht an. »Hier schon eher.«

Unter der Hängelampe stand ein Tisch, auf dem einige Werkzeuge lagen, daneben ein geöffneter Werkzeugkasten. An den Wänden entlang verliefen Holzregale.

»Weißt du, ob der Werkzeugkasten am Sonntag schon so dagestanden hat?«

»Keine Ahnung.«

»Vielleicht hat dein Vater darin etwas gesucht.«

»Aber ich glaube, es hat länger gedauert. Er war eine Weile hier unten.«

Lena und Tom sahen sich um. Ein alter Designerstuhl stand in der Ecke neben einigen Bilderrahmen, die an ein Regal gelehnt waren. Die Fächer waren voller Lebensmittel, Wein- und Whiskyflaschen und einiger großer Plastikkisten.

»Was ist denn in den Kästen?«

»Oh, alle möglichen Sachen. Klamotten, alte Bücher, ganz viel Zeugs von Opa und Oma.«

Tom schaute sie sich genau an, sie standen alle geordnet nebeneinander. Ihm fiel auf, dass vier Kästen etwas verschoben zueinander standen. Lutteroth könnte sie herausgezogen haben. Lena setzte sich in den Stuhl.

»Finden Sie eigentlich immer die Mörder?«

Tom hielt kurz inne, diese Frage kam so unvermittelt. Die naive Perspektive des jungen Mädchens rührte ihn.

»Ja, meistens schaffen wir es.«

Er holte die erste Box aus dem Regal und stellte sie auf den Tisch.

»Manchmal kann es allerdings etwas dauern, aber wir geben nie auf. Mord verjährt nicht, und manchmal fassen wir einen Mörder erst viele Jahre später. Wir geben nie auf.«

Er öffnete die Box und fand darin alte Universitätsunterlagen von Lars Lutteroth.

»Ist es auch manchmal gefährlich? Sie tragen doch sicher eine Pistole.«

»Ja, eine Pistole haben wir meistens bei uns. Aber es wird zum Glück fast nie gefährlich.«

»Mussten Sie schon mal schießen?«

Tom war überrascht, dass das so schüchtern wirkende Mädchen ihm diese Fragen stellte.

»Zweimal.«

Lena sah ihn nachdenklich an. Sie schien zu spüren, dass sie an eine Grenze gelangt war, die keiner von ihnen überschreiten wollte. Tom holte die nächste der hinteren Boxen herunter und öffnete sie. In ihr befanden sich Hefte und Bücher des Schülers Lars Lutteroth.

»Unsere Arbeit ist das Befragen von Leuten, das Sammeln von Fakten. Die Suche nach Antworten. Das ist alles meistens eher unspektakulär.«

Er hob den Deckel der dritten Box an, sah hinein und wusste, dass er gerade wieder eine dieser Antworten gefunden hatte.

14

Die beiden Männer ähnelten sich stark. Beide hatten eine hohe Stirn, eine eher rundliche Nase und einen ebenfalls leicht rundlichen Kopf mit blondem, schütteren Haar. Die eine Zeichnung zeigte den Mann von vorne, die andere im Profil und leicht von oben.

»Das ist ein und derselbe Mann, da bin ich mir sicher«, sagte Florian. Mira und Tom standen hinter ihrem Kollegen und betrachteten über seine Schultern hinweg das Phantombild nach den Angaben von Bettina Tersen und das daneben nach den Angaben von Sarah Lutteroth. Auch Form und Farbe der Jacken stimmten fast überein. Mira nickte.

»Sehr gut«, sagte Tom und wandte sich zu Sarah Lutteroth, die auf dem Sofa saß, das Glas Rotwein in der Hand.

»Ist dieser Kerl der Mörder meines Mannes?«

»Sie wissen, dass man das noch nicht sagen kann«, erwiderte Tom und setzte sich in den Sessel gegenüber dem Sofa. Mira nahm in dem anderen Sessel Platz.

»Frau Lutteroth, Sie haben uns gar nicht gesagt, dass Sie am Sonntag nicht die ganze Zeit zu Hause waren«, sagte sie.

»Wieso?«

»Lena ist kurz nach Hause gekommen, um ein Buch zu holen, das sie einer Freundin leihen wollte, und da hat sie gesehen, dass Ihr Wagen nicht im Carport gestanden hat.«

»Aha.«

Sarah Lutteroth schien nachzudenken. »Ach ja, mein Gott! Das hatte ich ganz vergessen, ich war kurz auf dem Friedhof, am Grab meiner Schwiegereltern. Das hat aber nicht mal eine Stunde gedauert.«

»Lena hat auch gesehen, dass Ihr Mann Besuch hatte. Ein glatzköpfiger Mann hat mit ihm auf der Terrasse gesessen.«

Sarah Lutteroth wirkte überrascht. »Lars hatte mir gar nichts davon gesagt.« Sie überlegte. »Hauke! Das kann Hauke Bentner gewesen sein.«

»Lena meint, dass er es nicht gewesen sei.«

»So? Als ich weggefahren bin, war Lars jedenfalls allein, und als ich zurückkam, auch.«

Der Engel am Ende des sandigen Weges hob einen Arm, als hielte er seine Hand schützend über die Toten. Die späte Sonne warf einen langen Schatten der Skulptur über die Gräber. Es herrschte Stille. Nur ab und zu ertönte der Lärm eines Flugzeugs, das über diesen Ort der letzten Ruhe hinwegflog im Landeanflug auf den Helmut-Schmidt-Flughafen. Mira steckte ihre Nase in einen Plan des Friedhofsgeländes. Florian drehte sich in alle Richtungen und versuchte, sich zu orientieren. Tom überließ die Suche nach dem Grab von Henning Lutteroth und dessen Frau den Kollegen. Ihn beschäftigte ein andere Frage.

»Er steht auf, zieht sich wieder an, sucht im Keller die Kiste mit seinem alten Kinderspielzeug heraus, kramt das Batmobil hervor und fährt damit los. Warum hat er sich diese Mühe gemacht? Was hatte er damit vor?«

Florian deutete auf den Weg, der zum Engel führte. »Ich glaube, da müssen wir hin und am Ende nach rechts. Dann müssten wir eigentlich da sein.«

»Vielleicht war das Batmobil eine Art Glücksbringer. Wenn er etwas vorhatte, was ihm Angst machte, sollte es ihm vielleicht Glück bringen«, spekulierte Mira. Dann konzentrierte sie sich wieder auf das Wirrwarr der zahllosen Gassen und Wege um den roten Kreis herum, mit dem die Frau an der Information den Ort markiert hatte, an dem sich das Grab von Henning Lutteroth und seiner Frau befand.

»Florian hat recht«, sagte Mira und faltete den Plan zusammen. Die drei bogen in den Weg ein und gingen auf den Engel zu. »Der Ohlsdorfer Friedhof ist aber auch ein riesiges Labyrinth«, sagte sie.

»Bewahrt man denn einen Glücksbringer in der Abstellkammer im Keller auf?«, fragte ihr junger Kollege.

In Tom arbeitete es.

»Vielleicht wollte er zu seinem Bruder«, sagte er. »Vielleicht wollte er nach all den Jahren endlich mit ihm reden. Sich mit ihm versöhnen. Und das Batmobil hat er mitgenommen, weil es seinen Bruder an ihre Kindheit erinnern sollte. Ein Symbol für die Zeit, als alles zwischen ihnen noch in Ordnung gewesen war.«

»Aber mitten in der Nacht?«, wandte Mira ein. »Außerdem hat sich Mats Lutteroth gar nicht an das Auto erinnert.«

»Das passt natürlich nicht«, gab Tom widerwillig zu. Er versuchte, sich an die wichtigsten Spielzeuge seiner Kindheit zu erinnern, und musste feststellen, dass ihm nur sehr wenige einfielen. Nachdenklich blickte er auf den Engel. Er fand, dass die Skulptur eher unheimlich und düster wirkte als beruhigend und erlösend. Als sie in den nächsten Weg einbogen, schien es ihm, als würden sie ein Schattenreich betreten. Hohe, dicht bewachsene Bäume ließen hier kein Sonnenlicht herein. Die Luft fühlte sich auf einmal um einiges frischer an, und einige der Grabsteine waren moosbewachsen. An einem Grab saßen eine junge Frau und ein junger Mann auf einer Bank. Schweigend aßen sie Pralinen aus einer Schachtel, die die Frau auf dem Schoß hielt, und tranken Tee aus Porzellantassen. Als sie die beiden passierten, würdigten die jungen Leute sie keines Blickes. Florian grinste, und Mira schmunzelte. Kurz darauf standen sie vor dem Grab von Sarah Lutteroths Schwiegereltern.

»Wer glaubt, hat das ewige Leben«, stand auf dem Grabstein, der die Form eines Felsens hatte.

»Ebba Lutteroth
geboren 24.5.1940
Henning Lutteroth
geboren 8.1.1935
gestorben 15.11.2016«

Florian trat unruhig von einem Fuß auf den anderen. »Ob ich hier wohl kurz so'n Baum beglücken kann?«

»Nicht dein Ernst, hm?«, fragte Mira ungläubig.

»Doch.«

Während Florian zwischen den Bäumen verschwand, betrachteten sie die gepflegte Grabstelle des Politikers und der Historikerin. In der Mitte des grün bewachsenen Karrees befand sich ein Kreis aus vielen kleinen Pflanzen mit bunten Blüten, und vor dem Grabstein stand ein prachtvoller, schon etwas welker Rosenstrauß, der in einer in der Erde versenkten Vase steckte.

»Schlicht und schön«, bemerkte Mira.

Tom ließ der Gedanke keine Ruhe, dass Lutteroth in der Nacht seines Todes möglicherweise zu seinem Bruder gewollt hatte. »Und der Whisky!«, merkte er an. »Den hat sich Lutteroth auf der Fahrt gekauft, weil er nervös und aufgeregt war. Vor der ersten Begegnung mit seinem Bruder nach über dreißig Jahren.

Sarah Lutteroth stand am Fuß der Treppe und zögerte. Sie nahm eine Stufe, dann langsam die nächste, es war, als müsste sie nach einer schweren Krankheit das Gehen neu erlernen. Der gewohnte Gang die Stufen hinauf fiel ihr unendlich schwer. Dabei wollte sie nicht einmal in ihr Schlafzimmer und schon gar nicht in Lars' Arbeitszimmer. Sie hatte sich vorgenommen, in Sofies Zimmer zu gehen, sie wollte zwischen ihren Sachen sein, ihre Nähe spüren. Ihre ältere Tochter war nicht nach Hause gekommen. Nicht einmal angerufen hatte sie. Ausgerechnet in dieser Nacht. Was ging in ihrer Tochter vor? Sarah Lutteroth schob die angelehnte Tür auf. Neben dem Rattanbett, auf dem Decke und Kissen zerwühlt dalagen, stand eine Lavalampe und auf der Fensterbank eine weitere. Einige Kerzen und Teelichter waren überall verteilt, Kleidungsstücke lagen herum, und auf dem Schreibtisch stapelten sich Schulunterlagen und Bücher. Sarah Lutteroth betrat das Zimmer und setzte sich auf den Stuhl an den weißen Holzschreibtisch. Neben den Schulunterlagen und der Computertastatur herrschte ein buntes Durcheinander aus Modemagazinen, Parfümproben, Haarbändern, einer Packung Tampons, Kaugummis und Schokolade.

Sie betrachtete ein Foto, auf dem der Freund ihrer Tochter zu sehen war, es hing zwischen weiteren Bildern, Film- und Konzertplakaten an der Wand. Aman war ein hübscher junger Mann mit markanten Gesichtszügen und tiefen dunklen Augen mit einem warmen Blick. Er wirkte sehr erwachsen auf dem Foto. Sollte es mit ihm und Sofie etwas Ernstes sein? Er war erst Sofies zweiter Freund. Sarah Lutteroth musste schlucken. Lars war ihr zweiter Freund gewesen. Auf einmal hatte sie das Bild ihrer ersten Begegnung vor Augen. Sie hatte gerade begonnen, Kunstgeschichte zu studieren, und war neu in Hamburg gewesen. Am späten Abend hatte sie in der Staatsbibliothek an ihrem Platz mit der kleinen Leselampe gesessen und die Nase in einen Wälzer über den Renaissance-Humanismus gesteckt, als sie bemerkte, dass der Mann ein paar Reihen weiter immer wieder zu ihr herüber sah. Dann kam er zu ihr und sprach sie an. Er war attraktiv gewesen, charmant und hatte reifer gewirkt als viele ihrer Studienkollegen. Ein nahezu erwachsener Mann, der für sein zweites Staatsexamen lernte. Sie hatte sich von ihm zum Essen einladen lassen und sich vorgenommen, nicht sofort in der ersten Nacht mit ihm ins Bett zu steigen. Ihr Vorhaben war gescheitert. Sie wurden ein Paar, doch nach einem Jahr trennte er sich von ihr, weil er sich auf einer Silvesterparty in eine geheimnisvolle Schönheit verguckt hatte. Es sollte noch weitere vier Jahre dauern, bis Lars seine Liebe zu ihr wiederentdeckte, ihr sofort einen Antrag machte und sie idiotischerweise einfach und direkt Ja gesagt hatte. Später hatte sie noch oft daran gedacht, dass sie es ihm zu leicht gemacht hatte. Sie hätte ihn zappeln lassen und ihren Wert erhöhen sollen. Aber sie hatte ihn einfach geliebt und war nicht der Typ für raffinierte Spielchen.

Sie betrachtete die anderen Fotos an der Wand. Aufnahmen aus Sofies und Lenas Kindheit, Sofie beim Tennis, eine Klassenreise nach Paris, Skiurlaub, ein Foto von ihr mit Aman und ein Selfie von Sofie mit ihrer Mutter am endlosen Strand von St. Peter-Ording. Mutter und Tochter Arm in Arm an der aufgewühlten Nordsee. Es war im letzten Herbst gewesen. Sofie war wegen einer Mandelentzündung nicht in die Schule gegangen, und Sarah Lutteroth hatte die Idee gehabt, ans Meer zu fahren. Spontan und unvernünftig, wie man es viel zu selten machte, ein geschenkter Tag für sie beide. Sie waren im stürmischen Westwind am Strand spazieren gegangen, sie hatten Schollenfilets gegessen und über Ziele, Träume und Enttäuschungen geredet. Sarah hatte von ihren eigenen Irrungen und Wirrungen in jungen Jahren berichtet, und Sofie hatte ihr von Aman erzählt. Geduldig, sanftmütig, klug, mit einem starken Willen, so hatte Sofie ihn beschrieben. Sie hatte von seinen beiden Brüdern erzählt, die nach Kairo gehen wollten, um dort zu studieren. Aman aber fühlte sich in Hamburg wohl, sein Sportstudium machte ihm Spaß, und er hoffte auf eine Karriere als Sportlehrer.

Sarah Lutteroth sah in die dunklen Augen Amans auf dem Foto und fand sie unergründlich. Auf einmal spürte sie ganz deutlich, dass sie ihre Tochter bald verlieren würde, dass ihre gemeinsame Zeit vorbei war. Tränen rannen ihr die Wangen herunter. Lars war weg. Für immer. Tot. Ermordet. Unbegreiflich.

Schelmisch grinsend trat Florian zwischen den Bäumen hervor. Auf dem Grabstein der Lutteroths landeten zwei Spatzen und zwitscherten aufgeregt. Mira ging langsam um das Grab herum. Tom holte sein Handy aus der Tasche, wählte Taller in seinen Kontakten aus und wartete.

»Hey, Taller, bist du im Büro?«

»Und wie«, antwortete sein Kollege.

»Kannst du bitte die Tankstellen, die auf der Strecke von Lutteroths Haus zum Hof des Bruders liegen, anrufen und fragen, ob sie noch die Aufnahmen ihrer Überwachungskameras von Sonntagnacht gespeichert haben?«

»Du meinst, er könnte dort den Flachmann gekauft haben?«

»Genau.«

»Weißt du was Neues?«

»Nicht wirklich.«

»Alles klar, ich kümmere mich um die Tanken.«

»Gut.« Tom ließ sein Handy wieder in die Hosentasche gleiten. Mira stand vor der Vase mit dem Rosenstrauß.

»Aber das ist merkwürdig«, murmelte sie nachdenklich, ging in die Knie und zog den Strauß aus der Vase. »Die haben kein Wasser mehr.« Sie sah zu Tom. »Wenn Sarah Lutteroth am Sonntag wirklich hier war, hätte sie den Rosen dann nicht Wasser gegeben?«

Sarah Lutteroth legte die Hand auf den Griff der obersten Schublade von Sofies Schreibtisch, zögerte einen Moment, zog sie dann aber doch auf. Ein Notizbuch, Stifte, Haarklammern, eine Packung Kondome und ein Taschenbuch kamen zum Vorschein. Sie holte das Buch heraus. *Das Lied der Bettler* von Nagib Machfus. Sie hatte schon von dem berühmten ägyptischen Schriftsteller gehört, aber noch nichts von ihm gelesen. Das tat nun also ihre Tochter. Zwischen den Seiten steckte ein kleiner Stapel Fotos. Sie schlug das Buch auf und blickte auf ein Selfie von ihrer Tochter mit Aman, das zuoberst auf dem Stapel lag. Sie nahm die Bilder und betrachtete sie. Es waren alles Selfies der beiden. Nur das letzte Foto zeigte Sofie alleine. Ihre Tochter posierte vor einem weißen Sportwagen, hielt eine Pistole in der Hand und zielte Richtung Kamera. Mit einem ernsten Gesichtsausdruck, der nichts Spielerisches oder Lustiges hatte. Irritiert betrachtete Sarah Lutteroth die Pistole. Sie sah so echt aus.

15

Mit umgehängter Tasche, in weißer Hose und bunt gemusterter Bluse kam Melanie Torres aus dem Foyer des Präsidiums und ging mit schwungvollen Schritten über die breite Fußgängerbrücke, die zu den Parkplätzen und dem Haupttor führte. Mira erblickte sie zuerst, als sie mit ihren Kollegen die Brücke auf der anderen Seite betrat. »Oha, jetzt gibt es kein Entrinnen mehr«, stellte sie fest.

Instinktiv verlangsamte Tom seinen Schritt. Florian sah die beiden fragend an. »Komm, wir bringen uns in Sicherheit.« Mira zog den Kollegen mit sich. »Viel Glück, Monsieur!«, raunte sie Tom zu und eilte mit Florian davon.

Die Kollegin aus der Presseabteilung trat aus dem Schatten zwischen den Gebäudeflügeln in das rötliche Licht der tief stehenden Sonne. Natürlich hatte Tom es versäumt, sich eine Entschuldigung zurechtzulegen, und war nun gezwungen zu improvisieren. Der drohende Wutausbruch war nur noch wenige Schritte von ihm entfernt.

»Einen schönen Abend!«, warf sie ihm gut gelaunt im Vorbeigehen zu. Sie lächelte und blieb nicht einmal stehen.

»Dir auch!«, antwortete er überrascht und sah ihr irritiert nach.

Die Tür zum Besprechungsraum drei stand offen, und Balbecks trockener Raucherhusten hallte Tom und Mira schon im Flur entgegen. Hinter ihnen näherte sich Taller.

»Fünf Tanken liegen an der Strecke«, wandte er sich an Tom. »Und vier haben ihre Aufzeichnungen noch gespeichert. Ein Kollege ist schon auf dem Weg.«

»Gut«, antwortete Tom.

Sie betraten den Raum. Doris, Emre, Balbeck und Felsen saßen um den Tisch verteilt. Tom nickte in die Runde und setzte sich. Mira nahm den Stuhl neben ihm, Taller den neben Doris.

»So«, begann Felsen. »Das Labor hat sich gerade gemeldet.«

Mira erhob sich auf einmal, ging zum Fenster, das weit offen stand, und schloss es. Felsen nickte schmunzelnd, wartete, bis sie wieder Platz genommen hatte, und sprach dann weiter.

»Die Fingerabdrücke an Lutteroths Lenkrad und Handschuhfach stammen von keinem Mitarbeiter der Agentur«, setzte er fort. Dann wandte er sich an Balbeck und Taller. »Habt ihr im Flüchtlingslager was herausfinden können?«

»Nichts!« Taller breitete demonstrativ die Arme aus. »Wir haben Toms kleinen Barcelona-Star zwar gefunden, er lief wieder in seinem Trikot herum, aber wir haben nichts aus ihm herausgekriegt. Obwohl wir uns echt viel Zeit genommen haben. Der Dolmetscher und ich haben mit ihm und den anderen Jungs gekickt und herumgealbert. Viele der Kids können gut Englisch. Der Junge ist Syrer und mit seinen Geschwistern, der Mutter und den Großeltern seit fast drei Monaten hier. Sie bewohnen einen Container direkt am Zaun. Er könnte also wirklich was gesehen oder gehört haben, aber er sagt, dass er die ganze Nacht geschlafen hat. Auffällig war, dass sein Großvater uns nicht aus den Augen gelassen hat, aber was heißt das schon? Diese Menschen sind alle verunsichert und eher misstrauisch.«

»Mit Befragungen kommen wir da nicht weiter«, sagte Balbeck, räusperte sich und holte eine Packung Fisherman's Friend hervor. Während er weitersprach, fischte er einen der scharfen Minzbonbons aus der kleinen Tüte und schob ihn sich in den Mund. »Und falls einer von ihnen der Täter war, dann wird er seine Beute mittlerweile längst aus dem Lager herausgeschafft haben. Jedenfalls hätte ich das an seiner Stelle getan.«

»Doris, Emre?«, fragte Felsen.

»Heute Mittag«, übernahm Doris, »hat sich Ben Loritz gemeldet. Emre und ich waren schon mit ihm in der Laube. Sein Tablet ist gestohlen worden. Er hatte es vergessen, als er gegangen war. Das war gegen zweiundzwanzig Uhr. Wahrscheinlich haben die Diebe es durchs Fenster gesehen und sind deshalb in die Hütte eingestiegen. Aus dem Schuppen haben sie eine elektrische Heckenschere und eine Bohrmaschine mitgenommen.«

»Und das Koks?«, hakte Balbeck nach.

»Er behauptet, dass es nicht von ihm gewesen sei«, antwortete Emre.

»Also, die Diebe machen ein kleines Päuschen und ziehen sich zwei Nasen?«, fragte Balbeck mit ironischem Unterton.

»Der Junge studiert Jura. Der hat natürlich Schiss, wegen Drogenbesitzes registriert zu werden«, erwiderte Doris. Die Tür wurde geöffnet, und Florian kam herein. Er grüßte kurz in die Runde und setzte sich dazu.

»Wir können eine Haarprobe nehmen«, fuhr Doris fort. »Aber was bringt uns das, wenn wir wissen, dass der Junge kokst?«

»Nichts«, sagte Felsen. »Jedenfalls erst mal. Lutteroth hatte kein Kokain im Blut, sagt Thaden. Ich habe ihn aber gebeten, noch eine Haaranalyse zu machen.«

»Loritz war Lutteroths Dealer, und Sonntagnacht lief etwas aus dem Ruder«, spekulierte Taller.

»Loritz behauptet, dass er Lutteroth nicht kennt. Und zur Tatzeit war er im Noho auf dem Kiez. Allerdings allein«, antwortete Doris.

»Allein in der Disco, super Alibi!«, raunte Balbeck.

»Einer aus dem Lager war auf Diebestour in der Laubenkolonie, und als er auf dem Weg zurück ins Lager war, traf er auf dem Parkplatz auf Lutteroth«, spekulierte Mira.

»Lutteroth hat ihn vielleicht angesprochen«, setzte Balbeck fort. »Da bekam der Typ Angst, dass dieser Mann ihn wiedererkennen könnte, wurde panisch und hat ihn erschlagen.«

»Und auch noch ausgeraubt«, fügte Taller hinzu.

»Aber warum war Lutteroth überhaupt dort? Was wollte er?«, fragte Tom.

»Wir haben noch nichts«, grummelte ihr Chef. »Nur viele Fragezeichen.« Er sah von einem zum anderen. »Wer ist ›M‹, mit der oder dem Lutteroth am Montag und Mittwoch im Museum für Kunst und Gewerbe war? Die Aufzeichnungen der Überwachungskameras sind leider schon gelöscht. Die werden nur für sechzig Stunden gespeichert. Wir haben mit allen Personen, die Lutteroth unter M in seinem Adressregister eingetragen hatte, gesprochen. Keiner von ihnen war mit ihm in der Ausstellung. Zunächst spricht nichts dagegen, dass diese Leute die Wahrheit sagen. Wir müssen davon ausgehen, dass ›M‹ kein Freund oder Bekannter von Lutteroth ist.«

Felsen drückte eine Taste seines Laptops, und der Beamer unter der Decke warf die beiden Phantomzeichnungen von dem Mann in der blauen Jacke an die Wand. »Vielleicht ist das hier M.« Felsen blickte Florian fragend an.

»Leider kein Treffer in der Datenbank«, erklärte der junge Kollege. »Auch nicht bundesweit. Dieser Mann ist offenbar noch nicht erkennungsdienstlich behandelt worden.«

»Na ja, besonders deutlich sind die Bilder ja auch nicht«, merkte Balbeck an.

»Mehr war nicht drin, beide Zeuginnen haben ihn nur von Weitem gesehen«, erklärte Florian.

»Lutteroth kannte ihn«, sagte Felsen. »Er hat im Hof seiner Agentur mit dem aufgebrachten Mann geredet und versucht, ihn zu beruhigen. Als dieser Typ eine Woche später vor seinem Haus stand, hat Lutteroth das seiner Frau allerdings verschwiegen. Er war offenbar nervös. Irgendetwas wollte dieser Mann von ihm. Wir müssen herausfinden, wer er ist«, fuhr Felsen fort. »Dieser Mann ist unsere heißeste Spur im Moment. Wir müssen die Bilder allen Leuten im Umfeld von Lutteroth zeigen. Damit fangen wir jetzt gleich an. Wir fahren zu allen Bekannten von Lutteroth, die wir erreichen können. Vier Kollegen vom Dauerdienst werden uns dabei unterstützen. Und morgen fährt einer zum Museum für Kunst und Gewerbe und zeigt den Angestellten, die an den Tagen Dienst hatten, die Bilder und eines von Lutteroth. Vielleicht erinnert sich ja einer an die beiden.«

»In der Agentur hat ihn keiner erkannt. Und es hatte auch keiner eine Idee, wer ›M‹ sein könnte«, sagte Mira.

Bentner hatte keinerlei Reaktion gezeigt, erinnerte sich Tom. Er hatte das Phantombild nach den Angaben von Bettina Tersen eine Weile betrachtet und dann nur den Kopf geschüttelt. Auch als sie nach »M« fragten, hatte er wieder den Kopf geschüttelt. Aber als Tom von den Eintrittskarten für die Ausstellung erzählte, hatte Bentner beiläufig eine Schublade aufgezogen, flüchtig hineingesehen und die Schublade dann wieder zugeschoben. Erst jetzt fiel Tom auf, dass das eine sinnlose Handlung gewesen war, eine klassische Übersprunghandlung. Hatte ihr Wissen, dass Lutteroth sich zweimal mit »M« im Museum für Kunst und Gewerbe getroffen hatte, Bentner verunsichert?

»Ich fahre«, sagte Tom und ging auf ihren Dienstwagen zu.

»Gut.« Mira drückte auf den Türentriegelungsknopf des Schlüssels, und sie stiegen ein. Tom schob den Fahrersitz ein Stück zurück, und Mira reichte ihm den Schlüssel.

»Körnerstraße, das ist doch die Verlängerung der Bellevue«, überlegte Tom.

»Oui, Monsieur. An der Alster. Très chic!«

Tom startete den Motor und kurvte über das Parkdeck. Als sie die Schranke passierten und an den leeren Besucherparkplätzen vorbeifuhren, ließ er seine Scheibe herunter und schaltete das Radio ein. Er wählte seinen Lieblingssender, und ein schwebender Popsong erklang. Mira wiegte ihren Kopf leicht im Takt, während sie ihre Hand kaum merklich zum Lautstärkeregler führte und mit unschuldiger Miene die Musik leiser stellte. Tom hatte keine Lust auf einen Disput. Er legte den Kopf zur Seite in den Fahrtwind. Aus dem Stadtpark, der sich entlang der mehrspurigen Verkehrsader erstreckte, wehte frischer Blütengeruch herüber. Familien kehrten vom Picknick oder Spielen zurück. Bepackt mit Rucksäcken, Decken, Grills, Bällen und Federballschlägern machten sie sich auf den Heimweg.

»Warum Melanie wohl so freundlich war?«, fragte Mira.

»Ich hab keine Ahnung. Aber das verheißt nichts Gutes.«

»Wahrscheinlich nicht. Glaubst du, sie geht zu Börne?«

»Vielleicht war sie schon längst bei ihm.«

»Glaubst du, du wirst abgemahnt?«

»Melanie weiß genau, dass Börne mich nicht mag.«

»Warum bist du dir da eigentlich so sicher?«

»Die Geschichte mit Marco war Börne immer ein Dorn im Auge. Er hat zwar nie was gesagt, doch seit er Dienststellenleiter der Mordkommission ist, lässt er mich spüren, dass er mir nicht traut. Für ihn bin ich das schwarze Schaf seiner Truppe, da bin ich mir sicher.«

»Ich finde, Börne ist zu allen ziemlich kühl.« Mira stellte das Radio noch leiser, die Musik war kaum mehr zu hören. »Er ist einer von der Sorte, die man nie so richtig einschätzen kann.

Weil er das auch gar nicht will. Ganz anders als Felsen, der ja auch nur schwer die Zähne auseinanderkriegt, aber immer klar und geradeaus ist. Warum ist Felsen damals eigentlich nicht Dienststellenleiter geworden?«

»Das haben sich viele gefragt, aber ich glaube, er wollte einfach nicht. Felsen liebt das Ermitteln. Der braucht den Wind um die Nase.«

Mira nickte. Toms Handy piepte kurz. Aus seiner Jackentasche holte er sein Telefon hervor. Er hatte eine Mail erhalten: *»Der Anschluss 040-640 4252 Lutteroth, Barkenweg 18, Hamburg, wurde am 15.5.2017 um 21.41 Uhr von Anschluss 0451-480 9548 Bistro Time Out, Konrad Adenauer Straße 2, Lübeck angerufen. Dauer der Verbindung: 0:08 Min.«*

»Sarah Lutteroth wurde also aus Lübeck angerufen«, sagte er. »Aus einem Bistro.«

Mira zuckte mit den Achseln. Tom griff nach hinten, zog eine belegte Stulle aus seiner Jackentasche und befreite die zusammengeklappten Scheiben Graubrot von der Folie. Die Ränder des Kochschinkens, schimmerten schon etwas gräulich unter einem welken Salatblatt. Mira verzog das Gesicht.

»Das Letzte, was die Kantine noch hergab«, sagte Tom und biss hinein. Es schmeckte, wie es aussah. Er drehte die Musik wieder lauter.

Mira holte ihr Handy hervor und schien etwas zu lesen. »Krass! Du hast schon 138.904 Klicks.«

»Scheiße!«, sagte Tom mit vollem Mund.

»Warum so negativ?«

Während Tom den faden Brei aus Fleisch und Brot seine Kehle hinunterpresste, überlegte er, wie er sein Unbehagen in Worte fassen sollte. »Das sehen sich irgendwelche Menschen an und finden es toll, mutig, krass.«

Mira stellte die Musik wieder leise.

»Aber der arme Kerl war völlig außer sich«, fuhr Tom fort, »nackt, hilflos, bloßgestellt. Und das Schicksal hat uns beide in diesen Moment gezwungen. Das war etwas allein zwischen ihm und mir. Intimer geht es nicht. Wir waren verdammt noch mal keine unterhaltsame, krasse Sensation auf der Showbühne des Lebens.« Tom deutete auf das Display. »Das ist ein billiges, verlogenes Abziehbild.«

Mira sah Tom an.

»Was?«, fragte er.

»Mein Partner!«, sagte sie respektvoll.

Tom schmunzelte.

»Willst du mich heiraten?«

»Geht leider nicht. Mama hat mich doch schon versprochen.«

»Wie schade!«

Tom erkannte einen Song von Lambchop und stellte die Musik lauter. Es dauerte nicht lange, dann stellte Mira die Musik wieder leise.

»Ich glaube, Sarah Lutteroth hat gelogen. Die war am Sonntagnachmittag nicht auf dem Friedhof«, sagte sie.

Leicht genervt verkniff Tom es sich, die Musik wieder lauter zu stellen. »Ich sehe das wie Felsen. Menschen verhalten sich oft merkwürdig. Tun unlogische Dinge. Ich glaube nicht, dass sie was mit dem Tod ihres Mannes zu tun hat«, sagte er.

Mira sah ihn an. »Warum?«

16

Die Haut ihrer Hand brannte. So kräftig hatte sie zugeschlagen. Erschrocken über sich selbst starrte Sarah Lutteroth ihre Tochter an. Sofie hielt sich die linke Wange.

»Oh Gott«, stammelte Sarah Lutteroth. »Das wollte ich nicht.«

Sofie schwieg und sah ihre Mutter ungerührt an.

»Sofie, bitte verzeih mir, ich bin nicht mehr ich selbst.« Sie streckte ihre Hände nach ihrer Tochter aus. Sie wollte sie umarmen. Sie wollte sofort wieder eine Verbindung herstellen. Aber Sofie wich zurück. Sarah Lutteroth spürte, dass sie eine Grenze überschritten und etwas zerstört hatte. Ihr wurde übel, und ihre

Beine drohten wegzuknicken. An der glänzenden Granitplatte des Küchentresens suchte sie Halt.

»Ich kann nicht glauben, dass du das getan hast«, sagte Sofie. In ihrer Stimme lag Verachtung. Ihre Augen formten sich zu Schlitzen. »Ich habe nur die Wahrheit gesagt«, fügte Sofie leise hinzu. Dann ließ sie ihre Mutter stehen. Sarah Lutteroth hörte nur noch Sofies Schritte und die Zimmertür, die ihre Tochter hinter sich zuzog. Nichts ließ sich ungeschehen machen. Nicht Lars' Tod, nicht die Ohrfeige und nicht die Sätze aus Sofies Mund.

Papa hatte eine Geliebte. Er hat dich betrogen. Betrogen, betrogen, betrogen!

Die letzten Worte hatte ihre Tochter ihr ins Gesicht geschrien. Dann hatte sie ruhig, fast kühl, weitergesprochen.

Du bist ja so naiv. Aber du willst es ja auch sein. Hauptsache, unsere scheißheile Welt hier macht dir keiner kaputt. Kunst hier, Kunst da, die guten Freunde, die guten Gespräche, Oper und Theater! Blablabla! Papa hat 'ne andere gefickt!

Sarah Lutteroth zuckte wieder zusammen. Wie in Zeitlupe sah sie noch einmal vor sich, wie Sofies Kopf zur Seite flog, nachdem ihre Hand im Gesicht ihrer Tochter gelandet war. Instinktiv wandte sie den Blick ab und ging unruhig umher. Auf dem Tisch lag der Ausdruck des Phantombildes. Sie betrachtete den Mann, doch erinnerte sich nicht mehr an dieses Gesicht. Alles kam ihr vergeblich und absurd vor. *Eine andere gefickt*, hallte es in ihrem Kopf wider. Ihr Schwiegervater schaute weise von der Wand. Sein Blick hatte immer etwas Beruhigendes. Der von Ebba etwas Zuversichtliches. Aber die beiden gab es nicht mehr.

Wenn Sarah Lutteroth es recht bedachte, hatte Lars sich mit dem Tod seines Vaters zu verändern begonnen. Langsam, schleichend, aber mit der Zeit immer deutlicher. Er war noch weniger zu Hause als früher, wirkte aber gelassener, vielleicht sogar lebensfroher. Er war oft besonders liebevoll zu ihr. Allerdings immer auf eine sehr oberflächliche Weise. Die hatte ihr aber gereicht. Sie ging die Ereignisse durch, die herausragten aus dem gleichförmig dahinfließenden Strom der Jahre: Urlaube, Feste, Erfolge, Krankheiten, Unfälle, Beerdigungen, und kam zu dem Schluss, dass es wohl etwas mehr als drei Jahre waren, die sie und Lars nicht mehr miteinander geschlafen hatten. Diese Erkenntnis erstaunte sie. Warum hatte ihr das nicht gefehlt? Ihr fielen die kleinen Tabletten ein, die ihr schon lange heimliche Glücksmomente verschafften. Aber auch ihre Beziehung. Alles mit Lars war immer so einfach und entspannt gewesen. Sie hatte ihm vertraut, über alles offen mit ihm reden können. Und natürlich ihr harmonisches Familienleben; Lena und Sofie glücklich zu sehen war eine große Befriedigung. Erst seit einigen Monaten hatte sich Sofie zunehmend verschlossen und von ihnen entfernt. Besonders von Lars. Sie erinnerte sich, wie überrascht er gewesen war, als Sofie in die Florenzreise eingewilligt hatte.

Sarah Lutteroth überlegte, ob sie an Sofies Tür klopfen sollte. Sie hätte sie gerne gefragt, warum sie zu wissen glaubte, dass Lars sie betrogen hatte. Und ob die Pistole in ihrer Hand auf dem Foto echt war.

Das Telefon klingelte. Sarah Lutteroth rührte sich nicht. Sofort dachte sie an den gestrigen Anruf und das Atmen am anderen Ende der Leitung. Das Klingeln hallte durch ihre in Trümmern liegende Welt. *Agentur* stand auf dem Display. Beruhigt griff sie zum Telefon, zögerte kurz, drückte aber schließlich die Taste mit dem grünen Hörer.

»Hallo?«, fragte sie und versuchte, gefasst zu klingen.

»Sarah?«, meldete sich eine männliche Stimme.

»Hauke«, sagte sie und spürte einen starken Impuls, sich in die Arme des Partners ihres Mannes zu werfen.

Mit kurzen, kräftigen Bewegungen tauchten die beiden jungen Männer ihre Paddel in das dunkle Wasser der Alster und trieben ihr Zweierkajak voran. Ihre nackten Oberkörper und ihre blonden Haartollen glänzten im blauen Licht der Abenddämmerung. Die Bewegungen ihrer muskulösen, tätowierten Arme verliefen absolut synchron, so präzise wie das Werk einer Maschine.

»Beneidenswert«, sagte Lundberg, der neben Tom an der Brüstung des großzügigen Balkons im ersten Stock der weißen Jugendstilvilla stand und bemerkt hatte, dass Toms Blick dem Kajak folgte.

»Diese Kraft, diese Freude am Sport.«

Tom verspürte nicht die geringste Lust, auf die Sentimentalität eines alternden Mannes einzugehen. Privatbankier Lundberg nahm einen Zug aus seiner Pfeife und blies den Rauch über den Garten, der sich unter ihnen bis zum Ufer erstreckte. Der würzige Tabakduft mit einer leichten Note von Vanille hing in der schwülwarmen Luft. Das Kajak verschwand unter einer Brücke, an deren Fuß sich ein Anleger mit einem Café befand. Die Tische waren alle besetzt. Das Stimmengewirr gut gelaunter Menschen drang über das Wasser herüber.

»Wussten Sie, dass Lars Lutteroth einen Bruder hatte?«, fragte Tom.

Lundberg nahm die Pfeife aus dem Mund und sah Tom überrascht an.

»Lars? Einen Bruder?«

Tom nickte. »Ein Biobauer im Süden von Hamburg.«

»Nein. Von einem Bruder hatte er nie gesprochen.«

Tom nickte nachdenklich und drehte sich zum Haus. Durch die offene Balkontür sah er Mira, die telefonierend hinter dem Tisch stand, an dem sie eben noch mit dem Bankier zusammen gesessen hatten, ohne neue Erkenntnisse gewonnen zu haben. Den Mann auf dem Phantombild kannte Lundberg nicht, und von möglichen Plänen Lutteroths hatte er keine Ahnung. Auch nicht davon, dass dieser vorhatte, seinen Asienfonds zu verkaufen. Obwohl sie enge Freunde gewesen waren und Lundberg Bankier, hatte Lutteroth ihn scheinbar nicht um Rat gefragt.

»Merkwürdig«, murmelte Lundberg, steckte sich die Pfeife in den Mund und strich sich über den gepflegten Vollbart.

Mira trat aus dem hellen Licht des Salons auf den Balkon. »Herr Lundberg, wussten Sie, dass Lars Lutteroth seine Agentur verkaufen wollte?«

Tom sah Mira überrascht an. Lundberg ebenfalls.
»Wie bitte?«, fragte der Bankier.
»Hatte er Ihnen nichts davon erzählt?«
»Nein. Das kann ich mir auch gar nicht vorstellen. Wer behauptet das?«
Auch Tom wartete gespannt auf Miras Antwort. Sie wandte sich ihm zu.
»Die Kollegen aus Berlin haben sich gerade gemeldet. Sie haben mit Konstantin Heister gesprochen. Lutteroth und er wollten am Mittwoch den Kaufvertrag unterschreiben.«

Die Stufen der glänzenden Eichenholztreppe knarrten unter ihren Schritten, als Christian Lundberg die Kommissare hinunterbegleitete in die Halle, deren Wände mit großformatiger moderner Kunst bestückt waren.
»Was für ein trauriger Abend«, seufzte der Bankier und schüttelte den Kopf.
Da öffnete sich die Haustür, und ein junges Mädchen in heller Sommerhose und weißem Trägertop kam herein, gefolgt von einer jungen Frau in einem kurzen, dunkelroten Kleid.
»Hallo, Papa«, begrüßte das junge Mädchen Lundberg gut gelaunt.
»Du hast Besuch?«, fragte die junge Frau.
»Meine Frau Natalie und meine Tochter Julie«, stellte Lundberg die beiden vor. Die Frau hätte auch die ältere Schwester von Julie sein können. Immer diese Klischees, dachte Tom.
»Das sind Tom Simon und Mira …«
»Holbing«, füllte Mira die Gedächtnislücke des Bankiers.
»Sie sind von der Polizei und haben leider eine traurige Nachricht überbracht. Mein Freund Lars ist tot.«
»Oh nein!«, sagte Natalie Lundberg. Die Tochter sah die Kommissare irritiert an.

Zwei Schweißtropfen landeten auf dem Phantombild, das Jens Wrode in das Licht der tief hängenden Lampe über dem runden schwarzen Tisch hielt. Der Rest der beiden ineinander übergehenden Räume des Neubauapartments lag im Halbdunkel. Ein großer Flatscreen, eine Bücherwand und ein riesiger Schreibtisch voller Unterlagen, der besser in ein Büro gepasst hätte, dominierten die Räume. Dazwischen herrschte ein Durcheinander aus Zeitungen, Zeitschriften, Klamotten und benutztem Geschirr. Wrode wischte die Tropfen von dem Papier.

»Das ist wirklich ein ungünstiger Moment.«

In kurzer Sporthose und schweißdurchtränktem Laufshirt stand der Wirtschaftsjournalist vor Tom und Mira und war immer noch ein wenig außer Atem. Sie hatten ihn vor der Haustür getroffen, als er gerade vom Joggen zurückgekehrt war. Wrode ging zu einem der Ledersessel, griff sich ein T-Shirt, das über der Lehne hing, und trocknete sich damit sein Gesicht, dessen weiche, unscheinbare Züge nicht so recht zum austrainierten Körper passten.

»In fünfzehn Minuten klingelt mein Freund, und dann muss ich gleich los. Wir haben Kinokarten. Ich muss jetzt eigentlich unter die Dusche.«

»Es tut uns wirklich leid, aber es geht nicht anders. Wir müssen Sie jetzt befragen, Herr Wrode. Wir machen schnell, das können wir Ihnen versprechen«, sagte Mira freundlich, aber bestimmt. Der Mann nickte wenig überzeugt, ging zur Fensterfront und schob die Tür zu der kleinen Dachterrasse weit auf. Dann kam er zurück zum Tisch und sah sich den Mann auf der Phantomzeichnung noch einmal in Ruhe an.

»Ich kenne den nicht. Aber das Bild ist auch nicht besonders präzise, oder?«

»Das stimmt leider.«

»Und warum zeigen Sie mir das überhaupt?«

»Sie stehen im Filofax von Lars Lutteroth. Wie gut kennen Sie ihn?«

Kurz schien Jens Wrode irritiert zu sein. Er überlegte.

»Ich bin Wirtschaftsjournalist, und mit Lutteroth tausche ich mich immer mal wieder aus.«

Tom studierte Wrodes Gesicht, in dem sich nichts regte. Er wirkte lediglich skeptisch und misstrauisch.

»Worüber?«, fragte Tom.

»Na ja, Lutteroth ist ein erfolgreicher Politikberater. Wir reden über Politik und Wirtschaft. Über aktuelle Entwicklungen, Veränderungen, Verflechtungen. Aber nur allgemein. Lutteroth plaudert nicht aus dem Nähkästchen. Noch nicht einmal andeutungsweise. Er ist absolut loyal. Ein harter Hund. Aber vor allem ein kluger Kopf mit einem enormen Netzwerk. Davon kann jemand wie ich dann ab und zu profitieren.«

»Und wie?«

Wrode schwieg. Er sah von einem zum anderen. »Worum geht es hier überhaupt? Können Sie mir das mal verraten?«

»Lars Lutteroth ist tot«, erklärte Mira.

Wrode starrte sie an. »Was?« Er machte einen Schritt zurück und stieß gegen einen Stuhl. Seine Überraschung wandelte sich in Entsetzen, und in seinen Augen konnte man beobachten, welcher Gedanke sich in seinem Hirn formte. »Wurde er …?«

Tom nickte. »Lars Lutteroth wurde getötet.«

Wrode war fassungslos. Er zeigte auf das Phantombild. »Von diesem Mann?«

»Das wissen wir nicht, aber dieser Mann hatte vor drei Wochen im Hinterhof der Agentur aufgeregt auf Lutteroth eingeredet und eine Woche später vor Lutteroths Haus gestanden und es beobachtet«, erklärte Tom.

Wrode nahm sich das Phantombild und betrachtete es erneut.

»Er schien Druck auf Lutteroth ausgeübt zu haben«, sagte Mira.

Wrode schüttelte den Kopf. »Ich kenne diesen Mann nicht.«

Er gab Tom das Bild und ging ein paar Schritte. Nachdenklich starrte er vor sich hin. »Das ist verrückt, gerade gestern Abend waren wir noch verabredet.« Tom und Mira sahen sich an. »Er wollte mich anrufen, aber hat es nicht getan, und ich konnte ihn nicht erreichen. Dann war er wohl schon tot?«

»Er wurde Sonntagnacht getötet«, erklärte Tom.

»Gab es einen besonderen Grund für Ihre Verabredung?«, wollte Mira wissen.

Wrode sah sie an. »Möglicherweise.«

»Was heißt das?«

»Lars hatte mich am Freitag angerufen und gesagt, dass er etwas Interessantes für mich hätte.«

Behutsam klopfte Sarah Lutteroth gegen die Tür von Sofies Zimmer. Nichts tat sich. Sarah Lutteroth wartete noch ein wenig, sie wollte nicht ungeduldig wirken. Dann klopfte sie noch einmal.

»Sofie!«, sagte sie leise. Als sich weiterhin nichts hinter der weißen Tür rührte, überlegte sie, was sie machen konnte. Sie wollte unbedingt vermeiden, dass sich ihre Tochter bedrängt fühlte.

»Sofie, es tut mir leid. Bitte, lass uns miteinander reden. Mir ist so etwas doch noch nie passiert. Du weißt das.«

Keine Antwort. Sarah Lutteroth klopfte noch einmal.

»Bitte, Sofie!«

Während sie auf irgendwelche Geräusche horchte, spürte sie wieder die ganze Last ihrer Schuld und fühlte sich furchtbar elend. Zugleich stieg Wut in ihr auf, weil ihre Tochter sich so unnachgiebig und hochmütig gab. Schließlich legte sie ihre Hand auf die Türklinke und drückte sie hinunter. Sie schob die Tür auf und blickte in das Halbdunkel. Sofie war nicht da.

Sarah Lutteroth ging hinüber zu Lenas Zimmer und klopfte. Nichts tat sich. Vorsichtig öffnete sie die Tür. Es war dunkel, nur auf dem Nachttisch brannte eine Kerze. Lena lag mit Kopfhörern, aus denen leise Musik zu hören war, auf ihrem Bett und starrte an die Decke. Als Sarah Lutteroth das blaue Hemd ihres Mannes erkannte, das ihre Tochter trug und das ihr bis zu den Knien reichte, schnürte es ihr das Herz zusammen. Langsam machte sie ein paar Schritte zum Bett. Als Lena sie bemerkte, erschrak sie. Dann nahm sie die Kopfhörer ab und setzte sich auf.

»Entschuldige, mein Schatz, dass ich dich störe. Weißt du, wo Sofie ist?«

»Ist sie nicht in ihrem Zimmer?«

Sarah Lutteroth schüttelte den Kopf.

Lena überlegte. »Dann ist sie sicher wieder zu Aman gefahren.«

Sarah Lutteroth nickte. Sie setzte sich zu Lena aufs Bett, betrachtete ihre Tochter aufmerksam, Lenas vom Weinen gerötete Augen schimmerten im Kerzenlicht. Den melancholischen Pop, der aus den Kopfhörern kam, hatte sie schon öfter bei ihrer Tochter gehört. Sarah Lutteroth fiel auf, wie hübsch Lena aussah. Und wie erwachsen. Zärtlich strich sie über ihre Wange. Es klingelte an der Haustür, Sarah Lutteroth schreckte zusammen.

»Wer ist das?«, fragte Lena.

Ihre Mutter zuckte mit den Achseln. Lena stellte sich auf ihr Bett und sah zum Fenster hinaus. »Da steht ein Sportwagen in der Einfahrt.«

17

Das Bild war in vier verschiedene weitwinkelige Einstellungen aufgeteilt. Gestochen scharf und ein wenig blaustichig zeigten sie drei Außenbereiche und den Verkaufsraum der Tankstelle. Der Timecode am unteren Bildrand zeigte dreiundzwanzig Uhr vierzehn, als Lars Lutteroth mit seinem Audi auf die Tankstelle fuhr, ausstieg und in den Verkaufsraum ging. Dort nahm er sich etwas von einem Regal und legte es auf den Tresen an der Kasse. Man konnte gut erkennen, dass es die kleine Whiskyflasche war, die sie in seinem Wagen gefunden hatten. Er bezahlte und ging hinaus. Kurz vor seinem Wagen blieb er auf einmal stehen und wirkte überrascht. Er holte sein Handy aus der Jackentasche, hielt es ans Ohr und sprach.

»Er ist angerufen worden!«, sagte Mira, die mit Felsen, Tom, Doris und Emre vor dem Monitor stand.

Tom hielt den Clip an. »Wir hatten doch alle Verbindungen seiner Mobilnummer gecheckt, und es gab keine mehr ab achtzehn Uhr.«

»Achtzehn Uhr neunzehn«, verbesserte Mira ihren Partner.

»Das hier muss ein anderes Handy sein«, sagte Tom. »Wir müssen checken, ob er noch eine Prepaidkarte hatte.«

Er ließ den Clip weiterlaufen. Lutteroth hatte einen genervten Gesichtsausdruck, er wirkte unerfreut über den Anruf. Während er redete, drehte er sich um, man sah ihn nur noch von hinten. Nach einer Weile drehte er sich wieder zur Kamera. Immer noch genervt sprach er in sein Handy, wandte sich abermals ab und gestikulierte unruhig. Dann drehte er sich ein weiteres Mal zurück, hörte eine Weile zu, redete vehement und beendete das Gespräch schließlich. Er schob das Handy in seine Jackentasche, stieg kopfschüttelnd in seinen Wagen und fuhr von der Tankstelle. Es war dreiundzwanzig Uhr neunzehn.

»Nach links. Er ist nach links gefahren.« Aufgeregt griff Tom zu der Straßenkarte, die auf Felsens Schreibtisch lag, und stieß dabei seinen Kaffeebecher um. Die braune Flüssigkeit verteilte sich über den Boden. »Mist!« Tom sah sich hektisch nach etwas zum Aufwischen um, wandte sich aber schnell wieder dem Clip zu und zeigte auf die Straße. »Er ist weiter in die Richtung des Hofes seines Bruders gefahren.«

»Hier ist aber eine Kreuzung«, wandte Felsen ein und wies auf die entsprechende Stelle. »Er könnte genauso gut auch hier abgebogen sein.«

Tom schwieg, er wusste genau, dass ihr Chef voreilige Spekulationen nicht duldete. Der Koloss war hellwach und hoch konzentriert. Die Maschinerie der Ermittlung lief auf Hochtouren, alle Spuren wurden gleichzeitig verfolgt. Hendrik Felsen war in seinem Element.

Tom ging hinaus, um aus der Kaffeeküche etwas zum Aufwischen zu holen. »Vielleicht war er ja tatsächlich auf dem Weg zu seinem Bruder«, hörte er noch Mira sagen. »Doch dieser Anruf hatte dafür gesorgt, dass er seinen Plan geändert hat.«

Während Tom in der Küche nach einem Lappen suchte, ließ er sich einen frischen Kaffee von der Maschine zubereiten. In einem der Hängeschränke fand er eine Packung mit bunten Wischlappen, er musste an Anette denken.

Kann ich dich gegen ein Uhr anrufen?, tippte er in sein Handy und schickte die SMS hinaus in die digitale Nacht. Er fühlte sich erschöpft, zugleich aber aufgedreht. Ein anstrengender Zustand. Weitere Koffeinzufuhr würde ihm sicher nicht guttun. Entschlossen kippte er den verführerisch duftenden Kaffee in den Ausguss und griff sich einen der Lappen.

Auf dem Flur traf er auf Balbeck und Taller, die gerade aus dem Fahrstuhl traten. »Oh Tom, noch ein wenig durchwischen?«, fragte Taller mit Blick auf das knallgelbe Tuch in Toms Hand. Dieser ignorierte den mäßigen Humor seines Kollegen. Sein Handy machte klack. Anette hatte geantwortet. *Prima. Freue mich!*

»Fehlanzeige!«, sagte Taller, als sie Felsens Büro betraten. »Keiner hat den Mann erkannt, und alles, was wir erfahren haben, wussten wir schon.«

Felsen nickte. »Also keiner der Befragten hat unser Phantom erkannt. Wär ja auch zu schön gewesen.«

Tom machte sich daran, den verschütteten Kaffee aufzuwischen.

»Und tatsächlich wusste keiner, dass Lutteroth einen Bruder hatte«, berichtete Balbeck weiter. »Den hat er offenbar wirklich konsequent aus seinem Leben gestrichen.«

»Wir haben einen Wirtschaftsjournalisten«, wandte sich Mira an Balbeck. »Lutteroth und er haben sich hin und wieder getroffen und ausgetauscht. Lutteroth hatte ihn am Freitag angerufen, dass er etwas Interessantes für ihn hätte. Gestern waren sie verabredet. Außerdem stand Lutteroth kurz davor, seine Agentur zu verkaufen. An diesen Heister in Berlin.«

»Na also, das ergibt doch langsam ein Bild«, sagte Balbeck, holte seine Zigaretten hervor, steckte sich eine zwischen die Lippen und bot ihrem Chef auch eine an. Tom erhob sich mit dem vollgesogenen Lappen in den Händen vom Boden.

»Die gelöschte Datei enthielt brisantes Material«, begann Balbeck das Bild zu entwerfen, während er Felsen Feuer gab. »Das wollte Lutteroth dem Journalisten geben. Er wollte, dass etwas aufgedeckt wurde. Wenn es für die Presse interessant gewesen ist, muss es eine größere Dimension gehabt haben.« Balbeck zündete seine Kippe an, und die beiden Raucher stellten sich ans offene Fenster. Tom hätte sich gerne dazugestellt und sich ebenfalls eine angezündet. Er hätte das Nikotin tief eingesogen, den leicht bitteren, trockenen Geschmack auf seiner Zungenspitze und das befriedigende Gefühl im ganzen Körper gespürt. Stattdessen merkte er, wie der kalte Kaffee aus den Poren des klitschnassen Lappens troff und sich langsam in seinen Händen sammelte.

»Und unser Unbekannter wollte genau das verhindern. Vielleicht im Auftrag eines Unternehmens«, schloss Balbeck.

»Sieht so aus, ja«, sagte Tom. »Aber wenn der Typ Lutteroth vor drei Wochen schon wegen des Materials bedrängt hatte, warum hat Lutteroth es erst jetzt dem Journalisten geben wollen?«

»Vielleicht hat unser lieber Herr Lutteroth ja ein wenig gezockt. Vielleicht hat er das Unternehmen erpresst«, spekulierte Balbeck.

»Allerdings hätte er dann seine ganze berufliche Existenz gefährdet. Den Ruf seiner Agentur aufs Spiel gesetzt«, gab Taller zu bedenken.

»Der war Lutteroth wahrscheinlich egal, denn er wollte seinen Laden sowieso aufgeben«, erklärte Mira. »Heister und er wollten am Mittwoch den Kaufvertrag unterschreiben.«

»Na bitte!«, sagte Balbeck.

»Er wird doch sicher eine Kopie von dieser Datei gemacht haben. Die muss es doch noch irgendwo geben«, sagte Doris.

»Die verschlüsselte Datei auf seinem Laptop«, überlegte Felsen. »Und was ist mit den Sticks aus seinem Büro?«

»Tom und ich haben uns die alle angesehen, aber nichts Auffälliges erkennen können«, erwiderte Mira.

»Allerdings fehlt wohl einer. Die Sticks sind nummeriert von eins bis zwölf, und Nummer elf war nicht dabei. In seinem Arbeitszimmer zu Hause haben wir nichts gefunden«, merkte Tom an, der seine Finger immer fester zusammenpresste, um zu vermeiden, dass die schwarze Flüssigkeit ihren Weg zwischen ihnen hindurchfand.

»Also, möglicherweise war jemand am Sonntagnachmittag in Lutteroths Büro, hat die Datei gelöscht und den Stick an sich genommen«, sagte Felsen.

»Und Lutteroth in der Nacht für immer zum Schweigen gebracht«, fügte Balbeck hinzu.

»Wir werden die Kollegen von der Wirtschaftskriminalität hinzuziehen. Die sollen mal einen Blick auf das alles werfen«, beschloss Felsen.

»Hatte dieser Journalist eine Idee, wer ›M‹ sein könnte?«, fragte Taller.

»Leider nicht«, antwortete Mira.

»Wir müssen in Lutteroths Haus nach dem Stick suchen. Er muss ihn ja nicht im Arbeitszimmer aufbewahrt haben.« Felsen wandte sich an Doris und Emre. »Das übernehmt ihr!«

Balbeck deutete zum Monitor.

»Haben wir da Lutteroth an einer Tankstelle?«

»Ja«, antwortete Mira. »Und als er seinen Flachmann gekauft hat, ist er angerufen worden. Er wirkte ziemlich genervt von dem Gespräch.«

»Wo ist die Tanke?«

»Brennerhof 6, nicht weit vom Hof des Bruders.«

»Ach!«

»Lutteroth fuhr bis dorthin tatsächlich in die Richtung des Hofes seines Bruders«, sagte Mira. »Aber Mats Lutteroth behauptet, dass er seinen Bruder fast vierzig Jahre nicht gesehen hat. Auch nicht Sonntagnacht. Ein Ehepaar aus der Hofgemeinschaft hat den Abend mit ihm zusammen verbracht. Der Mann bis kurz nach Mitternacht«, Mira legte eine kleine Pause ein, »und die Frau noch eine halbe Stunde länger. Sagen sie.«

»Oh, là là!«, entfuhr es Balbeck.

»Ja, tatsächlich. Der Typ, der über Mats Lutteroth wohnt, hat erzählt, dass er die beiden beim Sex gehört hat.«

»Solidargemeinschaft!«, bemerkte Taller trocken.

»Und ihr Mann wusste davon?«, fragte Doris.

Die Runde amüsierte sich. Tom hatte Lars Lutteroth wieder vor Augen. Mit diesem kindlichen, sanften Lächeln. Dazu gesellte sich der Bruder, verschlossen und harsch. Im Lauf ihrer Befragung hatte Mats Lutteroth aber doch einen leichten Anflug von Gefühlen gezeigt. Ein schwacher Rest, verschüttet von achtunddreißig Jahren Verachtung.

»Ich glaube, er wollte zu seinem Bruder«, sagte Tom, während er immer verzweifelter versuchte zu verhindern, dass es aus seinen Händen tropfte. »Die jüngere Tochter hat uns heute erzählt, dass sie nachts im Bett gehört hatte, wie ihr Vater im Keller herumgekramt hatte, bevor er losgefahren ist. Ich habe im Keller eine Kiste mit altem Spielzeug von ihm gefunden. Das Batmobil könnte sehr gut daraus sein. Vielleicht hat er es herausgesucht, weil es seinen Bruder an ihre Kindheit erinnern sollte, als noch alles gut war. Vielleicht wollte er sich mit ihm versöhnen.«

Felsen sah Tom nachdenklich an. Tom hatte das Gefühl, dass seinem Chef bewusst wurde, dass die Geschichte der Brüder Lutteroth Tom an seine eigene Situation erinnerte.

»Aber sein Bruder war unversöhnlich und hat ihm eins auf die Rübe gegeben«, scherzte Taller.

»Und die WG hat sich ein lustiges Alibi ausgedacht«, fügte Balbeck hinzu.

»Warum hat er seiner Frau nichts gesagt? Warum ist er heimlich mitten in der Nacht losgefahren?«, gab Doris zu bedenken. »Vielleicht hatte er etwas vor, von dem sie nichts wissen sollte.«

»Und es war purer Zufall, dass er in der Nähe seines Bruders war«, spekulierte Balbeck.

»Oder der Anruf hat ihn von seinem Vorhaben abgebracht«, wiederholte Mira ihre Theorie.

»Wir brauchen einen Lippenleser«, sagte Tom.

»Werden wir morgen holen«, antwortete Felsen.

»Warum nicht jetzt?«, fragte Tom.

»Erstens würden wir um diese Uhrzeit nur jemanden kriegen,

wenn es um das Leben des Bürgermeisters ginge, und zweitens halte ich es für ausreichend, wenn wir morgen erfahren, was Lutteroth gesagt hat. Man sieht ihn ja sowieso kaum von vorne.«

Der Kaffee rann inzwischen nur so durch Toms Finger, tropfte auf den Boden und auf seine Sneaker. Alle betrachteten ihn amüsiert. Tom kam sich idiotisch vor. Durch die offene Tür waren Schritte im Flur zu vernehmen, die sich näherten.

»Dachte ich's mir doch, dass ihr noch hier herumlungert.«

Die Stimme von Nadja aus der IT, die kurz darauf in der Tür erschien und mit ihrem stets durchdringenden, fast frechen Blick erst auf die Kollegen schaute und dann zu Tom. »Hey, ist das ein Spiel? So was wie Scharade?«

Nadja hielt die Festplatte in ihrer Hand hoch. »Bevor ihr euch zu sehr langweilt, hab ich hier was Interessantes.«

18

Langsam fuhren ihre Finger über den Rand des Wasserglases. Sie hatte schon immer gern Rotwein aus einfachen Wassergläsern getrunken. Sie hörte ihm kaum zu, betrachtete stattdessen nur sein Gesicht. Es wirkte blass, obwohl die Haut wie immer leicht gebräunt war, die sonst so strahlend blauen Augen schienen ihr fahl und stumpf zu sein. Sarah Lutteroth hatte sich gefreut, als Hauke Bentner sie angerufen hatte. Seine Stimme, die immer zuversichtlich klang, seine sensibel und klug gewählten Worte hatten ihr gutgetan. Und als er vor ihr in der Tür stand, drückte sie ihren kraftlosen Körper in seine Arme, auch das gab ihr für einen Moment Halt. Doch trotz allem strahlte er etwas aus, das sie irritierte. Sarah Lutteroth überlegte, was es war, konnte es aber nicht benennen.

Sie mochte den Partner ihres Mannes, sie schätzte seinen Humor und die Leichtigkeit, mit der er durchs Leben zu gehen schien. Über die sich Lars oft genug aufgeregt hatte, wahrscheinlich auch, weil er ihn ein wenig um diese Lässigkeit beneidet hatte. Dabei war sie sich durchaus bewusst, dass die Rolle ihres Mannes, stets der Genaue und Vorrausschauende zu sein, die undankbarere gewesen war. Der smarte, jüngere Bentner hatte immer mit seinem Charme glänzen können und sich sogar die ein oder andere ironische Bemerkung über den Kontrollwahn seines Partners erlauben dürfen. Sarah Lutteroth hatte ihren Mann dafür bewundert, dass ihm diese Rollenverteilung nichts ausgemacht und er stets über den Dingen gestanden hatte. Er war sich immer bewusst gewesen, dass Bentners lockere Art im Umgang mit ihren Geschäftspartnern äußerst hilfreich war.

Erst jetzt bemerkte sie, dass Bentner schon einige Zeit schwieg.

»Hatte Lars eine Geliebte?«, hörte sie sich fragen, einfach so mitten in die Stille hinein. Ihre Stimme klang fest und trotzig.

Bentner starrte sie an.

»Wie kommst du denn darauf?«

»Bitte, sag es einfach! Du brauchst ihn nicht mehr zu schützen.«

»Nein!«, antwortete er entschieden. »Ich weiß jedenfalls von keiner Geliebten. Behauptet die Polizei das?«

Sarah Lutteroth schüttelte den Kopf.

»Hast du etwas gefunden, was darauf hindeutet?«

Erneutes Kopfschütteln.

»Hauke, bitte sag mir die Wahrheit. Ich muss das wissen.«

Bentner erhob sich und setzte sich zu ihr auf das Sofa. Mit festem Blick sah sie ihn an, um ihm zu zeigen, dass sie diese Wahrheit auch noch verkraften könnte.

»Sarah, Lars war glücklich mit dir. Euer Familienleben war ihm immer besonders heilig. So oft hat er sich aus der Arbeit herausgezogen, um Zeit mit euch zu verbringen. Besonders seit Hennings Tod. Manchmal hatte ich schon das Gefühl, dass die Agentur ihm nicht mehr besonders wichtig war. Jedenfalls nicht mehr so wie früher. Das ist ja auch verständlich nach all den Jahren.«

Sarah Lutteroth war überrascht, hatte sie doch genau die gegenteilige Erfahrung gemacht. Sie dachte an die zahllosen Anrufe ihres Mannes in der letzten Zeit, in denen er ihr mitgeteilt hatte, dass es leider später werden würde oder er spontan nach Berlin und über Nacht bleiben müsste, um diesen oder jenen Abgeordneten zu treffen. Jedes Mal war es angeblich unumgänglich gewesen. Nie hatte sie das infrage gestellt. Ein Schauer lief ihr über den Rücken.

»Wie kommst du auf so was?«

»Das möchte ich nicht sagen.«

Bentner sah sie nachdenklich an. »Das kann nur ein Missverständnis sein, Sarah. Lars ist«, schnell verbesserte er sich, »war doch gar nicht der Typ für so was.« Er schüttelte den Kopf, nahm die Flasche Rotwein und schenkte ihnen beiden nach. Da war er wieder, dieser Zug in seinem Gesicht, der sie irritierte. Um die Augen herum. Sie kannte diesen Zug nicht an ihm, dem immer entspannten Mann. Das hatte nichts mit Traurigkeit oder Bestürzung zu tun. Es war eher eine Art Besorgnis, eine gewisse Unruhe. Aber auch das traf es noch nicht genau. Bentner erhob sich und ging mit dem Glas in der Hand ein paar Schritte durchs Zimmer. »Ich kenne kein einziges Paar, das so gut miteinander ist, wie ihr es gewesen seid.«

Eine andere gefickt schossen ihr die Worte Sofies wieder durch den Kopf.

»Ich habe Lars immer darum beneidet. Mein Glück mit den Frauen kennst du ja.«

Sarah Lutteroth wusste darauf nichts zu erwidern. Bentner trank ein paar Schlucke von seinem Wein. Er sah sie an und versuchte ein Lächeln.

»Hättest du etwas dagegen, wenn ich mal in Lars' Arbeitszimmer nachsehe, ob er dort noch Unterlagen hat, die unsere Projekte betreffen?«

Sie zögerte. Konnte sie ihn in das Büro ihres Mannes lassen? War das nicht zu intim?

Bentner schien ihre Skepsis zu spüren. »Mir fällt das auch nicht leicht, aber es könnte für die Agentur wichtig sein.«

»Aber die Polizei hat vieles mitgenommen.«

»Klar.«

»Und sie haben gesagt, dass nichts verändert werden soll.«

Bentner nickte. »Trotzdem, ich würde gerne mal nachsehen. Nur damit ich Bescheid weiß.«

Sie zögerte, konnte ihn aber verstehen. Die Geschäfte der Agentur machten schließlich keine Pause. Das Leben da draußen.

»Mach das!«

Bentner stellte sein Glas zurück auf den Tisch. »Ich nehme nichts an mich. Und falls ich etwas finde, das wichtig sein könnte, kläre ich das mit der Polizei.«

»Gut«, sagte sie, während sie sein Gesicht studierte. Sie war kurz davor zu erkennen, was dieser Zug um seine Augen herum ausdrückte.

Tom und Mira saßen vor dem Bildschirm seiner Partnerin und studierten den Text der entschlüsselten Datei Lutteroths.

Melanie Ender, CDU
2009 direkt gewählt, Wahlkreis 7 Rostock IV
Dr. jur. (Familienrecht), geb. 7.10.1970, verheiratet mit Dr. med. Tobias Ender (EML Laboratorien Rostock), zwei Söhne (vierzehn und sechzehn Jahre).
Die Familie lebt in einer Neubauvilla im Seebad Warnemünde.
Zusätzlich hat sie ein Apartment in Berlin Mitte gemietet.

Konservative Grundwerte, aber modernes Frauenbild
stark vernetzt, Mitglied der Donnerstagsrunde
politische Freunde: Frank Gellert, Charles Daube, Rita Barenberg, Tim Zellner, Ulrike Hahn

Schwachpunkte:
Das Medizinlabor ihres Mannes arbeitet seit zwölf Jahren für das Universitätsklinikum Rostock. Prof. Dr. med. Sebas-

tian Halberg, der seit dreizehn Jahren Prodekan für Haushalt, Planung und Struktur der Klinik ist, war Studienkollege von Tobias Ender.
Ihre enge Freundschaft zu einem Violinisten der Berliner Philharmoniker Anders Bolsen

»Das sind über dreihundert Minidossiers«, sagte Mira.

»Lutteroth muss diese Politiker regelrecht ausspioniert haben lassen.«

»Und auch manche Journalisten«, fügte Tom hinzu,

»Vieles hat er bestimmt durch sein gutes Netzwerk erfahren. Die Leute reden doch zu gern übereinander. Und besonders gern schlecht. Lutteroth wird seine Ohren überall gehabt und alles akribisch notiert haben.«

Tom griff in die Dose Erdnüsse auf Miras Schreibtisch, schob sich eine Handvoll in den Mund. »Und für alles, was darüber hinausging: Fragen Sie die Detektei Ihres Vertrauens!«, fügte er mit vollem Mund hinzu.

Er stand auf und ging ein paar Schritte durch ihr Büro. Seine eingerosteten Glieder brauchten Bewegung.

»Diese Datei zeigt uns die schmutzige Seite des Geschäfts. Bei diesen Menschen wusste er genau, welche Knöpfe er drücken musste, um sie dazu zu bringen, im Sinne seiner Auftraggeber zu agieren.«

Er blieb stehen, reckte seine Arme in die Höhe und versuchte, sich so lang wie möglich zu machen, um die Muskelstränge zu dehnen. Sogleich spürte er seine geprellten Rippen.

»Wenn Lutteroth Druck auf Abgeordnete und Journalisten ausgeübt hat, dann wird er sich auch Feinde gemacht haben«, spekulierte Mira.

»Könnte sein, aber in der Regel funktioniert das doch über Geld, übers Schmieren, und außerdem nehmen die Teilnehmer an diesem schmutzigen Spiel so etwas wahrscheinlich gar nicht persönlich. Schließlich spielen alle nach denselben Regeln.«

Tom drehte seinen Kopf so weit wie möglich zu beiden Seiten.

»Hier, der ist lustig: ›Norbert Sahlmann, SPD. Direkt gewählt Wahlkreis 200 Neuwied/Altenkirchen. Geboren 12.5.1958, geschieden, ein Sohn, lebt allein, Haus in Betzdorf, Apartment in Berlin. Hinterbänkler, Sozi der alten Schule, oberkorrekter Erbsenzähler. Schwachpunkte: Minigolf-Leidenschaft, regelmäßiger Kunde des Escortservice Malena.‹«

»Minigolf und Prostituierte – interessante Kombi«, erwiderte er, während er seinen Oberkörper nach unten beugte und versuchte, mit den Fingern die Spitzen seiner Schuhe zu berühren.

»Hey, macht jetzt endlich Schluss!« Felsen schob seinen Körper in die Tür. »Ich brauche euch morgen ausgeschlafen und mit klarem Kopf.«

»Okay, Chef!«, erwiderte Tom und setzte sich aufrecht hin.

»Tolgay Ümir steht auf Siamkatzen und Kreuzfahrten. Der ist dreiunddreißig und bei den Grünen. Ich glaub's nicht«, amüsierte sich Mira.

»Das ist ganz sicher nicht das, was Lutteroth Wrode versprochen hatte«, sagte Felsen mit einem missmutigen Unterton.

»Klar, aber es ist ziemlich spannend.«

Tom begann, auf der Stelle zu tänzeln und linke wie rechte Haken in die Luft zu schlagen.

»Katharina Säbener, zweiunddreißig, BWL-Bachelor an der Ludwig-Maximilians-Universität München«, las Mira vor. »Single, sammelt moderne Kunst, betreibt Kampfsport und gehört zum Freundeskreis des Oligarchen Fjodor Rodschenkow. Na, welche Partei?«

»FDP«, antwortete Tom, ohne zu zögern.

»Bingo!«

Felsen schüttelte den Kopf und ging. Seine schweren Schritte hallten durch den stillen Korridor. »Feierabend!«, dröhnte sein Bass noch, kurz bevor sich die Fahrstuhltür hinter ihm schloss.

»Feierabend ist was für glückliche Menschen«, murmelte Tom vor sich hin und erhöhte seine Schlagfrequenz.

»Och …«, sagte Mira mit gespieltem Mitleid, lehnte sich zurück und betrachtete den wilden Schattenboxer vor sich.

»Ist nicht von mir«, erwiderte dieser atemlos.

»Na dann …« Sie schloss das Dokument, fuhr ihren PC herunter und erhob sich. Sie ging zur Wand und blieb mit dem Gesicht vor der kahlen, weißen Fläche stehen. Tom fragte sich, was seine Partnerin vorhatte.

»Warum hat uns Bentner nicht erzählt, dass Lutteroth die Agentur verkaufen wollte?«, fragte sie, ohne sich umzudrehen.

»Vielleicht wusste er es nicht.«

Mira ging in die Knie, beugte sich vor und legte ihre Handflächen auf den Boden. »Das wäre aber kein sehr netter Umgang mit seinem Partner gewesen.«

»Wir wissen ja jetzt, dass Lutteroth kein Kind von Traurigkeit war.«

»Und seine Frau wusste auch nichts.«

»Sieht so aus.«

»Irgendwas hatte Lutteroth vorgehabt. Und dafür brauchte er Geld«, sagte sie, während sie den Kopf zwischen ihre Hände brachte und ihre Schädeldecke auf den Boden drückte. Ihre schwarzen Haare verteilten sich zu beiden Seiten über das graue Linoleum.

Tom hörte auf, seine Haken zu schlagen, und verfolgte gespannt, wie Mira ihren zierlichen Körper langsam in die Höhe stemmte, bis sie einen formidablen Kopfstand hinlegte.

»Glaubst du, dass er jemanden erpresst hat?« Ihre Stimme klang gänzlich unangestrengt.

»Glaubst du, dass wir schon etwas glauben können?«, erwiderte er.

»Oh, das hätte Cheffe jetzt aber gefallen.«

Tom grinste. »Willst du nicht langsam mal nach Hause? Du hast doch ein Privatleben, deine Katze wartet sicher schon.«

»Und Monsieur? Wird er wieder schlaflos durch die Nacht irren? Ein paar Drinks zu viel nehmen und den einsamen Großstadtcowboy spielen?«

»Gewaltproblem bei der Hamburger Polizei?«

Fassungslos starrte Tom auf die Überschrift des Artikels der Online-Ausgabe der *Hamburger Morgenpost.* Er öffnete sich ein Bier, setzte sich an seinen Küchentisch, zog den Laptop näher zu sich heran und begann zu lesen. Der Autor beschäftigte sich mit seinem Faustschlag gegen den Junkie, dem er einen Augenblick zuvor noch das Leben gerettet hatte. Von Überforderung und Frustration, die zu unterschwelliger Aggression führen würden, war die Rede. Obendrein wurde Toms Fernbleiben vom Interviewtermin als ignorant und überheblich verurteilt. Weitere Vorfälle, in denen Beamte angeblich ähnlich unverhältnismäßig brutal vorgegangen waren, wurden geschildert, ein Psychologe und ein Abgeordneter der Grünen zitiert. Melanie durfte noch in vier Sätzen ihre Zunft verteidigen.

Tom schüttelte den Kopf, trank einige kräftige Schlucke von seinem Bier und ging auf die Homepage vom *Abendblatt.* Dort fand er auch einen Artikel, der ins gleiche Horn stieß. Das ging schnell, dachte Tom, die Journaille rächte sich umgehend dafür, dass sie von ihm versetzt worden war. Tom war klar, was jetzt auf ihn zukam. Er ärgerte sich über sich selbst, dass er sich heute nicht mehr bei Melanie gemeldet hatte. Das hätte zwar an den Schlagzeilen nichts geändert, aber vielleicht hätte er sie wenigstens milde stimmen können. Stattdessen hatte er das Bild, was sie von ihm hatte – arrogant zu sein und die Arbeit der Presseabteilung nicht ernst zu nehmen –, vollends bestätigt. Ihm schauderte, als er Melanie wieder vor sich sah, wie sie ihm im Vorübergehen kühl lächelnd einen schönen Abend gewünscht hatte. Das konnte nur bedeuten, dass sie an einem Gespräch nicht mehr interessiert war und die Angelegenheit schon Börne vorgetragen hatte. Ging es eigentlich überall nur noch um verletzte Eitelkeiten und Machtspielchen? Um die Wahrheit jedenfalls nicht. Die wurde geknetet und zurechtgebogen, bis sie in irgendein Konzept passte. Und manche Menschen glaubten, sie in einem Handyfilmchen im Netz zu finden.

Wütend klappte er seinen Laptop zu und musste sich zusammenreißen, dass er es nicht mit zu großer Wucht tat. Stattdessen schlug er mit der Faust auf den Tisch, erhob sich und stapfte mit der Bierflasche in der Hand unruhig auf und ab.

Bamm, bamm! Links und rechts knallten Toms Fäuste in seinen Boxhandschuhen wuchtig in die Schlagpolster an Jimmys Händen. Der hielt die Pratzen dicht vor seinem Kopf zusammen. Bamm, bamm! Laut hallten Toms Treffer durch das leere Dock One. Tom tänzelte durch den Ring, Jimmy ging ruhig vor ihm her und hielt ihm die Pratzen hin. Bamm, bamm! Wieder folgte eine heftige Links-Rechts-Kombination. Es tat Tom gut, er konnte die ganze Wut herauslassen. Bamm, bamm! Und noch eine. Jimmy zuckte kurz zusammen.

»Mein lieber Scholli, du hast vielleicht 'ne Power heute. Schade, dass du schon über vierzig bist. Ich würd dich glatt noch mal fürs Dock One in den Ring schicken.«

Toms Antwort waren zwei weitere blitzschnelle Kombinationen, denen er zwei Haken auf den Körper folgen ließ, für die Jimmy seine Schlagpolster blitzartig nach unten reißen musste. Pratzentraining um kurz vor Mitternacht, alleine mit dem Chefcoach, das gab es nur im Dock One. Bamm, bamm. Tom deckte Jimmy mit einer Serie schneller Kombinationen immer härterer Schläge ein. Er boxte sich in einen wütenden Rausch.

»Hey, hey, hey!« Jimmy wich zurück und ließ die Hände sinken. Tom musste sich zurückhalten. Atemlos stand er vor seinem Coach.

»Was ist los mit dir?«

Unruhig tänzelte Tom auf der Stelle, spürte, wie ihm der Schweiß über das Gesicht rann und den Schmerz seiner geprellten Rippen.

»Ist es wegen der Presse? Ich hab den Scheiß auch gelesen. Mann, du weißt doch, wie diese Pressefuzzies sind. Das nimmst du doch nicht etwa ernst, oder? Scheiße, ich hab dir noch gar nicht gesagt, wie stolz ich auf dich bin, Tom. Du hast für dieses arme Schwein dein Leben riskiert.« Nachdenklich sah Jimmy Tom an.

»Vielleicht hat deine Rechte ihn ja zur Vernunft gebracht.«

»Ach, Jimmy!« Tom nahm seine Fäuste hoch. »Komm, Coach, eine Runde noch!«

Jimmy schüttelte den Kopf. »Geh an den Sack, mir reicht es.« Jimmy zog sich die Pratzen von seinen Händen und stieg aus dem Ring. »Aber in zehn Minuten schmeiße ich dich raus. Selbst ich will mal nach Hause.« Unzufrieden folgte Tom ihm aus dem Ring. Während Jimmy in der Halle herumging, die Fenster schloss und umherliegende Klamotten einsammelte, zog Tom sich die Boxhandschuhe aus und ging an die Boxbirne. Er entschied sich für den Speedball, um runterzukommen. Auf die dicht unter einer Holzplatte hängende Lederbirne konnte er nicht mit aller Kraft eindreschen, keine Aggressionen abbauen, hier waren Technik und Rhythmus gefragt. Hatte er Letzteren gefunden, hatte das nahezu monotone Schlagtraining fast etwas Entspannendes.

»Und, geht's dir besser?«, fragte Jimmy, als er die Tür zum Dock One abschloss.

Tom zuckte mit den Schultern. »Weiß nicht. Glaube schon.«

»Vergiss den Kram. Du hast es nicht nötig, dir über diesen Dreck Gedanken zu machen.«

»Schön wär's. Unsere PR-Lady sieht das etwas anders.«

Jimmy schulterte seine Sporttasche.

»Dann vergiss auch sie!«

Tom schmunzelte.

»Gute Nacht, Jimmy!«

»Halt die Ohren steif, Tom!«

Als Jimmy sich abwendete und ging, sah Tom den Mann an der Ecke des Bürohauses auf der anderen Seite des Platzes. Er stand dort und schien in Toms Richtung zu sehen. Tom ging über die Straße auf den Platz, wo ihn der Mercedes einsam und verlassen erwartete. Dabei sah er wieder zu dem Mann. Der stand dort unverändert und schaute tatsächlich zu ihm herüber. Er trug eine schwarze Hose und eine silbergraue Trainingsjacke und sah aus wie … Toms Pulsschlag schnellte in die Höhe. Wie Marco.

19

Tom blickte sich um, ob er überwacht wurde. Er konnte keine Anzeichen dafür erkennen. Langsam ging er in die Richtung des Bürohauses. Er war sich immer sicherer: Es war Marco. Er konnte es nicht fassen. Brenner hatte also recht gehabt. Aber auf einmal drehte Marco sich weg und verschwand. Tom beschleunigte seine Schritte unauffällig. Als er die Ecke erreichte, sah er seinen Bruder in einiger Entfernung vor einem Restaurant stehen. Was sollte das, fragte sich Tom, während er weiter auf ihn zu ging. Vielleicht eine Vorsichtsmaßnahme. Marco ging nun in das Restaurant. Während Tom sich dem Lokal näherte, sah er sich um, aber nichts deutete auf eine Observierung hin. Er öffnete die Glastür und betrat das elegante Restaurant. Es waren nur noch zwei Tische besetzt. In einer Ecke saß Marco mit zwei anderen Männern und einer Frau. Sie hatten eine Flasche Champagner in einem Kübel auf dem Tisch stehen. Die Frau lachte laut. Tom fand es unangenehm. Ihm wurde mulmig zumute. Was sollte das hier werden? Unsicher ging er auf den Tisch zu, suchte Marcos Blick und erkannte, dass er sich getäuscht hatte. Dieser Mann hatte Ähnlichkeit mit seinem Bruder, aber war es nicht. Jetzt lachte der Mann ebenfalls und noch lauter. Ein Kellner kam zu Tom.

»Wir haben leider schon geschlossen, der Herr!«

Tom nickte.

»Ja«, erwiderte er abwesend und verließ das Restaurant wieder. Draußen atmete er tief durch. Irritiert sah er durch das Fenster zurück zu dem Mann und stellte fest, dass die Ähnlichkeit mit Marco gar nicht so groß war. Verstört ging er zu seinem Auto.

Im Radio sprach jemand davon, wie die ungewöhnliche Hitze besonders den älteren Menschen zu schaffen machte und bei einigen zu Kreislaufzusammenbrüchen führte, die Notaufnahmen der Krankenhäuser hätten alle Hände voll zu tun. Tom ging zum Fenster seines Wohnzimmers und sah hinaus. Die merkwürdige Begegnung mit diesem Mann, der eine gewisse Ähnlichkeit mit seinem Bruder hatte, ging ihm nicht aus dem Kopf. Er konnte es sich nicht erklären, aber im Nachhinein fand er sie unheimlich, sie machte ihm sogar ein wenig Angst. Er nahm einen kräftigen Schluck von seinem Bier. In der Wohnung gegenüber waren die Jalousien immer noch heruntergelassen und halb geschlossen. War ein Kameraobjektiv dahinter, das man von hier nicht sah? Tom ließ den Blick über die Häuser wandern. Auf einem Balkon entdeckte er eine ältere Frau, die im Slip und Unterhemd am Geländer stand und rauchte. Sie jedenfalls schien keine Probleme mit der Hitze zu haben. Tom überlegte, sich Zigaretten zu besorgen. Vielleicht sollte er sich eingestehen, dass er noch nicht so weit war, um das Rauchen endgültig lassen zu können. Einige junge Leute fuhren laut quatschend und lachend auf Fahrrädern durch die Straße. Vor dem Restaurant, das vor zwei Monaten eröffnet hatte und Tom etwas zu schick und teuer war, saßen noch Gäste an zwei Tischen und verzehrten ihre Desserts. Auf der Straßenseite gegenüber hatten sich zwei betrunkene Obdachlose vor dem Schaufenster eines Konzeptstores mit Mode und Wohnzeugs für die Nacht eingerichtet und gaben laute Rülps- und Grunzlaute zum Besten. Im Radio begann eine Liveversion von »Sign o the Times«. Er mochte Prince und besonders diesen Song. Nie klang seine Gitarre dunkler und wütender. Sie hämmerte einem die düstere Bestandsaufnahme einer Welt voller Drogen, Gewalt, Ungerechtigkeit und maßloser Selbstüberschätzung ein. Tom erinnerte sich, wie er damals die Schallplatte von seinem Taschengeld gekauft und wie einen kostbaren Schatz nach Hause getragen hatte. Mit Marco hatte er auf dem grünen Teppichboden ihres Zimmers gelegen und versucht, den Text zu verstehen. Zwei dreizehnjährige Jungs, die nur eine vage Ahnung von den Themen dieses Songs hatten. Schon oft hatte er darüber nachgedacht, wie real der Inhalt des Songs schließlich für sie geworden war. Eine bittere Pointe. Anette fiel ihm ein. Er zog sein Handy aus der Hosentasche. Es war zehn nach eins.

Er ließ sich in den alten Ledersessel fallen und betrachtete Anettes Ölbild, das in einem einfachen Holzrahmen an der Wand neben dem Bücherregal hing. Sie hatte es Marco und ihm zum fünfundzwanzigsten Geburtstag geschenkt. Ihren Männern, wie sie sie genannt hatte, seit sie ein unzertrennliches Trio geworden waren. Im Zentrum des Bildes stand eine Frau. Sie hatte dem Betrachter den Rücken zugewandt. Die blasse, beinahe weiße Haut leuchtete fast vor dem matten, dunklen Rot des Hintergrunds. Ihr Körper war in ein langes, bunt gemustertes Tuch gehüllt; sie beugte ihr Haupt, ihr langes, schwarzes Haar fiel über ihre Schulter herab. Sie war umgeben von zwei blauen männlichen Figuren, die zu tanzen schienen oder irgendwelche Bewegungen vollführten. Die drei Körper waren mit feinen Pinselstrichen auf die Leinwand gebracht, trotzdem hatten sie etwas Skizzenhaftes. Das Gesicht der Frau war kaum zu sehen, ein Teil des Profils nur angedeutet. Die Gesichter der Männer dagegen waren dem Betrachter zugewandt. Auf den ersten Blick erschienen sie einander sehr ähnlich, bei näherer Betrachtung konnte man jedoch erkennen, dass der eine jugendlich wirkte mit einem verschmitzten Lächeln und der andere reifer mit einem ernsten, nachdenklichen Ausdruck.

Toms Blick wanderte von einer Figur zur anderen. Er liebte dieses Bild, hatte es jedoch nie wirklich verstanden, und Anette weigerte sich, ihre Werke zu erklären. Einen Titel hatte sie ihm nicht gegeben, aber ihnen war klar, dass Anette ihre Freundschaft dargestellt hatte. Marco hatte es »Tanz auf dem Vulkan« genannt, die Bewegungen der Männer um die Frau herum und die rote Umgebung interpretierte er so. Warum Anette sich mit schwarzen Haaren gemalt hatte, obwohl ihre doch hellblond waren, gehörte zu den Rätseln des Bildes. Genau wie die Frage, warum der Mann mit dem jungen Gesicht, den Tom für Marco hielt,

Schuhe trug und der andere, also er, barfuß war. Oder was der grüne Affe zu bedeuten hatte, der mit dem Kopf nach unten von oben ins Bild hing und zu grinsen schien. Tom hatte sich immer vorgestellt, dass der Affe für das stand, was ihre Freundschaft bedrohen konnte. Er mochte den kleinen grünen Kerl nicht.

Muss dich unbedingt sprechen, hatte Anette in der SMS geschrieben. Sogleich setzte seine innere Unruhe wieder ein. Gerade wollte er Anettes Nummer wählen, da ertönte *Peter Gunn*, und ihr Name leuchtete im Display. Ein Gedanke schoss ihm durch den Kopf: Wenn er mit seiner Vermutung recht hatte und Marco tatsächlich bei Anette war, wird er sie doch wohl gewarnt haben, dass Toms Telefon abgehört werden könnte.

»Hallo, Anette!«

»Hey, Tom!«, meldete sich ihre stets leicht heisere Stimme.

Einen kurzen Moment schwiegen sie.

»Endlich!«, sagte sie und klang erleichtert.

»Ja«, erwiderte er.

»Es ist schön, dich zu hören. Sag etwas, erzähl von dir! Suchst du gerade einen Mörder?«

»Das tue ich natürlich. Und du, wie geht es dir? Was macht die Kunst?«

»Oh, die Kunst …« Anette seufzte. »Die ist widerspenstig! Launisch.«

Tom nickte verständnisvoll und merkte erst kurz darauf, dass sie das ja gar nicht sehen konnte.

»Es ist viel zu lange her, dass wir gesprochen haben.«

»Das war meine Schuld. Ich hab mich nicht mal gemeldet, als ich nicht zu deiner Ausstellung …«

»Psst!«, unterbrach sie ihn. »Schuld, Schuld, bla bla bla! Ich hätte mich auch melden können.«

Tom liebte ihre unkomplizierte Art. Nie beschwerte sie ihre Freundschaft mit Erwartungen. Er selbst hatte lange gebraucht, um die Vorteile einer solchen Haltung schätzen zu lernen, und es gelang ihm noch viel zu selten, diese gegenüber den anderen Menschen in seinem Leben anzunehmen.

»Tom, ich komme nach Hamburg, irgendwann in den nächsten Tagen. Wir können uns sehen.«

Kurz zuckte er zusammen. Kommt sie oder Marco? Vielleicht spielt sie den Scout für ihn, erkundet das Revier.

»Das ist schön«, antwortete er.

»Ich weiß noch nicht genau, wann, ich treffe mich mit einem Kurator. Ich werde an einer Ausstellung mit internationalen Künstlern teilnehmen. Ich bin total aufgeregt.«

Eine gute Geschichte, klingt plausibel, dachte Tom.

»In den Deichtorhallen«, fügte sie hinzu.

»Wow! Anette Husing wird berühmt. Was kostet denn jetzt ein Husing?«

»Für einen kleinen Bullen unbezahlbar«, hauchte sie.

Oder stimmte ihre Geschichte?

»Hast du denn überhaupt Zeit, wenn du gerade mitten in einem Fall steckst?«

»Meine Nächte sind noch frei.«

»Du bist immer noch allein?«

»Natürlich.«

»Natürlich«, wiederholte sie nachdenklich.

»Und du?«

Kurzes Schweigen. Dann sagte sie leise.

»Auch, natürlich.« Sie lachte. »Ach nein, stimmt ja gar nicht. Hier liegt jemand neben mir.«

Tom spürte, wie das Adrenalin durch seinen Körper schoss. Sofort bekam er Angst, dass sie Marcos Namen nennen könnte. Er wollte sie unterbrechen, ihr irgendwie ein Zeichen geben.

»Beckmann«, sagte die heisere Stimme.

»Beckmann?«

»Beckmann ist mir auf Mallorca zugelaufen. Eine temperamentvolle Promenadenmischung. Ein wenig eigensinnig, vielleicht sogar egozentrisch.«

»Du hast einen Hund.«

Tom atmete durch und beruhigte sich.

»Die schöne Frau mit ihrem Hund«, hörte er sich sagen, und

auf einmal hatte er das Bild von Marie vor Augen, wie sie im schummrigen Licht der Bar in ihrem fliederfarbenen Kleid mit ausgestreckten Beinen auf der gepolsterten Fensterbank saß und Buddy zu ihren Füßen lag, sein Kopf auf ihrem Schienbein.

»Tom, wir dürfen nicht noch einmal so eine lange Pause einlegen, hörst du? Das Leben ist zu kurz.«

20

Mittwoch

Der schwarze Nadelstreifenanzug saß nicht gut. Er war dem Mann mindestens eine Nummer zu groß. Ebenso das weiße Hemd, das dem faltigen Hals viel Raum bot. Die grauen, fast schulterlangen Haare wirkten ungepflegt. Er war der Letzte in der Schlange. Sie nickte ihm zu. Er nahm seinen Koffer und kam zu ihr.

»Good morning, Sir!«, begrüßte sie ihn mit einem freundlichen Lächeln.

»Good morning, Miss!« Seine Stimme klang etwas brüchig, aber weich und warm. Er hielt ihr seinen Reisepass mit seinem Flugticket hin. Er sah sie mit seinen großen, dunklen Augen an. Der Blick des Mannes war so intensiv, dass sie das Bedürfnis hatte, ihm auszuweichen. Schon aus der Entfernung, als noch mehrere Passagiere vor ihm gewartet hatten, hatte sie bemerkt, dass er sie immer wieder angesehen hatte. Sie konzentrierte sich auf die Daten in seinem Pass und prüfte das Ticket. Der Mann war Iraner, dreiundsiebzig Jahre alt, wohnte in London und hatte einen Platz in der Maschine um neun Uhr fünfzig nach Amsterdam.

Als sie aufsah, traf sie gleich wieder dieser durchdringende Blick. Der Mann gab einen kleinen, aber schweren Koffer auf und ließ sie keinen Moment aus den Augen. Sie wechselten nur wenige Sätze, das Übliche und alles auf Englisch. Sie konnte ihm nur noch einen Platz am Gang anbieten. Es machte ihm nichts aus.

»I wish you a pleasant flight!«

»Thank you, Miss!«

Er lächelte, zögerte aber zu gehen. Sie erwiderte sein Lächeln mit professioneller Höflichkeit und bemerkte, dass sein Blick nachdenklich wurde. Er nickte oder war es eine angedeutete Verbeugung? Sie fragte sich, was in ihm vorging. Er murmelte etwas, das sie nicht verstehen konnte. Wahrscheinlich in seiner Heimatsprache. Schließlich ging er und schaute nicht mehr zurück. Er war der letzte Passagier und der Flug komplett. Kathrin Gusow sah ihm lange nach. Sie schloss den Check-in, hängte sich ihre Tasche über die Schulter und wandte sich zu der Kollegin am Nachbarschalter.

»Ich mache jetzt Pause.«

Wie jeden Morgen hing ein leichter Geruch von Reinigungsmitteln in der Luft des Aufenthaltsraums für das Bodenpersonal von Terminal eins im Hamburger Flughafen. Kathrin Gusow wartete an der Kaffeemaschine, bis ihr Becher mit Milchkaffee gefüllt war. Sie sah sich um. Drei Kolleginnen von Condor und zwei Kollegen von British Airways verloren sich in dem funktional in modernem Design eingerichteten Raum. Niemand, den sie näher kannte. Mit ihrem Kaffee ging sie zu einer der Polstersitzgruppen, weit entfernt von den anderen, denn sie hatte keine Lust auf Gesprächsfetzen über Ängste vor Stellenabbau oder Klagen über die Verschlechterungen der Arbeitsbedingungen. Sie zog ihre Jacke aus und setzte sich.

Auf dem Tisch vor ihr lagen einige Zeitungsseiten. Es war der Hamburg-Teil des *Abendblatts* von gestern. Aus ihrer Tasche holte sie eine kleine Tupperdose und die neue Ausgabe eines Wohnmagazins, das sie sich vorhin im Presse- und Buchgeschäft des Terminals gekauft hatte. Es ging um Landhäuser.

Sie öffnete ihre Tupperdose. Zwei Möhren, einige Radieschen und zwei Vollkornsandwiches lächelten sie an. Sie entschied sich für eines mit frischem Schafskäse und Tomaten und biss hinein. Sie blätterte durch das Magazin. Während sie einer skandinavischen Familie im romantisch wilden Garten beim Anrichten der Kaffeetafel und beim Toben mit dem Hund zuschaute, musste sie an den wunderlichen alten Mann denken. Er hatte einsam gewirkt, dem heutigen Leben ein wenig entrückt und irgendwie weise. Was er wohl gemurmelt hatte? Kathrin Gusow legte das Magazin beiseite, dabei fiel ihr Blick auf die alte Ausgabe des *Abendblatts*, die Überschrift eines kleinen Artikels sprang sie an.

»Hamburger Politikberater tot aufgefunden. Kripo ermittelt.«

Eine ungeheure, überwältigende Angst befiel sie. Hektisch begann sie zu lesen.

Am frühen Montagmorgen wurde vor dem Erstaufnahmelager für Flüchtlinge Schnackenburgallee die Leiche des Hamburger Unternehmens- und Politikberaters Lars Lutteroth aufgefunden.

Es schnürte ihr die Kehle zu.

Erschlagen … hinterlässt Frau … zwei Töchter …

Sämtliche Lebenskraft wich aus ihren Gliedern. Der Becher glitt ihr aus der Hand, fiel zu Boden, der Kaffee versickerte in der grauen Auslegeware. Ihre Kollegen drehten sich zu ihr. Ich muss einen Lappen holen, dachte sie und erhob sich. Der Raum begann sich zu drehen. Kathrin Gusow spürte, wie sie die Kontrolle über ihren Körper verlor. Sie taumelte und nahm gerade noch wahr, wie ein Kollege aufsprang und zu ihr stürzte. Dann kippte alles, und ihr wurde schwarz vor Augen.

»Warum haben Sie uns nicht erzählt, dass Lutteroth die Agentur verkaufen wollte?«

Hauke Bentner lehnte an seinem Schreibtisch und sah Tom und Mira, die ihm gegenüber standen, überrascht an. »Ich habe nicht gedacht, dass das wichtig sei.«

Tom und Mira warteten. Doch mittlerweile war Tom klar, dass Bentner stets nur so viel preisgab, wie erforderlich schien. Auf kluge Art glatt und wendig zu sein, gehörte zu den Fähigkeiten, die ihn in seinem Beruf weit gebracht hatten.

»Herr Bentner, Ihr Partner wird drei Tage, bevor er den Kaufvertrag mit Konstantin Heister unterschreiben wollte, ermordet, und Sie wollen uns weismachen, dass Sie nicht gedacht hätten, dass das von Bedeutung sein könnte?«, fragte Tom.

Bentner wurde nachdenklich, schwieg aber.

»Wir hatten Sie außerdem auch nach Konstantin Heister gefragt«, fügte Mira hinzu.

Bentner nickte. »Ich wusste nicht, dass Lars die Agentur Heister angeboten hatte.« Er wirkte irritiert. »Und schon gar nicht, dass die beiden kurz davor waren, den Vertrag zu unterschreiben«, fügte er hinzu.

»Aber Sie wussten, dass er die Agentur verkaufen wollte?«, fragte Tom.

»Ja, Lars hatte sie mir natürlich zuerst angeboten, wobei ihm klar war, dass ich gar nicht über die Mittel verfüge.«

»Warum wollte Lutteroth denn überhaupt verkaufen?«

Bentner zuckte mit den Schultern.

»Er hatte keine Lust mehr. Er spüre keine Leidenschaft mehr, hatte er gesagt.«

»Das war alles?«

»Na ja, ich finde nicht, dass das ein geringfügiger Grund ist. Aber mehr hatte er mir nicht gesagt.«

»Und was hatte er in Zukunft vor?«, wollte Mira wissen.

»Diese Frage habe ich ihm natürlich auch gestellt. Die Antwort ist er mir allerdings schuldig geblieben.«

»Was genau hat er denn darauf erwidert?«, fragte Tom.

»Er hat gelächelt.«

»Hatte das Ganze Ihr gutes Verhältnis nicht beeinträchtigt?«

»Ich muss zugeben, dass mich seine Entscheidung enttäuscht hatte. Vielleicht hatten wir seit dem auch etwas weniger miteinander gesprochen.«

»Vielleicht?«

Bentner zuckte wieder mit den Schultern. »Es ist nicht immer alles so eindeutig, wie man es gerne hätte. Oder, Herr Kommissar?« Bentner sprach Toms Berufsbezeichnung provozierend ironisch aus.

Tom nickte, »Und nichts ist so, wie es scheint«, sagte er und sah Bentner in die Augen.

Der verschränkte die Arme vor der Brust und erwiderte seinen Blick ungerührt.

»Wenn Heister den Laden gekauft hätte«, sagte Mira, während sie vor dem großen Foto von Ryan Gosling in der nachtblauen Straßenschlucht stehen blieb und es betrachtete, »wäre Ihr Verbleib in der Agentur dann ungewiss gewesen?«

»Natürlich.« Der Politikberater sah zu Tom. »Aber das ist er jetzt auch. Wenn es Lutteroth & Bentner bald nicht mehr geben sollte, dann wird mich mein Weg eben woanders hinführen. Ich könnte morgen bei der Konkurrenz anheuern.«

»Sarah Lutteroth wird sehr wahrscheinlich die Agentur erben«, sprach Mira weiter. »Wenn sie sie nicht verkaufen will, würde sie doch sicher Sie als Geschäftsführer und Partner behalten, oder?« Mira drehte sich zu Bentner.

»Gut möglich.«

»Wie ist denn Ihr Verhältnis zu Frau Lutteroth?«

»Oh nein, Sie glauben doch nicht … Moment mal, ist das nicht eigentlich schon ein Verhör? Vielleicht sollte ich nichts mehr sagen und erst einmal mit meinem Anwalt sprechen.«

»Das können Sie natürlich machen«, sagte Tom. »Wir würden die Befragung, mehr ist es aus unserer Sicht nicht, in dem Fall auf dem Präsidium fortsetzen.«

Bentner nickte, und ein zynisches Lächeln huschte über seine Lippen.

Er löste sich vom Schreibtisch, ging zum Fenster und öffnete es. Der Straßenlärm stieg zu ihnen hoch. Bentner holte eine Packung Kaugummi aus seiner Hosentasche und steckte sich eines in den Mund.

»Wollen Sie vielleicht auch ein Kaugummi?«

»Danke, nein«, antwortete Mira.

»Gerne«, sagte Tom und ging zu Bentner.

»Haben Sie mittlerweile die Datei rekonstruieren können?«, wollte Bentner wissen, während er Tom die Packung reichte.

»Noch nicht, doch die Kollegen sind dran. Sie haben aber schon eine verschlüsselte Datei auf dem Laptop geknackt.« Tom fischte ein Kaugummi heraus.

»Aha, und was war drin?«

»Das kann ich Ihnen natürlich nicht sagen. Aus ermittlungstaktischen Gründen.«

Bentner nickte, dann grinste er. »Aha, Sie wollen sehen, ob mich das verunsichert. Sonst hätten Sie mir das gar nicht erst erzählt.«

Tom schob sich den Kaugummi in den Mund.

»Wie ist denn nun Ihr Verhältnis zu Frau Lutteroth?«, wiederholte Mira ihre Frage.

»Ganz normal. Ich finde sie sehr sympathisch. Und ich denke, ihr geht es mit mir ebenso. Aber das ist auch schon alles. Wir sehen uns nur selten. Sie kommt so gut wie nie in die Agentur.« Bentner schmunzelte und schüttelte den Kopf. »Wahrscheinlich müssen Sie so denken, aber …« Es klopfte, was im Straßenlärm fast unterging. Bentner sah von Mira zu Tom. »Aber diesem Fall sind Sie auf dem Holzweg.«

»Das sind wir am Beginn einer Ermittlung häufig«, erwiderte Tom. »Das wird sich ändern.«

Bentner wandte sich zur Tür. »Ja, bitte!«

Luna erschien, ging zu ihrem Chef und hielt ihm eine dreiseitige Liste hin. Bentner deutete zu Tom. Luna reichte dem Kommissar die Seiten. »Das sind alle Ansprechpartner bei unseren Kunden«, sagte sie. Die junge Frau war blass und wirkte fahrig, offenbar nahm sie die ganze Geschichte mit.

»Danke sehr«, sagte Tom und nahm die drei bedruckten Seiten entgegen.

»Brauchen Sie sonst noch was?«, fragte sie.

»Nein.«

Luna verließ das Büro. Tom faltete die Liste, steckte sie in seine Jackentasche. Mira massierte sich mit ihren Fingerspitzen die Schläfen. Wieder Kopfschmerzen, dachte er.

»Sind wir jetzt fertig? Ich habe nämlich gleich einen Termin, den ich sehr gerne wahrnehmen würde.«

Tom nickte. »Ja, das war's erst mal.«

»Sehr gut, dann begleite ich Sie hinaus.«

»Nicht nötig«, erwiderte Tom und ging mit Mira zur Tür.

»Wenn Sie etwas von uns benötigen, melden Sie sich jederzeit.«

»Danke, das werden wir tun«, erwiderte Mira und öffnete die Tür. Da fiel Tom ein, dass er noch etwas fragen wollte.

»Eine Kleinigkeit noch.« Er wandte sich um, und Mira schloss die Tür wieder. Bentner sah Tom ungeduldig an.

»Ja?«

»Wer ist Felix Sänger?«

Bentner war überrascht, aber kaute ungerührt seinen Kaugummi weiter. »Wieso fragen Sie denn nach dem Jungen?«

»Wer ist er?«

»Felix Sänger ist ein Student, der ein Praktikum bei uns machen will.«

Tom hatte das Gefühl, dass sein Gegenüber kurz überlegen musste. Oder bildete er sich das nur ein?

»Und wird er?«

»Ich kann schlecht ein Praktikum vergeben, wenn ich nicht weiß, wie es hier überhaupt weitergehen wird.«

»Was studiert er denn?«

»Das kann ich Ihnen gar nicht sagen.«

»Haben Sie keine Bewerbung von ihm? Da könnten Sie doch nachsehen.«

»Warum ist das denn für Sie interessant?« Bentner klang ziemlich verwundert. Tom reagierte nicht und wartete auf die Antwort.

»Das lief über Lars. Er kannte den Jungen.«

»Haben Sie eine Telefonnummer oder Adresse von Felix Sänger?«

»Nein, er war am Montag hier, und ich habe ihm erklärt, was los ist. Ich habe ihm gesagt, dass er sich in vier Wochen wieder melden soll.«

Der Fahrstuhl setzte sich in Bewegung, sie fuhren abwärts. Mira holte die Schachtel mit den Schmerztabletten aus ihrer Jackentasche, warf zwei von den weißen, länglichen Pillen ein und schluckte sie hinunter.

Tom verzog das Gesicht. »Dass du das kannst, ohne Flüssigkeit.«

»Bentner hätte ein Motiv gehabt«, sagte seine Partnerin. Tom nickte. »Vielleicht haben sich Lutteroth und Bentner gar nicht mehr so gut verstanden, vielleicht waren sie sogar zerstritten«, spekulierte seine Partnerin. Tom überlegte. Sie hatte recht, sie mussten dem nachgehen.

»Wie wär's mit einem starken Kaffee?«, fragte er.

»Immer gut. Willst du wieder in den teuren Puff um die Ecke?«

»Der von Luna war doch auch nicht schlecht oder?«

Mira sah ihn verwundert an. Tom drückte auf die Taste für den vierten Stock.

»Was soll das? Was hast du vor?«

»Wir fragen jetzt die Mitarbeiter, wie ihre Chefs in letzter Zeit so miteinander umgegangen sind.«

»Sollten wir damit nicht lieber etwas warten? Bentner würde schwer genervt sein. Und vielleicht haben wir bald sowieso noch weitere Fragen.«

»Dann kommen wir eben wieder.«

»Tom, vielleicht sollten wir es lieber etwas ruhiger angehen lassen, denk an die Agersen. Minenfeld und so. Sonst bist du nachher nicht nur der Bulle mit dem Gewaltproblem, sondern auch noch der Elefant im Porzellanladen.«

Der Fahrstuhl war im Parterre angekommen, die Tür öffnete

sich. Vor ihnen stand eine Frau in einem dunkelblauen Kleid, die Augen hinter einer großen, schwarzen Sonnenbrille verborgen. Trotzdem war die Überraschung deutlich zu erkennen, mit der Sarah Lutteroth Tom und Mira ansah.

21

»Ihre Kollegen stellen gerade unser Haus auf den Kopf. Aber das werden Sie ja wissen. Sie suchen einen Stick mit einer brisanten Datei. Ich bin geflüchtet, wusste aber nicht, wohin. Da habe ich gedacht, ich fahr in die Agentur, spreche mal mit Hauke.«

Sarah Lutteroth legte ihre Sonnenbrille vor sich auf das dunkle Holz des kleinen, runden Tisches. Ihr Blick verlor sich zwischen den Menschen, die an den anderen Tischen auf dem Bürgersteig vor dem Café saßen.

»Es muss ja schließlich irgendwie weitergehen.«

Tom betrachtete ihr blasses Gesicht, in welchem sie mit dezentem Make-up ein wenig Leben vorgetäuscht hatte. Ein unaufdringlicher, blumiger Duft ging von ihr aus, den Tom als angenehm empfand. Die Kellnerin brachte ihnen Kaffee.

»Hatten Sie Ihren Besuch angekündigt?«, fragte Mira.

»Nein.« Sarah Lutteroth sah Mira unverwandt an. »Warum?«

»Nur so«, antwortete Mira und erhob sich. »Ich bin gleich wieder da.«

Sie ging die Straße hinunter und verschwand in einer Ladenpassage. Kurz fragte sich Tom, was mit seiner Partnerin los war, ob es möglicherweise mit den Kopfschmerzen zu tun hatte. Aber dann wandte er sich wieder Sarah Lutteroth zu.

»Ihr Mann wollte die Agentur verkaufen.«

Er beobachtete, was sich in ihrem Gesicht tat. Die Frau sah ihn ruhig an und wartete scheinbar ab, ob Tom noch mehr zu sagen hatte.

»Wussten Sie das?«, fragte er.

»Nein.«

Tom fand, dass ihr Blick etwas Stoisches, Fatalistisches hatte. Wollte sie sich ihre Überraschung nicht anmerken lassen?

»Seinem Partner hatte er erklärt, dass er keine Lust mehr hätte, keine Leidenschaft mehr spürte.«

Sarah Lutteroths Gesicht zeigte keine Reaktion.

»Hatte er mit Ihnen nie darüber gesprochen?«

Sie schüttelte den Kopf. Tom meinte, ihre Verletztheit spüren zu können. Er fragte sich, wie es um die Beziehung bestellt gewesen war. Mira kehrte zurück und setzte sich wieder dazu. Sarah Lutteroth winkte die Kellnerin zu sich heran.

»Bitte?«, fragte die junge Frau freundlich.

»Könnten Sie mir eine Schachtel Zigaretten bringen?«

»Natürlich, welche sollen es sein?«

»American Spirit, die Leichten.«

»Okay. Haben Sie sonst noch Wünsche?«, fragte die Kellnerin in die Runde. Tom und Mira schüttelten die Köpfe.

»Ich habe Sie noch gar nicht rauchen gesehen«, bemerkte Tom.

»Ich hatte es mir abgewöhnt, als ich schwanger wurde«, erklärte Sarah Lutteroth trocken. Tom nickte. Sie sah ihn eine Weile schweigend an.

»Ich werde Ihnen jetzt nicht meine Ehe erklären. Ich wüsste auch nicht, was die mit den Ermittlungen zu tun haben könnte.«

Tom musste an Miras Frage denken, warum er glaube, dass Sarah Lutteroth nichts mit dem Tod ihres Mannes zu tun hatte.

»Frau Lutteroth, wir wissen jetzt, von welchem Anschluss Sie Montagabend angerufen worden sind«, sagte Mira. »Der Anruf kam aus Lübeck, aus einem Bistro. ›Time Out‹ heißt der Laden.«

»Das sagt mir nichts.«

»Kennen Sie jemanden in Lübeck?«

»Nein.«

»Kannte Ihr Mann vielleicht jemanden?«

»Nicht, dass ich wüsste, aber das heißt ja nicht viel.« Sie versuchte ein sarkastisches Lächeln. Die Kellnerin erschien und legte Sarah Lutteroth eine orangefarbene Zigarettenpackung hin.

»Sagt Ihnen der Name Felix Sänger etwas?«, wollte Tom wissen.

Sarah Lutteroth öffnete die Packung und holte eine Zigarette heraus.

»Nein.«

»Ein junger Student, dem Ihr Mann ein Praktikum in Aussicht gestellt hatte.«

»Davon weiß ich nichts.« Mit einem der Streichhölzer aus dem Briefchen, das die Kellnerin dazugelegt hatte, zündete sie sich die Zigarette an, sog das Nikotin tief ein und blies den Rauch zwischen die beiden Kommissare. Sie hielt die Zigarette elegant in der leicht erhobenen Hand, hatte ihren Ellenbogen aufgestützt. Tom bemerkte ein kaum wahrnehmbares Zittern. Ihm fiel auf, dass der Ehering fehlte. Er war sicher, dass sie ihn getragen hatte, als sie ihr die Nachricht vom Tod ihres Mannes überbracht hatten.

Tom eilte die Rolltreppe hinab. Seine Rippenbögen schmerzten immer noch ein wenig. Im Untergeschoss des Kaufhauses ging er suchend zwischen den Verkaufstischen mit Haushaltsgeräten, Porzellangeschirr und Keramik umher. »Nicht die x-te Vase!«, dachte er und richtete sein Augenmerk auf eine Reihe von Obstschalen. Zwischen merkwürdigen Design-Kreationen und soliden, klassischen Entwürfen fiel sein Blick auf eine Schale mit handgemalten, bunten Ringen. Die könnte seiner Mutter gefallen, dachte er und stellte sich die Schale auf der grauen Resopalplatte des alten Küchentisches seiner Eltern vor. Für einen Augenblick zweifelte er, empfand die Schale als unpassend, aber dann beschloss er, dass die warmen Farben zusammen mit verschiedenen Früchten gut zum Geschmack seiner Mutter passten und sie sich sicher freuen würde. Er hatte sein Geschenk gefunden. Zufrieden nahm er einen der Kartons vom Stapel, lief zur Kasse und zahlte. In der Lebensmittelabteilung gleich nebenan besorgte er schnell noch einen Haufen verschiedener Früchte und bei den Schreibwaren eine Glückwunschkarte. Kaufhäuser sind schon praktisch, dachte er, als er zurück auf die Straße eilte, wo Mira im Wagen wartete. Durch die Windschutzscheibe sah es aus, als schliefe sie, doch als er näher kam, erkannte Tom, dass sie meditierte. Fast tat es ihm leid, dass er seine Partnerin aus dem Zustand tiefster Entspannung herausreißen musste. Er öffnete die hintere Tür und stellte den Karton und die Tüte mit dem Obst auf die Sitze. Dann setzte er sich nach vorne.

»Klasse, dass das noch geklappt hat«, murmelte er und lehnte sich zurück. Um ein Haar hätte er die Geburtstagsfeier seiner Mutter heute Abend vergessen. Mira wirkte noch ein wenig abwesend, startete aber den Motor und ordnete sich elegant in den dichten Verkehr ein. Ein trockenes Plop aus Toms Jackentasche signalisierte ihm, dass er eine SMS erhalten hatte. Die Nachricht war von ihrem Felsen.

Wenn ihr reinkommt, melde dich bitte bei Börne! Vergiss es nicht!!!

Ein mulmiges Gefühl befiel ihn, denn auch wenn ihm das Ganze absurd erschien, wusste er genau, dass die Berichte in den Medien Börne eine gute Gelegenheit boten, dem eigensinnigen Kommissar ordentlich die Flügel zu stutzen.

»Was Wichtiges?«

»Ich soll zu Börne.«

Mira nickte, »Tja, wenn man das Gewaltproblem der Hamburger Polizei verkörpert …«, sagte sie und lächelte ein wenig mitleidig. Die Sonne schien ihnen ins Gesicht. Mira setzte ihre Sonnenbrille auf, Tom ärgerte sich, dass er seine schon wieder vergessen hatte. Er klappte die Sonnenblende herunter und drückte den Fensteröffner. Kurz hatte er den Impuls, das Radio einzuschalten, hielt sich aber zurück.

»Ist doch merkwürdig, dass Lutteroth seiner Frau nicht erzählt hat, dass er die Agentur verkaufen wollte«, sagte er.

Mira nickte. »Ich weiß nicht, was ich von der Frau halten soll. Ist dir aufgefallen, dass sie ihren Ehering nicht getragen hat?«, sagte sie.

»Ja, aber das kann vieles bedeuten. Das kann auch mit ihrer Trauer zusammenhängen«, antwortete Tom. »Was hast du eigentlich vorhin gemacht, als du in die Passage gegangen bist?«, fragte er.

»Ich habe in der Agentur angerufen und gefragt, ob Bentner schon in seinem Termin war.«

»Du glaubst, dass Sarah Lutteroth sein Termin war. Aber, selbst wenn …«

»Klar, das wäre nichts Ungewöhnliches gewesen. Aber dann hätte er es doch auch sagen können.«

»Das stimmt. Und, war er schon in seinem Termin?«

»Nein.«

Kathrin Gusow schlug die Augen auf. Ihr erster Blick fiel auf einen grauen Haltegriff aus Kunststoff, der über ihr von einer gekrümmten Aluminiumstange herunterhing. Auf der weißen Zimmerdecke tanzten goldene Lichtflecken. Ihre Lider waren schwer, sie hatte Mühe, die Augen offen zu halten. Sie brauchte einen Moment, um sich an die Helligkeit zu gewöhnen. Dann sah sie sich um. An der rechten Seite ihres Bettes stand ein Tropf, von ihm führte ein dünner Schlauch zu ihrer Hand, wo er in eine Kanüle mündete, die in ihrer Vene steckte und mit weißem Tape befestigt war. Ihr Körper steckte in einem hellgrünen Hemd, wie Patienten sie in Krankenhäusern bekamen. Auf der anderen Seite befand sich einer dieser rollbaren Nachtschränke aus Metall. Im Bett dahinter lag eine ältere Frau und stöhnte. Zwischen den Blättern und Zweigen eines Baumes vor dem Fenster fielen Sonnenstrahlen ins Zimmer.

Durch den Schleier ihrer Müdigkeit hindurch versuchte Kathrin Gusow, sich zu erinnern, was geschehen war. Aber ihr Gedächtnis verweigerte ihr den Zugang. Die Anstrengung erschöpfte sie, und sie schloss die Augen. Sie hoffte, in den Schlaf zurückzufinden. Aber ihre Gedanken waren mächtiger, ließen sie nicht zur Ruhe kommen. Sie versuchte, sich zu konzentrieren, kramte auf der Festplatte ihres Gehirns. Doch ihre Erinnerung reichte nur bis zu der Fahrt im Notarztwagen, während der sie aufgewacht war. Der Arzt hatte ihr erklärt, dass sie in Ohnmacht gefallen war und Kollegen den Rettungswagen gerufen hatten. Sie wusste nur noch, dass sie ihm keine Anhaltspunkte geben konnte, warum sie das Bewusstsein verloren hatte.

In der Notaufnahme des Krankenhauses hatte sie die Ärztin an einen Tropf gehängt und diverse Untersuchungen gemacht. Sie hatte ihr erklärt, dass es nach einer Ohnmacht zu Gedächtnislücken kommen und eine Weile dauern könnte, bis das Erinnerungsvermögen wiederhergestellt wäre. Dann hatte eine Krankenschwester sie in dieses Zimmer gebracht, und sie musste eingeschlafen sein. Warum aber hatte sie das Bewusstsein verloren? Ein Bild kam ihr in den Sinn. Sie sah sich in dem großen Wandspiegel des Aufenthaltsraums im Terminal eins, wie sie im Vorübergehen eine Laufmasche in ihrer dunkelblauen Strumpfhose entdeckte. Ihre Tasche hatte sie umgehängt und einen Becher Kaffee in der Hand. Sie erinnerte sich, dass sie sich vorgenommen hatte, die Strumpfhose zu wechseln. Sie hatte am Check-in gesessen. Die Maschine nach Amsterdam war komplett gewesen, und sie war in die Pause gegangen. Auf einmal fiel ihr Timmie ein. Wie spät war es? Sie musste ihren Jungen aus der Kita abholen.

»Ich würde Sie lieber noch für ein paar Stunden hierbehalten. Wir kennen noch nicht den Grund Ihrer Ohnmacht. Einige Laborergebnisse stehen noch aus.« Die Ärztin saß an Kathrin Gusows Bett und redete ruhig, freundlich, aber ernst. »Haben Sie wirklich keine andere Möglichkeit? Eine Freundin vielleicht oder die Eltern eines Kitafreundes?«

Kathrin Gusow schüttelte den Kopf. Die Ärztin sah sie verständnisvoll an. »Ich kenne das. Ich war auch alleinerziehend. Vielleicht war ich, ohne es zu ahnen, auch manchmal nah an einer Ohnmacht.«

Die Ärztin lächelte und legte ihrer Patientin kurz die Hand auf den Arm. Die Tür ging auf, und ein Pfleger erschien.

»Simone, du musst kommen, wir haben zwei neue Kreislaufkollapse.«

Sie erhob sich. »So geht es heute Morgen die ganze Zeit. Die Hitze macht den Alten zu schaffen. Sie müssen noch einen Vordruck unterschreiben, dass Sie uns auf eigene Verantwortung vorzeitig verlassen.«

Kathrin Gusow bemerkte, wie sich Besorgnis in den Blick der Ärztin schlich.

»Und Sie müssen mir versprechen, dass Sie, sobald Sie spüren, dass etwas nicht in Ordnung ist, Ihren Arzt aufsuchen oder den Notarzt rufen.«

Die Stirn glänzte ein wenig unter den kurzen, schwarzen Haaren. Der Knoten der silbergrauen Krawatte ruhte auf dem hellblauen Hemd. Regungslos saß Sven Börne hinter seinem Schreibtisch, auf dem mehrere Zeitungen aufgeschlagen vor ihm lagen.

»Du denkst, du bist etwas Besonderes.« Der Dienststellenleiter der Mordkommission sprach leise, betont unaufgeregt. Seine grauen Augen fixierten Tom, der vor seinem Schreibtisch saß. »Du glaubst, du kannst über den Dingen stehen, die uns alle betreffen. Uns, die Hamburger Polizei. Du glaubst, du kannst dein Ding machen, musst dich nicht an Regeln halten. Du glaubst, dass du es nicht nötig hast, die Kollegen zu unterstützen. Und obendrein ist es dir völlig gleichgültig, wie wir in der Öffentlichkeit wahrgenommen werden.«

Börne hatte ihn am Haken, und Tom wusste, er konnte sich winden, wie er wollte, er würde nicht entkommen.

»Wir können uns nicht auf dich verlassen, Tom.«

Tom hatte nicht den Eindruck, dass Börne eine Antwort erwartete.

»Und ob wir dir hundertprozentig trauen können, weiß ich bis heute nicht.«

Das ist es, dachte Tom, zum ersten Mal hatte Börne ausgesprochen, was er wirklich über ihn dachte und was Tom schon lange gespürt hatte. Doch er hatte nicht das geringste Interesse, auf die Provokation einzugehen.

»Gut, ich will ich nicht lange herumreden. Es ist ganz einfach. Du erhältst eine Abmahnung wegen Nichterfüllung der Dienstpflichten.«

Tom verzog keine Miene, spürte aber, wie ihm ein leichter Schreck in die Glieder fuhr. Er überlegte, ob er etwas sagen sollte, doch er wusste, dass es zwecklos wäre. Er wollte Börne keine Genugtuung verschaffen.

»Ist das alles? Kann ich gehen?«, sagte er nur.

Börne lächelte kalt. »Ich rate dir, endlich deinen Hochmut abzulegen.«

Tom ging zur Tür.

»Eine Kleinigkeit noch«, sagte Börne, als Tom schon die Klinke in der Hand hielt.

»Du wirst den Mann im Krankenhaus besuchen und dich bei ihm in aller Form entschuldigen. Ein Reporter vom *Abendblatt* wird dabei sein. Melanie wird sich bei dir melden.«

Tom drückte die Klinke herunter.

Auf dem Bildschirm sah man, wie Lars Lutteroth an der Tankstelle stand und mit einen genervten Gesichtsausdruck in sein Handy sprach. Ein schwarzer Balken erschien am unteren Rand des blaustichigen Bildes. In weißer Schrift stand darin:

Was gibt's?

Einen Moment hörte er dem Anrufer zu, dann sprach er wieder, und neue Untertitel erschienen:

Ich kann mich nur wiederholen. Wir haben eine Abmachung, und die halte ich ein. Was kann ich dafür, dass du so fahrlässig gewesen bist?

Tom saß vor Balbecks Bildschirm und sprach die Sätze stumm mit. Hinter ihm stand Mira, Balbeck lehnte an der Wand.

Lutteroth wandte sich ab, sein Gesicht war nicht mehr zu sehen. Er legte seine rechte Hand auf das Dach seines Wagens und bewegte den Kopf unruhig hin und her. Dann drehte er sich wieder zur Kamera.

Hör auf, mir zu drohen!

Lutteroth schwieg.

Okay, okay, darüber können wir …

Lutteroth drehte sich weg und kurz darauf wieder zurück.

Gut. Ich werde da sein.

Lutteroth schüttelte den Kopf und stieg in seinen Wagen.

Tom stoppte den Clip. »Der Anrufer hat ihm gedroht.«

»Und er kannte ihn. Ich wette, dass es der Typ vom Phantombild war«, sagte Balbeck. Mira nickte.

»Das ist ziemlich wahrscheinlich.«

»Ein Kollege war im Museum für Kunst und Gewerbe«, sagte Balbeck.

»Aber keinem der Mitarbeiter ist unser Phantom oder Lutteroth aufgefallen. Wär ja auch zu schön gewesen«, erklärte Taller, der an seinem Schreibtisch saß.

»Gibt es schon was von den Kollegen von der Wirtschaft?«, wollte Tom wissen.

»Die durchleuchten die Kunden von Lutteroth & Bentner«, antwortete Taller.

»Und Doris und Emre?«

»Haben in Lutteroths Haus nichts gefunden. Keinen Stick, keine verdächtigen Unterlagen. Nichts.«

Ein helles Pling signalisierte, dass Balbeck eine Mail erhalten hatte. Er ging zum Schreibtisch, öffnete seinen Account und klickte auf die Nachricht.

»Bingo! Lutteroth hatte am fünften Mai 2016 bei Vodafone

ein Prepaid-Smartphone gekauft. Und hier haben wir den Verbindungsnachweis für die letzten vier Wochen.«

Er öffnete das angehängte PDF. Eine überschaubare Liste erschien. Gespannt fuhr Tom mit dem Finger über die Daten auf dem Bildschirm, bis er zum elften Mai gelangte.

»Es gab nur eine einzige Verbindung an dem Sonntag. Von dreiundzwanzig Uhr sechzehn bis dreiundzwanzig Uhr neunzehn. Eingegangener Anruf von Teilnehmer 0451-480 9548. Das ist die Nummer vom Time Out in Lübeck!«

»Der Todeszeitpunkt lag zwischen dreiundzwanzig Uhr dreißig und null Uhr, der Anrufer aus Lübeck kann also nicht der Mörder sein«, sagte Mira.

»Er könnte aber Lutteroth irgendwo hinbestellt haben, wo der Mörder auf ihn gewartet hat«, erklärte Balbeck. »Ich werde da sein, hat Lutteroth zu dem Anrufer gesagt.«

Die vier Kommissare sahen einander gespannt an.

»Olli und ich fahren nach Lübeck und hören uns in dem Laden mal um«, erklärte Balbeck.

»Gut«, sagte Tom und schaute auf die anderen Verbindungen.

»Lutteroth hatte immer mit derselben Mobilnummer telefoniert. Der hatte das Handy nur für Gespräche mit diesem einen Teilnehmer genutzt.«

»Der gute Mann wird ja immer interessanter«, bemerkte Mira.

22

Kathrin Gusow versank fast in den bequemen Polstern der Rückbank des Taxis. Sie blickte auf die vorbeiziehenden Häuser und Menschen. Die Sonne schien vom blauen Himmel und brachte die Fassaden zum Leuchten und die Gesichter zum Strahlen. Sie fühlte sich eigenartig. Erschöpft, aber sehr entspannt. Das musste die Wirkung der Beruhigungsmittel sein, dachte sie. Sie fragte sich, was mit ihr los war. Lauerte irgendwo in ihrem Körper eine üble Krankheit? Würde bald alles anders werden? Ausgerechnet jetzt, wo sie kurz davor war, endlich das Leben zu bekommen, das sie sich immer erträumt hatte. Sie kannte solche tragischen Geschichten von Freundinnen und Bekannten. Ein paar ungewöhnliche Beschwerden, die überraschend auftraten, ein Gang zum Arzt, und von einem Augenblick zum anderen … Sie wollte den Gedanken nicht zu Ende denken, stattdessen freute sie sich auf Timmie.

Der Wagen schwebte dahin, und sie fand es angenehm, dass der junge Fahrer schwieg und keine Musik laufen ließ, wie es sonst die meisten Taxifahrer zu tun pflegten. Sie hätte noch ewig so weiterfahren können, aber das Taxi bog schon in die enge Straße ein, mit den vielen kleinen Läden und Cafés, zwischen denen sich der Hinterhof mit der Kita befand.

Sie bezahlte ihren Chauffeur und stieg aus. Als sie in den Hof trat, sah sie schon die Kinder auf der Rasenfläche, die neben dem gepflasterten Weg, der zu den Eingängen der Wohnhäuser führte, im Sonnenlicht lag. Sie blieb stehen und beobachtete Timmie dabei, wie er aufgeregt vor einem Mädchen weglief. Die Kinder spielten Fangen. Geschickt schlug ihr Junge mehrere Haken, lief um das Planschbecken herum, in dem einige kleine Kinder sich wild mit Wasser bespritzten, und verschwand zwischen den Büschen am Rand des Hofes. Das Mädchen gab auf und sah sich nach anderen Opfern um. Plötzlich flitzte Timmie an anderer Stelle wieder auf den Rasen und erblickte seine Mutter. Freudig winkte er ihr zu. »Mama!«

Kathrin winkte zurück, und auf einmal, scheinbar völlig grundlos, schossen ihr Tränen in die Augen. Schnell wischte sie sie weg. Sie freute sich darauf, Timmie an sich zu drücken, sich mit ihm in ihrem Nest zu verkriechen, zusammen Kinderfernsehen zu gucken und die Welt auszusperren.

»Hallo, Kathrin!«

Jan, der einzige männliche Erzieher ihrer Kita, kam auf sie zu.

»Hi, Jan!«

Jan lächelte, und sie freute sich, ihn zu sehen, denn sie mochte ihn besonders gern, weil er eine ausgesprochen liebevolle und lustige Art hatte, mit den Kindern umzugehen, dabei aber eine eigenwillige Erscheinung war. Groß, korpulent, mit langen, schwarzen Haaren, die fast bis zum Hintern reichten. Er trug nahezu immer schwarze Klamotten, außer an Heimspieltagen des FC St. Pauli, dann lief er im braun-weißen Trikot auf.

»Ich wollte schon seit ein paar Tagen mal mit dir reden«, erklärte er mit seiner weichen, hellen Stimme.

»Ja? Was hat Timmie ausgefressen?«

Er lachte. »Ja, der Gute hat wohl gerade 'ne schwierige Phase.«

»Wieso? Zu Hause ist er wie immer.«

»Also bei uns ist er in letzter Zeit ganz schön aggressiv. Wenn es nicht so nach seinen Vorstellungen läuft, dann …«

Kathrin Gusow spürte, dass sie sich einem solchen Gespräch gerade nicht gewachsen fühlte.

»Vorgestern hat er Luis und Selina in die Arme gebissen.«

»Huch, so was hat er doch noch nie gemacht.«

»Ja, eben. Gestern hat er Selina wohl wieder gebissen, das hat mir Frauke erzählt, ich hatte frei. Ja, und heute hat er Lisa so stark geschubst, dass sie gegen die Wand gekracht ist und sich 'ne kräftige Beule eingefangen hat.«

Sie wusste nicht, was sie sagen sollte.

»Also, Selinas Eltern waren nach dem zweiten Biss ziemlich sauer. Wir müssen jetzt ein Auge auf Timmie haben. Hat sich bei euch irgendwas verändert? Hast du vielleicht gerade Stress und kannst dich nicht so um ihn kümmern?«

Klein und elend fühlte sie sich und schüttelte den Kopf. »Nein.«

»Ist irgendwas mit seinem Papa?«

»Nein, es ist alles in Ordnung.« Ein mulmiges Gefühl befiel sie, das sie sich jedoch nicht erklären konnte. »Aber was heißt das bei uns schon. Natürlich ist dieser Zustand nicht gut für Timmie. Und in den letzten Wochen hatte sein Vater leider besonders wenig Zeit.«

Jan nickte. Kathrin Gusow musste daran denken, dass ihr Junge in letzter Zeit öfter von anderen Vätern gesprochen hatte, was die so alles mit ihren Kindern machten. Ein Baumhaus bauen, Fußballspielen, in den Hansapark fahren.

»Für mich ist das ja auch nicht einfach, wie soll es dann erst für Timmie sein?«

»Ihr müsst etwas mehr an ihn denken.« Jan lächelte. »Ich weiß, das sagt sich so leicht.«

»Es geht gerade nicht anders. Aber bald ist dieser Zustand vorbei.« Dann werden sie Lars endlich ganz für sich haben. Dann wird er Timmie ein guter Vater sein. Das mulmige Gefühl meldete sich wieder, und die Ahnung beschlich sie, dass es mit ihrer Ohnmacht zusammenhing. Aber wie? Darüber nachzudenken überforderte sie, schnell verdrängte sie ihre ängstliche Unsicherheit und beschloss, ihrem Sohn ausgeglichen und gut gelaunt zu begegnen.

»Es wird nicht mehr lange dauern«, sagte sie zu Jan und gab sich Mühe, optimistisch zu klingen. Dann sind wir eine richtige Familie, dachte sie, hütete sich aber, diesen Satz auszusprechen. Er hätte kitschig und naiv geklungen.

Die geschälten Apfelschnitze glänzten im Sonnenlicht, das durch das Fenster auf den Küchentisch fiel. Liebevoll legte Kathrin Gusow die kleinen Vitaminlieferanten in der Form eines lächelnden Gesichtes auf den bunten Teller und stellte diesen auf das grüne Tablett zu dem Schokomilch-Shake, den Butterkeksen und der kleinen Kanne mit dem frisch gebrühten Assam-Tee. Zufrieden betrachtete sie ihr appetitliches Werk. Auf einmal hatte sie das Bedürfnis, Lars anzurufen, seine Stimme zu hören, seine Nähe zu spüren. Aber sie hielt sich zurück und freute sich auf den Abend, denn da würde er sich melden, das hatte er ihr versprochen. Sie beschloss, ihm nichts von ihrer merkwürdigen Ohnmacht zu erzählen, auch nichts von Timmies Verhalten in der Kita. Er sollte den Kopf freihaben, um alles zu regeln, nichts sollte ihn jetzt belasten. Der Gedanke an die nahe Zukunft gab ihr Kraft.

Sie trug das Tablett ins Wohnzimmer und stellte es auf den weißen Sofatisch. Während Timmie in seinem Zimmer seine

Playmobil-Piraten auf große Kaperfahrt schickte, versammelte sie die Kissen auf dem Sofa zu einer Kuschelecke, legte die Pippi-Langstrumpf-DVD in den Player und schaltete den Fernseher ein. Ein Schwarz-Weiß-Foto von einem alten Mann erschien auf dem Bildschirm. Das Gesicht kannte sie. Es war der Mann, der am Morgen als Letzter in die Maschine nach Amsterdam eingecheckt hatte. Ein Sprecher sagte: »… einem Herzinfarkt erlegen. Einem Arzt unter den Fluggästen war es zunächst gelungen, Merezadi wiederzubeleben. Doch wenige Minuten später fiel er ins Koma und starb noch auf dem Flug.«

Irritiert starrte sie auf das Foto.

»Der iranische Schriftsteller war bekannt für seine offene Kritik an den Fundamentalisten in seinem Land und bezeichnete sie in seinem berühmtesten Roman *Der Klang der Lüge* als Krebsgeschwür des Islam.«

Fassungslos ließ sie sich auf das Sofa fallen, ohne den Blick von dem Fernseher zu nehmen.

»Merezadi befand sich auf dem Weg zur Familie seiner Tochter in Amsterdam. Er wurde dreiundsiebzig Jahre alt.«

Die weiteren Nachrichten nahm sie nicht mehr wahr. Sie hatte den Blick des alten Mannes in seinem zu großen Nadelstreifenanzug wieder vor Augen. Er war so eigenartig intensiv gewesen. Was hatte er wohl vor sich hin gemurmelt, bevor er gegangen war? Was mag er da gesagt haben? Ihre Augen füllten sich mit Tränen. Doch bevor sie weinen konnte, blitzte plötzlich eine andere Erinnerung auf: eine Zeitungsseite. Eine Überschrift. Ein Bericht. Lars' Name. Ein Wort: *erschlagen*.

Entsetzen packte sie. Ihr wurde schwindelig, wieder spürte sie die Anzeichen einer nahenden Ohnmacht. Sie versuchte, sich zusammenzureißen, sie war allein mit Timmie und durfte nicht bewusstlos werden. Schnell schlug sie sich ein paarmal kräftig auf die Wangen, konzentrierte sich, ruhig und tief zu atmen, während sie darüber nachdachte, was sie tun konnte. Timmie kam angelaufen und strahlte seine Mama an.

»Jetzt Pippi Langstrumpf.«

Die Stimme der Frau hinter dem Schreibtisch im Immatrikulationsbüro der Universität Hamburg klang spröde. Wie trockenes Brot, dachte Tom. Die Augen zu dieser Stimme betrachteten durch große Gläser einer hellgrauen Hornbrille skeptisch seinen Dienstausweis. Dann bat ihn die ältere Dame, Platz zu nehmen. Während sie an ihrem Computer tätig wurde, stellte sich Tom vor, wie sie ihr halbes Leben in diesem Büro verbracht hatte, in dem er selber einmal seine Unterlagen abgegeben hatte. Vielleicht sogar bei ihr, überlegte er. Einundzwanzig Jahre war das her. Er erinnerte sich noch an das Gefühl, mit dem er als junger Mann hier gestanden hatte, eine Mischung aus Aufbruchstimmung und Unsicherheit, ob er das Richtige tat.

»So, hier habe ich Ihren Felix Sänger«, meldete sich die spröde Stimme hinter dem Bildschirm. »Er ist bei uns immatrikuliert, ja. Er studiert Informatik und steht kurz vor seinem Examen.«

»Macht man denn dann noch ein Praktikum?«, wollte Tom wissen.

»Oh, so etwas kann ich nicht mehr beurteilen.« Mit einem dezenten, schmallippigen Lachen unterstrich die Frau ihre Bemerkung. »Von der Lebensrealität unserer Studenten bin ich mittlerweile sehr weit entfernt. Leider.«

Tom vermied es, auf ihre Bemerkung einzugehen. Sein Blick fiel auf ein Schwarz-Weiß-Foto, das in einem Glasrahmen über dem weißen Regal an der Wand hing. Zwei junge Frauen standen schüchtern lächelnd in einem Hörsaal neben Helmut Schmidt. Tom vermutete, dass das Foto von Anfang der Achtzigerjahre stammte, als Schmidt noch Kanzler war. Eine der Frauen war sicherlich sein Gegenüber und der festgehaltene Moment ein Höhepunkt in ihrem Leben. Tom nickte.

»Na gut, dann vielen Dank für die Auskunft.«

»Sie werden mir natürlich nicht sagen, warum Sie sich für den jungen Mann interessieren.«

»Das ist richtig!« Er schenkte ihr ein charmantes Lächeln, das sie nicht erwiderte, wünschte ihr einen schönen Tag und verließ das Büro.

Mira saß vor ihrem Bildschirm, als Tom ihr Büro betrat. Er blickte ihr über die Schulter und erkannte, dass sie die Liste der Ansprechpartner bei den Kunden von Lutteroth & Bentner studierte.

»Macht man kurz vor dem Examen noch ein Praktikum?«, fragte er seine Partnerin und setzte sich ihr gegenüber an seinen Schreibtisch.

»Was weiß ich«, antwortete sie, ohne aufzusehen. »Aber warum nicht?«

»Weil man mitten im Lernstress steckt.«

»Da müsstest du wohl mal ein paar Studenten fragen.«

Sie lehnte sich zurück.

»Unter den Ansprechpartnern der Kunden gibt es keinen, dessen Nachname mit einem M beginnt«, stellte sie fest. »Nur zwei Vornamen. Einen Michael Zenkovic von ProPower-Energy und eine Miriam König von Landner Logistics. Aber ich kann mir nicht vorstellen, dass Lutteroth bei einer Verabredung mit denen den Anfangsbuchstaben des Vornamens in seinen Kalender eingetragen hätte.«

Tom zuckte mit den Schultern. Ihn beschäftigte noch der junge Mann, der ihm nicht in die Augen hatte sehen können und es ausgesprochen eilig gehabt hatte, die Agentur zu verlassen.

»Felix Sänger studiert Informatik! Vielleicht ist er ja einer dieser Cracks. Vielleicht hat er Lutteroths Computer gehackt. Im Auftrag von jemandem.«

Mira neigte ihren Kopf langsam zu beiden Seiten und begann, ihre Nackenmuskeln zu massieren. »Von Bentner?«

Tom zuckte mit den Schultern. »Ich glaube, wir werden uns mal mit Herrn Sänger unterhalten müssen.« Nachdenklich sah er seine Partnerin an. »Wolltest du eigentlich nie studieren?«

»Nee, Du?«

»Ich habe drei Semester Geschichte und Philosophie hinter mir.«

»Wie bitte?«

Tom nickte schmunzelnd. »Aber dann hatte ich genug vom klugen Theoretisieren und den selbstgefälligen Professoren.«

»Und bist lieber Bulle geworden.«

»Nee, so weit war ich noch nicht. Erst habe ich noch eine Weile herumgejobbt und mich gefragt, in welchem Beruf ich das, worum es mir ging, in die Praxis umsetzen konnte. Ich war selber ziemlich erstaunt, als ich irgendwann auf unseren Verein gekommen bin. Aber dann wurde mir schnell klar, dass das genau das Richtige für mich war und ich unbedingt zur Kripo wollte.«

»Und worum ging es dir?«

Tom überlegte. »Wenn ich das nur wüsste.«

Mira verdrehte die Augen.

Tom lächelte ein wenig ironisch. »Um die Wahrheit natürlich, aber das klingt so platt.«

»Stimmt.«

Er überlegte, wie er das, was er meinte, konkretisieren konnte.

»Die Wahrheit hinter den Dingen. Die Menschen müssen doch verstehen können, warum das geschehen ist, was ihr Leben für immer verändert hat.«

Miras Blick ruhte auf ihm.

»Und weil ich wohl gerne in Abgründe sehe.«

Mira nickte, dann lachte sie. »Ich bin wegen der Knarren zur Polizei.«

»Klar«, antwortete Tom ironisch.

»Nein, im Ernst.«

Tom zog eine Augenbraue hoch und warf ihr einen ungläubigen Blick zu.

»Mein Mutter erzählt heute noch jedem, wie ich als kleines Mädchen zu einem Polizisten hingegangen bin und ihn gefragt habe, ob ich mal seine Pistole halten dürfte«, erklärte sie. »Natürlich durfte ich das nicht, aber er hat mir sehr nett und ernsthaft erklärt, warum er die bei sich trägt. Ich glaube, das war so eine Art Schlüsselerlebnis, jedenfalls hatte ich von da an großen Respekt vor diesen Menschen in Uniform und fand es beeindruckend, dass sie immer für uns da sind und uns beschützen. Kurz darauf habe ich mir meine erste Spielzeugpistole zum Geburtstag gewünscht. Meine Mutter fand das natürlich nicht gerade toll, aber sie hat es mit Humor genommen.« Sie formte die Finger ihrer Hand zu einer Pistole und zielte auf Tom. »Ich war das einzige Mädchen in unserer Nachbarschaft, das eine Pistole hatte. Ich war furchtbar stolz und habe mit den Jungs gespielt. Ich wollte immer die Polizistin sein.«

»Deine Eltern hätten dich mal besser zum Psychologen gebracht. Was hast du denn heute für ein Verhältnis zu dem«, er gab seiner Stimme einen lasziven, erotischen Klang, »schwarzen, kalten Metall?«

Mira nahm den kleinen Notizblock von ihrem Schreibtisch und warf ihn nach Tom. Der duckte sich, und das Geschoss flog knapp über ihn hinweg und knallte gegen die Wand unterhalb des Fensters. »Hey, du solltest lieber etwas netter zu mir sein!«, erwiderte er.

»Ich wüsste nicht, warum.«

»Ich hab 'ne Abmahnung gekriegt.«

»Oh Scheiße!«

Tom nickte.

»Das ist nicht gut«, sagte Mira.

»Jetzt kann ich nicht mehr Polizeipräsident werden. Jedenfalls erst mal nicht.«

»Hat Felsen davon gewusst?«

Tom schüttelte den Kopf.

»Und was hat er dazu gesagt?«

»Dass ihm hier schon länger einiges stinken würde.«

Auf Toms Bildschirm erschien das Mailsymbol. Er öffnete die neue Mail und las, dass der Besitzer der einzigen Telefonnummer, die Lars Lutteroth von seinem Prepaidhandy angerufen hatte, eine Kathrin Gusow in Hamburg Eimsbüttel war.

»Es gibt was zu tun«, sagte er.

23

Neun Stockwerke hatte der frei stehende Gelbklinkerbau und wirkte wie ein kleines Hochhaus. Schmale, hellblaue Balkone brachten etwas Farbe in die triste Fassade. Tom fuhr den Dienstwagen auf den breiten Fußweg und stellte ihn so ab, dass noch genügend Raum für die Passanten blieb. Zwischen zwei Rasenflächen führte ein asphaltierter Weg zum Hauseingang. Aus einem weit geöffneten Fenster war deutsche Popmusik zu hören. Ein pathetischer Text, betont cool gesungen, aber mit bombastischem Refrain. Auf einem Balkon zwei Etagen darüber saß eine Frau mit einem kleinen Hund, der giftig zu bellen begann, als sich Tom und Mira dem Haus näherten.

»K. Gusow« stand auf dem Klingelschild, und ein kleiner roter Smiley klebte daneben. Mira drückte den Knopf. Kurz darauf ertönte eine Frauenstimme leicht verzerrt aus der Gegensprechanlage.

»Hallo?«

»Tom Simon und Mira Holbing, Polizei Hamburg«, meldete sich Mira freundlich. »Sind Sie Kathrin Gusow?«

»Nein, ich bin eine Freundin.«

»Wir möchten Frau Gusow sprechen.«

»Bitte kommen Sie hoch!«

Der Summer ertönte, und Tom drückte die Tür auf. Das Treppenhaus war sauber und hell. Drei Kinderwagen parkten neben zwei Rollern. Tom und Mira betraten den Fahrstuhl, und Tom drückte den Knopf neben der Acht.

Mit einem dunklen Quietschen schloss sich die Fahrstuhltür. Als sie sich wieder öffnete, blickten sie auf eine offene Wohnungstür, in der eine Frau mit blonden, kurzen Haaren stand.

»Hallo!«, sagte sie. »Kathrin ist im Wohnzimmer.« Die Frau sprach mit einem leichten französischen Akzent. »Ich heiße Sylvie Sommer. Bitte, kommen Sie herein!«

Mira nickte und ging an der Frau vorbei in den kleinen, quadratischen Flur, Tom folgte ihr, die Frau schloss die Tür hinter ihnen. Sie gingen ins Wohnzimmer, das von Sonnenlicht durchflutet war. Auf dem Sofa saß eine zierliche, blasse Frau mit hellblonden Haaren, die ihr strähnig auf die Schultern fielen. Obwohl es warm und stickig im Zimmer war, hatte sie eine Wolldecke umgehängt.

»Sie sind Kathrin Gusow?«, fragte Mira.

Die Frau nickte und sah die Kommissare aus geröteten Augen an.

»Ich bin Mira Holbing, und das ist mein Kollege Tom Simon. Wir sind von der Polizei.«

Kathrin Gusow versuchte, etwas zu sagen, aber sie bekam die Worte kaum zustande vor lauter Schluchzen. Es war offensichtlich, dass sie vom Tod Lutteroths wusste und dass sie verzweifelt war.

»Können Sie mir bitte sagen, was passiert ist?«, presste sie mühsam hervor. Tom war klar, dass sie einen Arzt rufen mussten. Kathrin Gusows Zustand war besorgniserregend. Sie zitterte am ganzen Körper, und ihr Gesicht war kalkweiß. Er nickte Mira kurz zu, dann ging er an Sylvie Sommer vorbei in den Flur zurück und bestellte einen Notarzt.

»Das ist richtig«, sagte Sylvie Sommer, die ihm gefolgt war. »Ich hatte auch schon vorgeschlagen, einen Arzt zu rufen, aber Kathrin wollte es nicht.«

»Jetzt kommt einer«, sagte Tom, während sein Blick auf ein rotes Bobbycar in der Ecke und die Kinderklamotten an den niedrigen Garderobenhaken fiel.

»Hat Frau Gusow Kinder?«, fragte er.

»Timmie. Er ist vier Jahre alt. Er ist in seinem Zimmer und guckt einen Film. Er weiß nichts. Ich gehe jetzt mit ihm ein Eis essen.«

»Das ist gut«, sagte Tom. Eine Tür wurde geöffnet, und ein kleiner Junge schob seinen schwarzen Haarschopf durch den Spalt. Mit großen Augen sah er Tom an.

»Hallo, du bist bestimmt Timmie. Ich bin Tom.«

»Zu Ende«, sagte der Junge zu Sylvie Sommer, dann blickte er wieder zu dem fremden Mann. Tom lächelte, aber der Junge blieb ernst.

»Dann gehen wir jetzt zum Eisladen, Timmie«, sagte Sylvie Sommer.

Timmie reagierte nicht. Er starrte den Kommissar an. Auf einmal fiel Tom die Ähnlichkeit auf. Die schwarzen Haare, die braunen Augen, die leicht schiefe Nase. Und der kindlich naive Zug, den Tom aus seinen Fantasien von dem lebenden Lars Lutteroth kannte.

»Eis, das klingt gut. Was ist denn deine Lieblingssorte? Meine ist Pfirsich.«

»Himbeer«, antwortete Timmie schüchtern, »und Keks.«

»Lecker«, sagte Tom. »Dann lass es dir schmecken!«

Er öffnete die Tür zum Wohnzimmer und ging hinein.

»Und Schoko«, schickte Timmie noch hinterher.

»Auch gut«, sagte Tom leise und schloss die Tür hinter sich.

Mira saß auf dem Sofa neben Kathrin Gusow, die mit leerem Blick vor sich hin starrte. »Warum?«, murmelte sie kaum hörbar. »Warum?«

Die Luft war Tom zu stickig. Er ging zum Fenster und öffnete es. Aus der Wohnung unten tönte immer noch laut deutscher Pop. »Mein Herz schlägt schneller als deins, sie schlagen nicht mehr wie eins«, sang eine sanfte Männerstimme.

»Wer hat das getan?«, schluchzte Kathrin Gusow.

»Ich geb dich frei, ich werd dich lieben«, schallte es zu ihnen hoch. Schnell schloss Tom das Fenster wieder.

»Wir würden Ihnen gerne ein paar Fragen stellen, Frau Gusow«, sagte Mira behutsam. Kathrin Gusow nickte.

»Welcher Art war Ihre Beziehung zu Lars Lutteroth?«

»Wir haben uns geliebt.«

Kathrin Gusow brach in Tränen aus. Mira wartete einen Moment.

»Sie wussten, dass er verheiratet war?«

»Lars wollte sich von seiner Frau trennen und mit mir und Timmie leben.«

»Ist er Timmies Vater?«, fragte Tom.

Kathrin Gusow nickte.

Mira sah sich auf dem Tisch um. Dann griff sie sich die Mineralwasserflasche, schenkte das Glas daneben halbvoll und reichte es Kathrin Gusow.

»Bitte!«

»Ich habe keinen Durst.«

»Sie müssen etwas trinken.«

Kathrin Gusow nahm das Glas und starrte Mira an. Abwesend nippte sie an ihrem Wasser.

»Wusste Frau Lutteroth von Ihrer Beziehung?«, wollte Tom wissen.

Kathrin Gusow schüttelte den Kopf.

»Wusste sonst irgendjemand von ihr?«, fragte Mira.

»Nein.« Sie antwortete mechanisch, wie in Trance.

»Wie lange hatten Sie Ihre Beziehung?«

»Fast sechs Jahre.«

»Sie sagen, dass Lars Lutteroth sich von seiner Frau trennen wollte«, hakte Mira nach.

Kathrin Gusow nickte. »Er wollte ein neues Leben beginnen. Mit Timmie und mir. Seine Ehe war nur noch eine Fassade, und sein Beruf widerte ihn schon lange an. Lars wollte sich scheiden lassen und seine Agentur verkaufen. Wir wollten aufs Land ziehen.«

Das geheime Leben des Lars Lutteroth, dachte Tom und wechselte einen Blick mit Mira.

»Warum hat er sich denn nicht schon eher von seiner Frau getrennt? Es gibt Timmie ja schon eine Weile«, fragte Tom.

»Tja.«

Tom merkte, dass er mit seiner Frage einen wunden Punkt getroffen hatte, und setzte sich in den Sessel vor dem Sofa.

»Lars hatte einen übermächtigen Vater. So einen Erfolgsmenschen mit einem gewaltigen Ego. Politiker. Lars hatte es nie geschafft, sich von ihm zu lösen. Und Sarah war Schwiegerpapas großer Liebling.« Nachdenklich blickte sie in die Sonnenstrahlen. »Vielleicht hätte er es auch nie geschafft, sich zu lösen. Aber dann passierte der Unfall.«

»Ja, das wissen wir. Die Eltern sind ums Leben gekommen.«

Kathrin Gusow nickte.

»Das war die große Befreiung. Endlich hatte Lars den Mut, die Dinge anzupacken, etwas zu verändern. Wir haben einen Bauernhof gekauft. In Mecklenburg-Vorpommern. Einen schönen alten, kleinen Hof. Wir hatten schon mit dem Restaurieren begonnen. Mein Bruder hat in der Nähe eine Baumschule, dort wollte Lars mit einsteigen. Das war alles ausgemacht.« Kathrin Gusow sah von einem zum anderen. »Wissen Sie, dass Lars einen Bruder hatte?«, fragte sie die beiden.

»Ja, der einen Biohof betreibt«, antwortete Tom. »Und mit dem er fast vierzig Jahre nicht geredet hatte.«

»Sie waren hoffnungslos zerstritten. Sein Bruder war früher ein radikaler Linker, ein echter Anarchist. Ich habe ihn ja nie kennengelernt.« Kathrin Gusow hielt inne. »Aber irgendwann hat Lars angefangen, ihn darum zu beneiden, dass er sein Geld mit etwas Sinnvollem verdiente und seinen Weg kompromisslos gegangen war, auf Konventionen gepfiffen hat. Lars wollte sich mit ihm aussprechen, sich mit ihm versöhnen. Das hatte eine große Bedeutung für ihn. Es hat ihm Spaß, gemacht sich vorzustellen, was für ein Gesicht sein Bruder machen würde, wenn er ihm von seinem neuen Leben erzählen würde.« Kopfschüttelnd vergrub sie das Gesicht in ihren Händen.

»Kann es sein, dass Lars Lutteroth Sonntagabend zu seinem Bruder fahren wollte?«

Etwas überrascht schaute sie Tom an. »Wieso?«

»Hat er Ihnen erzählt, was er Sonntagabend vorhatte?«, wollte Mira wissen.

»Nein.«

Irritiert sah sie von einem zum anderen. Von draußen wummerten die Bässe der Popmusik dumpf durch das geschlossene Fenster.

»Wann haben Sie das letzte Mal mit ihm gesprochen?«

»Mittwoch. Er hatte hier geschlafen. Sarah hatte er erzählt, dass er nach Berlin musste und über Nacht bleiben würde. Ich hatte mir extra freigenommen, und wir sind zum Hof gefahren. Timmie hatte ich in die Kita gebracht, weil wir etwas Zeit für uns haben wollten. Wir haben die Fenster in der Küche abgeschliffen.« Sie zögerte. »Und ein Picknick im Garten gemacht«, fügte sie leise hinzu.

»Hat er mit Ihnen darüber gesprochen, was ihn an seinem Beruf so anwiderte?«, wollte Tom wissen.

Sie sah ihn an, als wunderte sie sich über die Frage. »Die Lügen, die schmutzigen Geschäfte, die Skrupellosigkeit der großen Konzerne.«

»Aber er hatte dieses Spiel selber über Jahrzehnte betrieben. Und besonders erfolgreich.«

»Ja, aber darunter hatte er in den letzten Jahren sehr gelitten. Er wollte nicht als Zyniker enden, das hat er öfter gesagt. Er wollte die Agentur verkaufen und hatte auch schon einen Käufer. Jemand in Berlin. Er war froh, weil die Agentur bei dem in guten Händen wäre.«

»Hat er auch mal von seinem Partner gesprochen, was der dazu gesagt hatte?«

»Ja, das war das Einzige, was ihn etwas bedrückt hat, denn dieser Bentner war wohl ziemlich enttäuscht gewesen und hat ihn immer wieder gebeten, nicht zu verkaufen. Lars hat dann sogar noch gewartet und überlegt, ob sie einen Weg finden könnten, damit Bentner die Agentur übernehmen könnte. Er wäre ihm großzügig entgegengekommen, aber Bentner hatte nicht genug Geld.«

»Frau Gusow, gab es in letzter Zeit vielleicht etwas, das Lars Lutteroth besonders beschäftigte? Hatte er Ärger, Probleme mit Kunden oder Politikern?«, fragte Mira.

Kathrin Gusow sah sie nachdenklich an.

»Nein«, erwiderte sie. »Jedenfalls hatte er nichts erzählt.«

»Hatte er Informationen über jemanden oder einen Konzern, die diesem hätten schaden können?«, wollte Mira wissen.

»Über Skandale, schmutzige, kriminelle Machenschaften«, fügte Tom hinzu.

»Er hat nie über konkrete Dinge gesprochen. ›Das hat hier nichts zu suchen, wenn ich bei dir und Timmie bin‹, hat er immer gesagt.«

Tom nickte. Er stellte sich Lars Lutteroth in dieser kleinen Dreizimmerwelt vor, die einfach und romantisch eingerichtet war. Im skandinavischen Stil. Hier gab es keine Designermöbel, keine Kunst an den Wänden und keine vollen Bücherregale. Lutteroth erschien ihm zu groß für diesen Ort, zu charismatisch, zu glamourös. Tom setzte den Politikberater in den hellen Polstersessel, der vor der Kommode stand, auf der ein Stapel Wohnmagazine lag, neben zwei dicken Kerzen und einer Vase mit einem bunten Tulpenstrauß. Er setzte ihm Timmie auf den Schoß und drückte ihm ein Buch in die Hand, aus dem er dem Jungen vorlas. Er sah die beiden vor sich: Vater und Sohn. Zufrieden, glücklich, mit dem gleichen kindlichen Zug in ihren Gesichtern.

»Frau Gusow, denken Sie bitte noch mal in Ruhe darüber nach«, bat Mira die verzweifelte Frau. »Vielleicht fällt Ihnen doch irgendetwas ein, was Sie vergessen haben, was Ihnen vielleicht unbedeutend erschien. Jede Kleinigkeit könnte wichtig sein. Es deutet einiges darauf hin, dass Lars Lutteroth unter Druck gesetzt worden ist«, erklärte sie. »Am Sonntagnachmittag wurden sein Computer gehackt und eine Datei gelöscht.«

»Hat er hier persönliche Sachen aufbewahrt, vielleicht irgendwelche Unterlagen?«, fragte Tom.

Irritiert sah Kathrin Gusow die Kommissare an. »Nichts Besonderes, glaube ich. Er hat seine Sachen immer in das Fach gelegt.« Sie deutete zu der Kommode.

Tom erhob sich und ging hinüber. Er öffnete die Klappe des Faches und blickte auf eine ältere Ausgabe des *Manager Magazins*. Darunter befanden sich ein dünner Ordner, eine Ledermappe, ein Fotoalbum und ein Buch über Baumkunde. Tom holte den Stapel heraus. In der Mappe lagen der Kaufvertrag des Hofes und eine Kopie der Eintragung im Grundbuch. Den

Kaufvertrag hatte er alleine abgeschlossen, aber im Grundbuch stand Kathrin Gusow als gleichberechtigte Mitbesitzerin. In dem Ordner waren Grundrisse und Bauzeichnungen, offenbar vom Hof, abgeheftet. Ein Prospekt der Baumschule von Peter Gusow lag lose dazwischen. Tom sah sich das leere Fach noch einmal sorgfältig an, aber er hatte nichts übersehen.

Er schlug das Fotoalbum auf und blickte auf alte Schwarz-Weiß-Fotos mit zwei Babys, aus denen auf den folgenden Seiten immer größere Jungs wurden.

»Das Album stammt aus Lars' Kindheit. In letzter Zeit hatte er es oft hervorgeholt.«

Tom nickte. »Wir müssen das alles mitnehmen. Gibt es hier noch mehr persönliche Dinge von Lars Lutteroth?«

Kathrin Gusow schüttelte den Kopf.

»Vielleicht ein USB-Stick? Vermutlich wird er die Datei, die gelöscht worden ist, kopiert haben.«

Gusow zuckte mit den Achseln. »Ich weiß von keinem Stick.«

»Haben Sie schon Sachen in dem Bauernhaus?«

»Nur ganz wenige, mehr so Küchenkram.«

Tom nickte nachdenklich. Mira zeigte ihr die beiden Phantombilder.

»Kennen Sie diesen Mann?«

Kathrin Gusow starrte Mira an und zögerte, auf die Bilder zu schauen.

»Ist das …«, sie schluckte. »Hat der …«

»Wir wissen noch nichts, aber dieser Mann hat Lars Lutteroth vor drei Wochen in der Agentur aufgesucht und bedrängt. Und vor zwei Wochen hat er vor dem Haus der Familie gestanden und es beobachtet.«

Kathrin Gusow nahm die Phantombilder und betrachtete sie. Etwas tat sich in ihrem Blick. Sie schien zu überlegen. Da klingelte es, sie sah überrascht auf. Ausgerechnet jetzt, dachte Tom.

»Das wird der Arzt sein«, sagte er und versuchte, möglichst beiläufig zu klingen.

»Welcher Arzt?«, wollte sie wissen.

»Den haben wir gerufen.«

»Aber ich brauche keinen Arzt.«

»Das denkt man oft und täuscht sich. Lassen Sie sich lieber noch einmal untersuchen«, erklärte Mira.

Kathrin Gusow legte die Phantombilder auf den Tisch und schüttelte den Kopf. »Ich kenne diesen Mann nicht.«

Die tief stehende Sonne im Rücken schob sich der Feierabendverkehr über den Ring 2 einer dunkel drohenden Gewitterfront entgegen. Wie eine zähe Masse klebten die Fahrzeuge dicht aneinander und bewegten sich in gleichmäßigem Schritttempo voran. Im Radio warnte der Moderator vor kräftigen Hitzegewittern, die sich über Norddeutschland entladen würden.

»Die Wahrheit hinter den Dingen«, murmelte Mira nachdenklich.

»Er wollte auf dem Land leben und arbeiten«, sagte Tom. »Wie sein Bruder.«

Der Moderator sprach davon, dass der Verkehr in der Stadt durch den Ausfall mehrerer Ampelanlagen fast zum Erliegen gekommen sei. Mira nahm die Hand vom Lenkrad und lehnte sich zurück, während sie langsam weiterrollten.

»Weißt du was? Ich meditiere ein wenig. Sagst du mir, wenn ich bremsen muss?«

»Klar«, entgegnete Tom seiner Partnerin, ohne von Lutteroths Fotoalbum auf seinem Schoß aufzusehen, geschweige denn auf ihren Witz einzugehen. Die alten Schwarz-Weiß-Bilder mit weißem Rand zeigten zwei kleine Jungen, die mit gefalteten Papiermützen neben Papa auf dem Sofa saßen, mit Mama vor einer Kirche standen, mit einem jungen Mädchen Kekse aus einem Teig stachen, sich von ihr vorlesen ließen, mit ihr bastelten und mit ihr im Garten spielten.

»Es gibt eine Menge Fotos mit dem Kindermädchen.«

»Tja, wenn man viel beschäftigte Eltern hat«, merkte Mira an.

»Eine Schwedin, hatte sie gesagt?«

»Ja«, erwiderte Mira. »Die Mutter kam doch aus Schweden.«

»Und die beiden hatten 'ne Menge Spielzeugautos.« Er zeigte Mira ein Foto von Lars und Mats inmitten eines Haufens kleiner Autos.

»Das ist ja für Jungs nicht gerade ungewöhnlich. Erst recht nicht damals, oder?«

Tom betrachtete die vielen Spielzeugautos genau, konnte aber kein Batmobil zwischen ihnen erkennen. Er blätterte weiter, die Fotos wurden farbig, die Jungs größer und das Kindermädchen erwachsener. Er sah die Jungs beim Fußballspielen, vor der Schule, mit ihrem Vaters hinter seinem Schreibtisch und in ihrem Zimmer mit einer Modelleisenbahn und diversen Spielzeugautos, aber keinem Batmobil.

»Das Album hatte er mit zu seiner neuen Familie genommen und immer wieder angesehen«, sagte Tom.

»Ja, und er hatte gesagt, dass er sich mit seinem Bruder versöhnen wollte«, sagte Mira. »Lutteroth wollte Sonntagnacht zu seinem Bruder, das willst du doch sagen.«

»Das war vielleicht ein spontaner Entschluss. Er hat im Bett gelegen und konnte nicht schlafen. Er hat an seinen Bruder gedacht und sich auf einmal entschlossen, zu ihm zu fahren. Es musste jetzt sein, egal welcher Tag, welche Zeit. Er hatte schon viel zu lange gewartet. Dann hat er das alte Batmobil hervorgekramt, um seinen Bruder an die Zeit zu erinnern, als ihre Welt noch in Ordnung gewesen war. Vielleicht gab es sogar eine Geschichte dazu, vielleicht hat das Auto für die Brüder eine besondere Bedeutung.«

»Aber Mats Lutteroth hat das Batmobil nicht erkannt. Das hätte er doch, wenn es eine Bedeutung für die Brüder gehabt hätte.«

»Ja, das passt leider nicht zu der Theorie.«

»Die Brudergeschichte«, sagte Mira und sah ihn an. »Tom, du bist da vielleicht …«

»Du musst bremsen.«

»… etwas fixiert.«

»Bremsen!«, rief Tom.

Erschrocken stieg Mira in die Eisen. Knapp vor dem Heck eines schwarzen Audi Quattro kam ihr Wagen zum Stehen. Hinter ihnen hörten sie Reifen quietschen und Gehupe. Mira lehnte ihren Kopf gegen die Nackenstütze und seufzte.

»Lutteroth hat einem Journalisten interessantes Material versprochen. Jemand hat Lutteroth in der Agentur aufgesucht und bedrängt und vor seinem Haus gestanden. Jemand hat die Datei gelöscht. Und jemand hat ihn auf der Tanke angerufen und ihm offenbar gedroht, unmittelbar vor seinem Tod.«

Tom musste sich eingestehen, dass er sich tatsächlich zu sehr auf die Geschichte der Brüder fokussierte. »Okay, okay, hast ja recht.«

»Wir müssen auf dem Hof, den sie sich gekauft haben, nachsehen. Der wäre doch das ideale Versteck für den Stick. Keiner weiß von dem Ort.«

Tom stimmte ihr zu. Als er die nächste Seite im Album aufschlug, stellte er fest, dass ein Foto fehlte. Nur die kleinen selbstklebenden Folienecken zeugten von seiner Existenz.

24

Der Himmel war schwarz, die Luft im Büro drückend. Tom überlegte, das Fenster zu öffnen, ließ es aber, denn die Luft draußen war kein bisschen frischer. Er wunderte sich, dass ihr modernes Gebäude solche Probleme mit der Klimaanlage hatte. Auf ihrem gesamten Stockwerk war sie heute ausgefallen. Er spürte, wie ihm ein Schweißtropfen den Nacken hinunter und unter dem Hemd über seinen Rücken lief. Tom fragte, sich, was das Geheimnis des Trenchcoats war, dass Franziska Agersen ihn auch jetzt in dieser Wärme nicht auszog. Noch nicht einmal öffnete. Ihr roter Pagenkopf glänzte matt im diffusen Licht der Deckenlampen.

»Geburtstag?« Die Staatsanwältin deutete auf die Schale mit dem Obst und der Glückwunschkarte, die unter transparenter

Folie, mit einer goldenen Schleife verziert vor Tom auf seinem Tisch stand.

»Meine Mutter.«

Agersen nickte. »Die Familie.« Sie betrachtete das Foto von Tom und Marco an der Wand. »Die Familie«, wiederholte sie nachdenklich und sah Tom an. Diesen Blick kannte er schon, auf einmal fühlte er sich wie damals, als er ihr in ihrem Büro gegenübergesessen hatte. Die Befragungen der Kollegen hatte er hinter sich gehabt. Zigfach, immer wieder, rauf und runter, vor und zurück. Kaum einer hatte sich offenbar vorstellen können, dass er nichts gewusst hatte von den Machenschaften seines Bruders. Die ehrgeizige Staatsanwältin hatte es sich nicht nehmen lassen, ihm die gleichen Fragen noch einmal zu stellen, auf ihre Art. Die Fragen hatte er beantworten können. Ihr Schweigen nicht. Ihr Schweigen war gnadenlos gewesen.

Was für ein merkwürdiger Zufall, dass sie ausgerechnet jetzt, wo die Zielfahnder vermuteten, dass Marco auf dem Weg nach Hamburg war, zum ersten Mal zusammenarbeiten mussten. Tom begann, sich unbehaglich zu fühlen, und hoffte, dass Mira und Felsen bald wieder auftauchen würden.

Agersen studierte die Aufzeichnungen auf dem Whiteboard an der Wand. Lars Lutteroths Name stand im Zentrum der großen rechteckigen Tafel. Darunter war notiert:

heimliche Beziehung mit Kathrin Gusow, vierjähriger Sohn

»Ach nein«, entfuhr es Agersen leise. »Immer diese Klischees.« Sie las weiter:

Plan: Agentur verkaufen, Scheidung, mit neuer Familie aufs Land ziehen, Einstieg in eine Baumschule

Ein Pfeil führte zu Sarah Lutteroth. Unter ihrem Namen stand:

wusste von nichts, behauptete, dass sie den Sonntag zu Hause war, war aber am Nachmittag weg, behauptete dann, dass sie am Grab der Schwiegereltern war, aber die Rosen hatten kein Wasser, besucht Bentner in Agentur, trägt den Ehering nicht mehr

Ein weiterer Pfeil führte zu Hauke Bentner. Darunter stand:

bat Lutteroth, die Agentur nicht zu verkaufen, kein Alibi

Agersen nickte unmerklich.

Ein Pfeil führte zu Jens Wrode.

Wirtschaftsjournalist, Lutteroth kündigte interessante Infos an

Und ein Pfeil führte zu »M«. Darunter stand:

zwei Treffen im Museum für Kunst und Gewerbe

Ein Pfeil zur Phantomzeichnung:

bedrängte ihn im Hof der Agentur/stand vor seinem Haus

Ein Pfeil zu einem Fragezeichen:

hackte PC, löschte Datei, entwendete eventuell Stick elf

Ein Pfeil zu Time Out, Lübeck:

Anruf auf Tankstelle, Lutteroth sagte: »Willst du mir drohen?«
Anruf bei Lutteroth zu Hause Montagabend

Mats Lutteroth:

zerstritten, achtunddreißig Jahre kein Kontakt, Lars fuhr in seine Richtung, Alibi, bezeugt von Hofmitgliedern

»Komplex«, sagte Franziska Agersen schließlich. »Gibt es eine Spur?«

»Nein.« Felsens Stimme dröhnte durch die offene Tür. Ihr Chef betrat das Büro mit zwei Käsebrötchen in den Händen. »Hallo, Franziska!«

»Hallo, Hendrik.«

»Wir brauchen noch ein wenig Zeit. Aber wir kommen voran. Der eine Fingerabdruck der beiden unidentifizierten in Lutteroths Wagen stammt von Kathrin Gusow. Bleibt noch der andere.«

»Das Flüchtlingslager ist raus?«

»Erst mal ja.«

Felsen ging an Agersen vorbei, setzte sich zu Tom und schob ihm eines der Brötchen hin.

»Was ist mit Bentner?«, wollte Agersen wissen.

»Lutteroth hatte ihm angeboten, die Agentur zu kaufen«, erklärte Tom. »Aber dafür hatte er nicht genügend Geld. Laut Kathrin Gusow hatte er Lutteroth händeringend gebeten, nicht zu verkaufen.«

»Und irgendwas läuft zwischen Bentner und Sarah Lutteroth«, sagte Mira, die Felsen mit einem Joghurtbecher in der Hand folgte. »Da könnt ich wetten.«

»Aha, was macht dich da so sicher?«

»Es gibt einige Anzeichen, denen müssen wir noch nachgehen«, erklärte sie.

Felsen verdrehte die Augen. Agersen nickte.

»Anzeichen«, wiederholte sie ironisch. »Ich habe heute Besuch von Bentners Anwalt gehabt. Er hat mich gebeten, dafür zu sorgen, dass der gute Ruf der Agentur Lutteroth & Bentner durch unsere Ermittlungen nicht beschädigt wird. Offenbar seid ihr jeden Tag dort aufgelaufen und habt den Mann, Zitat Anwalt, ›mit Fragen und Verdächtigungen überhäuft und für Unruhe unter dem Personal gesorgt‹.«

»Franziska …«, versuchte Felsen, etwas einzuwenden.

»Eine Stunde später …«, sprach Agersen weiter, ohne ihre

Stimme zu erheben. »Hat mich Brauer zu sich gebeten. Er hat einen Anruf aus dem Rathaus erhalten.«

Felsen nickte, begleitet von einem sarkastischen Lächeln.

»Ich hatte euch gebeten, im Auge zu behalten, dass das Umfeld, in dem ihr ermittelt, brisant ist. Das ist doch nichts Neues. Da überlegt man eben dreimal, wie man vorgeht.«

Felsen biss in sein Brötchen. Agersen sah Mira und Tom an.

»Anzeichen reichen da nicht. Das kann doch nicht so schwer sein. Ich bitte euch, die Verhältnismäßigkeit zu wahren und …«

»Verhältnismäßigkeit«, wiederholte Felsen mürrisch mit vollem Mund. »Wer entscheidet denn, was verhältnismäßig ist?«

Agersen lächelte. »Ich. Ab jetzt werde ich vor jedem weiteren Kontakt zu Bentner oder den Mitarbeitern der Agentur informiert.«

Felsen zermalmte die Teig- und Käsemasse zwischen seinen Zähnen.

Der Trenchcoat kam auf Tom zu. »Nein, ich bin nicht die kühle Paragrafenhexe, ich passe nur ein wenig auf euch auf.«

Tom sah im Augenwinkel, wie ein greller Blitz den schwarzen Himmel zerriss.

»Damit hier keiner unter irgendwelche Räder kommt.«

Es donnerte, und das Gewitter brach endlich los.

Das Licht der Straßenlaternen spiegelte sich auf dem nassen Asphalt der Straße, die sich durch die Reihenhaussiedlung aus den Siebzigerjahren schlängelte. Der Regen hatte endlich aufgehört. Sintflutartig waren die Wassermassen über die Stadt niedergegangen, aber Abkühlung hatten sie nicht gebracht. Im Gegenteil, die hohe Luftfeuchtigkeit sorgte für ein tropisches Klima. Der Duft, den die Blüten der Weißdornbüsche verbreiteten, die die Terrasse im kleinen Garten des Endreihenhauses seiner Eltern säumten, stieg hoch zu Tom, der am offenen Fenster seines alten Jugendzimmers auf der Fensterbank saß. Hierhin hatte er sich für eine Weile zurückgezogen von der kleinen lebenslustigen Partygesellschaft.

Er hatte sich gefreut, seine Mutter so aufgekratzt und zufrieden zu sehen, er hatte sogar zu italienischer Schlagermusik der Achtzigerjahre mit ihr getanzt. Als Teenager hatten Tom und Marco dieses Kitschgeträller, das ihre Mama bis heute liebte, verachtet. Wenn es in den Samstagabendshows über den Bildschirm geflimmert war, hatten sie sich immer lustig darüber gemacht. Aber Luisa, die heute achtundsechzig Jahre alt geworden war, die zarte, schüchterne Italienerin mit den dunklen Augen und braunen Haaren, die mittlerweile fast ganz ergraut waren, die als Kind einer italienischen Gastarbeiterfamilie aus Kalabrien im norddeutschen Tiefland aufgewachsen war, hatte sich ihre Freude nicht nehmen lassen. Manni, vier Jahre jünger als seine Frau, im Nachkriegs-Hamburg geboren, der Hafenarbeiter und Klempner gewesen war, bevor er mit Luisa das Eisenwarengeschäft übernommen hatte, dachte eher wie seine Söhne. Doch er hatte sich nie über den Musikgeschmack seiner Frau erhoben, sondern ihr sogar liebevolle Mixtapes mit den Hits des damals beliebtesten Urlaubslandes der Deutschen auf seinem Technics-Kassettenrecorder aufgenommen. Obwohl er selbst Stones, Dylan und Johnny Cash hörte.

Die Tür ging auf, und Toms Vater kam herein.

»Oh, hier bist du. Ich dachte, du wärst schon gegangen.«

Ein echter Manni, dachte Tom. Genauso wie sein trockenes »Oh, Obst«, als Tom seiner Mutter das Geschenk überreicht hatte.

»Klar, ohne Tschüss zu sagen. Wie immer«, erwiderte Tom.

Sein Vater ging auf die ironische Bemerkung nicht ein. Er nahm sich selbst stets das Recht heraus, seinen Mitmenschen zwar kleine Spitzen um die Ohren zu hauen, ihre Entgegnungen aber zu ignorieren. Er ging zu dem hässlichen Mahagonischrank, der neben dem Schreibtisch mit dem alten Computer und dem Foto von ihm mit Onkel Klaus stand. Tom mochte das Bild der beiden Brüder besonders gern, weil es eine Seite von seinem Vater zeigte, die er nie kennengelernt hatte. Da standen zwei junge Männer mit schulterlangen Haaren und Koteletten in offenen

Hemden vor einer Kneipe, hielten Zigarren in den Händen und grinsten frech in die Kamera. Was kostet die Welt?, schienen diese Kerle zu denken. Tom kannte seinen Vater nur vernünftig und streng. Ein Mensch, der alles im Griff zu haben schien. Im Gegensatz zu seinem Bruder. Klaus, der Tischler, war drei Jahre älter als Manni und lebte in Glückstadt an der Elbe. Vier Kinder mit drei Frauen, zwei Herzinfarkte und eine Insolvenz hatten ihn nicht kleingekriegt. Er rauchte, trank und feierte noch immer gerne. »Du weißt doch, wie das ist mit dem Unkraut«, pflegte er zu sagen. Auch vorhin wieder, als Tom sich zu ihm gesetzt und ihn gefragt hatte, wie es ihm ginge.

Manni schloss eine Tür auf, holte zwischen lauter Aktenordnern und Warenkatalogen eine Flasche Whisky hervor, sperrte die Tür wieder zu und ging zu seinem Sohn. Mannis Gesicht war gerötet, die Stirn glänzte feucht, und neben seiner Narbe, die ihm ein geplatztes Rohr verpasst hatte, pulsierte eine Ader.

»Es ist schön, dass du heute mal nicht zu spät gekommen bist.«

Die weitere Spitze ließ Tom kalt.

»Deine Mutter hast du sehr glücklich gemacht. Immerhin.«

Schweigen.

»Was macht die Hüfte?«, fiel Tom als Gesprächsthema ein.

»Ach, im Moment ist die ganz okay. Die Chirurgen werden an mir noch kein Geld verdienen. Diese verdammte Gymnastik tut mir ganz gut.«

Die schwere Zunge verriet, dass sein Vater schon einiges intus hatte. Mannis Augen begannen zu leuchten. »Die Therapeutin ist so 'ne heiße Nudel, mein Junge, da streckt und reckt sich dein alter Herr, dass es die wahre Freude ist.«

Tom ignorierte den zotigen Alte-Männer-Humor. Einen Moment wussten sie nicht recht, was sie sagen sollten. Tom fiel es nicht schwer, zu schweigen und seinem Vater dabei anzusehen. Manni hingegen ließ seinen Blick unruhig durch den Raum wandern.

»Und bei dir, alles gut?«

Tom nickte.

»Hast du gerade einen Fall?«

»Ja.«

Sein Vater interessierte sich nicht wirklich für seine Arbeit, daraus hatte er nie einen Hehl gemacht. Genau wie aus der Tatsache, dass er nie verstehen konnte, wie einer seiner Söhne bei den Bullen hatte landen können.

»Bist ja jetzt eine kleine Berühmtheit.« Manni nickte anerkennend. »Deine Mutter ist sehr stolz auf dich. Glaubst du, der Typ hätte sich wirklich angezündet?«

Tom zuckte mit den Schultern.

»Wie vorhin alle über dich hergefallen sind. Wie die jungen Hühner.« Manni schüttelte den Kopf.

Tom schmunzelte. »War schon okay.«

»An dem Tag, als das in der Zeitung war, stand das Telefon nicht still, und die Nachbarn haben uns die Bude eingerannt. Wusste gar nicht, dass wir so viele Freunde haben.«

Manni hob die Flasche. »Der Junge hier hat stolze fünfzig Jahre auf dem Buckel. Trinken wir einen Lütten zusammen?«

»Machen wir.«

Manni ging wieder an den Schrank und holte zwei kleine Gläser heraus. Er stellte sie auf den Schreibtisch und schenkte den Whisky ein. Tom rutschte von der Fensterbank und ging zu seinem Vater.

Manni hob sein Glas. Sie stießen an und tranken. Tom genoss den kräftigen, samtigen Geschmack, der begleitet wurde von einer leichten Vanillenote. Manni klopfte ihm auf die Schulter, es war seine sparsame Art, Tom ein wenig Anerkennung zu zeigen.

Manni ging zu der Wand gegenüber, die voller gerahmter Fotos und Erinnerungsstücken aus Marcos und Toms Kindheit und Jugend hing. Auf einem kleinen Regalbrett funkelten drei Pokale neben einem Siegerkranz, die Marco beim Boxen gewonnen hatte. Bei Tom hatte es nie zu solchen Triumphen gereicht. Der Blick seines Vaters wanderte über die alten Bilder, Urkunden und ausgeschnittenen Zeitungsartikel von Schulveranstaltungen und Boxwettkämpfen. Darunter standen über Eck noch immer die Betten der Jungen. An diesem Platz war die Zeit stehen geblieben, die Welt der Familie Simon noch in Ordnung.

Tom spürte, wie sein Vater melancholisch wurde, und wollte sich auf keinen Fall davon anstecken lassen.

»Du sagst uns doch, wenn du was von deinem Bruder hörst?«

Manni drehte sich zu ihm. Tom war überrascht und wunderte sich, dass sein Vater ihn das ausgerechnet jetzt fragte. Er konnte doch nicht wissen, dass Marco möglicherweise auf dem Weg nach Hamburg war.

»Wieso fragst du das?«

»Weil du uns schon lange nichts mehr erzählt hast.«

»Weil ich schon lange keinen Brief mehr bekommen habe.«

Manni nickte, eher skeptisch als überzeugt. Dann kippte er den Rest Whisky seine Kehle hinunter und richtete seinen Blick wieder auf die Fotos seiner Jungs an der Wand.

»Ein Drogendealer und ein Bulle. Welcher Vater hat schon solche Söhne?«

Der Himmel war so weit, so unendlich weit, ein schwarzes Meer, auf dem Tausende von Sternen tanzten. Alles war scharf, brillant, es kam ihr vor, als schwebte das Universum langsam auf sie zu. Der Rasen unter ihrem Körper klebte feucht auf ihrer Haut und dem dünnen Stoff des Kleides. Die nassen Halme kitzelten am Nacken. Es schien ihr, als kippte der Boden langsam zur Seite. Instinktiv suchte sie Halt, griff mit ihren Händen in den Rasen.

Sarah Lutteroth musste lächeln. Sie fühlte sich großartig. Frei und entspannt. Wie gut, dass es ihre kleinen weißen Freunde gab. Sie legte sich auf die Seite, wo das Glas Rotwein stand, zog es zu sich heran und wollte einen Schluck trinken, als ein Schrei sie zusammenfahren ließ. Sie riss den Kopf zur Seite und sah ihre Tochter, die aus dem Wohnzimmer auf sie zugerannt kam. »Mama!«

Sarah Lutteroth verstand die Aufregung ihrer Tochter nicht.

»Mama!« Sofie stürzte zu ihr und kniete sich neben sie. »Was ist mit dir?«, fragte ihre Tochter ängstlich.

Sarah Lutteroth lächelte sie an. Es gefiel ihr, dass Sofie sich Sorgen um sie machte. »Alles ist okay, mein Schatz!«

»Warum liegst du hier?« Sofie brach in Tränen aus. Erst jetzt bemerkte Sarah Lutteroth den blauen Fleck und die Schwellung unterhalb des rechten Auges ihrer Tochter. Und die getrocknete Spur eines feinen Blutrinnsals auf der weißen Haut ihrer Schläfe.

Eingehüllt in ihre Wolldecke lag Kathrin Gusow auf dem Sofa und starrte in die Dunkelheit. Neben ihr lag Sylvie Sommer und schlief. Kathrin Gusow spürte den Atem ihrer Freundin leicht an ihrem Hals. Die stille Kollegin, die immer so ausgeglichen und optimistisch schien, gab ihr ein wenig Halt inmitten dieses Albtraums, und vor allem kümmerte sie sich um Timmie. Kathrin Gusow hätte nicht mit Timmie allein sein können, ohne vor dem Jungen immer wieder in Tränen auszubrechen. Und sie wollte ihm die schreckliche Nachricht noch nicht mitteilen müssen, wollte erst einmal einen Weg finden, irgendwie selbst damit klarzukommen, dass es Lars nicht mehr gab in ihrem Leben. Von einem Moment auf den anderen war alles anders, waren ihre Pläne nichts mehr wert. Sie konnte es nicht begreifen. Wie sollte sie es dem vierjährigen Timmie erklären?

Durch das offen stehende große Fenster drangen die schwüle Luft der Nacht und die Geräusche der rastlosen Großstadt. Sie spendeten einen seltsamen Trost. Kathrin Gusow fühlte sich eigenartig entspannt. Die Medikamente des Arztes hatten sie beruhigt. Erschöpft und müde schwebte sie in einem Universum von Traurigkeit, ohne in den Schlaf zu finden. Ihre Gedanken drifteten umher, kreisten um die sinnlosen Fragen und tauchten ein in Erinnerungen. Der genervte Blick von Lars, als sie ihm bei ihrem letzten Abschied den Müllbeutel in die Hand gedrückt hatte. Sein charmantes Lächeln, als er in seinem schlichten, anthrazitfarbenen Anzug mit dem weißen Hemd schon im Fahrstuhl gestanden und sie ihm liebevoll »Ein bisschen Alltag!« zugerufen hatte. Die Fahrstuhltür, die sich vor ihm schloss. Ein Bild, das sie nie mehr vergessen würde. Weitere Bilder schoben sich davor:

das Gesicht des alten Schriftstellers, die Laufmasche ihrer Strumpfhose, der besorgte Blick der Ärztin in der Notaufnahme, die Fernsehbilder eines Rettungswagens, der auf dem Rollfeld des Flughafens in Amsterdam an die Maschine aus Hamburg heranfuhr, die Überschrift des Zeitungsartikels: »Hamburger Politikberater erschlagen«. Und das Phantombild. Es war ungenau, eher wie ein ungefährer Eindruck. Zunächst hatte sie gedacht, sie täusche sich, als ihr der Mann bekannt vorgekommen war. Aber kannte sie ihn nicht doch? Nur woher?

25

Arm in Arm standen Luisa und Manni vor Tom und seinem Wagen. Seine Mutter lächelte still in sich hinein. Ziemlich angetrunken bemühte sich Manni um Haltung. Tom zeigte auf das Wohnmobil, das gegenüber parkte und das er sofort bemerkt hatte, als er gekommen war.

»Steht der schon länger da?«

»Der ist mir auch schon aufgefallen«, antwortete sein Vater. »Seit vorgestern steht der da. Vielleicht besuchen die hier Freunde.«

»Ist aber ein Hamburger Kennzeichen.«

Manni nickte. »Ja, ja, der Bulle …«

Gründlich, dachte Tom, wenn sie observieren, dann richtig.

Manni nahm seinen Arm von seiner Frau und ging schwankend zu Toms Mercedes. »Wie geht es eigentlich dem Roten?«

»Gut, der Motor schnurrt wie ein Kätzchen.«

Liebevoll legte Manni seine Hand auf den Kotflügel und ließ seine Finger über die robuste Karosserie des Coupés gleiten. »Gutes altes Prachtstück!« Seine Augen leuchteten. Langsam ging er um den Wagen herum. »Du darfst doch gar nicht mehr fahren, du hast getrunken. Du bist Polizist, das könnte mächtig Ärger geben, wenn du erwischt wirst.«

»Ach, Ärger bin ich gewohnt.« Ein sarkastisches Lachen rutschte Tom heraus, während sich gleichzeitig ein Gefühl der Unsicherheit einstellte. Er war angeschlagen, Börne hatte ihn angezählt. Jede beschissene Kleinigkeit konnte ihm nun zum Verhängnis werden. »Aber viel habe ich nicht getrunken.« Er schob den Schlüssel in das Schloss der Autotür. Er klemmte mal wieder. Vorsichtig rüttelte er an dem Türgriff und bewegte dabei den Schlüssel hin und her.

»Hast du das immer noch nicht machen lassen?«, fragte sein Vater.

»Wie du siehst.«

Mit kleinen, sanften Bewegungen versuchte er, das Schloss zu öffnen.

»Geh weg, lass mich mal ran!« Manni schwankte auf ihn zu.

»Glaubst du, du kannst das besser?«

»Allerdings.«

»Manni, lass das doch!« Luisa versuchte, ihren Mann zurückzuhalten. Aber da legte Manni schon seine kräftige Hand auf Toms Schulter und versuchte, ihn von der Wagentür wegzuziehen. Die Überheblichkeit seines Vaters und die Entschlossenheit, mit welcher er ihn packte, machten Tom wütend. »Sag mal, spinnst du?«

»Manni, lass doch!«, rief Luisa.

Doch Manni ließ nicht von seinem Sohn ab. Tom stieß ihn weg, sein Vater verlor den Halt und stürzte auf den Fußweg.

»Oh nein!«, murmelte Luisa verzweifelt.

Tom starrte auf seinen Vater, der vor ihm auf dem Pflaster lag. Luisa lief zu ihrem Mann, aber mit einer abweisenden Geste machte der ihr klar, dass sie sich raushalten sollte. Tom beugte sich hinunter und reichte ihm die Hand. »Es tut mir leid.«

Sein Vater ignorierte Toms Hand und richtete sich mühsam alleine auf. Dreck an den Klamotten, Verachtung im Blick. »Das ist nicht dein Wagen!«, sagte er zu Tom.

Luisa ging zu ihm und zog ihn weg. Dabei warf sie ihrem Jungen diesen vertrauten konspirativen Blick zu, mit dem sie schon oft an seine Vernunft appelliert und um Verständnis für seinen Vater gebeten hatte.

»Das ist verdammt noch mal nicht dein Wagen!«, brüllte Manni, während Luisa ihn mühsam zum Haus schob. Dabei sah sie sich noch einmal zu ihrem Sohn um. Tom hob seine Hand zu einem stummen Abschiedsgruß. Der Schmerz in den Rippen schien die Strafe zu sein für seinen kurzen Wutausbruch. Er wartete, bis sich die Haustür hinter seinen Eltern schloss. Dann betrachtete er noch einmal das Wohnmobil, konnte aber nichts erkennen, was auf eine Observierung hinwies. Schließlich widmete er sich wieder dem widerspenstigen Türschloss und hoffte inständig, dass es sich endlich aufschließen lassen würde.

Als Tom in seine Straße einbog, konnte er kaum fassen, dass er sofort einen Parkplatz nur wenige Meter entfernt von seiner Wohnung fand. Geschickt manövrierte er den Roten in die schmale Lücke, stellte den Motor ab, das Radio aus und wartete. Worauf, wusste er nicht. Kaum ein Laut war zu hören. Er war überrascht, als wie angenehm er die Ruhe empfand. Er musste an Mira denken, die Stille so sehr schätzte. Müde und erschöpft lehnte er sich zurück, versuchte zu entspannen, sich von den Eindrücken des Tages zu lösen und das Denken für heute einzustellen. Aber der Streit mit seinem Vater steckte ihm noch in den Knochen, obwohl er sich an diese Art von Ausbrüchen mittlerweile gewöhnt hatte. Seit Marco verschwunden war, kamen sie immer wieder mal vor.

Seine Eltern hatten lange gebraucht, um den Schock zu verkraften und sich mit dem Verlust einzurichten. Während Luisa das Gespräch mit Tom gesucht und immer wieder über ihre Fragen und Ängste geredet hatte, verschloss sich Manni hinter einer Mauer des Schweigens. Ein einziges Mal hatte er mit Tom über den Fall seines Bruders gesprochen. Im Keller ihres Eisenwarenladens, der Vorrats- und Aufenthaltsraum in einem und immer ein wenig zu kühl war, hatte er Tom zwei Fragen gestellt. Zwei, nicht mehr und nicht weniger. Klare Fragen, auf die er ebenso klare Antworten erwartet hatte. Sie hatten sich an dem kleinen Holztisch gegenübergesessen, an dem seine Eltern ihre Pausen verbrachten, in stummer Eintracht ihre Brote und ihren Kaffee zu sich nahmen. Tom hatte seinen Vater noch genau vor Augen in seinem karierten Hemd unter dem grauen Kittel. Mit eindringlichem Blick hatte er ihn angesehen und besonders leise gesprochen.

»Wie konnte es passieren, dass du nichts, aber auch gar nichts von der Entwicklung deines Bruders mitbekommen hattest?«

Tom hatte sich sofort wieder wie ein kleiner Junge gefühlt. Als hätte es die letzten fünfundzwanzig Jahre nicht gegeben, als wären Marco und er zum Spielen hinausgegangen und ihr Vater hätte Tom noch hinterhergerufen: *Pass auf deinen Bruder auf.* Tom hatte einen Stich gespürt, der ihn im Innersten getroffen hatte, einen Schmerz, den er noch nicht gekannt hatte und der mit nichts vergleichbar gewesen war. Eine Antwort hatte er seinem Vater nicht geben können. Er hatte sich diese Frage natürlich selbst oft genug gestellt und sich vergeblich das Hirn zermartert. Hilflos hatte er seinen Vater angestarrt. Tom war überzeugt gewesen, dass sein Vater ihm nicht hatte verzeihen können, dass er nicht besser auf seinen Bruder aufgepasst hatte. Schließlich hatte sein Vater seine zweite Frage gestellt:

»Glaubst du, dass Marco den Polizisten getötet hat?«

Darauf hatte Tom antworten können, ohne überlegen zu müssen, und mit der Klarheit, die sein Vater von ihm erwartet hatte. »Nein.«

Sein Vater hatte nichts darauf erwidert, nur genickt. Zweimal. Dann hatte er Tom und sich Kaffee aus der weißen Thermoskanne mit dem zerkratzen Blumenmuster eingeschenkt. Schweigend hatten sie dagesessen, jeder in seine Gedanken versunken. Die schlimmste aller Fragen hatte sein Vater nicht gestellt, auch wenn sie klar im Raum gestanden hatte und es bis heute tat: Wie würde Tom handeln, wenn er Marco eines Tages gegenüberstehen würde? Als Bruder oder Polizist?

Wie damals legte sich eine Beklommenheit auf seine Brust, und er hatte das Gefühl, nur mühsam Luft zu bekommen.

Tourette, du Fotze! Die leuchtend roten Buchstaben auf dem

Aufkleber am Heck des Wagens vor ihm rissen ihn aus seinen düsteren Gedanken. Er musste schmunzeln, zog den Schlüssel aus dem Zündschloss und stieg aus. Erst jetzt, beim Überqueren der Straße, fiel ihm die Baustelle auf. Schräg gegenüber von seiner Wohnung. Am Morgen hatte es die noch nicht gegeben. »Ohne uns läuft nichts! Hamburg Wasser«, stand auf einem Schild neben einem Haufen Rohre und einem Bauwagen. Er konnte sich nicht daran erinnern, dass er einen Hinweis auf diese Bauarbeiten im Briefkasten gehabt hätte, auch hatte es keinen Aushang an ihrer Haustür gegeben, wie es in solchen Fällen üblich war.

Aus dem Nichts tauchte plötzlich ein Radfahrer auf und raste so dicht an ihm vorbei, dass er den Luftzug spüren konnte. Wie angewurzelt blieb er stehen. Während er dem verschwindenden gekrümmten Körper hinterherblickte, wurde ihm klar, dass es noch keinen Sinn machte, sich ins Bett zu legen. Zu viele Eindrücke und Gedanken gingen ihm durch den Kopf. Er würde sich nur hin und her wälzen, ohne in den Schlaf zu finden. Er beschloss, sich noch ein wenig durch die Nacht treiben zu lassen. Während er durch die verlassene Straße schlenderte, musste er an Lars Lutteroth denken. Er sah ihn vor sich, wie er auf dem Boden seines Arbeitszimmers vor seiner Modelleisenbahn hockte und mit stiller Zufriedenheit den Bauernhof, die Frau mit dem Mann und dem kleinen Jungen und die Baumschule betrachtete. Der Politikberater hatte dort sein zukünftiges Leben inszeniert. In dem er sich auch endlich mit seinem Bruder versöhnt haben würde. Jedenfalls hatte er es sich vorgenommen. Das wussten sie nun. Als Tom hinter einem kleinen Falafel-Imbiss um die Ecke bog, stand er plötzlich vor Marie. Um ein Haar wären sie ineinandergelaufen. Er freute sich über die unverhoffte Begegnung. Buddy kläffte und sprang schwanzwedelnd an ihm hoch. Marie trug ein rotes Kleid und sah klasse aus. Zurückhaltend sah sie ihn an, offenbar war sie sich nicht sicher, was sie von dem Wiedersehen halten sollte.

Durch das Küchenfenster kroch das blaue Licht der Morgendämmerung. Aus seinem Laptop erklang entspannter Jazz. Auf dem Herd brodelte die Espressokanne. Tom schlug ein paar Eier in eine kleine Schüssel und verrührte sie mit einer Gabel. Zu seinen Füßen lag Buddy und beobachtete hoffnungsvoll jeden von Toms Handgriffen.

»Ich hab noch nie eine Wohnung mit so vielen Türen gesehen«, rief Marie von irgendwoher. »Darf ich mal eine öffnen?«

Tom zuckte zusammen. Hin- und hergerissen wusste er nicht, was er antworten sollte. »Klar!«, rief er so beiläufig wie möglich. Er wollte auf keinen Fall ihren Eindruck bestätigen, ein verschrobener Junggeselle zu sein, der Schwierigkeiten hatte, eine Frau in sein Reich zu lassen.

»Oh, abgeschlossen«, sagte sie. »Interessant«, fügte sie etwas leiser hinzu. Klar, dachte Tom, während er mit dem Kochlöffel das Rührei in der Pfanne bewegte, natürlich musste sie ausgerechnet als Erstes die Tür zum *Raum* erwischen. Der *Raum*, ein anderes Wort benutzte er nie für das verschlossene Zimmer, das er seit Jahren nicht betreten hatte und dessen Geheimnis nur Anette, Marco und er kannten.

»Interessant. Was sich wohl hinter der Tür verbirgt?«

Tom begann, sich unbehaglich zu fühlen.

»Ah, das Schlafzimmer. Hey, du spielst Saxofon. Wow!«

Er überlegte, wie er das Missverständnis erklären könnte, und verfluchte den Moment, als er ihr erlaubt hatte, seine Wohnung zu erkunden. Da tauchte Marie im Türrahmen auf.

»Was für ein cooles Instrument.« Beeindruckt sah sie ihn an. »Spielst du gut?«

»Das gehört nicht mir«, antwortete er. »Ich spiele nicht.«

»So«, erwiderte sie verwundert, aber fragte nicht weiter. Stattdessen verschwand sie in die andere Richtung. Tom füllte den Kaffee in zwei Becher.

»Nein!«, rief sie erstaunt. »Eine Musicbox. Das ist ja toll!«

Tom nahm die Becher und folgte ihr ins Wohnzimmer. Begeistert betrachtete Marie das Prachtstück aus Chrom und Glas. Tom reichte ihr einen Becher und schaltete die Wurlitzer ein. Ihre bunten Lichter flackerten auf. Marie studierte die Titel, während Buddy aufgeregt zwischen Tom und ihr hin und her lief.

»Kann ich was drücken? Muss ich Geld reinstecken?«

Das grüne Licht legte sich weich auf ihr blasses Gesicht und verlieh ihm etwas Unwirkliches. Ihre grünblauen Augen schienen zu verschwinden, und die roten Lippen wirkten düster. Erst jetzt fiel Tom auf, dass ihr Auge nicht mehr zuckte.

»Du brauchst nur zu drücken!«

Tom setzte sich mit seinem Kaffee und dem Teller Rührei in den Sessel. Buddy legte sich zu seinen Füßen. Es dauerte nicht lange, dann hatte Marie sich entschieden. »Wie schön«, sagte sie leise und ehrfurchtsvoll, als sie die präzise Mechanik des Transportes der kleinen schwarzen Scheibe auf den Plattenteller verfolgte. Kurz darauf erklang die tiefe, samtige Stimme von Isaac Hayes. Mit dem Kaffeebecher bewegte sich Marie zum eleganten Soul von »Never can say goodbye«. Ihre Art zu tanzen gefiel Tom, in ihrem roten Kleid sah sie aufregend aus.

»Du schläfst ja hier!« Marie schaute auf Toms Futon mit dem zerwühlten Bettbezug, aus dem er die Decke entfernt hatte, weil sie ihm zu warm geworden war in diesen Nächten.

»Stimmt«, sagte er nur kurz.

Verwundert sah sie ihn an. Er lächelte, mehr fiel ihm nicht ein.

»Ist es dir zu langweilig im Schlafzimmer?«

Er schmunzelte.

»Eine Kinderlampe«, sagte sie erstaunt.

Tom hoffte, dass Marie klug genug war, ihn nicht mit Fragen nach Erklärungen zu bedrängen. »Dein Rührei wird kalt«, sagte er.

Das Essen interessierte sie herzlich wenig. Stattdessen schien seine Wohnung sie immer mehr in ihren Bann zu ziehen.

»Das ist eine lustige Wohnung«, sagte sie nachdenklich, nahm langsam den Groove der Musik wieder auf und tänzelte zum Bücherregal.

»Science-Fiction und Fantasy«, bemerkte sie und strich mit

ihren Fingern über die Rücken der Bücher, die eng zusammengepresst standen.

»Das ist ja so gar nicht meins.«

»Meins auch nicht.«

»Klar, deswegen hast du auch so viel von dem Zeug.«

»Das sind nicht meine.«

»Du meinst, so wie das Saxofon?«

Kurz zögerte Tom, er fühlte sich genötigt, doch einmal etwas zu erklären.

»Ich bewahre die für einen Freund auf, der für eine Weile im Ausland ist.«

»Aha«, sagte sie trocken. Offenbar glaubte sie ihm nicht. Sie bewegte sich weiter zu dem alten Schrank mit den Glastüren.

»Ah ja, hier haben wir die anspruchsvolle Literatur. Das sind dann deine Bücher?«

»Und die Krimis.« Er wollte nicht den Eindruck erwecken, intellektuell zu sein. Marie nickte. »Krimis lese ich auch gerne.« Sie schlenderte, sich weiter lässig zur Musik wiegend, zum flachen Holzregal, auf dem seine Anlage stand und das überfüllt war mit Schallplatten und CDs. Auf dem Boden lehnten ebenfalls noch Unmengen von Vinyl.

»Okay, du stehst auf Musik.«

Tom nickte. Am Ende einer CD-Reihe entdeckte Marie ein paar Fotos, die dort steckten, und zog sie hervor.

»Kannst du die bitte stecken lassen?«

»Oh entschuldige, klar.«

Sie schob sie zurück. Tom begann, ihre Neugier anstrengend zu finden.

»Du bist ganz schön dreist.«

»Das stimmt«, erwiderte sie mit einem koketten Augenaufschlag und kam zu ihm. »Deine Wohnung ist aber auch ziemlich interessant.«

Sie stellte sich vor den Sessel und berührte mit ihren Beinen seine, trank von ihrem Kaffee und schaute ihn über den Becher hinweg an. »Bist ein spannender Typ.«

Tom erwiderte ihren Blick.

Marie nahm seine ausgestreckten Beine zwischen ihre und ließ sich langsam auf seinem Schoß nieder. Schnell brachte Tom seinen Teller in Sicherheit. Ihr Blick fiel auf den kleinen Beistelltisch aus rauchgrünem Acryl, der gleich neben dem Sessel stand.

»Hey, du hast Karten für Bruno Mars«, stieß sie hervor. Tom wusste nicht, was er sagen sollte. »Zwei Tickets.« Mit gespielter Neugier sah sie ihm in die Augen. »Gehst du mit einer Frau?«

Tom schüttelte den Kopf.

»Ich wusste gar nicht, dass er schon wieder nach Hamburg kommt.« Marie nahm sich die Tickets. »Ach, die sind ja alt. Neunundzwanzigster Oktober 2013. Aber die sind nicht eingerissen.« Irritiert sah sie Tom an. »Du warst gar nicht da.«

Tom nickte.

»Du hast die Karten verfallen lassen? Aber warum liegen die noch da? Das ist sechs Jahre her.«

Er zuckte mit den Achseln. Marie legte die Tickets zurück.

»Der Spiegel ist ja auch alt.« Sie griff sich das rote Heft, auf dem Cover prangten Edward Snowden und Barack Obama vor der amerikanischen Fahne. »Allein gegen Amerika« stand als Titelzeile darunter. »Die NSA-Geschichte«, murmelte sie und sah auf das Datum. »Erster Juli 2013.« Sie sah auf das Datum der *Hamburger Morgenpost,* die unter dem Spiegel lag. »Vierter Juli 2013!« Sie schob die Zeitung ein wenig zur Seite und las das Datum vom *Rolling Stone,* der darunter zum Vorschein kam. »Juli 2013.« Verwundert sah sie Tom an. »Auf diesem Tisch ist 2013 die Zeit stehen geblieben.«

Tom starrte sie an, unfähig, etwas zu erwidern. Stattdessen zog er sie zu sich und küsste sie.

26
Donnerstag

»Hey, Tom!« Leise drang eine Frauenstimme zu ihm durch. Eine Hand legte sich auf seine Schulter und streichelte ihn zärtlich. Wie angenehm, dachte er und wollte gleich weiterschlafen. »Tom!« Er zog den leeren Bettbezug ein wenig höher und drehte sich auf die Seite. »Tom!« Er schlug die Augen auf und blickte in die roten Falten von Maries Kleid. Es war hell im Zimmer, viel zu hell. Durch das offene Fenster drang der Straßenlärm. »Ich werde jetzt gehen«, sagte sie und wartete auf eine Reaktion. Ihre Stimme klang distanziert. Langsam erinnerte er sich. Sie hatten miteinander geschlafen, aber es war ziemlich verkrampft gelaufen, sie hatten nicht zueinandergefunden. Irgendwann hatten sie es aufgegeben, mit ihren verschwitzten Körpern dagelegen und die Decke angestarrt. Nun saß Marie mit Buddy neben dem Futon.

»Da sind Kleider einer Frau im Schrank im Schlafzimmer«, sagte sie.

Scheiße, dachte Tom, was sollte das jetzt? Er fühlte sich nicht in der Lage zu reden.

»Es gibt keine Frau in meinem Leben«, hörte er sich sagen und kam sich ziemlich blöde vor.

»Und die Fotos in dem CD-Fach. Auf denen spielst du Saxofon in einer Band.« Da war es wieder, das Zucken an ihrem linken Auge.

»Aber das ist doch ganz unwichtig«, erwiderte er genervt. Er fühlte sich unangenehm bedrängt.

»Eben. Ich verstehe nicht, warum du mich anlügst.«

Es war alles ein Fehler, dachte Tom, er hatte es doch gewusst. Er richtete sich auf und stellte fest, dass er keinen Kater davongetragen hatte. Wenigstens etwas, dachte er. Wie spät es wohl war?

»Und ich verstehe nicht, warum du hier herumschnüffelst«, sagte er kühl.

Enttäuscht sah sie ihm in die Augen, erhob sich, blieb einen Moment unschlüssig vor dem Futon stehen.

»Du bist ein Bulle, oder? Kripo oder so was, sonst hättest du nicht nachts, wenn du ausgehst, eine Pistole in so einem Schulterhalfter dabei.«

Tom schwieg. Nichts ging mehr. Marie ging zur Wurlitzer, deren bunte Lichter noch einen traurigen Rest ihres Zaubers verbreiteten, drückte die Tasten der Jukebox und drehte sich zu ihm. Ihr Auge zuckte. Es machte klack, die Maschine surrte leise. Quälend langsam verrannen die Sekunden, bis das knisternde Aufsetzen der Nadel auf der Schallplatte zu vernehmen war. Tom war klar, wenn er jetzt nichts sagte, dann würde er Marie nie wiedersehen.

Isaac Hayes sang: »I never can say goodbye, no no no no ah, I never can say goodbye.«

Marie nickte traurig. »Komm, Buddy, wir lassen den geheimnisvollen Mann in seiner geheimnisvollen Wohnung allein.«

Schwanzwedelnd folgte Buddy seinem Frauchen in den Flur. Tom hörte, wie die Tür ins Schloss fiel. Er fühlte sich unendlich müde.

Der Himmel war bedeckt, und die Sonnenstrahlen schafften es nicht durch die graue Wolkenmasse. Schwer und schwül schien sie auf die Stadt und ihre Menschen zu drücken. Kreischend zogen einige Möwen ihre Kreise. Ein Binnenfrachter, der voll beladen tief im Wasser lag, trieb träge stadtauswärts über den dunklen Fluss. Vom Wasser her kam immerhin ein leichter Wind. Tom genoss die frische Brise und den Blick vom Deich auf die Elblandschaft, in die hinein sich die Hafenindustrie mit ihren Fabriken, Containerterminals und Lagerhallen gefressen hatte. Er trank von dem Kaffee, den er sich von der Tankstelle geholt hatte, an der Lutteroth Sonntagnacht gehalten hatte, um Whisky zu kaufen. In seiner Jackentasche fühlte Tom die Packung Zigaretten, die er sich ebenfalls gekauft hatte. Weil er Lust hatte. Weil er niemandem Rechenschaft schuldig war. Weil es Zeit war, schwach zu werden. Weil es Zeit war, der Alte zu sein. Langsam bewegte er die Packung zwischen seinen Fingern hin und her und stellte sich vor, wie er sich eine Zigarette zwischen die Lippen steckte und sie anzündete. Tief atmete er ein, als nähme er seinen ersten Zug nach all den Jahren. Perfekt einsam an diesem abgelegenen Ort. Und doch hielt ihn etwas zurück. Er nahm seine Hand aus der Tasche, trank die letzten Schlucke von seinem Kaffee und lief den Deich hinunter zum Roten.

Es waren nur wenige Meter, die er fahren musste, um in die lange Einfahrt zum Spadenhof abzubiegen. Der asphaltierte Weg führte zwischen Wiesen mit Obstbäumen durch das alte Holztor auf die sandige Fläche vor dem Hauptgebäude. Tom parkte dort neben einem VW-Bus und einem Smart, der das Logo von *BioBest*, der Biomarktkette, die auch eine Filiale in Toms Nachbarschaft betrieb, auf den Türen trug. Das tiefe Bellen des kräftigen Rhodesian Ridgebacks empfing ihn, als er auf die Durchfahrt zum Innenhof zuging. Rocco hatte er schon letztes Mal kennengelernt. Aufgeregt lief der Hund in seinem Zwinger hin und her. Kurz darauf bog eine Frau mit kurzen, schwarzen Haaren in verschwitzten Yogaklamotten um die Ecke und kam auf ihn zu. Sie hatte er bei seinem letzten Besuch noch nicht gesehen.

»Hallo, kann ich dir helfen?«

»Hallo, ich bin Tom Simon, Polizei Hamburg. Ich ermittle im Fall des Bruders …«

»Ich habe schon von der furchtbaren Geschichte gehört. Ich bin Rita.« Sie streckte ihm die Hand entgegen. Tom gab ihr seine und war erstaunt von ihrem kräftigen Händedruck, denn Rita war von zierlicher Statur. Er schätzte sie auf Anfang vierzig.

»Das ist sehr traurig für Matze, auch wenn er das nicht so zeigt. Er hat es nicht so mit Gefühlen. Aber die ganze Geschichte mit seinem Bruder ist ja sowieso tieftraurig.«

»Sie kennen die Geschichte?«

»Na ja, das, was Matze so erzählt. Ist doch verrückt, wie wahnsinnig unterschiedlich Geschwister sein können. So sehr, dass sie nichts mehr miteinander zu tun haben wollen.«

Tom nickte.

»Ist Mats Lutteroth da? Ich würde ihn gerne sprechen.«

Mit einem durchdringenden Blick sah Rita ihn an.

»Du siehst müde aus. Erschöpft.«

Überrascht wusste Tom nicht recht, was er erwidern sollte. Ihr Blick wurde ihm fast unangenehm.

»Gib mir mal deine linke Hand!«, forderte Rita ihn auf.

Tom musste schmunzeln. »Ich fühle mich ganz gut und würde jetzt gerne mit Mats Lutteroth sprechen.«

»Gib mir doch mal deine linke Hand! Ich will nur deinen Puls fühlen.«

»Und dann?«

»Mein Gott, bist du ängstlich für einen Kommissar. Du hast doch sicher deine Wumme dabei. Oder?«

Erneut musste er lächeln und hielt ihr die Hand hin. Sie umfasste sein Gelenk und legte behutsam Zeige- und Mittelfinger auf die Arterie.

Während sie sich auf seinen Puls konzentrierte, flüchtete Tom mit seinem Blick zu Rocco, der ihr Treiben neugierig beobachtete.

»Schwach, kraftlos, ein wenig zu langsam. Fit geht anders!« Sie ließ seine Hand los. »Ich sehe jetzt nach Matze. Setz dich doch solange an unseren Tisch unter der Buche. Kannst sie auch umarmen und ein wenig Energie tanken.«

Irritiert sah Tom sie an.

»War'n Scherz! Die Yoga-Tante geht dann mal.«

Sarah Lutteroth schlug die Augen auf und blickte auf ihren Arm, der ausgestreckt auf der dünnen Wolldecke lag, mit der sie sich und ihre Tochter in der Nacht zugedeckt hatte. Sofie hatte sich wortlos zu ihr auf das breite Sofa gelegt, sich an sie geschmiegt und ihren Arm um sie gelegt. So nah waren sie sich schon lange nicht mehr gewesen. Vorher hatte sie die kleine Platzwunde am Haaransatz ihrer Tochter gereinigt und mit Jod behandelt. Dabei hatte sie sich wie damals gefühlt, als ihre wilden Töchter sich beim Spielen verletzt hatten und Mama sie hatte trösten und behandeln müssen. Viele Male hatte sie ihnen einen Verband angelegt, der vollkommen unnötig gewesen war, aber ihren Mädchen ein Gefühl besonderer Hinwendung und Heilkraft vermittelt hatte.

»Ich möchte nicht darüber reden«, hatte Sofie gesagt, und Sarah Lutteroth hatte ihren Wunsch respektiert, obwohl es ihr sehr schwergefallen war.

»Es ist nicht schlimm. Kein Drama. Du brauchst dir keine Sorgen zu machen! Wirklich, Mama!«

»Ich glaube, es wird keine Narbe geben«, hatte sie erwidert, einen Eiswürfel in einen Frischhaltebeutel gepackt und ihrer Tochter gereicht. »Halte den auf deinen Bluterguss!«

Sofie hatte sich von dem Stuhl erhoben, den Eiswürfel gegen ihren blauen Fleck gedrückt und war zum Spiegel gegangen, wo sie ihre Verletzungen betrachtet hatte.

»Ich liebe dich, Sofie«, hatte sie gesagt. »Was immer auch passieren mag, daran wird sich nie etwas ändern.«

Sofie hatte keine Reaktion gezeigt. Dann hatte sie sich zu ihrer Mutter gedreht und gefragt: »Wart ihr eigentlich mal glücklich, Papa und du? Ich meine, so richtig verliebt, ein glückliches Paar?« Den Stich, den ihr diese Frage versetzt hatte, spürte sie jetzt wieder. Die Wolldecke roch nach ihrer Tochter. Der leichte Duft ihres Parfüms nach Rosen und Jasmin stieg Sarah Lutteroth in die Nase. Hatte Sofie schon das Haus verlassen? War sie wieder zu Aman gefahren?

Leise Geräusche drangen von der Küche herüber. Sarah Lutteroth richtete sich auf und sah Sofie, die dabei war, Frühstück zuzubereiten. Wie sie selbst trug Sofie noch ihr Kleid vom Abend. Zerknittert hing es an ihrem Körper. Was war Sofies Geheimnis, wer hatte sie geschlagen, und was hatte es mit dieser Pistole auf sich? Die halbe Nacht hatte Sarah Lutteroth über diese Fragen gegrübelt, während sie ihre Tochter im Arm gehalten hatte. Es war ihr schwergefallen, sich zurückzuhalten, sie nicht einfach zu wecken und zu fragen, was das alles zu bedeuten hatte. Sarah Lutteroth erhob sich und ging zur Küche hinüber.

»Das ist aber eine schöne Überraschung.«

Sofie empfing sie mit einem Lächeln. Sarah Lutteroth trat zu ihr und strich ihr durch das Haar, aber ihre Tochter entzog sich der zärtlichen Geste. »Weckst du Lena?«, fragte sie nur.

»Ja, das mache ich.«

Sarah Lutteroth zögerte. Sie wich Sofies Blick aus und zog die Besteckschublade auf. Sie holte Messer und kleine Löffel heraus.

»Woher willst du eigentlich wissen, dass Lars mit einer anderen Frau geschlafen hat?«

»Ich habe ihn mit der anderen gesehen.«

»Aber das heißt doch nicht gleich …«

Sofie sah ihre Mutter mit einem vielsagenden Blick an. Sarah Lutteroth nickte, der Schmerz bohrte sich tief in ihr Innerstes, auch wenn er nicht mehr unvorbereitet kam. Auf einmal bog Lena um die Ecke. Mit kleinen, verschlafenen Augen stand sie vor ihnen in dem hellblauen Hemd ihres Vaters.

»Oh, Familienfrühstück!«, entfuhr es ihr, bevor sie sich der traurigen Bedeutung ihres Ausspruchs bewusst wurde. Ihre Augen füllten sich sogleich mit Tränen, die sie aber tapfer unterdrückte. Erstaunt sah sie ihre Schwester an. »Mit wem hast du dich denn geprügelt?«

Es klingelte. Sofie zuckte zusammen.

Der Stamm der Buche hatte einen beachtlichen Umfang. Er wirkte kräftig und gesund. Tom betrachtete den prächtigen Baum und spürte das Bedürfnis, ihn zu berühren. Ein wenig wunderte er sich über sich selbst, als er seine Hand auf die graugrüne Rinde legte. Er tat es so beiläufig wie möglich, um nicht lächerlich zu wirken, für den Fall, dass ihn jemand beobachtete. Glatt und kühl fühlte sich der Stamm an, und Tom spürte etwas, was er zunächst nicht beschreiben konnte, das über die bloße Oberflächenbeschaffenheit der Rinde hinausging. Es war Leben. Kraft. Tom überlegte, ob wirklich etwas daran sein könnte, dass man sich Energie von Bäumen holen könnte, wenn man sie umarmte, oder ob nur sein momentaner Zustand ihn für diese Vorstellung empfänglich machte. Er fühlte sich ziemlich genau so, wie es Rita beschrieben hatte. Quatsch, dachte er auf einmal, ich brauche einfach ein paar Stunden Schlaf. Er nahm seine Hand von dem Baum und sah sich um. Das fahle Tageslicht ließ den Spadenhof heute weniger idyllisch erscheinen als noch vor zwei Tagen, als alles so malerisch im warmen Sonnenlicht gelegen hatte. Weiter hinten auf dem Gelände, zwischen zwei Gewächshäusern, erkannte er den Mann mit dem Glasauge und Ole, dessen Frau es angeblich mit Mats Lutteroth in jener Sonntagnacht getrieben hatte. Die beiden luden prall gefüllte Plastiksäcke von der Ladefläche eines Anhängers. Tom vernahm Schritte und Stimmen. Aus dem Haupthaus kam Mats Lutteroth zusammen mit einem Mann. Dieser trug ein Jackett zu seiner Jeans und eine Laptoptasche unter dem Arm. Sie verabschiedeten sich voneinander, der Mann verließ den Hof. Lutteroth kam zu Tom herüber, die Ärmel seines karierten Hemdes hochgekrempelt, die sonnengebräunten, kräftigen Unterarme schlenkerten etwas ungelenk hin und her. »Was gibt es denn?«

»Neue Fakten.«

Lutteroth baute sich vor Tom auf und legte den Kopf ein wenig in den Nacken. »Welche?«

»Das werde ich Ihnen gleich sagen, aber vorher sehen Sie sich bitte das hier noch einmal genau an.«

Tom holte die transparente Tüte mit dem Batmobil aus seiner Tasche, zog das Spielzeugauto heraus und reichte es Lutteroth.

»Warum?« Verständnislos sah Lutteroth den Kommissar an. Tom beobachtete genau, was sich in seinem Gesicht abspielte.

»Kennen Sie es wirklich nicht? Überlegen Sie bitte noch einmal ganz genau!«

Lutteroth betrachtete das Batmobil regungslos und reichte es Tom zurück. »Herr …«

»Simon.«

»Herr Simon, ich kenne dieses Spielzeugauto nicht.«

»Sind Sie sich ganz sicher? Könnte es nicht aus Ihrer Kindheit stammen, Sie und Ihr Bruder haben doch sicher mit Autos gespielt?«

»Wahrscheinlich ja, das tun doch alle Jungs.«

»Erinnern Sie sich gar nicht mehr an Ihre Kindheit?«

»Wenn Sie mich so fragen: nein. Wissen Sie, als ich damals abgehauen bin, hatte ich mit meiner Kindheit abgeschlossen. Und mit allem, was meine Familie betraf. Ich hatte nichts mitgenommen, keine Dinge, keine Fotos, keine Erinnerungen.« Nachdenklich richtete er den Blick in die Ferne. »Mein Leben hatte noch mal neu begonnen.«

Tom schob das Batmobil zurück in die Tüte und steckte sie in seine Jackentasche.

»Ihr Bruder hatte eine Geliebte. Er hatte ein Kind mit ihr, einen kleinen Jungen. Er wollte sich scheiden lassen. Und er wollte seine Agentur verkaufen, weil er die Nase voll hatte von seinem Beruf. Er wollte mit seiner neuen Familie aufs Land ziehen und in der Baumschule des Bruders seiner Geliebten arbeiten. Etwas Sinnvolles tun, so hatte er es formuliert.« Tom wartete gespannt auf eine Regung in Lutteroths Gesicht, aber die blassblauen, glasigen Augen sahen ihn unbeeindruckt an.

»Aha.«

Tom nickte. »Der smarte, erfolgreiche Lobbyist wollte ein neues Leben beginnen. Eines, das dem seines großen Bruders ziemlich geähnelt hätte«, brachte es Tom auf den Punkt. In Lutteroths Gesicht regte sich noch immer nichts.

»Er hatte vor, Ihnen das alles zu erzählen und Sie um Verzeihung zu bitten. Er hatte erkannt, dass es falsch gewesen war, den eigenen Bruder auszugrenzen und sich so zu verhalten, als existierten Sie nicht. Er fühlte sich schuldig und hatte das große Bedürfnis, sich mit Ihnen zu versöhnen. Das wissen wir von seiner Geliebten.«

Lutteroth setzte sich auf die Bank, holte seinen Tabak aus der Hosentasche und begann, sich eine Zigarette zu drehen. Tom nahm ihm gegenüber Platz.

»Ihr Bruder hat darunter gelitten, dass Sie zerstritten waren und keinen Kontakt mehr hatten.«

Lutteroth steckte sich die Zigarette zwischen seine trockenen

Lippen und zündete sie mit einem Streichholz an. Tom dachte kurz an die Packung in seiner Jackentasche.

»Sonntagnacht um Viertel nach elf ist Ihr Bruder auf der Tankstelle an der Straße Brennerhof gewesen.«

Erstaunt sah Lutteroth Tom an. »Wie bitte?«

»Er ist auf der Aufzeichnung der Überwachungskameras zu sehen. Er hatte einen Whisky-Flachmann gekauft und ist dann in die Richtung Ihres Hofes weitergefahren.«

Lutteroth wirkte irritiert. »Das ist ja verrückt.«

»Finden Sie?«

»Sie glauben, dass er auf dem Weg zu mir gewesen ist?«

»Ich glaube, dass Ihr Bruder an dem Abend den Entschluss gefasst hatte, zu Ihnen zu fahren. Er hatte endlich mit Ihnen reden und sich aussöhnen wollen. Kurz vor seinem Ziel hatte er noch etwas gebraucht, um seine Aufregung zu bekämpfen, und sich den Whisky von der Tanke geholt.«

Lutteroth sah Tom skeptisch an. »Aber er ist nicht hier gewesen. Ob Sie es nun glauben oder nicht, Herr Simon. Er mochte vielleicht auf dem Weg hierher gewesen sein, und es mag alles stimmen, was Sie da vermuten, aber hier ist er nicht angekommen.«

Der Mann wurde nachdenklich. Die Zigarette brannte zwischen seinen Fingern herunter. Er setzte an, etwas zu sagen, schwieg dann aber.

»Was?«, fragte Tom.

Lutteroth schüttelte den Kopf.

»Was wollten Sie sagen?«, hakte Tom nach.

»Es muss ihn auf dem Weg von der Tanke hierher irgendjemand aufgehalten haben.« Lutteroth zögerte. »Wahrscheinlich sein Mörder.« Er nahm noch einen tiefen Zug des verbliebenen Zigarettenstummels und drückte ihn in dem großen Aschenbecher aus, der in der Mitte des Tisches stand. In der Tür des kleineren Wohnhauses am anderen Ende des Innenhofes erschien Rita. Mit einem großen Becher in der Hand kam sie zu ihnen herüber.

»Er ist hier nie aufgetaucht«, sagte Lutteroth. »In all den Jahren nicht und Sonntagnacht auch nicht.«

»Das ist mein Lebensretter, Herr Kommissar!« Rita stellte den pinkfarbenen Keramikbecher vor Tom auf den Tisch. Die grünbraune Flüssigkeit reichte bis zum Rand. »Schmeckt besser, als es aussieht«, sagte Rita, ohne zu bemerken, dass sie einen ungünstigen Moment erwischt hatte. Tom ließ seinen Blick nicht von Lutteroth. Etwas schien sich in dem harten Hund zu regen.

»Ich wünschte, er wäre hier gewesen, dann würde er vielleicht noch leben.«

Tom wollte sich zu dieser Annahme nicht äußern.

Rita sah von einem zum anderen. »Ja, also ich gehe dann mal wieder.«

»Probieren Sie, Herr Simon!«, sagte Lutteroth. »Das ist was Besonderes, wirklich.«

»Na ja ...«, sagte Rita und sah Tom fast etwas schüchtern an.

Tom schenkte Rita ein tapferes Lächeln. »Na dann.«

Er überwand seine Skepsis und probierte einen Schluck. Würzig, frisch, ein wenig bitter, nach Gemüse und Obst schmeckte der sämige Saft. Er trank noch einige weitere Schlucke.

»Und?«, fragte Rita gespannt.

»Schmeckt ziemlich gesund.«

Rita beugte sich zu Tom herunter, sah ihm tief in die Augen.

»Bist du so ein Bulle, der sich nur von Junkfood und Kaffee ernährt?«

»Und Zigaretten!«, bemerkte Tom trocken.

Rita warf ihm einen skeptischen Blick zu. »Das ist nicht wahr.«

Tom schmunzelte. »Nur beinahe. Vielen Dank, Rita!«

»Meine gute Tat heute«, erwiderte sie mit einem koketten Blick. Tom fragte sich, ob sie im Begriff war, mit ihm zu flirten. Er trank noch zwei kräftige Schlucke, sein Körper konnte einen Vitaminschub sicher gut gebrauchen. Er bemerkte, wie Lutteroth Rita mit einem Blick zu verstehen gab, dass sie ihn und Tom wieder alleine lassen sollte.

»Ich muss mich jetzt um meine Kräuter kümmern«, sagte sie.

»Ich glaube, das neue Saatgut ist heute mitgeliefert worden. Du musst mal Jürgen und Ole fragen«, sagte Lutteroth.

Rita nickte. Einen Moment blieb sie noch unentschlossen stehen. »Also, Herr Kommissar …«

»Danke für den Lebensretter, Rita!«

Ein Lächeln huschte über ihre Lippen. »Einen schönen Tag dann noch!« Mit federnden Schritten machte sie sich auf den Weg zu den Gewächshäusern. Ein kleines Mädchen mit schwarzen Locken flitzte gut gelaunt auf einem Roller über den Hof. Rita rief sie zu sich.

»War das alles?«, fragte Lutteroth.

»Ich weiß nicht«, antwortete Tom, während er beobachtete, wie Rita leise, aber recht energisch mit dem Mädchen sprach. Die Kleine wirkte enttäuscht und sträubte sich.

»Ja und nein.«

»Aha«, grummelte Lutteroth und erhob sich. »Kaffee?«

»Gerne«, antwortete Tom.

Rita wurde streng, legte dem Mädchen die Hände auf die Schultern und schob es mit sanfter Gewalt vor sich her zu dem kleineren Haus, wo sie mit ihm in der Tür verschwand. Die Yoga-Tante konnte ziemlich autoritär werden, dachte Tom und wunderte sich, dass das Mädchen um diese Zeit nicht in der Schule war.

27

Der frisch gebrühte Kaffee verbreitete seinen verführerischen Duft. In der Ferne hörte man die Geräusche von Traktoren oder anderen Maschinen. Mats Lutteroth stand in der offenen Tür zum Hof und rauchte. Tom saß an dem runden Tisch und fragte sich, was er noch hier wollte. Leise machte es klack, und der lange Zeiger der alten, riesigen Bahnhofsuhr, die in der Mitte der knallroten Wand hing und über den Raum zu wachen schien, sprang zur nächsten Minute.

»Wie wäre es denn gewesen, wenn Lars hier plötzlich vor der Tür gestanden hätte?«

Lutteroth zog an seiner Zigarette und blies den Rauch in den Hof.

»Hätten Sie ihn empfangen, hätten Sie sich möglicherweise sogar gefreut?«

Beinahe musste Lutteroth lachen, jedenfalls schien es Tom so, denn sehen konnte er sein Gesicht nicht.

»Komische Frage«, nuschelte Lutteroth. »Aber ich hätte ihm wohl schlecht die Tür vor der Nase zuschlagen können.«

Bei ihm klang das fast wie eine Liebeserklärung, dachte Tom.

»Oder doch?« Lutteroth drehte sich zu ihm und grinste verschmitzt. Dann ging er zum Küchenschrank, drückte seine Zigarette in einer Tasse mit einem abgebrochenen Henkel aus und setzte sich mit der Kaffeekanne zu Tom. Er füllte ihre Becher.

»Milch? Zucker?«

»Schwarz.«

Der Kaffee war stark. Tom hatte nichts dagegen.

Lutteroth schüttelte ungläubig den Kopf. »Die Vorstellung ist so verrückt, dass Lars vielleicht auf dem Weg zu mir gewesen ist.«

Tom hatte den Eindruck, dass Lutteroth der Tod seines Bruders mehr mitnahm, als er es vielleicht selbst wahrhaben wollte.

»Ist ihm also schließlich ein Licht aufgegangen, wie beschissen sein Beruf war.« Nachdenklich sah Lutteroth ihn an. »Ich war überzeugt, Menschen ändern sich nicht«, sprach er mit leiser Stimme. »Nicht wirklich«, fügte er hinzu, und er klang fast düster.

»Haben Sie Ihren Bruder nie vermisst in all den Jahren?«

Lutteroth zuckte mit den Achseln und begann, sich eine weitere Zigarette zu drehen.

»Wie war denn Ihr Verhältnis als Kinder?«

»Normal. Wir waren Kinder, da war alles noch so schön einfach. Wir haben gespielt und gerauft. Wir haben uns gut verstanden.«

Tom versuchte, sich vorzustellen, wie Lars Lutteroth in der

Sonntagnacht hier gesessen und von sich erzählt hätte. Wie sein Bruder ihm skeptisch zugehört hätte. Wie der smarte Politikberater um eine Regung in dem harten Knochen gerungen hätte. Wie er versucht hätte, das riesige schwarze Loch, das in den vergangenen Jahrzehnten zwischen ihnen entstanden war, vorsichtig zu überbrücken. Auf einmal fuhr Tom eine beunruhigende Angst in die Glieder. Wie groß mochte das schwarze Loch zwischen Marco und ihm inzwischen geworden sein? Er verdrängte den Gedanken sofort, schließlich musste er sich hier auf eine andere Geschichte konzentrieren. Lutteroths Handy klingelte. In aller Ruhe befeuchtete der Mann mit seiner Zungenspitze den Klebefalz des Zigarettenpapiers und drückte ihn an den schmalen, runden Körper. Dann erst sah er auf das Display. »Da muss ich kurz ran.«

»Bitte!«

Lutteroth legte die Zigarette vor sich auf den Tisch und nahm sein Handy. »Hallo Chris!« Er erhob sich und ging zur Tür. »Ja, kein Problem, das schaffen wir. Zu wann?«

Durch eine halb geöffnete Tür konnte Tom in einen großen Nebenraum sehen. Mehrere Uhren hingen an der Wand oder standen auf einer Kommode. Sie zeigten alle unterschiedliche Zeiten, keine stimmte. Offenbar waren sie alle stehen geblieben.

»Gut, das geht klar. Aber, mein Lieber, wir müssen uns bald mal unterhalten. Unsere Konditionen sind nicht mehr ganz zeitgemäß.« Er ging hinaus in den Hof. »Ich weiß, Chris, aber wir haben ein Angebot mit einer deutlich höheren Abnahme, und das zu einem besseren Preis.«

Lutteroth entfernte sich und war schließlich nicht mehr zu verstehen. Tom spürte ein Ziehen im Magen und leichtes Sodbrennen. Er erhob sich, ging ein paar Schritte auf und ab und atmete tief in den Bauch. Vor der Tür, die in den Nebenraum führte, blieb er stehen. Neugierig schob er sie ein wenig weiter auf und blickte auf ein wahres Meer von Uhren, die über den großen Raum verteilt waren. Mittendrin eine moderne Polstersitzgruppe mit Sofatisch und Flatscreen. Staunend starrte er auf die vielen alten Zeitmesser, die an den Wänden hingen, in Regalen, auf einer Kommode und einem schwarzen Holztisch standen. Alle waren stehen geblieben. Auf dem Tisch lagen neben einigem Krempel, einem riesigen, überfüllten Aschenbecher, einer leeren und einer halb vollen Weinflasche mit drei benutzten Gläsern feinmechanische Werkzeuge und Vergrößerungsgläser herum.

»Mein Friedhof der Zeit.« Lutteroths Stimme ließ Tom zusammenzucken, der, gebannt von dem ungewöhnlichen Anblick, nicht bemerkt hatte, wie Lutteroth in die Küche zurückgekommen war.

»Gehen Sie ruhig hinein!«

Tom betrat den Raum. Lutteroth folgte ihm.

»Sie sammeln Uhren?«

»In meinem zweiten Leben war ich Uhrmacher.«

Mit der Zigarette in der Hand deutete er auf die Uhren.

»Die hier konnte ich nicht mehr retten, oder sie wurden nicht abgeholt, vergessen, entsorgt. Ich hab es nicht übers Herz gebracht, sie in den Müll zu werfen. Über die Jahre wurden es immer mehr, und so entstand mein Friedhof der Zeit.«

Toms Blick fiel auf ein großes Eisengestell mit drei mächtigen Zahnrädern und vielen kleineren. Offenbar das Werk einer großen Uhr, vielleicht einer Kirchturmuhr. Gleichermaßen überrascht und beeindruckt wandte sich Tom an den Mann, dessen grobe Hände mit den kräftigen Fingern eigentlich nicht zu einer solchen feinmechanischen Präzisionsarbeit zu passen schienen. »Wie wird ein Revoluzzer Uhrmacher?«

Lutteroth zündete sich die Zigarette an. »Der Mann, dem dieser Hof vor mir gehört hatte, war Uhrmacher gewesen. Holger Warnke.« Er nahm einen tiefen Zug, blies den Rauch zur Decke und schaute dem blauen Dunst sinnierend hinterher. »Brokdorf 81, auf der großen Demo, hab ich ihn kennengelernt.«

Tom kannte die Geschichte der Auseinandersetzungen um das Atomkraftwerk an der Elbe aus dem Schulunterricht und Erzählungen seines Vaters.

»Ich bin ganz vorne dabei gewesen und bin von den Bullen übel zusammengeknüppelt worden. Holger hatte mich aus einem Graben aufgelesen und mir geholfen. Dann sind wir Freunde geworden. Er war ein Einzelgänger, wie ich.« Lutteroth überlegte. »Als ich mit Mitte dreißig eine schwierige Zeit hatte ...« Er schaute nachdenklich auf seine Zigarette. »Eine Scheißzeit, eine richtige Scheißzeit. Zu viele Drogen, keine Orientierung, kein Halt. Da hatte Holger mich für eine Weile bei sich aufgenommen und mir angeboten, eine Lehre bei ihm zu machen. Eine gute, sinnvolle Arbeit, bei der ich meine Ruhe hatte. Die Vorstellung hatte mir damals gefallen.« Lutteroth sah Tom an. »So bin ich Uhrmacher geworden. Nach der Lehre bin ich bei Holger geblieben, obwohl eigentlich nicht genug zu tun gewesen war für zwei, aber das war ihm egal gewesen. Einige Jahre später ist er krank geworden. Krebs. Unheilbar. Ich habe ihn gepflegt. Bis zum bitteren Ende. Außer mir gab es niemanden. Darum hat er mir auch den Hof vermacht. Erst wusste ich nicht, was ich mit dem anfangen sollte. Aber dann hatte ich mit meinem alten Kumpel Jürgen zusammen die Idee, Gemüseanbau zu betreiben, um uns selbst zu versorgen. Jürgen, der mit dem Glasauge.«

Tom nickte, er konnte sich noch gut an den trockenen Auftritt des Mannes erinnern.

»Na ja, so hatte das alles begonnen. Vom Autonomen zum Uhrmacher. Vom Uhrmacher zum Landwirt.«

»Ein interessantes Leben. Von dem Ihr Bruder nie etwas erfahren hatte.«

Lutteroth sah Tom nachdenklich an.

»Aus gutem Grund.«

»Gut genug für ein ganzes Leben?«

Einen Moment wirkte Lutteroth verunsichert, aber dann zuckte er trotzig mit den Achseln.

Tom zog es zu dem großen Uhrwerk in dem Eisengestell. Er betrachtete die vielen Zahnräder und die beiden Drahtseilwinden mittendrin.

»Das alte Werk der Turmuhr der St.-Nikolai-Kirche in Billwerder«, erklärte Lutteroth. »Wir hatten es geschenkt bekommen, als es gegen ein neues ausgetauscht werden musste. Holger ist sehr stolz darauf gewesen und wollte es restaurieren, aber der Krebs hat ihm einen Strich durch die Rechnung gemacht.«

Tom legte seine Hand auf eines der großen Zahnräder und umfasste das kühle Metall. Es fühlte sich gut an wie die Buche im Hof. Er war heute offenbar besonders empfänglich für diese Art sinnlicher Eindrücke. Das musste mit seinem erschöpften Zustand zusammenhängen.

Lutteroth nahm die halb volle Flasche Rotwein von dem schwarzen Holztisch, zog den Korken heraus und füllte eines der benutzten Gläser.

»Wollen Sie auch? Ich hole Ihnen ein frisches Glas.«

Tom schüttelte den Kopf. Lutteroth trank einen kräftigen Schluck.

»Freiheit gibt es nicht«, sagte Lutteroth unvermittelt.

Überrascht von der bedeutungsschweren Bemerkung, wartete Tom, was Lutteroth noch sagen würde.

»Aber die Befreiung von lebensfremden Zwängen. Und das Glück der eigenen Zeit. Das ist es, was wir auf dem Spadenhof leben.«

Tom konnte nicht umhin, ein wenig beeindruckt zu sein, zwang sich aber sogleich, den Mann und alles hier weiterhin nüchtern und sachlich zu betrachten.

»Ich habe auch eine Frage, Herr Simon.«

»Und?«

»Haben Sie einen Bruder?«

Der junge Mann hängte einen Teebeutel in den Becher und stellte ihn unter die Maschine, die ihn mit dampfendem Wasser füllte. Im Radio lief irgendein Synthiepop-Hit. Tom sah hinaus zu den Zapfsäulen, wo Lars Lutteroth in der Sonntagnacht neben seinem Audi gestanden und telefoniert hatte. Wenn er auf dem Weg zu seinem Bruder gewesen war und der Anruf vom Time Out ihn von seinem Plan abgebracht hatte, wo war er dann von hier aus hingefahren? Wenn er in die Stadt zurückgewollt hätte, wäre er auf der Hauptstraße wieder zurückgefahren. Er hatte die Tankstelle aber in die andere Richtung verlassen. In Richtung des Spadenhofes. Etwas weiter befand sich eine Kreuzung. Dort hätte er jedoch noch abbiegen können.

Der junge Mann schob ihm den Kamillentee über den Tresen. Das Magenziehen war stärker geworden. Vielleicht hätte er Lutteroths Kaffee nicht mehr trinken sollen. Oder war Ritas Lifesaver schuld? Sein Magen war Gesundes in derart hoher Konzentration nicht gewohnt. Tom bestellte ein Brötchen mit Schinken und Käse, denn Hunger hatte er trotzdem.

Er bezahlte, verließ den Verkaufsraum und ging quer über die Tankstelle zur Straße, auf der erstaunlich viel los war. Einige Lastwagen, Kleintransporter, Pkws mit Anhängern und ein Linienbus fuhren kurz hintereinander vorüber. Tom trank von dem Tee, und zu seiner Überraschung schmeckte das Brötchen einigermaßen frisch. Er ließ seinen Blick über die Felder, Gärten, Gewächshäuser und Einfamilienhäuser schweifen, unter dem grauen Himmel wirkte alles trist.

Ja, er hatte einen Bruder. Und er liebte ihn und würde es immer tun. Was auch immer sein Bruder getan haben mochte. Niemals könnte er ihn aus seinem Leben verbannen, wie die Lutteroth-Brüder es miteinander getan hatten. Er würde alles darum geben, zu ihm gehen und mit ihm reden zu können. Ihn in die Arme schließen zu können. Irgendwie würde er das schwarze Loch schon überbrücken.

Der Stromkasten ein paar Meter weiter war mit Graffiti übersät, die Leitplanken verrostet, und aus den Ritzen der Kantsteine wuchs das Unkraut. An einer Straßenlaterne wies ein buntes Plakat auf eine Ü-30-Party in Hansens Scheune hin.

Ein Trecker tuckerte langsam die Straße entlang. Aus dem Gasthof schräg gegenüber kamen zwei Frauen und trugen Körbe mit Stapeln weißer Wäsche über den Parkplatz zu einem Kombi. Neben dem Wagen stand ein dunkelblauer Renault. Durch die Windschutzscheibe meinte Tom zwei Personen zu erkennen. Er musste genau hinsehen, denn durch die Spiegelung des Himmels waren sie kaum zu sehen. Sie saßen da und rührten sich nicht. Den Gedanken, dass sie möglicherweise seinetwegen dort waren, verdrängte er. Stattdessen fragte er sich, worauf er wartete. Warum war er nicht schon längst auf dem Weg ins Präsidium?

Sein Handy, das er lautlos gestellt hatte, zeigte einen Anruf und drei Nachrichten von Mira. In der ersten Nachricht fragte seine Partnerin, wo er stecke. In der zweiten teilte sie ihm mit, dass sie bei Sarah Lutteroth gewesen war und diese nichts von der Geliebten ihres Mannes gewusst hatte. In der dritten, dass der Junge aus dem Flüchtlingslager mit seiner Mutter ins Präsidium gekommen war, um eine Aussage zu machen.

28

Kathrin Gusows Kopf ruhte auf seiner Schulter, seine Arme hielten sie fest umschlungen. Der vertraute Duft seines Rasierwassers verschaffte ihr ein flüchtiges Gefühl von Geborgenheit.

»Meine kleine Katinka«, sprach ihr Bruder mit sanfter Stimme, und es tat ihr gut. Tränen lösten sich und rannen ihr die Wangen hinunter. Es hatte ihr schon immer gutgetan, wenn er sie so genannt hatte. Dann hatte sie sich behütet gefühlt, dann waren alle großen und kleinen Katastrophen nur noch halb so schlimm gewesen; als kleines Mädchen hatte sie die brennende Schürfwunde auf ihrem Knie vergessen und sich mit Eifer und Freude wieder ins Spiel stürzen können, den Liebeskummer mit ihrem ersten Freund und den Tod ihrer geliebten Katze Mucki hatte sie verwinden können.

»Und die Polizei hat noch keine Idee, was passiert ist?«

Kathrin Gusow schüttelte ihren Kopf. Sie war noch nicht in der Lage, irgendeinen klaren Gedanken zu fassen.

»Ich verstehe das nicht. Was hatte er denn bloß auf diesem einsamen Parkplatz gewollt? Mitten in der Nacht. Das ist doch merkwürdig.«

Ihr wurde wieder schwindelig und übel. Kurz überlegte sie, ob sie sich übergeben musste, und löste sich aus den Armen ihres Bruders. Sie hatte das Bedürfnis nach frischer Luft, ging zum Fenster und öffnete es, so weit es ging. Schwülwarme Luft schlug ihr entgegen.

»Soll ich dir ein Glas Wasser holen?«

Abwehrend hob sie ihre Hand und bemühte sich, tief ein- und auszuatmen.

»Katinka, ich weiß, das ist jetzt nicht der richtige Moment«, sagte er betont behutsam. Sie wandte sich zu ihm um. Er sah sie an, senkte jedoch den Blick gleich wieder. »Aber ich muss dich etwas fragen. Du musst mir glauben, dass mir das nicht leichtfällt, aber ich kann nicht anders«, fügte er leise hinzu, »weil mir das Wasser bis zum Hals steht.«

Kathrin Gusow erstarrte. Was hatte das zu bedeuten? Er war doch immer der Vernünftige, der Solide. Ihm gelang stets alles. Die Baumschule wuchs und wuchs. Ihm ging es immer gut. Er war doch stets ihr Halt. Den sie gerade jetzt brauchte.

»Das Geld, was ich euch geliehen habe …« Er holte tief Luft. »Ich brauche das möglichst schnell zurück.«

Kathrin Gusow traute ihren Ohren nicht, aber sie versuchte, sich zusammenzureißen. »Aber du hattest uns ein Jahr Zeit gegeben.«

»Ich habe Pech gehabt, Kathrin. Großes Pech!« Er ballte seine rechte Hand zur Faust und schlug sich ein paarmal kräftig gegen die Stirn. Das machte ihr Angst. Sie hatte ihn noch nie so erlebt. »Wir haben einen schlimmen Schädlingsbefall gehabt. Und ich brauche Geld, um die Durststrecke zu überbrücken. Meine Reserven sind aufgebraucht.«

Sie ahnte, dass sich hinter der kurzen, pragmatischen Schilderung eine Katastrophe verbarg.

»Kathrin, der Hof, ist der auf euch beide eingetragen?«

Sie verstand, worauf er hinauswollte. Fassungslos starrte sie ihn an, unfähig, etwas zu sagen. Außer Timmie war der Hof doch alles, was ihr geblieben war von ihrem Traum und dem

Leben mit Lars. Das war jetzt alles zu viel für sie. An ihm vorbei stürmte sie zur Toilette, riss die Tür auf und warf sich über das Klobecken.

Als sie zurückkehrte, fühlte sie sich etwas erleichtert und verspürte ein wenig Energie. »Da muss es doch noch andere Möglichkeiten geben.«

Betreten schüttelte er den Kopf.

»Deine Bank?«

Erneutes Kopfschütteln. Auf einmal wirkte er klein und erbärmlich auf sie.

»Der Hof ist Lars!«, sagte sie leise. »Der Hof ist Timmie!«

»Aber Kathrin, das kannst du doch gar nicht alleine schaffen.«

»Was willst du mir jetzt erzählen? Einen Tag, nachdem ich von Lars' Tod erfahren habe.«

»Der Hof ist viel zu groß für eine alleinerziehende Mutter.«

Kathrin Gusow sah ihren Bruder an und fragte sich, wie er ihr das antun konnte. Lars' Tod schien ihm nichts auszumachen, auch ihre Trauer nicht, er hatte nur Angst um sein Geld.

»Auch wenn du das jetzt nicht gerne hörst, ich finde, dass ihr sowieso viel zu naiv an die Sache herangegangen seid.«

»Wie bitte?«

»Ihr habt euch das so schön und einfach vorgestellt. Das romantische Landleben. Klar, Lars hat sich schon schlaugemacht, hat sich meinen Rat geholt. Aber wie hart das Leben auf dem Land wirklich ist, wie schwierig es ist, eine Existenz aufzubauen und zu erhalten, das wolltet ihr nicht wirklich hören.«

Fassungslos sah sie ihn an. »Sag mal, spinnst du? Was ist denn in dich gefahren, dass du mir jetzt mit so was kommst?«

Betreten senkte er seinen Blick. »Weil es stimmt.« Leise fügte er hinzu: »Und weil es jetzt doch keinen Sinn mehr macht. Du bist ein Stadtmensch, das hast du selbst immer gesagt. Was willst du jetzt alleine auf diesem Bauernhof?«

»Geh!«, forderte sie ihn verbittert auf.

»Du kannst das nicht schaffen, Kathrin.«

»Bitte geh!«

Der graue Himmel hatte den Garten seiner Farben beraubt, alles schien in einer fahlen Tristesse zu versinken. Wie lange Sarah Lutteroth wieder an der Fensterfront gestanden und in den Garten gestarrt hatte, wusste sie nicht. Die Zeit war vergangen, einfach so, Minute um Minute. Oder Stunde um Stunde? Sie konnte es nicht sagen. Vielleicht auch Jahr um Jahr; eine kleine Ewigkeit, in der sie sich sicher und geborgen gefühlt hatte, in der sie glücklich gewesen war, voller Vertrauen in ihr Leben, während ihr Mann ihr etwas vorgemacht hatte. Sofie hatte also recht gehabt, Lars hatte eine Geliebte und sogar ein Kind mit ihr. Als die sympathische Kommissarin von dem Sohn erzählt hatte, hatte es sich angefühlt, als hätte man ihr den Boden unter den Füßen weggezogen. Heimlich hatte Lars also ein neues Leben begonnen, eine Familie gegründet, mit der er seine Zukunft verbringen wollte. Er hatte das für sich entschieden. Allein. Sie hatte er nicht miteinbezogen. Er hatte Fakten geschaffen, ihr keine Chance gegeben. Der Kommissarin war es sichtlich schwergefallen, ihr diese bittere Wahrheit mitzuteilen. Die junge Frau hatte kaum verbergen können, wie sehr sie sich bemühen musste, ihr Mitgefühl nicht zu zeigen. Sarah Lutteroth hatte es ihr erleichtern wollen, indem sie versucht hatte, ruhig und gelassen zu bleiben. Vor allem hatte sie nicht als Opfer dastehen wollen.

Lars war tot, ermordet, plötzlich aus ihrem Leben gerissen. Das war furchtbar. Aber nun hatte sie erfahren, dass er schon seit Jahren nur eine Fassade für sie und ihre Töchter aufrechterhalten hatte. Dieser Schmerz war kaum zu ertragen. Lars hatte sie nicht nur betrogen, er hatte sie auch beraubt. Um die Jahre, in denen sie eine glückliche Familie gewesen zu sein schienen, die gemeinsam durch alle Höhen und Tiefen gehen und in der alle immer zusammenhalten würden.

»Mama!« Lenas Stimme klang leise, wie aus weiter Ferne. Sarah Lutteroth war überrascht, als sie spürte, wie sich die Arme ihrer Tochter um sie schlangen. Lena schmiegte sich fest an den Körper ihrer Mutter und legte den Kopf auf ihren Rücken. »Hat Papa uns nicht mehr richtig geliebt?«

Die Frage versetzte Sarah Lutteroth einen schmerzhaften Stich. Kurz nachdem die Kommissarin gegangen war, hatte sie Lena von der bitteren Nachricht erzählt. Sie war immer für Offenheit gewesen, auch wenn es anstrengend war, mit der Wahrheit umzugehen. Für sie gab es keine Alternative dazu. Alles andere führte langfristig zu viel schwerer wiegenden Komplikationen, davon war sie überzeugt. Lena war ruhig geblieben, aber in ihren Augen hatte Sarah Lutteroth sehen können, wie tief der Schock gesessen hatte. Viele Fragen hatte Lena ihr gestellt, bevor sie sich in ihr Zimmer zurückgezogen hatte. Sarah Lutteroth drehte sich zu ihrer Tochter, hielt sie an ihren Oberarmen.

»Mein Schatz, mit dir und Sofie hat das nichts zu tun. Papa hat euch über alles geliebt.« Sie strich ihr liebevoll über den Kopf. »Ihr wart seine Mädchen und wäret sie immer geblieben. Mich hat er nicht mehr geliebt, das Leben mit mir hat ihm offenbar nicht mehr genügt. Wenn ich jetzt über all das nachdenke, erinnere ich mich an Momente, in denen ich das vielleicht auch bemerkt habe. Nur wollte ich es wohl nicht wahrhaben. Außerdem wollte ich nicht immer die Kritische sein.« Ein sarkastisches Lächeln konnte sie sich nicht verkneifen.

Lena sah sie aus traurigen Augen an. »Hast du ihn denn noch so richtig geliebt?«

Die Frage war nicht leicht zu beantworten, musste sie feststellen, sie war ein wenig überrascht. Sie brauchte einen Moment und nahm ihre Hände von Lenas Schultern.

»Ja, das habe ich. Aber wenn zwei Menschen so lange zusammen sind wie Lars und ich, dann verändert sich die Liebe auch. Sie tut das immer wieder über die Jahre. Und wenn man gut mit ihr umgeht, dann bleibt sie auch.«

Glaubte sie das wirklich? Hatte sie nicht gerade vor Kurzem noch gedacht, dass man letztlich immer alleine ist, auch in einer Beziehung? Und dass die Liebe eine romantische Illusion war, die aber immerhin großartig sein und auch eine Weile bestehen konnte? Sie hatte immer gehofft, dass Lena und Sofie in ihrem Zuhause ein positives Bild vom Leben erhielten und ausgestattet mit einem Urvertrauen ihren eigenen Weg voller Optimismus gehen konnten.

»Ich habe mal gehört, wie Opa zu Papa gesagt hat: ›Sarah ist das Beste, was dir passieren konnte. Das darfst du nie versauen!‹ Ich habe das komisch gefunden, ich hab mich gefragt, warum er das Papa hatte erklären müssen. Er hatte sehr streng geklungen dabei«, sagte Lena.

Nachdenklich nickte Sarah Lutteroth. »Da hast du recht. Opa war ein toller Mann, aber manchmal hat er sich etwas zu viel eingemischt in Papas Leben. Das war oft nicht leicht für ihn.«

Auf einmal musste sie an Hauke Bentner denken und spürte das Bedürfnis, ihn zu sehen. Sie wollte heute Abend nicht allein sein, und auf eine ihrer wenigen Freundinnen hatte sie keine Lust. Eine wirklich enge Vertraute, mit der sie über alles offen reden konnte, auf deren Verschwiegenheit sie sich verlassen konnte, hatte sie leider sowieso nicht.

»Glaubst du, dass es Sofie gut geht?« Lenas Frage kam unvermittelt. Überrascht sah Sarah Lutteroth sie an.

»Meinst du, wegen Papas Tod?«

»Ja, aber auch sonst …«

»Weil sie sich geprügelt hat?«

Lena nickte. »Wenn die Geschichte überhaupt stimmt«, sagte sie.

»Was willst du damit sagen?«

»Sie spricht fast nie, ist immer weg. Heute Morgen ist sie auch wieder einfach so gegangen. Erst macht sie Frühstück, und dann haut sie ab, ohne ein Wort zu sagen.«

»Ihr werdet erwachsen. Das ist keine leichte Zeit. Da weiß man manchmal nicht, wohin mit seinen Gefühlen, und steht sich selbst im Weg. Und gerade jetzt …«

Lena ging zum Fenster und schaute in den Garten. Sarah Lutteroth konnte sehen, wie sie mit ihrer linken Hand den rechten Daumen drückte, so wie sie es immer tat, wenn sie mit etwas haderte.

29

Defekt« stand in schwarzen Buchstaben auf dem neongelben Schild, das auf der Fahrstuhltür klebte. Tom spürte seinen Magen. Auch das Sodbrennen war stärker geworden. Und eine massive Nackenverspannung sorgte für einen dumpfen Kopfschmerz. Die Erschöpfung suchte sich weitere Symptome. Auf einmal öffneten sich die Türen des Fahrstuhls ein wenig und gaben den Blick frei auf die nackten Betonwände des Fahrstuhlschachtes. Vor Toms Füßen tat sich ein dunkler Abgrund auf, irritiert sah er in das schwarze Loch. Dann schlossen sich die Türen wieder und zuckten noch ein wenig auf der Stelle. Er machte sich auf den Weg zum Treppenhaus.

Als er durch den Korridor ihrer Etage ging, erkannte er schon von Weitem den Flüchtlingsjungen. In seinem Barcelona-Trikot saß er auf einer Bank neben seiner Mutter, die unter ihrem hellblauen Kopftuch apathisch vor sich hinstarrte, und spielte auf einem Handy. Keiner von beiden nahm Notiz von Tom, als er an ihnen vorüberging. Was der Junge ihnen wohl zu sagen hatte?

»Er will nur mit Taller reden«, erklärte Mira, die an ihrem Schreibtisch saß und etwas lustlos in einem Reisgericht herumstocherte. »Der ist aber noch mit Balbeck bei deinem Felix Sänger.«

»Oh, das ist gut.«

Toms Magen schmerzte, und er hatte Mühe, sich nichts anmerken zu lassen. Er setzte sich an seinen Schreibtisch. Es war angenehm kühl in ihrem Büro.

»Die Klimaanlage funktioniert wieder.«

»Ja, dafür hat der Fahrstuhl seinen Dienst eingestellt«, erwiderte seine Partnerin.

»Man kann eben nicht alles haben.«

»Wie wahr, wie wahr. Zum Beispiel eine gute Kantine.« Mira schob das Reisgericht von sich, lehnte sich zurück. »Ist alles okay mit dir?«

»Ja«, erwiderte Tom und sprach gleich weiter, um Nachfragen

zu vermeiden. »Haben Balbeck und Taller im Time Out eigentlich irgendwas erfahren können?«

»Leider nein. Sie haben mit zwei Frauen und einem Mann gesprochen, die an dem Sonntag die Spätschicht hatten. Das Telefon liegt dort immer hinter dem Tresen. Eine der beiden Frauen erinnerte sich, dass sie es einem Mann gegeben hatte, aber leider nicht mehr, wann das gewesen war oder wie der Typ ausgesehen hat. Auch unsere Phantombilder haben nicht geholfen. Der Laden war wohl ziemlich voll gewesen an dem Abend, weil jemand seinen Geburtstag feierte. Am Montagabend hat dieselbe Frau auch gearbeitet, aber mit einem anderen Kollegen. Und der hat einem Mann das Telefon gegeben, konnte sich aber nur daran erinnern, dass der eine dunkelgrüne Kappe getragen hat. Die Frau hat den Typen gar nicht wahrgenommen.«

»Ist der Laden sauber?«

»Sieht so aus, jedenfalls ist er noch nie aktenkundig geworden. Die haben jetzt das Phantombild, und wenn unser Mann dort auftauchen sollte, melden sie sich bei den Kollegen in Lübeck. Die sind schon informiert.«

»Gut.«

»Monsieur sieht blass aus.«

Er zuckte mit den Achseln. »Tja, das Ding mit dem Schlaf. Wie war es bei Sarah Lutteroth?«

»Interessant. Sie sagt, dass sie nichts von einer Geliebten wusste, aber es schien sie auch nicht sonderlich zu überraschen. Sie wirkte ziemlich gelassen. Erst als ich von dem Jungen und dem Bauernhof erzählt habe, hat es sie aufgewühlt. Das hat sie mitgenommen.«

Tom nickte nachdenklich.

»Ihren Ehering hatte sie wieder nicht getragen«, fuhr Mira fort. »Und etwas war merkwürdig. Als ich kam, hatte sie mit Lena am Frühstückstisch gesessen. Es war aber für drei gedeckt gewesen. Als ich gefragt hatte, ob Sofie auch da wäre, hat Sarah Lutteroth geantwortet, dass sie sich gerade auf den Weg zu ihrem Freund gemacht hätte.«

»Ja und?«

»Sie hatten noch gar nicht mit dem Frühstück begonnen. Alles war noch unbenutzt.«

Tom nickte. »Du glaubst, das Mädchen ist dir aus dem Weg gegangen. Vielleicht war sie sogar noch im Haus.«

Mira erhob sich und ging ein paar Schritte auf und ab. »Sofie hat so kühl reagiert, als sie vom Tod ihres Vaters erfuhr.« Vor dem Whiteboard mit den Personen des Falls blieb sie stehen. »Wenn Sarah Lutteroth nicht auf dem Friedhof gewesen war, wo war sie dann? Und warum hat sie gelogen?«

»Mira, vielleicht war sie auf dem Friedhof und hat einfach vergessen, den Rosen Wasser zu geben. Sie war in Gedanken versunken, oder jemand hat sie angerufen und abgelenkt, oder, oder, oder.«

»Bentner hat gewusst, dass Lutteroth den Laden verkaufen wollte. Angenommen, sie und Bentner haben ein Verhältnis, dann hätte er ihr das natürlich erzählt. Angenommen, sie hätte gewusst, dass ihr Mann eine Geliebte hat und plante, sie zu verlassen. Die Firma wäre dann weg gewesen und das halbe Vermögen auch. Aber jetzt, nach seinem Tod, hätten Bentner und sie alles für sich. Jedenfalls fast, der Junge ist natürlich auch erbberechtigt.«

Tom wurde nachdenklich. Er musste zugeben, dass diese Theorie in sich stimmig war.

»Vielleicht hat sie gewusst, was ihr Mann an dem Abend vorhatte«, fuhr Mira fort. »Und Bentner und sie haben ihm eine Falle gestellt. Nachdem Lutteroth von der Tankstelle weitergefahren war, hat Bentner ihn irgendwo abgepasst, erschlagen und die Leiche zu dem Parkplatz am Stadion gebracht. Oder der Anrufer aus dem Time Out hat ihn irgendwohin bestellt, wo Bentner auf ihn gewartet hat.«

»Oder ein Profi, den er beauftragt hat.«

»Zu riskant. Damit hätten sie einen Mitwisser.«

»Ach, wer weiß, was Bentner von seinem schmutzigen Geschäft schon alles gewohnt ist.«

Die Tür ging auf, und Felsen schneite herein.

»Hey, du auch hier! Das ist ja eine nette Überraschung!«

»Nicht wahr!«, erwiderte Tom und versuchte ein trotziges Grinsen.

»Melanie hat schon nach dir gefragt. Zweimal!«, kam es trocken zurück.

»Nicht wirklich!«

»Doch.«

Genervt verdrehte Tom die Augen.

»Ich hab ihr gesagt, dass du bei einem Zeugen bist und dass ich dir ausrichten werde, dass du dich melden sollst.«

Tom nickte.

Sein Chef fixierte ihn. »Was du auch machen wirst.«

Tom nickte ein weiteres Mal.

»Deine Partnerin hat übrigens auch versucht, dich zu erreichen«, sagte Mira mit einem leichten Vorwurf in der Stimme, der echt klang, aber genauso gut gespielt sein konnte. Eine Spezialität von ihr.

»Ich war beim Spadenhof und habe noch mal mit Mats Lutteroth gesprochen«, sagte Tom.

Mira sah zu Felsen. »Hab ich's gewusst oder hab ich's gewusst?«

»Und warum sagst du keinem von uns Bescheid?«, wollte Felsen wissen. »Mann, Tom, das Thema Alleingänge hatten wir doch vor langer Zeit geklärt.«

Tom schwieg.

»Und?«, fragte Mira. Felsen sah ihn ebenfalls gespannt an.

Tom wusste nicht recht, was er sagen sollte. »Der Mann war mal Uhrmacher.«

»Aha!«, sagte Mira.

»Er hat eine riesige Sammlung alter, kaputter Uhren. Er nennt sie seinen Friedhof der Zeit.«

Felsen sah Tom irritiert an.

»Wie poetisch«, sagte Mira.

»Das ist alles?«, wollte Felsen wissen.

Tom zuckte mit den Achseln.

Ihr Chef schüttelte den Kopf.

»So, dann mal zu was Konkretem.« Er hielt ein bedrucktes Papier hoch. »Die Kollegen von der Wirtschaftskriminalität haben uns eine Liste mit allen Vorstandsmitgliedern und Geschäftsführern der Unternehmen erstellt, für die Lutteroth & Bentner arbeiten. Weil wir unter denen vielleicht unseren oder unsere M finden könnten. Und tatsächlich sind zwei darunter: Marlen Meelhopen, Vorstand Forschung und Entwicklung von Orak, und Jan-Peter Mahlau, Geschäftsführer der Medipark-Kliniken Nord. Ich fahre mit Mira zu Mahlau, und dir habe ich schon ein Date mit Meelhopen gemacht. In einer Stunde bei Orak. Da hast du noch etwas Zeit, dich in Form zu bringen.«

»Wie meinst du das?«

»Du siehst fertig aus, mein Lieber. Geh in die Kantine und iss was. Nimm ein paar Vitamine zu dir, trink reichlich Wasser und vielleicht dann noch einen kleinen Kaffee!«

Beim Wort Kaffee zog sich Toms Magen gleich wieder zusammen.

»In die Kantine?«

»Ja, verdammt! Und da bleibst du für dich und machst 'ne Denkpause, klar?«

Mira nickte Felsen anerkennend zu.

»Franziska Agersen wird dich übrigens begleiten. Also zu Orak, nicht in die Kantine.«

Mira warf Tom einen verschmitzten Blick zu. »Der Trench mag dich«, flüsterte sie.

»Und ich hatte immer so großen Respekt vor deiner Menschenkenntnis«, raunte er zurück.

»Moin!«

Doris und Emre betraten das Büro. »Unser kleiner Ausflug aufs Land hat leider nichts ergeben.«

Felsen nickte. »Okay.«

»Doris und Emre waren auf dem Bauernhof von Gusow und Lutteroth in Meckpomm«, klärte Mira Tom auf.

»Wir haben den Hof gründlich abgesucht und uns auch das

Grundstück angesehen. Wir haben kein Versteck entdecken können«, berichtete Emre.

»Natürlich kann man einen kleinen Stick wer weiß wo unterbringen«, sagte Doris. »Erst mal sieht es jedenfalls nicht so aus, als hätte er ihn dort versteckt.«

»Und sonst?«

»Nichts Außergewöhnliches. Ein paar Klamotten, Bücher und Küchenkram. Und eine Überraschung, die er dort für seine Kathrin versteckt hatte. Es wird ihr das Herz zerreißen, wenn sie es irgendwann findet.«

»Was ist es denn?«, wollte Mira wissen.

»Eine Liebeserklärung.«

»Scheiße!«

Doris nickte.

»Am Ende hat Lutteroth gar keine Kopie gemacht«, überlegte Felsen.

»Das kann ich mir nicht vorstellen«, entgegnete Mira.

»Danke!«, wandte sich ihr Chef an Doris und Emre. »Heute brauchen wir eure Unterstützung nicht mehr. Tom kann euch noch auf den aktuellen Stand bringen. Mira und ich fahren jetzt los!«

»Wo sitzen denn diese Medipark-Kliniken?«, wollte Mira wissen.

»In Lübeck.«

»Ach!«, entfuhr es Tom und Mira fast gleichzeitig.

30

Der gläserne Fahrstuhl glitt leise und zügig nach oben, dem riesigen Glasdach entgegen, durch das die Sonnenstrahlen in das weite Atrium fielen. Tom sah auf die vielen Menschen hinab, die immer kleiner wurden. Sie saßen und standen beieinander oder bewegten sich durch die gläsernen Röhren, die einige Stockwerke kreuz und quer miteinander verbanden. Die Etagen waren offen, fast das ganze Innenleben dieses gigantischen Gebäudes war einsehbar. Büros, Konferenzräume und Labore lagen hinter Glas. Eine transparente Welt ohne Geheimnisse, dachte Tom und war sich sicher, dass der Schein nur trügen konnte. Neben ihm stand Franziska Agersen und schien unbeeindruckt von der futuristischen Architektur.

»5.345 Angestellte. Umsatz um die drei Milliarden. Drittgrößter Steuerzahler Hamburgs. Und der größte Kunde von Lutteroth & Bentner«, schloss sie ihre Aufzählung. »Selbst wenn sie M sein sollte, gibt es keinen Anlass für irgendeinen Verdacht. Wir halten uns schön zurück.«

»In der Ruhe liegt die Kraft«, erwiderte er.

Sanft bremste der Fahrstuhl, die Tür öffnete sich, und vor ihnen stand eine zierliche blonde Frau, die ihnen die Hand entgegenstreckte.

»Hallo, ich bin Lea Müll, die Assistentin von Frau Meelhopen.«

Tom stutzte. Hatte sie Müll gesagt?

»Ich bin Franziska Agersen, und das ist Kriminaloberkommissar Tom Simon.«

Tom nickte freundlich.

»Schön, dass es so schnell mit dem Termin geklappt hat«, sagte Agersen.

»Ja, da haben Sie Glück gehabt. Kurz bevor Sie angerufen haben, war uns ein Termin geplatzt.«

Lea Müll, was für ein Name, dachte Tom, während er den beiden Frauen folgte. Fängt auch mit M an. Er musste schmunzeln. Es ging ihm besser, sein Magen hatte sich beruhigt, und das Fischfilet mit dem gemischten Salat hatte ihm etwas Energie gespendet. Auch wenn das mit der Denkpause nicht funktioniert hatte, so hatte ihm die kurze Auszeit doch gutgetan.

Strahlend blaue Augen blickten aufmerksam und freundlich aus einem Gesicht, dessen feine Falten und Grübchen von Lebenserfahrung und Humor zeugten. Braune Haare fielen wild über

Schultern, die in einem hellgrauen Sommerkleid steckten. Marlen Meelhopen hatte eine jugendliche, dynamische und sehr natürliche Ausstrahlung.

»Ich habe es in der Zeitung gelesen. Furchtbar, es kam mir ganz unwirklich vor.« Sie sprach mit einem leichten Akzent, der britisch klang, den Tom aber von Niederländern kannte.

»Wollen wir uns setzen?« Meelhopen deutete zu der Ledersitzgruppe neben der bodentiefen Fensterfront. Agersen und er nahmen in den beiden Sesseln Platz, während ihre Gastgeberin sich auf dem Sofa gegenüber niederließ.

Durch die Fenster hatten sie einen großartigen Blick über Hammerbrook, das von Kanälen durchzogene alte Industrieviertel, das sich zu einem modernen Geschäftsquartier voller neuer Bürokomplexe gewandelt hatte.

»Kann ich Ihnen etwas anbieten? Kaffee, Tee, Wasser?«

»Für mich nicht, danke«, erwiderte Agersen. Tom winkte ebenfalls ab.

Meelhopen griff zu der türkisblauen Metallbox mit goldener Schrift, die in der Mitte des Tisches lag.

»Einen Keks vielleicht?«

Sie öffnete den Deckel. Die großen Kekse sahen äußerst appetitlich aus.

»Die sind der absolute Wahnsinn. Aus einer kleinen Bäckerei in Amsterdam, die nichts anderes als diese Kekse herstellt. Nach einem über Generationen überlieferten Geheimrezept. Ein kleiner Laden in einer Gasse, vor dem die Kunden Schlange stehen.« Ihre Augen leuchteten begeistert.

»Ich lasse sie mir einmal im Monat liefern. Ein kleiner Luxus, den ich mir gönne. Und ein Stück Heimat.«

»Danke, später vielleicht«, antwortete Agersen.

»Ich nehme gerne einen.« Tom biss in die knusprige Masse aus Teig, Schoko- und Mandelstückchen.

Meelhopen sah ihn gespannt an.

Tom nickte. »Ziemlich gut.«

»So, und nun, wie kann ich Ihnen helfen?« Meelhopen wandte sich an Agersen, offenbar hatte sie den Eindruck, dass die Staatsanwältin die entscheidende Person war. Tom unterdrückte den Impuls, selbst die erste Frage zu stellen, und biss stattdessen ein weiteres Mal in den Keks.

Franziska Agersen schlug die Beine übereinander. Mit der aufrechten Haltung, ihrem blassen Gesicht und dem akkuraten Pagenschnitt wirkte sie streng und kühl. Eine Antithese zu der lockeren, offenherzigen Managerin, dachte Tom.

»Kannten Sie Lars Lutteroth persönlich?«

»Das ist ja das Verrückte«, antwortete Marlen Meelhopen wie aus der Pistole geschossen. »Ich hatte Lars gerade erst kennengelernt. Nur ein paar Tage vor seinem Tod.«

Abwechselnd sah sie Tom und Agersen an. Souverän und professionell, dachte Tom, sie nimmt jeden ihrer Gesprächspartner mit.

»Vorher hatte ich nie mit ihm zu tun gehabt. Eigentlich beschäftigen sich meine Kollegen mit den Themen, für die wir Lutteroth & Bentner engagiert haben. Sie sind unsere Hausagentur, mit der wir schon lange sehr erfolgreich zusammenarbeiten. Aber wir haben gerade ein besonderes Projekt, für das eine …« – sie suchte nach dem passenden Wort – »… sehr anspruchsvolle Strategie benötigt wird. Unter höchster Geheimhaltung.« Sie schmunzelte. »Die Konkurrenz schläft nicht.«

Agersen nickte.

»Ich musste die Kommunikation selbst übernehmen, und darum habe ich mich mit Lars getroffen. Zu einem ersten Gedankenaustausch.«

»Wann und wo haben Sie ihn getroffen?«, fragte Agersen.

Meelhopen überlegte.

»Ich glaube, das war am Montag letzter Woche im Museum für Kunst und Gewerbe.«

Agersen warf Tom einen kurzen Blick zu.

»Ich gehe für wichtige Gespräche gerne an besondere Orte. Die ungewohnte Umgebung erhöht die Konzentration und wirkt oft inspirierend. Ich habe damit gute Erfahrungen gemacht.«

»Hat es denn funktioniert?«, mischte sich Tom ein.

»Ich denke schon. Es war ein sehr produktiver Austausch. Ich würde sogar sagen richtungsweisend. Lars konnte sehr schnell sehr weit im Voraus denken. Ein hochintelligenter Mensch. Es war nicht leicht, seinen Gedanken immer zu folgen.« Sie hielt inne. »Was für eine traurige Geschichte! Man liest immer von irgendwelchen Verbrechen, und es ist so weit entfernt von dem eigenen Leben. Und plötzlich …«

»War es Ihr einziges Treffen?«, fragte Agersen.

Kurz schien Meelhopen irritiert.

»Nein, zwei Tage später haben wir uns noch einmal getroffen. Wieder dort. Es hatten sich neue Aspekte ergeben, die wir berücksichtigen mussten, wir durften keine Zeit verlieren.«

»Natürlich wollen Sie uns nicht verraten, um was für ein Projekt es ging«, sagte Tom.

»Ist das für Ihre Ermittlungen denn wichtig?«

»Nein«, schaltete sich Agersen ein.

»Das könnte sich jedoch ändern«, fügte Tom hinzu.

Mit einem dezenten, aber scharfen Blick erinnerte Agersen ihn an das Gebot der Zurückhaltung. Dann wandte sie sich wieder an Meelhopen.

»Kennen Sie auch Hauke Bentner?«

»Nicht persönlich, nein!«

»Wussten Sie, dass Lars Lutteroth vorhatte, die Agentur zu verkaufen und seinen Beruf an den Nagel zu hängen, weil er genug hatte von den Lügen und schmutzigen Geschäften?«, wollte Tom wissen.

Agersens Gesichtszüge froren ein. Meelhopen wirkte ein wenig konsterniert.

»Lügen. Schmutzige Geschäfte«, wiederholte sie.

»Lutteroths Worte. So hat er es formuliert.«

Nachdenklich sah Meelhopen Tom an.

»Ich bin nicht naiv, vielleicht hatte ich nur das Glück, bis heute von derlei Dingen verschont geblieben zu sein.«

Die Nachmittagssonne schien ungehindert auf das weitläufige Parkdeck. Die hohe Luftfeuchtigkeit des Vormittags war einer trockenen, mediterranen Hitze gewichen. Der verfrühte Sommer machte weiter und schien zeigen zu wollen, was er noch draufhatte. Agersen holte ihre Sonnenbrille aus der Tasche und setzte sie auf. Tom hatte seine wieder einmal nicht dabei. Schweigend gingen sie nebeneinanderher. Es war ihm klar, dass sie sauer war, weil er sich nicht an ihre Vorgabe gehalten hatte. Offenbar verkniff sie sich aber einen Kommentar.

Der weiße Käfer wartete mit offenem Verdeck auf sie. Kurz bevor sie ihn erreichten, fuhr ein Taxi an der Auffahrt vorbei und verschwand in der Einfahrt zur Tiefgarage. Im Fonds des Wagens hatte ein Mann gesessen. Ein Mann mit Glatze. Tom blieb stehen, er meinte, Hauke Bentner erkannt zu haben. War es nicht ungewöhnlich, dass ein Taxifahrer in die Tiefgarage fährt, um seinen Gast abzusetzen? Es sei denn, der Gast möchte nicht gesehen werden.

Ohne weiter zu überlegen oder Agersen etwas zu sagen, lief er los, rannte die Auffahrt hinunter, bog um die Ecke in die Einfahrt zur Tiefgarage und lief hinein. Er tauchte unter der Schranke hindurch, blieb stehen und suchte das Taxi. Am Ende der Garage entdeckte er es. Der Mann stieg aus. Tom ging hinter einem parkenden Wagen in die Hocke und beobachtete ihn. Er trug einen dunkelblauen Anzug und eine Sonnenbrille, öffnete eine Tür, die sicher zum Treppenhaus mit den Fahrstühlen führte, und verschwand. Es konnte Bentner gewesen sein, aber sicher war sich Tom nicht. Wieder überlegte er nicht lange und rannte los. Den Weg zurück zum Parkdeck, vorbei an Franziska Agersen, die an ihrem Wagen wartete und ihm fassungslos nachsah, zum Eingang des Gebäudes.

»Tom!«, rief sie ihm hinterher.

Er reagierte nicht.

»Verdammt, was soll das?«

Er riss eine der beiden gläsernen Eingangstüren auf und stürmte vorbei an dem überraschten Personal vom Empfang. Ein breitschultriger Security-Mann stellte sich ihm in den Weg und packte ihn.

»Hey, hey!«, sagte er und hielt Tom fest im Griff. Dieser leistete keinen Widerstand, versuchte aber, die beiden gläsernen Fahrstühle im Blick zu behalten. Und da sah er auch schon seinen Mann. Er trug immer noch die Sonnenbrille, während ihn der Aufzug nach oben brachte. Ein anderer Mann im grauen Anzug kam von irgendwoher und stellte sich zu dem Security-Mann.

»Was soll das denn hier werden?«

Tom behielt den Fahrstuhl stoisch im Blick.

»Hallo«, sagte der graue Anzug. »Können Sie sich ausweisen?«

Der Fahrstuhl hielt, und sein Mann stieg aus. Es war der achte Stock. Tom erkannte die große Holzskulptur, an der sie vorbeigegangen waren.

»Wir holen jetzt besser die Polizei.«

»Nicht nötig!« Das war Agersens Stimme, und ein wenig freute sich Tom, sie zu hören.

»Sorry, aber wenn ich erst mit dir diskutiert hätte, wäre er weg gewesen.«

Tom sah Franziska Agersen mit festem Blick an. Er hatte keine Lust, sich vorschreiben zu lassen, wie er seinen Job zu machen hatte. Der Staatsanwältin war anzumerken, dass sie sich bemühte, ruhig zu bleiben. Sie startete den Motor und fuhr los.

»Und was hast du jetzt herausgefunden?«

Tom schwieg. Ihm war klar, wie sie die Sache bewertete.

»Ein Mann, der von Weitem Bentner ähnelt, ist bei Orak aus einem Taxi gestiegen und mit dem Fahrstuhl in den achten Stock gefahren.«

Sie nickte und spielte übertriebene Anerkennung. »Hammer! Wahnsinn! Gratuliere!«

Die Staatsanwältin fuhr vom Parkdeck herunter und ordnete sich in den zäh fließenden Verkehr ein. Tom holte sein Handy hervor und wählte die Nummer von Lutteroth & Bentner. Agersen sah skeptisch zu ihm herüber.

»Lutteroth und Bentner, guten Tag«, meldete sich Lunas Stimme.

»Hallo Luna, Tom Simon hier. Kann ich kurz Herrn Bentner sprechen?«

Agersen sah ihn überrascht an.

»Spinnst du?«, flüsterte sie kaum hörbar, aber sichtlich erbost.

»Herr Bentner ist auf einem Termin«, sagte Luna freundlich. »Kann ich Ihnen vielleicht helfen?«

»Ach«, antwortete Tom. »Ist er schon bei Orak? Bei Frau Meelhopen?«

Pause. Er konnte ihr Zögern förmlich hören.

»Es tut mir leid, aber wir geben solche Auskünfte nicht.«

»Okay, danke Luna. Ich wünsche Ihnen einen schönen Feierabend!«

»Oh, der ist noch ein gutes Stück entfernt. Aber vielen Dank!«

Tom verabschiedete sich. Agersen sah ihn kopfschüttelnd an.

»Was ist bloß los mit dir?«

»Nichts, ich mache meinen Job.«

»Ist es ein Problem für dich, dass du mit mir zusammenarbeiten musst?«

Tom sah sie überrascht an.

»Ich könnte es ja verstehen.«

Er fragte sich, ob sie wusste, dass die Zielfahnder Marco auf dem Weg zu ihm vermuteten. Aber warum sollten sie sie darüber informiert haben? Um das Überwachungsnetz schön engmaschig zu stricken? Ja, das machte Sinn. Vielleicht hatte sie deshalb den Fall bekommen. Er vergrub die Hände in seinen Jackentaschen, dabei fühlte er wieder die Zigarettenpackung und hielt sie fest.

»Kannst du mir bitte antworten?«

Er sah sie an.

»Ich habe kein Problem, mit dir zu arbeiten.«

Eine rote Ampel zwang sie zu halten. Agersen drehte sich zu ihm.

»Ich habe dir damals nicht geglaubt. Und ich tue es immer noch nicht.«

Jetzt gab es also Butter bei die Fische, dachte Tom und schwieg. Was sollte er auch dazu sagen?

»Ich habe keine Geschwister, aber ich hatte mir immer eine Schwester gewünscht. Vielleicht kann ich mir nur einen Bruchteil davon vorstellen, wie es damals in dir ausgesehen haben musste und es vermutlich heute noch tut, aber ich hatte immer Respekt vor deiner Situation. Doch noch größeren Respekt hatte ich vor den Gefühlen der Familie des ermordeten Polizisten. Ihnen ist ihr Mann und Vater genommen worden. Von beschissenen Drogendealern, die eiskalt morden, wenn es nötig ist.«

Die Ampel sprang auf Grün, und Agersen musste sich wieder auf den Verkehr konzentrieren.

»Ich würde heute wieder genauso handeln wie damals, ich würde alles versuchen, um von dir zu erfahren, was du weißt.«

Klingt wie eine Drohung, dachte Tom.

31

Die kühle feuchte Erde war überall in ihrem Gesicht, drang zwischen Lippen, Zähne und in die Nasenlöcher. Der modrige Geschmack auf der Zunge, die kleinen Erdbrocken in der Nase. Das Kratzen auf ihren Augenlidern. Mit ganzer Kraft presste sie ihr Gesicht in das Erdloch und schrie hinein. So laut sie konnte. Mit jedem Atemholen sog sie Erde ein und spuckte sie wieder aus. Sie schrie und schrie. Das dunkle Erdreich verschluckte ihre Stimme. Sie ballte ihre Hände zu Fäusten und schlug auf den Boden ein. Immer schneller, immer kräftiger. Ihre Wut musste heraus. Die Natur war gnädig. Oder gleichgültig. Und die anderen waren schon in den Feierabend verschwunden. Als die Kraft sie verließ, hob sie ihren Kopf. Im Haar und auf dem Gesicht klebte Erde. Ihre Hände schmerzten. Erschöpft saß Leslie da und starrte ins Leere.

Die späte Nachmittagssonne fiel in den Hof und tauchte alles in ein rötlich goldenes Licht. Um den langen Eichentisch unter der Buche, der üppig mit Speisen und Getränken gedeckt war, hatten sich die Mitglieder des Spadenhofs versammelt und feierten Janas neununddreißigsten Geburtstag.

Etwas abseits hatte sich Leslie auf einem wackeligen alten Stuhl niedergelassen und betrachtete die ausgelassene Gesellschaft. Der Arbeitstag steckte ihr in den jungen Knochen. Das Praktikum war anstrengender, als sie erwartet hatte. Sie lehnte sich zurück und schloss die Augen. Die Sonne wärmte Haut und Seele.

Sie musste an Italien denken. Mit Tobi. Im Spätsommer wollten sie mit seinem Motorrad dorthin fahren, ohne Pläne, ohne Vorbereitungen, einfach drauflos. Es sollte ihr erster Urlaub mit einem Mann werden. Der große, starke Tobi – sie konnte noch nicht wirklich sagen, ob sie ihn liebte oder ob er nur ein reizvolles Abenteuer war. Aber das war auch nicht wichtig, er war gerade das Beste in ihrem Leben, und es machte sie glücklich, wenn sie an ihn dachte. Sie konnte schon die Grillen zirpen hören und den Duft der Pinienwälder riechen.

»Immer noch schüchtern?«

Der knorrige Jürgen stand vor ihr. Leslie hielt sich die Hand über die Augen, damit die Sonne sie nicht so blendete. Mit einer Bierflasche in der Hand sah der alte Revoluzzer zu ihr herunter. Sie lächelte, etwas anderes fiel ihr nicht ein. Jürgen nahm Leslies Teller mit dem Rest Applecrumble, der in einer kleinen Pfütze zerlaufener Sahne schwamm, von dem Baumstumpf neben ihr, stellte ihn ins Gras und setzte sich auf die frei gewordene Fläche.

»Wie lange bist du jetzt schon hier? Eine Woche?«, fragte er.

»Neun Tage.«

Jürgen nickte und nahm ein paar Schlucke aus seiner Bierflasche. Ein paar fetzige Gitarrenakkorde schallten über den Hof. Ole griff in die Saiten seiner Gitarre. Das Geburtstagskind sprang auf den Tisch und tanzte eine Art Cancan. Wild schwang sie ihren Rock über den Oberschenkeln hin und her. Es wurde gejuchzt und im Rhythmus geklatscht.

»Du fühlst dich nicht wohl hier, oder?«

Leslie fühlte sich ertappt. In der Tat war sie mit den Menschen auf dem Spadenhof noch nicht warm geworden. Alle waren zwar sehr nett zu ihr und hilfsbereit, aber nur auf eine oberflächliche Art und Weise. Jeder schien sehr mit sich beschäftigt zu sein. Außerdem hatte sich bestätigt, was sie eigentlich schon gewusst hatte: Das Landleben war nichts für sie. Trotzdem war das Ganze eine interessante Erfahrung, und sie bereute nicht, hierhergekommen zu sein.

»Ich brauche immer eine Weile, um irgendwo anzukommen.«

»Kann ich verstehen, darum gehe ich gar nicht erst woandershin.«

Jürgen wischte sich den Schweiß aus den tiefen Falten seiner Stirn. Sein kleiner Totenkopfohrring funkelte im Sonnenlicht. Mit seinem rechten Auge sah er sie an, während sein Glasauge unter dem hängenden Lid knapp an ihr vorbeizuschauen schien. Mittlerweile irritierte sie dieser eigenwillige Effekt nicht mehr.

»Du hast da Erde im Haar.« Er deutete auf ihre Stirn.

»Und?«

Jürgen zuckte mit den Achseln und nahm noch ein paar kräftige Schlucke. Sie ärgerte sich über ihre patzige Erwiderung. Immer war sie darauf bedacht, sich bloß nichts sagen zu lassen. Dankbar nahm sie zur Kenntnis, dass Jürgen nicht empfindlich war.

»Sieht doch aus wie aus einem Film«, sagte er und blickte zu der Geburtstagsrunde. Merit hatte sich bei Jana untergehakt und schwang nun ebenfalls das Tanzbein. Alle anderen klatschten dazu. »Einem französischen Film, in dem viel gegessen, getrunken und geredet wird. Und jeder es mit jedem treibt«, konkretisierte Jürgen seinen Vergleich. Leslie musste lachen. Jürgens Humor hatte ihr von Anfang an gefallen. Überhaupt war ihr der raubeinige Eigenbrötler am sympathischsten von allen. Mats Lutteroth erhob sich von der Tafel, nahm seinen Becher und schlenderte quer über den Platz. »Mit Gérard Depardieu in der Hauptrolle.«

»Kenn ich nicht.«

Überrascht sah Jürgen sie an.

»Bin ich wohl zu jung für.« Leslie grinste.

Jürgen räusperte sich. »Stimmt natürlich.«

Lutteroth setzte sich unter einen Baum ins Gras und drehte sich eine Zigarette. Jürgen blickte zu ihm hinüber.

»Jedenfalls spielt er einen launischen alten Patriarchen. Der sämtliche Frauen aus der Nachbarschaft vögelt.« Er überlegte. »Und der ein dunkles Geheimnis in sich trägt.«

Leslie fragte sich, ob Jürgens Fantasie von der Realität inspiriert war, immerhin hatte sie mitbekommen, dass Mats Lutteroth Sonntagnacht mit Merit geschlafen hatte, nachdem sie vorher noch mit ihrem Mann zusammengesessen hatten. Rita verließ ebenfalls die Tafel und ging zu den Kindern, die sich in einem großen Planschbecken eine Wasserschlacht lieferten.

»Und sie ist Eva Green«, sagte Leslie.

»Wer?«

»Eva Green. Mir fällt jetzt kein Film mit ihr ein, aber die war mal Bondgirl. An der Seite von Daniel Craig.«

»Okay.« Jürgen nickte. »Sie ist die Einzige, die er nicht bekommt.«

Leslie sinnierte. »Sie ist eine Tänzerin, die ganz für ihre Kunst lebt.«

»Dass er sie nicht haben kann, macht ihn ganz wahnsinnig«, fügte Jürgen hinzu und grinste verschmitzt. »Das ist gut. Das müssen wir unbedingt weiterentwickeln.« Er prostete ihr zu und trank den Rest seines Bieres in einem Zug. Leslie sah zu Mats Lutteroth hinüber, der an den Baumstamm gelehnt seine Zigarette genoss. Sie könnte jetzt hingehen, dachte sie, sich zu ihm setzen und ein Gespräch beginnen. Über seinen Hof, die Arbeit, ihre ersten Erfahrungen und dieses und jenes. Irgendwie etwas Nähe herstellen. Denn sie hatte das Gefühl, dass er sie überhaupt nicht wahrnahm. Sicher war sie für ihn nur die kleine uninteressante Praktikantin, und außerdem beschäftigte ihn natürlich der Tod seines Bruders. Ermordet, was für eine Kraft dieses Wort hatte, wenn man in der Realität damit konfrontiert wurde. Schon der Gedanke sorgte für ein mulmiges Gefühl.

Lutteroth sah zu ihr herüber, jedenfalls hatte Leslie den Eindruck. Sie beschloss, die Gelegenheit beim Schopf zu packen. Gerade wollte sie sich erheben und zu ihm schlendern, als sie sah, wie Eva Green alias Rita die Kinder verließ, zu Lutteroth ging und sich zu ihm setzte. Die Möglichkeit war dahin. Leslie musste weiter warten. Bei der nächsten Gelegenheit wollte sie entschlossener handeln, schließlich war sie seinetwegen doch überhaupt hier.

32

»Der Junge hat wach in seinem Bett gelegen und durch das offene Fenster die Stimmen und Schritte von zwei Männern gehört, die sich der Unterkunft genähert haben«, berichtete Oliver Taller seinen Kollegen, die sich wieder im Besprechungsraum drei versammelt hatten.

Tom stand am Fenster. Während er Taller zuhörte, sah er den syrischen Jungen mit seiner Mutter unten auf dem kleinen Besucherparkplatz, der im Schatten lag, da die Sonne sich schon hinter die Baumreihen verabschiedet hatte. Die Mutter hielt seine Hand, der Junge trug einen Fußball unter dem Arm. Den hatte er noch nicht bei sich, als Tom an ihnen auf dem Flur vorbeigegangen war. Taller wird ihm den geschenkt haben, vermutete Tom und freute sich über die Geste seines Kollegen.

»Er hatte aber nichts verstehen können, weil sie kein Arabisch gesprochen haben«, erklärte Taller. »Außerdem haben sie geflüstert. Es klang, als würde der eine dem anderen Vorwürfe machen.«

Auf einmal drehte sich der Junge zum Gebäude, und sein Blick wanderte hoch bis zu ihrer Etage, als ob er wüsste, dass sie hier gerade über ihn redeten. Für einen Moment hatte Tom das Gefühl, dass sich ihre Blicke begegneten, dann schaute der Junge wieder nach vorn, und Tom wandte sich seinen Kollegen zu, die am langen Tisch saßen und Tallers Ausführungen folgten.

»Die Männer sind dann über den Zaun ins Lager geklettert. Die Uhrzeit wusste er leider nicht.«

Taller berichtete ganz sachlich, aber man merkte ihm an, dass er den Jungen lieb gewonnen hatte.

»Leider war Hamit der Einzige seiner Familie, der wach war. Er hatte einen Albtraum gehabt und konnte nicht wieder einschlafen. Am nächsten Tag hat er seiner Mutter von den Männern erzählt, aber der Großvater wollte nicht, dass er es der Polizei sagte. Aus Angst, dass sie im Lager Ärger mit den anderen Bewohnern bekämen. Es hat Hamit aber keine Ruhe gelassen. Er hat gedacht, dass diese Männer vielleicht den Mann neben dem Auto getötet hätten. Er musste es einfach sagen, es gehe doch um die Wahrheit. So hat er es mir erzählt. Was für ein feiner Kerl.«

Einige Kollegen nickten beeindruckt. Tom sah, wie unten ein Taxi vorfuhr.

»Also, laut dem Sicherheitspersonal kommt es öfter vor, dass jemand die Unterkunft heimlich über den Zaun verlässt und auf die gleiche Art zurückkehrt«, erklärte Balbeck.

Mutter und Sohn stiegen in das Taxi, das ihnen die Hamburger Polizei spendierte, und der Wagen fuhr vom Gelände. Durch die Heckscheibe konnte Tom sehen, wie der Junge seinen Kopf an die Schulter seiner Mutter lehnte.

»Ich sage, der Junge hat die Typen gehört, die in die Lauben eingebrochen sind. Sie sind da gerade von ihrem schnellen, kleinen Beutezug in der Nachbarschaft ins warme Nest zurückgekehrt.«

Tom ärgerte die Haltung, die Balbeck durchscheinen ließ, auch wenn er wusste, dass seine Theorie durchaus realistisch war.

»Für uns ist entscheidend, ob die beiden Männer etwas gesehen haben von den Vorgängen auf dem Parkplatz«, sagte Felsen.

»Oder involviert waren«, fügte Balbeck trocken hinzu. »Aber

wir werden nie herausfinden, wer sie sind. Die werden sich nicht zu erkennen geben, nur um der deutschen Polizei zu helfen.«

»Na ja«, merkte Taller an. »Der Junge hat das gerade getan.«

»Der hat ja auch nichts zu verbergen«, merkte Mira an und schluckte zwei Pillen, die sie mit etwas Mineralwasser hinunterspülte.

Agersen beugte sich vor. »Ich könnte denen Straffreiheit versprechen. Aber die haben viel zu große Angst vor der Ausweisung«, sagte sie.

»Wir könnten eine Belohnung aussetzen«, schlug Mira vor. »Für Hinweise, die …«

Agersen unterbrach sie. »Zu viel Angst!«

»Trotzdem, wir müssen es versuchen«, entschied Felsen und wandte sich an Balbeck und Taller. »Ihr kümmert euch morgen darum. Ihr fahrt da mit zwei Dolmetschern hin und befragt alle nichtarabischen Männer. Macht ihnen klar, dass sie nicht sagen müssen, woher sie gekommen sind oder was sie gemacht haben.«

»Na vielen Dank!«, erwiderte Balbeck.

»Was habt ihr eigentlich von Felix Sänger erfahren?«, fragte Tom.

»Nichts Aufregendes«, erklärte Taller. »Er sagt, dass er Lars Lutteroth an der Uni kennengelernt hätte. Lutteroth hat als Gastdozent einige Vorlesungen gehalten zum Thema Politik und soziale Medien. Wir haben das überprüft, und es stimmt. In einer Pause seien sie miteinander ins Gespräch gekommen, und er hätte ihn gefragt, ob er in der Agentur ein Praktikum machen könne. Am Montag wäre er in der Agentur gewesen, um sich vorzustellen. Da hätte er dann aber nur kurz mit Hauke Bentner gesprochen, der ihn gebeten hatte, sich in vier Wochen wieder zu melden. Vom Tod Lutteroths hätte er erst später in der Zeitung gelesen.«

»Der Junge wirkte ganz entspannt, machte einen normalen Eindruck«, fügte Balbeck hinzu.

»Nur dass seine Bude ’ne Nummer zu groß und zu schick für einen Studenten ist. Ein Penthouse in Eimsbüttel«, merkte Taller an.

»Habt ihr ihn darauf angesprochen?«, wollte Tom wissen.

»Er hat gesagt, dass er Geld von seinen Eltern bekäme und neben dem Studium ein paar IT-Jobs mache, die gut bezahlt würden«, sagte Taller.

»Wie zum Beispiel einen Computer zu hacken und eine Datei zu löschen«, fügte Tom hinzu.

Taller zuckte mit den Achseln.

»Ob der junge Mann Lutteroths Vorlesung auch wirklich besucht und ihn angesprochen hat, können wir nicht mehr überprüfen«, merkte Balbeck an.

Felsen erhob sich. »Wir kommen nicht vom Fleck«, murmelte er, während er nachdenklich auf und ab ging.

»Immerhin wissen wir jetzt, wer M ist«, sagte Agersen. »Ist zwar etwas eigenartig, sich im Museum zu treffen, um eine wichtige Strategie zu besprechen, aber andererseits gehören kreative Ideen zum modernen Management.«

»Aber am übernächsten Tag treffen sie sich dort gleich wieder?«, fragte Mira.

Agersen zuckte mit den Achseln.

»Und du bist dir sicher …«, wandte sich Felsen an Tom, »dass es Bentner war, den du bei Orak gesehen hast?«

»Ja.«

Agersen wiegte ihren Kopf skeptisch hin und her.

»Ganz sicher«, betonte Tom. »Und er stieg in dem Stockwerk aus dem Fahrstuhl, in dem Meelhopens Büro liegt. Aber laut der holländischen Lady kennen sie sich ja nicht.« Er breitete die Arme aus, was heißen sollte, den Rest könne sich jeder selber denken.

Felsen seufzte nachdenklich. »Er kann auch zu jemand anderem auf dem Stockwerk gegangen sein. Und ansonsten wäre es ganz normal, wenn Bentner Meelhopen aufsuchen würde. Schließlich laufen die Geschäfte der Agentur ja weiter. Und wenn sie gerade an einer wichtigen Strategie gearbeitet haben …«

Agersen nickte zustimmend.

»Lutteroth hat Orak erpresst«, sagte Balbeck. »Ich bleib dabei.

Und mit dieser Meelhopen hat er sich an einem öffentlichen Ort getroffen, an dem ihm nichts passieren konnte und sie trotzdem in Ruhe verhandeln konnten. Sie sind sich aber nicht einig geworden. Orak hat dann jemanden beauftragt, Lutteroths Computer zu hacken und die Datei, um die es geht, zu löschen. Und dann haben sie ihn auch noch ganz zum Schweigen gebracht. Gründliche Arbeit. Der Anrufer hat Lutteroth irgendwohin bestellt, wo sein Mörder auf ihn gewartet hat.«

»Ich hol Frank von der Wirtschaftskriminalität dazu«, sagte Felsen. »Wir müssen uns noch mal alle Unterlagen der Agentur zu den Orak-Projekten ansehen.«

»Aber warum hat der Anrufer am nächsten Abend noch bei Lutteroth zu Hause angerufen?«, fragte Tom.

Balbeck zuckte mit den Achseln. »Vielleicht wollten die Täter herausfinden, ob jemand im Haus ist, weil sie vorhatten einzubrechen, um nach einer Kopie der Datei zu suchen.«

»Ja«, sagte Felsen. »Möglicherweise hat der Täter sein Ziel noch nicht erreicht.«

»Dann wäre die Familie in Gefahr«, bemerkte Mira. Keiner widersprach.

Schnell warf Sarah Lutteroth noch einen Blick in den Spiegel, zupfte ihre Bluse zurecht und fragte sich, ob sie nicht doch ein wenig Lippenstift hätte auftragen sollen. Dann ging sie zur Tür und öffnete. Hauke Bentner stand vor ihr, hielt zwei Tüten in den Händen und lächelte freundlich.

»Hallo, Sarah!«

»Hauke, gut, dass du da bist.«

Er hob die Tüten hoch. »Das beste Sushi der Stadt. Eigentlich haben die keinen Außerhaus-Service, aber für mich machen sie manchmal eine Ausnahme.«

Auf einmal fühlte sie sich wie ein schüchternes, junges Mädchen.

Die Dämmerung tauchte den Garten in blaues, fahles Licht. Sarah Lutteroth zündete die Windlichter auf dem Holztisch der Terrasse an. Zwischen ihnen standen die Teller und Schalen mit den Resten ihres japanischen Mahls. Bentner hatte die Ärmel seines schwarzen Hemdes hochgekrempelt und füllte ihre kleinen Keramikschälchen mit Sake. Durch die offene Schiebetür klang leiser Jazz.

»Ich finde es gut, dass du dich nicht verkriechst. Dass du dich getraut hast, mich anzurufen.«

Sie nickte. Er hob sein Schälchen, Sarah Lutteroth nahm ihres, und sie tranken von dem süßlichen Reiswein. Das Sushi war in der Tat hervorragend gewesen, aber sie hatte nur wenig zu sich nehmen können. Sie hatten über sich, den Lauf des Lebens, Ziele, Schicksal und Familie gesprochen, nur nicht über Lars. Sie schienen die Erinnerung an ihn bewusst zu vermeiden. Sarah Lutteroth war überrascht von der Reflektiertheit und Sensibilität Hauke Bentners und fragte sich, warum Lars nie von dieser Seite seines Partners gesprochen hatte.

Der Reiswein sorgte für eine wohlige Wärme in ihrem Bauch, und sie leerte den Rest ihres Schälchens. Sie fühlte sich eigenartig. Haltlos. Frei. Nichts band sie mehr an irgendjemanden oder irgendetwas. Lars gab es nicht mehr, und sie fühlte keinerlei moralische Verpflichtung mehr ihm gegenüber. Henning und Ebba waren ebenfalls tot, Sofie ging offenbar schon länger, als sie es wahrhaben wollte, ihre eigenen Weg und Lena war auch bald so weit.

»Lars hatte eine Geliebte«, sagte sie und sah ihn mit festem Blick in die Augen. »Schon lange. Er hatte sogar ein Kind mit ihr. Einen vierjährigen Jungen.« Bentners Überraschung erschien ihr echt.

»Die Frau hat sich bei der Polizei gemeldet. Lars hat mit ihr einen Bauernhof gekauft. Sie wollten auf dem Land leben.«

Bentner ließ sich in den Rattansessel zurücksinken.

Sie griff sich die Sakeflasche und füllte ihre Schälchen. »Wir trinken jetzt auf das Leben!«

Bentner sah sie mitfühlend an. »Nicht zynisch werden!«

»Ich bin nicht zynisch.« Ihre Augen füllten sich mit Tränen. »Auf das Leben!«

Sie hoben ihre Schälchen.

»Auf das Leben!«

Der Volleyball fühlte sich gut an in ihrer Hand, nach Normalität, nach Spaß. Sie warf ihn in die Luft und schlug ihn mit der flachen Hand über das Netz. Auf der anderen Seite machte Bentner ein paar schnelle Schritte, erreichte den Ball gerade eben und pritschte ihn zurück in ihre Hälfte. Sie musste zur Seite laufen und pritschte den Ball lachend wieder zurück. Er ging in die Knie und baggerte den Ball ins Netz.

»Sieben zu vier«, rief sie und streckte jubelnd beide Arme in die Höhe. Bentner lachte und ließ sich auf den Rasen fallen.

»Ich gebe auf. Ich kann nicht mehr.«

»Oh, nein. Wir müssen das zu Ende spielen«, sagte sie.

Bentner legte sich auf den Rücken und verschränkte die Hände hinter seinem Kopf. Sarah Lutteroth tauchte unter dem Netz hindurch und lief zu ihm. Er sah hoch zu ihr, und ihr wurde bewusst, dass er ihr fast unter den Rock sehen konnte. Sie machte einen Schritt zurück und spürte ein Kribbeln, das sie nicht mehr gekannt hatte.

»Was hast du jetzt eigentlich vor?« Bentner formulierte die Frage beiläufig.

Sie sah zu ihm hinunter und wiegte ihren Körper sanft hin und her.

»Was willst du mit der Agentur machen?«

»Ich habe noch nicht darüber nachgedacht«, antwortete sie.

Bentner drehte sich auf die Seite und sah sie an. »Ich könnte den Laden allein weiterführen, es würde sich nichts ändern.«

Eine merkwürdige Vorstellung, dachte sie. Außerdem empfand sie den Zeitpunkt seiner Frage als unpassend.

»Aber ich will ja gerade, dass sich was ändert. Es soll sich alles ändern!« Sie versuchte, charmant zu klingen.

Er setzte sich auf und sah sie mit ernstem Ausdruck an. »Aber du brauchst Geld. Die Agentur läuft gut, das Team ist stark, und der Zusammenhalt ist außergewöhnlich. Alle sind sehr traurig und betroffen von Lars' Tod. Und sie hoffen, dass es weitergeht.«

Der leise Zauber, den der Abend für Sarah Lutteroth gehabt hatte, war verflogen. Um Hauke Bentners Augen und Mund zeigte sich wieder dieser angespannte Zug, der ihr schon beim letzten Mal aufgefallen war, der etwas ausdrückte, was sie nicht benennen konnte. Heute konnte sie es. Es war ein Ausdruck von Zielstrebigkeit, berechnender Zielstrebigkeit.

33

Frank Kehlen vom LKA 5 für Wirtschaftskriminalität wirkte um einiges frischer als seine Kollegen der Mordbereitschaft zwei. Mit seinem Laptop saß er neben Mira an ihrem Schreibtisch. Auf den Bildschirmen Texte, Fotos und Tabellen. Kehlen lehnte sich auf seinem Stuhl zurück und strich sich mit seinen Fingern nachdenklich über die Stirn.

»Orak ist keiner von den Großen, aber wohl kurz davor, einer zu werden. Insofern ist der Konzern schon interessant, der Druck vielleicht gerade besonders groß. Die dürfen sich keinen Fehler erlauben, sonst klappt's nicht mit dem Börsengang.«

Felsen und Tom saßen ihren Kollegen gegenüber und studierten ebenfalls Unterlagen auf Toms Monitor.

»Was ist denn mit diesem Herzmittel Diparafan?«, fragte Felsen. »Das wurde vor einem Jahr zugelassen. Dazu gibt es ja irre viele Infoschreiben, Kommunikationsmaßnahmen und Marketingstrategien. Und eine umfangreiche Korrespondenz mit dem Gesundheitsministerium ist auch dokumentiert.«

»Das Mittel ist wohl ein wesentlicher Baustein des momentanen Höhenflugs von Orak. Offenbar haben sie sich die Entwicklung und die Zulassung hart erkämpft.«

Kehlen klickte auf ein Dokument und scrollte langsam durch die Seiten, bis er fündig geworden war.

»Hier! Das zieht sich über fast drei Jahre hin. Aber ich kann da nichts entdecken, das scheint alles wasserdicht zu sein. Und auf den Konten der Agentur und Lutteroths gibt es auch keine verdächtigen Bewegungen, die dazu passen würden. Nichts, nada, nothing!«

Mira nickte frustriert. Tom brummte der Schädel. Endlose Fakten, Zahlen, Zusammenhänge. Sein Magen meldete sich ebenfalls wieder. Er musste raus hier, brauchte etwas, das ihm den Kopf freiblies. Sein Blick fiel auf seine schwarze Sporttasche in der Ecke, und er fragte sich, ob er sich noch ein wenig am Sandsack austoben sollte. Seine Rippen schmerzten kaum noch, er spürte, dass ihm das guttun würde.

Kehlen erhob sich. »Dazu muss man sagen, dass die Pharmaindustrie sich sowieso viele legale Möglichkeiten der Manipulation geschaffen hat. Kein anderer Wirtschaftszweig ist so mächtig, nirgendwo ist der Lobbyismus so stark vertreten wie dort. Da werden Kartelle gebildet, Absprachen getroffen und Schmiergelder gezahlt. Alles legal. Das Halblegale oder Illegale ist in diesem komplexen Geflecht kaum zu erkennen. Die Politik hat es bis heute nicht geschafft, dem etwas entgegenzusetzen. Alle Versuche sind kläglich gescheitert.«

»Kannst du was über die Meelhopen herausfinden?«, fragte Tom.

»Ich werde morgen früh mal ein paar Drähte anzapfen«, sagte Frank Kehlen und holte sein Handy aus der Hosentasche. »Aber jetzt, liebe Kollegen, werde ich mich verabschieden, denn auf unserer Terrasse sitzen ein paar Freunde, die ich wenigstens noch kurz sehen möchte.«

»Habt ihr noch euer Penthouse?«, wollte Felsen wissen.

»Ja, aber die Betonung liegt auf noch. Im Sommer steht die nächste Mieterhöhung an. Die kommt jetzt pünktlich alle drei Jahre und geht immer schön bis zum Limit, seit das Haus einem Immobilienfonds gehört. Diese können wir noch wuppen, aber die nächste?« Er zuckte mit den Achseln.

»Bei dem Thema kriege ich so einen Hals«, sagte Felsen. »Wie viele Kollegen mussten schon in die Pampa ziehen und sitzen jetzt täglich zwei Stunden im Auto oder Zug, um für die Hamburger Bürger da zu sein? Können sich die Stadt nicht mehr leisten, aber sollen für ihre Bewohner die Köpfe hinhalten. Das ist doch absurd.«

Kehlen nickte. Felsen erhob sich. »Wir machen auch Schluss für heute. Danke für deine Unterstützung, Frank!«

»Wir brauchen die Datei«, sagte Mira.

Kehlen blickte nachdenklich in die Runde. »Aber war Lutteroth denn überhaupt der Typ für eine Erpressung? Der war doch dabei, sich ein neues Leben aufzubauen. Mit einem kleinen Sohn. Hätte er ernsthaft riskiert, sich in Gefahr zu bringen oder hinter Gitter? Ein so bürgerlicher Mensch?«

Kekspackungen, Chipstüten, Müsligläser, Kaffee, schwarzer und grüner Tee, einige uralte Beutel Pfefferminztee, aber kein Kamillentee. Unverrichteter Dinge verließ Tom seine kleine Speisekammer und überlegte. Er konnte die Nachbarn im Haus fragen, es war erst kurz nach zehn, aber er hatte keine Lust, heute auch nur noch ein einziges Wort zu reden. Er beschloss, sich einfach heißes Wasser zuzubereiten. Mira trank jeden Morgen heißes Wasser. Zu der äußeren Reinigung eine innere, sagte sie. Das hatte mit Ayurveda zu tun, von dem Tom nichts wusste, außer dass es eine alte, indische Heilkunst war. Aber er spürte, dass das seiner gereizten Magenschleimhaut guttun könnte. In seinem Kessel brachte er Wasser zum Kochen, füllte sich etwas in einen Becher und ging nach vorn ins Wohnzimmer. Er schob Charlotte Gainsbourg in den CD-Player, schlenderte zu ihrer flüsternden, melancholischen Stimme umher und wartete darauf, dass sein heißes Wasser ein wenig abkühlte. Sein Blick fiel auf den Futon mit dem zerwühlten Bettbezug, und er musste an Marie denken. Er fragte sich, warum es mit ihnen im Bett nicht geklappt hatte. Er fand sie attraktiv. Und interessant. Er hätte sich sogar mehr vorstellen können als nur ein flüchtiges Abenteuer. Am Fenster blieb er stehen und sah hinaus. Auf der Baustelle von

Hamburg Wasser schien sich heute kaum etwas getan zu haben, was ihn nicht wunderte. Gegenüber saß wieder die ältere Frau in Slip und Unterhemd mit einem Glas Weißwein auf ihrem Balkon und rauchte.

»Die Jungs«, stand auf dem Fotoalbum, das Tom aus einer der beiden großen, unteren Schubladen seines Bücherschranks hervorholte. Seine Mutter hatte den Titel mit goldener Tinte in ihrer braven Mädchenschrift, die sie sich bis heute erhalten hatte, auf den blauen Einband geschrieben. Zwei gleiche Alben hatte sie in liebevoller Handarbeit gestaltet und ihren Söhnen zum achtzehnten Geburtstag geschenkt. Damals war er noch zu jung gewesen, um den wahren Wert dieser Erinnerungen ermessen zu können. Inzwischen war er unschätzbar für ihn geworden. Er setzte sich in den alten Ledersessel an die offene Balkontür, legte das Album auf seinen Schoß und schlug es auf. Zwei identisch aussehende Babys in einem Kinderwagen sahen ihn an. Tom betrachtete die Gesichter, die mit weit aufgerissenen Augen staunend auf die Welt zu blicken schienen. Er blätterte weiter, überflog die Bilder der frühen Jahre ihrer Kindheit. Dann traf er auf ein Foto, auf dem die kleinen Jungen auf der Terrasse ihre Spielzeugautos um sich versammelt hatten. Marco schob einen amerikanischen Polizeiwagen über die Steinplatten, und Tom hielt einen gelben Sportwagen in den Händen. Ein Lamborghini, er erinnerte sich noch genau an den kleinen Flitzer, den hatte er besonders gern gemocht. Allerdings fragte er sich, ob er sich möglicherweise nur aufgrund des Fotos an ihn erinnerte. Ohne das Bild hätte er ihn vielleicht schon längst aus dem Gedächtnis verloren. So wie es Mats Lutteroth mit dem Batmobil ergangen war. Er besaß keine Fotos aus seiner Kindheit, wollte keine Erinnerungen. Tom musste an das Kindermädchen der Lutteroths denken, das auf vielen Fotos in Lars Lutteroths Album zu sehen war. Er fragte sich, ob sie noch lebte. Wenn ja, könnte man sie nach dem Batmobil fragen. Möglicherweise erinnerte sie sich an das Spielzeugauto und konnte ihnen sagen, ob es eine besondere Bedeutung für die Brüder gehabt hatte. Gleich morgen früh würde er beim Finanzamt und Einwohnermeldeamt anrufen, sicher hatten Ebba und Henning Lutteroth ihr schwedisches Kindermädchen korrekt gemeldet. Wenn er ihren Namen hatte, konnte er ihre aktuelle Adresse herausfinden. Zufrieden mit seiner Idee, blätterte er weiter. Sein Magen hatte sich mittlerweile etwas beruhigt. Entspannt lehnte er sich in dem bequemen Sessel zurück und spürte, wie eine sanfte Müdigkeit langsam in ihm hochkroch. Er begann, sich wohlzufühlen, und wagte fast zu hoffen, heute einmal nicht schlaflos bleiben zu müssen. Einige Seiten übersprang er und gelangte zu den Aufnahmen der späten Jahre. Marco und er im Boxring, ihre austrainierten, vom Schweiß glänzenden Körper in Aktion. Mit Jimmy in seiner Butze, wie alle sein kleines Büro nannten, dessen Wände von Zeitungsausschnitten und Schwarz-Weiß-Fotos von ihm, seinen Boxern und ihren Erfolgen übersät waren und das heute noch genauso aussah wie damals.

Es folgten Bilder von den Urlauben bei den italienischen Großeltern auf ihrem Hof in Apulien, wo die Brüder unzählige Male bei der anstrengenden Tomatenernte geholfen hatten. Tom erinnerte sich gern an das befriedigende Gefühl, nach zwei, drei Stunden harter Arbeit mit Marco im Schatten eines Olivenbaums zu sitzen, in eine der frisch gepflückten Früchte zu beißen, ein Käsebrot zu essen und anschließend auf den Fahrrädern zu der kleinen, felsigen Bucht zu fahren und ins türkisblaue Meer zu springen. Danach hatten sie schweigend auf den warmen Felsen gelegen und ihre Körper von der Sonne trocknen lassen. Ein vollkommener Moment. Tom war so unbeschwert gewesen, zutiefst zufrieden, so glücklich, wie er es später in seinem Leben vielleicht nie wieder gewesen war.

Er musste an Mats Lutteroth und seinen Friedhof der Zeit denken. Vom Glück der eigenen Zeit hatte der Mann gesprochen. Tom konnte mit diesem Begriff etwas anfangen. Marco und er waren immer viel langsamer gewesen als die anderen Kinder in ihrem Alter. Man hatte sie schon für begriffsstutzig gehalten, doch Tests hatten ergeben, dass sie sogar überdurchschnittlich intelligent waren. Nur schienen ihre Reflexe stark unterentwickelt. Warum, hatte kein Arzt herausfinden können. Ihre Langsamkeit hatte die Jungen jedoch nie gestört. Erst als sie eingetreten waren in die Welt des Vergleichens und Wertens, waren sie zu Außenseitern geworden. In der Schule hatten sie lernen müssen, sich gegen den Rest der Welt zu verteidigen. Fast trotzig hatten sie sich ihre Langsamkeit bewahrt und sie als eine Art exotisches Privileg betrachtet, passend zu ihrem Dasein als eineiige Zwillinge. Erst Jimmy war es gelungen, ihnen zwischen Sandsack, Boxring und einer Menge wilder Typen die Vorzüge von schnellen Reflexen zu vermitteln und ihnen ein entspanntes Verhältnis zu Geschwindigkeit zu verpassen. Das Dock One war zu einer Art Schule des Lebens für die Simon-Zwillinge geworden.

Vom Glück der eigenen Zeit war heute in Toms Alltag nicht mehr viel zu spüren. Von den Zwängen schon; ob er diese jedoch als lebensfremd bezeichnen würde, wie Mats Lutteroth es getan hatte, konnte Tom nicht sagen. Marco hatte sich dieser Art Zwängen gar nicht erst ausgesetzt. In der schillernden Welt des Nachtlebens existierten sie nicht. Tom sah seinen Bruder vor sich, den bunten Hund mit seinem strahlenden Lächeln und dem Charme, dem sich keiner entziehen konnte. Der Bindungen scheute, Grenzen nicht allzu ernst nahm und irgendwann gewaltig in Versuchung geraten und ihr erlegen war. In der Welt der Drogen waren die Übergänge fließend, vom gelegentlichen zum regelmäßigen Rausch, vom Konsumenten zum Dealer, vom Bagatelldelikt zur schweren Straftat. Die Sehnsucht nach Freiheit, einem Leben jenseits bürgerlicher Konventionen, hatte Marco in die Kriminalität getrieben. Nur so konnte sich Tom den Weg seines Bruders erklären, nur so konnte er damit irgendwie umgehen. Die Gedanken kreisten in seinem Kopf und ließen sich nicht mehr einfangen. Sogleich stellte sich die innere Unruhe wieder ein. Nichts denken, befahl er sich. »Nichts denken!«, sprach er leise vor sich hin. Er schloss die Augen und konzentrierte sich auf seine Atmung. Nach einer Weile stellte er fest, dass er tatsächlich an nichts mehr dachte und immer ruhiger wurde. Sogar das scheue Wesen namens Müdigkeit schien vorsichtig zurückzukehren.

Jimmys silbergraue zerzauste Haare leuchteten unwirklich im Licht der großen Lampe, die über dem Ring hing. Wie ein Heiligenschein, dachte Tom. Der Coach schob ihm das Mundstück unter die Lippen und drückte es fest. Tom atmete tief durch. Die schwüle Luft im Dock One schien zu stehen. Der Schweiß lief ihm über die Stirn. Jimmy schloss die Klettverschlüsse an Toms Handschuhen. Dabei sah er seinem Schützling in die Augen, so wie früher, als Tom noch Wettkämpfe für das Dock One bestritten hatte. Doch diesmal bemerkte er etwas in Jimmys Blick, das anders war als sonst. Da wurde ihm klar, dass es kein Sparring wie gewöhnlich werden würde. Was für eine Herausforderung erwartete ihn zu so später Stunde im Dock One? Jimmy nickte, aber mehr zu sich selbst, dann kletterte er aus dem Ring. Tom blieb allein zurück, und auf einmal fiel ihm auf, dass die Halle wie ausgestorben war. Er erinnerte sich, dass Jimmy vorhin zu den anderen Trainierenden gegangen war und mit jedem kurz geredet hatte. Wenig später hatten diese ihr Training beendet und einer nach dem anderen die Halle verlassen. Was hatte das zu bedeuten? Die Stille kam ihm bedrückend vor. Allein Jimmys schlurfende Schritte hallten noch durch das Dock One, als er um die Ecke im Gang verschwand. Zwei trockene Klackgeräusche folgten, und das Licht in der Halle erlosch. Einzig die Lampe über dem Ring blieb an. Drum herum war nun alles in Dunkelheit getaucht. Was für eine Show, dachte Tom. Auf einmal hörte er Schritte, die anders klangen als Jimmys. Sie kamen von der Umkleide her und näherten sich langsam. Augenblicklich spürte er, wie sich sämtliche Muskeln seines Körpers anspannten. Regungslos stand er in der Ringmitte und versuchte in der Dunkelheit auszumachen, wer da auf ihn zukam. Schließlich konnte Tom den Umriss erkennen. Der Mann war so groß wie er selbst, von ähnlicher Statur, ebenfalls ein Halbschwergewicht. Kurz vor dem Ring blieb er stehen. Das Licht fiel auf seine kräftigen Beine, die in schwarzen Boxerstiefeln steckten. Auf dem linken Schienbein trug er eine Tätowierung. Ein Labyrinth, in dessen Zentrum das Antlitz einer Madonna von Strahlen umgeben war. Der Oberkörper blieb im Dunkeln, Tom konnte nur ein schwarzes Handtuch erkennen, das wie eine Kapuze über dem Kopf hing. Schließlich trat sein Gegner aus dem Schatten hervor ins Licht. Auf der Brust des austrainierten Körpers prangte eine weitere, größere Tätowierung. Ein fauchender Tigerkopf. Die Erscheinung seines Gegenübers war Respekt einflößend. Aber Tom verspürte keine Angst. Wer war der Mann, der sich so geheimnisvoll gab? Was hatte er drauf? Wie weit würde er gehen?

Der Mann stieg die zwei Stufen zum Ring hinauf, kletterte durch die Seile und baute sich vor ihm auf, das Haupt gesenkt, das Gesicht im Schatten des Tuches verborgen. Auf einmal spürte Tom, dass er seinen Gegner kannte, ohne eine Ahnung zu haben, woher.

»Ich bin Tom«, sagte er. Sein geheimnisvolles Gegenüber hob langsam den Kopf. Mit einer schnellen Bewegung wischte er mit seinem Handschuh das Tuch herunter.

Vor Tom stand sein Bruder. Tom war wie gelähmt, sprachlos. Marco sah ihn mit festem Blick an. Er sah aus wie immer, als wären keine sechs Jahre vergangen, als wäre alles noch so wie früher. Eine ungeheure Freude tobte in Tom, gleichzeitig war er zutiefst verunsichert. In Marcos Gesicht regte sich nichts.

Tom fand seine Sprache wieder. »Marco!« Keine Reaktion. Tom machte einen Schritt auf seinen Bruder zu und wollte ihn umarmen. Aber dieser wich zurück, zugleich streckte er ihm die linke Faust entgegen.

»Hey!« Tom wusste nicht, wohin mit seinen Gefühlen und machte einen weiteren Schritt auf Marco zu. Da landete eine blitzschnelle, harte Rechte in seinem Gesicht, traf ihn völlig unvorbereitet. Toms Kopf flog in den Nacken, alles um ihn herum wurde für einen Augenblick unscharf und verzerrt. Er taumelte Richtung Boden, aber fing sich gerade noch. Tief atmete er durch. Marco hob seine Fäuste zur Deckung und begann, um ihn herumzutänzeln. Sein Körper hatte Spannung und sein Blick signalisierte Entschlossenheit. Offenbar war Marco gekommen, um gegen ihn kämpfen.

»Was soll das?« Tom hob die Arme. Er versuchte, in die Augen seines Bruders zu sehen, aber der schickte nur ein paar Jabs rüber, denen Tom schwerfällig auswich.

»Hey, hey, stopp!« Tom drehte sich mit seinem Bruder mit und wich dessen Schlägen nun geschickter aus. »Ich werde nicht mit dir kämpfen.« Da landete erneut eine harte Rechte in seinem Gesicht. Ein stechender Schmerz durchbohrte seinen Oberkiefer, sein Schädel schleuderte hin und her, und er hatte das Gefühl, als würde sein Hirn durch einen Shaker gejagt. Er spürte ein warmes Rinnsal aus seiner Nase fließen.

»Spinnst du?«, schrie er. Das Blut tropfte auf seinen Körper und die Hose. Marco ließ sich nicht beeindrucken, schickte ungerührt weitere Jabs in Toms Richtung, der ihn nur fassungslos anstarrte. »Hast du vergessen, dass wir unserer Mutter geschworen haben, niemals gegeneinander anzutreten?«

Marco antwortete mit einer weiteren Rechten, der Tom diesmal gerade noch ausweichen konnte. Er starrte auf den fauchenden Tiger auf der Brust seines Bruders, und ihm dämmerte, dass Marco nicht mehr der Mensch war, den er vor sechs Jahren verloren hatte. Sein Unverständnis wich einer traurigen, ohnmächtigen Wut.

»Mein geliebter Bruder ist ein Gangster, ein mieser, brutaler Drogenboss geworden«, sagte er resigniert. Marco verzog keine Miene und tänzelte unverändert um ihn herum.

»Hast du ihn getötet?«, fragte Tom. »Hast du dem V-Mann die Kehle durchgeschnitten?« Keine Reaktion. »War das so? Bist du ein Mörder?« Marcos Augen wurden zu Schlitzen. Er kam näher an Tom heran, versetzte ihm ein paar böse Körperhaken, denen er einen Uppercut mit seiner Rechten hinterherschicken wollte. Doch blitzschnell wich Tom nach links aus, kam hinter Marcos Faust und konterte mit seiner Rechten, die seinen Bruder wuchtig am Unterkiefer traf. Dieser steckte den Treffer erstaunlich locker weg, schüttelte sich und tänzelte weiter um Tom herum.

»Was soll die Scheiße? Ich will nicht mit dir kämpfen«, sagte Tom wütend. Viele schnell aufeinanderfolgende Jabs prasselten auf seine halbherzige Deckung ein. Geduckt warf er sich an Marco heran und versuchte, in den Infight zu kommen.

»Ich will nicht mit dir kämpfen!«, rief er erneut, während er einige Haken auf Marcos Körper platzieren konnte. Mühsam befreite sich dieser und stieß seinen Bruder von sich. Keuchend und kopfschüttelnd stand Tom vor ihm und ließ die Deckung sinken.

»Das hier ist falsch.« Tom suchte Marcos Blick. Keine Reaktion. Sein Bruder machte zwei schnelle Schritte auf ihn zu und verpasste ihm blitzartig eine krachende Links-Rechts-Kombination. Ein ohrenbetäubendes Dröhnen im Schädel, der Boden kippte zur Seite weg, im Mund sammelte sich Blut. Tom machte einen Ausfallschritt, riss den Kopf hoch, wehrte sich gegen die Schwärze, die sich über ihn zu legen drohte. Er stand und zwang sich zu absoluter Konzentration. Tief atmete er in den Bauch, während er seinen Bruder fassungslos anstarrte. Dieser erwiderte seinen Blick kühl. Da überkam Tom eine verzweifelte, ohnmächtige Wut, und er stürzte sich auf Marco, der ihm eiskalt eine pfeilschnelle Rechte verpasste. Ein greller weißer Blitz, ein irrer Tanz im Zentrum des Schmerzes. Tom spürte, wie sein Auge zuschwoll. Durch den in Tränenflüssigkeit schwimmenden Schlitz konnte er kaum mehr sehen. »Marco!«, schrie er mit sich überschlagender Stimme und hörte, wie sein Schrei von den Wänden des Dock One widerhallte. Wie wild schlug er auf die Deckung seines Bruders ein. »Du hast mich alleingelassen.« Er ging auf den Körper und landete einige heftige Treffer. »Du sprichst jetzt mit mir!« Atemlos schrie er auf ihn ein. »Verdammt, du sprichst jetzt mit mir!«

Marco machte einen schnellen Schritt zur Seite, tauchte ab und verpasste Tom einen Uppercut unters Kinn. Ein lautes Krachen, ein explodierender Schmerz, ein dumpfes, monotones Piepen. Um ihn herum stürzten die Linien, fiel die Welt in

Scherben. Ihm wurde übel. Seine Beine knickten weg. Während er fiel, nahm er Marcos mitleidslosen Blick wahr. »Sprich doch mit mir!« Das grelle Licht der Lampe blendete ihn. »Warum sprichst du nicht mit mir?« Den Aufprall spürte er nicht mehr. Ein Klingeln schrillte durch seinen Schädel und hallte von den Windungen seines Hirns wider. Tom wälzte sich hin und her. Sein Nacken war steif, der Kopf schmerzte. Es klingelte erneut und klang wie das Läuten einer Türklingel. Wie seine Türklingel. Tom schrak hoch. Schweißgebadet versuchte er, sich zu orientieren. Etwas Großes, Schweres lag auf seinem Schoß. Er richtete sich auf, nahm das Fotoalbum und legte es auf den Flokati. Ungläubig strich er über seine Lippe. Als es zum dritten Mal läutete, quälte er sich aus dem Sessel.

Während er auf dem Weg zur Tür war und seinen verkrampften Nacken massierte, fragte er sich, wer um diese Zeit etwas von ihm wollte. Im Flur warf er einen Blick in den Spiegel. Ein blasses, verschwitztes, elendes Ebenbild starrte ihn verstört an. Tom erschrak. Sanft trommelten Finger gegen die Tür. Schnell fuhr er sich durch die Haare und rieb sich die Wangen, um sich ein wenig Leben einzuhauchen, dann öffnete er. Vor ihm stand Anette.

»Wie schön, du bist da!«, sagte sie, auf ihren eleganten Gehstock gestützt, dann wich ihr fröhlicher Ausdruck ernster Besorgnis.

»Was ist mit dir? Bist du krank?«

34

Leslie trat in ihr Zimmer und stolperte fast über den abgewetzten Kelim, dessen Enden sich ein wenig in die Höhe wölbten. Mit Mühe hielt sie die Balance und spürte erst jetzt, dass sie etwas angetrunken war. Eine halbe Flasche Rotwein hatte sie allein getrunken, Jürgen war beim Bier geblieben. Erst hatte er sie eingeladen zu Currywurst mit Elbblick. Dafür war sie doch tatsächlich zu einem Einäugigen, der diverse Biere intus hatte, auf ein

Motorrad gestiegen. Tobi hätte ihr schön was erzählt. Die Wurst schmeckte mäßig, aber der Imbiss am Fähranleger war schön gelegen. Überhaupt gefiel ihr die Gegend hier mit den vielen Höfen und Gärtnereien zwischen den Elbläufen. Nach ihrer Rückkehr hatten Jürgen und sie noch in seiner Bude zusammengesessen und über Gott und die Welt geredet. Den Rotwein hatte er von Mats Lutteroth geholt, der unter ihm wohnte und gerade einen Krimi auf seiner Riesenglotze geschaut hatte. Leslie hatte den Eindruck, dass der Besitzer des Spadenhofes ein einsamer Mensch war, es aber auch nicht anders wollte. Überhaupt schien er sich ziemlich verändert zu haben. Jürgen hatte ihr von den alten Zeiten erzählt, als sie dicke Freunde und wilde Rebellen gewesen waren, keine Demo ausgelassen, Häuser besetzt und gegen das Establishment gekämpft hatten. Leslie war beeindruckt von diesem kompromisslosen Leben. Irgendwann hätte Mats dann die Idee mit dem Biohof und der Gemeinschaft gehabt. Die Anfänge wären chaotisch, aber auch eine fantastische Zeit gewesen. Mit leuchtenden Augen hatte Jürgen von den vielen Festen erzählt, den Bands, die hier aufgetreten waren und irgendwo gepennt hatten. Alles sei nicht so perfekt gewesen, sie hätten damals zwar auch Geld verdient, nur nicht so viel, dafür hätten sie aber mehr Freiheiten und Freude gehabt. Auf dem Spadenhof hätten sie eine kleine Utopie gelebt. Der knorrige Altrevoluzzer schien dieser Zeit nachzutrauern. Als sie ihn gefragt hatte, wie Mats heute so sei, war er in trübes Schweigen verfallen.

Leslie setzte sich auf das Bett. Regungslos verharrte sie. Die absolute Dunkelheit und Stille der Nächte hier beeindruckten sie und waren ihr ein wenig unheimlich, so ungewohnt war das alles für eine Frankfurter Großstadtpflanze. Sie zog ihr Handy aus der Hosentasche. Es war halb zwölf. Um sechs musste sie schon wieder aufstehen. Sie startete ihre Lieblingsplaylist und legte das Handy auf den Nachttisch.

Eine tiefe Frauenstimme sang: »Who am I, who am I to want you, now that you're leaving. Who am I, who am I, who am I to judge you now that you're leaving.«

Leslie griff sich ihren Rucksack, der auf dem Boden lag, und holte ein zerknicktes Foto aus der kleinen Innentasche. Mit dem Bild in der Hand ließ sie sich auf das Bett fallen und betrachtete den nicht mehr ganz jungen Punk auf dem Foto, der mit nacktem, muskulösem Oberkörper, strahlenden blauen Augen, kurzen strubbeligen schwarzen Haaren und einem kleinen Ring im Ohr auf einer Party eine junge Frau mit langen roten Haaren in den Armen hielt. Frech grinste er in die Kamera, die Frau lachte ausgelassen. Ein Moment überschäumender Lebenslust, eingefroren im grellen Blitzlicht einer Kamera.

Falls du etwas von Marco weißt und es mir sagen willst, schreib es auf. Die Wohnung wird vielleicht abgehört, notierte Tom auf einen Zettel und schob ihn Anette rüber. Erstaunt sah sie ihn an.

Sie nahm sich den Stift und schrieb: *Ich weiß nichts von Marco. Aber warum wird die Wohnung abgehört?*

Tom antwortete: *Weil die Zielfahnder vermuten, dass er auf dem Weg nach Hamburg ist.*

Nachdenklich sah sie ihn an.

»Kein Wunder, dass du Albträume hast.«

Tom schrieb: *Er hat sich wirklich nicht bei dir gemeldet?*

Sie schüttelte den Kopf. Tom glaubte ihr. Eine Weile saßen sie schweigend da. Tom hatte das Gefühl, als spürte er die Schmerzen, die ihm Marcos Treffer in seinem Traum bereitet hatten, wirklich. Noch immer hatte er den kühlen Blick seines Bruders vor Augen, mit dem dieser ihm den K. o. verpasst hatte. Anette schrieb: *Hast du einen Wein?*

Tom versuchte ein Lächeln. Er holte den Weißwein aus dem Kühlschrank und nahm sich ein Bier. Etwas Hopfen und Malz würde sein Magen schon vertragen. Er presste das kalte Glas gegen seine Stirn und rollte es auf ihr hin und her.

»Gibt es die Musicbox noch?«

»Klar!«

Anette nahm ihren Gehstock, erhob sich und ging mit ihrem Glas nach vorn. Tom folgte ihr. »Wo ist Beckmann?«

»Du hast dir seinen Namen gemerkt, das ist schön. Beckmann hat es vorgezogen, auf dem Land zu bleiben. Die Großstadt ist ihm zu hektisch. Er ist bei Freunden im Dorf.«

Die Wurlitzer verbreitete ihr grünes Licht im Raum, als Tom sie einschaltete. Anette strahlte zufrieden. »G 36«, sagte sie und lächelte Tom versonnen an. Er drückte die gewünschte Kombination. Anette verfolgte den Transport der Single auf den Plattenteller, bis sich der Tonarm auf das drehende Vinyl senkte. Tom musste an Marie denken. Die Vorstellung, dass er sie wohl nicht wiedersehen würde, machte ihn traurig. Federleichte Klavierakkorde und ein lässiger Groove schwebten durch den Raum. Der hingehauchte Sprechgesang von Grace Jones gesellte sich dazu, und der Song entwickelte sich zu einer eleganten, souligen Discoversion von »La Vie En Rose«. Anette wiegte ihren Körper im Takt der Musik. Sie liebte dieses Lied, und es an der Wurlitzer auszuwählen, war immer ein heiliges Ritual gewesen. Sie stellte ihr Weinglas auf der Jukebox ab und begann, über die Holzdielen zu tänzeln. Ihre Gehbehinderung war in den rhythmischen Bewegungen kaum mehr zu erkennen. Sie war die Folge eines komplizierten Trümmerbruchs der Kniescheibe und mehrfachen Oberschenkelhalsbruches, die sie sich bei einem Motorradunfall in der Toskana zugezogen hatte. Unbedingt hatte sie das Motorradfahren ausprobieren wollen und Marco solange bekniet, bis er es ihr auf seiner Ducati an einem abgelegenen Platz beigebracht hatte. Er hatte hinten draufgesessen, als sie das erste Mal auf der Landstraße durch die hügelige Landschaft gefahren war. Es war gut gegangen, und mit der Zeit hatte sie sich immer mehr zugetraut. Dann jedoch hatte sie in einer Kurve die Kontrolle über die Maschine verloren. Über Asphalt, Schotter und Sand waren sie geschlittert und in eine Mauer gekracht. Die schwere Maschine hatte sich überschlagen und war am Ende auf ihrem Bein gelandet und hatte es zertrümmert. »Nicht böse sein!«, hatte sie zu Marco gesagt, als die Sanitäter sie in den Rettungswagen getragen hatten. Sein Bruder hatte Glück gehabt und außer Prellungen, Schürfwunden und Blutergüssen keine Verletzungen davongetragen. Acht lange Wochen hatte Anette im Krankenhaus in Florenz gelegen und tapfer zahllose Operationen über sich ergehen lassen. Marco war nicht von ihrer Seite gewichen, und Tom war mehrmals für einige Tage zu ihnen gereist. Marco hatte sich schuldig gefühlt, weil er sie eine so kurvenreiche Strecke hatte fahren lassen. Eine schlimme Knocheninfektion hatte dann den Heilungsprozess verkompliziert. Am Ende war Anettes Knie steif geblieben und Teile des Beines taub. Sie hatte sich nie beklagt.

Während Tom ihr zusah, wie sie ihren Körper elegant zur Musik wiegte und der Gehstock sich ganz natürlich in ihrer Art zu tanzen einfügte, fühlte er sich zurückversetzt in die Zeit ihrer wilden Jahre. Marco wäre jetzt zu Anette geeilt, sie hätte ihren Stock in die Ecke geworfen und sich ganz seinen Armen anvertraut. Tom hätte sich zu ihnen gesellt und mit den beiden großen Lieben seines Leben getanzt. Sie hätten sich Pasta mit Tomatensoße und Ei, ihre ureigene Spezialkreation, gekocht, Wein und Kaffee getrunken und vielleicht einen Joint geraucht. Sie wären hinaus in die Nacht gesprungen und erst am frühen Morgen zurückgekehrt, um sich zum x-ten Male *Pulp Fiction* anzuschauen. Sie hätten vielleicht ein Opfer, eine Bekanntschaft der Nacht, dabeigehabt, welches für einige Stunden, manchmal auch für Tage für einen von ihnen von Interesse gewesen wäre. Damals hatte die Welt ihnen gehört. Das unzertrennliche Trio, das sich voller Lust und Neugier in die verrücktesten Abenteuer gestürzt hatte, das davon überzeugt gewesen war, dass es fliegen konnte, wenn es nur wollte. Tom war glücklich gewesen, aber es war schon damals ein anderes Glück gewesen als das des Jungen, der von der italienischen Sonne durchdrungen ins kühle Meer eingetaucht war und anschließend auf einem Felsen in der Sonne gelegen und vor sich hin träumend die Zeit vergessen hatte.

Anette tanzte auf Tom zu, der an der Jukebox lehnte, und schmiegte sich an ihn. Sie legte ihren Kopf auf seine Brust und er seinen Arm um sie. Als das Lied schon lange zu Ende und die Single wieder an ihrem Platz im Plattenring war, standen sie noch immer so da.

»Du hast dir alte Fotos angeschaut«, sagte Anette und zeigte mit ihrem Stock auf das Album, das auf dem Flokati lag. »Warst du ein wenig nostalgisch?«

»Vielleicht.«

Anette löste sich von ihm, setzte sich auf den flauschigen Fransenteppich und betrachtete die Fotos der Jungen mit ihren nackten, durchtrainierten Oberkörpern im Tomatenfeld.

»Ich wäre ja zu gerne mal mitgekommen zu euren Großeltern. Aber ich durfte ja nicht.«

Kalabrien war nur für Marco und ihn, darin waren sich die Brüder immer einig gewesen, ohne dass sie ein Wort darüber hatten verlieren müssen. Selbst Anette hatten sie nicht in diese Welt gelassen. Sie blätterte um.

»Oh, da bin ja ich!«

Tom wusste gleich, welches Bild sie meinte. Es war auf einem Schulfest aufgenommen worden. Marco hielt Anette im einen Arm und Tom im anderen. Er erinnerte sich noch genau an das zwiespältige Gefühl aus Eifersucht und Liebe zu beiden, das ihn damals beherrscht hatte. Es war die Zeit, in der sich in ihren Gesichtern langsam das Erwachsene zu zeigen begonnen hatte, in der die Züge der eineiigen Zwillingsbrüder ein wenig von ihrer Ähnlichkeit verloren. Einem neutralen Betrachter wäre es wohl kaum aufgefallen, Tom jedoch konnte genau erkennen, dass sich bei ihm ein Ausdruck von Ernsthaftigkeit und Verschlossenheit gebildet hatte, während Marcos Ausstrahlung weiterhin von Offenheit und Leichtigkeit geprägt gewesen war.

»Du hast dich gar nicht so sehr verändert, mein lieber Tom. Weißt du das?«

Er zuckte mit den Schultern. »Du schon, finde ich.«

Anette lachte. »Was meine Frisur betrifft, ist das auch ganz gut so.« Sie schüttelte den Kopf. »Ich muss unbedingt mal meine alten Fotos hervorholen. Ich habe die alle in irgendwelchen Pappkartons in irgendwelchen Schränken vergraben. Ich hatte ja immer gedacht, ich sei zu jung für Erinnerungen.«

Sie schmunzelte wie ein kleines unschuldiges Mädchen.

Als Tom aus dem Badezimmer trat, stand Anette vor der Tür zum *Raum*. Im Slip und einem seiner T-Shirts, das er ihr für die Nacht gegeben hatte, stand sie da und senkte den Blick. Fast schien es, als wollte sie ihre Hand auf den Türgriff legen. Stattdessen strich sie mit ihren Fingern fast zärtlich über das weiße Holz der Tür. Als sie Tom bemerkte, sah sie ihn traurig an.

Langsam zogen die bunten Tiere ihre Kreise um das Licht. Anette lag auf der Seite und hatte sich mit ihrem Rücken an Tom geschmiegt.

»Diese Wohnung ist ein magischer Ort. Hier existieren die Zeiten nebeneinander. Und sie durchdringen einander.«

Tom sah zu seinem kleinen Wecker. Zwei Uhr vierundfünfzig zeigten die Zeiger.

»Musst du morgen früh raus?«, fragte sie.

»Leider ja.«

Er stellte den Wecker auf halb acht, um halb neun sollte er Melanie Torres und den Fotografen vom *Abendblatt* am Krankenhaus treffen.

»Dann werden wir jetzt aufhören zu reden und schnell schlafen«, sagte Anette, griff sich seinen Arm, zog ihn um sich herum und knetete seine Hand mit ihren zarten Fingern. So hatte sie es schon zu jener kurzen Zeit gemacht, als sie ein Paar gewesen waren.

»Es hat sich nichts verändert oder?«, fragte sie.

»Nein«, antwortete Tom.

Schweigen.

»Leider stimmt das nicht«, sagte Anette.

»Ja, leider nicht.«

Anette hielt inne, unterbrach das Kneten seiner Finger.

»Die Zukunft kommt immer zu früh«, sagte sie.

35
Freitag

»Die Vertreter beider Parteien verabredeten neue Beratungen, zu denen sie auch Spitzenkräfte aus der Wirtschaft laden werden.« Die Nachrichten, die aus dem kleinen Küchenradio kamen, nahm Sarah Lutteroth kaum wahr. Sie dachte an den gestrigen Abend und schämte sich fast ein wenig dafür, dass sie Hauke Bentner so nah an sich herangelassen hatte. Es machte sie traurig, dass sie so empfänglich für seinen Charme gewesen war, den er offenbar doch nur aus purer Berechnung eingesetzt hatte. So weit war es also gekommen, dass sie sich danach sehnte, von dem Geschäftspartner ihres Mannes begehrt zu werden. Ihr schauderte bei dem Gedanken. Zufrieden aber war sie, dass ihre Menschenkenntnis sie nicht im Stich gelassen und sie vor einem furchtbaren Fehler bewahrt hatte. In Zukunft würde sie den Kontakt zu Bentner meiden. Wie es mit der Agentur weitergehen sollte, würde sie zu gegebener Zeit mit ihm besprechen, aber sicher nicht wieder in ihrem Haus.

»Ein Sprecher der Regierung sprach von siebzehn Todesopfern und über fünfzig zum Teil schwer verletzten Personen. CNN veröffentlichte die Aussage eines Augenzeugen, der …«

Sarah Lutteroth schenkte sich grünen Tee ein aus der gusseisernen Kanne, die Lars auf seiner Japanreise geschenkt bekommen hatte, und stellte sich ans Fenster. Sie beobachtete den Paketboten, der aus seinem Lieferwagen mehrere Pakete holte, sie auf die Sackkarre lud und sich auf den Weg zu ihren Nachbarn machte. Ihr hatte er auch gerade ein buntes Päckchen für Sofie in die Hände gedrückt. Sicher irgendein neues Kleidungsstück. Ihre Tochter musste sie diese Woche bestellt haben, fiel ihr auf. Also kurz nachdem sie vom Tod ihres Vaters erfahren hatte. Ihre Vermutung machte Sarah Lutteroth traurig. Besonders empathisch war Sofie nie gewesen. Im Gegensatz zu Lena, die mit jedem kranken oder vernachlässigten Tier litt, sich viele Gedanken über die Menschen machte, die unter furchtbarsten Bedingungen Tausende Kilometer zurücklegten, um sich in Europa vor den Kriegsgräueln in ihren Ländern in Sicherheit zu bringen, und die nun der Tod ihres Vaters sehr mitnahm.

»Amsterdam. Der Leichnam des iranischen Schriftstellers Karim Merezadi kann nicht in seine Heimat überführt werden.«

Dieser Satz des Nachrichtensprechers erregte Sarah Lutteroths Aufmerksamkeit.

»Die Regierung in Teheran verweigert seiner Tochter mit den sterblichen Überresten des islamkritischen Autors die Einreise.«

Sarah Lutteroth hielt inne. Merezadi gestorben? Lars und sie mochten seine Romane sehr, und erst letzten Herbst waren sie bei einer Lesung von ihm in der Schaubühne in Berlin gewesen. Danach waren sie über den Kurfürstendamm geschlendert bis zum Savigny-Platz, den sie so gern mochte, und hatten noch lange über die einfache, aber bilderreiche Sprache des Schriftstellers geredet. Es war ein kühler Abend gewesen, und Lars hatte seinen Arm um sie gelegt. Sie erinnerte sich, dass sie für einen Augenblick das Gefühl hatte, dass sie in jener Nacht miteinander schlafen würden. Doch sie hatte sich getäuscht. Es hatte schon die andere gegeben. Und einen Sohn. Einen Bauernhof. Der Gedanke machte sie verrückt. Sie wünschte, Lars' Vater Henning wäre noch da, der Fels in der Brandung. Er würde sie trösten, ihr Halt und Orientierung geben. Ein Flugzeug flog über sie hinweg. Der Kondensstreifen leuchtete weiß am blauen Himmel. Nach den Nachrichten folgte ein Hinweis auf die Ausstrahlung eines Interviews mit Merezadi am Abend, dann schwebte die sanfte Stimme einer Jazzsängerin in ihre Küche. Der Paketbote kehrte zurück, verstaute die Sackkarre, stieg ein und fuhr davon. Da bemerkte sie ihn. Er stand auf der Straßenseite gegenüber. Im Schatten der Linde. So, wie er vor einigen Wochen schon dort gestanden hatte. Er sah zu ihr herüber. Unwillkürlich machte sie einen Schritt zurück und fragte sich, ob er sie hinter der Fensterscheibe sehen konnte. Was zur Hölle wollte er? Hatte er etwas mit Lars' Tod zu tun? Sie bekam Angst. Sarah Lutteroth verließ die Küchenzeile und ging unruhig im Wohnzimmer auf und ab. Die Mädchen waren nicht zu Hause. Sofie war gar nicht erst nach Hause gekommen, und Lena war heute Morgen zum ersten Mal wieder in die Schule gegangen. Sarah Lutteroth kehrte zurück in die Küche, um nachzusehen, ob er noch dort stand. Er tat es und schien sich keinen Millimeter bewegt zu haben.

Die Haut auf dem Kinn des Junkies war gelbbräunlich verfärbt. Im Zentrum des Hämatoms war ein dunkelroter Kern zu sehen. Der Vollbart war verschwunden. In T-Shirt und Boxershorts mit dem Kissen im Rücken saß er in seinem Krankenbett und schien beschlossen zu haben, den Mann, der an seiner Seite stand, der ihm die Haut gerettet, aber den Kiefer fast gebrochen hatte, zu ignorieren. Tom hatte vor ihn zu fragen, warum er sich hatte umbringen wollen und warum gerade auf diese furchtbare Weise. Tom wollte wissen, wie sein Leben aussah und welche Zukunft er sich wünschte. Ob er einen Entzug probieren würde? Doch jetzt stand er vor ihm und bekam kaum ein Wort heraus. Die Tatsache, dass der Fotograf und Melanie Torres mit im Zimmer waren, machte es für ihn unmöglich. Stattdessen starrte er auf die tätowierten Beine des Mannes und musste an die Tätowierungen seines Bruders in seinem Traum denken. Das Labyrinth auf dem Bein, der fauchende Tiger auf der Brust. Und dann hatte er wieder diesen kühlen Blick vor Augen. Es schnürte ihm das Herz zusammen. Verstört wandte er sich ab und sah zum Fenster hinaus.

»Etwas näher heran! Und Sie müssen ihn schon ansehen.«

Tom gefiel der Ton des Fotografen nicht, außerdem fehlte ihm ein *Bitte*. Trotzdem riss er sich zusammen und tat, wie ihm geheißen, denn er hatte sich vorgenommen, das PR-Spiel mitzuspielen, es seiner Kollegin diesmal recht zu machen. Melanie stand hinter dem Fotografen und wachte über das Arrangement der Aufnahmen. Der Junkie wandte sich mit ernstem Blick der Kamera zu. Auf einmal wurde Tom klar, dass der Mann sich den Vollbart abrasiert hatte, damit die Folgen der rechten Geraden des brutalen Bullen gut zu sehen waren. Ohne Tom gäbe es den jungen Mann wahrscheinlich gar nicht mehr, aber das schien niemanden mehr zu interessieren.

»Etwas herunterbeugen!«

Tom beugte sich zu dem Mann und bemühte sich, freundlich in die Kamera zu schauen. Der Fotograf drückte ab. *Sssid-klack, sssid-klack* machte es ein paar Mal. In Melanies Gesicht erkannte Tom, dass sie nicht zufrieden war. Sie flüsterte dem Fotografen etwas ins Ohr.

»Und jetzt geben Sie sich die Hand!«, sagte er daraufhin.

Tom hielt dem Mann seine Hand hin.

»Ich mach dich fertig!«, zischte dieser ihm kaum hörbar zu und nahm seine Hand. »Ich verklag dich. Du schlägst niemanden mehr.« Dabei blickte er ernst mit einem gequälten Ausdruck in die Kamera. Ungläubig sah Tom ihn an.

»In die Kamera schauen, Herr Simon! In die Kamera! Und ein wenig freundlicher, wenn es geht.«

Peter Gunn ertönte. Genervt verdrehte Melanie Torres die Augen. Tom zögerte kurz, dann holte er sein Handy aus der Hosentasche und sah auf das Display.

»Da muss ich ran«, entschuldigte er sich. »Hallo Frau Lutteroth!«

»Der Mann ist wieder da.« Sarah Lutteroths Stimme klang aufgeregt und verängstigt. »Er steht gegenüber und beobachtet unser Haus.«

Tom atmete tief durch. Was für eine Chance, dachte er. Aber er war so weit entfernt von ihr.

»Bleiben Sie ruhig, Frau Lutteroth! Machen Sie nichts, versuchen Sie, ihn nur im Auge zu behalten! Ich komme zu Ihnen, ich bin gleich da. Ich lege jetzt auf und melde mich gleich wieder.«

»Okay.«

»Ich muss weg«, wandte er sich an seine fassungslose Kollegin. Dann stürzte er an ihr und dem Fotografen vorbei aus dem Zimmer. Hinter sich hörte er ein zynisches Lachen des Junkies, das immer lauter und irrer über den Stationsflur hallte.

»Bitte, bitte!«, murmelte Tom leise, als er den Schlüssel in das Schloss des Roten steckte. Sein Flehen wurde erhört. Er öffnete die Tür, sprang auf den Sitz und startete den Motor. In gewagtem Tempo fuhr er aus der Tiefgarage des Krankenhauses. Er kurbelte die Scheibe hinunter, packte das Blaulicht aufs Dach und schaltete das Martinshorn ein. Dann legte er sein Handy auf den Beifahrersitz und wählte Miras Nummer.

»Na, schon fertig mit der Fotosession?«, meldete sich seine Partnerin.

»Mira, ich bin auf dem Weg zu Sarah Lutteroth. Unser Mann steht wieder vor ihrem Haus.«

»Was?«

Vor einer roten Ampel staute sich der Verkehr. Tom wich auf die Gegenfahrbahn aus. Entgegenkommende Fahrzeuge fuhren an die Seite. Geschickt steuerte er den Roten an ihnen vorbei.

»Wo bist du?«

»Im Präsidium, ich mach mich auf den Weg.«

An der Kreuzung bremste er kurz ab, überquerte sie und brachte den Verkehr zum Erliegen.

»Kein SEK! Wenn er noch da ist, kriegen wir das besser alleine hin.«

»Okay! Bis gleich!«

Sie beendeten das Gespräch, und Tom wählte Sarah Lutteroths Nummer.

»Er steht noch immer da.« Sie klang jetzt ruhig und konzentriert.

Tom überholte einen Wagen nach dem anderen. Die meisten fuhren frühzeitig an den Straßenrand.

»Gut. Ich bin auf dem Weg. Was hat er an?«

»Er trägt eine grüne Kappe. Dunkelgrün. Und ein kariertes Hemd und Jeans.«

Ein Fahrradfahrer raste unmittelbar vor Tom vom Fußweg auf die Fahrbahn. Der Kommissar stieg in die Eisen und lenkte den Roten im letzten Moment an dem verrückten Raser vorbei. Mit Mühe hielt er den schweren Mercedes in der Spur. Im Rückspiegel sah er den Radfahrer unbeeindruckt weiterfahren. Kopfhörer und Sonnenbrille zierten sein Haupt. Tom spürte, wie das Adrenalin in seinen Adern pochte.

»Okay. Ich brauche fünf bis zehn Minuten, dann bin ich da. Wir halten jetzt die Verbindung.«

»Gut.«

»Sind sie allein im Haus?«

»Ja.«

Der Tunnel war zweispurig und nicht gerade breit. Alle Fahrzeuge fuhren langsamer, und der Verkehr staute sich ein wenig. Die Wagen vor Tom wichen, so weit es möglich war, zu beiden Seiten aus. Als Tom die Lücke in der Mitte der Fahrbahn breit genug erschien, gab er Gas. Nachdem er aus dem Tunnel wieder aufgetaucht war, wurde die Fahrbahn vierspurig. Nun war es nicht mehr weit. Er wählte Miras Nummer.

»Monsieur!«, meldete sich seine Partnerin.

»Wo bist du?«, fragte er, während er mitten durch den Verkehr die Ausfallstraße entlangraste.

»Ich fahre gerade über die Wellingsbüttler Landstraße. Bin in vier bis fünf Minuten da.«

»Dann bin ich kurz vor dir. Ich brauche noch zwei Minuten. Fahr du vom unteren Ende heran. Ich komme von oben. Unser Mann trägt eine grüne Kappe, Jeans und ein kariertes Hemd.«

»Den holen wir uns.«

»So will ich dich hören. Aber schön vorsichtig!«

»Sagt wer?«

Tom musste schmunzeln. Er lenkte seinen Wagen über eine große Kreuzung, die Fahrzeuge vor ihm hielten an oder wichen aus. Hinter der Kreuzung schaltete er Martinshorn und Blaulicht aus. Sein Tempo behielt er aber bei, als er rechts in eine Wohnstraße einbog.

Er schaltete Sarah Lutteroth wieder zu.

»Frau Lutteroth?«

»Er geht weg«, sagte sie aufgeregt.

»Scheiße! Wohin geht er, in welche Richtung?«

»Er geht nach links, von mir aus gesehen.«

»Geht er eilig, zielstrebig?«

»Ich weiß nicht, normal würde ich sagen.«

Tom gab Gas. Das kann doch nicht sein, dachte er.

»Soll ich hinter ihm hergehen?«

Kurz überlegte Tom, aber das durfte er natürlich nicht zulassen. Das wäre fahrlässig, viel zu riskant.

»Nein, auf keinen Fall! Ich bin gleich da.« Er erkannte die alte Villa mit dem roten Giebeldach und dem turmförmigen Erker im Obergeschoss wieder, vorne an der kleinen Kreuzung musste er rechts abbiegen und dann die nächste Straße wieder rechts, dann war er dort.

»Gehen Sie hoch, vielleicht können Sie ihn von dort noch sehen.«

»Stimmt«, erwiderte sie. »Vielleicht aus dem Schlafzimmerfenster.«

Tom hörte an Sarah Lutteroths Schritten, wie sie schnell die Treppe hochlief. Er bog ab und nahm gleich wieder Geschwindigkeit auf. Links und rechts parkten Autos, die Straße wurde immer enger. Aus einem VW Kombi stieg ein älterer Mann, der offensichtlich Toms Mercedes nicht bemerkte. Tom bremste und kam zum Stehen. Der Mann stand fast mitten auf der Fahrbahn und drehte sich nun zu Tom. Er hatte etwas von einem Dandy, trug einen Anzug, unter dem Hemdkragen ein seidenes Halstuch, und im Mundwinkel steckte ein Zigarillo. Er betrachtete den Roten in aller Ruhe. Tom hupte. Den Mann schien das nicht zu interessieren. Er ging auf ihn zu. Tom stieg aus.

»Können Sie bitte zur Seite gehen. Ich bin Polizist im Einsatz«, rief er.

Der Mann bewegte sich nicht.

»Gehen Sie bitte zur Seite!« Tom hielt seinen Dienstausweis hoch.

»Von hier oben kann ich ihn auch nicht mehr sehen. Er ist weg«, hörte er Sarah Lutteroths Stimme aus dem Handy. Scheiße, das glaube ich jetzt nicht, dachte Tom. Der Alte kam auf ihn zu, deutete auf den Wagen und nickte anerkennend.

»Ein schöner Wagen. Ich hatte auch so einen. In Braun. Mit cremefarbenen Ledersitzen. Und einer Harman-Kardon-Anlage.« Er trat an den fassungslosen Tom heran und lächelte. »Gute Musik muss gut klingen.«

In dem Moment war der Weg frei. Tom sprang in den Roten, drückte das Gaspedal durch und ließ den verdatterten Mann stehen. Er raste durch die schmale Straße, bog rechts in die nächste Straße ein und war da. Vor der Lutteroth-Villa verlangsamte er sein Tempo und hielt Ausschau nach dem Mann. Er ließ seinen Blick über die Fußwege und gepflegten Vorgärten der gediegenen Häuser schweifen. Es waren kaum Menschen unterwegs. Er kam zu einer Kreuzung, an der sich eine kleine Ladenzeile mit einem Zeitungsgeschäft, einem Schneider und einem Café befand. Er hielt und versuchte, in die Läden zu blicken. Das Café schien gut besucht zu sein. Im Zeitungsgeschäft konnte er zwei Frauen ausmachen, die sich miteinander unterhielten. Der Laden des Schneiders lag im Dunkeln. Aber was sollte der Mann auch jetzt bei diesem Schneider? Aus der anderen Richtung kam Mira in ihrem Dienstpassat angerast. Tom stieg aus. Mira hielt neben ihm und stieg ebenfalls aus.

»Er ist weg«, sagte Tom.

»Mist!«

»Aber er kann noch nicht weit sein. Er ist in Richtung dieser Kreuzung gegangen.«

»Also in dem Teil der Straße, aus dem ich gekommen bin, war kein Mann.«

»Vielleicht ist er in das Café gegangen.«

»Schauen wir doch mal nach«, sagte Mira, holte zwei Phantombilder aus der Tasche und drückte eines ihrem Partner in die Hand.

»Du gehst zum Zeitungsladen!« Schnellen Schrittes machte sie sich auf den Weg zum Café.

Sicherheitshalber warf Tom kurz einen Blick in den Laden des

Schneiders. Der hatte geschlossen. Als Tom das Zeitungsgeschäft betrat, unterbrachen die beiden Frauen ihre Unterhaltung und sahen ihn neugierig an. Eilig ging Tom in den hinteren Teil des Raumes und sah sich um. Es roch angenehm frisch nach Blumen oder Parfüm.

»Kann ich etwas für Sie tun?«, fragte der Mann hinter dem Tresen höflich, aber auch ein wenig argwöhnisch.

»Ja!« Tom zeigte seinen Ausweis.

»Kripo Hamburg. Wir suchen diesen Mann.«

Er hielt dem Verkäufer das Phantombild hin. Der schüttelte den Kopf.

»Kenn ich nicht.«

»Der Mann trägt heute ein kariertes Hemd, Jeans und eine grüne Kappe.«

»Nee, so einen habe ich nicht gesehen.«

Tom zeigte den Frauen das Bild. Neugierig betrachteten sie es.

»Nein, den kenne ich nicht«, sagte die eine.

»Das Bild ist aber auch nicht sehr genau«, merkte die andere an.

»Ja, das stimmt. Ein besseres haben wir leider nicht.«

»Also, irgendwie hat der ja was von diesem Masseur, der immer zu Freverts kommt.«

Die Frau legte ihren Kopf schief und studierte das Bild.

»Haben Sie diesen Mann vielleicht gerade eben hier in der Gegend gesehen?«, hakte er nach.

Die Frau schüttelte den Kopf. »Nein, heute nicht. Der kommt immer montags, glaube ich.«

»Also, ich kenne den Mann nicht. Und der Masseur von Freverts hat doch viel kürzere Haare.«

»So? Oh ja, wahrscheinlich hast du recht.«

Das führte zu nichts, wurde Tom klar. »Okay, vielen Dank den Damen!« Zügig verließ er das Geschäft.

Mit dem Handy in der Hand stand Sarah Lutteroth am Küchenfenster und ließ ihren Blick über die Straße schweifen. Er war wohl wirklich weg, sagte sie sich. Aber wird er irgendwann wiederkommen? Was konnte dieser Mann wollen? War Lars etwa in eine schmutzige Sache verstrickt gewesen? Sie wusste nichts mehr von seinem wirklichen Leben, kannte offenbar nur die Fassade. Nervös kaute Sarah Lutteroth auf ihrem Daumen. Da tauchte er wieder auf. Diesmal kam er den Fußweg auf ihrer Straßenseite entlang und blieb an ihrem schmiedeeisernen Tor stehen.

»Herr Simon«, sprach sie in ihr Handy. »Er ist wieder da! Er steht an unserem Tor!«

Sie bekam keine Antwort.

»Herr Simon!«

Stille.

»Herr Simon! Hallo!«

Der Mann öffnete das Tor und betrat das Grundstück. Sarah Lutteroth hielt den Atem an. Er schritt auf ihr Haus zu. Panisch überlegte sie, was sie tun konnte.

»Er kommt an die Tür«, rief sie in ihr Handy. »Herr Simon, wo sind Sie?«

Mira kam aus dem Café.

»Nichts!«

»Bei mir auch«, erwiderte Tom. »So ein Mist! Wir waren nicht schnell genug.«

»Frau Lutteroth braucht Polizeischutz«, sagte sie. »Wir müssen hier jemanden postieren. Wenn er wieder auftaucht, haben wir ihn.«

Tom nickte.

»Ruf den Trench an!«, sagte Mira.

»Warum ich?«

Seine Partnerin zog eine Augenbraue hoch und warf ihm einen koketten Blick zu.

»Ist ja auch egal«, murmelte Tom. »Der Typ ist jedenfalls weg. Den brauchen wir hier nicht mehr zu suchen.« Tom fiel ein, dass sein Handy noch im Auto lag. »Ach, Scheiße!« Er lief zum Roten und holte es vom Beifahrersitz.

»Frau Lutteroth? Hallo, sind Sie noch da?«

»Oh Gott sei Dank, da sind Sie!«, eine erleichterte Sarah Lutteroth antwortete. »Er ist hier, steht vor der Tür. Er hat gerade geklingelt.« Wie zur Bestätigung ertönte die Türklingel erneut.

Tom sah Mira an. »Er ist da! An ihrer Tür!«, rief er.

Mira lief los zu ihrem Wagen. Tom zu seinem.

»Wir kommen. Machen Sie auf keinen Fall auf! In dreißig Sekunden sind wir da. Bleiben Sie am Handy!«

Sarah Lutteroth verließ die Küchenzeile. Langsam ging sie rückwärts in den Wohnraum. Aus dem Handy vernahm sie die Fahrgeräusche von Tom Simons Wagen.

»Hallo, Frau Lutteroth?« Die Stimme des Mannes drang von draußen zu ihr. Sie zuckte zusammen, zwang sich aber, ruhig zu bleiben. Dreißig Sekunden, jetzt vielleicht noch zwanzig. Gleich wird der Kommissar hier sein.

»Frau Lutteroth, ich möchte Sie nur etwas fragen. Ich kannte Ihren Mann.«

Jetzt hörte sie draußen die Geräusche zweier Autos, die hielten.

»Wir sind da, ich sehe ihn.«

Die Verbindung brach ab.

»Frau Lutteroth, bitte reden Sie kurz mit mir! Kommen Sie doch an die Tür!«, sagte der Mann.

Sarah Lutteroth schloss die Augen. Gleich wird es vorbei sein. Dann herrschte Stille. Sie hörte nichts mehr. Was war los? War der Mann weg? Wo war der Kommissar? Da hörte sie dessen Stimme:

»Polizei! Nehmen Sie die Hände hoch!«

Eine tiefe Erleichterung erfüllte sie. Ihre Beine wurden weich, und sie ließ sich auf die Lehne eines Sessels sinken.

Mit seiner Walther im Anschlag näherte sich Tom dem Mann im karierten Hemd. Aus aufgerissenen Augen sah ihn dieser entsetzt an.

»Das muss ein Missverständnis sein!«

»Drehen Sie sich zur Wand! Hände auf den Rücken!«

Der Mann folgte seiner Anweisung.

»Können Sie bitte die Waffe herunternehmen? Ich habe nichts getan, ich bin ein ganz normaler Bürger.«

Mira kam dazu und legte dem Mann Handschellen an.

»Hey, was soll das? Ich habe hier nur geklingelt, weil ich Frau Lutteroth sprechen wollte.«

Mira packte den Mann am Arm.

»Umdrehen!«

Sie nahm ihm die Kappe ab und sah ihm ins Gesicht.

»Treffer!«

Tom nickte. Es war eindeutig der Mann von den Phantombildern.

36

Kathrin Gusow schaute hoch zum vierten Stockwerk des Bürogebäudes. Hinter diesen Fenstern hatte Lars den größten Teil seines Lebens verbracht. Genau so hatte er es formuliert, und sie erinnerte sich noch an das Leuchten in seinen Augen, das so gar nicht zu dem bitteren Ton gepasst hatte, in welchem er diese Erkenntnis ausgesprochen hatte.

Sein Büro ging nach hinten hinaus mit Blick auf das Fleet, das war das Einzige, was sie über die Räumlichkeiten wusste, denn sie hatte die Agentur nie betreten. Niemand dort kannte sie oder wusste von ihrer Existenz.

Lutteroth & Bentner war für sie eine geheimnisvolle, glamouröse und fast ein wenig mysteriöse Welt gewesen. Von der die heimliche Geliebte ausgeschlossen war. Oft hatte sie sich vorgestellt, wie er da oben in Aktion war. Mit aufgekrempelten Hemdsärmeln im Büro auf und ab ging und konzentriert Ideen für Strategien entwickelte, diskutierte und weitreichende Entscheidungen traf. Klug, entschlossen.

Sie entdeckte ihr Spiegelbild in der großen Fensterscheibe des Eingangs. Ihr leichtes, bunt gemustertes Kleid und ihre blonden Haare leuchteten im Sonnenschein vor der dunklen Tiefe der leeren Eingangshalle. Sie fühlte sich verloren. Dieser Ort flößte ihr Respekt ein. Nun wollte sie ihn kennenlernen, in Lars' Büro sein, seinen Schreibtisch berühren, auf seinem Stuhl sitzen. Sie wollte mit seinem Partner reden und so viel über Lars erfahren wie möglich.

Vor allem aber wollte sie, dass alle dort erfuhren, dass es sie gegeben hatte in Lars' Leben. Sie und Timmie, den Bauernhof und den Plan von ihrer gemeinsamen Zukunft.

Angenehm kühl war es. Die Vorzüge einer Klimaanlage, dachte Kathrin Gusow. Die junge Frau am Empfang sah sie irritiert an.

»Die Lebensgefährtin von Lars Lutteroth«, wiederholte sie freundlich. »Wir haben einen Sohn zusammen.«

Sie empfand eine traurige Genugtuung, während sie diese Worte aussprach.

»Ich würde gerne mit Herrn Bentner sprechen.«

»Erwartet Herr Bentner Sie denn?«, fragte die junge Frau unsicher.

»Nein.«

Die Frau nickte und überlegte. »Also, jetzt geht das nicht, und am Nachmittag hat Herr Bentner eigentlich auch keine Zeit. Am besten, Sie hinterlassen Ihre Telefonnummer, dann kann Herr Bentner Sie anrufen.«

Kathrin Gusow wollte sich nicht vertrösten lassen. Sie war jetzt drinnen und wollte nicht gleich wieder gehen.

»War Lars ein angenehmer Chef?«

Die Frage überraschte die Frau.

»War er streng, hat er viel verlangt?«

Die junge Frau wirkte konsterniert und erhob sich.

»Ich kann Herrn Bentner ausrichten, dass Sie hier gewesen sind.«

In dem Augenblick trat ein Mann im hellgrauen Anzug aus einem Büro und ging am Empfang vorbei zur Tür.

»Ich bin dann weg, Luna«, sagte er und musterte Kathrin Gusow kurz.

Das muss er sein, dachte sie, das ist meine Chance. »Herr Bentner?«

»Bitte, das geht nicht!«, wandte Luna energisch ein und bedeutete dem Mann mit einem Kopfnicken, dass er ruhig gehen könne und sie das hier schon regeln werde.

»Der bin ich, und wer sind Sie?«, zeigte der Mann jedoch Interesse.

»Kathrin Gusow, ich bin die Lebensgefährtin Ihres Partners.«

Hauke Bentner sah sie an und schien für einen Augenblick sprachlos zu sein. Er wandte sich an Luna.

»Ruf Williams an, dass ich eine halbe Stunde später komme. Lass dir irgendwas einfallen. Zahnarzttermin oder mit dem Fahrstuhl stecken geblieben.« Er deutete zu seinem Büro. »Bitte, kommen Sie!«

Kathrin Gusow war erleichtert und angetan von der freundlichen, verbindlichen Art Hauke Bentners.

Das große Foto von Ryan Gosling in dem Glasrahmen beeindruckte sie. So etwas hätte sie hier nicht erwartet. Den Ellenbogen auf die hölzerne Lehne des grauen Polstersessels gestützt, saß sie mit übereinandergeschlagenen Beinen da und sah Hauke Bentner an, der sein Jackett ausgezogen hatte und ihr im Sessel gegenüber saß. Ihn hatte sie sich ebenfalls anders vorgestellt. Älter, konservativer und nicht so gut aussehend.

»Ich habe seine Weitsicht und Geduld bewundert.« Bentner wirkte nachdenklich und traurig. »Er hat immer ein, zwei Schritte weitergedacht als alle anderen. Inklusive mir. Deswegen konnten wir so erfolgreich sein. Lars war ein Fuchs. Und ein großartiger Mensch. Alle haben gerne mit ihm gearbeitet. Alle hier sind sehr traurig. Es kommt mir immer noch total unwirklich vor. Ich kann es nicht fassen, dass er nie wieder durch diese Tür kommen und sagen wird: Bentner, lass uns reden.«

Kathrin Gusow musste schlucken.

»Dass er es geschafft hat, Ihre Beziehung zu verheimlichen über die ganzen Jahre, und das noch mit einem Kind, das ist typisch für Lars. Er konnte so verdammt diszipliniert sein. Und perfektionistisch. Wenn er etwas gemacht hat, dann richtig.«

Sie nickte bestätigend.

»Ich hatte auch nicht die leiseste Ahnung, dass er eine Landsehnsucht hegte.«

Sie musste sich räuspern, um den Kloß aus ihrem Hals zu kriegen.

»Das hatte mich auch überrascht. Und ich konnte zuerst nichts damit anfangen, ich bin eher ein Stadtmensch«, erzählte sie. »Ich glaube, das lag vor allem daran, dass ihm seine Arbeit nicht mehr gefallen hatte. Zu viele Lügen, Intrigen, Schmutz, hatte er gesagt.«

Bentner nickte nachdenklich.

»Na ja, das sehe ich ein wenig anders, aber gut.« Er lächelte.

Kathrin Gusow fand ihn charmant und freundlich.

»Und dieser Bauernhof, wie lange hatten Sie den schon?«

»Ungefähr fünf Monate.«

»Hatten Sie den schon bezogen? Hatten Sie schon Zeit dort verbracht?«

»Ein wenig schon. Wir sind so oft dort hingefahren, wie es uns möglich war, und haben dann immer ein bisschen renoviert. Stück für Stück.«

Er schüttelte den Kopf. »Ich kann mir Lars einfach nicht auf dem Land vorstellen. Im Overall und Gummistiefeln beim Stallausmisten.«

»Wir hatten nicht vor, Tiere zu halten.«

»Wo ist denn der Hof?«

»In Mecklenburg-Vorpommern, nahe am Dorf Grambow. Das ist bei Schwerin.«

Bentner nickte nachdenklich. Er holte sein Handy hervor. »Entschuldigen Sie bitte, das ist jetzt etwas unhöflich, aber ich muss kurz etwas nachsehen. Das hat mit meinem Termin zu tun.«

»Aber bitte, das ist doch selbstverständlich. Es war sehr nett von Ihnen, dass Sie mich überhaupt so spontan empfangen haben.«

Bentner nickte beiläufig, während er etwas tippte und wartend auf sein Handy schaute. Kathrin Gusow hatte unterdessen ihr kleines Paradies vor Augen.

»Es ist sehr schön dort«, erklärte sie traurig. »Gegenüber vom Hof ist ein Reitstall. Da hatten wir sogar manchmal Reitstunden genommen.«

»Lars auf einem Pferd? Ich bin wirklich erstaunt.«

Bentner steckte sein Handy wieder ein.

»Frau Gusow, ich muss jetzt leider aufbrechen zu meinem Termin. Ich sage Luna, dass Sie sich hier umsehen dürfen. Sie können sich in Lars' Büro aufhalten, so lange Sie wollen. Wenn Sie einen Wunsch haben, sagen Sie es ihr einfach.«

Er erhob sich, und sie tat es ihm gleich.

»Ich bin froh, dass Sie gekommen sind. Es ist gut, Sie kennengelernt zu haben.«

Seinen festen Händedruck empfand sie als angenehm verbindlich.

»Vielleicht sehen wir uns einmal wieder. Ich wünsche Ihnen Kraft und Mut und alles Gute für die Zukunft.«

»Danke. Es tut mir gut, mehr über Lars zu erfahren. Ich möchte so viel wissen von dem Teil seines Lebens, in dem ich nicht sein durfte. Können Sie das verstehen?«

Bentner nickte. Erst jetzt ließ er ihre Hand los.

Fest umfasste sie den Rhabarberstängel kurz über der Erde und drehte ihn kräftig hin und her, bis er von der Knolle brach. Sie zog die Hautfetzen an der Bruchstelle des Stängels ab und legte ihn in den Korb zu den anderen. Kurz wischte sie sich den Schweiß von der Stirn, dann brach sie den nächsten Stängel von der Knolle. Von Pflanze zu Pflanze arbeitete Leslie sich durch das Rhabarberfeld. Immer noch war sie weit langsamer als Jana, Merit und Ingvar, die in den Reihen neben ihr pflückten, aber sie stellte sich schon ziemlich geschickt an, jedenfalls hatte Merit das gesagt. Die Sonne brannte vom Himmel, und sie war froh, dass sie sich den Sonnenhut ihrer Mutter mit auf die Reise genommen hatte. Das Modell aus leichtem, cremefarbenem Stoff war zwar viel zu elegant für diese Arbeit und sorgte dafür, dass Ingvar sie immer wieder neckisch mit Madame anredete, aber die breite Krempe schützte ihr Gesicht und ihren Nacken perfekt vor den kräftigen Sonnenstrahlen. Außerdem gefiel es ihr, ein wenig aufzufallen. Ihr Rücken schmerzte von dem vielen Bücken, sodass sie nun immer in die Knie ging und dadurch noch mehr an Tempo verlor, was ihr jedoch egal war, denn schließlich war sie nur Praktikantin und hatte nicht den Ehrgeiz, hier etwas zu beweisen. Ingvar kam zu ihr, beugte sich hinunter und tauschte ihren fast vollen Korb gegen einen leeren.

»Voilà, Madame!«, feixte er.

»Danke sehr, der Herr!«, erwiderte sie mit einem koketten Lächeln, das den eigentlich schüchtern wirkenden Mann prompt erröten ließ. Er formte seine Lippen zu einem Kussmund und sah sie erwartungsvoll an. Leslie musste lachen und Ingvar ebenso.

»Jetzt müssen wir arbeiten, aber nachher …« Ingvar grinste etwas zu anzüglich für ihren Geschmack.

»Träum weiter, Baby!«, sagte sie.

»Oh Madame!« sagte Ingvar und verschwand mit dem vollen Korb. Während sie sich dem nächsten Rhabarberstängel widmete, fragte sie sich, ob es eigentlich richtig war, dass man ihm immer verzieh, wenn er seine Schoten riss. Nur weil er ein Downie war. Integration bedeutete doch eigentlich, ihn so zu behandeln wie alle anderen auch.

Heute war der heißeste Tag, seit sie hier war. Leslie nahm den Sonnenhut ab und fächelte sich frische Luft zu. Sie zog die Karaffe mit der selbst gemachten Erdbeerlimonade zu sich heran und füllte sich ihr Glas. Sie mochte den Platz unter der Buche, saß gerne im Schatten an dem langen Eichentisch. Einige Rotweinflecken und getrocknetes Kerzenwachs erinnerten an Janas kleines Geburtstagsfest. Leslie ließ ihre Hand über das kühle, feste Holz gleiten. Merit und Ingvar kamen mit einer großen Schüssel Couscoussalat und einer Schale Kräuterquark und stellten sie auf den Tisch neben den Stapel Teller und den Haufen Besteck.

»Ist von gestern, schmeckt aber noch sehr gut«, sagte Merit.

Sie setzte sich neben Jana, die ihr Handy auf den Tisch legte, aus dem leichter, leiser Jazz erklang. Ingvar setzte sich Leslie gegenüber und grinste sie wieder an. Sie hielt ihren Hut so, dass sie ihm dahinter den Stinkefinger zeigen konnte, ohne dass Merit und Jana es sahen. Gekränkt richtete er seinen Blick in die Ferne, erhob sich und verließ die Runde.

»Willst du nichts essen?«, rief ihm Jana hinterher.

»Später vielleicht«, antwortete Ingvar knapp.

Jana zuckte verwundert mit den Achseln. Was für ein Sensibelchen, dachte Leslie. Jana nahm den Sonnenhut und setzte ihn sich auf.

»Deine Mutter muss eine elegante Frau sein«, sagte sie.

Leslie spürte einen leichten Stich, aber er war nicht mehr so schmerzhaft wie noch vor einigen Wochen, wenn irgendjemand oder irgendetwas sie an ihre Mutter erinnert hatte.

»Nicht unbedingt elegant, aber sie hat Geschmack und einen gewissen Stil«, erwiderte sie im Präsens, denn sie hatte keine Lust, über den Tod ihrer Mutter zu reden.

»Das ist schön. Ich hoffe, ich habe auch einen gewissen Stil«, sagte Jana zu Merit gewandt.

Die schmunzelte und schenkte ihr Limonade ein. »Aber natürlich. Der ist vielleicht eher schrill als elegant, aber nie langweilig. So wie du.«

»Oh, was für ein schönes Kompliment. Dabei ist mein Geburtstag doch vorbei.«

»Jana war mal Schauspielerin. Und richtig gut. Am Schauspielhaus hier in Hamburg«, wandte sich Merit an Leslie.

»Interessant«, sagte Leslie und freute sich, wieder etwas Persönliches von einem der Mitglieder der Gemeinschaft zu erfahren. Theater ist etwas Magisches. Mit wenigen, einfachen Mitteln wird man in die verücktesten Welten entführt.

Jana hielt inne. »Ja, interessant war's und aufregend. Aber das war in einem anderen Leben.«

Leslie sah sie gespannt an, doch Jana verfiel in Schweigen. Es schien ein sensibles Thema für sie zu sein.

»Du malst?«, wechselte Leslie das Thema. Ein zufriedenes Lächeln zeigte sich in Janas Gesicht. »Stimmt.«

»Kann ich mir deine Bilder mal ansehen?«

»Klar, jederzeit.«

»Eines hängt in meinem Wohnzimmer.« Das war die Stimme von Mats Lutteroth. Wie aus dem Nichts trat er hinter der Buche hervor. »Ist hier noch Platz für einen einsamen, alten Mann?«, fragte er.

»Aber immer«, antwortete Jana.

»Soll ich dir einen Teller holen?«, bot Merit an.

»Danke, nein.«

Mats Lutteroth ließ sich gegenüber von Leslie nieder. Sie spürte sofort eine aufgeregte Anspannung. Er sah sie freundlich an.

»Und wie läuft's«, fragte er.

»Gut«, antwortete Leslie und merkte, wie sie sofort schüchtern wurde.

»Was hast du heute gemacht?«

Zum ersten Mal zeigte er Interesse an ihr.

»Sie hat uns beim Rhabarber geholfen«, sagte Merit

»Das ist gut. Mit dem Rhabarber müssen wir uns dieses Jahr beeilen. Durch die Hitze verliert er schnell seine Frische. Wir sollten bis Montag mit der Ernte durch sein«, erklärte Lutteroth.

»Aber nachher müssen wir auch noch die Bohnen aussäen«, sagte Jana.

Er nickte. »Stimmt, das dürfen wir nicht vergessen. Wer liefert heute eigentlich aus?«

»Ole und Jürgen«, erwiderte Jana.

»Und Rita?«

»Die erntet mit David den Salat. Und später hat sie ihre Yoga-Gruppen.«

»Ach ja, ist ja Freitag«, sagte Lutteroth.

»Da wollte ich heute mal mitmachen«, erklärte Leslie.

»Klar, mach das!«, sagte Lutteroth. Er sah sie nachdenklich an. Unsicher stocherte Leslie in ihrem Couscous herum.

»Ist nicht so dein Ding hier, oder?«

Leslie war überrascht, dass ihm das überhaupt aufgefallen war. Sie war sich eigentlich sicher gewesen, dass er sie kaum wahrgenommen hatte. Außerdem hatte sie sich trotzdem Mühe gegeben und sich ganz schön reingehängt, aber Jürgen war es ja auch nicht entgangen.

»So würde ich das nicht sagen, aber es ist ungewohnt und anstrengender, als ich gedacht hatte.«

»Was studierst du noch mal?«

»Deutsch und Geschichte. Auf Lehramt.«

»Und warum wolltest du dieses Praktikum machen?«

Sie fühlte sich unter Druck gesetzt, obwohl ihr das doch völlig gleichgültig sein konnte. Sie musste nur irgendetwas Sinnvolles antworten.

Zum ersten Mal fiel ihr auf, dass die blauen Augen von Mats Lutteroth ihr Leuchten verloren hatten und sein Blick nicht mehr so stechend war wie der des jungen Punks auf dem Foto mit ihrer Mutter.

37

Die Klimaanlage sorgte für eine angenehme Temperatur im Verhörraum. Trotzdem klebten einige Strähnen des schütteren blonden Haares auf der verschwitzten Stirn ihres Phantoms. Peter Gusows Gesicht war blass und eingefallen, der Blick jedoch eigenartig kämpferisch, was den Eindruck, dass ihnen ein gebrochener Mann gegenübersaß, relativierte. Auf die Anwesenheit eines Anwalts hatte er verzichtet und betont, dass er sich nichts habe zuschulden kommen lassen. Mira und Tom saßen auf der anderen Seite des Tisches, in dessen Mitte das Aufnahmegerät die Befragung aufzeichnete.

»Ich habe meiner Schwester und Lars neunzigtausend Euro geliehen, damit sie den Bauernhof in Grambow anzahlen konnten. Lars konnte ja schlecht sein eigenes Geld dafür nehmen, weil niemand was davon wissen durfte, und Kathrin hatte nichts auf der hohen Kante. Einen Teil wollte er mir zurückzahlen, wenn er seine Firma verkauft haben würde, und den Rest spätestens in einem Jahr.«

Er seufzte.

»Tja, und dann bekam ich Besuch vom asiatischen Laubholzbockkäfer. Mein gesamter Baum- und Pflanzenbestand musste gefällt und verbrannt werden. Ich musste den Verkauf einstellen, konnte meine Mitarbeiter nicht mehr bezahlen. Und meine Kinder konnten nicht mehr zum Klavierunterricht.«

Er schlug sich mit der Faust mehrmals gegen die Stirn. Hart und wütend.

»Ich brauchte schnell Geld und habe Lars gebeten, mir einen Teil des Geldes jetzt schon zurückzuzahlen.«

Er sah Mira und Tom an.

»Ich dachte, wenn seine Frau etwas davon mitbekäme, würde ihm sicher irgendeine Lösung einfallen. Mein Gott, das wäre jedenfalls nicht so schlimm gewesen wie meine Situation. Ich muss die Baumschule retten und meinen Kindern Essen auf den Tisch stellen. Von den Banken habe ich nichts mehr bekommen. Bei meiner Hausbank hab ich sowieso noch einen Kredit laufen.«

Die kräftigen Hände Peter Gusows waren unentwegt in Bewegung, er legte sie auf die Knie, packte sie auf den Tisch, nahm sie zurück und nestelte an kleinen Hautfetzen seiner Finger.

»Lars hat mir dann fünftausend gegeben und mich vertröstet.«

»Wusste Ihre Schwester davon?«

»Nein, ich wollte nicht, dass Kathrin sich Sorgen um mich macht. Und Lars hatte mich gebeten, ihr nichts zu erzählen. Sie sollte sich unbeschwert auf das Landleben freuen. Tja, die Fünftausend waren natürlich nur ein Tropfen auf den heißen Stein. Ich habe dann wieder bei Lars nachgefragt. Aber er hat mich weiter vertröstet. Er sei kurz davor, seine Firma zu verkaufen, es könne nicht mehr lange dauern. Pustekuchen! Für mich dauerte es zu lange. Und als ich wieder fragte, reagierte er auch noch genervt. Hat mir sogar versteckte Vorwürfe gemacht. Ich hätte wohl nicht richtig aufgepasst, hätte besser wirtschaften müssen. Bla bla bla.«

Er schüttelte den Kopf.

»Mein werter Schwager in spe.«

Er sah von Mira zu Tom.

»Und da habe ich ein bisschen Druck gemacht. Ich war verzweifelt, und der feine Herr Lobbyist hätte mir helfen können, da war ich mir ganz sicher. Wer weiß, wo der überall Geld angelegt hatte. Und ich stand kurz vor der Pleite.«

»Wie haben Sie Druck gemacht?«, wollte Mira wissen.

Er zögerte kurz, dann sah er die Kommissarin trotzig an.

»Ich hatte mich an einem Abend vor sein Haus gestellt. Gegenüber auf die andere Straßenseite, sodass man mich schön sehen konnte.«

Der Anflug eines Lächelns huschte über seine Lippen.

»Ganz geduldig habe ich dagestanden und nichts gemacht. Ich wollte nur, dass er merkt, dass ich jederzeit hinübergehen und klingeln könnte. Und er dann die Fragen seiner Frau beantworten müsste.«

»Und wie hat Lutteroth reagiert?«, fragte Mira.

»Am nächsten Tag hatte er mich angerufen. Er war natürlich sauer, aber er hat mir dann noch mal fünftausend gegeben und weitere fünftausend eine Woche später versprochen. Aber dazu ist es dann nicht mehr gekommen.«

»Warum?«

»Er wollte mir das Geld am letzten Sonntag geben, aber am Nachmittag hatte er mir eine SMS geschickt, dass er es nicht schaffen und sich wieder melden würde.«

Gusows Atem ging schneller.

»Was haben Sie dann gemacht?«

»Ich war sauer und habe ihn angerufen …« Er räusperte sich. »Aber ich habe ihn nicht erreicht. Erst spät am Abend. Na ja, gebracht hat das dann ja nichts mehr.«

»Wie meinen Sie das?«, fragte Mira.

»Er ist ja in der …« – er zögerte – »… Nacht umgebracht worden.«

»Wissen Sie noch, wann Sie ihn angerufen haben?«, fragte Tom.

Gusow überlegte.

»Das muss so gegen dreiundzwanzig Uhr gewesen sein.«

»Haben Sie ihn von Ihrem Handy angerufen?«

»Nein, ich war in einer Kneipe und habe das Telefon dort benutzt.«

»Warum das?«

»Er sollte nicht erkennen, dass ich es war.«

»Und in welcher Kneipe sind Sie gewesen?«

»Das war in Lübeck. Time Out heißt der Laden.«

»Warum von dort?«

»Weil ich gerade in der Nähe gewesen war.«

»Und wie ist das Gespräch mit Lutteroth gelaufen?«

»Na ja, er war natürlich genervt. Aber er wollte mir am Dienstag das Geld geben.«

Tom studierte Gusows Mimik genau.

»Am Dienstag«, wiederholte Mira.

»Ja«, antwortete Gusow etwas unsicher.

»Obwohl er genervt war?«

»Na ja, ich habe ihn daran erinnert, dass ich mich auch wieder vor sein Haus stellen könnte.«

Gusow beugte sich vor und faltete in aller Ruhe seine Hände auf dem Tisch. »Sie glauben doch nicht etwa, dass ich ihn umgebracht habe?«

»Nein, das wäre schlecht möglich gewesen, Sie waren ja in Lübeck.«

»Waren Sie am Montag wieder in Lübeck?«

Überrascht sah Gusow sie an. »Woher wissen Sie das?«

»Waren Sie wieder im Time Out?«

»Ja.« Nachdenklich sah er von einem zum anderen. »Und ich habe ihn wieder von dort angerufen.«

»Auf seinem Handy?«

»Nein, zu Hause. Weil er nicht an sein Handy gegangen ist. Ich hatte ja keine Ahnung, dass er tot war. Seine Frau ging ran, da habe ich aufgelegt.«

»Wieso?«

»Ich weiß nicht, ich hatte gehofft, dass er sich melden würde. Als ich dann ihre Stimme hörte, hat mir die Frau irgendwie leidgetan. Da habe ich eben aufgelegt.«

Tom glaubte ihm. Gusows Schilderungen deckten sich mit ihren Ermittlungsergebnissen.

»Sie wohnen in Gadebusch, und Ihre Baumschule ist in Renzow. Warum waren Sie überhaupt in Lübeck? Und am nächsten Tag gleich wieder«, wollte Mira wissen. Gusow zögerte ein wenig.

»Ich habe eine Freundin besucht.« Er überlegte, dann fügte er hinzu: »Die mir etwas Geld geliehen hat.« Mira nickte. »Meine Frau weiß davon nichts, und es wäre gut, wenn das so bleiben könnte.«

»Kein Problem«, erwiderte Mira.

»Als Sie Sonntagabend mit Lars Lutteroth telefonierten, hat er Ihnen zufällig gesagt, wo er sich gerade aufhielt?«, fragte Tom.

Gusow schüttelte den Kopf.

»Oder was er vorgehabt hatte?«

»Nein, leider nicht.«

»Und nach dem Telefonat sind Sie nach Hause gefahren?«, fragte Mira.

»Ja, vielleicht 'ne halbe Stunde später.«

»War Ihre Frau noch wach?«

»Nein, wir stehen immer sehr früh auf.«

Auf dem Display seines Handys sah Tom, dass er eine Mail

erhalten hatte. Herr Mohr vom Finanzamt schrieb, dass Henning Lutteroth von 1961 bis 1971 ein Kindermädchen beschäftigt hatte. Frida Solquist, geboren am vierundzwanzigsten Juni 1944 in Göteborg.

»Okay, das war's. Sie können gehen, Herr Gusow«, sagte Mira. »Aber Sie müssen sich zur Verfügung halten. Sie dürfen das Land vorläufig nicht verlassen.«

Gusow lächelte bitter.

»Wie auch, ohne Geld?«

Unruhig ging Tom in ihrem Büro auf und ab. »Jetzt ist doch klar, dass er von der Tanke zu seinem Bruder gefahren ist.«

Felsen stand mit verschränkten Armen vor dem Whiteboard und ließ seinen Blick über die Aufzeichnungen schweifen. »Ist im Moment die naheliegendste Möglichkeit«, erwiderte ihr Chef nachdenklich. Mira drehte sich mit ihrem Stuhl hin und her. »Aber wer sollte ihn dort erschlagen haben?«, fragte sie skeptisch. »Und warum? Was ist mit der gehackten Datei? Und dem, was Lutteroth dem Journalisten versprochen hat? Diese Meelhopen kann uns viel erzählen.«

Zustimmend hob Balbeck den Arm.

»Ja, aber er war nun mal um dreiundzwanzig Uhr sechzehn in der Nähe des Spadenhofes. Wir fahren da jetzt hin und nehmen die Hofgemeinschaft unter die Lupe«, entgegnete Felsen.

Tom erkannte einen Ausdruck von Entschlossenheit in den Augen seines Chefs. Der alte Spürhund nahm Witterung auf.

»Ihr beide klappert die Nachbarschaft ab«, wandte sich Felsen an Balbeck und Taller. »Fragt, ob jemand den Audi Sonntagnacht gesehen oder irgendwas Auffälliges bemerkt hat. Aber haltet euch vom Hof fern! Wir packen noch nicht das große Besteck aus.«

Tom griff sich das Telefon und wählte die Nummer des Kriminaldauerdienstes. Während er wartete, fiel sein Blick auf das Foto von den jungen Boxerzwillingen mit ihrem Coach. Marcos Augen strahlten so glücklich und unschuldig. Oder hatte der Blick auch schon etwas Unnahbares, Egomanes?

»Tom, was gibt's?«, kam es aus dem Telefon.

»Könnt ihr bitte für mich eine Adresse herausfinden?«

»Fauler Sack!«

»Wahrscheinlich in Schweden. Frida Solquist, geboren vierundzwanzigster Juni 1944 in Göteborg. Ich weiß nicht, ob die Frau noch lebt.«

»Eilt?«

»Ja.«

»Klar. Doofe Frage!«

Lange hatte sie in Lars' Büro an seinem Schreibtisch gesessen, hatte ihre Hände auf das schwarze Holz gelegt, aus dem Fenster auf das Fleet geschaut, die Bilder an den Wänden betrachtet und sich ihm nah gefühlt. Sie war herumgewandert, hatte ihre Hände über das Regal und die bunten Sessel gleiten lassen und mit ihm geredet. Sie hatte ihre Gedanken, ihre Verzweiflung seinem Raum anvertraut, in dem seine einstige Gegenwart fast physisch spürbar war. Nun streifte sie durch die Häuserschluchten der Innenstadt, in denen die Hitze stand, und hatte den absurden Impuls, ihre Hände über die Häuserwände und Schaufenster der Geschäfte gleiten zu lassen, als gehörten sie ebenfalls zu Lars' Welt.

Die Sonne tauchte die Menschen, die ihr entgegenkamen, in warmes, goldenes Licht. Bei jedem einzelnen Gesicht fragte Kathrin Gusow sich, wie das Leben dazu wohl aussehen mochte. Mit welchen Herausforderungen und Schicksalsschlägen diese Menschen möglicherweise gerade zu kämpfen hatten. Zum ersten Mal fragte sie sich, ob die Kommissare den Mörder finden werden und wie viele Mordfälle wohl ungelöst blieben. Der Gedanke machte ihr Angst. Wie furchtbar wäre es, wenn sie nie erfahren würde, was passiert war. Sie konnte den Gedanken nicht ertragen und spürte, dass sie zu zittern begann. Ein Martinshorn hallte laut durch die Straße, und sie zuckte zusammen. Es näherte sich rasant, wurde immer lauter, und schon fuhr ein Notarztwagen mit Blaulicht in hohem Tempo über die Kreuzung. Als sie die Straßenecke erreichte, sah sie, wie der Rettungswagen auf dem Fußweg vor dem Marriott Renaissancehotel stehen blieb, zwei Ärzte heraussprangen und in das Hotel liefen. Während sie in Richtung des Platzes gegenüber dem Hotel spazierte, fiel ihr ein junges Mädchen auf, das durch die große gläserne Tür aus dem Foyer in den Sonnenschein trat. In ihrem eleganten dunkelblauen Kleid, das Gesicht hinter einer großen Sonnenbrille verborgen, stand sie da und schien auf jemanden zu warten. Als Kathrin Gusow näher kam, meinte sie, Lars' Tochter zu erkennen. Sie kannte Sofie zwar nur von Fotos, aber die waren recht aktuell. Überrascht beobachtete sie das Mädchen, das zufällig in ihre Richtung schaute. Oder war es kein Zufall? Kathrin Gusow fühlte sich ertappt und richtete ihren Blick woandershin. Als sie wieder zu ihr sah, schaute Sofie noch immer in ihre Richtung, als hätte sie sie ebenfalls erkannt. Aber das konnte eigentlich nicht sein. In dem Augenblick hielt ein weißer Sportwagen vor dem Hotel, und Sofie stieg ein. Sie gab dem jungen Mann am Steuer einen Kuss, dann schlug sie mit der flachen Hand auf das Armaturenbrett und lachte aus vollem Hals. Auf einmal wurde sie ernst und sah aus dem Fenster wieder zu ihr, während der weiße Sportwagen sich im Verkehr einfädelte und davonfuhr.

38

Im Halbdunkel der Scheune herrschten erträgliche Temperaturen, da ein leichter Luftzug durch die offenen Tore an beiden Enden wehte. Leslie legte die Tomaten in die Schale auf der Waage. Siebenhundertzwei Gramm zeigte diese an, sie nahm eine größere Tomate heraus. Jetzt zeigte das Display fünfhundertacht Gramm. Zufrieden legte Leslie die Tomaten in die Kiste zu dem Blumenkohl, dem Salatkopf, dem Bund Möhren, den Zucchini, der Paprika, den Lauchzwiebeln und der Salatgurke. Merit fügte ein Bund Petersilie und ein Bund Radieschen hinzu, besprühte das Gemüse mit Wasser aus dem Handsprüher und stellte die

Kiste zur Seite neben die anderen, die schon fertig gepackt auf dem Boden standen. Adea nahm eine von den Kisten, trug sie zum Sprinter und stellte sie hinein in die Regale, in denen schon etliche weitere Kisten für die morgige Auslieferung bereitstanden.

»Woher kommst du, Adea?«, fragte Leslie, als die Frau mit dem blassen Teint und den tiefschwarzen Haaren die nächste Kiste holte.

»Adea kommt aus Albanien«, antwortete Merit, und Adea nickte lächelnd.

»Wie lange bist du schon in Deutschland?« Leslie sah Adea an, um deutlich zu zeigen, dass sie lieber mit *ihr* sprechen wollte, als die Antworten immer von den anderen zu bekommen.

»Also, das müssen jetzt schon sechs Jahre sein«, antwortete jedoch wieder Merit, und Adea nickte abermals. Leslie wunderte sich, warum Merit die Frau nicht selber sprechen ließ, schließlich konnte sie gut Deutsch, das hatte Leslie gehört, als Adea sich vor ein paar Tagen mit Ole unterhalten hatte.

Leslie war gleich aufgefallen, wie hübsch das zarte Gesicht dieser Frau war, doch sie verbarg ihre Schönheit hinter einer Fassade der Unscheinbarkeit in Form von hochgeschlossenen Blusen, schlichten Kopftüchern und der Abwesenheit von Make-up. Dazu passte ihre stille, bescheidene Art, die dazu führte, dass Leslie ihre Gegenwart manchmal kaum bemerkte.

»Bist du mit deiner Tochter geflüchtet?«

»Ja, das ist sie«, sagte Merit. »Mats hat sie irgendwo hier in der Nähe aufgelesen und ihr geholfen, als sie noch ganz neu in Deutschland war.«

»Du sprichst gut Deutsch.« Leslie lächelte Merit an. Adea musste ebenfalls lächeln. »Danke«, sagte sie und trug die nächste Kiste in den Sprinter. David kam in die Scheune und wirkte ein wenig aufgeregt.

»Die Polizei ist wieder da. Sie wollen mit jedem von uns sprechen.«

Merit schien besorgt. »Jetzt, sofort?«

»Na klar!«

Merit nickte nachdenklich.

»Macht doch nichts. Das müssen die, das ist reine Routine«, versuchte David, sie zu beruhigen, und wandte sich an Adea.

»Wo ist Eldina?«

Adea zuckte mit den Achseln »Ich weiß nicht.«

Draußen im hellen Sonnenlicht vor dem Scheunentor bemerkte Leslie den Kommissar, den sie schon gestern Morgen mit Rita und Mats zusammen gesehen hatte. Langsam ging er auf und ab und sah sich um, dabei blickte er auch in die Scheune, schien aber nicht viel erkennen zu können. Auf einmal fiel Leslie auf, dass Adea verschwunden war. Merit sah sie eindringlich an. »Adea und Eldina, die gibt es nicht«, flüsterte sie. »Die hast du hier nie gesehen! Klar?«

Leslie sah sie verwundert an, aber dann glaubte sie zu verstehen und nickte. »Klar!«

Langsam ließ Tom seine Hand über das abgenutzte Holz gleiten, während er den großen Arbeitstisch entlangschlenderte. Es roch nach Öl und Holz in der Werkstatt, und die warme Luft schien zu stehen. Vor dem Regal entdeckte er einen großen Ventilator auf einem Rollstativ. Er schaltete ihn ein auf die höchste Stufe, hielt seinen Kopf davor und genoss die Abkühlung. Dann drehte er den Ventilator in Richtung der beiden Stühle, die er einander gegenüber gestellt hatte. Er setzte sich und sammelte seine Gedanken. Merit Bach erschien in der offenen Tür.

»Sie wollen mich sprechen, sagt Ihre Kollegin.«

»Das ist richtig, Frau Bach. Bitte schließen Sie die Tür und nehmen Sie Platz!«

Tom deutete auf den freien Stuhl. Sie setzte sich und schlug die Beine übereinander, dabei achtete sie darauf, dass ihre Oberschenkel nicht zu sehr entblößt wurden.

»Das ist schon merkwürdig.«

»Was ist merkwürdig?«

»Na ja, jetzt sitze ich hier wie bei einem Verhör.«

»Es ist aber eine Befragung. Eine Zeugenbefragung. Das Verhör kommt erst, wenn Sie verdächtigt werden.«

Leicht irritiert sah sie ihn an. Tom schmunzelte, legte das Aufnahmegerät auf den Hocker zwischen ihnen, wohin er auch das Batmobil gelegt hatte, und drückte den roten Knopf.

»Befragung von Merit Bach durch Kriminaloberkommissar Tom Simon am neunzehnten Mai 2018 um fünfzehn Uhr fünfundzwanzig.«

Tom lehnte sich zurück. Merit Bach sah vom Aufnahmegerät zum Batmobil und rutschte auf ihrem Stuhl hin und her.

»Frau Bach, seit wann sind Sie Mitglied in der Hofgemeinschaft?«

»Oh, das sind jetzt schon acht Jahre.«

»Und seit wann kennen Sie Mats Lutteroth?«

»Auch ungefähr so lang. Er kam damals mit dem Auftrag zu uns, die Kommunikation für den Spadenhof zu gestalten. Mein Mann und ich waren Grafiker und hatten ein kleines Büro zusammen. Wir haben die Webpage und Flyer für den Hof hergestellt. Ja, so fing alles an. Und das war unser Glück, denn so haben wir den Hof kennengelernt. Wir haben schnell festgestellt, dass wir eigentlich gern genauso arbeiten und leben würden. Von unserer Branche hatten wir die Nase voll, es lief auch nicht mehr gut, der Kampf um die Aufträge war so hart geworden, und die Preise waren kaputt.« Merit klatschte in die Hände. »Der Segen der Digitalisierung! Und von der Stadt hatten wir auch genug. Teure Mieten, teure Kitaplätze. Wir sehnten uns nach Sicherheit, nach etwas Solidem, Gesundem. Wir haben Mats gefragt, und er hat uns gleich aufgenommen in seinen Club.«

Sie lächelte, fast ein wenig gerührt von ihrer Erinnerung. Die Geschichte scheint sie gern zu erzählen, dachte Tom.

»Und, war es eine gute Entscheidung?«

»Ja«, kam es wie aus der Pistole geschossen. »Aber warum ist das für Ihre Ermittlung interessant? Wir kannten diesen Bruder ja gar nicht. Keiner hier, außer Mats natürlich.«

»Das mag sein.« Tom ließ sich etwas Zeit.

»Was haben Sie am Sonntagabend gemacht, Frau Bach?«

Sie richtete sich etwas auf, setzte sich gerade hin.

»Wir haben, also Ole und ich …« Sie zog ihr Kleid über die Beine. »Mit Mats Wein getrunken. In seiner Wohnung. Ole ist dann irgendwann gegangen, und Mats und ich hatten Sex.« Trotzig sah sie Tom an.

Er wartete, ob sie noch etwas ergänzen würde, aber dem war nicht so.

»Wie ist denn Ihr Verhältnis zu Mats Lutteroth, Frau Bach?«

Ihr Blick wurde unstet. Sie nickte ein paarmal und lachte.

»Gut. Freundschaftlich. Und wir haben ab und zu Sex.«

»Was sagt Ihr Mann dazu?«

»Also ehrlich, ich verstehe nicht, was das mit Ihren Ermittlungen zu tun haben könnte.«

Tom schwieg und wartete.

»Also, Ole und ich haben schon diverse Krisen hinter uns. Kleine Affären können das große Ganze nicht mehr erschüttern. Wir haben ein glückliches Familienleben. Und ein glückliches Hofgemeinschaftsleben.«

Sie verschränkte die Arme vor der Brust. »Ist es nicht manchmal ziemlich scheiße, im Privatleben fremder Menschen herumzuschnüffeln?«

Nervös schaute sie auf das kleine Aufnahmegerät auf ihrem Nachttisch. In was für eine merkwürdige Situation war sie hier bloß geraten? Der Bruder des Mannes, dessentwegen sie hier war, ermordet, das war schon krass, aber auf einmal schienen Mats Lutteroth und die Hofgemeinschaft auch noch verdächtig zu sein, und sie gehörte für die Kommissare zu dieser Gruppe von Menschen, die sie nun ins Visier nahmen. Sie merkte, wie ihre rechte Hand die dünne Bettdecke umklammert hielt und vor Anspannung immer wieder drückte. Unruhig rückte sie auf der Matratze hin und her. Aber dann sagte sie sich, dass sie doch gar keinen Grund hatte, angespannt zu sein, legte ihre Hand auf die Decke und zwang sich, sie dort ruhig liegen zu lassen.

»Und warum machen Sie dieses Praktikum ausgerechnet hier?«

Auf dem einzigen Stuhl des Zimmers saß die junge Kommissarin Leslie gegenüber. Sie war sympathisch, ihre Art, Fragen zu stellen, war nicht unangenehm. Leslie zögerte, ob sie den wahren Grund erwähnen sollte, entschied sich aber dagegen, da er schließlich überhaupt keine Rolle spielen konnte.

»Das war Zufall. Die Website hat mir gefallen. Und nach Hamburg wollte ich auch schon immer mal«, log sie.

Die Kommissarin reichte ihr ein Foto. Ein älterer Mann im Anzug lächelte freundlich in die Kamera.

»Haben Sie diesen Mann schon mal gesehen?«

»Nein.« Leslie brauchte nicht lange zu überlegen.

»Sicher?«

»Ganz sicher. Ist das der Bruder?«

Die Kommissarin nickte.

»Wo waren Sie Sonntagnacht gegen zwanzig nach elf?«

»Da war ich wahrscheinlich auf meinem Zimmer. Ich versuche, nicht so spät ins Bett zu gehen, weil es morgens immer sehr früh losgeht.«

»Wahrscheinlich oder sicher?«

»Sicher. Ich habe noch gelesen. Ach ja, und mein Freund hatte angerufen. Wir haben ein paar Minuten telefoniert. Ja, das war Sonntag.«

»Können Sie bitte in Ihrem Handy nachschauen, wann er Sie angerufen hat.«

Leslie holte ihr Handy aus der Hosentasche und schaute in die Anrufliste.

»Das war um zweiundzwanzig Uhr einundfünfzig.«

»Wie lange hat das Gespräch gedauert?«

»Zwölf Minuten.«

Leslie legte ihr Handy neben sich aufs Bett.

»Was haben Sie nach dem Telefonat gemacht?«

»Ich habe noch etwas gelesen und dann das Licht ausgemacht, um zu schlafen.«

»Haben Sie irgendetwas Ungewöhnliches bemerkt? Gehört oder gesehen?«

Leslie versuchte, sich zu erinnern. Ihr fiel ein, dass sie noch mal aufgestanden war.

»Ich hatte das Fenster geöffnet und eine Weile auf den Vollmond geschaut. Aber da war nichts Besonderes, also gesehen habe ich niemanden.«

Doch, dachte sie, da war etwas. Aber was war da gewesen?

Die Kommissarin schien ihr Zögern zu bemerken. Geduldig wartete sie. Dann ging sie zum Fenster in dem kleinen Erker und sah hinaus.

»Man kann fast den ganzen Hof sehen. Das Hauptgebäude. Den langen Tisch unter dem großen Baum. Kommen Sie, schauen Sie hinaus!«

Leslie ging zum Fenster und blickte in den Hof. Die Kommissarin nahm das Aufnahmegerät vom Nachttisch und legte es vor sie auf die Fensterbank.

»Brannte irgendwo noch Licht?«

»Bei Mats Lutteroth brannte Licht und darüber bei Jürgen auch. An mehr erinnere ich mich nicht.«

»Wissen Sie, was die anderen Bewohner an dem Abend gemacht haben?«

»Ich glaube, einige haben sich mit Mats Lutteroth einen Film angesehen. Er hat einen großen Flatscreen.«

»Aber wer bei ihm war, wissen Sie nicht?«

»Nein, das habe ich nicht mitbekommen.«

»Öffnen Sie das Fenster, so wie Sie es in der Nacht getan haben!«

Leslie war ein wenig verwundert. Die Kommissarin nickte ihr auffordernd zu. Sie stellte das Fenster auf Kipp, wartete und überlegte, aber keine prägnante Erinnerung kehrte zurück. Die Kommissarin schloss das Fenster wieder.

»Machen Sie es noch einmal, aber mit geschlossenen Augen!«

Leslie tat es, sie hörte das Klacken des Fenstergriffs und das Geräusch des sich aus dem Rahmen schiebenden Fensters, und auf einmal erinnerte sie sich. Da war ganz leise das tiefe Bellen Roccos zu hören gewesen, das hier auf der anderen Seite des Hofes immer nur sehr schwach, manchmal kaum zu vernehmen war. Erstaunt sah sie die Kommissarin an.

»Ja?«, fragte diese erwartungsvoll.

Leslie zögerte, fühlte sich wie eine Verräterin. Das Bellen des Hundes musste doch nichts zu bedeuten haben. Wenn sie es aber erwähnen würde, würde die Kommissarin es sicher als Indiz dafür nehmen, dass jemand auf den Hof gekommen war. Und dann natürlich der Bruder.

»Woran erinnern Sie sich?«

Leslie haderte mit sich.

»Sagen Sie es, egal wie unbedeutend es Ihnen auch erscheinen mag!«

Scheiße, Scheiße, Scheiße, dachte sie. Ich werde alle hier damit vielleicht in Schwierigkeiten bringen. Andererseits, vielleicht hatten die Leute hier tatsächlich etwas mit dem Mord zu tun. Ihr wurde flau im Magen.

Während Tom auf Ole Bach wartete, vertrat er sich ein wenig die Beine vor den Gewächshäusern und den Gemüsebeeten, die sich weit in die Tiefe des langen Grundstücks zogen. Ihm fiel auf, wie groß der Spadenhof war. Aus einer Bewässerungsanlage rieselte Wasser über ein Feld voller Petersilie. Tom beneidete die grünen Kräuter um ihre Erfrischung. Er griff sich in den Nacken und massierte seine verhärteten Muskeln. Das Gespräch mit Merit Bach hatte keine Erkenntnisse gebracht. In einiger Entfernung sah er Mira mit Rita in das Nebengebäude gehen. Auf einmal beschlichen ihn Zweifel, ob sie hier irgendetwas erfahren würden, was die Ermittlung voranbringen könnte.

Er ließ seinen Blick über die Landidylle schweifen. Hinter den Gewächshäusern entdeckte er Ritas Mann und den jungen Mann mit dem Downsyndrom. Sie waren mit der Ernte von irgendeinem Grünzeug beschäftigt, vielleicht Salat oder Spinat. Mit freien, recht muskulösen, schweißbedeckten Oberkörpern schnitten sie mit routinierten Handbewegungen in zügigem Tempo die Pflanzen und legten sie in große Körbe. Plötzlich huschte ein kleines Mädchen mit schwarzen lockigen Haaren hinter dem Feld an einem Gewächshaus entlang und verschwand um die Ecke. Tom meinte, das Mädchen wiederzuerkennen, das gestern von Rita so streng ins Haus getrieben worden war. Er hatte den Eindruck, dass ihr Laufen nicht spielerisch gewesen war, sondern gehetzt. Er machte sich auf den Weg zu dem großen Treibhaus, doch als er um die Ecke bog, war das Mädchen weg. Er sah sich um, nirgends eine Spur von ihr. Merkwürdig, wohin konnte sie verschwunden sein?

Er beschloss, Ritas Mann und seinen Arbeitspartner später nach ihr zu fragen. Er wollte gerade wieder zur Werkstatt gehen, wo sicher Ole Bach schon auf ihn wartete, da entdeckte er in dem Kornfeld mit den hochgewachsenen Ähren eine Frau mit einem Kopftuch, die sich nun ebenfalls zügig entfernte. Neben ihr konnte er eine weitere Schneise durch das Feld erkennen, die von einer zweiten, kleineren Person zeugte, die man zwischen den hohen Pflanzen nicht sehen konnte. Eilig entfernten sie sich immer weiter. Tom holte sein Handy hervor und drückte Tallers Nummer. »Hey, Taller, wo seid ihr gerade?«

»Im Elbsegler, dem gastronomischen Highlight hier.«

»Eine unbekannte Frau mit einem kleinen Mädchen ist gerade vom Spadenhof weggerannt. Durch das Kornfeld hinter dem Hof. Wenn ihr sofort losfahrt, könnt ihr die beiden vielleicht auf der Parallelstraße erwischen. Da müssen sie ja irgendwo rauskommen.«

»Alles klar!«

»Die Frau trägt ein graues Kopftuch, das Mädchen ein buntes Kleid. Etwa zehn Jahre alt, mit schwarzen Locken.«

»Läuft!«

Die ganze Hofgemeinschaft hatte sich an dem langen Eichentisch unter der Buche versammelt. Mira, Tom und Felsen standen am Kopfende. Jürgen Hachel blickte missmutig in die Runde, Rita hielt ihren fünfjährigen Sohn Benno im Arm, neben ihr saß Leslie. Merit Bach starrte mit leerem Blick vor sich hin, ihr Mann trommelte ungeduldig mit den Fingern auf dem Tisch, ihre Kinder Lara und Johan saßen zwischen ihnen. Jana saß neben Mats Lutteroth und hatte den Kopf an seine Schulter gelehnt, David und Ingvar saßen in verschwitzten, schmutzigen T-Shirts nebeneinander.

»Das ist wie bei Columbo«, sagte Ingvar ohne sein übliches Grinsen. Keiner reagierte.

»Also niemand hat eine Ahnung, wer die Frau und das Mädchen sein könnten?«

Alle schüttelten die Köpfe.

»Auch ihr nicht?«, wandte sich Tom an die Kinder. Sie sahen ihn schüchtern an. Benno drückte sein Gesicht an Ritas Brust.

»Ich kenne kein Mädchen, hier gibt es nur Johan und mich und Benno«, erwiderte Lara, die offenbar die Älteste war.

»Stimmt das, Johan?«, fragte Mira und beugte sich zu dem kleinen Jungen hinunter. Fast erschrocken starrte er auf den Boden. Merit legte ihren Arm schützend um ihn und warf Mira einen genervten Blick zu. Der Junge schwieg.

»Es könnten Diebe gewesen sein«, sagte Mats Lutteroth. »Das kommt ab und zu vor. Die bedienen sich einfach in den Beeten der Gärtnereien. Arme Schweine, denen es am Nötigsten fehlt.«

Felsen nickte nachdenklich. »Am helllichten Tag?«, fragte er.

»Ja, es sind ja nicht ständig Leute in den Beeten. Die passen die Pausen ab.«

»Aber das Mädchen war ziemlich dicht an David und Ingvar dran«, bemerkte Tom.

Lars Lutteroth zuckte mit den Achseln.

»Kinder sind klein und flink.«

»Uns stört das nicht! Ich hab mal eine Frau erwischt, der habe ich sogar noch ein paar Tomaten mitgegeben«, erklärte Jürgen.

Tom blickte in jedes Gesicht, keines zeigte eine Regung.

»Ich habe noch eine Frage«, sagte Mira. »Hat jemand in der Sonntagnacht um ungefähr dreiundzwanzig Uhr zwanzig das Bellen des Hundes gehört?«

Einige wirkten erstaunt und sahen einander an. Ole schüttelte den Kopf. Jürgen ebenfalls.

»Rocco? Wie kommen Sie darauf, dass er gebellt haben soll?«

»Frau Berger hat es gehört.«

Leslie zuckte kurz zusammen, bemühte sich aber, entspannt zu wirken.

»Aha, aber dann hätte ich es ja auch hören müssen. Der Zwinger ist ja direkt vor unserem Haus«, sagte Mats Lutteroth.

»Aber um die Zeit wart ihr gerade voll in Action«, bemerkte Jürgen süffisant. »Da kann man Rocco schon mal überhören. Also Merit habe ich gehört, den Hund nicht.«

Merit schloss genervt die Augen. Ole erhob sich und verließ die Runde.

»Herr Bach, bitte bleiben Sie!«

»Ich habe den Hund auch nicht gehört«, sagte er patzig, ging über den Hof zum hinteren Gebäude. Lara und Johan sahen ihrem Vater verwundert nach.

»Frau Bach?«, wandte sich Mira an Merit, die den Kopf schüttelte.

»Also ich habe weder Merit noch den Hund gehört«, sagte Jana mit einem Grinsen. Rita und David sahen einander an und schüttelten die Köpfe.

»David und ich haben auch nichts gehört.«

»Wir haben wohl schon geschlafen«, fügte David hinzu.

»Ich habe Rocco auch gehört«, erklärte Ingvar mit selbstsicherem Blick. Die anderen sahen ihn überrascht an.

39

Regungslos saß Ingvar auf dem Stuhl. Entspannt und zufrieden, die Hände auf seinem Bauch gefaltet, sah er Tom an.

»Es war Vollmond, da kann ich nicht schlafen. Immer wenn Vollmond ist, kann ich einfach nicht schlafen. Da bin ich rausgegangen.«

»Was haben Sie gemacht?«

»Ich hab mich auf die Bank am Haus gelegt und in den Himmel geschaut.« Ingvars Augen leuchteten. »Auf die Sterne, das Universum.«

»Und da haben Sie den Hund gehört?«

»Ja. Ganz leise.«

»Sie sind sich sicher?«

Ingvar nickte.

»Ich kenn doch Rocco.«

»Haben Sie sonst noch etwas gehört?«

Ingvar schüttelte den Kopf. Tom wartete.

»Nein, sonst war da nichts.«

»Warum hat Rocco wohl gebellt?«

»Weiß nicht.«

»Ist jemand auf den Hof gekommen?«

Ingvar zuckte mit den Achseln. »Weiß nicht.«

»Haben Sie jemanden von den anderen gesehen?«

»Nein.« Ingvar sah ihn freundlich an.

»Seit wann gehören Sie zur Hofgemeinschaft, Herr Hinrichs?«

»Seit meine Eltern gestorben sind.«

»Oh, wie ist das passiert?«

Ingvar riss die Augen auf. »Das war das große Feuer. Unser Hof ist abgebrannt.« Er schluckte und wurde schlagartig traurig. »Mama und Papa haben geschlafen.« Seine Augen füllten sich mit Tränen. Er nickte immer wieder vor sich hin, wie um sich selbst zu beruhigen.

»Sie sind verbrannt?«

Ingvar starrte ihn an. »Ja.« Tapfer riss er sich zusammen.

»Und Sie wurden gerettet?«

»Ich war nicht da. Ich war hier, bei meinen Freunden.« Er wurde ganz aufgeregt. »Das war mein Glück!«

»Warum waren Sie denn hier in der Nacht?«

»Ich war oft hier. Jana hat mit mir gemalt, und ich durfte bei der Arbeit helfen. Ich konnte hier alles machen, alles ausprobieren. Ohne Gemecker!« Er strahlte stolz.

Tom nickte. »Und wann war das?«

»Oh, vor drei Jahren ungefähr. Jana ist jetzt meine Mama.« Er grinste und kicherte leise.

»Sie hat sie adoptiert?«

»Ja!« Stolz richtete er sich auf. »Und mein Hof gehört jetzt auch hierzu.«

»Was meinen Sie damit?«

»Mama und Papa haben mir den Hof vererbt. Und jetzt ist das alles eins. Der ganze Spadenhof.«

»Ach so! Der Hof Ihrer Eltern war der Nachbarhof.«

Ingvar nickte. »Gärtnerei Hinrichs.«

»Und der Spadenhof hat ihn übernommen?«

»Ja.«

»Und Sie sind seitdem Mitbesitzer, Teilhaber des Spadenhofs?«

Ingvar nickte stolz. »Wie alle!«

Lange hatte Tom mit sich gerungen, unsicher, ob sein Magen schon wieder so weit war. Er hatte seinen Kollegen den Vortritt gelassen, aber schließlich fragte ihn der junge Mann an der Kasse der Tankstelle nach seinem Wunsch.

»Einen Kaffee. Americano, doppelt«, hörte er sich sagen.

Der junge Mann machte sich am Kaffeeautomaten zu schaffen. Im Radio lief wieder einer dieser austauschbaren Popsongs. Draußen gingen Mira und Felsen mit ihren Eistüten über den Parkplatz.

»Drei dreißig«, sagte der junge Mann gelangweilt und stellte Tom den Becher mit dem dampfenden, schwarzen Wachmacher hin. Tom holte sich noch eine Flasche Mineralwasser aus dem Kühlschrank.

»Fünf achtzig«, korrigierte der junge Mann die Summe. Tom fischte einen Zehneuroschein hervor und legte ihn auf den Tresen. Der BMW von Balbeck und Taller fuhr auf den Parkplatz der Tankstelle. Tom nahm das Wechselgeld und ging hinaus. Die Kollegen stiegen aus.

»Drei Minuten nach deinem Anruf sind wir da gewesen. Wir

haben die ganze Straße abgesucht«, sagte Taller. »Sie können sich eigentlich nur in einer der Gärtnereien versteckt haben.«

Felsen und Mira traten hinzu.

»Ich glaube nicht, dass das Diebe waren. Das Mädchen war so weit auf dem Grundstück, ganz nah an David und Ingvar«, sagte Tom.

»Illegale!«, vermutete Balbeck. »Saisonarbeiter, die kriegen natürlich Panik, wenn die Polizei auftaucht, und hauen ab.«

Tom nickte. »Wahrscheinlich hast du recht.«

»Und sonst?«, fragte Felsen. »Habt ihr irgendwas Interessantes erfahren?«

»Nichts. Keiner aus der Nachbarschaft hat Lutteroths Audi gesehen oder sonst irgendetwas bemerkt«, antwortete Taller. Felsen wirkte frustriert.

»Der Wirt vom Elbsegler hat erzählt, dass Mats Lutteroth früher Stammgast bei ihm gewesen ist, zusammen mit Jürgen Hachel«, berichtete Balbeck. »Aber seit einigen Jahren kommt nur noch Hachel ab und zu. Lutteroth verlässt wohl kaum mehr den Hof.«

»Der Eigenbrötler ist am liebsten für sich. Wahrscheinlich mag er noch nicht mal seine Gemeinschaft besonders«, sagte Tom.

»Was ist mit dem Hund?«, fragte Mira und erklärte Balbeck und Taller, was es damit auf sich hatte.

»Lutteroth hat natürlich recht«, erklärte Felsen. »Der Hund kann auch eine Katze oder Wild auf der Auffahrt gesehen haben. Motorengeräusche haben Leslie und Ingvar jedenfalls nicht gehört.«

»Aber der Zeitpunkt passt perfekt«, wandte Tom ein. »Wenn Lars Lutteroth von der Tanke zum Hof gefahren ist, wäre er ungefähr zu dem Zeitpunkt angekommen.«

»Wenn, wenn, wenn! Das sind mir zu viele Wenns«, polterte Felsen. »Wer soll Lars Lutteroth denn dort umgebracht haben? Ich kann bei keinem der Hofmitglieder ein Motiv erkennen. Auch nicht bei dem Bruder. Mira hatte recht.« Wütend trat er eine herumliegende Plastikpackung über den Asphalt, pfefferte den Rest seines Eises in eine Mülltonne und steckte sich eine Zigarette an. Tom erinnerte sich an die Packung in seiner Jackentasche. Scheißegal, dachte er und wollte sie gerade hervorholen, als das trockene Plop seines Handys ihm eine SMS meldete. Sie war vom Kollegen des Kriminaldauerdienstes: *»Frida Solquist, Sankt Göransgatan 24, 11245 Stockholm, Tel.: +46 8 650 7017 Mobil: 0046 762–454 638 Viel Erfolg!«*

Mit stoischem Gesichtsausdruck und routinierten, zügigen Handgriffen füllte Merit die Kiste mit Gemüse. Dann schob sie die volle Kiste zu Leslie hinüber. Etwas hatte sich verändert. Seit der Befragung durch die Kommissare waren alle still, wirkten nachdenklich, fast ein wenig bedrückt. Leslie bereute es, von Roccos Bellen berichtet zu haben. Sie besprühte das Gemüse mit Wasser, trug die Kiste in den Transporter und kehrte zurück.

»Adea und Eldina sind Flüchtlinge?«

Merit legte einen Blumenkohl in die nächste Kiste, packte eine Salatgurke und einen Bund Möhren hinzu.

»Ja, und zwar illegale«, antwortete sie, ohne aufzusehen, und legte eine Zucchini und ein Bund Radieschen in die Kiste. »Mats hatte sie irgendwann aufgelesen und mitgebracht. Seitdem leben sie bei uns.«

Sie wog Tomaten ab und packte sie dazu.

»Du hast sie doch nicht erwähnt?« Merit sah Leslie besorgt an.

»Natürlich nicht«, erwiderte Leslie ein wenig empört.

»Gut.«

Leslie griff sich die Kiste, schickte ein paar feine Wasserwolken über das Grünzeug und trug sie fort. Da bemerkte sie draußen Jana und Ole, die vor den Gewächshäusern zusammenstanden. Ole wirkte aufgeregt, Jana schien ihn beruhigen zu wollen. Leslie verlangsamte ihren Schritt und beobachtete die beiden. In Ole schien es zu brodeln. Wild gestikulierte er und wurde schließlich laut. Da packte Jana seinen Kopf, zog ihn zu sich heran und küsste ihn kurz und heftig auf den Mund. Überrascht starrte Ole sie an. Leslie fragte sich, was das zu bedeuten hatte, sie drehte sich zu Merit, die von der Szene jedoch nichts mitbekommen hatte.

Als alle Kisten gefüllt im Sprinter verstaut waren, freute sich Leslie auf ihren Feierabend. Heute war sie bei Ritas Yoga-Kurs eingeladen. Sie machte sich auf den Weg zu ihrem Zimmer, um sich noch ein wenig auszuruhen und frisch zu machen. Am Tisch unter der Buche sah sie Mats mit einer Frau, die nicht zum Spadenhof gehörte. Sie saßen sich gegenüber, die Frau weinte. Erst dachte Leslie, sie täuschte sich, doch dann konnte sie die Tränen deutlich erkennen. Mats schwieg, er wirkte zurückhaltend, fast ein wenig unsicher. Was für ein merkwürdiger Tag, dachte Leslie. Was für eine merkwürdige Situation mit Mord und Kriminalpolizei und ihrer eigenen Geschichte noch dazu.

»2015 wurde Marlen Meelhopen in den Vorstand von BAK Health in Rotterdam geholt.« Kehlens Stimme kam laut und deutlich aus Felsens Handy, das vor dem Leiter der Mordbereitschaft zwei auf seinem Schreibtisch lag. Tom, Mira und Balbeck standen davor.

»Zu dem Zeitpunkt steckte der Laden in einem fetten Korruptionsskandal, und sie hatte den Ruf, eine Problemlöserin zu sein. BAK Health hatte anscheinend zwei Mitglieder des Gesundheitsministeriums geschmiert. Es gab eine Liste mit diversen Treffen eines Beraters, der für BAK tätig war, mit diesen Politikern. Und es gab einen Zeugen, der behauptete, dass diesen Abgeordneten jeweils ein Koffer mit hunderttausend Euro übergeben worden wäre. Im Gegenzug hätten diese Politiker gegen bestimmte Gesetzesänderungen votiert, die sich zum Nachteil von BAK ausgewirkt hätten. Diesen Zeugen hatte damals ein Journalist aufgetrieben. So ist die ganze Geschichte publik geworden. Als es dann zu einer Untersuchung durch die Staatsanwaltschaft kam, war dieser Zeuge auf einmal verschwunden. Er war auf eine Insel in der Karibik gezogen und hatte sich ein Häuschen gekauft. Jetzt behauptete er, dass er sich getäuscht und der Journalist ihn zu seinen Aussagen gedrängt hätte. Er wollte mit der Sache nichts mehr zu tun haben. Das Verfahren musste eingestellt werden. Ein halbes Jahr später hat Meelhopen das Unternehmen wieder verlassen. Kurz darauf fing sie bei Orak an. Jetzt wisst ihr, mit wem ihr es zu tun habt.«

»Interessant!«

»Ja, aber das muss natürlich nichts heißen. Und selbst wenn, diese Praktiken sind in der Pharmaindustrie durchaus üblich. Mord allerdings nicht.«

»Tja, danke für deine Recherche, Frank!«

»Vielleicht hilft es euch ja weiter. Viel Glück!«

Felsen beendete das Gespräch. Die Kollegen sahen einander ein wenig ratlos an.

»Die Lady mit den wilden Haaren ist also nicht ohne«, bemerkte Tom.

»Bentner!«, sagte Felsen. »Den müssen wir uns jetzt noch mal ganz genau anschauen!«

Tom fiel ein, dass er das Kindermädchen anrufen wollte. Merkwürdig, dachte er, eine dreiundsiebzigjährige Frau so zu nennen. Er erreichte sie nicht. Auf dem Festnetz und dem Handy meldete sich die Sprachbox. Die schwedische Ansage verstand er natürlich nicht, aber er hinterließ eine Bitte um Rückruf in seinem besten Englisch und anschließend noch einmal auf Deutsch.

Balbecks Handy klingelte. »Taller, was gibt's?« Balbeck hörte seinem Partner eine Weile zu. »Interessant!« Balbeck wandte sich an seine Kollegen. »Laut Grundbuch wurde der Hinrichshof im Oktober 2015 auf Mats Lutteroth übertragen. Und ist, genau wie der Spadenhof, einzig und allein auf seinen Namen eingetragen. Von wegen Solidargemeinschaft. Cheffe gehört alles allein.«

40

Die tief stehende Sonne schickte ihre rötlich goldenen Strahlen durch die bodentiefen Fenster der ehemaligen Scheune. Die eine Hälfte war zu einem Studio mit Holzdielen für Ritas Yoga-Kurse und die andere zu einem Atelier mit Steinboden für Janas Kunst umgebaut worden.

Leslie saß auf ihrer Matte und schaute auf eines der abstrakten Aquarelle, die an den Wänden hingen und sicher von Jana stammten. Schalen voller Blüten verbreiteten einen zarten Duft von Jasmin. Der Kurs war vorbei. Jana, Merit und die beiden Frauen, die aus der Nachbarschaft kamen und für den Kurs zahlten, rollten schweigend ihre Matten zusammen und verließen den Raum. Keiner schien die Stille stören zu wollen. Auch Rita verschwand. Leslie blieb allein zurück. Sie genoss es, einfach noch entspannt dazusitzen und an nichts zu denken. Sie spürte, wie sich etwas in ihr löste. Die Traurigkeit, die sie tief in sich verborgen hielt, stieg empor, und sie sah das Gesicht ihrer Mutter auf ihrem violetten Samtkissen vor sich. »Kannst du mir verzeihen?«, fragte sie mit schwacher Stimme und Schmerz im Blick. Es war nicht der körperliche Schmerz, den ihr der Krebs bereitete, es war der Schmerz des bevorstehenden Abschieds und der Schuld.

»Hey, Lust auf ein Glas Wein?«

Unsicher blieb Leslie stehen und fragte sich, ob Mats Lutteroth wirklich sie meinte. Es war aber niemand außer ihr auf dem Hof.

»Ja, gerne«, erwiderte sie und freute sich.

»Warte, ich hole alles, und dann setzen wir uns auf den Deich.«

Leslie sah Lutteroth nach, der in seiner Küche verschwand, und wusste nicht, wie ihr geschah. Während sie wartete, ließ sie ihren Blick über den Hof schweifen, und zum ersten Mal fiel ihr auf, wie schön dieser Ort war. Erstaunlich, dass sie es nicht früher bemerkt hatte. Kurz darauf erschien Lutteroth mit einer Flasche, zwei Gläsern und einer Tüte Cracker.

Hinter der Skyline von Hamburg versank die Sonne und färbte den Himmel und die Elbe blutrot.

»Grüner Veltliner ist etwas Herrliches an solchen Tagen«, sagte Lutteroth, zog den Korken aus der beschlagenen, kühlen Flasche und schenkte ihre Gläser voll. Leslie betrachtete sein Gesicht. Sie war auf der Suche nach etwas in seinem Blick, in seinem Ausdruck, konnte es aber nicht finden.

Er drückte ihr ein Glas in die Hand und hielt seines hoch, um mit ihr anzustoßen.

»Auf eine schöne Zeit bei uns!«

»Ja.« Mehr fiel ihr nicht ein. Sie stießen miteinander an und tranken.

»Adea und Eldina sind schon viele Jahre bei uns. Sie sind glücklich, der Spadenhof ist ihre Heimat geworden. Hier will sie keiner abschieben, hier brauchen sie keine Angst zu haben.«

»Wo sind sie jetzt?«

»Ich weiß es nicht. Aber sicher irgendwo in der Nähe. Sie haben Erfahrung darin, sich zu verstecken. Wahrscheinlich werden sie sich bald melden, und wenn sich alles beruhigt haben wird, werden sie zurückkommen.«

Lutteroth holte den Tabak aus der Brusttasche seines Hemdes und begann, sich eine Zigarette zu drehen. Ein Motorboot mit zwei Frauen, zwei kleinen Kindern und einem großen, zotteligen Hund zog an ihnen vorüber Richtung Süden.

»Das mit deinem Bruder tut mir leid, es muss besonders furchtbar sein, auf diese Art einen …«, sie wollte *geliebten* sagen, zögerte aber und ließ das Adjektiv lieber weg, »… einen Menschen zu verlieren.«

Lutteroth schwieg.

»Ich habe schon gehört, dass ihr keinen Kontakt mehr hattet. Dass ihr euch nicht …«

»Lars war mir egal«, unterbrach er sie ruhig, aber bestimmt. »Früher haben wir uns regelrecht verachtet, aber irgendwann war das nicht mehr wichtig. Wir existierten einfach nicht mehr füreinander.«

»Das klingt traurig.«

Lutteroth zuckte mit den Schultern. Er hatte seine Zigarette fertig gedreht und zündete sie mit einem Streichholz an.

»Kannst du dir einen besseren Ort als den Spadenhof vorstellen?«

Seine Frage überraschte Leslie, aber sie verstand, was er sagen wollte.

»Ist schon ziemlich cool bei euch.«

»Wenn ich morgens mit meinem Kaffee in den Hof gehe und mich unter die Buche setze, dann bin ich zufrieden. Ich freue mich auf den Tag und auf jede einzelne Pappnase hier. Die sind meine Familie.«

Leslie machte es glücklich, dass Lutteroth sich ein wenig öffnete.

»Du warst mal Hausbesetzer«, wagte sie sich vor.

»Ach, ist Jürgen wieder ins Plaudern gekommen?«

Sie schmunzelte.

»Macht kaputt, was euch kaputt macht!« Lutteroth sprach das Motto der Punks und Hausbesetzer der Siebziger- und Achtzigerjahre, das ursprünglich ein Song von *Ton, Steine, Scherben* war, fast gelangweilt aus. Sie kannte die Platte aus dem Regal ihrer Mutter.

»Ja, das war viele Jahre meine Maxime. War 'ne wilde Zeit damals.«

»Und heute? Bist du nicht mehr politisch aktiv?«

»Die Revolution müssen die Jungen machen, das ist ein Naturgesetz!«

»Hast du resigniert?«

Seine blassblauen Augen sahen sie ernst an, und Leslie fürchtete, mit dieser Frage zu weit gegangen zu sein.

»Alles war gut, so wie es war, aber heute geht es mir um andere Dinge. Die Vergangenheit ist vorbei.«

Sie musste daran denken, was Jürgen ihr über die wilden Zeiten des Hofs erzählt hatte. Davon war offenbar nichts mehr übrig geblieben. Alles hier war durchstrukturiert, perfekt organisiert und lief scheinbar reibungslos. Gehörte der Spadenhof nicht längst selbst zum Establishment? Aber die Gemeinschaft war sich offenbar einig, und alle schienen zufrieden, außer Jürgen vielleicht. In seinem Gesicht fand sie noch etwas von dem damaligen Rebell. In dem von Mats nicht.

Geschickt löste sie die obere Kekshälfte von der Schokoladenfüllung und aß sie auf, dann leckte sie mit der Zunge über die Schokofüllung und knabberte sie von der unteren Kekshälfte ab, die sie anschließend ebenfalls vertilgte. So hatte es Leslie in ihrer Kindheit immer gemacht. An ihr Bett gelehnt saß sie auf dem Kelim und betrachtete das Foto von dem jungen Anarcho und der wilden Frau in seinem Arm. Während sie den nächsten Keks aus der Packung holte, dachte sie darüber nach, dass sie wohl auch etwas Rebellisches in sich trug. In ihr war immer so viel Wut. Mit ihrer kompromisslosen Art, die sie in diesen Tagen auf dem Spadenhof gut verbergen konnte, hatte sie schon einige Menschen verletzt, auch wenn sie es gar nicht gewollt hatte. Sie hatte es sogar geschafft, den letzten gemeinsamen Moment, den sie mit ihrer Mutter gehabt hatte, zu zerstören. Enttäuscht und wütend war sie gewesen, als ihre Mutter ihr, im Angesicht des nahenden Abschieds, die große Lüge gestanden hatte. Schwere Vorwürfe hatte sie ihr daraufhin gemacht. Selbstgerecht und gnadenlos war sie gewesen, hatte ihre Mutter weinend und zutiefst verunsichert zurückgelassen, nicht ahnend, dass sie sie zum letzten Mal lebend gesehen hatte. Die Ärzte hatten ihr doch mindestens noch zwei Monate gegeben. Nie würde Leslie sich das verzeihen können. Aufgewühlt erhob sie sich und ging in ihrem kleinen Zimmer umher. Sie öffnete das Fenster und blickte in die Nacht. Neben der kleinen Scheune entdeckte sie Jana, die in der Dunkelheit auf dem Rasen vor der jungen Birke saß. Es machte den Eindruck, als redete sie mit dem Baum.

Mit einem leisen Quietschen drehte der Ventilator an der Decke seine Runden und sorgte in Jimmys kleiner Butze für ein wenig

Abkühlung. Der Coach kaute auf einem Zahnstocher herum und strich sich über das strubbelige graue Haar. Ein Schweißtropfen lief seine Stirn hinunter und verschwand in einer der tiefen Falten. Es konnte noch so warm sein, eins seiner grauen Hoodies mit dem schwarzen Dock-One-Logo trug Jimmy immer. In seinem alten Drehstuhl mit dem abgewetzten grünen Leder saß er hinter dem kleinen Schreibtisch, der die komplette Buchhaltung und Planung des Dock One beherbergte. Neben dem Computermonitor und der Tastatur lagen nur noch ein Terminkalender und ein Stapel ausgedruckter Trainingspläne. Jimmys Büro war immer ordentlich. Tom saß ihm gegenüber auf dem unbequemen Bistrostuhl mit dem hässlichen Chromgestell. Verschwitzt in T-Shirt und kurzer Trainingshose massierte er die Muskeln seiner Hände.

»Marco war ein Schlitzohr«, raunte Jimmy. »Aber gekämpft hat er immer sauber. Und er ist stets bis zum Ende gegangen, das war nicht immer klug, aber er konnte nicht anders. Er hat sich immer voll hineingestürzt, der Junge kannte keine Grenzen.« Jimmy beugte sich vor. »Du hast immer mit dem Kopf geboxt.« Er tippte sich an die Stirn. »Hast versucht, den Kampf zu lenken. Du hast Regie geführt.«

Er sah Tom tief in die Augen. »Du musst ihn loslassen, Tom. Du musst aufhören zu warten. Du wirst ihn nicht zurückbekommen. Die Zeit ist vorbei.« Jimmy nickte. »Tut weh, ist aber so.« Einen Moment sahen sie sich schweigend an. »Er hat sich verändert, du hast dich verändert. Wie alt bist du? Zweiundvierzig?«

»Einundvierzig.«

»Du hast keine Frau, Tom, kein Kind. Vielleicht willst du das aber noch irgendwann. Nur wann? Wenn du weißt, ob dein Bruder den Cop getötet hat? Wenn du ihn zurückbekommen hast? Wenn er im Knast sitzt? Das Leben wartet nicht, Tom, es findet jetzt statt.«

Tom wusste nichts zu erwidern. Stattdessen betrachtete er das Foto von Jimmy, Patty und dem kleinen Ben an irgendeinem Strand in der Sonne. Jimmy hielt Patty im Arm, beide lächelten, und Ben zeigte den Stinkefinger und freute sich diebisch darüber. Das Glas des Rahmens war erstaunlich sauber, Jimmy musste es vor Kurzem geputzt haben.

»Er ist auf dem Weg nach Deutschland? Nach Hamburg? Vielleicht zu dir? Was heißt das schon? Heute? Morgen? In einem Jahr? Gut, vielleicht werdet ihr euch irgendwann einmal wiedersehen, vielleicht schafft Marco das irgendwie. Und dann? Er wird nicht bleiben, er wird wieder gehen. Und du wirst wieder warten? Du lebst mit einem Phantom, Tom. Da ist kein Platz für eine Frau.«

Jimmy öffnete den Kühlschrank hinter sich und holte zwei Flaschen Bier heraus.

»Für mich nicht«, sagte Tom.

»Du warst doch schon am Sack.«

Tom nickte. »Aber ich hab noch ein Rendezvous mit Chris.«

Jimmy stutzte.

»Was soll das denn?«

Tom seufzte und warf den Kopf in den Nacken. Über ihm drehte der Ventilator quietschend seine Runden.

»Ich muss noch was abschütteln.«

Jimmy sah ihn fragend an. Tom zuckte mit den Achseln. Der Coach stellte ein Bier wieder zurück.

»Ich würd ein bisschen vorsichtig sein an deiner Stelle. Du siehst nicht gerade fit aus. Sagen wir: eher scheiße!« Er öffnete seine Flasche und nahm einen kräftigen Schluck. Tom spürte eine große Leere und gleichzeitig eine unbändige Wut. Auf sich, auf Marco und den Lauf der Dinge.

Die Rechte knallte gegen die Polsterung seines Kopfschutzes. Für eine Millisekunde hatte er die Deckung vernachlässigt. Zwei blitzartige linke Haken folgten, trafen Leber und wieder den Kopf. Alles ging viel zu schnell für Tom. Schwer atmend versuchte er, den höllischen Schmerz unterhalb der Rippen wegzustecken. Chris hielt sich zurück, tänzelte und verharrte hinter seiner Deckung. Tom spürte, wie sein Kreislauf in die Knie ging, aber er wollte auf keinen Fall zu Boden gehen, schon gar nicht k.o. Er atmete dagegen an, bewegte den Kopf, schüttelte sich. Er sah zu Jimmy, der hinten bei den Sandsäcken an der Wand lehnte und ihr Sparring beobachtete. Tom musste daran denken, was Jimmy über Marco gesagt hatte. Er war immer bis ans Ende gegangen, hatte keine Grenzen gekannt. Wie aus dem Nichts verpasste Tom dem überraschten Chris eine Rechte. Er war zurück, tänzelte und erholte sich von Sekunde zu Sekunde etwas mehr. Mit einer schnellen Links-rechts-Kombination versuchte er nachzusetzen, konnte aber nicht durch die Deckung des jungen Mannes dringen.

Mit seiner Führhand hielt Chris ihn nun auf Distanz. Offensichtlich hatte dieser aus seinen wenigen Fehlern ihres letzten Sparrings gelernt und kämpfte heute geduldiger. Immer wieder schlug er kurze, kräftige Jabs, die Tom langsam mürbe machten. Aber auch wütend. Wild stürzte er sich in das Trommelfeuer der Jabs und schaffte es in den Infight, in dem er einige Körpertreffer platzieren konnte. Die Antworten von Chris kamen mit blitzartiger Geschwindigkeit und großer Wucht. Ein Haken schleuderte Toms Kopf zur Seite. Chris schob ihn von sich und schickte eine Gerade hinterher, die Tom auf den Mund traf. Er taumelte, sein Mundschutz schnitt ins Zahnfleisch, und seine Unterlippe brannte wie Feuer. Chris blieb stehen und deutete mit seiner Rechten auf Toms Mund.

»Du blutest«, nuschelte er unter seinem Mundschutz.

Tom verstand nicht oder wollte nicht verstehen. Das Blut tropfte auf seine Brust und lief an seinem Körper herunter. Jimmy kam zum Ring. »Schluss!«, sagte er.

»Nein!«, presste Tom, so laut er es unter dem Mundschutz konnte, hervor. Chris schüttelte den Kopf. Jimmy kletterte durch die Seile in den Ring. »Schluss!« Mit seiner Zunge löste Tom den Mundschutz und spuckte ihn aus. »Nein!«, rief er laut. Jimmy redete mit ruhiger Stimme auf ihn ein. »Komm, mein Junge, es reicht! Für heute ist Schluss!«

»Nein!«, schrie Tom, und das Echo hallte von den Mauern der Boxhalle wider. »Nein!«, wiederholte er mit voller Kraft, lief umher und begann, wütende Gerade in die Luft zu schlagen. In einem wilden Tanz drehte er sich um sich selbst und schickte wie wahnsinnig seine Schläge in alle Richtungen. Chris betrachtete ihn verwundert. Die Boxer, die sich um den Ring versammelt hatten, amüsierten sich. An den Sandsäcken unterbrachen sie ihr Training und bestaunten den durchgedrehten Kripokommissar.

Tom saß auf seinem Poller und starrte auf den nächtlichen Hafen. Der Riss in der Lippe schmerzte, und er ahnte, dass es in den nächsten Tagen kein Vergnügen sein würde, etwas zu essen. Er fühlte sich erschöpft, allerdings auf eine unbefriedigende Art, denn er spürte seine Wut noch immer. »Geh nach Haus«, hatte Jimmy gesagt und sich bemüht, nicht mitleidig zu klingen. »Schlaf dich aus!« Ein sarkastisches Lachen rutschte Tom heraus. Schlafen, ja, das würde er gerne.

Eine Katze, die über den Kai streunte und irgendetwas im Maul trug, duckte sich und starrte ihn mit ihrem einzigen Auge an. Das andere wird sie bei einem Kampf verloren haben, dachte Tom. Vielleicht hatte sie für einen winzigen Moment ihre Deckung vernachlässigt. Mit seiner Flasche Bier prostete er ihr zu und trank einige kräftige Schlucke. Jeden Muskel spürte er, und seine Rippen schmerzten auch wieder. Diesmal um einiges stärker, denn Chris hatte ihn an der alten Stelle erwischt. Er holte sein Handy aus der Sporttasche. Es war dreiundzwanzig Uhr zweiundvierzig, und das Display zeigte eine Sprachnachricht an.

»Mein lieber Tom, hier ist die Mama«, hörte er die sanfte Stimme seiner Mutter. »Ich wollte dir nur sagen, dass du das nicht so ernst nehmen sollst, mit Papa. Gestern hat es ihm schon leidgetan. Es war so ein schöner Geburtstag, und ich habe mich sehr gefreut, dass du gekommen bist, obwohl du gerade wieder Stress hast. Na ja, ich hoffe, es geht dir gut und ihr findet euren Mörder bald. Vielleicht hast du ja Lust, am Sonntag auf einen Kaffee vorbeizukommen. Marina hat mir sehr leckere Florentiner gebacken. Ich würde mich freuen. Und Papa auch. Melde dich doch mal!«

Dass es seinem Vater leidtat, war eine der kleinen Lügen seiner Mutter, zu denen sie üblicherweise griff, um nach einem Streit gut Wetter zu machen. Tom wählte Anettes Nummer und wartete. Nach einer Weile meldete sich ihre Sprachbox. Enttäuscht warf er sein Handy in die Sporttasche. Die Fähre nach Finkenwerder durchpflügte die schwarzen Wellen. Hinter ihr tauchte ein kleines Motorboot auf und schipperte quer über den Fluss. Der Mond am klaren Himmel tauchte alles in sein kaltes Licht. Er musste daran denken, wie oft er mit Marco nach dem Training hier gesessen hatte. Es war zu ihrem Ritual geworden. Hier hatten sie über alles geredet. Übers Boxen, Anette, Frauengeschichten, ihre Eltern, die Zukunft. Über die vielen Pläne Marcos, er dagegen hatte nie besondere Pläne oder Wünsche gehabt.

Jimmy hatte recht, alles hatte seine Zeit, und er musste sich endlich von der Vergangenheit lösen. Aber wie machte man das? Hinter Tom schlenderte eine Gruppe gut gelaunter junger Leute vorbei. Ein Motorradfahrer hielt einige Meter weiter und schien auf jemanden zu warten. Das kleine Motorboot tuckerte auf den Anleger unterhalb des Kais zu. Zwei Männer standen hinterm Steuerrad. Fast hatte Tom den Eindruck, dass sie zu ihm sahen. Als sie sich weiter näherten, kam ihm der Mann neben dem am Steuer bekannt vor. Ungläubig beugte Tom sich ein wenig vor, kniff die Augen zusammen, um seinen Blick zu schärfen. Der Mann sah aus wie Marco. Alles in Tom geriet in Wallung. Das Adrenalin schoss ihm ins Blut. Ungläubig starrte er auf den Mann. Vielleicht täuschte er sich auch, aber eines wusste er sicher: Es war kein Traum. Je näher das Boot kam, desto klarer wurde das Bild. Es war Marco. Es gab keinen Zweifel. Nach sechs Jahren sah er ihn wieder. Die Zielfahnder hatten sich also nicht getäuscht. Scheiße, dachte Tom sofort, was, wenn er überwacht wurde. Aber der Ort war von seinem Bruder gut gewählt. Niemand außer Jimmy und Anette kannte die Bedeutung dieses Platzes für die Zwillinge. Marco lächelte, ohne seine Körperhaltung zu ändern. Das Herz schlug Tom bis zum Hals. Er konnte nicht fassen, dass er seinen Bruder gleich in seine Arme schließen würde. Sollte er runter zum Anleger gehen? Sicher würde Marco auf dem Boot bleiben wollen. Er würde zu ihm an Bord gehen, und dann würden sie irgendwo hinfahren. Meinetwegen bis ans Ende der Welt, dachte Tom.

41

Der Motorradfahrer ein paar Meter weiter startete seine Maschine und verließ den Platz. Plötzlich startete das Motorboot mit Marco durch, machte einen Bogen und fuhr ebenfalls davon. Tom sprang auf. Marco hielt den Blick auf ihn gerichtet, während sich das Boot zügig entfernte. Fassungslos schaute Tom seinem Bruder nach. Das Boot wurde immer schneller. Plötzlich öffneten sich die Türen eines Kleinlasters, der einige Meter hinter Tom parkte, und vier SEK-Beamte sprangen heraus. Drei von ihnen rannten auf den Anleger, und einer lief den Kai entlang. Zwei weitere Männer folgten ihnen. Der eine war Zielfahnder Karsten Brenner. Der SEK-Beamte auf dem Kai kniete sich hin und legte sein Scharfschützengewehr an. Brenner beobachtete mit einem Fernglas das flüchtende Boot. Schockstarr verfolgte Tom das Geschehen.

Die drei Beamten am Anleger stiegen in ein Schlauchboot und nahmen die Verfolgung auf. Der Kollege Brenners forderte über sein Funkgerät einen Hubschrauber und Schiffe der Wasserschutzpolizei an. Der SEK-Scharfschütze wartete auf Anweisung. Tom war starr vor Angst um seinen Bruder. Das Boot mit Marco wurde immer kleiner. Brenner sah kurz zu Tom, dann gab er sein Kommando in das kleine Mikro am Hals. Ein trockener Knall hallte durch die Nacht, Tom zuckte zusammen. Ein kurzer Funkenschlag am flüchtenden Boot verriet den Einschlag. Das Boot sprang über die Wellen, bewegte sich auf und ab. Der nächste Schuss folgte und traf erneut einen Teil des Schiffskörpers, zwei weitere Schüsse blieben ohne sichtbare Folgen. Das Boot erreichte die gegenüberliegende Seite und verschwand hinter einer Biegung in den Freihafen. Das Schlauchboot der SEK-Beamten folgte einige Hundert Meter dahinter.

Tom stand wie gelähmt da, unfähig, einen klaren Gedanken zu fassen. Brenner kam zu ihm und sah ihm in die Augen. Mit dem Kopf deutete Brenner zu dem Kleinlaster und ging vor. Tom folgte ihm. Zwischen den Schaulustigen, die sich an dem Kai versammelt hatten, unter denen sich auch Chris und einige andere Boxer befanden, entdeckte er Jimmy, der ihn traurig ansah.

Auf vier Monitoren waren verschiedene Perspektiven vom Platz vor dem Eingang zum Dock One und dem Kai zu sehen, wo sich jetzt kein Mensch mehr aufhielt. Auf einem anderen Bildschirm lag das Bild der Hubschrauberkamera, die einfing, was der Scheinwerferkegel auf einem Kanal im Freihafen erfasste. Ein weiterer Bildschirm zeigte die Perspektive des SEK-Schlauchbootes, das durch einen anderen Hafenkanal fuhr. In der Dunkelheit tanzte der Lichtkegel seines Scheinwerfers auf und ab. Vor den Monitoren des Observierungsfahrzeugs saß ein Kollege, der die Bordtechnik über eine Tastatur bediente. Neben ihm standen Brenner und sein Partner. Konzentriert verfolgten sie die Kamerabilder. Tom saß auf einem Hocker in der Ecke des Raumes, der voller Hightech steckte, und fürchtete um das Leben seines Bruders.

»Wir sind im Verkehrshafen«, kam eine Männerstimme über Funk. »Ich glaube, wir haben sie verloren.«

Brenner nickte und blickte konzentriert auf die Karte vom Freihafen, die auf einem weiteren Bildschirm zu sehen war.

»Weiter runter!«, wies er den Kollegen mit der Maus an, und der scrollte die Karte herunter.

»Stopp!« Er nickte. »Fahrt in den Seevekanal Richtung Süden!«

»Seevekanal Richtung Süden. Verstanden!«

»Hanseat zwo, sichern Sie die Gabelung Süder-/Norderelbe! Wir haben immer noch kein Bild von euch!«

»Verstanden!«, kam es über Funk. »Gabelung Süder-/Norderelbe sichern. Wir wissen nicht, was mit der Kamera los ist. Wir versuchen, sie fit zu bekommen.«

»Hier Libelle drei! Ich hab das Boot!«, kam die Stimme des Hubschrauberpiloten. »Es liegt am südlichen Ende des Ziegelwiesenkanals an einem Anleger. Keine Personen zu erkennen.«

»Scheiße! Die haben das Fahrzeug gewechselt.«

Brenner und sein Partner sahen sich kurz an.

»Weiter die Umgebung absuchen!«

»Jetzt wird's schwer«, sagte Brenners Partner.

Tom spürte Erleichterung. Vor allem hoffte er, dass es zu keinem Schusswechsel kommen würde. Am besten wäre natürlich, wenn Marco die Flucht gelänge.

Brenner beugte sich zum Mikrofon hinunter.

»An alle Einsatzwagen im Bereich Moorburg/Harburg zwischen der A 7 und A 253. Zwei flüchtige Männer, wahrscheinlich in einem Wagen. Typ unbekannt. Achtung! Täter sind wahrscheinlich bewaffnet und gefährlich.«

Der SEK-Kollege öffnete den Fahndungsaufruf von Marco und verschickte ihn an den E-Mail-Verteiler der Kommissariate. Tom starrte auf das vertraute Foto seines Bruders.

»Der eine ist Marco Simon, gesucht wegen Mordes an einem Polizisten. Fahndungsdaten liegen vor. Der andere ist unbekannt.«

»Vielleicht sind sie aber auch irgendwo im Freihafen untergeschlüpft«, sagte Brenners Partner. »Und warten, bis sich die Lage beruhigt hat.«

»Hier Libelle eins«, kam eine Frauenstimme über Funk. »Ich bin jetzt auch dabei. Komme über die Elbe bei Waltershof.«

Das Kamerabild des weiteren Hubschraubers erschien auf einem Bildschirm, der eben noch den Platz vorm Dock One gezeigt hatte.

»Gut, Libelle eins. Übernehmen Sie den westlichen Teil des Bereichs! Libelle drei den östlichen!«

Tom fühlte nichts mehr. Die Zeit stand still. Ohnmächtiges Warten. Todesangst. Es klopfte, und Brenners Kollege öffnete die Tür. Ein Beamter stand draußen und wollte Tom abholen.

Brenners Partner nickte Tom zu, doch er schaffte es kaum aufzustehen, konnte seine Glieder nur schwer bewegen. Der Beamte hielt seine Handschellen bereit. Brenner wandte sich an ihn.

»Die sind nicht nötig«, sagte er und nickte Tom zu.

Tom verließ das Observierungsfahrzeug. Draußen wartete der Streifenwagen. Der Beamte öffnete die hintere Tür für ihn.

Im Verhörraum zwei saß Tom, jedoch auf der anderen Seite des Tisches als sonst üblich, und wartete. Jegliches Zeitgefühl hatte er verloren, sein Handy hatten ihm die Kollegen abgenommen. Er starrte auf die weiße Wand. Alles war schwer, seine Glieder, seine Augenlider, seine Gedanken.

Die Tür ging auf, und Franziska Agersen kam herein. Tom war überrascht, mit ihr hatte er nicht gerechnet. Er musste lächeln und spürte, wie ihm diese kleine Regung ein wenig Leben einhauchte. Agersen reagierte nicht, setzte sich ihm gegenüber, sah ihn an und schwieg. In ihrem Trench saß sie mit übereinandergeschlagenen Beinen da, die schwarze Bluse saß perfekt, der Bob auch. Sie deutete auf seine Lippe.

»Hast du beim Training nicht aufgepasst? Warst du zu aufgeregt, so kurz vor dem Wiedersehen mit deinem Bruder?«

Tom reagierte nicht. Kühl fixierte sie ihn. Fast lag ein Hauch von Melancholie in ihren blauen Augen.

»Du wirst mir jetzt erzählen, dass du nicht gewusst hast, dass dein Bruder dort auftauchen würde. Und dass du keinen Kontakt zu ihm gehabt hast. Und ich werde dir nicht glauben.«

»Aber ihr observiert mich doch.«

Sie schaltete das Aufnahmegerät ein.

»Verhör von Tom Simon am zwanzigsten Mai 2018 um ein Uhr fünf durch Staatsanwältin Franziska Agersen.«

Endlose dreißig Minuten dauerte das Verhör schon, und sie drehten sich im Kreis. Tom hatte alle Fragen ruhig und ehrlich beantwortet, schließlich hatte er nichts zu verbergen. Unglücklicherweise geriet Jimmy jetzt in den Fokus. Agersen glaubte, dass

Marco Kontakt zu seinem ehemaligen Trainer aufgenommen hatte und dass Jimmy ihn darüber informiert hatte, dass Tom heute Abend im Dock One war. Tom konnte sie nicht vom Gegenteil überzeugen. Dass jetzt auch noch Jimmy Ärger ins Haus stand, tat ihm leid, schließlich lief es bei Jimmy ja gerade alles andere als rund.

Während Agersen ihn anschwieg, hatte er immer wieder das Bild von Marco im Boot, der noch lange zu ihm sah, vor Augen. Er hatte seinen Bruder erneut verloren. *Freiheit gibt es nicht, aber das Glück der eigenen Zeit.* Warum ihm jetzt der Satz von Mats Lutteroth in den Sinn kam, wusste er nicht. Darüber nachzudenken war er nicht mehr in der Lage.

Agersen stand auf und ging langsam vor ihm auf und ab.

Tom lehnte sich erschöpft zurück. »Sagst du mir, wenn die Kollegen Marco gefunden haben?«, fragte er sie.

Die Staatsanwältin blieb stehen, sah ihn an und schien zu zögern. Für einen Moment fürchtete Tom, dass sie schon etwas wusste. Vielleicht hatte es Marco bei einem Schusswechsel erwischt. Vielleicht ging es nur noch um die Klärung des Verdachts gegen ihn.

»Warum sollte dein Bruder das Risiko eingehen, auf gut Glück zu dem Kai am Dock One zu kommen?«

Tom zuckte lethargisch mit den Achseln. »Da haben wir früher nach jedem Training gesessen, ein Bier zusammen getrunken und gequatscht. Das war ein festes Ritual. Er konnte sich denken, dass ich das auch alleine noch machen würde. Mein Bruder kennt mich natürlich. Wahrscheinlich hat er mich beobachten lassen, und als er erfahren hat, dass ich im Dock One bin …«

»Diese Info konnte er auch viel einfacher von Jimmy bekommen haben. Und du die Info, dass Marco zum Kai kommen würde. Euer Trainer ist doch wie ein Vater für euch gewesen. Marco konnte ihm vertrauen.«

Tom reichte es, er wurde wütend.

»Worum geht's hier eigentlich? Wollt ihr Marco erwischen, oder wollt ihr Jimmy oder mir was am Zeug flicken?«

Er beugte sich vor und sah Agersen eindringlich an.

»Vertrauen. Es geht um Vertrauen«, erwiderte sie kühl.

»Ich hatte verdammt noch mal keine Ahnung, dass Marco da auftauchen würde. Ich habe seit Jahren keine Ahnung, was mein Bruder treibt, wie er lebt, wie es ihm geht. Ich habe ihn verloren, es gibt ihn nicht mehr in meinem Leben, und er fehlt mir. Ja, ich wär zu ihm aufs Boot gestiegen und hätte ihn umarmt und mit ihm geredet. Was danach gewesen wäre?« Er warf die Arme in die Luft. »Ich weiß es nicht. Kann ich nicht sagen. Bin ich deshalb ein korrupter Bulle? Kann man mir nicht mehr vertrauen?«

Agersen schwieg. Tom fühlte sich erbärmlich.

Nachdem Franziska Agersen endlich das Verhör beendet hatte, trat Tom hinaus in den Korridor. Er wusste nicht, wohin mit sich. Alles erschien ihm sinnlos. Auch die Vorstellung, im Taxi nach Hause zu fahren, lockte ihn nicht. Er fühlte sich fremd im eigenen Leben. Da entdeckte er auf einer Bank im Halbdunkel einer Ecke Mira, die auf ihrem Handy spielte. Tom war überrascht und freute sich, seine Partnerin zu sehen.

»Hey, Monsieur!« Sie sah kaum von ihrem Spiel auf. »Gehen wir was trinken?«

Agersen trat aus dem Verhörraum.

»Mira!«

»Franziska!«

Es war eine merkwürdige Situation für alle.

»Ach so, ja«, wandte sich Agersen an Tom. »Du brauchst morgen nicht zu kommen, du bist erst mal freigestellt.«

»Was?«

»Ja! Ruh dich aus, erhol dich!«

»Das brauche ich nicht.«

»Ich habe mit Hendrik gesprochen, und wir sind beide der Meinung, dass du einen sehr erschöpften Eindruck machst. Und nach dieser Nacht wirst du nicht mehr zu einer verlässlichen Ermittlungsarbeit fähig sein. Du könntest Fehler machen, Tom. Der Körper hat seine Grenzen.«

»Ich bin fit. Ich habe vorhin geboxt.«

»Schau mal in den Spiegel!«

Mit zügigen Schritten entfernte sich die Staatsanwältin.

»Solche Verhörmethoden hätte ich ihr nicht zugetraut«, sagte Mira, lächelte frech und deutete auf den Riss in Toms Lippe, den jetzt eine kleine Blutkruste zierte.

Ihr Dienstwagen glitt durch die Nacht. Die Straßen waren leer, die Bürger der Stadt schliefen friedlich. Morgen werden sie beim Frühstück Radio hören, dachte Tom, eine Nachricht wird die Jagd nach Marco sein, einem mutmaßlichen Polizistenmörder. Hoffentlich kriegen sie ihn, werden sie denken, während sie ihre Brötchen mit Marmelade bestreichen. Tom beugte sich zum Bordcomputer und schaltete den Funk ein.

»… bringen die beiden Mädchen nach Hause zu den Eltern. Die Kollegen befragen noch den Zeugen«, gab eine Frauenstimme durch.

Mira schaltete ab.

»Mach dich nicht verrückt, Tom!«

Tom nickte, wenig überzeugt. Er deutete auf die Packung Schmerztabletten in der Ablage.

»Was machen die Kopfschmerzen?«

»Lassen mich nicht in Ruhe. Keine Ahnung, was mit mir los ist. Vielleicht lebe ich zu gesund.«

Sie stellte das Radio an. Elektronische Loungemusik schwebte durch ihren Dienstwagen. Tom fuhr das Fenster herunter. Der laue Fahrtwind tat ihm gut. Sie überholten eine junge Frau mit Kopfhörern auf ihrem Skateboard. Ihre langen blonden Haare wirbelten durch die Luft. Wie ein Bild aus einem Musikvideo, dachte Tom.

»Woher wusstest du eigentlich davon?«, fragte er.

»Facebook.«

Mit versteinerter Miene sah er sie an.

»Ach Tom.« Sie lächelte ihn fast mitleidig an. »Hendrik hat mich angerufen.«

Er nickte. »Hat er dich gebeten, Händchen zu halten?«

»Er hat mir mitgeteilt, dass ich morgen keinen Partner haben werde. Außerdem hat er gefragt, ob du mir irgendwas erzählt hast, was darauf hingedeutet haben könnte, dass dein Bruder Kontakt zu dir aufgenommen hat. Dann hat er noch gesagt, dass ich damit rechnen müsse, dass Agersen mich auch befragen würde. Aber was habe ich schon zu sagen, du erzählst mir ja nichts. Aufs Händchenhalten bin ich selber gekommen.«

Auf einmal ertönte ein Martinshorn, und blaues Licht flackerte durch die Nacht. Ein Streifenwagen im Einsatz schoss quer vor ihnen über die Kreuzung.

Als Tom ausstieg und die Tür zuschlug, hörte er sofort den Hubschrauber. Durch eine Seitenstraße konnte er bis zum Hafen sehen und entdeckte in weiter Entfernung, irgendwo über dem Gelände des Freihafens, den in der Luft stehenden Polizeihubschrauber, den Lichtkegel seines Suchscheinwerfers nach unten gerichtet. Dahinten jagten sie seinen Bruder, und er war zum Zuschauen verurteilt.

»Komm!«, sagte Mira und ging zu der kleinen Eckbar. Er folgte ihr. Die Straße war voller junger Leute. Es war Freitagnacht, und St. Pauli gehörte den Touristen und dem Partyvolk.

»Der Laden ist neu, das Besondere ist: Die spielen hier nur klassische Musik. Sie haben irre viele Teesorten, und es gibt kleine, feine Sandwiches.«

Tom sah sie skeptisch an.

»Es gibt auch alles andere. Okay?«

»Okay.«

Sie nickte zufrieden.

Der Laden war gut besucht. Um niedrige, runde Tische waren Polster- und Ledersessel gruppiert. Kugelförmige Lampen hingen von der Decke tief über den Tischen. Der Stil erinnerte an die Sechzigerjahre. Tom musste an Bars denken, die er aus alten französischen Gangsterfilmen kannte. Sie fanden einen Tisch nah am Fenster. Es lief ein Klavierkonzert. Tom mochte klassische Musik und hörte sie auch zu Hause manchmal, vor allem Mahler, den er verehrte und dessen Symphonien ihn in andere Welten trugen, wenn er sich die Zeit für sie nahm. Mira bestellte sich einen Matcha-Tee und Tom einen Gin Tonic.

»Du wirst mir fehlen morgen. Ruh dich bloß aus, damit du übermorgen wieder dabei sein kannst.«

Tom stieß ein sarkastisches Lachen aus und schüttelte den Kopf. Er rechnete fest damit, dass Franziska Agersen für seine Beurlaubung sorgen würde. Bei Börne würde sie offene Türen einrennen.

»Ach übrigens, wir haben vorhin noch was Interessantes über diesen Jürgen Hachel herausgefunden. Falls du jetzt überhaupt den Kopf dafür hast.«

»Du bist so durchtrieben, Mira!«

Sie grinste. »Nicht wahr?«

Ein junger Mann brachte ihnen ihre Getränke.

»Jürgen Hachel gehörte zum Umfeld der dritten Generation der RAF.«

»Oha!«, sagte er, gleichzeitig merkte er, dass ihm diese Information ziemlich gleichgültig war.

»1987 wurde er wegen Mitgliedschaft in einer terroristischen Vereinigung, Urkundenfälschung – er hatte zwei Reisepässe gefälscht – und unerlaubten Waffenbesitzes zu fünf Jahren Haft verurteilt. Ach so, ein Motorrad hatte er auch noch gestohlen. Auf der Flucht.«

»Interessant, aber das ist lange her. Er scheint das ja hinter sich gelassen zu haben. Ist doch schön, dass er sich ein neues Leben aufgebaut hat.« Tom probierte seinen Drink und versuchte dabei, die Berührung mit dem Riss in der Lippe zu vermeiden.

»Sein linkes Auge hat er bei einer Schlägerei im Knast verloren. Dem anderen hat er den Schädel gebrochen.«

»Was hat er denn nach dem Knast gemacht?«

»Eine Tischlerlehre in Hamburg. Die Tischlerei hat ihn danach übernommen. Aber nach zwei Jahren wurde ihm gekündigt, seitdem hat er von Hartz vier gelebt. Bis Mats Lutteroth ihn auf seinen Hof geholt hat.«

»Warum wurde er entlassen?«

»Das werde ich morgen herausfinden, dann fahr ich zu der Tischlerei.«

Tom zuckte mit den Achseln. »Tja, ein schwieriger Typ eben, wie Mats Lutteroth. Hausbesetzer, militante Autonome, kompromisslose Jungs.«

Er wurde nachdenklich. »Das ist doch echt verrückt, der eine ist der glatte Karrierist und Kapitalist, der andere der linke Revoluzzer, der den eigenen Politikervater mit Eiern bewirft. Wäre das ein Film, würde man denken: wie kitschig und unglaubwürdig.«

Der nächste Gedanke lag auf der Hand. Mira sah ihren Partner mitfühlend an. »Du meinst, wie eineiige Zwillingsbrüder, von denen der eine ein Boss der Drogenmafia ist und der andere ein Bulle«, sagte sie.

Das Klavierkonzert war zu Ende, und für einen Moment herrschte Stille. Von draußen drang leise das monotone Motorengeräusch des Hubschraubers in die Bar.

42

Die letzten Stufen stolperte Tom hinab und fiel fast durch die offene Tür in die rote Dunkelheit des Zero. Dunkle Bässe und düstere Elektrosounds waberten entlang der kargen Steinwände. Die Luft glich der einer Sauna, dazu war sie stark verraucht. Mühsam hielt Tom sich auf den Beinen, gewann seine Haltung zurück und ging an die Bar. Ein weißes, hageres Gesicht hinter dem Tresen sah ihn an.

»Was kann ich dir Gutes tun?«

»Einen doppelten Espresso!«, brachte Tom mit schwerer Zunge hervor. Es waren nicht viele Gin Tonics gewesen, aber sie hatten ausgereicht, ihn betrunken zu machen. Mira war bei Tee und Wasser geblieben. Es rührte ihn, dass sie mitten in der Nacht ins Präsidium gekommen war, um ihn aufzufangen.

Tom ließ seinen Blick durch den Raum schweifen. Einige Gestrandete der Nacht hingen auf den Sperrmüllsesseln und Sofas in den verwinkelten Kellerräumen herum. Das Zero war die letzte Station, das Reich der Untoten, aus dem man erst wieder emporstieg, wenn einen draußen das grelle Morgenlicht erwartete. Eine Ewigkeit war es her, dass er dieses Reich betreten hatte. In den wilden Jahren waren Anette, Marco und er öfter hier gelandet. Manchmal hatten sie sich mit Drogen, die hier ganz ungeniert zu haben waren, versorgt. Wenn ihm damals jemand vorausgesagt hätte, dass er mal ein Bulle werden würde und Marco ein beschissener Dealer in einem internationalen Drogenkartell – ein trauriges Lächeln huschte über seine Lippen. Wie naiv sie gewesen waren in ihrer Gier nach Leben. Der Barkeeper schob ihm den Espresso hin. Draußen kreisten Hubschrauber über der Stadt, und die halbe Polizei jagte Marco. Damals hatte er auf dem kleinen Sofa dort drüben gesessen und mit Sonny geknutscht. Leidenschaftlich und wild. Sonny hatte sich auf ihn gesetzt, und sie waren kurz davor gewesen, es vor aller Augen zu treiben. Tom erinnerte sich, wie Anette neben ihm aufgetaucht war, sich an ihn gelehnt und ihn auf einmal zärtlich geküsst hatte. Sie hatten sich dann verdrückt, waren in ihr Atelier gegangen, das sich nicht weit entfernt in einem ehemaligen Bürogebäude befunden hatte, und hatten miteinander geschlafen. Ein wunderschöner One-Night-Stand mit seiner ehemaligen großen Liebe. Bitter und süß. Die Erinnerung war noch ganz lebendig in ihm, obwohl er betrunken war, erschöpft, traurig und voller beschissener Angst, dass in dieser Nacht noch etwas Furchtbares passieren könnte. Er nahm seinen Espresso und ging durch die dunklen Gänge, fragte sich, ob es den Kicker noch gab. Während er nach hinten ging, hörte er schon die entsprechenden Geräusche.

Eine Frau stand am Tisch und spielte gegen zwei Männer. Obwohl sie Tom den Rücken gekehrt hatte und ihre Haare heute hochgesteckt trug, erkannte er Marie sofort. Buddy war auch dabei, er lag in einer Ecke. Als er Tom bemerkte, trippelte er schwanzwedelnd zu ihm herüber. Es knallte laut. Marie hatte ein Tor geschossen. »Yes!«, sagte sie und groovte zur Musik. Tom freute sich, sie zu sehen, aber er fühlte sich elend und fragte sich, ob es nicht klüger wäre, gleich wieder zu gehen. Buddy forderte seine Begrüßung ein, Tom beugte sich zu ihm hinunter und strich ihm über das struppige Fell.

Es knallte erneut. Marie hatte wieder getroffen und die Partie gewonnen. Als das Trio zur Revanche die Seiten wechselte, erblickte sie Tom. Sie sah ihn an ohne eine Regung. Dann lächelte sie, aber es wirkte unverbindlich. Tom konnte es nicht deuten. Ihre Gegner ließen den Ball aufs Spielfeld rollen, und sie konzentrierte sich wieder auf das Spiel. Tom sah ihr zu, wie sie elegant die Stangen wechselte und mit kurzen, rasanten Drehungen den Ball in die Hälfte ihrer Gegner beförderte. Kein Zweifel, Marie war eine geübte Tischkickerin.

43

Samstag

Das grelle Tageslicht schlug ihnen brutal entgegen. Tom hob seine Hand schützend vor die Augen, mit der anderen stützte er sich an der roten Wand neben der Treppe ab. Marie und Buddy folgten dicht hinter ihm. Oben auf dem Fußweg blieben sie stehen. Die trügerische Nacht hatte sie ausgespuckt, und der Tag empfing sie wenig freundlich. Die schwüle Luft roch nach Abgasen. Auf der vierspurigen Straße zogen die Lastwagen und der erste Berufsverkehr lärmend vorüber. Ein paar betrunkene Punks torkelten auf sie zu, ein älterer Mann schob seinen Rollator an ihnen vorbei, wobei er giftig unverständliche Flüche vor sich hin murmelte. Selbst Buddy wirkte gestresst, trippelte ungeduldig hin und her.

Mit ihren blaugrünen Mandelaugen sah Marie Tom an, und er spürte wieder die Distanz, die ihr letztes Treffen zwischen ihnen hinterlassen hatte. Zwei rauschhafte Stunden am Kicker bei düsterem Elektrorock und mehrere Drinks hatten daran nichts ändern können. Einmal hatten sie sogar wild miteinander geknutscht. Ganz plötzlich hatte sie ihn zu sich herangezogen und ihre Lippen auf seine gepresst, bis sie sich genauso unvermittelt wieder von ihm gelöst hatte.

Tom wusste nicht, was er von ihrem Wiedersehen halten sollte. Er wusste überhaupt nichts mehr. Er richtete den Blick Richtung Hafen, suchte den Himmel nach Hubschraubern ab, aber konnte keine entdecken. Auch keine Rotorengeräusche waren zu vernehmen. War die Jagd beendet? Hatten sie Marco? Lebte er noch? Ihm wurde übel, und er bekam weiche Knie.

»Dann mach's gut, Tom!«, sagte Marie, holte aus ihrer Handtasche eine Sonnenbrille hervor und setzte sie auf.

Ein sarkastisches Lachen rutschte ihm heraus, und als er fragen wollte, ob das jetzt alles gewesen sein sollte, legte sie schnell einen Finger auf seine Lippen und erstickte die Frage im Keim. Sie wandte sich ab und ging. Obwohl sie zwei kleine Ausfallschritte machen musste, hatte ihr Gang in ihrem schwarzen leichten Kleid immer noch etwas Elegantes. Buddy sah sich noch einmal zu Tom um, dann überholte er sein Frauchen und lief schwanzwedelnd vorweg. Marie blickte nicht mehr zurück. Das kräftige Tuten eines Schiffshorns wehte vom Hafen herüber.

»Ja, ich bin ein Bulle«, rief Tom ihr hinterher »Und du bist das Beste, was mir seit Langem widerfahren ist.«

Kurz schien Marie innezuhalten, ging dann aber doch unbeirrt weiter. Eine Weile sah Tom ihr nach, dann holte er sein Handy hervor und ging online. Er rief die Seite des *Hamburger Abendblatts* auf. Kurz sammelte er sich, machte sich auf das Schlimmste gefasst, dann überflog er ungeduldig die Schlagzeilen der Lokalnachrichten. Erleichtert stellte er fest, dass sie Marco noch nicht gefunden hatten, es hieß lediglich, dass die Großfahndung noch laufe. Er überlegte, wohin er gehen sollte. Die Erschöpfung, der deftige Kopfschmerz, der sich ankündigte, und die Tatsache, im Präsidium nicht erwünscht zu sein, sprachen eindeutig für eine Rückkehr nach Hause. In seine geheimnisvolle Wohnung, wie Marie es formuliert hätte.

Eine Fliege krabbelte die weiße Zimmerdecke entlang, hob ab und zog über Tom ihre Kreise. Hektisch surrend flog sie tiefer, knapp über sein Gesicht und gleich wieder hoch, bis sie wieder eine Pause an der Decke einlegte. Die Dusche hatte ihm gutgetan, und das Aspirin begann zu wirken, die Kopfschmerzen ließen nach. Er lag auf seinem Futon, tastete vorsichtig über den geschwollenen Riss in seiner Lippe und verbat es sich, an Marco zu denken. Durch das offene Fenster drang der Straßenlärm, aber der störte ihn nicht. Er brauchte die frische Luft, denn in seiner Wohnung war es stickig, er hatte den Eindruck, dass es noch ein paar Grad wärmer geworden war. Er schloss die Augen und versuchte, zur Ruhe zu kommen. Über ihm das monotone Surren der Fliege.

Jürgen Hachel kam ihm in den Sinn. Dritte Generation RAF. Mehrere Jahre Knast. Hat einem Häftling den Schädel gebrochen. Klar, das machte ihn verdächtig. Tom hatte den Mann wieder vor Augen und fragte sich, ob er ihn sich als Mörder vorstellen konnte. Aber er verwarf seine Überlegung gleich wieder, denn er hatte mittlerweile das Vertrauen in seinen Ermittlerinstinkt verloren. In diesem Fall schien alles möglich, nichts entwickelte irgendeine Art von Eindeutigkeit. Meelhopen und Bentner waren aalglatt. Und Teil einer mächtigen Lobby. Führten am Ende alle Spuren ins Nichts? Auch das Batmobil? Frida Solquist fiel ihm ein, das alte Kindermädchen. Ob sie schon versucht hatte, ihn zu erreichen? Wo war sein Handy? Er wollte aufspringen, aber ein übler Schmerz erinnerte ihn an die saftige Rippenprellung, die Chris ihm nun zum zweiten Mal verpasst hatte. Er wartete kurz, dann erhob er sich langsam, biss die Zähne zusammen und ging in die Küche. Sein Handy lag auf dem Tisch neben der Packung Aspirin und zeigte keine Anrufe oder Nachrichten an. Vielleicht hatte Frida Solquist versucht, ihn im Präsidium zu erreichen, diese Nummer hatte er ihr zuerst auf ihrer Sprachbox hinterlassen, wahrscheinlich war der alten Dame der offizielle Weg ohnehin vertrauenswürdiger. Die Fliege kam durch die Tür geflogen und drehte ihre Runden nun in der Küche. Tom erhob sich und füllte Wasser in die Espressokanne.

Ein voll beladenes Containerschiff fuhr elbabwärts. Eine Barkasse mit Touristen an Bord schipperte durch die grauen Wellen. Die Sonne schien vom wolkenlosen Himmel, und die Möwen zogen kreischend ihre Kreise. Tom stand am Kai und starrte auf den Fluss. Durch die dunklen Gläser seiner Sonnenbrille wirkten alle Farben intensiver. Nichts erinnerte an das Verfolgungsdrama der letzten Nacht. Wo Marco sich wohl gerade versteckte? Wahrscheinlich war er schon längst aus der Stadt heraus. Das Netzwerk seines Drogenkartells wird vorbereitet gewesen sein. Wie lange würde es dauern, bis er einen neuen Versuch unternehmen würde, Tom wiederzusehen? Würde er es überhaupt tun? *Du musst ihn loslassen,* hatte Jimmy gesagt. *Tut weh, ist aber so.*

Niedergeschlagen wandte er sich um und sah zum Dock One. In ein paar Stunden würde Jimmy dort erscheinen und aufschließen. Dann zählten für ihn nur sein Laden, das Training und die Menschen hinter ihrer Deckung. Alles war ganz klar. Alle arbeiteten auf ein Ziel hin mit wenigen, einfachen Mitteln. Ehrlich und nach eindeutigen Regeln. Alle behandelten sich mit Respekt und unterstützten sich gegenseitig. Diesen Geist hatte Jimmy in seinem Laden felsenfest verankert. Tom beneidete ihn. Bis Jimmy wieder abschloss, war die Welt für ihn in Ordnung. Tom meinte, den vertrauten Geruch von Schweiß und alten Mauern förmlich riechen zu können, und spielte mit dem Gedanken, auf alles zu pfeifen und den Tag einfach dort zu verbringen.

Aber etwas in ihm trieb ihn weiter, ließ ihm keine Ruhe, keine Wahl. Er lenkte seine Schritte zum Roten. Für einen Moment legte er seine Hand auf das Dach und strich fast zärtlich darüber. Dann steckte er den Schlüssel ins Schloss, hielt kurz inne, drehte ihn und öffnete die Tür. Vorsichtig ließ er sich auf dem Sitz nieder, doch seine geprellten Rippen kannten keine Gnade. Der Schmerz zog einmal heftig durch seinen Brustkorb, Tom musste tief durchatmen. Durch die Windschutzscheibe schaute er auf den Platz, auf dem fast ausschließlich die ewig gleichen teuren Statussymbole parkten, deren Besitzer in den schicken Loftbüros ihrer Arbeit nachgingen. Er sah den smarten Lars Lutteroth vor sich, stellte sich vor, wie er hier im dezenten, modischen Anzug vor seinem Audi stand und mit einem wissenden Blick und Ausdruck von Entschlossenheit zu ihm herüberschaute. Der Aussteiger, der seinen Anarcho-Bruder heimlich um dessen Weg beneidete.

Mira war nicht da, als er mit einem Becher Kaffee ihr Büro betrat. Nur eine Packung Schmerztabletten auf ihrem Schreibtisch zeugte von ihrer Gegenwart. Er sah in den Raum nebenan, aber auch von Balbeck und Taller fehlte jede Spur. Ebenso von Felsen. Kurz überlegte Tom, dann fuhr er hoch zum Besprechungsraum drei. Schon auf dem Flur hörte er Felsens Bass. Er öffnete die Tür und trat ein. Das Team der Mordbereitschaft zwei, Franziska Agersen und Holger Gondrowski vom SEK saßen um den Tisch herum und sahen ihn verwundert an.

»Ich bin ein bisschen spät, entschuldigt!«, sagte Tom, setzte sich dazu und bemühte sich, sich den Schmerz seiner Rippen nicht anmerken zu lassen. Einen Moment herrschte Schweigen. Felsen sah Tom an. Agersen seufzte leise und lehnte sich auf ihrem Stuhl zurück.

»Warum bist du hier, Tom?«, wollte sein Chef wissen.

Tom setzte seine Sonnenbrille ab. »Weil ich Polizist bin.«

Felsen nickte und fast musste er schmunzeln. Agersen verdrehte genervt die Augen.

»Dann sind wir ja komplett«, sagte Mira. »Wir fahren jetzt zum Spadenhof«, erklärte sie Tom, als wäre es selbstverständlich, dass er dabei wäre. »Wir befragen noch mal Jürgen Hachel. Denn ich habe vorhin von dem Tischler, der ihn rausgeschmissen hatte, erfahren, dass er damals zu Gewaltausbrüchen neigte und einem Kollegen bei einem Streit mit einem Holzbalken auf den Kopf geschlagen hatte. Er bezeichnete Hachel als unberechenbar. In der Haft hat er ja auch schon einem Häftling den Schädel gebrochen.«

»Mira«, versuchte Felsen, sie zu unterbrechen.

»Wenn Lars Lutteroth Sonntagnacht auf dem Spadenhof erschienen ist«, sprach sie einfach weiter. »kann es zu einem Streit gekommen sein, und Hachel hat in einer jähzornigen Kurzschlussreaktion den von ihm so sehr verachteten Klassenfeind erschlagen.« Mira warf die Hände in die Höhe, als wollte sie sagen: So einfach kann es gewesen sein. Schweigen. Alle sahen sich gegenseitig an.

»Bist du überhaupt fit?«, fragte Felsen.

»Sonst wäre ich nicht hier«, antwortete Tom.

Felsens sah ihn skeptisch an. »Neulich hast du scheiße ausgesehen. Heute siehst du schlechter aus.«

Tom seufzte genervt. »Sitzt mein Pflaster nicht?« Er deutete auf das kleine Pflaster auf seiner Lippe.

»Hast du den Kopf frei?«

»Ja.«

Gondrowski sah ihn ungläubig an. Agersen lachte belustigt. »Wie soll das bitte gehen?«, fragte sie.

Tom trank in aller Ruhe von seinem Kaffee. »Ganz einfach«, antwortete er. »Ich habe einen Zwillingsbruder, zu dem ich seit sechs Jahren keinen Kontakt habe, von dessen Leben ich nichts weiß, der für die südamerikanische Drogenmafia arbeitet, vielleicht einen Kollegen umgebracht hat und gerade durch die Stadt gejagt wird. Das ist furchtbar, kaum zu ertragen. Aber ich habe auch mein Leben. Und in dem bin ich Polizist und will diesen Fall aufklären.«

Mira nickte gerührt. Agersen sah zu Felsen, als erwartete sie, dass er ein Machtwort spräche. Der Koloss war sich aber offensichtlich nicht so sicher wie die Staatsanwältin. Hin- und hergerissen rang er um eine Entscheidung.

»Gut, dann fahrt ihr jetzt los«, sagte er schließlich so unzufrieden wie trotzig.

»Yes!«, entfuhr es Mira leise. Agersen blickte verständnislos in die Runde.

»Peter und Oliver kommen mit«, fuhr ihr Chef fort, »Holger

ist mit einer kleinen SEK-Einheit dabei. Für alle Fälle. Frau Staatsanwältin und ich statten Hauke Bentner einen Besuch ab.«

Felsen warf Tom einen letzten prüfenden und gleichsam mahnenden Blick zu, den dieser mit einem leichten Nicken erwiderte.

44

Leslie kniete im Spinatbeet, zupfte die äußeren Blätter von einer Pflanze und legte sie in ihren Korb. Das Herzstück ließ sie stehen, so wie es ihr Rita gezeigt hatte, damit der Spinat neu austreiben konnte und weitere Ernten möglich waren. Rita zupfte neben ihr. Gut gelaunt summte sie leise eine Melodie vor sich hin. Pflanze für Pflanze arbeiteten sie sich durch die Reihen. Leslie schob ihren Sonnenhut ein wenig hoch und kratzte sich die verschwitzte Stirn. Am anderen Ende ernteten Mats und Ole. Ihr fiel auf, dass Ole gedankenverloren und lustlos wirkte. Er arbeitete langsam, hielt oft inne und starrte in die Gegend.

»Was ist los mit dir?« Mats klang autoritär und sauer. »Entweder zupfst du zu wenige Blätter ab oder du beschädigst das Herzstück. Hast du keinen Bock?«

Gereizt sah Ole hinüber zu Mats.

»Und da hast du zwei Pflanzen übersehen. Mensch, mach's richtig oder lass es!«, fuhr Mats ihn wütend an.

Rita warf Leslie einen Blick zu und schmunzelte. Leslie lächelte zurück, doch eigentlich fand sie das überhaupt nicht komisch. Ole beugte sich zur nächsten Pflanze hinunter und zupfte weiter. Mats tat es ihm gleich, zupfte aber wesentlich schneller als Ole. Erneut unterbrach Mats.

»Das machst du, um mich zu provozieren. Gestern war es auch schon so. So schaffen wir unser Pensum nicht, lieber Ole!«

Ole ignorierte Mats und zupfte weiter.

»Komm lass es, hau ab!«, zischte Mats.

Ole sah Mats an. Leslie hatte den Eindruck, dass es in ihm brodelte. Aus dem Gewächshaus kam Jürgen und ging zu den beiden. Leslie spürte, dass sich hier etwas zusammenbraute, arbeitete aber weiter wie Rita auch.

»Lass Ole in Ruhe!« Jürgens Stimme klang angespannt. »Verdammt noch mal, hier arbeitet jeder, so gut er kann. Es geht mal besser und mal etwas schlechter. Das ist nun mal so. Das war schon immer so! Und es war auch immer okay!«

Die letzten beiden Sätze betonte er besonders, fiel Leslie auf, und am Ende gab er seiner Stimme etwas Bedrohliches. Mats erhob sich, Ole ebenfalls, aber er wich ein paar Schritte zurück, während sich Mats vor Jürgen aufbaute.

»Sag mal, spinnst du?«

»Bis jetzt haben wir immer unser Pensum geschafft. Spiel dich bloß nicht so auf! Wir brauchen hier keinen Chef! Wir haben früher auch keinen gehabt.« Jürgen stieß Mats leicht zurück. Mit weit aufgerissenen Augen starrte Mats ihn wütend an.

»Was bildest du dir eigentlich ein? Du kleiner, vertrottelter Alt-Autonomer!« Er machte zwei Schritte auf Jürgen zu. »Du hast von Landwirtschaft doch keine Ahnung«, brüllte er. »Ohne mich wäre das hier alles nichts, gar nichts!«

Leslie war überrascht, diese Aggressivität hatte sie Mats nicht zugetraut. Zeigte sich da der junge Wilde von damals?

»Guten Tag!« Auf einmal tauchten vier Kripobeamte auf. Die sympathische Kommissarin war auch dabei.

»Wir haben noch ein paar Fragen und würden gern mit einigen aus der Hofgemeinschaft sprechen«, sagte sie.

Irritiert sahen Mats und Jürgen die Polizisten an. Die Szene hatte etwas Groteskes, fand Leslie.

Jürgen Hachel setzte sich auf einen Hocker und lehnte sich mit dem Rücken an die große Arbeitsplatte, die Ellenbogen aufgestützt. Mira nahm ihm gegenüber rittlings auf einem Stuhl Platz. Die Luft in der Werkstatt war stickig. Trotzdem schloss Tom die Tür und blieb neben ihr stehen. Ihm war nicht nach sitzen, außerdem vermied er so die Rippenschmerzen. Gelangweilt sah Hachel von einem zum anderen.

»Und, wie komme ich zu dem Vergnügen?«

Überheblichkeit lag in seiner Stimme.

»Sie gehörten zum Umfeld der dritten RAF-Generation«, begann Mira.

Hachel nickte. »War ja klar.« Aus der Überheblichkeit wurde Verachtung. »Das ist lange her. Ich habe meine Strafe abgesessen.«

»Haben Sie an die Ziele der RAF geglaubt?«

»Was ist das denn für eine Frage? Aber natürlich, junge Dame, sonst hätte ich den Mist doch nicht gemacht.«

»Hätten Sie für diese Ziele auch getötet?«

»Hätte, wäre, könnte.« Es war, als spuckte er die Worte vor ihr aus. »Ich habe es jedenfalls nicht getan.«

»Und wie sieht es heute aus? Wollen Sie den Kapitalismus immer noch bekämpfen?«, fragte Tom.

Hachel lächelte entspannt. »Heute? Will ich meine Ruhe. Ich arbeite hier, bringe den Menschen gesundes Gemüse, verdiene so viel, wie ich gerade brauche, und tue noch was für das ökologische Gleichgewicht.«

»Kein Hass mehr auf die Kapitalisten, die Bonzen, die Ausbeuter?«

»Ach, wissen Sie, wenn man in meinem Alter ist …«

»Ach, kommen Sie! Versuchen Sie nicht, uns zu verarschen!« Tom wurde ungeduldig, glaubte, den Mann zu durchschauen. »Was haben Sie vorhin zu Lutteroth gesagt? ›Wir brauchen hier keinen Chef‹? Und Sie wirkten ziemlich wütend. Da loderte doch noch das alte Feuer, das kann offensichtlich ganz schnell wieder entfacht und zu einer Stichflamme werden.«

»Im Knast haben Sie bei einer Schlägerei Ihr Auge verloren«, sagte Mira.

Hachel nickte.

»Ihrem Kontrahenten haben Sie einen Schädelbruch verpasst.«

»Ist, wie gesagt, lange her. Was soll das hier eigentlich?«

»Worum ging es in dem Streit?«

»Lesen Sie doch die Akten!«

»Wir wollen es gerne von Ihnen hören«, sagte Tom.

»Der Typ hatte den halben Knast im Griff, hat alle abgezogen. An mir hat er sich eben die Zähne ausgebissen. Der hatte es nicht anders verdient.«

»Ein Jahr Nachschlag gab's dafür.«

»Machte nix, da ging's ums Prinzip. Zwei Wärter hatte er auch schön auf seiner Payroll. Ist also egal, auf welcher Seite des Gesetzes du stehst.« Hachel zeigte mit dem Finger auf Tom. »Misstraue dem System, es ist korrupt.«

»Macht kaputt, was euch kaputt macht!«, warf Tom ein.

Hachel nickte. »Oder so.«

»Und was war das Problem in der Tischlerei?«, fragte Mira.

»Wieso?«

»Sie wurden entlassen, weil es bei Ihnen immer wieder zu Gewaltausbrüchen gekommen ist. Einen Kollegen haben Sie mit einem Balken niedergeschlagen.«

Hachel beugte sich vor. »Liebe Leute, ich ...«

Peter Gunn ertönte. Hachel hielt inne. Mira warf Tom einen genervten Blick zu. Hachel grinste. Tom sah auf das Display.

»Sarah Lutteroth«, sagte er und verließ die Werkstatt.

»Frau Lutteroth, was gibt es?«

»Bei uns ist eingebrochen worden«, sagte eine erstaunlich gefasst klingende Stimme.

»Oh!« Scheiße, dachte Tom, wir sind zu sorglos gewesen.

»Sind Sie im Haus?«

»Nein, ich bin draußen. Gegenüber. Als ich nach Hause gekommen bin und gesehen hab, dass alles durchwühlt worden ist, bin ich sofort rausgelaufen.«

»Das war richtig. Was ist mit Ihren Töchtern?«

»Die sind nicht da. Die sind in der Schule. Oh mein Gott, hoffe ich zumindest.«

Tom war klar, was sie dachte. »Okay, warten Sie dort, wir kommen jetzt zu Ihnen. Rufen Sie in der Schule an und klären Sie, ob Ihre Töchter dort sind und wann sie Schulschluss haben!«

»Ja, das mache ich. Bitte beeilen Sie sich!« Mit der Gefasstheit war es vorbei.

»Ich komme, so schnell ich kann. Ich schicke aber schon mal einen Streifenwagen. Gehen Sie auf keinen Fall in Ihr Haus! Bleiben Sie, wo Sie sind, oder gehen Sie zu einem Nachbarn! Ich melde mich gleich wieder.«

Sämtliche Bücher lagen wild übereinander auf dem Boden. Alle Regale waren leer gefegt. Genauso verhielt es sich mit den CDs. Schubläden waren aus den Schränken gezogen und geleert. Tom stand in seinem weißen Schutzanzug mitten im Raum und ließ seinen Blick über das Chaos schweifen. Die Kollegen der Spurensicherung, ebenfalls in ihren Schutzanzügen, gingen ihrer Arbeit nach, machten Fotos, sammelten Fingerabdrücke und nahmen Klebeabdrücke. Einer untersuchte die Terrassentür, die die Täter aufgehebelt hatten. Einige Bilder hingen nicht mehr an den Wänden. Die Polsterkissen der Sessel und des Sofas lagen auf dem Boden. Das Foto von Henning Lutteroth mit seiner Frau hing schief, und der Trauerflor war abgefallen. In der Küchenzeile waren ebenfalls alle Schränke durchsucht worden. Gründlich, dachte Tom, und systematisch. Einer der Spurensicherer kam zu ihm.

»Das waren Profis. Sieht aus, als ob sie etwas Bestimmtes gesucht hätten.«

»Oben sieht es genauso aus.« Mira trat dazu, ebenfalls in einem Schutzanzug. »Sie sind auch in den Zimmern der Mädchen gewesen. Sie sind überall gewesen. Verdammt gründlich.«

»Sie haben etwas Kleines gesucht, das man auch hinter einem Bild an der Wand verstecken kann«, sagte Tom.

»Einen Stick«, sagte Mira.

Tom nickte. »Sie hatten noch nicht, was sie wollten. Vielleicht aber jetzt.«

»Mit dem Spadenhof hat das jedenfalls nichts zu tun«, sagte Mira.

»Na, was haben wir denn hier?« Einer der Kollegen kam zu ihnen. Er hielt eine Streichholzschachtel in der Hand.

»Die lag auf dem Boden des Küchenschranks hinter einer Schublade.«

»Und?«, fragte Mira.

Er schob sie auf. Drinnen lagen mehrere kleine weiße Pillen.

»Ach!«, sagte Tom.

»Hat einer der Täter wohl verloren«, spekulierte Mira.

Tom schüttelte skeptisch den Kopf. »An der Stelle?«

Nachdenklich sah Mira ihren Partner an.

»Oh, verstehe, die kleinen Fluchten.«

»Leg die Schachtel doch dorthin zurück, bitte!«

Der Spurensicherer nickte.

»Eigentlich kann ich …«

»Aber es ist doch nur eine Streichholzschachtel.«

Der Spurensicherer sah von Mira zu Tom und rang mit sich. Tom sah ihn eindringlich an. Schließlich nickte er und ging zurück zur Küchenzeile.

Sarah Lutteroth und Lena saßen auf den bequemen Gartenstühlen nebeneinander. Lena hielt die Hand ihrer Mutter. Die Sonne brannte vom Himmel, und Tom hatte den großen Sonnenschirm über dem Tisch auf der Terrasse aufgespannt.

»Haben Sie Freunde, bei denen Sie für ein paar Tage unterkommen könnten?«

Sarah Lutteroth reagierte nicht.

»Oder fahren Sie für ein paar Tage weg. Das wäre vielleicht ganz gut, einfach raus aus allem zu sein und dann mit neuer Energie zurückzukommen.«

Sarah Lutteroth wirkte überfordert.

»Das ist eine gute Idee«, sagte Lena und sah ihre Mutter aufmunternd an.

»Wenn Sie hierbleiben, bekommen Sie Polizeischutz. Rund um die Uhr.«

Fassungslos schüttelte Sarah Lutteroth den Kopf.

»Wir wissen nicht, ob die Täter gefunden haben, wonach sie suchten.«

Lena sah Tom besorgt an.

»Hat sich Sofie mittlerweile gemeldet?«

Lena schüttelte den Kopf.

Mira kam auf die Terrasse. »Ich kann Kathrin Gusow nicht erreichen.«

45

»Ich hab ein Bild für Papa gemalt.« Stolz sah Timmie seine Mutter mit großen Augen an. Die Fahrstuhltür schloss sich, und Kathrin Gusow wischte sich den Schweiß von der Stirn.

»Das ist schön.« Beinahe hätte sie noch hinzugefügt, dass er sich sicher sehr darüber freuen wird.

»Ein großer Dino mit ganz vielen Vögeln. Und ein Berg mit einer Höhle. Es ist aber noch nicht fertig.«

Kathrin Gusow musste schlucken. »Was meinst du, wollen wir Sylvie anrufen und mit ihr ein Eis essen gehen?«

»Och …« Ihr Junge war nicht begeistert. »Will auf den Spieli.«

Zu einem Besuch auf dem Spielplatz fühlte sie sich noch nicht in der Lage. Dort würde sie die anderen Mütter oder Väter treffen, sich unterhalten und Geschichten aus dem Alltag glücklicher Familien hören müssen.

»Weißt du was? Vielleicht hat Sylvie ja Lust, mit dir auf den Spieli zu gehen.«

Sie fischte ihr Handy aus der Umhängetasche und stellte fest, dass der Akku leer war.

»Will aber mit dir«, sagte Timmie.

Der Fahrstuhl hielt, und die Tür öffnete sich.

»Ich hab noch eine bessere Idee, ich mache uns erst mal Pfannkuchen, und dann bauen wir eine Insel für deine Piraten.«

»Au ja!« Timmie war begeistert.

Als Kathrin Gusow den Schlüssel in das Schloss ihrer Wohnungstür stecken wollte, gab die Tür nach und öffnete sich ein Stück. Verwundert hielt sie inne. Tür und Schloss waren unversehrt, aber sie war sicher, abgeschlossen zu haben, als sie die Wohnung verlassen hatte. Hier stimmte etwas nicht. Sie erschrak. In ihre Wohnung war eingebrochen worden.

»Was ist denn, Mama?«

»Psst!« Kathrin Gusow legte ihren Finger auf die Lippen. Timmie verstand und schwieg.

»Komm!«, flüsterte sie und zog ihn zum Fahrstuhl, der aber schon weitergefahren war. Timmie sah sie fragend an.

»Dann nehmen wir die Treppe«, flüsterte sie.

»Warum müssen wir denn leise sein, Mama?«

»Psst«, sagte sie wieder. Eilig schob sie Timmie vor sich her zur Treppe. Schließlich nahm sie ihn auf den Arm und ging zügig die Stufen hinunter.

Ihnen bot sich das gleiche Bild wie im Haus der Lutteroths. Auch hier waren offensichtlich Profis am Werk gewesen. Vorsichtig bewegten sich Tom und Mira in ihren weißen Schutzanzügen durch das Chaos. Alles war durchwühlt worden, aber es schien nichts zu fehlen. Wertgegenstände hatten die Täter nicht interessiert. Eine Armbanduhr und Schmuck lagen auf dem Boden. Aber hinter die Bilder an den Wänden und den Spiegel im Flur hatten sie auch hier gesehen.

»Sie haben den Stick in Lutteroths Haus nicht gefunden und dann ihr Glück hier versucht«, sagte Tom.

»Aber woher wussten die Täter von Kathrin Gusow?«, fragte Mira.

»Das ist die Frage.«

Die Kollegen der Spurensicherung erschienen und stiegen in ihre Schutzanzüge. Tom wandte sich kurz ab und checkte auf seinem Handy die Nachrichtenlage. Mira kam zu ihm.

»Und?«, fragte sie und wirkte fast so besorgt wie Tom.

»Sie haben ihn wohl immer noch nicht.«

Kathrin Gusows Hände zitterten, und sie nestelte nervös an dem Kragen ihrer Bluse.

»Du gehst jetzt mit Sylvie. Bestimmt nimmt sie dich mit auf

den Spieli. Und ich komme später nach. Ich muss noch mit den Polizisten reden.«

»Die Frau und der Mann waren schon einmal bei uns«, sagte Timmie aufgeregt und zeigte auf Tom und Mira.

»Ja, das stimmt.«

»Aber da war noch gar nicht der Einbruch.«

Kathrin Gusow nickte.

»Das stimmt auch, Timmie. Ich erkläre dir das später. Aber du brauchst keine Angst zu haben. Das ist alles nicht schlimm. So was kann leider mal passieren. Aber die Polizei hilft uns.«

Tom nickte, und Mira lächelte.

»Dafür sind wir da«, sagte Mira.

»Schau, da kommt Sylvie schon«, sagte Kathrin Gusow und zeigte zum Fußweg. Dort näherte sich mit zügigen Schritten ihre Freundin.

Kathrin Gusow beugte sich zu ihrem Sohn hinunter und gab ihm einen Kuss.

»So, lauf zu ihr!«

Timmie rannte Sylvie entgegen, die ihn fröhlich in die Arme schloss.

Seine Mutter sah ihm nach.

»Frau Gusow, es wurde heute auch im Haus der Familie Lutteroth eingebrochen und alles durchwühlt. Wir glauben, dass die Täter den Stick mit der Datei, die brisante Informationen enthält, gesucht haben. «

»Aber ich habe den doch nicht. Ich weiß auch gar nichts von so einem Stick.«

»Auf jeden Fall kannten die Täter Ihre Adresse. Die Frage ist, wer aus dem Umfeld von Lars Lutteroth wusste von Ihrer Beziehung?«

»Eigentlich keiner. Lars war ja total vorsichtig.«

»Und aus Ihrem Freundeskreis?«

»Nur Sylvie und meine Eltern.«

»Niemand sonst? Immerhin war er ja der Vater von Timmie.«

»Stimmt, in der Kita kannten sie Lars. Aber nur seinen Vornamen. Ich hab ihn da total rausgehalten, die hatten nicht mal seine Handynummer. Ab und zu hat er Timmie aber abgeholt.«

Sie schlug die Hände vors Gesicht und schüttelte fassungslos den Kopf.

»Was ist das für ein Albtraum?!«

Auf einmal hielt sie inne. »Der Partner von Lars«, sagte sie. »Gestern war ich in der Agentur. Ich wollte mir Lars' Büro ansehen. Wenigstens einmal. Ich war noch nie dort gewesen. Mich hatte es ja nicht gegeben.« Traurig schüttelte sie den Kopf. »Ich habe mit Hauke Bentner gesprochen.«

Tom und Mira sahen einander an.

»Aber er war doch Lars' Partner, warum sollte er …« Kathrin Gusow unterbrach sich. »Und ich war noch bei Lars' Bruder. Ich wollte ihm von Lars erzählen. Er sollte erfahren, wie sehr er sich verändert hatte und dass es sein größter Wunsch gewesen war, sich mit ihm zu versöhnen.«

Die Tür zu Mats Lutteroths Küche stand offen. Leslie zögerte, überlegte, ob sie auf einen besseren Moment warten sollte. Aber sie hatte sich vorgenommen, nicht immer alles aufzuschieben. Schließlich waren sie sich doch gerade nähergekommen. Mats hatte sich für sie interessiert, und sie hatte den Eindruck, er mochte sie. Zumindest ein wenig. Sie ging näher. Im Halbdunkel der Küche konnte sie den Tisch und die Stühle sehen. Sie hatte noch keine Idee, wie sie beginnen, was sie sagen sollte. Das Foto hatte sie dabei. Jetzt, als sie die Tür fast erreicht hatte, spürte sie, wie aufgeregt sie war. Mann, dachte sie, scheiß auf den richtigen Augenblick, ich tue es jetzt einfach.

Sie trat in die Küche. Mats war nicht da. Erneut war sie von der großen Bahnhofsuhr an der knallroten Wand beeindruckt. Klack machte es, der Minutenzeiger war einen Strich weitergesprungen.

»Mats?«, fragte sie in die Stille. Keine Antwort. Die Tür zum Wohnzimmer war angelehnt. Sie öffnete sie ein wenig. Mats Lutteroth saß auf dem Sofa über Papiere gebeugt, die vor ihm auf dem Tisch lagen. Umgeben von seinen toten Uhren. Was für ein Bild, dachte Leslie wieder und nahm sich vor, Mats vor seinem Friedhof der Zeit zu fotografieren.

»Mats?«

Lutteroth zuckte zusammen. »Mann, hast du mich jetzt erschreckt!«

»Oh, das tut mir leid, das wollte ich nicht.«

»Ich habe dich überhaupt nicht kommen gehört. Ich werde wohl alt.«

Die Papiere auf dem Tisch sahen aus wie Grundrisse.

Er lächelte. »Was gibt's denn?«

»Ich würde gerne mal mit dir reden.«

»Okay, aber nachher, ja?«

Leslie zögerte.

»Ja, klar.«

»Ich bin gerade beschäftigt.«

Er sah sie an und schien zu überlegen.

»Ach egal, komm, setz dich!«

Sie freute sich, offenbar mochte er sie wirklich. Er räumte die Pläne zusammen und schob sie beiseite. Leslie nahm in dem Sessel neben dem Tisch Platz.

»Trinken wir einen Veltliner?«

»Gerne.«

»Gut.« Er ging in die Küche.

Leslie betrachtete die übereinanderliegenden Papiere und meinte, den Grundriss eines Hofes zu erkennen. Mats kehrte mit einer gekühlten Flasche Veltliner und zwei Gläsern zurück. Er schenkte ihnen ein.

»Es tut mir leid, dass du das jetzt gerade miterleben musst. Aber ich denke, dass das alles bald geklärt ist und hier wieder Ruhe einkehrt.«

Leslie nickte.

»So, was hast du auf dem Herzen?«

Leslie starrte ihn an. Ihre Aufregung lähmte sie fast.

»Ach, trinken wir erst mal!«, sagte er. Sie prosteten sich zu, und nachdem sie getrunken hatten, nahm Leslie ihren ganzen Mut zusammen.

»Du bist 1994 eine Weile in Frankfurt gewesen.«

Überrascht sah Mats sie an. Leslie schlug das Herz bis zum Hals. Sie kramte das Foto aus ihrer Tasche und hielt es Mats hin. Er nahm und betrachtete es.

»Ich verstehe nicht.«

Leslie gab ihm noch einen Moment.

»Erinnerst du dich nicht?«

Skeptisch betrachtete er das Foto.

»Linda«, sagte sie. »Das war Linda.«

»Welche Linda?«

»Ihr wart damals ein paar Tage zusammen.«

Irritiert sah er sie an, dann betrachtete er noch mal das Foto.

»Was soll das? Ich verstehe nicht …«

Enttäuscht wartete Leslie. Sie wünschte sich so sehr, er würde ihre Mutter erkennen.

»Es war nur kurz, aber wohl sehr leidenschaftlich. Du bist dann weitergezogen, und ihr habt euch nie mehr gesehen oder gesprochen. Neun Monate später wurde ich geboren.«

Verstört sah er sie an.

»Sie hatte mir erzählt, dass mein Papa kurz nach meiner Geburt bei einem Unfall auf einer Reise ums Leben gekommen sei. So bin ich ohne Vater aufgewachsen. Meine Mama war großartig, sie hat alles getan, um die Lücke zu füllen. Wir hatten viele Freunde, bei uns war immer Leben in der Bude. Ich habe auch einen liebevollen Patenonkel, der sich wirklich für mich interessiert. Ich bin gut klargekommen. Nur manchmal habe ich meine Freunde um ihre Väter beneidet. Dann habe ich mir gewünscht, dass mein Vater mich auch mal von der Schule abholen, mit mir in den Zoo gehen, im Park herumtoben und Quatsch machen würde.«

Die leicht glasigen graublauen Augen Lutteroths sahen sie irritiert an. In ihnen meinte sie zu erkennen, wie die Gedanken in seinem Hirn hin und her schossen. Sie hatte sich die Situation so viele Male vorgestellt und immer Verständnis für ihn gehabt. Ihre Mutter war nur ein leidenschaftliches, kurzes Abenteuer gewesen, und vierundzwanzig Jahre später kommt auf einmal wie aus dem Nichts die Folge davon um die Ecke.

»Erst vor Kurzem hatte sie mir die Wahrheit gesagt. Auf ihrem Totenbett. Sie hatte Leberkrebs. Kurz bevor sie gegangen ist, hat sie mir von dir erzählt.«

»Linda«, sagte Lutteroth und schüttelte kaum merklich den Kopf.

»Du erinnerst dich?«

»Ganz vage, das ist ja ewig her.«

Leslie nickte. Fast entschuldigend zuckte sie mit den Achseln.

»Ich bin deine Tochter.«

Er rückte näher und streckte seine Arme aus. Leslie warf sich hinein und musste weinen. Alles in ihr brach heraus. Die Traurigkeit, die Wut, die Angst, die Erleichterung, das Glück. Er hielt sie und drückte sie sanft an sich.

Sarah Lutteroth entkorkte den Chianti, schenkte sich ein Wasserglas halb voll ein und trank einige Schlucke. Selbst in der Küchenzeile hatten sie gründlich gesucht, jede Schublade herausgezogen, jede Tür geöffnet. Ihr fielen ihre kleinen Freunde ein, und sie bekam einen Schreck. Schnell beugte sie sich zu der herausgezogenen Schublade mit den Töpfen herunter und schaute in den dunklen Raum dahinter. Erleichtert entdeckte sie die Streichholzschachtel auf dem Boden und holte sie hervor. Beruhigt hörte sie das Geräusch der kleinen Pillen darin. Wie gut, dass die Einbrecher sie übersehen oder sich nicht für sie interessiert hatten und die Spurensicherer ebenfalls. Sie steckte die Schachtel in ihre Hosentasche und trat in den Wohnraum. Die Stille war bedrückend. Ohne die weißen Kapuzenmännchen wirkte das Chaos viel bedrohlicher. Mühsam setzte sie einen Fuß vor den anderen. Nackt und ausgeliefert fühlte sie sich. Verloren in einem furchtbaren Albtraum, der mit ihr noch nicht einmal etwas zu tun hatte. Es war eine ekelhafte Vorstellung, dass fremde, brutale

Menschen die Dinge ihres Lebens angefasst und aus ihrem Zusammenhang gerissen haben.

Wenn diese Verbrecher gefunden hatten, was ihnen so wichtig war – so wichtig, dass sie sogar ihren Mann dafür getötet hatten –, hätten sie mit ihren skrupellosen Methoden nun tatsächlich Erfolg gehabt. So wie sie mit der gleichen Rücksichtslosigkeit ihre legalen Mittel ausschöpften, um ihre Ziele zu erreichen, die immer mit Gewinnmaximierung zu tun hatten. Eine ungeheure Wut stieg in Sarah Lutteroth empor, und sie musste zugeben, dass sie diese schmutzige Seite an Lars' Profession immer ignoriert hatte. Sicher lag das auch an ihrem Schwiegervater, der diese weise, absolut vertrauenswürdige und höchst moralische Ausstrahlung gehabt hatte und so stolz auf seinen Sohn gewesen war.

Sie hörte, wie die Haustür aufgeschlossen wurde, und zuckte unwillkürlich zusammen. Aber es konnte nur Sofie sein, die endlich nach Hause kam. Lena war bei einer Freundin, bei der sie auch die Nacht verbringen wollte.

»Gott, was ist denn hier passiert?« Sofies Stimme klang entsetzt. Eilig kam sie um die Ecke und blickte entgeistert auf das grenzenlose Durcheinander.

»Mama, was ist los?«

»Hallo, mein Schatz! Wie war's in der Schule?«, fragte Sarah Lutteroth und lachte bitter.

»Es ist eingebrochen worden«, sagte Sofie leise zu sich selbst. Die Erkenntnis ließ sie erstarren. Auf dem Absatz machte sie kehrt. Sarah Lutteroth hörte, wie ihre Tochter die Treppe hochlief und in ihrem Zimmer verschwand. Ihr wurde klar, dass Sofie Angst hatte, dass die Einbrecher etwas aus ihrem Zimmer mitgenommen haben könnten.

Langsam folgte sie ihr und ging die Treppe hoch.

Vor der Tür zu Sofies Zimmer blieb sie stehen und hob die Hand, um anzuklopfen. Doch dann dachte sie, dass die Zeit für Höflichkeit und Respekt vorbei sei. Sie öffnete die Tür. Sofie saß auf dem Bett und weinte. Auch in ihrem Zimmer war alles aus den Schränken und Schubladen herausgerissen. Sarah Lutteroth setzte sich zu ihr aufs Bett und legte den Arm um sie.

»Was ist bloß los?«, fragte Sofie aufgelöst.

»Ich weiß es nicht. Die Einbrecher haben etwas gesucht. Wahrscheinlich einen Stick mit einer Datei, die brisantes Material enthält. Die Kripoleute vermuten, dass Papa aus dem Grund getötet worden ist. Fehlt denn was bei dir?«

»Nein, zum Glück wohl nicht. Aber die Schweine haben meine ganze Wäsche durchwühlt.«

Sarah Lutteroth hätte Sofie gern gefragt, ob sie etwas in ihrem Zimmer aufbewahrte, von dem sie fürchtete, dass die Einbrecher es gefunden und mitgenommen haben könnten. Aber sie wusste, es hatte keinen Sinn. Ihre Tochter würde es ihr nicht erzählen. Es war ein trauriges und bitteres Gefühl, ihrer Tochter nicht mehr vertrauen zu können. Sie sah ihr in die Augen und spürte schmerzhaft die Distanz zwischen ihnen.

»Sofie, ich liebe Lena und dich. Ich würde mein Leben für euch geben.« Sarah Lutteroth sprach leise und unaufgeregt.

»Ich wünsche mir so sehr, dass du mir vertrauen würdest und offen und ehrlich zu mir wärst.«

Sofie sah sie missmutig an, allerdings meinte Sarah Lutteroth, auch einen Hauch von Rührung entdecken zu können.

»Ich habe das Gefühl, dass du ein Geheimnis mit dir herumträgst, und ich habe Angst, dass du dabei bist, Dinge zu tun, die dir den Start in dein Leben versauen könnten. Eine Mutter hat eine Nase für so etwas. In deinem Alter kann man sich schnell in Sachen verstricken, die man später sehr bereut. Man kann so leicht in etwas hineingeraten, aus dem man plötzlich nicht mehr so einfach herauskommt. Du sollst deinen eigenen Weg gehen, mein Schatz, du bist klug und ein guter Mensch. Es soll aber auch wirklich dein Weg sein. Ich werde immer für dich da sein, und wenn du es einmal brauchen solltest, stehe ich dir mit Rat und Tat zur Seite.«

Lange sahen sie sich an. Dann lächelte Sofie.

»Du bist süß, Mama. Und ich liebe dich auch über alles. Aber ich weiß nicht, was du hast.«

Sarah Lutteroth sah ihre Tochter nachdenklich an. Ihre Hoffnung auf die Gunst des Augenblicks musste sie begraben. Geduld war das Einzige, das sie ihrem Ziel näher bringen konnte. Geduld und sanfte Beharrlichkeit. Schließlich erwiderte sie das Lächeln.

46

Die Landstraße flog unter ihrem kleinen Renault dahin. Die Abendsonne stand tief über den Feldern und schien flackernd durch die Bäume der Allee. Von hinten erklang eine Geschichte von dem »Kleinen Drachen Kokosnuss« aus Timmies buntem CD-Player. Ihr Sohn saß daneben in seinem Maxi Cosi und freute sich, dass es aufs Land ging. Es war eine spontane Entscheidung gewesen. In ihrer Wohnung wollte sie nicht sein, das hätte sie nicht geschafft. Sylvie hatte ihr angeboten, dass sie bei ihr bleiben könnten. Solange sie wollten. Es tat gut, eine Freundin wie sie an der Seite zu haben. Dann aber kam ihr die Idee, auf den Hof zu fahren. Rauszukommen aus dem Albtraum, Natur um sich zu haben, Ruhe zu finden. Zeit und Raum für ihre Gedanken zu haben. Mit Timmie allein zu sein. Möglicherweise konnte sie ihm dort auch erklären, dass sein Papa nicht mehr lebte. Vielleicht konnte sie ihren Bruder besuchen und ihm klarmachen, dass sie alles daran setzen würde, den Hof zu behalten, und dass er sie darin verdammt noch mal unterstützen sollte. An ihrem Arbeitsplatz hatte sie alles unkompliziert regeln können. Ihre Vorgesetzten verhielten sich verständnisvoll und gaben ihr eine weitere Woche frei. Sie hatte das Gefühl, dass sie auf dem Hof jetzt genau richtig sein würde. Vor den Erinnerungen und der Traurigkeit hatte sie keine Angst. Ihr Lebenstraum lag in Scherben vor ihr. Aber gleichzeitig spürte sie eine Kraft in sich, die sie vorwärtstrieb. Diese Kraft ermöglichte es ihr sogar, für Augenblicke die Schönheit der vorbeifliegenden Landschaft im warmen Licht der untergehenden Sonne wahrnehmen zu können.

Stille. Absolute Stille. Und vor den Fenstern die schwarze Nacht. Sie empfand keine Angst, obwohl sie zum ersten Mal ohne Lars auf dem Hof war. Der Nachbarhof lag immerhin mehrere Hundert Meter weit entfernt, und auf der anderen Seite waren nur Felder. Gegenüber befand sich der Reiterhof, allerdings auch ein gutes Stück entfernt am Ende einer langen Zufahrt.

Sie zündete die Teelichter auf den Fensterbänken und auf der kleinen Holzplatte an, die auf einer Getränkekiste liegend, als Tisch vor dem Polstersofa diente. Außer einem alten Holzstuhl, den sie im Schuppen gefunden hatten, waren das die einzigen Möbel im Wohnzimmer. Das Sofa mit dem Blumenmuster war ihre Wahl gewesen, Lars fand es kitschig, aber sie mochte den britischen Landhausstil. Auch dafür hatte sie ihn geliebt: Er ließ sie sein, wie sie war, wollte sie nicht verändern, obwohl er so viel mehr wusste über Kunst, Design und Stil und meistens präzise Vorstellungen von allem hatte. Sie fragte sich, in was für eine furchtbare Geschichte er verstrickt gewesen war. Profis waren in ihre Wohnung eingebrochen. Eiskalt, im Auftrag irgendeiner skrupellosen Macht im Hintergrund. Alles sah danach aus, dass die schmutzige Seite seines Geschäftes Lars umgebracht hatte. Warum nur hatte Lars dem Ganzen nicht schon früher den Rücken gekehrt? Warum, warum, warum?

In der Küche füllte sie sich ein Glas mit Wasser aus dem Hahn und schlenderte an dem Eichentisch mit den vier Stühlen entlang. Bei ihrem letzten Besuch hatten sie ihn auf einem Antikmarkt erstanden. Lars hatte den Tisch geschickt heruntergehandelt. Die Stühle hatte sie von ihrer Großmutter geschenkt bekommen, sie waren alle verschieden, was ihr besonders gut gefiel. Gedankenverloren strich sie mit einer Hand über die Tischplatte und die Lehne eines Stuhles. Ihr Blick fiel auf den kleinen Holzschrank, der in die Wand eingebaut war und den Lars liebevoll restauriert hatte. Sie ging hinüber und betrachtete die Türen, die ein wenig schief in ihren Angeln hingen, und strich mit ihrer Hand zärtlich über das Holz. Sie öffnete den Schrank, obwohl sie wusste, dass sich noch nichts darin befand. Überrascht blickte sie auf eine Postkarte mit einem Gartengemälde von Monet, die an der Rückwand lehnte, und einen kleinen Schmuckkasten, der davor lag. Die Entdeckung versetzte ihr einen schmerzhaften Stich. Offenbar hatte Lars hier ein kleines Geschenk für sie arrangiert, das sie irgendwann beim Einrichten hätte finden sollen. Sie nahm die Postkarte und schaute auf die Rückseite.

Ein glücklicher Mann freut sich auf sein neues Leben an der Seite einer umwerfenden Frau und eines wunderbaren Jungen.
In Liebe, Dein Lars

Tränen schossen ihr in die Augen, mit zitternden Fingern öffnete sie den Kasten. Ein Jugendstil-Armband mit kleinen, schwarzen Onyx-Steinen zwischen goldenen Blumenranken lag auf weißem Samt. Es war wunderschön. Lars hatte immer genau gewusst, was ihr gefiel. Sie musste sich zusammenreißen, nicht hemmungslos zu weinen, wollte Timmie nicht beunruhigen. Aufgewühlt wanderte sie durch das Haus. Timmie kroch auf den Holzdielen herum und spielte mit seinen Playmobil-Piraten. Nachdem er im Auto geschlafen hatte, war er nun hellwach. Kathrin Gusow versuchte, sich vorzustellen, wie ein Leben mit ihrem Jungen hier draußen aussehen würde. Sie könnte in der Baumschule ihres Bruders arbeiten und nach Feierabend Timmie von der Nachmittagsbetreuung in der Schule abholen. Sie würde etwas für sie beide kochen, während er im Garten spielte oder zu einem Freund aus der Nachbarschaft ging. Sie fragte sich, ob sie mit der Einsamkeit klarkommen würde, denn sie gab sich keinen Illusionen hin. Es würde sicher lange dauern, hier eine Sylvie zu finden. Wenn überhaupt!

Timmie war versunken in seine Piratenwelt, schob das große Segelschiff mit der abenteuerlustigen Besatzung über das Meer aus Holzdielen.

»Die haben aber fette Beute gemacht«, sagte sie und schluckte ihre Traurigkeit herunter.

»Ja«, erwiderte der Junge sehr ernsthaft. »Sie bringen den Schatz auf ihre Insel.«

Der Schatz bestand aus einer Truhe, einem Sack, Schmuck, ein paar echten Schrauben, die er hier irgendwo gefunden haben musste, und einem USB-Stick. Kathrin Gusow traute ihren Augen nicht.

»Timmie, wo hast du denn den her?« Sie beugte sich hinunter und zeigte auf den Stick. Er war mit einer Elf beschriftet.

»Hast du den hier gefunden?«

»Ja, im Hafen.«

»Wo ist denn der Hafen?«

Timmie lief zum Kachelofen und zeigte auf die Ecke an der Fußbodenleiste. Hinter dem Ofen war ein schmaler Spalt in der Leiste, kaum sichtbar, aber dem Blick eines fantasiebegabten Kindes entging kein noch so gut versteckter Schatz.

Felsen stand am offenen Fenster von Toms und Miras Büro und blies den Rauch seiner Zigarette in die Nacht. »Bentner war souverän, ein wenig glatt vielleicht. Auf die Nachricht von den Einbrüchen hat er überhaupt keine Reaktion gezeigt. Außer, dass er ziemlich besorgt um Sarah Lutteroth war.«

Agersen schritt ruhig in dem engen Raum auf und ab. »Es ist Bewegung in die Sache gekommen«, sagte sie. »Wir müssen darauf hoffen, dass uns die Einbrüche etwas bringen, irgendeine Spur, irgendeinen Hinweis auf die Täter. Über sie kommen wir vielleicht an die Auftraggeber.«

»Entweder fühlen sich die Täter sehr sicher, dass sie diese Einbrüche mitten in der heißen Ermittlungsphase wagen«, spekulierte Felsen. »Oder ihre Verzweiflung ist groß. Diese Datei muss so brisant sein, dass sie dieses riskante Vorgehen rechtfertigt. Bentner hat übrigens wieder nach der gelöschten Datei auf Lutteroths Festplatte gefragt.«

»Aber das heißt doch nichts, verdammt noch mal!« Agersen warf Felsen einen genervten Blick zu. »Ich will hier nicht andauernd Bentner in Schutz nehmen, aber der Mann hat natürlich auch ein Interesse, den Mord an seinem Partner und vielleicht sogar Freund aufgeklärt zu wissen. Erst recht, wenn es ihr Geschäft in irgendeiner Weise betrifft. Was ja zurzeit sehr wahrscheinlich ist.«

Tom saß an seinem Schreibtisch und nahm die Ausführungen seiner Kollegen kaum wahr. Sie verschwanden hinter einem Schleier aus Müdigkeit und Erschöpfung, die sich nun schließlich doch in seinem Körper gemeldet hatten. Fast vierzig Stunden war er mittlerweile auf den Beinen und hatte die Nächte davor nur wenig geschlafen. Außerdem hatte die Angst um Marco ihn wieder im Griff. Es fiel ihm schwer, nicht laufend auf sein Handy zu starren und die neuesten Nachrichten zu checken. Bis jetzt schienen sie seinen Bruder nicht gefasst zu haben.

»Wo habt ihr eigentlich mit Bentner gesprochen?«, wollte Mira wissen.

»In der Agentur. Er ist extra hingekommen. In seiner Wohnung wollte er uns nicht empfangen«, antwortete Felsen.

»Das klingt auch schon wieder so …«, merkte Agersen an.

»Mein Gott, Franziska!«, dröhnte Felsens tiefe Stimme durch den Raum. Ihr Chef nahm einen letzten Zug und schnippte die Kippe hinaus. »Ich kann selber noch ganz gut unterscheiden, was etwas zu bedeuten hat und was nicht. Trotzdem habe ich noch meine Wahrnehmung und meinen Instinkt, und ich werde mich nicht selbst zensieren. Darauf können die Staatsanwälte lange warten.«

Mira lächelte still in sich hinein und widmete sich wieder der Liste der Kunden von Lutteroth & Bentner auf ihrem Bildschirm.

»Vielleicht ist es auch gar nicht Meelhopen«, sagte sie. »Vielleicht haben wir uns zu sehr von den beiden Treffen im Museum beeindrucken lassen.«

»Ganz genau, vielleicht müssen wir alles noch mal ganz von vorne durchdenken!«, stimmte Agersen zu. Die Tür ging auf, und Balbeck und Taller traten ein.

»Na, ihr kommt ja wie aufs Stichwort.«

»Aha, aber wir haben leider nichts«, sagte Balbeck missmutig.

»Dieser Journalist Wrode war extrem hilfsbereit und geduldig«, berichtete Taller. »Er ist mit uns alle Unterlagen aus den letzten Jahren durchgegangen, die irgendwie mit Lutteroth zu tun hatten. Aber nichts brachte ihn auf eine Idee, was das brisante Material sein oder mit welchem Konzern es zu tun haben könnte.«

Miras Handy klingelte. Sie sah auf das Display. »Oh, Kathrin Gusow.« Toms Partnerin sah in die Runde. »Um diese Zeit?« Alle Blicke richteten sich auf die Kollegin. »Hallo, Frau Gusow!« Mira hörte ihrer Gesprächspartnerin konzentriert zu. Die gespannten Blicke des Teams ruhten auf ihr. »Oh!«, sagte Mira. »Warten Sie eine Sekunde, ich bin gerade mit meinen Kollegen zusammen und stelle Sie laut. Können Sie das bitte wiederholen?«

Mira legte ihr Handy auf den Tisch. Kathrin Gusows aufgeregte Stimme erklang. »Ich bin auf unserem Hof mit meinem Jungen, und der hat beim Spielen einen USB-Stick gefunden. Er war in einem Spalt in der Fußleiste versteckt. Er ist mit einer Elf beschriftet.«

Die Kollegen sahen einander an. Schlagartig war Tom hellwach.

»Das ist gut, das kann uns vielleicht entscheidend weiterhelfen, Frau Gusow. Können Sie mir bitte Ihre genaue Adresse geben? Wir kommen zu Ihnen und holen den Stick«, sagte Mira.

»Jetzt gleich?«

»Ja, klar. Auch wenn es schon spät ist, das ist sehr wichtig.«

»Wenn Sie meinen. Das ist in Grambow, einem Dorf bei Schwerin. Die Straße heißt Bei der Ziegelei. Hausnummer eins. Wir sind das erste Haus in der Straße, gegenüber befindet sich ein Reiterhof.«

»Frau Gusow, bitte machen Sie nichts mit dem Stick, bis wir da sind.«

Tom beugte sich über seinen Tisch zu dem Handy.

»Frau Gusow, Tom Simon hier, wer weiß alles von dem Hof?«

»Oh, kaum jemand. Mein Bruder, natürlich der Vorbesitzer und meine Freundin Sylvie.«

»Kann es sein, dass Lars Lutteroth jemandem von dem Hof erzählt hat?«

»Nein, bestimmt nicht. Das durfte doch auf keinen Fall herauskommen, wegen seiner Frau.«

»Okay, danke.«

»Bis gleich, Frau Gusow, wir fahren jetzt los«, beendete Mira das Gespräch.

»Manchmal kann man auch Glück haben«, sagte Agersen und schob ihre Hände in die Taschen ihres Trenchs.

Felsen nickte bedächtig. »Abwarten!« Er wandte sich an Tom. »Kannst du noch?«

»Sicher!«, antwortete Tom, dessen Müdigkeit wie weggeblasen schien, was er von seiner Erschöpfung aber leider nicht behaupten konnte.

Skeptisch sah der Koloss ihn an. »Du erzählst mir keinen Scheiß?«

Tom erwiderte seinen Blick ohne eine Regung.

»Gut, dann fährst du mit Mira. Ihr nehmt einen Laptop mit und ruft uns an, sobald ihr den Inhalt des Sticks vor euch habt.«

47

Das Mondlicht fiel durch das Fenster in das kleine Zimmer, und zwei Kerzen verbreiteten ihr warmes Licht. Leslie lag auf ihrem Bett und hörte London Grammar über ihre Ohrhörer. Hellwach und immer noch aufgewühlt betrachtete sie das Foto von ihrer Mutter und ihrem Vater. Jetzt hatte sie tatsächlich einen Vater. Mats hatte sympathisch reagiert, und seine Umarmung hatte sich gut angefühlt. Sie mochte diesen verschrobenen, wortkargen Einsiedler und konnte sich gut vorstellen, ihn ab und zu hier zu besuchen. Wenn er nichts dagegen hatte. Sie musste ihm unbedingt noch sagen, dass sie sich nichts Bestimmtes von ihm erwartete, schon gar keine finanzielle Unterstützung. Er sollte sich frei fühlen. Sie wünschte sich einzig und allein, ihn richtig kennenzulernen, eine vorsichtige Nähe, vielleicht Freundschaft. Doch sie musste ihre Gedanken zügeln, sie war zu euphorisch. Sie sah ihrer Mutter in die Augen, die so verwegen und voller Energie wirkte, in den Armen des wilden Punks, mit dem sie einige abenteuerliche Nächte verbracht hatte. Ohne Selbstkontrolle, leidenschaftlich und unvernünftig. Ihr selbst war das fremd. Die innere Unruhe trieb sie hoch. In ihrem kleinem Reich unter dem Dach hielt sie es nicht mehr aus. Sie pustete die Kerzen aus und ging hinaus. Sie brauchte Platz, frische Luft, einen Spaziergang auf dem Deich.

Als sie durch den Innenhof ging, sah sie, dass bei Jürgen noch Licht brannte. Sie beschloss, bei ihm zu klopfen. Er wäre jetzt genau der Richtige, um noch ein wenig zu quatschen und was zu trinken. Ihr Geheimnis würde sie aber noch für sich behalten.

Der Verveine-Tee verbreitete seinen leichten Zitrusduft. Kathrin Gusow lehnte sich entspannt auf dem Sofa zurück und legte die Beine hoch. Timmie schlief schon tief und fest in ihrem Doppelbett im Schlafzimmer oben. Er liebte es, im großen Bett zu schlafen, bei ihr und Lars, wenn sie alle beisammen gewesen waren, und ihr tat es gerade gut, ihrem Sohn so nah wie möglich zu sein. Aus Kissen hatte sie einen Wall errichtet, damit er nicht durch seine unruhigen Bewegungen, zu denen ihn oft wilde Träume trieben, hinausfallen konnte.

Vor ihr auf dem improvisierten Tischchen lag der Stick. Lars hatte ihn also hier versteckt. Eine kluge Wahl, schließlich wusste niemand von ihrem Hof. Ihm war demnach bewusst gewesen, dass die andere Seite alles versuchen könnte, um an die Datei zu gelangen. Doch offenbar hatte er unterschätzt, wie skrupellos und brutal sie dabei vorgehen würden. Sie erschauderte. Wie furchtbar das Ganze war, und wie unwirklich es schien.

Was sich wohl auf dem Stick befand? Sie fragte sich, ob die Kommissare sich den Inhalt gleich in ihrer Gegenwart ansehen würden, sodass sie mitbekommen konnte, um was für brisantes Material es sich handelte. Würde dann klar werden, wer der oder die Täter waren?

Sie hörte Fahrgeräusche. Ein Auto hielt oben auf der Straße.

Das ging schnell, dachte sie und lief zum Fenster. Im fahlen Mondlicht sah sie einen Wagen, der auf der Straße hielt, und einen Mann, der davor im Lichtkegel der Scheinwerfer hin und her ging und immer wieder Richtung Reiterhof zu sehen schien. Das war keiner der Kommissare. Der Mann stieg wieder in seinen Wagen, schaltete sein Licht aus und fuhr in die Einfahrt zu ihrem Hof. Der Schreck fuhr ihr in die Glieder. Geistesgegenwärtig pustete sie das Teelicht vor sich auf der Fensterbank aus und auch die anderen, bis es fast stockfinster im Haus war.

Sie sah wieder aus dem Fenster. Der Mann parkte den Wagen gleich hinter dem Tor und stieg aus. Sie konnte nur seine Umrisse erkennen. Er kam auf das Haus zu. Sie spürte, wie sie panisch wurde, doch ihr wurde sofort klar, dass sie jetzt ruhig bleiben musste, wenn sie Timmie und sich beschützen wollte. Sie griff sich den Stick und lief die Treppe hoch ins Schlafzimmer. Dort schnappte sie ihren schlafenden Jungen, trug das Kind auf dem Arm hinunter und ging zur Küchentür, die zum Garten führte. Hinter sich hörte sie, wie der Mann sich an dem Schloss ihrer Haustür zu schaffen machte. Sie spürte den Impuls zu schreien, schloss für einen kurzen Moment die Augen und atmete tief durch. Behutsam öffnete sie die Tür zum Garten, konnte aber das Quietschen nicht verhindern. Das Ölen der Scharniere hatten sie immer wieder aufgeschoben. Natürlich erschien ihr das Quietschen gerade jetzt unfassbar laut. Im Garten achtete sie darauf, mit ihren nackten Füßen nicht auf den Kies zu treten, sondern nur über die erdigen Stellen und die moosigen Rasenteile zu gehen. Dabei hoffte sie, dass Timmie nicht aufwachte. Sein Kopf lag auf ihrer Schulter, das Gesicht an ihrem Hals

Der Mond schien vom wolkenlosen Himmel. Wenigstens hatten sie keinen Vollmond, aber auch so war es ihr viel zu hell. Sie überlegte, wohin sie flüchten könnte. Sie musste sich schnell entscheiden, jede Sekunde konnte er ins Haus eindringen und vielleicht zum Fenster hinaus in den Garten sehen. Ihr Wagen stand vor dem Schuppen. Daran hatte sie nicht gedacht, sie hätte den Schlüssel mitnehmen sollen, um bei einer günstigen Gelegenheit wegzufahren. Zu spät, außerdem könnte der Wagen auch leicht zu einer Falle werden. Das Roggenfeld vor ihr war die einzige schnell zu erreichende Möglichkeit, sich zu verstecken. Sie lief los zum Feld, sie sah sich unterwegs um und erkannte im Haus den Lichtstrahl einer Taschenlampe. Sie lief schneller, erwischte doch ein Stück des Kiesweges und geriet ins Rutschen. Dabei machten die kleinen, glatten Steinchen ein lautes Geräusch. Sie taumelte, streckte eine Hand aus, um den Aufprall abfangen zu können, schlug jedoch lang hin, auf die Seite. Timmie hatte sie mit aller Kraft vor einem Aufprall bewahren können, ihr Gesicht nicht. Der Junge war aufgewacht und riss erschrocken den Mund auf. Sie schaffte es gerade noch, eine Hand auf seinen Mund zu drücken und sein Schreien und Weinen zu unterdrücken. Mit weit aufgerissenen Augen starrte er seine Mama an. Der Kopf schmerzte, und ihr schwindelte. Leise versuchte sie, ihren Jungen zu beruhigen. Sie drückte ihn ganz fest an sich und redete kaum hörbar auf ihn ein. Mühsam versuchte sie aufzustehen und sah dabei zum Haus, wo der Mann mit der Taschenlampe ans Fenster trat.

Leslie trank den letzten Schluck von ihrem Bier und spürte, dass sie langsam müde und ein wenig betrunken wurde. Jürgen öffnete seine nächste Flasche und bot ihr auch eine neue an. Sie schüttelte den Kopf.

»Nein, ich glaube, ich habe genug.«

»Das war ein schöne Überraschung, dass du mich noch besucht hast. Es macht echt Spaß, mit dir zu quatschen. Mit den Ökospießern hier kann man das ja nicht richtig. Du bist ein cooles Mädchen, Leslie! Echt!«

Er prostete ihr zu und nahm einen ordentlichen Schluck aus seiner Flasche.

»Warum hat so ein junges Ding wie du eigentlich so ein großes Interesse an den alten, wilden Zeiten? Hippies, Punks, Hausbesetzungen, politischer Widerstand. Das ist doch alles lange vorbei. Das lockt doch heute keinen Hund mehr hinterm Ofen hervor.«

Leslie verspürte große Lust, ihr Geheimnis zu lüften. Unvernünftig zu sein, nicht kontrolliert, ganz Bauch, ohne den Kopf. Sie zögerte einen kurzen Moment. Doch dann gab sie zu:

»Mats ist mein Vater.«

Jürgen fiel fast die Flasche aus der Hand. Er starrte sie an.

»Bitte?«

Sie nickte. »Meine Mutter hatte eine kurze Affäre mit ihm. Er wusste bis heute nicht, dass es mich gibt. Und ich wusste bis vor Kurzem auch nichts von ihm.«

Jürgen wurde nachdenklich, dann lachte er. Aus vollem Hals, Tränen in den Augen. Er konnte gar nicht mehr aufhören.

Dreizehn Minuten bis zum Ziel, zeigte ihr Navi an. Schweigend schauten sie auf den im Scheinwerferlicht dahinfliegenden Asphalt.

»Ich frage mich, wie dein Körper das schafft.«

»Das frage ich mich manchmal auch.«

»Hast du in den letzten Tagen mal mehr als zwei, drei Stunden geschlafen?«

Tom zuckte mit den Achseln.

»Hast du mal einen Tag gehabt, an dem du keine Tabletten nehmen musstest?«

Mira lachte. »Scheiße, Punkt für dich! Aber weißt du, die Dinger sind so geil. Es macht glücklich, wenn der Schmerz langsam verschwindet, und sie geben dir noch einen netten Push dazu.«

Zwölf Minuten noch bis zum Ziel. Tom zog das Pflaster von seiner Lippe, es hatte sich schon zur Hälfte gelöst. Er drehte den Rückspiegel zu sich und betrachtete die feine Kruste auf dem Riss.

»Ich glaube, dein Bruder kommt davon. Ich glaube, sie haben seine Spur längst verloren.« Sie drehte den Spiegel zurück.

»Ich weiß nicht, ob ich mich darüber freuen soll«, erwiderte Tom. »Ich weiß eigentlich gar nichts mehr. Ich habe sogar aufgehört, die Nachrichten zu checken.«

Miras Handy klingelte. Kathrin Gusows Name erschien im

Display. Sie betätigte die Freisprecheinrichtung und stellte auf Lautsprecher.

»Hallo, Frau Gusow!«

»Ein Mann ist gekommen und ins Haus eingebrochen.« Gusow flüsterte aufgeregt und war schwer zu verstehen. Tom und Mira sahen sich an. Von einer Sekunde zur anderen waren sie voll konzentriert.

»Ich konnte gerade noch mit Timmie in den Garten flüchten. Wir haben uns in dem Roggenfeld hinterm Haus versteckt.«

»Okay, alles klar! Wo ist der Mann jetzt?«, fragte Mira.

»Ich glaube, noch im Haus.«

Mira trat aufs Gaspedal. Noch elf Minuten bis zum Ziel.

»Hat er mitbekommen, dass Sie in den Garten gelaufen sind?«, wollte Mira wissen.

»Weiß ich nicht. Bitte kommen Sie schnell! Sind Sie schon in der Nähe?«

»Bleiben Sie ganz ruhig! Wir sind gleich bei Ihnen. Wir schicken auch noch zusätzliche Streifenwagen.«

»Das ist …« Sie stöhnte. »Das ist so …« »Mama!«, hörten sie Timmies Stimme im Hintergrund. »Mama, was machen wir hier?«

»Frau Gusow«, sagte Tom. »Sie machen alles richtig. Behalten Sie weiter die Nerven. Wir sind gleich da. Sie schaffen das!«

Sie hörten nur leises Schnaufen, Stöhnen und Geraschel.

»Wo ist denn der Stick?«

»Den habe ich bei mir.«

»Wo sind wir?«, hörten sie Timmies Stimme.

»Gut. Großartig, dass sie daran noch gedacht haben. Stellen Sie Ihr Handy auf lautlos. Wir rufen Sie gleich wieder an. Bleiben Sie ruhig!«

»Okay.«

Mira fuhr ihre Scheibe herunter, griff hinter ihren Sitz, holte das magnetische Blaulicht hervor, packte es aufs Dach und schaltete das Martinshorn an. Ihr Dienstwagen schoss durch die Nacht. Neun Minuten noch bis zum Ziel.

Kathrin Gusow saß auf der Erde zwischen den dicht an dicht stehenden Roggenpflanzen. Timmie kniete vor ihr und sah sie verstört an.

»Du, mein Schatz, das ist etwas komisch, aber wir spielen jetzt ein Spiel. Das wird dir Spaß machen. Es heißt Nacht-Verstecken. Wir verstecken uns jetzt, und ein Freund von mir muss uns suchen.«

Völlig verständnislos schaute Timmie sie an.

»Und wir müssen ganz leise sein, verstehst du?«

Verzweifelt hoffte sie, dass er sich darauf einlassen würde.

»Hast du mit der Polizei telefoniert?«

»Ja, das gehört zu dem Spiel dazu. Bitte Timmie, mach mit! Morgen bekommst du auch ein riesiges Eis.«

»Ich bin müde.«

»Ein riesiges Eis, und du darfst dir was von Playmobil aussuchen.«

Timmies Blick wurde wacher und interessierter. Er richtete sich auf.

»Okay. Wo ist denn dein Freund?«, er sprach ein wenig zu laut, und sie legte wieder den Finger an die Lippen.

»Er hat eine Taschenlampe«, flüsterte sie nah an seinem Gesicht, »und wenn wir die sehen, dann müssen wir ganz, ganz leise sein und uns ganz flach auf den Boden legen.«

Timmie nickte. Sie fasste ihn an beiden Händen und sah ihn eindringlich an. »Wenn er uns findet, haben wir verloren. Wenn er uns nicht findet, haben wir gewonnen.«

»Okay!«

»So, wir gehen leise weiter.«

Timmie war jetzt voll bei der Sache.

»Wir dürfen nicht so viele Pflanzen umknicken, das ist eine Spur, der er folgen könnte.«

Sie meinte, Schritte zu hören, die vom Haus her kamen.

Mira lenkte den Wagen mit halsbrecherischer Geschwindigkeit über die Landstraße. Über Polizeifunk hatten sie Kontakt mit den Kollegen aus Schwerin aufgenommen, die zwei Streifenwagen aus der Umgebung und ihr SEK auf den Weg geschickt hatten, das aber noch elf bis zwölf Minuten brauchen würde.

»Die Streifenwagen müssen rechtzeitig ihr Martinshorn abstellen!«, gab Tom durch.

»Verstanden.«

»Wir auch?«, fragte Mira.

»Wir auch«, sagte Tom. Kurz sah sie ihn skeptisch an.

Noch sechs Minuten bis zum Ziel.

»Du darfst ab jetzt nicht mehr reden!«, flüsterte Kathrin Gusow. Timmie sah sie aufmerksam an. »Kein Wort, egal was passiert, klar?« Er nickte. »Du bist ein toller Junge, wir gewinnen bestimmt.«

Langsam schob sie Timmie vor sich her durch das Feld. Ruhig bleiben, dachte sie, einfach nur ruhig bleiben. Wir sind hier bestimmt kaum zu entdecken. Der Mond verschwand hinter einer Wolke, und schlagartig wurde es noch finsterer im Dickicht des Roggenfeldes. Sie hoffte, dass der Mann nicht an den heruntergetretenen Pflanzen erkennen würde, dass sie in das Feld geflüchtet waren. Wann kam endlich die Polizei? Wenn die Sirene ertönte, würde er sicher schnell das Weite suchen, hoffte sie. Da sah sie den Strahl der Taschenlampe über sich hinwegwandern. Erschrocken duckte sie sich und drückte Timmie mit hinunter. Sie legten sich flach auf die Erde. Zwischen den Pflanzen brach sich der Lichtstrahl und schwebte mal zur einen und mal zur anderen Seite. Das Herz schlug ihr bis zum Hals.

Der Asphalt flog unter ihnen dahin. Tom ließ Miras Handy Gusows Nummer wählen. Das Freizeichen tutete aus dem Lautsprecher. Er griff nach hinten, holte seine beschusshemmende Weste nach vorn und zog sie sich über. Seine schmerzenden Rippen erinnerten ihn daran, dass schnelle, starke Bewegungen kein Zuckerschlecken waren. Immer noch war das Freizeichen zu hören.

»Scheiße!«, murmelte Mira leise. Tom lud seine Walther durch. Noch zwei Minuten bis zum Ziel.

Kathrin Gusow sah ihren Jungen an. Das gab ihr Kraft und zwang sie, einen kühlen Kopf zu bewahren. Wäre sie allein, hätte sie wahrscheinlich längst die Nerven verloren. Ein Gedanke schoss ihr durch den Kopf. Hätte sie doch bloß den Stick im Haus gelassen, dann hätte der Typ ihn gefunden und wäre wieder abgehauen. Warum hatte sie nicht so weit gedacht? Warum war sie dieses Risiko eingegangen? Und wofür? Jetzt war es zu spät. Würde sie sich zeigen und ihm den Stick anbieten, würde er sie möglicherweise töten, damit es keine Zeugen gäbe. Dieser Scheißstick! Mussten sie und Timmie jetzt auch wegen dieser Sache, von der sie nicht mal irgendetwas wusste, sterben? Die Angst fraß sich in ihren Körper und drohte ihn zu lähmen. Warum hörte sie keine Polizeisirenen? Wo blieben die, verdammt? Waren sie doch nicht so nah, wie sie gesagt hatten? Hatten sie nur versucht, sie zu beruhigen?

Timmie nickte ihr zuversichtlich zu. Sie versuchte zu lächeln. Er erwiderte es, und ihm gelang es deutlich besser, sie konnte seine kleinen Milchzähnchen sehen. Zärtlich strich sie ihm über die Wange und unterdrückte ihre grenzenlose Verzweiflung.

48

»Endlich!«, sagte Mira, schaltete das Licht aus und bog von der Straße in die Einfahrt zum Hof. Sie fuhr bis an das Haus heran, stellte den Motor ab und griff sich ihre Weste. Sie stiegen aus, Mira streifte ihre Weste über und zog sie fest. Tom holte ihre Taschenlampen aus dem Kofferraum. Mit den Waffen im Anschlag gingen sie leise, aber zügig um das Haus herum in den Garten. Seine Rippen meldeten sich. Tom atmete in den Schmerz. Dort hinten lag das Roggenfeld in Finsternis getaucht. Der Mond verbarg sein Antlitz hinter einer immer dichter werdenden Wolkendecke. Da sahen sie den Strahl einer Taschenlampe, der langsam, offenbar suchend, hin- und herbewegt wurde. Schnell, aber bemüht, keine Geräusche zu machen, näherten sie sich. Mira zeigte Tom an, dass sie etwas weiter rechts in das Feld gehen würde. Er nickte und wandte sich nach links. Ungefähr dreißig Meter voneinander entfernt stiegen sie in den Dschungel aus hohen Stängeln, Ähren und Blättern. Mühsam zwang Tom sich durch das Dickicht der an Schilf erinnernden Pflanzen. Er konnte höchstens zwei Meter weit sehen. Dahinter versank alles in düsterer Schemenhaftigkeit. Ab und zu flackerte der Strahl der Taschenlampe auf und verriet den ungefähren Standort des Mannes. Er war noch weit entfernt. Verdammt unübersichtlich, dachte Tom. Hoffentlich ist der Mann nicht bewaffnet. Die Erde unter Toms Füßen war trocken, und die Halme, die er umtrat, machten leise, raschelnde Geräusche, aber das Rauschen der Blätter des Getreides, für das der leichte Wind sorgte, verschluckte sie im gleichen Moment.

Jetzt hörte sie die Schritte des Mannes. Langsam kamen sie näher. Das Licht seiner Taschenlampe traf die Pflanzen über ihnen. Instinktiv drückte sie Timmie fest an sich, schloss die Augen und presste die Zähne zusammen, damit der verzweifelte Schrei, der in ihr tobte, nicht herausbrach. Die Schritte näherten sich beständig, sie hörte Rascheln, Atmen, und auf einmal wurde es hell und blieb so. Es war vorbei. Sie öffnete die Augen. Timmie sah sie an.

»Haben wir verloren?«

Kathrin Gusow nickte und gab ihrem Sohn einen Kuss auf die Stirn. Tränen schossen ihr in die Augen.

»Aufstehen!«, sagte der Mann mit einem Akzent.

Sie wandte sich ihm zu und blickte in das Licht seiner Taschenlampe. In der Hand daneben erkannte sie die Umrisse einer Pistole, die auf sie gerichtet war.

Tom sah, dass der Strahl der Taschenlampe jetzt auf den Boden gerichtet war. Er machte noch ein paar Schritte und meinte, einen dunklen Körper zu erkennen. Ein unterdrücktes Schluchzen war zu hören.

»Aufstehen!«, wiederholte die kräftige Männerstimme mit dem Akzent. Tom näherte sich vorsichtig noch ein weiteres Stück und versuchte, zwischen den Pflanzen den Mann auszumachen. Er hörte, wie Timmie weinte. Laut und ängstlich.

»Still, Junge!«, herrschte ihn der Mann an. Jetzt konnte Tom ihn sehen. Im Strahl seiner Taschenlampe richtete sich Kathrin Gusow auf. Geblendet hob sie schützend ihren Arm. Timmie drückte sich an die Beine seiner Mutter. In der anderen Hand hielt der Mann eine Pistole auf sie gerichtet. Das Adrenalin schoss in Toms Blut. Er sah zur Seite, konnte aber Mira nicht entdecken. Er musste handeln.

»Polizei!«, rief er. »Waffe weg und Hände hoch!«

Der Mann sah zu Tom und richtete den Lichtstrahl auf ihn.

»Waffe weg! Sofort! Oder ich schieße!«, rief Mira von der anderen Seite.

Der Mann riss die Taschenlampe herum und leuchtete Mira an. Kathrin Gusow nahm Timmie auf den Arm und lief davon. Tom schoss in die Luft, um die Aufmerksamkeit des Mannes auf sich zu lenken.

»Waffe weg und Hände hoch!«, rief er wieder und richtete seine Pistole auf den Mann. Doch der blendete ihn mit der Taschenlampe. Blitzartig hatte Tom ein Bild aus der Vergangenheit vor Augen. Von dem Ball, der auf ihn zuflog. Er hörte spielende Kinder und sah, wie er seine Hände hob, um den Ball zu fangen.

Ein Schuss zerriss die Nacht. Fast gleichzeitig folgte ein weiterer. Der Mann schrie auf. Die Taschenlampe fiel herunter. Kathrin Gusow und Timmie schrien ebenfalls. Die Taschenlampe leuchtete über den Boden. In ihrem Lichtkegel kniete der Mann und hielt sich den Arm. Mira hatte ihn getroffen. Tom spürte einen scharfen Schmerz am Hals und Blut, das die Haut herunterlief. Mit der Stablampe in der linken Faust und der Walther auf dem Unterarm aufgelegt, ging Mira auf den Mann zu. Im Licht ihrer Lampe konnte Tom erkennen, dass dieser keine Pistole mehr in der Hand hielt.

»Alles okay, Tom?«, rief Mira.

Die Blaulichter der Rettungswagen tauchten den Hof in ihr flackerndes Licht. Kathrin Gusow saß auf dem moosigen Rasen unter einer Decke und hielt Timmie fest an sich gedrückt. Immer wieder strich sie über seinen Hinterkopf. Leise weinte sie in sich hinein. Neben ihr kniete ein Notarzt.

»Frau Gusow, Sie müssen Ihren Sohn jetzt loslassen, wir müssen Sie untersuchen. Und Timmie auch.«

Es fiel ihr unsagbar schwer, sich von ihrem Jungen zu lösen. Kaum schien es ihr zu gelingen, sah sie in seine verweinten, verstörten Augen und presste ihn gleich wieder an sich, hielt ihn umfangen, wollte ihm alles geben, was sie konnte, wollte alles, was in ihm zerbrochen war, sofort wieder heilen.

»Bitte, Frau Gusow!« Behutsam legte der Arzt seine Hand auf ihren Rücken.

»Nicht, Mama, nicht loslassen!«, forderteTimmie traurig.

Kathrin Gusow sah, wie der Mann, der sie bedroht hatte, von zwei SEK-Beamten aus einem Rettungswagen geführt wurde. Sein Arm war verbunden und hing in einer Schlinge. Kurz schaute er zu ihr herüber, und ihre Blicke trafen sich. Sie spürte nichts. Die Beamten brachten den Mann zum Einsatzwagen, setzten ihn auf die Rückbank. Dann fuhr der Wagen vom Hof.

Durch die Windschutzscheibe ihres Dienstwagens blickte Tom auf den Hof. Ein schönes altes Haus, dachte er. Alle Räume waren erleuchtet, ab und zu tauchte eines der weißen Kapuzenmännchen auf. Die Kollegen aus Schwerin waren auf Spurensuche.

»Warum hast du nicht geschossen?«

Mira saß hinterm Steuer und blickte ebenfalls auf den Hof.

»Weil hinter ihm Kathrin Gusow mit dem Jungen lief«, antwortete Tom.

Mira nickte. »Du darfst das jetzt nicht falsch verstehen, aber ich hatte den Eindruck, dass sie deutlich versetzt zu deiner Schusslinie lief.«

Tom schwieg.

»Tom, ich muss mit dir darüber reden können.«

»Klar.«

»Also?«

»Mira, was soll ich dir sagen? Ich sah sie hinter dem Mann laufen, außerdem machte sie unkontrollierte Bewegungen.« Er wusste natürlich, dass das nicht die ganze Wahrheit war.

Seine Partnerin sah ihn verständnislos an. »Tom, das war arschknapp.«

Er nickte und hatte den Eindruck, dass seine Partnerin feuchte Augen bekam, doch er vermied, sie anzusehen.

»Ein, zwei Zentimeter weiter, und die Kugel hätte deinen Kehlkopf erwischt.«

Tom musste schlucken.

»Das wär scheiße gewesen. Dann hätte ich mir in Zukunft immer so'n blödes Mikro an den Hals halten müssen.«

»Tom!«, rief seine Partnerin empört und boxte ihm gegen den Arm.

Tom drehte sich zu ihr, hielt sich seine Faust gegen den Hals und simulierte die Sprechweise durch ein solches Mikrofon.

»Lass das, Tom!«

»Aber was soll ich denn …«

»Lass das!«, schrie sie aufgebracht und energisch. »Das ist nicht witzig. Das ist so rein gar nicht witzig!«

Tom verstand. Kleinlaut nahm er die Faust von seinem Hals. »Sehen wir uns jetzt an, was auf dem Stick ist?«, fragte er mit normaler Stimme.

»Das sollten wir tun.« Mira holte den Laptop aus der Tasche, legte ihn auf ihren Schoß und schaltete ihn ein. Sie warteten darauf, dass der Rechner hochfuhr.

»Das Pflaster steht dir aber«, sagte sie und grinste. »Gibt dir was Verwegenes.«

»Wenn du meinst.«

Der Computer war so weit. Sie steckte den Stick hinein. Auf ihm befand sich eine einzige Datei. Gespannt starrten sie auf den Bildschirm. Mira öffnete die Datei. Ein Gutachten erschien. Erstellt für Orak von einem Münchner Labor. Es war auf den zwölften Oktober 2017 datiert und umfasste viele Seiten mit lauter Tabellen, Zahlen und medizinischen Fachbegriffen. Anscheinend wurde hier ein Medikament mit dem Namen Diparafan umfangreich getestet und analysiert.

»Orak«, sagte Mira.

»Meelhopen«, sagte Tom.

»Wir müssen das ins Präsidium schicken, da muss ein Fachmann ran«, sagte sie und tippte auf ihrem Handy auf Felsens Nummer.

Tom gab auf seinem Handy »Diparafan« bei Google ein.

»Auf jeden Fall durfte das Gutachten nicht an die Öffentlichkeit gelangen«, sagte er, während er auf die Ergebnisse wartete. »Aber genau das hatte Lutteroth vor. Und das war offenbar sein Todesurteil. Mann, ist das Netz hier langsam.« Da erschienen die Ergebnisse.

»Ein Herzmittel. Marktführer in Deutschland. Auch international weitverbreitet. Allerdings nicht zugelassen in Amerika.«

Felsens Bass dröhnte aus Miras Handy. »Das hat aber gedauert! Was ist auf dem Stick?«

Kathrin Gusow lag mit Timmie auf dem geblümten Sofa. Er hatte sich an sie gekuschelt, hielt einen kleinen Stoffhund im Arm und sah Mira an, die ihnen auf einem der Küchenstühle, einen dampfenden Becher Kaffee in der Hand, gegenübersaß. Auf dem improvisierten Tischchen brannten einige Teelichter.

»Und Sie sind sich ganz sicher, dass Sie hierbleiben wollen?«, fragte Mira. Kathrin Gusow nickte. Ihr Gesicht war blass, die Augen verweint.

Tom stand am Fenster, ebenfalls mit einem Becher frischem Kaffee in der Hand.

»Wir würden Sie in Hamburg in einem guten Hotel unterbringen. Auf Staatskosten.«

»Es ist ja jetzt überstanden. Die werden den Stick nicht mehr bei uns suchen.«

»Davon kann man nun ausgehen«, stimmte ihr Mira zu.

»Das hier ist jetzt unser Zuhause. Hier werden wir ein neues Leben beginnen. Und damit fangen wir heute an. Morgen werden wir Ruhe haben. Im Garten sein. Im Sonnenlicht wird sich all das Dämonische und Furchtbare dieser Nacht verlieren. Timmie und ich werden über alles reden. Solange wir wollen, solange wir brauchen. Nichts wird uns stören. Diese Tage nehme ich mir jetzt.«

Tom war beeindruckt von der Willenskraft dieser Frau. Wahrscheinlich tat sie genau das Richtige. Auf der Fensterbank lag ein Buch. *Der Leopard* von Tomasi di Lampedusa. Tom hatte schon von dem Roman gehört, er nahm das Buch, schlug es auf, und ein Foto rutschte ihm entgegen. Es zeigte die Lutteroth-Brüder als Kinder. Sie mochten um die zehn Jahre alt gewesen sein. Mats strahlte und hatte seinen Arm um Lars gelegt. Obwohl er der jüngere war, überragte er seinen Bruder um einen halben Kopf. In der anderen Hand hielt Mats das Batmobil, er sah ungeheuer stolz aus. Da war es also, das Batmobil. Tom hatte es doch gewusst.

»Frau Gusow, wir müssen jetzt los. Auf uns wartet noch ein wenig Arbeit«, sagte Mira.

»Ich weiß gar nicht, wie ich Ihnen danken kann.« Kathrin Gusow sah Mira ernst an. »Sie haben uns vor dem Schlimmsten bewahrt.«

Mira zuckte mit den Achseln und lächelte aufmunternd. »Diese Was-wäre-gewesen-wenn-Fragen müssen Sie irgendwann aus dem Kopf bekommen.«

Kathrin Gusow nickte.

Die Trompete schwebte über einem langsam treibenden Groove, der Bass klang wie eine düstere Prophezeiung, und das E-Piano warf ein paar Akkorde wie Fragen in die Nacht. Die Landstraße war eine lange Gerade, die nirgendwo hinzuführen schien. Tom hielt das Lenkrad zwischen Daumen und Zeigefinger, mit der anderen Hand massierte er seinen Nacken. Mira hatte die Lehne ihres Sitzes nach hinten gekippt und versuchte, ein paar Minuten zu schlafen.

Es hätte ihn um ein Haar erwischt. Erst jetzt ließ er den Gedanken zu. Er versuchte, sich vorzustellen, wie es sich angefühlt hätte, wenn die Kugel den Kehlkopf durchschlagen oder die Schlagader zerrissen hätte, vielleicht wäre er innerhalb von Minuten verblutet. Oder in letzter Sekunde gerettet worden. Doch das große Drama war ausgeblieben. Er hatte verdammtes Glück gehabt. Ein Sanitäter hatte die Wunde am Hals nur desinfizieren und ein großes Pflaster daraufkleben müssen. Tom wischte sich den Schweiß von der Stirn und schaltete die Klimaanlage höher.

Zum ersten Mal war er angeschossen worden. Die Taschenlampe hatte ihn geblendet, aber er hatte den Mann im Visier gehabt, hätte nur abzudrücken brauchen. Doch für den Bruchteil einer Sekunde war er wieder das Kind gewesen, das die Hände zu langsam in die Höhe brachte, um den Ball zu fangen. Er hatte geglaubt, diese Angst vor dem Scheitern im entscheidenden Moment lange überwunden zu haben. In seiner ganzen Zeit als Bulle hatte sie sich nicht ein einziges Mal gezeigt. Bis heute.

»Klingt wie Miles Davis«, sagte Mira leise.

»Kannst du nicht schlafen? Soll ich es ausstellen?«

»Ach, Monsieur …«

Tom sah zu ihr hinüber, und sie schenkte ihm ihr sanftes, vertrautes Lächeln.

»Das ist Eric Truffaz, aber du hast recht, er klingt wie Miles.«

Sie nickte. »Hauptsache, es hält dich wach.«

Miras Handy klingelte. Felsens Name erschien im Display. Tom drückte am Lenkrad auf Empfang.

»Hallo, Chef!«

»Tom, wie geht es dir?«

»Alles okay, Hendrik. War nur ein Streifschuss.«

»Nur ist gut. Gerade sind offenbar deine Nehmerqualitäten gefragt.«

»Ohne die sollte ein Boxer nicht in den Ring steigen«, antwortete Tom trocken.

Mira sah ihn an und nickte mit gespielter Anerkennung. »Du bist ja ein derbe harter Hund«, flüsterte sie in ironischem Tonfall. Tom musste schmunzeln.

»Aber überschätz dich nicht, Tom!«, sagte Felsen.

»Ich pass schon auf ihn auf, Chef«, rief Mira.

»Das ist gut. Hier läuft alles auf Hochtouren. Der Mann heißt Ihor Sjomin, ist Russe, lebt in Berlin. Er hat Kontakte zur Russenmafia, vorbestraft wegen Schutzgelderpressung und Einbruchdiebstahl. Agersen und Balbeck vernehmen ihn gerade. Taller ist im UKE bei einem Kardiologie-Professor im Nachtdienst. Der wird uns was zu dem Gutachten sagen. Endlich kommt Bewegung in die Geschichte. Ich glaube, die Nacht wird interessant. Wie lange braucht ihr noch?«

»Das Navi sagt, noch sechsunddreißig Minuten.«

»Ihr kommt direkt her!«

»Klar!«

»Was denn sonst, Cheffe?«, fragte Mira gähnend.

»Ach so, Tom! Eigentlich darf ich dir das nicht sagen, eigentlich darf ich es noch nicht mal selbst wissen. Aber sie haben die Spur deines Bruders verloren. Sie vermuten, dass er Hamburg verlassen hat.«

Tom wunderte sich nicht, dass sich seine Erleichterung in Grenzen hielt. Schließlich würde sich nichts ändern. Die Jagd wird nie aufhören. Wo immer Marco sich auch aufhielt.

Und er selbst, er würde nie endgültige Gewissheit bekommen, wo Marco war und ob es ihm gut ging.

49

Als Tom und Mira Felsens Büro betraten, saß Ihor Sjomin vor dem Schreibtisch und hielt sein Handy ans Ohr. Taller saß daneben und legte demonstrativ den Finger auf die Lippen, als er seine Kollegen sah. Auch Felsen, der mit Balbeck am Fenster stand, bedeutete ihnen, still zu sein. Agersen saß auf einem Stuhl an der Wand, die Hände in den Taschen ihres Trenchs vergraben. Sjomin verzog keine Miene.

»Hallo!«, sagte er ins Handy. »Ich habe einen Stick gefunden, auf dem das ist, was Sie suchen.« Er hörte einen Moment zu. »Okay. Vier Uhr, Raststätte Stillhorn im Restaurant.« Er beendete das Gespräch.

Felsen nickte. »Sehr gut.« Er wandte sich zu Tom und Mira. »Ihr kommt gerade richtig«, sagte er. »Sjomin kennt seinen Auftraggeber nicht. Die Handynummer ist natürlich eine Prepaid-Nummer, auf einen Fantasienamen ausgestellt. Aber unsere Staatsanwältin hat einen kleinen Deal mit Herrn Sjomin ausgehandelt. Er hat sich zur Kooperation bereit erklärt. Bei der Übergabe werden wir ein wenig mitspielen.«

»Alles klar«, erwiderte Tom und machte einen Schritt auf Sjomin zu. Er sah den Mann, der ihn beinahe ins Jenseits befördert hätte, in aller Ruhe an. Sjomin erwiderte seinen Blick ungerührt. »Nicht persönlich nehmen, Bulle!«, sagte er. In den grauen Augen des Mannes fand Tom nichts, was ihn irgendwie berühren, ihm irgendetwas sagen konnte. Dieser Mensch auf dem Stuhl im sterilen Neonlicht des kargen Büros hatte etwas Banales.

»Hat er Lars Lutteroth erschlagen?«, fragte Tom.

Sjomin zeigte keine Reaktion. »Er hat ein Alibi«, erwiderte Felsen. »Sonntagnacht war er in Berlin, bei einer Boxveranstaltung. Es gibt wohl diverse Zeugen, die ihn gesehen haben. Die Kollegen in Berlin werden das überprüfen.«

Tom warf seinem Chef einen skeptischen Blick zu.

»Na ja, erst mal nehmen wir es zur Kenntnis.«

Sjomin hob den Kopf ein wenig und lächelte.

»Es gibt kein Grund, überheblich zu sein, mein Freund. Typen wie du sind nichts weiter als ein wenig Schmutz.«

»Tom!«, sagte Felsen.

»Ein kleines, völlig unbedeutendes Stück Dreck.«

»Tom, lass den Scheiß!«, forderte sein Chef.

»Das man ganz beiläufig entfernt.«

Taller legte Sjomin Handschellen an.

»Was ist mit dem Gutachten?«, fragte Mira.

»Ach ja«, antwortete Taller. »Diparafan hätte mit diesem Gutachten nie die Zulassung erhalten. Die Tests haben ergeben, dass viele unkalkulierbare Nebenwirkungen möglich sind. Es war noch viel zu unausgereift. Doch kurze Zeit später wurde es trotzdem zugelassen. Erst europaweit, dann auch international. Nur die Amis waren schlau und haben es nicht genehmigt. Es sieht ganz danach aus, dass dieses Gutachten zurückgehalten wurde und stattdessen ein anderes, manipuliertes Gutachten der europäischen Arzneimittelagentur vorgelegt worden ist. Mehr konnte der Prof so spontan nicht herausfinden. Aber es geht da wohl um Milliarden für Orak. In Deutschland ist das Mittel jedenfalls Marktführer.«

An einem Tisch saßen zwei Frauen, die sich zu streiten schienen. Am Nachbartisch verzehrte ein Mann seine Currywurst. An einem Stehtisch neben dem Tresen des Selbstbedienungsrestaurants standen zwei junge Männer in Trainingsanzügen und tranken Kaffee. Ganz hinten im Lokal, in der Ecke, saß ein Mann mit Kappe und Sonnenbrille und aß ein Sandwich. Tom sah von einem Monitor zum anderen. Acht Kameras fingen von ihrem als Wohnmobil getarnten Observierungsfahrzeug das überschaubare Geschehen in der Raststätte Stillhorn ein. Vier weitere Kameras zeigten den Parkplatz zu beiden Seiten des Restaurants. Zwei Männer in Jeans und Trainingsjacken betraten die Raststätte und gingen zum Tresen.

»Das sind unsere«, sagte Gondrowski, der neben Tom saß und die SEK-Einheit leitete. Drei Uhr sechsundfünfzig zeigte der Timecode auf den Monitoren.

Felsen, der hinter ihm stand, beugte sich vor.

»Der Typ mit der Sonnenbrille. Zoom den doch mal ran!«

Der SEK-Beamte, der die Technik bediente, holte die Person mit der Kamera nah heran. Das Bild wurde etwas rauschiger und unschärfer. Der Mann tippte etwas auf seinem Handy, während er sein Sandwich verzehrte.

»Tja«, sagte Felsen achselzuckend. Der Operator zoomte wieder zurück.

Ein Typ in Lederhose, Countryhemd und Cowboyhut kam herein und stellte sich hinter die Kollegen am Tresen, denen die Frau dahinter zwei Kaffeebecher hinstellte.

»Oh, Lucky Luke«, sagte Mira, die neben Tom saß und sich erneut ein paar Tabletten einwarf.

»Fehlen noch die Daltons«, antwortete Gondrowski.

Eine Frau kam aus dem WC-Raum und ging zu den beiden anderen Frauen, die sich immer noch stritten. Sie setzte sich dazu, doch die Streitenden schienen sich nicht stören zu lassen. Die SEK-Männer stellten sich an einen Stehtisch.

Drei Uhr achtundfünfzig. Sjomin betrat die Raststätte. Er ging einmal quer durch den großen Laden, dann setzte er sich und legte sein Handy vor sich. Über das Mikro, mit dem Sjomin verkabelt war, hörten sie die Musik aus der Anlage des Restaurants und leises Stimmengewirr. Vor dem Restaurant hielt ein schwarzer Mercedes. Niemand stieg aus. Gespannt schauten alle auf den Wagen. Der fuhr wieder los und verließ die Raststätte.

Drei Uhr neunundfünfzig. Sjomin stand auf, steckte sein Handy ein und ging zum Ausgang. Er kam heraus und sah sich um.

»Was macht er?«, fragte Tom.

»Vielleicht hat er eine Nachricht bekommen. Vielleicht soll er woanders hinfahren«, mutmaßte Gondrowski.

»Scheiße!«, sagte Felsen.

Drei Motorräder fuhren vor. Die Fahrer stiegen ab und nahmen ihre Helme ab. Es waren Frauen. Sjomin ging an ihnen vorbei, die Frauen sprachen Dänisch und verschwanden im Restaurant. Durch die Kamera, die den Parkplatz zur Rechten zeigte, konnten sie beobachten, wie Sjomin an dem Auto vorbeiging, mit dem er hergefahren war. Einige Plätze weiter stand der Wagen von Balbeck und Taller, die sich unsichtbar gemacht hatten. Sjomin schien zur Tankstelle zu gehen.

»Was ist mit deinen Männern im Restaurant?«, fragte Felsen.

»Die lasse ich erst mal da.«

Sjomin betrat den Verkaufsraum der Tankstelle. Sie hörten die Geräusche, Radionachrichten, Gesprächsfetzen, den Klingelton eines Handys. Der Zoom der Kamera konnte die Ecke nur ein wenig heranholen. Zu wenig, um zu erkennen, was drinnen vor sich ging.

Sjomin schwieg, nach einer Weile kam er wieder heraus und ging den Weg zurück.

»Sein Auftraggeber will sicher checken, ob Sjomin verfolgt oder überwacht wird«, sagte Gondrowski.

Sjomin blieb stehen und sah sich um. Er ging auf den Parkplatz zu einem Mülleimer und blieb dort stehen. Kurz darauf kam ein Motorradfahrer zu ihm und hielt.

»Das wird die Übergabe!«, sagte Tom.

»Den Stick!«, hörten sie den Motorradfahrer unter seinem Helm laut, aber etwas undeutlich sagen.

»Achtung! Zielperson ist bei Sjomin auf dem Parkplatz«, sagte Gondrowski. »Phillip, Mick, geht raus!«

Der Motorradfahrer holte ein Laptop aus seiner Satteltasche und klappte ihn auf. Die beiden SEK-Beamten verließen das Restaurant und gingen auf den Parkplatz. Der Motorradfahrer ließ sich den Stick geben und steckte ihn in den Laptop.

»Zugriff!«, sagte Gondrowski. Zwei Männer in weißen Malerlatzhosen stiegen aus einem Kleintransporter und näherten sich scheinbar ins Gespräch vertieft Sjomin und dem Motorradfahrer. Dieser sah auf den Bildschirm seines Laptops. Dann zog er den Stick heraus, schloss den Laptop und packte ihn wieder in die Satteltasche. Phillip und Mick näherten sich von der anderen Seite.

»Gute Arbeit!«, sagte der Motorradfahrer, zog einen Umschlag hervor und reichte ihn Sjomin.

Plötzlich zogen die Männer in den Latzhosen sowie Phillip und Mick ihre Pistolen, stürmten zum Motorradfahrer und richteten sie von beiden Seiten auf ihn.

»Hände hoch! Absteigen!«, schrien sie. »Sofort!«

Sjomin nahm die Hände hoch, der Motorradfahrer nach kurzem Zögern ebenfalls. Vorsichtig stieg er von seiner Maschine.

»Auf die Knie!«, schrie einer der SEK-Männer. Der Mann kniete sich hin. »Helm abnehmen!« Langsam zog er den Helm von seinem Kopf. Der Operator zoomte etwas heran. Tom erkannte Hauke Bentner sofort.

50

Sonntag

Zurückgelehnt auf seinem Stuhl saß Bentner neben seinem Anwalt und starrte vor sich auf den Tisch. Dort stand ein aufgeklappter Laptop, auf dem Bildschirm das Gutachten, ein Stapel Fünfhunderteuroscheine lag daneben. Der Politikberater war blass, in dem schwarzen Langarmshirt wirkte er ungewohnt klein und zerbrechlich.

»Wir hatten Ihre Konten und die der Agentur überprüft«, sagte Tom. »Sie haben nicht die Mittel, um hundertfünfzigtausend aufzubringen. Woher haben Sie das Geld?« Tom beugte sich vor und versuchte, Bentner in die Augen zu schauen, aber der behielt den Blick stoisch auf die Tischplatte gerichtet. »Kommen die Scheine von Marlen Meelhopen? Von Orak, Ihrem größten Kunden?«

Bentner rührte sich nicht.

»Wir haben die Auftragsvolumen all Ihrer Kunden der letzten drei Jahre verglichen. Wenn Sie Orak verlieren würden, hätten Sie ein gewaltiges Problem«, merkte Mira an. »Dann könnten Sie Ihren Laden dicht machen.«

»Am Donnerstag waren Sie bei Orak, hat sie Ihnen da die Scheinchen gegeben?«, fragte Tom.

Bentner schwieg.

»Was soll das noch?«, fragte der Anwalt. »Mein Mandant wird jetzt keine Aussage mehr machen.«

»Na gut«, erwiderte Tom. »Felix Sänger wird dafür gleich eine machen, schätze ich.« Tom beobachtete Bentner genau, aber konnte nicht die kleinste Regung feststellen. »Unsere Kollegen bringen ihm gerade das Frühstück ans Bett«, fügte er süffisant hinzu. »Der junge Mann steht kurz vor dem Beginn seiner beruflichen Laufbahn. Er wird uns sicher gerne Auskunft geben, um sich seine Zukunft nicht komplett zu versauen.«

»Tja, Kommunikation hinterlässt Spuren, auch auf einem Prepaidhandy«, sagte Mira.

Bentner starrte unverändert vor sich hin.

»Mit dem haben Sie Lars Lutteroth am Sonntagabend zweimal kurz hintereinander angerufen«, fuhr Tom fort. »Um zweiundzwanzig Uhr achtundfünfzig und um dreiundzwanzig Uhr sieben. Was haben Sie da von ihm gewollt?«

Bentner schwieg regungslos.

»Kurz darauf fuhr er an eine Tanke«, sprach Mira weiter. »Und holte sich einen Whisky-Flachmann, den er gleich trank. Brauchte er den, weil Ihr Telefonat ihn so aufgeregt hatte?«

Der bittere Moment der Wahrheit ist da, dachte Tom, der Mann bricht im Inneren zusammen und lässt alles nur noch über sich ergehen.

»Herr Bentner, Ihr Partner hatte genug von dem ganzen Geschäft«, sagte er. »Er wollte die Agentur verkaufen und die korrupten Methoden von Orak aufdecken. Wenn es dazu gekommen wäre, dann hätten Sie vor dem Nichts gestanden. Das war ziemlich rücksichtslos von ihm gewesen. Schließlich waren Sie doch Freunde.«

Bentner schüttelte ruhig den Kopf. Sein Anwalt blickte nervös zu ihm. »Herr Bentner wird jetzt keine Aussage machen. Begreifen Sie das endlich!«, sagte er ungehalten. Neben ihm schüttelte

Bentner weiter den Kopf. Mira sah gespannt ihren Partner an. Es schien, dass sie kurz vor dem Durchbruch waren. Ruhig sprach Tom weiter. »Herr Bentner, haben Sie Lars Lutteroth in der Sonntagnacht getroffen?«

Bentner schüttelte noch immer seinen Kopf.

»Wollten Sie ihn davon abbringen, sich an die Presse zu wenden? Sind Sie in Streit geraten? Haben Sie keinen Ausweg mehr gesehen? Haben Sie Lars Lutteroth erschlagen?«

Bentner hielt inne. »Sie sagen nichts!«, sagte der Anwalt betont sachlich.

Bentner sah von einem zum anderen. Und schwieg.

»Bitte!«, sagte Mira. »Dann geht's jetzt in Untersuchungshaft.«

»Wie in einem mittelmäßigen Fernsehkrimi«, sagte Tom und lächelte ironisch. Einen Moment sahen sich der Politikberater und der Kommissar in die Augen. Bentner wirkte eigenartig gelassen.

Ein Fahrzeug der Stadtreinigung fuhr langsam den Kantstein entlang und befreite den Straßenrand vom Dreck. Eine ältere Frau führte ihren struppigen Hund Gassi. Die Luft roch frisch, die Vögel zwitscherten. Die Sonne schien noch mild in die schmale Wohnstraße. Die Stadtvilla in Othmarschen war ein kantiger, rechtwinkliger moderner Bau aus grauem Klinker mit den üblichen bodentiefen Fenstern. Drei Stockwerke, Dachterrasse und eine Mauer vor dem Grundstück, die keine Sicht auf den Vorgarten zuließ.

Tom lehnte am Dienstwagen und wartete. Er spürte seine ganze Erschöpfung und eine tiefe, durchdringende Müdigkeit. Die Wunde an seinem Hals brannte ein wenig, und ein diffuser, dumpfer Schmerz hatte sich um seine Rippen herum ausgebreitet und wollte nicht mehr verschwinden.

Ein Mann in T-Shirt und Boxershorts mit verwuschelten grauen Haaren erschien am Fenster in der dritten Etage. Er sah herunter zu Tom und dem Kollegen vom SEK, der an dem offen stehenden Tor auf dem Kiesweg im Vorgarten stand. Der Mann oben am Fenster sagte etwas, schüttelte aufgeregt den Kopf und verschwand wieder. Kurz darauf sah Tom im Stockwerk darunter einen weiteren SEK-Kollegen durch den Raum gehen, gefolgt von Mira und noch einem Kollegen.

Da trat Franziska Agersen mit Marlen Meelhopen aus dem Haus. Die beiden Frauen schritten langsam die Treppe hinab auf den Kiesweg. Durch das Tor sah Tom sie auf sich zukommen. Die Haare notdürftig zusammengesteckt, die helle Bluse unordentlich in den Rock geschoben, das passende Jackett übergeworfen, ging Meelhopen neben dem wandelnden Trenchcoat. Ein SEK-Beamter folgte ihnen. Auf einmal kam ein kleiner Junge im Schlafanzug hinterhergelaufen, überholte den Beamten, warf sich an Meelhopen und umklammerte ihre Beine. Sie beugte sich zu ihm hinunter, nahm den Kleinen in den Arm und redete mit ihm. Auch der Mann in den Boxershorts kam nun dazu. Meelhopen richtete sich auf, strich ihrem Sohn zärtlich über den Kopf, und der Mann löste den Jungen mit sanfter Gewalt von seiner Mutter. Sie wandte sich ab und ging mit Agersen zum Tor hinaus, ohne sich noch einmal umzudrehen. Der Junge weinte bitterlich in den Armen des Mannes. Ein Jogger wurde von dem SEK-Beamten gebeten, auf die Straße auszuweichen. Agersen führte die Topmanagerin zum Wagen des SEK, hielt ihr die Tür auf, und Meelhopen stieg ein. Sie wirkte, als hätte das Ganze nichts mit ihr zu tun.

»Du bist zu keinem klaren Gedanken mehr fähig. Und das ist völlig verständlich. Das war hervorragende Arbeit, vor allem wenn man bedenkt, was du sonst noch gerade durchgemacht hast. Oder besser gesagt, noch machst.« Felsens sonore Stimme übertönte mühelos den Elektrorasierer, den er routiniert über sein Kinn und die Wangen bewegte. »Tom, du gehst jetzt nach Hause. Den Bericht kann Mira später schreiben, oder ihr macht es morgen. Das ist jetzt eine Dienstanweisung. Schlaf, oder ruh dich wenigstens aus und schalte ab! Jetzt laufen erst mal die Durchsuchungen, dann gibt es eine Menge auszuwerten. Mira und Agersen beißen sich gerade die Zähne an Meelhopen aus, und demnächst ist Bentner wieder dran. Die beiden müssen wir sowieso erst mal weichkochen. Du verpasst nichts. Und morgen will ich dich hier wiedersehen, und zwar erholt.«

Felsen schaltete den Rasierer aus und sah Tom an, der mit dem Rücken an der Wand lehnte und vorsichtig mit dem Zeigefinger über den Riss in seiner Lippe strich.

»Wir sind noch nicht durch«, fügte der erfahrene Leiter der Mordbereitschaft zwei hinzu, während er den Rasierapparat in einer Schublade seines Schreibtisches verschwinden ließ.

»Was ist mit Sjomins Alibi?«, fragte Tom.

»Die Berliner haben schon mit zwei Frauen sprechen können, und die haben bestätigt, dass sie ihn dort getroffen hatten.«

»Sind sie glaubhaft?«

Felsen schmunzelte.

»Na ja, er war auf einer Boxveranstaltung. Du bist doch selber ab und zu auf Boxabenden.«

»Im Umfeld vom Dock One kenne ich zumindest keinen Sjomin.«

»Das geht sicher vielen mit dem Berliner Boxclub ganz genauso. Insofern …«

Felsen zuckte mit den Achseln. Tom nickte träge. Er hatte das Gefühl, an der Wand zu kleben. Er hätte nichts dagegen gehabt, einfach in diesem Zustand zu verharren. Stattdessen gab er sich einen Ruck, warf seinem Chef ein launiges »Na, dann« zu und verließ dessen Büro. Auf dem zu dieser frühen Morgenstunde noch menschenleeren Korridor wurde er jedoch gleich wieder ein Opfer seiner Trägheit. Ziellos ließ er sich durch die Strahlen der Morgensonne, die durch die Fenster fielen, treiben und landete wie ferngesteuert statt im Fahrstuhl in seinem Büro.

Er öffnete das Fenster und setzte sich an den Schreibtisch. Es war sieben Uhr fünfundzwanzig. Seine Rippen schmerzten, der Riss in der Lippe begann zu jucken, die Glieder waren schwer, der Magen flau. Aber müde, müde war er noch immer nicht. Auch jetzt war ihm, als setzten seine Gedanken seinen Körper unter Strom. Hatte Bentner Lars Lutteroth erschlagen? Oder jemanden mit dem Mord beauftragt? Wie weit würde jemand wie er gehen? Oder Meelhopen?

Als sein Blick auf das Foto der boxenden Simon-Zwillinge fiel, erinnerte er sich an das Foto der Lutteroth-Jungen mit dem Batmobil, das er zwischen den Seiten des italienischen Romans gefunden hatte. Er zog es aus seiner Jackentasche und holte Lutteroths Fotoalbum aus der Schublade hervor. Er blätterte zu der Seite, auf der ein Foto fehlte, und schob das Bild in die Fotoecken. Es passte genau. Die Dinge begannen sich zusammenzufügen, dachte Tom. Und ein Ganzes zu ergeben. Aber hatte es auch etwas zu bedeuten? Er betrachtete die fröhlichen Kindergesichter auf dem Foto. Der junge Mats, der das Batmobil in der Hand hielt und seinen Bruder im Arm. Er verstand nicht, wie Mats Lutteroth das vergessen haben konnte.

51

Die geduckten Obstbäume zu beiden Seiten erinnerten Tom an die Olivenbäume seiner Großeltern, während er den Weg zum Spadenhof entlangfuhr. Friedlich und idyllisch lag er vor ihm in der späten Morgensonne. Schon von Weitem erkannte Tom Ole, der auf dem Platz vor dem Hauptgebäude seine Kinder zum Auto brachte. Merit folgte ihnen und redete dabei anscheinend angestrengt auf ihren Mann ein. Tom fuhr langsamer und beobachtete gespannt, was sich dort zutrug.

Ole schob Lara und Johan auf die hinteren Sitze des Kombis und schloss die Türen. Merit lief zu ihm, aber er stieß sie von sich. Entsetzt sah sie ihn an. Ole stieg ein und fuhr los. Merit rief etwas und sank auf die Knie.

Tom kurbelte sein Fenster herunter. Er hörte, wie sie in lautes Schluchzen ausbrach.

»Wir haben uns hier doch etwas aufgebaut«, rief die völlig aufgelöste Frau. Ole fuhr Tom entgegen. Der Kommissar lenkte den

Roten ein wenig zur Seite. Als sie aneinander vorbeifuhren, trafen sich ihre Blicke, und Ole bremste ab. Tom meinte, in seinem entschlossenen Ausdruck ein kurzes Zögern zu erkennen. Doch dann fuhr Ole zügig weiter. Merit kniete noch immer auf dem sandigen Boden.

»Das ist doch unser Leben hier. Unser Leben!«, rief sie, doch niemand war da, um ihr zuzuhören. Ole hatte seiner Frau wahrscheinlich ihre Eskapaden mit Lutteroth nicht verzeihen können, dachte Tom. Das hatte sie wohl falsch eingeschätzt, als sie Tom erklärt hatte, dass ihr Seitensprung das große Ganze nicht gefährden könnte.

Tom sah Mats Lutteroth am Fenster stehen. Als der Toms roten Mercedes bemerkte, verschwand er und erschien kurz darauf in der Tür. Er lief zu der verzweifelten Merit, half ihr hoch, nahm sie in den Arm und tröstete sie. Merit riss sich zusammen und verließ den Platz. Tom parkte neben dem VW-Bus und stieg aus. Mit verschränkten Armen erwartete Mats Lutteroth ihn.

»Was war denn da los? Das sah ja dramatisch aus.«

Mats Lutteroth verzog keine Miene. Tom ging zu ihm, Rocco stand am Zaun seines Zwingers und beobachtete jede seiner Bewegungen genau.

»Ich bin hier, weil ich noch eine Frage habe.«

Sarah Lutteroth wickelte das nach Rosen duftende Badetuch um ihren nassen Körper und betrachtete sich im Spiegel. Die Wassertropfen perlten auf ihrer Haut. Die Dusche hatte ihr gutgetan nach der anstrengenden Nacht. Ihre Augen wirkten nicht mehr ganz so müde. Geschlafen hatte sie kaum, und wenn doch, war sie von düsteren Träumen heimgesucht worden. Sie schraubte die kleine Flasche mit der Körpercreme des Hotels auf. Ihre eigene hatte sie in ihrem hektischen Aufbruch vergessen und nur Zahnbürste und Zahncreme, einige Kleidungsstücke für den nächsten Tag sowie die Streichholzschachtel mit ihren kleinen Freunden in ihre Tasche gepackt und sich von einem Taxi hierherbringen lassen. Sofie wollte bei Aman bleiben und Lena bei einer Freundin übernachten. Sie selbst hatte sich für die Anonymität und den Luxus eines Hotels entschieden. Schon lange hatte sie die Idee gehabt, einmal eine Nacht im Vier Jahreszeiten zu verbringen. Eigentlich mit Lars. Eine romantische Idee, auf die er nie eingegangen war.

»Bitte!«, sagte sie laut, als es klopfte. Die Tür wurde geöffnet, eine Kellnerin erschien mit einem Tablett.

»Guten Morgen, ich bringe Ihnen den Kaffee.«

Sie stellte das Tablett mit dem Kännchen, einer Tasse, Zuckerdose und Milchkännchen auf den kleinen Glastisch vor den beiden Sesseln.

Sarah Lutteroth unterschrieb den Beleg und drückte der Kellnerin einen Fünfeuroschein in die Hand.

»Danke sehr. Einen schönen Tag!« Die entspannte Freundlichkeit der Kellnerin tat ihr gut. »Ihnen auch!«, antwortete sie und rang sich ein Lächeln ab.

Mit ihrem Kaffee trat Sarah Lutteroth auf den Balkon, die Wärme der Sonnenstrahlen hatte etwas Tröstliches. Sie ließ ihren Blick über die Binnenalster und den Jungfernstieg schweifen. Die Menschen vor den Geschäften, der Verkehr auf den Straßen, der Rhythmus der Stadt ließen sie sich ein wenig lebendig fühlen. Ein weißer Sportwagen fuhr unter ihr vor dem Hoteleingang vor. Der Wagen erinnerte sie an den Sportwagen auf dem Foto mit ihrer Tochter, die eine Pistole hielt. Sie traute ihren Augen kaum, als die Beifahrertür geöffnet wurde und tatsächlich Sofie ausstieg. Sie trug ein schwarzes Kleid, eine Sonnenbrille und High Heels, eine elegante, erwachsene Erscheinung, die unter dem Vordach des Hoteleingangs verschwand. Irritiert sah Sarah Lutteroth dem weißen Sportwagen nach, der auf den Jungfernstieg einbog und den Boulevard langsam entlangfuhr. Was machte Sofie am Sonntagvormittag an diesem Ort? Zu ihr konnte sie nicht wollen, denn sie wusste nicht, dass ihre Mutter sich hier ein Zimmer genommen hatte.

»Klack«, der Zeiger der Bahnhofsuhr bewegte sich einen Strich weiter. Es war neun Uhr fünfundzwanzig. Mats Lutteroth schenkte dampfenden Kaffee in den zartgrünen Becher mit dem Best-Bio-Logo und stellte ihn Tom auf den Tisch.

»Danke, der kommt jetzt genau richtig.«

»Sie sehen fertig aus. Und etwas derangiert.«

Mats Lutteroth deutete auf das Pflaster an Toms Hals und auf den Riss in der Lippe. »Haben Sie den Täter? Ist das beim Zugriff passiert?«

Mats Lutteroth machte eine kleine Pause vor dem Wort Zugriff, es gefiel ihm wohl, den Fachausdruck der Bullen zu benutzen.

»Sind Sie deshalb hier?«

Tom ging nicht auf die Frage ein. »Das ist ein Streifschuss, ich habe Glück gehabt«, sagte er stattdessen.

Mats Lutteroth sah eine Weile auf das Pflaster. Er schien sich wohl vorzustellen, was Tom widerfahren sein könnte. »Scheint so.«

»Kommt selten vor, dass wir schießen müssen. Eigentlich so gut wie gar nicht. Gestern Nacht war es aber mal so weit. Es kann sein, dass wir kurz vor der Klärung des Falles stehen. Sieht so aus, dass Ihr Bruder sterben musste, weil er dabei war, den Betrug eines Konzerns aufzudecken. Mehr darf ich allerdings nicht sagen.«

Durch die offene Tür zum Innenhof beobachtete Tom, wie Jana aus dem Haus kam und sich einige Meter weiter vor die Birke auf den Rasen setzte.

»Dann hatte Lars wohl wirklich die Schnauze von seiner verlogenen Branche voll«, bemerkte Lutteroth.

Peter Gunn ertönte. Tom nickte und holte sein Handy hervor. Miras Name leuchtete auf dem Display.

»Entschuldigung«, sagte Tom und ging in den Hof.

»Hallo, Mira!«

»Ça va, Monsieur?«

»Bien sur.«

»Ich hab mir gedacht, wenn du schlafen wolltest, würdest du dein Handy doch sicherlich auf lautlos stellen, oder?«

»Ja, wenn ich dran denke.«

»Ich wollte dir nur noch schnell sagen, dass wir bei Meelhopen zu Hause eine Datei mit einem hübschen Dossier über Lars Lutteroth gefunden haben. Wahrscheinlich von einem Privatdetektiv erstellt. Seine Bekanntschaft mit Jens Wrode ist auch erfasst, und Wrodes Name ist farblich hervorgehoben. Auch Kathrin Gusow findet sich darin.«

»Sympathische Frau, diese Meelhopen.«

»Nicht wahr? Und das wird dir gefallen: Felix Sänger hat gestanden, im Auftrag von Bentner Lutteroths Computer gehackt und die Datei mit dem Gutachten gelöscht zu haben. Du hattest von Anfang an den richtigen Riecher.«

Tom hatte das Bild vor Augen, wie Felix Sänger aus Bentners Büro gekommen war und ihm nicht in die Augen hatte sehen können.

»Gut«, sagte er.

»Außerdem wissen wir jetzt, dass dieses Diparafan bei vielen Patienten zu schweren Komplikationen und bei einigen möglicherweise sogar zum Tod geführt hat. Jedenfalls hat es schon diverse kritische Artikel in der Fachpresse und in Wirtschaftszeitschriften gegeben. Letztlich konnte man aber keinen eindeutigen Nachweis eines Kausalzusammenhangs erbringen.«

»Tja«, sagte Tom, »immer die gleiche Scheiße. Wie bitter!«

Mira schwieg einen Moment. »Du bist gar nicht zu Hause oder?«, fragte sie.

»Wie kommst du darauf?«

»Du klingst so wach.«

»Aha«, sagte er nur, während er zu Jana sah, die immer noch vor der Birke saß. Er hatte den Eindruck, dass sie mit dem Baum redete. Eine merkwürdige Atmosphäre herrschte hier, es schien auch niemand zu arbeiten.

»Du bist auf dem Spadenhof«, sagte Mira.

»Bin beeindruckt, Watson!«

»Das Foto mit dem Batmobil.«

»Touché!«

»Ich sage lieber nichts dazu. Dafür hat Felsen dir jedenfalls nicht freigegeben. Dann hättest du mir auch beim Bericht helfen können.«

»Mira, das ist jetzt nicht dein Ernst!«

»Das ist Scheiße, Tom. Mir geht es auch nicht besonders, mein Schädel brummt, aber ich beiße mich durch.«

»Hey, hey, ich bin nicht zu meinem Vergnügen hier.«

»Oh, bist du dir da sicher?«

Mira legte auf. Verwundert steckte er sein Handy weg. So kannte er seine Partnerin nicht. Aber für alles gab es eben ein erstes Mal. Er ging zurück in die Küche.

»Und was wollen Sie denn jetzt noch von mir wissen?«, fragte Mats Lutteroth.

Auf einmal ertönte ein lautes Krachen und Klirren über ihnen.

»Was war das?«, fragte Tom.

Mats Lutteroth zuckte mit den Schultern.

»Jürgen hat vielleicht etwas zu viel getrunken. Dann wird er manchmal selbstmitleidig und aggressiv.«

»Ich gehe mal hoch.«

»Oh, dem ist nichts passiert.«

»Trotzdem.«

Tom ging durch das Wohnzimmer zum Treppenhaus und hinauf zu Jürgens Wohnung. Die Tür war angelehnt. Er schob sie ein wenig auf und ging leise in den Flur. Er sah Jürgen Hachel im Wohnzimmer in einem Sessel sitzen. An der Wand gegenüber liefen Reste einer braunen Flüssigkeit herunter, Kratzer zeugten vom Aufprall der Whiskyflasche, deren Scherben auf den Holzdielen lagen. Regungslos starrte Hachel vor sich hin. Als er Tom bemerkte, fiel es ihm schwer, den Kopf zu heben. In seinem Blick lag eine düstere Mischung aus Verachtung und Resignation. Dann ließ er den Kopf wieder sinken. Während Tom sich zurückzog und die Treppe hinunterstieg, fragte er sich, was hier vor sich ging. Erlebte er gerade den Untergang der Hofgemeinschaft?

Er hatte das Gefühl, als fügten sich auch hier die Einzelheiten zu einem Ganzen zusammen. Seine Erschöpfung und Müdigkeit, gepaart mit seinem hellwachen Ermittlerinstinkt, versetzten ihn in einen eigenartigen Zustand. Er nahm alles besonders intensiv, fast hellsichtig, wahr und spürte, dass er einer Wahrheit sehr nahe kam. Er wusste nur noch nicht, welcher.

52

Sarah Lutteroth saß in einem der bequemen Sessel der Hotellobby und hielt eine Zeitung, ohne darin zu lesen. Ihren Blick hatte sie stattdessen auf die Fahrstühle gerichtet. Beiläufig fuhr sie sich durch das noch nasse Haar und versuchte, es ein wenig mehr in Form zu bringen. Nur flüchtig hatte sie es gebürstet, bevor sie sich auf den Weg hierher gemacht hatte, um den Moment nicht zu verpassen, wenn Sofie das Hotel wieder verlassen würde. Nun saß sie hier in der prachtvollen, eleganten Hotelhalle und wartete. Wie lange würde sich Sofie wohl hier aufhalten? Sie stellte sich die möglichen Anlässe vor, die ihre siebzehnjährige Tochter hierhergebracht haben könnten. Je länger sie wartete, desto düsterer wurden ihre Fantasien. Ihre schlimmste Befürchtung war, dass Sofie sich als Prostituierte betätigte. Der Magen schnürte sich ihr zu bei dem Gedanken. Ein Kellner stellte ihr einen kleinen Teller mit Gebäck auf den Tisch. »Bitte sehr, die Dame!«, sagte er mit einem freundlichen Lächeln. »Eine Aufmerksamkeit des Hauses.«

»Oh, danke!«, erwiderte sie unsicher.

Was würde sie ihrer Tochter sagen, wenn sie ihr begegnete? Sofie würde sicher überrascht sein, vielleicht sogar geschockt. Natürlich würde sie sich überwacht fühlen und ihrer Mutter Vorwürfe machen. Vermutlich würde sie einen Wutanfall bekommen, ihr eine Szene machen. Alle in der Halle würden es mitbekommen. Egal, dachte Sarah Lutteroth, sie brauchte jetzt Gewissheit, die Wahrheit. Sie wollte wissen, was ihre Tochter hier zu schaffen hatte, was es mit der Pistole auf sich hatte und woher die Verletzungen in ihrem Gesicht stammten. Sie war bereit für die Wahrheit, schließlich war sie gerade im Training, dachte sie sarkastisch. Da erblickte sie ihre Tochter. Sofie trat aus dem Fahrstuhl in die Lobby. Schnell hob Sarah Lutteroth ihre Zeitung ein wenig höher, um nicht gleich entdeckt zu werden. Über den Rand hinweg verfolgte sie, wie ihre Tochter durch die Halle ging, auf einmal so erwachsen, mit der Sonnenbrille und dem schwarzen Kleid. Wie hübsch sie war. Lässig, fast ein wenig arrogant wirkte sie. Ein wehmütiger Schmerz traf Sarah Lutteroth ganz unvermittelt. Wo war nur ihr kleines Mädchen geblieben, das sie einst auf dem Arm durch diverse solcher Hotelhallen getragen hatte? Das sich müde und voller Liebe an die oft leicht gestresste Mama geschmiegt hatte, während ihr meist gut gelaunter Papa ihre Schwester Huckepack getragen hatte. Sarah Lutteroth hatte Lars vor Augen, wie er Lenas Beinchen hielt und seine Frau liebevoll anlächelte mit einem Blick, in dem damals immer auch ein Versprechen gelegen hatte.

Sofie ging an der Rezeption vorbei und kam direkt auf ihre Mutter zu. Sarah Lutteroth wurde heiß und kalt, sie meinte zu spüren, wie ihr Herz schneller schlug. Sofie kam näher, schien sie aber nicht zu bemerken. Jetzt aufstehen, ihr in die Augen sehen, sie zur Rede stellen, dachte Sarah Lutteroth, blieb jedoch sitzen. Der Instinkt einer Mutter und ihre Liebe hielten sie zurück. Sie brachte es nicht übers Herz, ihre Tochter bloßzustellen. Sie wollte sie nicht demütigen, nicht schädigen. Als Sofie an ihr vorüberging, hielt sie die Zeitung schnell noch ein Stück höher und machte sich klein dahinter. Dann wandte sie sich um und sah ihrer Tochter nach, wie diese um die Ecke bog zur Treppe, die hinunter zum Ausgang führte. Auch dem Impuls, zum Fenster zu gehen und zu schauen, ob sie wieder von dem Sportwagen abgeholt werden würde und wer der Fahrer war, gab sie nicht nach. Einen Moment saß sie still da und dachte über ihre Entscheidung nach, dann faltete sie die Zeitung zusammen und wollte sie gerade auf den Tisch zurücklegen, als ihr ein Foto auffiel. Darauf war Kommissar Simon zu sehen. Er stand an einem Krankenbett und schüttelte die Hand eines Patienten. Der Mann grinste in die Kamera, Tom Simon dagegen blickte ernst drein. Verwundert las sie die Überschrift des Artikels: »Kommissar entschuldigt sich für Faustschlag«.

Tom verharrte vor dem Meer der toten Uhren in Mats Lutteroths Wohnzimmer und ließ seinen Blick über dieses absurde Bild des Stillstands schweifen. Er musste an seine eigene Wohnung denken. War in ihr nicht auch die Zeit stehen geblieben? Und in seinem Leben?, würde Jimmy ihn sicher fragen. Ein Schauer lief Tom über den Rücken. Dann schreckte er zusammen. Mats Lutteroth stand auf einmal hinter ihm. Instinktiv wich er etwas zurück.

»Was ist denn nun Ihre Frage?«

Der große Mann sah ihn mit seinen wässrig fahlen Augen an.

»Es geht mir noch einmal um das Batmobil. Ich verstehe einfach nicht, dass Sie sich nicht daran erinnern können.« Tom zog das Foto aus der Innentasche seiner Jacke und hielt es Mats Lutteroth hin.

»Das Foto haben wir auf dem Hof Ihres Bruders gefunden. Es muss ihm viel bedeutet haben. Er hatte sonst kaum persönliche Dinge dort.«

Mats Lutteroth sah sich das Bild an. »Okay, stimmt, das ist wohl das Auto. Aber ich erinnere mich einfach nicht. Wie gesagt, nachdem ich von zu Hause abgehauen war, hatte ein neues Leben für mich begonnen. Mit allem Alten hatte ich abgeschlossen.«

Er gab Tom die Aufnahme zurück.

»Ja, das hatten Sie mir schon erklärt«, erwiderte Tom und steckte das Foto wieder ein.

»Ich erinnere mich auch sonst an nichts aus meiner Kindheit. Vielleicht hat damals mein Unterbewusstsein meine Erinnerungen einfach gelöscht.«

»Die Psyche ist ein komplexes und sensibles Gebilde mit starkem Einfluss auf das Gehirn«, sagte Tom, während er zu dem Werk der alten Kirchturmuhr ging und die Konstruktion betrachtete. Die großen, schweren Zahnräder und die Präzision dieser handgefertigten komplexen Mechanik beeindruckten ihn erneut.

»Das Glück der eigenen Zeit«, sagte Tom, dem trägen Fluss seiner Gedanken folgend. Sein Blick wanderte über die unterschiedlich großen Zahnräder.

»Warum sind einige Zahnräder frisch geölt und andere trocken und mit altem Öl verkrustet?«

»Das ist aber scharf beobachtet, Herr Kommissar!« Mats Lutteroth stellte sich zu ihm. »Ich habe das Werk erst vor ein paar Tagen komplett wieder zusammengebaut. Einige Teile hatten jahrelang hier herumgelegen. Irgendwie gab es immer Wichtigeres zu tun.«

Erst jetzt fiel Tom auf, dass einige der frisch geölten Zahnräder nicht richtig passten.

»Warum greifen diese Zahnräder nicht ineinander?«, sprach er seinen Gedanken aus.

»Das ist aber eine gemeine Frage, die Sie einem Uhrmacher da stellen.« Mats Lutteroth seufzte. »Ich weiß es noch nicht. Irgendetwas blockiert. Ich habe es einfach noch nicht besser hinbekommen.«

Das große, komplexe Uhrwerk erschien Tom wie ein Bild für die Hofgemeinschaft, in der vieles auch nur scheinbar ineinandergriff. Die Freundschaft von Jürgen Hachel und Mats Lutteroth schien nicht mehr in einem guten Zustand zu sein. Gestern, als ihr Team auf den Hof gekommen war, hatten die beiden sich gerade wüst beschimpft. »Altautonomer«, hatte Lutteroth Hachel genannt, und es klang wie eine Beleidigung. Dabei war er doch einst selber einer. »Wir brauchen hier keinen Chef«, hatte Hachel Lutteroth angegiftet. »Wir hatten früher auch keinen.«

Das hatte geklungen, als wäre Mats Lutteroth früher noch nicht dabei gewesen. Aber das konnte doch nicht sein.

»Ich habe wohl meinen Job verlernt. Aber irgendwann werde

ich da noch mal rangehen«, sagte Lutteroth und holte Tom aus seinen Gedanken.

Er sah Lutteroth an und fragte sich, wie ein Uhrmacher diese Ungenauigkeit hinnehmen konnte. *Job verlernt.* Er war also nicht mehr der Alte. Tom konzentrierte sich. Die Mechanik seiner Gedanken arbeitete langsam, aber diese Gedanken griffen jetzt präzise ineinander. Lutteroth war heute ein Chef, aber früher war er keiner gewesen. Er war nicht der Alte. Er erinnerte sich nicht an das Batmobil, obwohl das Foto ziemlich deutlich zeigte, dass es eine Bedeutung für die Jungen gehabt hatte. Er war nicht der Alte.

»Was ist mit Ihnen? Was beschäftigt Sie, Herr Kommissar?«

Tom sah in seine wässrig blassen Augen. Lutteroth war nicht der Alte, dachte er. Er hatte sich verändert. Er verließ den Hof auch nicht mehr, das hatte der Wirt von diesem Imbiss gesagt. Früher war Lutteroth Stammgast dort gewesen, seit einigen Jahren kam er gar nicht mehr. Lutteroth war nicht der Alte. Vielleicht war er nicht einmal Lutteroth. Der Gedanke ließ Tom das Herz bis zum Hals schlagen. Er sah den Mann an und spürte, dass er auf der richtigen Spur war. Er musste aufpassen, durfte sich nichts anmerken lassen.

»Ich habe gerade gedacht«, erklärte Tom, »dass es eigentlich gar nichts macht, dass die Räder nicht perfekt ineinandergreifen, denn keines Ihrer Uhrwerke funktioniert ja mehr. Diese Uhren sind schließlich alle Tote.«

Lutteroth lächelte. »Sehen Sie, und das ist sicher der Grund, warum es mich auch nicht weiter gestört hat.«

Tom hatte eine Idee. »Mein Großvater war ebenfalls Uhrmacher«, sagte er. »Er hat oft etwas von einer Jankerfeder erzählt. Sie sei das Herzstück jeder Uhr. Gibt's die auch bei einem so großen Werk?«

»Natürlich, sicher«, sagte Lutteroth und schien etwas ungeduldig zu werden. »Doch leider habe ich nicht mehr so viel Zeit. Wollen wir uns noch ein wenig nach draußen setzen, unter die Buche? Soll ich uns noch schnell einen Kaffee machen?«

Das Adrenalin schoss durch Toms Körper. Es gab keinen Uhrmacher in seiner Familie, und die Jankerfeder hatte er gerade erfunden. Dieser Mann war kein Uhrmacher. Er war nicht Mats Lutteroth.

53

Der Mann, der sich als Mats Lutteroth ausgab, füllte den Espressokocher mit Wasser und Kaffeepulver. Tom setzte sich an den Tisch. Jetzt ahnte er, was hier Sonntagnacht passiert war. Lars Lutteroth war hergekommen, hatte festgestellt, dass dieser Mann sich als sein Bruder ausgab, und ihn zur Rede gestellt. Damit sein Schwindel nicht aufflog, hatte ihn der Mann mit einem der schweren Zahnräder, die hier herumlagen, erschlagen. So ein Zahnrad passte zu den spitzen Abdrücken in der Schädeldecke, die Thaden festgestellt hatte. Die Tatwaffe hatte er dann in der Mechanik des Turmuhrwerks verschwinden lassen. Eine elegante Lösung, ein perfektes Versteck.

Aber warum gab sich dieser Mann als Mats Lutteroth aus? Was war mit dem echten Lutteroth geschehen? Warum spielte die ganze Gemeinschaft dieses Spiel mit? Tom musste vorsichtig sein. Am besten, er verschwand so bald wie möglich, ohne Verdacht zu erregen, um dann sofort Felsen anzurufen. Wo war der Mann hingegangen? Tom hatte einen Augenblick nicht aufgepasst. Die Espressokanne stand verlassen auf der kleinen Flamme des Gasherds. Da traf ihn ein harter Schlag auf den Kopf, und ihm wurde schwarz vor Augen.

Als er wieder zu sich kam, konnten nur Sekunden vergangen sein. Sein erster Blick fiel auf die Kanne, die noch immer über der kleinen Flamme stand. Der Mann beugte sich über ihn und versuchte, ihm die Pistole aus dem Schulterholster zu ziehen. Geistesgegenwärtig griff Tom nach seinem Arm und stieß ihm den Fuß in den Bauch. Der Mann schrie auf und stürzte zur

Seite. Tom zog seine Pistole und richtete sie auf den Mann. Benommen rappelte er sich auf, sein Schädel brummte, und seine Rippen schmerzten heftig.

»Langsam aufstehen und die Hände über den Kopf!«

Der Mann richtete sich auf.

»Hände über den Kopf!«

Tom tastete in seiner Jackentasche nach seinem Handy. Doch es war verschwunden. Der Mann musste es ihm abgenommen haben. Etwas Hartes, Kantiges traf Tom im Nacken. Ein höllischer Schmerz schoss ihm durch den Kopf. Er stürzte nach vorn, schaffte es aber gerade noch, die Pistole fest im Griff zu halten. Der Mann lief in den Innenhof. Tom rollte sich zur Seite. Hinter ihm stand Merit und holte mit einem Holzbalken zu einem weiteren Schlag aus. Blitzschnell richtete Tom seine Pistole auf die Frau, die ihn mit weit aufgerissenen Augen anstarrte.

»Besser nicht!«

Aus dem Augenwinkel sah Tom noch den Mann. Der rannte in Richtung der Gewächshäuser. Genau in diesem Augenblick warf Merit den Balken auf Tom. Im letzten Moment riss er seinen Arm herum und wehrte das schwere Geschoss ab. Merit flüchtete durchs Wohnzimmer hinaus. Tom sprang auf und lief in den Hof. Er konnte gerade noch sehen, wie der Mann zwischen den Gewächshäusern verschwand. Tom hetzte über den sandigen Boden, erreichte die Gewächshäuser und folgte ihm auf dem schmalen Weg zwischen den gläsernen Häusern hindurch. Den höllischen Schmerz in seinen Rippen nahm er kaum mehr wahr. Er hatte nur noch den Mann im Fokus.

Als er das Ende der Gasse erreichte, traf er auf ihn. Vor einem Treibhaus hatte er Leslie Berger im Würgegriff, hielt ihr ein großes Erntemesser an die Kehle. Tom blieb stehen. Die junge Frau zitterte am ganzen Körper. Da kam Rita aus dem Gewächshaus.

»Was ist denn los?« Überrascht sah sie zu dem Mann und Leslie. »Was soll das, Mats?«

»Geh zu ihm und nimm ihm die Pistole ab!«, wies dieser sie an.

Ungläubig sah Rita zu Tom und wieder zu Mats.

»Spinnst du?«, entfuhr es ihr nur.

»Geh zu dem Bullen, nimm seine Scheißpistole und bring sie mir!«, herrschte er sie an und drückte die scharfe Klinge in Leslies Haut. Die völlig verängstigte junge Frau schluchzte panisch auf. Tom überlegte, was er tun konnte. Er durfte dem Mann auf keinen Fall seine Waffe überlassen.

»Rita, wenn du willst, dass es auf dem Spadenhof weitergeht, dann nimm ihm jetzt sofort die Pistole ab!«

Während Rita sich unsicher auf den Weg zu ihm machte, drehte Tom sich um und ging einfach.

»Hey, stehen bleiben!«, rief der Mann.

Dem Geschehen den Rücken zugewandt ging Tom langsam, aber festen Schrittes weiter.

»Stehen bleiben!«, rief der Mann wieder. Leslie Berger schrie auf. Ihre verzweifelte Stimme fuhr Tom durch Mark und Bein, trotzdem ließ er nicht von seinem Plan ab. Er war sich sicher, dass der Mann Leslie nichts tun würde, schlicht und einfach, weil ihm das nichts brächte. Tom betrat wieder die Gasse zwischen den Gewächshäusern, Schritt für Schritt entfernte er sich. Als er den Innenhof erreicht hatte, blieb er stehen und dachte darüber nach, was der Mann jetzt als Nächstes machen würde. Leise hörte er aus der Ferne Leslie Bergers Schluchzen.

Er überlegte, welche Möglichkeiten er jetzt hatte. Er konnte entlang der anderen Seite wieder zurückschleichen und den Mann vielleicht von dort überraschen. Zwischen den Gemüsebeeten sah er Rita, die zum Hof rannte. Offenbar brachte sie sich in Sicherheit. Ein weiterer Aufschrei von Leslie Berger war zu hören, diesmal in größerer Entfernung. Der Mann schien mit ihr fliehen zu wollen.

Leise schlich Tom zurück durch die Gasse zwischen den Gewächshäusern. Als er heraustrat, war von dem Mann und Leslie nichts mehr zu sehen. Er sah sich um und horchte in die Stille. Außer dem leisen Rascheln der Büsche im Wind war nichts zu hören. Vorsichtig ging er weiter, vorbei an dem nächsten Treibhaus, immer mit dem Blick auf die Umgebung. Ruhig bleiben, sagte er sich, weit konnten sie nicht sein. Hinter dem letzten der Treibhäuser zwängte er sich durch die Büsche zum Ende des Grundstücks. Auf der anderen Seite eines Grabens begann ein Weizenfeld. An einer Stelle waren einige der hohen Pflanzen abgeknickt und niedergetrampelt. Wieder ein Feld, Tom musste an die Nacht im Roggenfeld hinter Kathrin Gusows Haus denken, an den Schuss, den er nicht hatte abfeuern können, ihm wurde mulmig.

Entschlossen sprang er über den Graben. Er wollte gerade der Spur folgen, als er skeptisch wurde. Der Pfad der zertretenen Pflanzen war ihm ein wenig zu deutlich, die Spur konnte auch eine Finte sein. Er drehte sich um und ließ seinen Blick über die Beete, die Gewächshäuser, Bäume und Büsche schweifen. Er sah zum Nachbargrundstück, und ihm fiel auf, dass die Treibhäuser dort verfallen waren, einige Scheiben zersprungen und ihre Beete verwahrlost. Tom fragte sich, ob das Anwesen womöglich unbewohnt war. Da vernahm er ein Knarren. Es kam aus Richtung der Scheune hinter den verwahrlosten Gewächshäusern.

Er überlegte, musste sich schnell entscheiden. In das Feld oder zur Scheune. Krähen zogen krächzend über ihn hinweg. Auch sie kamen aus Richtung der Scheune. Waren die Vögel gerade von dort aufgeflogen?

Tom sprang über den Graben zurück, lief zum Zaun, kletterte hinüber auf das Nachbargrundstück und bemühte sich, leise, aber schnell zur Scheune zu kommen. Hinter ihr ragte das alte Fachwerkdach des Bauernhauses auf. Das Tor war nur angelehnt und wurde von einem Luftzug leicht hin- und herbewegt. Wenn er Pech hatte, war es nur ein Windstoß gewesen, der für das Knarren verantwortlich war.

Vorsichtig betrat Tom die Scheune, die Walther im Anschlag. Er brauchte einen Moment, bis sich seine Augen an die Dunkelheit gewöhnt hatten. Er lauschte auf akustische Hinweise. Aber es blieb leise. Vorsichtig schlich er durch die Dunkelheit. Es war warm und stickig. Er nahm die Umrisse eines Traktors war. Dahinter erkannte er weitere Geräte und Maschinen. Neben gestapelten Kisten, einigen Heuballen und einem Haufen gefüllter Plastiksäcke fand sich ein riesiger Kleiderschrank, dem eine Tür fehlte und in dessen Fächern alte Pokale düster glänzten. An der Wand befand sich ein Tisch, auf dem zwei Stühle, die Sitzflächen nach unten, lagen. Ein Super-Acht-Filmprojektor zeugte von einem vergangenen Zeitalter. Ein großes Metallregal war voller Dosen, Plastikboxen, Werkzeug und altem Elektroschrott. Alles lag unter einer dicken Staubschicht. Der Ort wirkte ebenso verwahrlost wie die Treibhäuser mit den kaputten Scheiben. Die trockene Luft reizte Toms Schleimhäute, und er hatte das Bedürfnis zu husten. Er sammelte ein wenig Spucke im Mund und schluckte sie hinunter, um das Kratzen zu besänftigen. Von dem Mann und Leslie keine Spur. An der Rückwand entdeckte Tom eine Tür.

54

Der Verkehr staute sich, weil ein Trecker in aller Ruhe die Straße entlangzuckelte. Die Sonne schien grell durch die Windschutzscheibe und blendete Mira. Aus dem Handschuhfach holte sie ihre Sonnenbrille und setzte sie auf. Ihre Kopfschmerzen peinigten sie immer noch. Frustriert zog sie die Packung Schmerztabletten hervor, drückte drei Pillen heraus und schluckte eine nach der anderen trocken hinunter. Die Klimaanlage stellte sie eine Stufe höher.

»Tom Simon, du bist so scheiße! So scheiße, scheiße. So richtig kackscheiße!« Wütend schlug Mira auf das Lenkrad. Die Hupe ertönte, obwohl sie die gar nicht getroffen hatte. Der Fahrer im Wagen vor ihr drehte sich nach hinten und zeigte ihr mit einer Handbewegung, was er von ihrem Hupen hielt. Eigentlich ärgerte sie sich mehr über sich selbst als über ihren Partner, der sich mal wieder auf einem seiner Alleingänge befand. Sie hätte jetzt für ein paar Stunden zu Hause entspannen und Kraft tanken können für den Endspurt der Ermittlung, stattdessen hatte sie sich in ihrem Dienstwagen auf den Weg zum Spadenhof gemacht, weil ihr Partner nicht mehr an sein Handy ging. Es mochte eine einfache Erklärung dafür geben, trotzdem ließ es ihr keine Ruhe. Außerdem begann sie zu ahnen, dass Toms Nase ihn möglicherweise nicht trog und die Machenschaften von Orak überhaupt nichts mit dem Mord an Lars Lutteroth zu tun hatten. Das alles hätte sie allerdings Felsen, Balbeck oder Taller kaum erklären können.

Mira blickte auf die Gärtnereien, Bauernhäuser und Einfamilienhäuser mit ihren akkurat angelegten, gepflegten Vorgärten. Vereinzelt hingen AfD-Plakate an Straßenlaternen oder Stromkästen und erinnerten sie daran, dass dieser unsägliche Haufen rechter Nationalisten hier und in den umliegenden Bezirken seine besten Wahlergebnisse innerhalb Hamburgs erzielt hatte.

Ein bestialischer, atemberaubender Gestank lag in der Luft. Die Vorhänge vor den Fenstern waren zugezogen. Leslie hatte Todesangst. Mats hielt sie fest umklammert und schleifte sie durch die dunklen Räume. Sie fühlte sich wie in einem düsteren Labyrinth. Auf einmal nahm sie über sich einen länglichen, großen Schatten wahr. Sie sah genau hin und erkannte die Umrisse eines Körpers. Eine Frau hing an einem Strick von einem Holzbalken unter der Decke. Leslie stieß einen fürchterlichen Schrei aus, den Mats sogleich mit seiner Hand erstickte.

»Ruhig!«, herrschte er sie leise an und drückte das Erntemesser wieder stärker an ihren Hals, der sich schon ganz wund von den vielen Ritzern anfühlte. Während er sie weiterzog, starrte sie weiter auf den Körper. Die Frau hatte sich erhängt, der Gestank war ihr Verwesungsgeruch. In was für einen furchtbaren Albtraum war sie geraten? Kam sie da jemals wieder heraus? Mats zog sie weiter, durch eine Tür in den nächsten Raum, der ebenso dunkel war. Schwere Vorhänge verhüllten die Fenster. Schemenhaft nahm sie einen rustikalen Tisch vor einem großen Polstersofa wahr. Ein Teller mit verfaulten Essensresten stand auf einem kleinen Deckchen. Von einem alten Fernseher auf einer kleinen

Kommode hingen Spinnweben herunter. Mats stieß sie in einen der großen Polstersessel und herrschte sie an, still zu sein. Leslie zitterte am ganzen Körper.

»Du bist mein Vater«, schluchzte sie leise. »Wie kannst du mir das antun?« Fassungslosigkeit, Wut und Todesangst tobten in ihr. Sie brach in Tränen aus.

»Sei still, verdammt!«, flüsterte er und sah ihr in die Augen. »Dieser Bulle ist durchgeknallt. Er will mich erschießen. Er denkt, ich wäre der Mörder meines Bruders. Und jetzt will er mich einfach hinrichten.«

Leslie starrte ihn an. Sie glaubte ihm kein Wort. Mats war ihr Vater, aber er war offenbar wahnsinnig.

»Solange ich dich als Geisel habe, kann er das aber nicht. Verstehst du?«

Sie musste hier raus, sie fragte sich, wo der Kommissar jetzt war, ob es eine Chance gab, dass er auf das verlassene Nachbarhaus kommen und sie hier suchen würde. Sie konnte den Gestank nicht mehr ertragen, hielt sich die Hand vor die Nase, versuchte, so flach wie möglich zu atmen. Ihr Vater setzte sich in den Sessel gegenüber und richtete ein Gewehr auf sie.

Tom versuchte, etwas zu erkennen, aber es war stockdunkel in dem Raum hinter der Scheune. Vorsichtig setzte er einen Fuß vor den anderen auf den Steinfußboden und rang immer noch mit seinem Hustenreiz. Es roch nach Maschinenöl. Vielleicht befand er sich in einer Werkstatt. Er stieß gegen etwas Hartes, tastete vor sich und spürte eine Kante. Sie gehörte zu einem Tisch oder einer Werkbank. Er bewegte sich tastend weiter. Der Mann schien nicht hier zu sein. Vorsichtig wagte Tom es, sich ein wenig zu räuspern, allerdings wurde der Hustenreiz nur noch stärker. Sein Knie stieß gegen etwas Weiches, aber Massives unter einer Plastikfolie. Er ertastete einen Sack, der oben zugebunden war. Der Inhalt fühlte sich an wie – ihm stockte der Atem. In dem Sack steckte ein gekrümmter menschlicher Körper.

Die Sonne brannte vom Himmel, als Mira den Spadenhof betrat. Immer deutlicher spürte sie die Anstrengung der vergangenen Nacht, und das starke Pochen der Kopfschmerzen wollte einfach nicht verschwinden. Niemand war zu sehen oder zu hören. Sie ging in den Innenhof. Auch hier herrschte gespenstische Stille. Der Hof schien völlig verlassen. Was war hier los? Die Tür zu Mats Lutteroths Küche stand offen. Sie ging hinüber.

»Herr Lutteroth?«

Keine Antwort. Ein Holzbalken lag auf dem Küchenboden. Merkwürdig. Mira trat zurück, ging langsam über den Hof und sah sich um. Dieser Ort erschien ihr auf einmal wie die Kulisse einer Geisterstadt in einem Western. Fast war sie ein wenig erleichtert, als sie aus der umgebauten Scheune leise klassische Musik hörte. Durch die Fenster konnte sie in das Yoga-Studio blicken, wo jedoch niemand zu sehen war. Die Musik musste aus Janas Atelier kommen. Leise klopfte sie, doch keiner antwortete. Sie zog ihre Pistole und öffnete langsam die Tür.

Endlich ertastete Tom den Lichtschalter an der Wand. Neonlicht flackerte auf und erhellte den Raum. Als Erstes fiel sein Blick auf einen offen stehenden Metallschrank an der Wand, in dem in einer Halterung zwei Gewehre steckten. Ein weiterer Platz war leer. War der Mann hier gewesen und hatte sich eine der Waffen genommen? Tom ging zu dem Plastiksack und riss die Schnur herunter. Er atmete einmal tief durch, dann öffnete er den Sack und sah hinein. Ein steifer Frauenkörper lag unmöglich gebogen darin. Von dem nach unten gerichteten Gesicht konnte Tom nur wenig sehen, meinte aber, die Frau zu erkennen, die vor zwei Tagen über die Felder geflüchtet war. Was war hier geschehen?

Als Tom zur Tür am Ende der Werkstatt ging, kam ihm ein intensiver, unangenehmer Geruch entgegen. Er schaltete das Licht aus und öffnete die Tür. Der Geruch wurde ekelerregend. Er hatte den Reflex, sich die Nase zuzuhalten, brauchte aber beide Hände an der Pistole. Er versuchte, nur durch den Mund zu atmen, obendrein kämpfte er weiter gegen den immer stärker werdenden Hustenreiz. Mit der Pistole im Anschlag betrat er den Raum.

Jana und Ingvar sahen Mira erstaunt an. Sie ließ ihre Pistole sinken. Die beiden standen in der Mitte des Ateliers zwischen Staffeleien, Skulpturen und zwei Arbeitsplatten und hatten ihren Tanz unterbrochen. Janas Arm lag auf Ingvars Schulter, mit dem anderen hielt sie ausgestreckt Ingvars Hand. Die Musik klang nach Mozart.

»Oh, Entschuldigung«, sagte Mira und schob die Pistole in ihr Holster. »Habt ihr meinen Kollegen Tom Simon gesehen?«

Verwundert schüttelte Jana den Kopf. »Nein. Ist was passiert?«

»Was soll das? Geh weg! Lass uns allein!«, pampte Ingvar die Kommissarin an.

Der Gestank war kaum auszuhalten. Ein wenig Tageslicht fiel durch die geschlossenen Vorhänge. Im Halbdunkel konnte Tom erkennen, dass er sich im Treppenhaus befand. Da ließ ihn ein Geräusch herumfahren. Ein schwarzer Schatten schoss von der Seite auf ihn zu.

Mira ging über den Hof, als auf einmal ein Schuss die Stille zerriss. Er war aus der Richtung des Nachbarhofs gekommen. Jetzt war klar, dass hier etwas nicht in Ordnung und Gefahr in Verzug war. Das SEK musste her, sofort! Während sie ihr Handy zückte, hörte sie schnelle Schritte hinter sich. Gerade noch sah sie, wie Merit mit einem Rucksack auf dem Rücken vom Hof lief.

Der laute, trockene Knall hatte Leslie erstarren lassen. Es musste ein Schuss gewesen sein. Sie hatte noch nie einen gehört außer in Filmen. Mats erhob sich, zog sie zu sich heran und stellte sich hinter sie. Er nahm sie wieder in den Würgegriff, hielt ihr das Erntemesser an die Kehle und richtete das Gewehr an ihr vorbei nach vorn. Panik befiel sie.

Tom atmete auf, der Schatten war eine große schwarze Katze gewesen, die von einem Schrank auf ihn zugesprungen war. Blitzschnell hatte er seine Pistole herumgerissen und geschossen. Jetzt lag der tote Katzenkörper auf dem Boden, langsam bildete sich eine rote Lache auf den Steinfliesen. Tom war klar: Sollte der Mann hier im Haus sein, dann wusste er jetzt, dass er ihm auf den Fersen war. Als er seinen Blick wieder nach vorn richtete, zuckte er zusammen. Oben vom Dachbalken hing ein Frauenkörper an einem Strick. Die Frau hatte sich offenbar erhängt. Oder war sie erhängt worden? Der Gestank ging von ihrem verwesenden Körper aus. Was war hier passiert? Die ganze Sache wurde immer rätselhafter und furchtbarer. Irgendwo klirrte Glas. Es hörte sich an, als wäre eine Scheibe zu Bruch gegangen. Das Geräusch war von ganz nah gekommen.

Leslie konnte spüren, dass Mats immer angespannter wurde. Auf einmal wurde ihr klar, dass das hier nicht gut enden konnte. Ganz deutlich hatte sie vor Augen, dass sie sterben würde. Fast konnte sie schon fühlen, wie die Klinge ihre Kehle durchtrennen, das warme Blut herausspritzen würde, wie ihr schwindelig werden und sie das Bewusstsein verlieren würde. Oder wie ein stechender Schmerz irgendwo in ihrem Körper sie von innen zerreißen würde, weil sie eine Kugel getroffen hatte. Ein Geräusch kam von der Tür. Mats' Griff wurde fester.

Mira versuchte, nicht auf die vielen Glassplitter zu treten, die sich über die Fliesen verteilt hatten, als sie die kleine Butzenscheibe neben der Türklinke eingeschlagen hatte. Ihr elender Kopfschmerz wurde immer stärker. Was war bloß los mit ihr? Vorsichtig schlich sie durch die dunkle Küche zur Tür, die nur angelehnt war. Sie fragte sich, was der unangenehme Gestank zu bedeuten hatte. Vorsichtig schob sie die Tür auf. Der Raum dahinter lag im Dunkeln. Nur schemenhaft nahm sie die Möbel wahr. Auf einmal hatte sie das vage Gefühl, das Ganze schon einmal erlebt zu haben. Deutlich konnte sie es spüren, jedes Detail schien ihr vertraut. Offenbar hatte sie ein Déjà-vu. Merkwürdige, winzige helle Flecken tanzten vor ihren Augen.

Unendlich langsam drückte Tom die Klinke herunter, damit kein weiteres Geräusch ihn verriet. Der verdammte Hustenreiz kroch ihm wieder in den Rachen. Leise schob er die Tür auf und machte einen vorsichtigen Schritt in den düsteren Raum, die Pistole im Anschlag. Auch hier waren die Vorhänge zugezogen. Es schien das Wohnzimmer zu sein. Tom konnte eine alte Schrankwand erkennen. Ein klobiges Polstersofa und zwei Sessel.

Leslie starrte auf den Kommissar, der sich mit der Pistole im Anschlag sehr langsam erst in die eine Richtung, dann in die andere bewegte. Offensichtlich hatte er sie und ihren Vater in der Dunkelheit noch nicht entdeckt. Ihr Herzschlag stolperte, gleich würde sie das Bewusstsein verlieren.

Da sah Tom den Mann. Er hielt Leslie Berger umklammert und drückte ihr das Erntemesser an den Hals. Mit der anderen Hand richtete er ein Gewehr auf ihn. Tom nahm den Kopf des Mannes ins Visier, sein Körper war verborgen hinter dem der jungen Frau. Es war ein furchtbares Gefühl, den Tod des Mannes ins Kalkül zu ziehen. Doch es ging um Leslies Leben. Und um sein eigenes.

Jetzt wird es passieren, dachte Leslie. Gleich wird alles vorbei sein.

»Hände hoch, Polizei!«, brüllte plötzlich eine weibliche Stimme.

Auf der anderen Seite des Wohnzimmers tauchte die sympathische Kommissarin auf und richtete ihre Pistole auf Leslies Vater. Der warf den Kopf herum und drückte die Klinge noch stärker gegen ihren Hals.

Tom war erleichtert, Miras Stimme zu hören. Er erkannte die Umrisse seiner Partnerin. Jetzt hatten sie ihn. Es durfte nur Leslie

Berger nichts geschehen, sie mussten das jetzt klug zu Ende bringen.

»Es ist aus«, rief Tom. »Sie haben keine Chance mehr. Alles, was Sie jetzt anrichten, macht es nur noch schlimmer.«

Konzentriert fokussierte Mira Mats Lutteroth.

»Alles klar, Tom?«, fragte sie ihren Partner.

»Jetzt ja!«, antwortete Tom.

Auf einmal erfasste sie ein Schwindel, und immer mehr flackernde, helle Flecken kreisten vor ihren Augen.

Vorsichtig machte Tom einen Schritt auf den Mann zu.

»Seien Sie vernünftig!«, versuchte er, den Wahnsinnigen zur Aufgabe zu bewegen.

Der Boden unter Miras Füßen schien zu wanken. Die hellen Flecken tanzten. Mit aller Kraft hielt sie die Pistole auf den Kopf des Mannes gerichtet.

Leslie hatte auf einmal das Gesicht ihrer Mutter vor Augen, wie sie auf dem violetten Samtkissen lag. Traurig lächelnd sah diese sie an. Leslie spürte, wie die Klinge durch ihre Hautschichten schnitt, und stöhnte auf.

»Stopp!«, vernahm Mira Toms Stimme. Sie klang merkwürdig weit entfernt. Dann wurde ihr schwarz vor Augen, und sie verlor das Gleichgewicht.

Tom hörte, wie Miras Pistole auf die Holzdielen fiel. Er sah, wie sie zusammensackte, richtete aber seinen Blick sofort wieder auf den Mann.

Leslie spürte, wie sich Mats Lutteroths Arm spannte, er das Gewehr an sie presste im Begriff, abzudrücken.

»Nein!«, schrie sie verzweifelt.

Plötzlich sah Tom wieder den Ball auf sich zufliegen, hörte die anderen Schulkinder lachen. Er drückte ab.

Leslies Vater drückte ab. Gleichzeitig presste Leslie ihren Arm gegen das Gewehr. Die beiden Schüsse verbanden sich zu einem einzigen ohrenbetäubenden Knall.

Tom war nicht getroffen worden. Der Mann hatte seinen Schuss verrissen.

Leslie spürte, wie sich der Griff ihres Vaters lockerte, seine Hand mit dem Erntemesser von ihrem Hals abließ.

Tom verfolgte, wie der Arm des Mannes heruntersackte, ihm das Gewehr aus der Hand fiel, sein Körper rückwärts stürzte und an der Wand entlang zu Boden glitt. Leslie Berger sprang zur Seite und starrte auf den leblosen Körper.

Schnell holte Tom das Gewehr, griff sich das Erntemesser und legte beides außer Reichweite des Mannes. »Sind Sie verletzt?«, fragte er Leslie Berger. Sie schien ihn kaum wahrzunehmen.

»Nein«, brachte sie kaum hörbar hervor. »Ich glaube nicht.«

Tom stürzte zu Mira, die mit krampfartigen Zuckungen auf dem Boden lag. Er zog das Handy aus ihrer Hosentasche und forderte drei Rettungswagen und die Kollegen an. Dann beugte er sich über den Mann, in dessen Stirn ein kleines Einschussloch von Toms Zielgenauigkeit zeugte. Er fühlte seinen Puls. Der Mann hatte keinen mehr.

Tom wandte sich wieder Mira zu, setzte sich neben sie und legte ihren Kopf in seinen Schoß. Er wollte etwas Beruhigendes sagen, brachte es aber nicht fertig. Während er den krampfenden Körper hielt, fragte er sich, ob Mira an Epilepsie litt. Er sah zu dem Mann, der nicht Mats Lutteroth war. Über ihm an der Wand klebte ein Blutfleck. Tom hatte keine Wahl gehabt. Er hat alles richtig gemacht, es ist gut gelaufen. Leslie Berger ist gerettet. Aber er hatte einen Menschen erschossen. Einen Mörder. Wenn er es auch wirklich war. Tom fühlte sich elend, alle Energie schien aus seinem Körper zu schwinden.

55

Wie in Trance setzte Leslie einen Fuß vor den anderen, ging über den Nachbarhof, der verlassen in der Mittagshitze lag. Der trockene Boden der sandigen Zufahrt knirschte unter ihren Turnschuhen. Einsatzfahrzeuge der Polizei rasten die Straße am Deich entlang und bogen in die Einfahrt ein. Sie wich zurück, und die Wagen fuhren an ihr vorbei. Der aufgewirbelte Staub wehte zu ihr herüber, und sie hob einen Arm, um sich zu schützen. Sie überquerte die Straße und stieg auf den Deich. Oben blieb sie stehen und blickte auf den großen Fluss, der träge dahinfloss. Eine Familie mit zwei kleinen Jungs saß unten am Ufer auf einer Decke und machte ein Picknick. Der Vater alberte mit seinen Söhnen herum. Ein altes Ehepaar ging mit seinem Hund spazieren, einige Möwen zogen kreischend über den wolkenlosen Himmel. Sie war nicht tot. Es war noch nicht alles vorbei.

Mira lag regungslos auf dem Rasen vor dem Hauptgebäude des Hofes. Tom hatte sie dort hingetragen, nachdem ihre Krämpfe endlich aufgehört hatten. Der Arzt legte ihr einen Venenzugang und injizierte ihr ein Mittel zur Stabilisierung des Kreislaufs. Mit glasigem Blick sah sie Tom an.

»Was ist passiert?«

»Ganz ruhig, Mira.«

»Ich verstehe das nicht. Bin ich verletzt?«

»Bitte sprechen Sie nicht!«, sagte der Arzt.

»Du bist nicht verletzt, Mira. Aber du bist zusammengebrochen.«

Irritiert starrte sie Tom an.

»Ich bin dir nachgefahren. Ich habe dich aber auf dem Hof nicht gefunden. Da war ein Schuss ...«

»Bitte bleiben Sie ruhig!«

»Wir haben ihn, Mira. Es ist vorbei.«

»Also doch der Bruder?«

Tom zögerte. »Es sieht so aus.«

»Was ist bloß los mit mir?«

»Das werden sie im Krankenhaus herausfinden.«

Er erhob sich. »Kopf hoch, Mademoiselle. Ich melde mich später bei dir.«

Mira nickte. Die SEK-Beamten stiegen in ihre Fahrzeuge und fuhren vom Hof. Die Kollegen von der Spurensicherung zogen ein Absperrband quer über das Grundstück und begannen mit ihrer Arbeit. Auf einer Trage wurde der Leichnam des Mannes, der sich als Mats Lutteroth ausgegeben hatte, in einen Rettungswagen getragen. Ein weißes VW-Cabriolet fuhr auf den Hof. Agersen und Felsen stiegen aus. Tom ging seinen Vorgesetzten entgegen. Sie sahen einander an. Es war nicht einfach, die richtigen Worte zu finden.

»Respekt, mein Lieber!«, sagte Felsen und legte Tom anerkennend die Hand auf die Schulter. »Meinen allergrößten Respekt!«

Agersen nickte. Ein brauner Fleck prangte unten auf ihrem Trench. Tom konnte nicht den Blick von ihm lassen.

»Wie fühlst du dich?«, fragte sie.

»Weiß ich nicht.«

»Möchtest du nach Hause?«

Tom schüttelte den Kopf. Bloß nicht, dachte er.

Felsen nickte. »Kann ich verstehen.« Sein Chef steckte sich eine Zigarette an.

Tom fragte sich, wie der Fleck auf den Trench gekommen war und warum sie ihn nicht entfernt hatte.

»Auf dem Spadenhof haben Peter und Oliver alle einkassiert«, erklärte Felsen. »Jürgen Hachel, Jana Rebeck, Ingvar Hinrichs, Rita und David Herbst. Merit und Ole Bach sind zur Fahndung ausgeschrieben. Wo ist eigentlich diese Praktikantin?«

»Die Verhöre führe ich«, sagte Tom und sah seine Vorgesetzten entschlossen an. Felsen nickte, aber Agersen warf ihm einen skeptischen Blick zu.

»Wie lange bist du jetzt auf den Beinen?«

Während Tom überlegte, wie er der Staatsanwältin glaubhaft machen konnte, dass er durchaus noch fit genug war, meinte er, am Horizont auf dem Deich Leslie Berger zu sehen.

Als er den Deich erklomm, spürte Tom schmerzhaft jeden Zentimeter seines Körpers und eine bleierne Schwere. Leslie Berger saß auf dem Rasen, die Knie an sich herangezogen. Sie hielt ihre Beine umklammert und schien in die Weite der Landschaft zu blicken. Als sie Tom bemerkte, wandte sie sich um, richtete aber gleich wieder den Blick in die Ferne. Er setzte sich neben sie und presste seine Hand auf die schmerzenden Rippen. Eine Weile saßen sie schweigend da. Unten am Ufer spielten Kinder mit einem kleinen Hund.

»Ist das gerade wirklich passiert?« Ihre Stimme klang tonlos und brüchig.

»Leider ja.«

»Ich kann es nicht fassen. Ich begreife es nicht.«

Tom nickte. »Das kann ich gut verstehen.«

Regungslos starrte sie in die Landschaft. »Er ist tot, nicht wahr?«

»Ja.«

»Er war mein Vater.« Ihre Stimme blieb tonlos.

Tom war erstaunt. »Wie bitte?« Er musste kurz überlegen. »Mats Lutteroth?«

Leslie nickte.

»Aber dieser Mann war nicht Mats Lutteroth.«

Sie drehte sich zu ihm und sah ihn an. Ohne irgendeinen Ausdruck, sie schien keine Kraft mehr für eine emotionale Reaktion zu haben.

»Er hatte sich nur als Mats Lutteroth ausgegeben. Warum, wissen wir noch nicht.«

»Er war nicht Mats Lutteroth? Aber das ist nicht möglich.«

Tom nickte. »Doch. Warum haben Sie das nicht erkannt? Hätte Ihnen das nicht auffallen müssen?«, fragte er.

Einen Moment starrte sie Tom an.

»Ich habe meinen Vater nie kennengelernt. Ich bin in dem Glauben aufgewachsen, dass er nicht mehr lebte. Meine Mutter hat mir erst vor Kurzem die Wahrheit gesagt. Ich habe dieses Praktikum nur angefangen, um ihn kennenzulernen.« Sie wurde nachdenklich. »Aber wo ist dann der echte Mats Lutteroth?«

»Das wissen wir noch nicht. Aber ich befürchte leider nichts Gutes.«

»Hat dieser Mann ihn getötet?«

»Wir wissen noch zu wenig.«

»Hat er seinen Bruder getötet?«

»Es sieht so aus. Wir sind kurz davor, das alles zu klären.«

Jürgen Hachel starrte vor sich hin. Das Lid über seinem Glasauge schien tiefer zu hängen als sonst. Dunkle Schatten lagen unter seinen Augen, die für einen Alkoholiker typischen tiefen Furchen hatten sich in sein rötliches Gesicht gegraben. Ein desillusionierter, ruinierter Mann saß Tom gegenüber. Vor ein paar Tagen hatte er ihn noch anders wahrgenommen. Dynamisch, lässig. Ein rauer Haudegen, den das Leben nicht kleinkriegen und dem das Alter nichts anhaben konnte. Tom schob das Mikrofon etwas näher an ihn heran. »Dann erzählen Sie mal!«

Hachel schwieg. Erst nach einer Weile murmelte er kaum verständlich:

»Alles im Arsch.«

Tom wartete gespannt, aber mehr kam nicht. Er musste daran denken, dass der Lebensweg dieses Mannes geprägt war von Misstrauen und gewalttätigem Widerstand gegen den Staat. Was so weit ging, dass er zum Umfeld der RAF gehört hatte. Tom lehnte sich zurück und suchte nach der ersten Frage. Ihm war klar, dass er mit Jürgen Hachel einen anderen Weg einschlagen musste.

»Was war Mats Lutteroth für ein Mensch?«

Nichts regte sich in Hachels Gesicht. »Warum wollen Sie das denn wissen?«

»Weil es mich interessiert.«

Tom spürte Hachels Verachtung.

»Ach, hören Sie doch auf, erzählen Sie mir keinen Scheiß!«, entgegnete dieser.

Tom schlug mit der flachen Hand auf den Tisch. »Mann, kommen Sie mal runter von Ihrem hohen Ross!«

Erstaunt sah Hachel ihn an. Tom beugte sich vor und blickte Hachel tief in sein Auge. »Ich habe auch einen Bruder. Seit sechs Jahren habe ich keinen Kontakt mehr zu ihm. Er ist bei der Drogenmafia gelandet und hat vielleicht einen Kollegen erschossen. Er ist abgetaucht, wahrscheinlich irgendwo in Südamerika. Ich weiß nichts mehr über ihn und sein Leben. Und das macht mich fertig.«

Hachel nahm seinen Kaffeebecher und trank einige Schlucke. »Schöne Story. Ist die auch wahr?«

Tom schwieg, sein Blick musste reichen. Hachel schien beeindruckt, jedenfalls begann er zu erzählen.

»Der Kriminelle war in diesem Fall Mats' Bruder, der feine Lobbyist. Nur dass seine Verbrechen vom Staat legitimiert waren. Über seinen Bruder, den Hausbesetzer, die Nase rümpfen – aber den Unternehmen bei ihren betrügerischen Machenschaften helfen und dafür dann ordentlich kassieren. Mats war anders. Er war eine ehrliche Haut, ein guter Mensch, der keinen Bock auf Verarschung und Ausbeutung hatte. Der Spadenhof war seine Vorstellung von einer gerechten Arbeitswelt. Eine kleine Utopie. Wir waren eine richtige Gemeinschaft, alles wurde im Team besprochen und entschieden. Keiner hat den Dicken gemacht.«

»Aber das hat sich nach einer Weile ganz schön verändert, oder? Wir haben den Eindruck, dass die Gemeinschaft gar nicht mehr so solidarisch war.«

Hachel nickte. »Das ist leider wahr.«

»Und wie ist es dazu gekommen?«

»Weil Mats gestorben ist. Und ich mich einmal schwer getäuscht habe.«

»Okay. Wie ist er gestorben?«

»Wir wissen es nicht genau, aber er ist plötzlich zusammengebrochen und war gleich tot. Es muss das Herz gewesen sein. Ich war nicht dabei, aber Jana und Nick.«

»Nick?«

»Der jetzt unser Mats Lutteroth ist.«

Tom zuckte innerlich zusammen, denn er hatte das Leben von Nick beendet.

»Gibt's auch einen Nachnamen?«

»Ohlhaus. Nick Ohlhaus.«

Tom erhob sich und ging ein paar Schritte auf und ab.

»Also die Gemeinschaft hat Nick Ohlhaus von da an als Mats Lutteroth ausgegeben.«

»Ja, und das war der Punkt, an dem ich mich getäuscht hatte.« Hachel lachte zynisch und schüttelte den Kopf. »Das Ganze war nämlich meine Idee gewesen. Nick gehörte seit ein paar Jahren zu unserer Gemeinschaft, war ungefähr so alt wie Mats und hatte sogar ein wenig Ähnlichkeit mit ihm. Außerdem wirkte er immer ruhig und ausgeglichen. So konnten wir einfach weitermachen, nichts änderte sich, denn der Hof war auf Mats' Namen eingetragen. Außerdem konnte der Hof so nicht an dieses Kapitalistenschwein von Bruder fallen. Er war ja der rechtmäßige Erbe. Er hätte uns garantiert den Hof weggenommen.«

»Was haben Sie mit dem Leichnam des echten Mats Lutteroth gemacht?«

»Wir haben ihn auf dem Hof begraben. Und eine Birke auf dem Grab gepflanzt.«

Tom sah vor seinem inneren Auge wieder die Frau vor der Birke. Jana hatte also zu Mats Lutteroth gesprochen, als sie vor dem Baum gesessen hatte.

»Aber Sie mussten doch damit rechnen, dass mal jemand von der Familie auftauchen könnte.«

»Fünfunddreißig Jahre hatte es keinen Kontakt gegeben. Warum hätte sich daran etwas ändern sollen?«

Tom schwieg, die Antwort auf diese Frage hatte der Lauf der Dinge schon gegeben.

»Es klappte alles gut. Nick übte Mats' Unterschrift ein und regelte alle schriftlichen Dinge. Die Nachbarn glaubten, dass Mats sich ganz zurückgezogen hatte, was sowieso zu ihm passte. Mats hätte das alles eigentlich sehr gefallen. Aber Nick entwickelte sich immer mehr zu einem Boss, das steckte wohl zu tief in ihm drin. Früher war er Geschäftsführer eines IT-Unternehmens gewesen, das aber pleite gegangen war. Und weil er sich auch noch an der Börse verzockt und seine Frau ihn verlassen hatte, stand er vor dem Nichts. So war er überhaupt bei uns gelandet. Ich weiß gar nicht mehr, wie Mats ihn kennengelernt hatte, aber eines Tages hatte er ihn angeschleppt. Mann, der war fertig, wusste überhaupt nicht mehr weiter. Tja, so ist Nick Teil unserer Gemeinschaft geworden. Und als er dann zu Mats geworden war, hatte er ganz geschickt Schritt für Schritt neue Strukturen geschaffen. Er nannte es ›professionalisieren‹.« Hachel sprach das Wort mit Verachtung aus.

»Und das hat keinen gestört?«

»Alle haben sich irgendwie gefügt. Ich glaube, weil alle Angst hatten, dass ohne ihn der Spadenhof nicht weiterexistieren könnte, und weil es einigen dann auch ganz gut gefiel, auf einmal etwas mehr Kohle im Portemonnaie zu haben. Durch den Tod von Ingvars Eltern konnten wir zusätzlich noch deren Hof übernehmen und sind ›voll auf Wachstumskurs‹ gegangen.« Er lachte verächtlich. »In ein paar Jahren hätte Nick uns noch an die Börse gebracht. Eigentlich sind wir alle hier zu Ökokapitalisten verkommen.«

Tom setzte sich wieder.

»Und was ist Sonntagnacht passiert?«

»Ja, Sonntagnacht.« Hachel drehte den Kopf zur Seite. »Diese beschissene Sonntagnacht.« Er starrte ins Leere. »Merit und Ole hatten mit Nick vor der Glotze gehangen. Als es klingelte, ging Merit an die Tür, und da stand dann Lars Lutteroth. Er stellte sich nicht vor, sondern fragte direkt nach Mats. Merit führte ihn natürlich zu Nick, und Lars Lutteroth staunte dann wohl nicht schlecht. Er stellte Nick zur Rede, wollte die Polizei rufen. Nick bekam Panik, erneut alles zu verlieren, und verlor die Nerven. Er hat sich eins von den Zahnrädern, die auf seinem Tisch herumlagen, gegriffen und Lutteroth damit von hinten niedergeschlagen. So kräftig, dass der wohl sofort tot war. Ich habe Merits Schrei gehört und bin gleich runter. Sie standen da, fix und fertig mit den Nerven. Uns war allen sofort klar: Wenn es mit dem Hof weitergehen soll, müssen wir das Ganze vertuschen. Der Tod dieses Arschlochs ließ mich sowieso kalt. Merit half Nick, die Leiche zum Parkplatz beim Stadion zu bringen und alles so aussehen zu lassen, dass man es für einen Raubmord halten konnte.«

»Hatten Sie den Parkplatz wegen des Flüchtlingslagers ausgesucht? Um den Verdacht auf die Bewohner zu lenken?«

Hachel wandte sich ihm wieder zu. »Ach, das wusste ich gar nicht.« Ein bitteres Lachen rutschte ihm heraus. »Aber das würde zu Nick und Merit passen«, fügte er trocken hinzu. Er zuckte mit den Achseln. »Das war's.«

»Noch lange nicht«, sagte Tom. »Wir haben eine Frauenleiche gefunden, die wir noch nicht identifizieren konnten.«

Tom holte Fotos aus einer Mappe und legte sie vor Hachel hin. Darauf war das Gesicht der Toten, die Tom in dem Plastiksack entdeckt hatte, zu sehen. Hachel starrte auf die Bilder. Es brauchte einen Weile, dann kam das Entsetzen.

»Adea!« Fast versagte Hachels raue Stimme.

»Wer ist Adea?«

Hachel schüttelte den Kopf. Tom merkte, dass dem Mann der Tod der Frau sehr naheging.

»Wer ist Adea?«, wiederholte Tom seine Frage.

Hachel starrte ins Leere. Plötzlich sprang er auf und ging unruhig auf und ab, schlug mit der Faust gegen die Wand. Wieder und wieder.

»Hey, hey, beruhigen Sie sich!«

Hachel drehte sich zu Tom. »Adea hat bei uns auf dem Hof gelebt. Mit ihrer Tochter. Mats, also der echte Mats, hatte sie vor einigen Jahren aufgelesen. Die beiden waren aus Albanien geflohen und illegal hier. Mats hatte ihnen angeboten, bei uns zu bleiben. Sie haben sich wohlgefühlt bei uns, sie gehörten zum Spadenhof. Was ist mit Eldina?«

»Eldina ist die Tochter?«

Hachel nickte.

»Sie haben sie gesehen, als sie sich mit ihrer Mutter vor Ihnen verstecken wollte und die beiden über die Felder abgehauen sind.«

Tom nickte und hatte das kleine Mädchen mit den schwarzen Locken wieder vor Augen, wie es zwischen den Gewächshäusern vor ihm weggelaufen war.

»Wir haben sie nicht gefunden.«

»Das heißt, sie lebt.«

»Hoffentlich. Wir werden eine Vermisstenfahndung herausgeben. Dafür müssen Sie sie uns beschreiben. Das machen wir gleich im Anschluss an unser Gespräch. Würden Sie sich jetzt bitte wieder setzen?«

Hachel nahm wieder Platz und rieb sich die Knöchel seiner Faust.

»Was wissen Sie denn über den Tod von Adea?«

»Ich weiß nur, dass Adea uns begegnet war, als wir den Körper von Lars Lutteroth in den Wagen getragen haben. Das hätte nie und nimmer passieren dürfen, wir waren viel zu unvorsichtig. Nick und Merit redeten dann mit ihr und versuchten, ihr das irgendwie zu erklären. Sie versprach ihnen, zu schweigen. Und das hätte sie ganz sicher auch, allein schon aus Angst vor einer Ausweisung.«

»Das Risiko war Nick offensichtlich zu groß, nachdem wir Adea und ihre Tochter auf dem Hof entdeckt hatten«, sagte Tom.

Hachel schüttelte den Kopf, raufte sich die Haare. Es fiel ihm schwer, die Fassung zu bewahren. Tom beobachtete sein Gesicht genau, verfolgte jede Regung und hatte den Eindruck, dass ihm dieser Mann nichts vormachte.

»Was können Sie mir über Frau Schmidler sagen?«

Hachel sah ihn erstaunt an.

»Frau Schmidler vom Nachbarhof? Was hat sie damit zu tun?«

»Wussten Sie, dass Frau Schmidler ihren Hof vor sieben Monaten Mats Lutteroth überschrieben und nur noch zur Leibrente dort gewohnt hatte?«

»Nein.«

»Wir haben sie in ihrem Haus erhängt aufgefunden. Sie hat schon eine ganze Weile dort gehangen. Jetzt, nach ihrem Tod, wäre der Hof die nächste Erweiterung des Spadenhofes geworden.«

»Wollen Sie sagen …«

»Die Ergebnisse der Obduktion stehen noch aus.«

Erneut hielt es Hachel nicht auf dem Stuhl. Wild sprang er auf und wusste nicht, wohin mit seiner unbändigen Wut.

»Wir werden auch den Brand auf dem Hinrichshof untersuchen müssen. Den Tod von Ingvars Eltern.«

»Dieses Schwein, ich bringe dieses Drecksschwein um.«

Tom starrte Hachel an, zögerte einen Moment, bevor er leise sagte:

»Das ist nicht mehr möglich.«

56

Als Tom über den Korridor ging, sah er am anderen Ende Marlen Meelhopen, die von zwei Beamten in den Verhörraum drei geführt wurde. Kurz trafen sich ihre Blicke. Die Frau hatte nichts mehr von der lässigen Souveränität, wirkte unsicher, fast verstört. Drecksjob, dachte Tom, sie erledigte einen miesen Drecksjob. Für einen Pharmakonzern, der für die Gewinnmaximierung über Leichen ging. Sogar über die der Patienten. Felsen und Agersen folgten Meelhopen und verschwanden mit ihr in dem Raum.

Als Tom sein Büro betrat, fiel ihm sofort der Zettel auf seinem Schreibtisch auf. Er erkannte Tallers Schrift: *Frida Solquist hat um 11.40 Uhr angerufen. Versucht es später wieder.*

Er öffnete das Fenster. Als er die Geräusche der weit entfernten Baustelle hörte, musste er schlucken. Mira fehlte ihm schon jetzt. Er setzte sich und verfiel in eine Art Starre. Er hatte einen Menschen erschossen. Ein Leben beendet. Zum ersten Mal in seiner Laufbahn. Und er hatte es noch nicht wirklich begriffen. Sein Telefon läutete.

»Hey, Tom. Wie geht es dir? Ist alles okay?« Wenn Thaden so etwas fragte, dann meinte er es ernst. Tom schätzte diese ehrliche, verbindliche Art des Rechtsmediziners. Gerade tat sie ihm besonders gut.

»Danke, nicht besonders gut, aber es ist schon okay. Ich mache mir Sorgen um Mira. Sie hat keine Epilepsie. Die haben einen Hirntumor gefunden. Zum Glück gutartig.«

»Ah, ein Meningeom. Das kann gut operiert werden.«

»Ja, das soll heute noch geschehen.«

»Mach dir keine Sorgen. Das wird schon, Tom.«

»Hoffentlich.«

»Also, ich hab was für euch. Adea Lubjana wurde stranguliert, bis der Tod eintrat. Im Mageninhalt habe ich Spuren von K.-o.-Tropfen gefunden. Frau Schmidler starb eindeutig durch Genickbruch. Aber aus dem Labor weiß ich schon, dass sie Hautpartikel auf dem Strick gefunden haben, die nicht von ihr stammen. Der falsche Mats Lutteroth scheint ein skrupelloses Kerlchen gewesen zu sein. Bin gespannt, was bei der Exhumierung der Leiche des echten herauskommen wird.«

»Ich glaube, den hat er nicht auf dem Gewissen.«

»Na, da schau'n wir dann doch erst mal.«

»Danke dir«, brachte Tom müde hervor.

»Erhol dich, Tom!«

Tom legte auf und griff gleich wieder zum Telefon. Er wählte die Nummer in Schweden. Während er wartete, fiel sein Blick auf seine Jacke, die über der Lehne seines Stuhles hing. In der Tasche befand sich noch die Packung Zigaretten.

»Das ist eine sehr traurige Nachricht für mich«, sagte die erstaunlich jung klingende Stimme in gut verständlichem Deutsch. Nachdem Tom ihr geschildert hatte, was den Jungen, die vor einem halben Leben in ihrer Obhut gewesen und ihr ans Herz gewachsen waren, widerfahren war, hatte Frida Solquist zunächst geschwiegen.

»Und die Geschichte klingt ein wenig kompliziert«, sagte sie.

»Das war sie auch für uns, die Polizei.«

»Aber Sie rufen doch nicht das alte Kindermädchen der Lutteroths an, um das mitzuteilen.«

»Das ist richtig. Es gab eine Frage, die mich während der Ermittlung sehr beschäftigt hat, und ich habe gehofft, dass Sie mir weiterhelfen könnten.«

»Ist diese Frage denn noch von Bedeutung, wenn Sie den Täter ermittelt haben?«

»Nicht mehr für den Fall, aber mich interessiert sie noch immer.«

»Dann hoffe ich, dass ich mich noch gut erinnern kann.«

»Als Lars Lutteroth zu seinem Bruder gefahren ist, hat er ein Spielzeugauto mitgenommen. Ein Batmobil. Ich glaube, es sollte seinem Bruder ihre Kindheit, die guten Zeiten ins Gedächtnis rufen. Erinnern Sie sich vielleicht an dieses Batmobil? Hatte es eine besondere Bedeutung für die Jungs?«

»Ach du meine Güte, das Batmobil. Ja, das hatte wirklich eine Bedeutung für die beiden. Ich erzähle Ihnen die Geschichte dieses Spielzeugautos. Ich war mit Lars in einem Kaufhaus gewesen, und als wir wieder zu Hause waren, entdeckte ich das Batmobil in seiner Tasche. Er hatte es gestohlen, als ich einen Augenblick nicht aufgepasst hatte. Aber nicht für sich. Sondern für seinen Bruder. Weil er Mats beweisen wollte, dass er ein mutiger Kerl sein konnte, der etwas Verbotenes tat und nicht nur immer der Brave war. Dazu müssen Sie wissen, dass Lars der Liebling des Vaters war, ein guter Schüler und sehr vernünftig. Mats dagegen war frech und faul. Irgendwann nannte Mats seinen Bruder nur noch den Streber. Eigentlich hätte ich damals mit Lars schimpfen und das Auto zusammen mit ihm zum Kaufhaus zurückbringen sollen. Aber ich habe es nicht übers Herz gebracht. Ich musste Lars die Freude lassen. Ich habe sogar ein Foto gemacht, glaube ich, von den Jungs mit diesem Batmobil.«

Nachdem Tom aufgelegt hatte, saß er eine Weile regungslos da. Gerührt dachte er an die feine, liebevolle Art der Schwedin. Fast beiläufig griff er hinter sich in die Jackentasche und holte die Zigaretten hervor. Es war so weit, er wollte nicht mehr vernünftig sein. Er öffnete die Packung, zog eine Kippe heraus und schob sie sich zwischen die Lippen. Dann zog er Lars Lutteroths Fotoalbum aus seiner Schreibtischschublade und schlug die Seite mit dem Foto der Brüder mit dem Batmobil auf. Er betrachtete die beiden Jungen, die in ihren Jeans mit Schlag und den T-Shirts mit Donald und Dagobert Duck darauf in die Kamera strahlten. Lars wirkte sehr stolz. Tom konnte ihn verstehen. Zwei ziemlich verschiedene Menschen sahen ihn an, die noch nichts davon ahnten, welch extrem unterschiedliche Lebenswege vor ihnen lagen; Lebenswege, die sie für den Rest ihrer Leben entzweien sollten und an deren Ende sie doch von ähnlichen Sehnsüchten getrieben waren. Nur dass Mats von der späten Wandlung seines Bruders nicht mehr erfahren hatte.

Tom fragte sich, ob ein Ausstieg letztlich nur innerlich funktionieren konnte, als Haltung, die keine äußere Form brauchte. Die Radikalität eines wirklichen Ausstiegs, der Schritt, sich von Bindungen und Verpflichtungen zu lösen, sich ein neues Leben aufzubauen, das alles hatte einen hohen Preis, und diesen Preis zahlten meistens andere. Er spürte etwas zwischen seinen Lippen. Er hatte die Zigarette vergessen. Kurz zögerte er, dann steckte er sie zurück in die Packung.

Alle Fenster des langen, hellen Flurs standen weit offen. Der leichte Luftzug machte die Hitze erträglich. Zwei Ärztinnen gingen laut lachend an Tom vorbei, als sich eine Tür öffnete und ein Bett von einem Pfleger herausgeschoben wurde. Tom erkannte seine Partnerin, die in einem dieser hellgrünen Hemden unter einem weißen Laken lag.

»Da komme ich ja gerade noch rechtzeitig«, sagte er.

Mira sah ihn mit müdem Blick an. Offenbar hatte sie schon ein Beruhigungsmittel verabreicht bekommen. Sie lächelte. »Monsieur, schön dass du gekommen bist.«

»Ich wollte dir unbedingt noch ein wenig von meiner unglaublichen Energie mitgeben.«

»Das ist gut.« Eine kleine Schneise war in Miras Haare rasiert worden und führte Tom unmissverständlich vor Augen, was für ein Eingriff ihr gleich bevorstand. Auch wenn immer von Routine die Rede war, verspürte er Angst.

»Tom, stell dir vor, ich krieg keine Vollnarkose. Ich werde wach sein und alles miterleben. Die werden mit mir reden, während sie das Ding aus meinem Hirn schnippeln. Die wollen von mir hören, ob ich irgendwas nicht mehr fühlen kann, weil sie vielleicht Nervenbahnen verletzen. Ist das nicht krass?«

Tom nickte. »Ziemlich. Hast du Angst?«

»Ja, schon.«

Er überlegte, wie er etwas von der Schwere der Situation nehmen könnte.

»Mir ist mal ein Typ betrunken aus einer Kneipe entgegengekommen und hat zu mir gesagt: ›Man muss mit allem rechnen, auch mit dem Guten.‹«

»Na dann!« Mira lächelte.

»Er ist auf die Straße getorkelt und von einem Lkw überfahren worden.«

»Tom! Du Mistkerl!«

»Na ja, stimmt nicht. Hätte aber gut sein können, so voll, wie der war.«

Mira verdrehte die Augen, sie schien wieder hellwach zu sein.

»Hey, ist der Fall geklärt? Hat Mats Lutteroth seinen Bruder erschlagen?«, fragte sie.

»Ich muss Sie jetzt in den OP bringen«, unterbrach der Pfleger und schob Mira langsam weiter. Tom ging neben dem Bett her.

»Der Fall ist geklärt, aber ich erzähle dir alles in Ruhe, wenn du das hier hinter dir hast und ich mit einer Schachtel Pralinen wiederkomme. Jetzt habe ich Feierabend.«

»Ich dachte, Feierabend ist was für glückliche Menschen.«

Tom lächelte. Er nahm ihre Hand und drückte sie, dann schob der Pfleger Mira in den Aufzug, und die Türen schlossen sich.

Vorsichtig bewegte Tom den Schlüssel im Türschloss des Roten hin und her. Ein wenig rüttelte er am Griff, aber das Schloss wollte sich einfach nicht öffnen lassen. Musste er ausgerechnet jetzt für das ewige Aufschieben des Werkstattbesuches büßen? Er haderte mit seinem Hang zur Verdrängung. Unschlüssig blieb er in der Tiefgarage des Krankenhauses stehen, betrachtete das alte Mercedes Coupé. Er musste an den Tag denken, als Marco den Schlitten von einem Vorstadtspießer erstanden hatte. Garagenauto, scheckheftgepflegt. Als Erstes hatte er den Wagen Tom präsentiert, dann hatte er eine fette Anlage eingebaut, und später waren Anette, Marco und er, das Trio infernale, durch die Hamburger Nacht gecruist und in den frühen Morgenstunden nach St. Peter-Ording an die Nordsee geprescht, zu einem Frühstück mit Krabbenbrötchen an dem unendlich breiten Strand.

Sein Handy machte klack, er hatte eine SMS erhalten. Sie war von Felsen: *Eldina Lubjana wurde in Harburg gefunden. Es geht ihr den Umständen entsprechend gut. Bis morgen!*

Tom war erleichtert. Er steckte sein Handy weg und versuchte erneut sein Glück mit dem Türschloss. Als er ein weiteres Mal scheiterte, beschloss er, sein Schicksal mit buddhistischer Gelassenheit hinzunehmen, und verließ die Tiefgarage zu Fuß.

Leslie öffnete das Fenster weit und ließ die Sonne in das kleine, einfach ausgestattete Hotelzimmer, in dem die Hamburger Polizei sie untergebracht hatte. Die warmen Strahlen auf ihrer Haut taten ihr gut. Sie hatten etwas Tröstliches. Leslie zog den Stuhl vor dem kleinen Schreibtisch zu sich heran und setzte sich. Ihr erschöpfter Körper fühlte sich unendlich schwer an. Sie blinzelte in die Sonne, schloss die Augen, genoss die helle Wärme. Das Dunkle, das Böse war noch in ihr, hatte sich tief eingebrannt. Es machte ihr Angst, eine Angst, die sie vorher nicht gekannt hatte. Auch wenn es erst einige Stunden her war, wollte sie dieser Angst begegnen, sie nicht verdrängen. Das Gespräch mit dem Psychologen von dem Kriseninterventionsteam hatte ihr geholfen. Der Mann war angenehm ruhig gewesen, hatte ihr Zeit gelassen, ihr geduldig beim Schweigen zugesehen und ihr wenig, aber Kluges geraten. Er hatte ihr auch empfohlen, eine Nacht auf der psychiatrischen Station eines Krankenhauses zu verbringen. Oder Kontakt zu Familienmitgliedern oder guten Freunden aufzunehmen, jedenfalls die nächsten Stunden nicht allein zu bleiben. Doch sie wollte gerade das. Die Tabletten, die er ihr gegeben hatte, machten sie entspannt und müde. Gleich würde sie sich ins Bett legen, vorher vielleicht noch duschen. Und wenn sie nicht einschlafen konnte, dann würde sie einfach hier liegen und nichts denken. Oder über alles nachdenken. Sie würde weinen. Oder wütend ins Kissen schreien. Alles wäre okay, dachte sie, spürte sie. Sich zu nichts zwingen, auch wenn es gut gemeint war, das schien ihr gerade das einzig Richtige. Die Geräusche der Straße drangen zu ihr hoch. Irgendwo weinte ein kleines Kind. In der Ferne tutete das Horn eines Schiffes. Ihre Mutter, die sie über alles geliebt hatte, hatte sie verloren. Sie wäre jetzt in den nächsten Zug gestiegen und gekommen. Auch ihr Vater war tot. Ihr Vater, der immer schon tot für sie gewesen war, hatte in Wirklichkeit gelebt. Und nichts von ihr gewusst. Und sie nichts von ihm. Sie wollte alles über ihn erfahren. Sie würde Jürgen nach ihm fragen, und er würde ihr alles erzählen. Wie gut, dass es ihn gab.

Sie war nun allein. Ohne Eltern, Geschwister oder andere Verwandte. Es gab niemanden von Bedeutung in ihrem Leben. Sie hatte keine echten Freunde. Sie war eine verdammte Einzelgängerin. Wie ihre Mutter und wohl auch ihr Vater es gewesen waren. Ein Schuss fiel. Leslie schreckte zusammen. Die Erinnerung kam unangekündigt und mächtig. Ihr Körper zitterte, und die Tränen schossen ihr in die Augen. Sie sprang auf. Wie getrieben ging sie in dem engen Raum auf und ab. Sie spürte wieder den festen Griff, mit dem der Mann, den sie für ihren Vater gehalten hatte, das Messer an ihre Kehle gedrückt hatte. Sie rang nach Luft, schüttelte sich und fuhr sich mit der Hand über den Hals. Immer wieder, um sich von seinem Griff zu befreien. Nur mühsam gelang es ihr, sich zu beruhigen. Vor dem Spiegel neben der Tür blieb sie stehen und betrachtete sich. Blass war sie, tiefe Schatten lagen unter den Augen. An ihrem Hals die geritzte, wunde Haut, die von dem erlebten Albtraum zeugte. Ungläubig fuhr sie mit ihren Fingern darüber.

Ihr Handy vibrierte. Sie stand auf und holte es aus ihrer Tasche, die sie auf dem Bett abgestellt hatte. »Tobi« leuchtete auf dem Display. Sie starrte auf den Namen ihres Freundes, von dem sie sich nicht sicher war, ob sie ihn liebte. Der große, kräftige Tobi, der immer so geduldig und lässig war. Es vibrierte noch einige Male, dann hörte es auf. Sie konnte jetzt nicht mit ihm reden. Aber sie freute sich über seinen Anruf. Sie ließ sich aufs Bett fallen und blickte an die Decke. Im Sommer werden sie nach Italien fahren. Sie lebte.

57

Durch das schmale Fenster der Holzkabine sah Tom, wie die Stufen und das Treppengeländer langsam an ihm vorüberglitten. Der Fahrstuhl näherte sich in gemächlichem Tempo der dritten Etage.

Er spürte eine große Leere in sich und hatte noch keine Vorstellung davon, was er mit sich anfangen sollte. Hinlegen und versuchen, ein wenig zu schlafen? Vielleicht würde er es jetzt endlich können. Oder Musik hören, seinen Gedanken nachhängen? Vielleicht sollte er Anette anrufen. Mit ihr zu reden, ihre Stimme zu hören, wäre angenehm. Er schob den Schlüssel ins Schloss seiner Wohnungstür, öffnete sie und wunderte sich gar nicht erst, dass er offenbar vergessen hatte abzuschließen. Seit

Brenner ihn im Präsidium aufgesucht und von Marcos möglichem Auftauchen in Hamburg informiert hatte, befand sich sein Leben im Ausnahmezustand. Den Schlüssel warf er auf die Aluminiumkiste, die Jacke auf den U.-S.-Army-Garderobenständer. Seine Pistole im Holster verstaute er in der Schublade der kleinen Kommode. In der Küche öffnete er das Fenster weit zum Hof. Aus einer anderen Wohnung klang das ruhige Spiel einer Jazzgitarre. Er stellte sich vor, wie der Chirurg, der gerade an Miras Gehirn herumschnitt, dabei ebenfalls Musik hörte. Tom hatte gelesen, dass das mittlerweile bei zwei von drei Operationen der Fall war. Er stellte sich vor, wie der Chirurg dieselbe melancholische Melodie dieser Jazzgitarre hörte und Mira ihn bat, das leiser zu stellen. Die Vorstellung brachte ihn zum Schmunzeln. Wann könnte er im Krankenhaus anrufen, um zu hören, wie es gelaufen war? Unruhig ging er umher. Der Schmerz in seinen Rippen war nicht mehr stark, hatte dafür aber einen dauerhaften Zustand erreicht.

Plötzlich zerriss ein Schuss die friedliche Stille, Tom zuckte zusammen, aber der Schuss fiel nur in seiner Erinnerung. Auf einmal hatte er alles wieder vor Augen, die Dunkelheit, den Körper des Mannes, der nicht Mats Lutteroth war, der nach hinten kippte und an der Wand herunterglitt. Das Einschussloch in der Stirn. Er setzte sich an den Tisch und starrte ins Leere. Er wischte sich den Schweiß von der Stirn und tastete über den Riss in seiner Lippe, die Kruste war kaum mehr zu spüren. Das Pflaster an seinem Hals saß noch fest.

Er griff nach der Flasche Mineralwasser und stutzte. Die Flasche war fast leer, doch er war sich sicher, dass er sie halb voll zurückgelassen hatte. Oder? Er vertraute seiner Wahrnehmung nicht mehr. Der Stuhl gegenüber stand auch anders. Er hatte ihn eigentlich unter den Tisch geschoben, weil er ihm im Weg gewesen war, als er das Rührei für Marie und sich zubereitet hatte. Aber jetzt stand er vor dem Tisch, als hätte jemand auf ihm gesessen. Toms Puls schnellte hoch. Jemand war in seiner Wohnung gewesen oder war es vielleicht noch. Leise ging er zur Kommode, zog wieder die Schublade auf, nahm seine Pistole aus dem Holster und entsicherte sie. Vorsichtig schlich er über den Flur. Die Türen zu den vorderen Räumen waren angelehnt. Er hob die Pistole, atmete durch und konzentrierte sich. Langsam schob er eine Tür auf. In seinem braunen Ledersessel saß Marco und lächelte ihn an.

Tom nahm die Pistole herunter. Fassungslos starrte er seinen Bruder an. Sofort fiel ihm ein, dass er ja observiert und die Wohnung höchstwahrscheinlich abgehört wurde. Er legte den Finger auf seine Lippen zum Zeichen für Marco. Marco nickte. Tom sicherte die Pistole und legte sie neben sich auf die Lautsprecherbox. Er ging zum Fenster und zog die Vorhänge zu. Die Sonnenstrahlen, die durch den orangefarbenen Leinenstoff fielen, tauchten die beiden Zimmer in ein warmes, dämmriges Licht. Er ging zu seiner Plattensammlung. Suchend flogen seine Finger über die Cover. Rockig sollte die Musik sein, damit sie ihre Stimmen überdeckte. Er zog *Favourite Worst Nightmare* von den Arctic Monkeys heraus. Wie passend, dachte er. Ungeduldig, mit zitternden Fingern, setzte er den Tonarm auf das drehende Vinyl, und die Briten rockten los. Er drehte die Lautstärke auf.

»So jetzt können wir reden, denke ich«, sagte Tom fast flüsternd. »Aber wirklich leise, die Wohnung wird observiert, und die Software, mit der die Techniker Stimmen herausfiltern können, ist immer besser geworden! Wie bist du hier überhaupt unbemerkt reingekommen?«

»Über den Hof«, antwortete Marco ebenfalls flüsternd. »Ich hatte einen Schlüssel für die Kellertür hinter einem losen Stein in der Mauer an der Treppe versteckt. Ich wusste, dass ich ihn irgendwann mal brauchen würde.« Marco schmunzelte. »Gut, dass du das Schloss in der Wohnungstür nicht ausgetauscht hast.«

Tom schüttelte ungläubig den Kopf. »Die denken, dass du Hamburg längst verlassen hast, und dabei spazierst du hier unter ihren Augen einfach in die Bude. Du bist verrückt!«

Aufgeregt starrte er seinen Bruder an, der nun in der Mitte des Raumes stand und erstaunlich gelassen wirkte. Tom konnte sich nicht sattsehen an ihm. Marco sah aus wie damals. Völlig unverändert. Den Eindruck hatte Tom schon gehabt, als er ihn aus der Ferne auf dem Boot im Hafen gesehen hatte. Eigentlich hatte er erwartet, dass Marco sein Äußeres verändern würde, um nicht so leicht erkannt zu werden. Er hatte ihn sich schon oft mit Vollbart vorgestellt. Marco machte einen Schritt auf ihn zu und breitete die Arme aus.

Tom ging zu ihm, und sie umarmten sich. Fest drückten und hielten sie einander. Wie sehr hatte Tom sich nach diesem Moment gesehnt. Lange standen sie so da, dann trat Tom einen Schritt zurück und sah seinem Bruder in die Augen. Immer noch ungläubig.

»Ist das nicht gerade verdächtig, mitten am Tag die Vorhänge zuzuziehen?«, flüsterte Marco.

»Die wissen, dass ich die letzten Nächte durchgearbeitet habe. Da ist es ganz normal, dass ich mich erst mal 'ne Runde schlafen lege.«

»Und dazu laute Rockmusik spielst?« Marco warf ihm einen skeptischen Blick zu.

»Das ist bei mir nicht ungewöhnlich. Das wissen die auch.«

Marco setzte sich auf den Boden, auf den Flokati, und lehnte sich an den alten Ledersessel. Tom setzte sich ihm gegenüber. Wie damals bei ihrem letzten Zusammensein, dachte er. An Marcos Blick meinte er zu erkennen, dass ihm gerade das Gleiche durch den Kopf ging. Die Arctic Monkeys rockten, was das Zeug hielt, und Tom schossen tausend Fragen kreuz und quer durch sein Hirn.

»Du siehst ziemlich fertig aus, was ist los mit dir?«, fragte Marco.

»Nichts«, antwortete Tom knapp. »Hab einen anstrengenden Fall hinter mir, wenig geschlafen.«

Marco deutete auf das Pflaster an seinem Hals. »Und das?«

»Da habe ich Glück gehabt.« Wie nah alles beieinanderlag, dachte Tom.

»Bist du angeschossen worden?«

Tom nickte. Marco schien zu realisieren, dass nicht viel gefehlt hätte und er hier vergeblich auf seinen Bruder gewartet hätte, sie sich nie wiedergesehen hätten. »Ich dachte, ihr würdet eigentlich nicht in solche Situationen kommen. Dafür habt ihr doch das SEK.«

»Ich will jetzt nicht darüber reden. Ich will jetzt überhaupt nicht über mich reden, Marco.«

Sein Bruder nickte. In Tom drängten die Fragen, aber er hoffte, dass Marco sie beantworten würde, ohne dass er sie zu stellen brauchte. Besonders die eine, die Mutter aller seiner Fragen. Sie stand hier zwischen ihnen im Raum, unübersehbar. Ernst sah er Marco an, doch sein Bruder wich ihm aus und ließ den Blick durchs Zimmer schweifen.

»Meine alte Wohnung. Es war merkwürdig, zu sehen, dass alles noch so ist wie damals. Als wenn ich bloß für ein paar Tage weg gewesen wäre. Schräg, echt schräg.« Er deutete auf den kleinen Acryltisch. »Da liegen sogar noch die Tickets für Bruno Mars. Das ist fast ein wenig gespenstisch.« Nachdenklich sah er Tom an. »Und unsere Kinderlampe. Warum hast du die hier?«

Tom schwieg. Dachte sein Bruder im Ernst, dass er erst mal mit ihm plaudern würde, als wenn nichts gewesen wäre?

»Wie geht es den Eltern?«

Wut regte sich in Tom. »Den Eltern? Was soll ich dir sagen? Du hast ihnen das Herz gebrochen, aber sie lieben dich über alles.«

Marco musste schlucken. Ob er begriff, dass das natürlich genauso für Tom galt?

»Warum?«, fragte Tom.

»Und Jimmy, wie geht's dem?«, wich Marco aus. »Hey, deine Rechte ist immer noch 'ne Waffe, wie man im Netz sehen kann.«

»Warum?«

Marco nickt nachdenklich. »Das ist eine sinnlose Frage.«

»Drogen, dieses widerwärtige, zynische, menschenverachtende Geschäft.«

Marco schwieg. Tom nahm nicht den Blick von seinem Bruder, sah ihm tief in die Augen. Er suchte etwas. Etwas, das er nicht beschreiben konnte, das früher immer da gewesen war, das sie bedingungslos miteinander verbunden hatte. Er fand es nicht.

»Ich hatte immer Angst vor diesem Gespräch«, sagte Marco.

»Gespräch?« Tom lachte bitter. Er starrte Marco an. Alle aufgestaute Enttäuschung und Wut in ihm waren kurz davor zu explodieren. Er musste sich verdammt zusammenreißen, nicht einfach loszuschreien. Hektisches Schlagzeug, schwere Gitarrenakkorde und eine rasende Stimme peitschten durch den Raum und seinen Kopf. Marco wirkte verunsichert. Tom entließ ihn nicht aus seinem Blick. Marco schien zu überlegen, sich zu sammeln. Schließlich sah er seinen Bruder mit festem Blick an.

»Ich habe den V-Mann nicht getötet, Tom.«

Endlich! Da war sie, die Antwort, auf die Tom über sechs Jahre warten musste. Ihm kamen die Tränen, aber er schaffte es, sie zurückzuhalten. Er wollte seinem Bruder nicht zeigen, wie sehr die Zweifel an ihm genagt hatten.

»Ich habe es immer gewusst.«

»Nein, hast du nicht. Das wird mir gerade klar.«

Die Worte seines Bruders kamen messerscharf. Auf einmal lachte Marco, und Tom sah wieder den strahlenden jungen Mann vor sich, dessen jungenhaftem Charme keiner widerstehen konnte. Der auf seiner Ducati durch die Hamburger Nacht cruiste. Der mit Anette auf dem Tresen vom Zero tanzte. Der ihren Eltern aufregende Geschichten aus seinem Leben erzählte, während sie ihn voller tief empfundener Liebe ansahen und fasziniert lauschten. Der Toms Arm vor allen Zuschauern stolz in die Höhe hielt, obwohl der gerade seinen ersten Kampf fürs Dock One verloren hatte.

Die einst Unzertrennlichen sahen sich an. Und auf einmal meinte Tom, in Marcos Augen das wiederzuentdecken, was er nicht benennen konnte, spürte zaghaft die bedingungslose, mächtige Bruderliebe, die verschüttet gewesen war von Ungewissheit, Zweifel und Angst. Tom beugte sich vor, legte seine Hand hinter Marcos Kopf und zog ihn zu sich heran. Er drückte seine Stirn gegen die seines Bruders und spürte eine große Erleichterung. Langsam, ganz langsam jedoch legte sich ein dunkler Schatten darüber. Er wollte Marco glauben, doch konnte es nicht. Ein schmerzhafter Stich bohrte sich in sein Innerstes, gefolgt von einem Gefühl großer Einsamkeit. Die alte Zeit war vorbei. Nichts würde jemals wieder so sein, wie es gewesen war. Auf einmal hatte er den Friedhof der Zeit des echten Mats Lutteroth vor Augen und Anettes Stimme im Ohr, die sagte:

Die Zukunft kommt immer zu früh.

Kommissar unter Mordverdacht:
Ein neuer Fall führt Tjark Wolf nach Dänemark

Sven Koch

DÜNENBLUT

Thriller

Die Frau, die nackt zwischen den Grabsteinen lag, bot einen schockierenden Anblick. So als habe sich eine Höllenpforte geöffnet und etwas ausgespuckt, das auf dieser Welt nichts zu suchen hatte …

Kommissar Tjark Wolf ist geschockt, als er aus seinem Dänemark-Urlaub zurückkehrt – und wegen dringenden Mordverdachts verhaftet wird. Seine dänische Kollegin Anne Madsen, mit der er eine leidenschaftliche Nacht verbracht hat, ist verschwunden.

Im Haus: alles voller Blut. Tjark Wolf ahnt, wer dahintersteckt, und sieht rot …

Hochspannung mit Flair: ein stimmungsvoller Küsten-Krimi zwischen Dänemark und Langeoog